BASTEI
LÜBBE

ROGER TAYLOR IM
TASCHENBUCH-PROGRAMM:

20 262 Traumfinder
20 330 Das Lied des Glaubens

HAWKLAN, DER HEILER
20 280 Band 1 Aufbruch nach Riddin
20 290 Band 2 Der Untergang Fyorlunds
20 298 Band 3 Dämmerung über Orthlund
20 304 Band 4 Entscheidung in Narsindal

Roger Taylor
Die Stadt der Kristalle

Roman

Ins Deutsche übertragen von Rainer Schumacher

BASTEI LÜBBE

BASTEI LÜBBE TASCHENBUCH
Band 20 338

Erste Auflage: August 1998

Deutsche Lizenzausgabe 1998
by Bastei-Verlag Gustav H. Lübbe GmbH & Co.,
Bergisch Gladbach
Originaltitel: Arash Felloren
Lektorat: Martina Sahler/Stefan Bauer
Titelbild: Mark Harrison
Umschlaggestaltung: QuadroGrafik, Bensberg
Satz: Fotosatz Steckstor, Rösrath
Druck und Verarbeitung:
Brodard & Taupin, La Flèche, Frankreich
Printed in France
ISBN 3-404-20338-0

Der Preis dieses Bandes versteht sich einschließlich der gesetzlichen Mehrwertsteuer

Für meine Frau und meine Kinder.
Und für Joan.

Kapitel 1

Im Weidland

Die Tür öffnete sich mit lautem Knarren. Nachdem das Geräusch in der vom Gestank schalen Biers erfüllten Luft der finsteren Schankstube verklungen war, folgte der Laut eines Glases, das umgestoßen und hastig wieder aufgestellt wurde. Der Wirt, der müde an dem grob gearbeiteten, hölzernen Tresen lehnte, war abrupt aus seinem Halbschlaf aufgeschreckt. Er fluchte – allerdings ein wenig zu laut – und warf einen wütenden Blick in die Runde, um dadurch jedermann zu zeigen, daß er nicht etwa geschlafen habe, sondern im Gegenteil äußerst wachsam gewesen sei.

Seine kleine Scharade rief keinerlei Reaktion bei den sechs Gästen im Schankraum hervor. Zwei von ihnen hingen recht unelegant über ihren Tischen; entweder waren sie dem billigen Bier erlegen, das die Spezialität der Schenke war, oder der drückenden Hitze, die die Region nun schon seit Wochen quälte. Die anderen vier taten – mit unterschiedlich stark ausgeprägtem Mißtrauen und Interesse – das, was auch der Wirt tat: Sie starrten die Gestalt eines Mannes an, der in der offenen Tür stand und dessen Umrisse sich deutlich gegen den roten Himmel abzeichneten.

Einen Augenblick lang schien es dem Wirt, als sei die Gestalt aus einem lodernden Feuer herausgetreten, und trotz der Hitze im Schankraum schauderte er. Mit einer raschen und unnötigen Neuordnung diverser Gläser und Flaschen überspielte er die Reaktion.

Als er den Blick wieder hob, stand der Fremde noch immer in der Tür. Er hatte inzwischen den Kopf leicht zur Seite geneigt, als wolle er das Innere der Schenke zunächst einer genaueren Untersuchung unterziehen, bevor er sich dazu entschloß, einzutreten.

Die Geste beruhigte den Wirt. Da er normalerweise nie über seine eigenen unmittelbaren Bedürfnisse hinausdachte, hatte ihn das plötzliche Eindringen seiner Phantasie in seine Gedanken mehr beunruhigt, als er sich eingestehen würde. Nun jedoch verlief sein Denken wieder in der tristen Normalität. Der Fremde zeigte eines der typischen Merkmale von Reisenden in dieser Gegend: Vorsicht.

Söldner? dachte der Wirt. *Händler? Tagelöhner? Künstler? Minenarbeiter?* Dies war ein Spiel, das er jedesmal mit sich selbst spielte, wann immer ein Fremder durch die Tür trat. Er bildete sich ein, den Beruf eines Mannes mit einem einzigen Blick erkennen zu können. Allerdings drückte sich diese ›Fähigkeit‹ meist nur dadurch aus, daß er seinen Kumpanen im nachhinein ein ›*Seht ihr. Ich hab's ja gleich gewußt*‹ zunickte.

Bewußt wandte er sich wieder von der Tür ab und lehnte sich erneut auf den Tresen, als würde er sich voll und ganz auf seine Kundschaft konzentrieren. Das war eine äußerst unauffällige Körperhaltung, und nur seine Stammgäste wußten, daß er die muskulösen Arme derart gekreuzt hatte, daß seine rechte Hand jederzeit den Knüppel packen konnte, der auf einer Halterung auf der anderen Seite des Tresens ruhte. Sollte es notwendig sein, vermochte der Wirt diesen Knüppel mit einer Schnelligkeit und einem Geschick zu schwingen, wie sie angesichts der ansonsten eher trägen Bewegungen des massigen Leibes kaum zu vermuten waren. Auch wußten die Stammgäste, daß der Blick seiner kleinen Schweinsäuglein keineswegs auf sie gerichtet war, sondern daß der Wirt aus den Augenwinkeln heraus unablässig den Neuankömmling beobachtete.

Die Gestalt trat herein. Hinter ihr flackerte das rote Licht des Abendhimmels wie befreit auf. Der Mann hatte kaum einen Schritt durch die Tür getan, als der Wirt

… die entgegengesetzte Richtung schaute wie ein …, der versucht, dem Blick des Rudelführers auszu-…ichen. Die Hand unter dem Tresen ballte sich kurz zur Faust, bevor sie langsam wieder zurückgezogen wurde, als könne allein ihre Nähe zu der verborgenen Waffe einen Kampf provozieren. Die Reaktion des Wirts war instinktiv gewesen, und er hätte sie noch nicht einmal erklären können, wenn er sich ihrer bewußt gewesen wäre. Schließlich siegte jedoch die Gewohnheit über den Instinkt, und der Wirt richtete sich auf, um seinen neuen Gast zu begrüßen.

Egal wie seltsam der Fremde zunächst auch gewirkt haben mochte, alles Unheimliche an seiner Erscheinung verschwand sofort, nachdem die Tür hinter ihm ins Schloß gefallen war. Nun konnte man im matten Licht der Schenke erkennen, daß er einen langen, staubigen Reiseumhang trug und einen breitkrempigen und ebenso staubigen Hut. Die rechte Hand hatte er unter den Riemen eines Bündels geschoben, das er auf dem Rücken trug. Niemand sagte ein Wort, während er durch die Schankstube schritt. Schließlich nahm er den Hut ab.

Der Wirt blickte in tief in den Höhlen liegende Augen in einem schlanken, wettergegerbten Gesicht. Aufgrund der schwachen Beleuchtung waren sie in den Schatten verborgen, und so konnte er nichts in ihnen lesen; nur ein gelegentliches Funkeln in den unergründlichen Tiefen machte ihn kurzzeitig nervös.

»Habt Ihr ein Zimmer frei für die Nacht?«

Der Wirt runzelte die Stirn – allerdings nicht ob der Frage des Mannes, sondern ob des merkwürdigen Akzents, den er nicht einordnen konnte. Doch die Lösung dieses Rätsels würde warten müssen; jetzt galt es, Dringenderes zu erledigen.

»Habt Ihr Geld?« verlangte er zu wissen.

Der Mann nickte kaum merklich. »Wieviel kostet ein Zimmer?«

Der Wirt gab die gewünschte Auskunft. Allerdings

erhöhte er den Preis um die Hälfte und fügte hinzu: »Im voraus.«

Wider Erwarten beschwerte sich der Mann nicht; statt dessen legte er zwei Münzen auf den Tresen. »Drei Nächte«, sagte er leise.

Der Wirt griff ein wenig zu schnell nach dem Geld; doch er riß sich wieder zusammen und überprüfte die beiden Münzen mit äußerster Sorgfalt. Es handelte sich um einheimisches Geld, und es war gut. »Drei Nächte«, bestätigte er und bemühte sich, ein gieriges Funkeln in seinen Augen zu unterdrücken.

»Ich werde jetzt mein Pferd in den Stall bringen«, sagte der Mann und drehte sich um.

Grinsend ließ der Wirt die beiden Münzen in seiner Hand klimpern. Der Mann wandte sich noch einmal um und legte ein etwas kleineres Geldstück auf den Tresen. »Das wird mich und mein Pferd ernähren.«

Der Wirt öffnete den Mund, um zu protestieren; aber obwohl der Fremde mit sanfter Stimme gesprochen hatte, war sein Tonfall doch so entschlossen gewesen, daß der Wirt aufs Feilschen verzichtete. Zudem wogen die Münzen in seiner mächtigen Faust angenehm schwer, und so nickte er nur. Der Mann drehte sich erneut um und ging hinaus. Als die Tür geöffnet wurde, fiel wieder für einen Moment das rote Licht der Abendsonne in die Schenke.

»Der Kerl hat mich zuerst ganz schön erschreckt, Ghreel. Ich hatte schon Angst, es wäre einer von Barrans Männern.«

Die Stimme gehörte einem kleinen rattengesichtigen Mann. Er schob seinen Stuhl zurück und schlich zum Tresen. Ghreel klimperte wieder mit den Münzen; dann grunzte er. In Gedanken spekulierte er eifrig, wer und was der Fremde wohl sein mochte, aber er hatte nicht die Absicht, sein Unwissen gegenüber solch versoffenem Abschaum wie Riever zuzugeben.

Auf keinen Fall durften Zweifel an seiner Souveränität

aufkommen. Also schürzte Ghreel wissend die Lippen und ließ die beiden Münzen beiläufig in der Tasche verschwinden. »Das ist keiner von Barrans Leuten«, erklärte er im Brustton der Überzeugung. Barrans Männer liefen nicht einfach so durch die Gegend – jedenfalls nicht so weit hier draußen –, sie pflegten niemals zu bezahlen, wenn es sich irgendwie vermeiden ließ, und sie hatten es auch nicht nötig, Zimmer anzumieten. Außerdem sah der Fremde nicht gerade wie ein Kämpfer aus. Zwar war deutlich zu erkennen gewesen, daß der Mann ein Schwert unter dem Umhang trug, aber das hatte gar nichts zu bedeuten.

Plötzlich packte Ghreel die Neugier – und die Habsucht. Der Mann hatte nicht gefeilscht, und das bedeutete wahrscheinlich, daß er nicht gerade knapp bei Kasse war. Entweder das, oder er war einfach nur ungewöhnlich naiv. »Ich sehe besser mal nach, was der Kerl so treibt«, sagte Ghreel und stieß sich vom Tresen ab. Der Raum erbebte unter der Wucht seiner mächtigen Schritte, während er Richtung Tür ging. Riever setzte an, ihm zu folgen, doch dann änderte er seine Meinung und schlenderte wieder zu seinem Tisch zurück.

Die Sonne war fast untergegangen, und die letzten Strahlen tauchten die Landschaft in ein blutrotes Licht, verwandelten den ungepflegten Hof der Schenke in einen Flickenteppich unvertrauter Schatten. Ghreel kniff die Augen zusammen und verzog das Gesicht zu einer Grimasse, als eine warme, feuchte Brise sich um seinen Körper legte wie eine nasse Decke. Er kramte ein schmutziges Taschentuch hervor und wischte sich damit über die Stirn, während er in Schlangenlinie auf die geöffnete Stalltür zuging.

Er atmete schwer, als er sie Schwelle erreichte. Der Fremde rieb Wasser auf die Nüstern seines Pferdes, und als er damit fertig war, drehte er sich zu dem keuchenden Wirt um. Trotz der Hitze hatte der Fremde seinen Hut wieder aufgesetzt, und Ghreel hatte das Gefühl, von

Kopf bis Fuß gemustert zu werden, obwohl die Augen des Mannes unter der breiten Krempe verborgen waren.

»Habt Ihr alles, was Ihr braucht?« platzte es aus Ghreel heraus.

Der Mann führte sein Pferd in eine Box, bevor er sich erneut Ghreel zuwandte.

»Ja, vielen Dank«, antwortete er, warf sich sein Bündel über die Schulter und griff nach zwei Satteltaschen. »Würdet Ihr mir jetzt bitte mein Zimmer zeigen?«

Wieder wußte Ghreel nicht, wie er auf die sanfte Stimme und die ruhige Art des Mannes reagieren sollte, und so entschied er sich entgegen seiner sonstigen Gewohnheit, dem Fremden mit Höflichkeit zu begegnen. »Seid Ihr nur auf der Durchreise, oder sucht Ihr hier in der Gegend nach Arbeit?« fragte er, während er den Mann zur Schenke zurückgeleitete.

»Beides«, antwortete der Fremde. »Ich muß hier eine Weile arbeiten, bis ich genug Geld beisammen habe, um weiterreisen zu können.«

Jetzt hatte Ghreel endlich die Gelegenheit, auf die er die ganze Zeit gewartet hatte. »Was ist Euer Beruf?« fragte er.

»Ich bin Lehrer.«

»Ein Lehrer!« rief Ghreel verwundert aus. Er blieb stehen und betrachtete den Fremden mit einer Mischung aus Ungläubigkeit und Verachtung. »Ein Lehrer!« Nun war er in seinem Element – er *haßte* ›kluge‹ Leute. Keine Spur mehr von Höflichkeit. »Was glaubt Ihr wohl, hier in der Gegend lehren zu können?« Er machte eine abfällige Geste mit der Hand und setzte sich wieder in Bewegung.

»Was immer die Menschen lernen wollen.« In der Stimme des Mannes war nicht die geringste Spur von Wut über das Benehmen des Wirts zu erkennen, und dies wiederum verärgerte Ghreel nur um so mehr.

»Das heißt also, Ihr wollt *gar nichts* unterrichten«, erwiderte Ghreel mit einem verächtlichen Schnaufen. »Oder jedenfalls nichts, was in irgendwelchen Büchern

steht. Die Menschen hier interessieren sich nur für praktische Dinge: an wessen Geld sie am leichtesten herankommen, wo sie eine Frau finden können oder wer das billigste Bier ausschenkt.« Bei den letzten Worten schlug er sich demonstrativ auf die Brust.

Ghreel erwartete, daß der Besserwisser ihm auf irgendeine Art widersprechen würde, denn offenbar hatte der Mann keine Ahnung von der wirklichen Welt. Er konnte von Glück sagen, wenn ihm nichts Schlimmeres widerfuhr, als eines Morgens in einem Straßengraben aufzuwachen. Die meisten Menschen, die hierherkamen, hatten bei ihrer Abreise an Weisheit gewonnen – und an Eigentum verloren.

»Vielleicht sollte ich dann einfach wieder weiterziehen.«

Ghreel blieb für einen Moment abrupt stehen. In seinem Eifer, den Mann zu provozieren, hätte er beinahe eine Grenze überschritten. Unwillkürlich schloß er die Hand um die Münzen in seiner Schürze und musterte den Fremden aus zusammengekniffenen Augen. »Euer Pferd sieht so aus, als könne es etwas Ruhe vertragen«, sagte er. »Und Ihr auch.« Er versuchte, seinem Gesicht einen väterlich-besorgten Ausdruck zu verleihen, doch er brachte nur ein spöttisches Grinsen zustande. »Vielleicht findet Ihr hier ja doch was.« Ein fetter Daumen deutete auf die untergehende Sonne. »Dahinten liegen die Stadt und die Niederorte, ganz zu schweigen von den Bauernhöfen im Umland.« Er wies mit einem Nicken nach Osten. »Außerdem sind da noch die Minen im Thlosgaral und auf der anderen Seite die Wildhäfen.« Der Wirt grinste spöttisch. »Natürlich hilft Euch das nur weiter, wenn Euch *richtige* Arbeit nichts ausmacht.«

Sehr zu Ghreels Verärgerung reagierte der Mann auch diesmal nicht, und schließlich betraten sie schweigend die Schenke.

»Was für eine Stadt ist das?« fragte der Mann, als das trübe Licht des Schankraums sie wieder einhüllte. Er

nahm den Hut ab. Ghreel blinzelte, um seine Augen wieder an die veränderten Lichtverhältnisse zu gewöhnen. Dann musterte er den Fremden mit einer Mischung aus Unglauben und Mißtrauen; doch im Gesicht des Mannes war nicht der Hauch von Spott zu erkennen.

»Was meint Ihr damit: ›Was für eine Stadt ist das‹?«

»Wie heißt sie?«

Noch immer mißtrauisch dachte der Wirt einen Augenblick lang über die Frage nach. »Arash-Felloren«, antwortete er schließlich so vorsichtig, als würde er zu einem Lausbub sprechen, der gerade seinen nächsten Streich ausheckte. »Ihr wollt mir doch wohl nicht weismachen, daß Ihr noch nie etwas von Arash-Felloren gehört habt, oder?«

Der Mann zuckte entschuldigend die Schultern. »Ich komme von sehr weit her.«

Wie ein Raubtier, das in sein Versteck zurückkehrte, schlich Ghreel hinter den Tresen und befand sich damit wieder in seinem natürlichen Lebensraum. Er wandte sich den anderen Gästen zu. »Habt ihr das gehört, Jungs? Der Mann hier ist ein *Lehrer*.« Das Wort ›Lehrer‹ betonte er über Gebühr. »Aber er hat noch nie von Arash-Felloren gehört. Er muß wirklich von *verdammt* weit her kommen, und dieses *verdammt* weit her muß wirklich *verdammt* abgelegen sein.« Hämisches Gelächter folgte diesen Worten, doch der Fremde drehte sich einfach nur um und quittierte den Spott der Gäste mit einem freundlichen Lächeln.

»Da habt Ihr wohl recht«, erklärte er, an den Wirt gewandt. »Aber ich nehme Euren Rat gerne an. Ich werde wohl eine Zeitlang hier in der Gegend bleiben. Vielleicht versuche ich es morgen einmal in der Stadt.« Er wich Ghreels verächtlichem Blick nicht eine Sekunde aus. »Jetzt würde ich mich allerdings gerne etwas ausruhen, wenn es Euch nichts ausmacht.«

Ghreel verzog mürrisch das Gesicht. Die Eigenart des Fremden, jegliche Provokation zu ignorieren, irritierte

den Wirt nicht nur, sie nahm ihm auch jeglichen Anlaß, einen Streit zu beginnen. »Ihr habt also noch nie von Arash-Felloren gehört, hmpf«, knurrte er. So schnell würde er sich nicht geschlagen geben. »Das ist die verdammt noch mal größte Stadt der Welt, mein Freund ...« Ghreel wollte dem Fremden gerade einen verächtlichen Vortrag über seine Überlebenschancen halten, als ihn die Münzen in seiner Schürze daran erinnerten, daß sie sich vielleicht noch vermehren konnten. Also vertrieb er mit einem schwerfälligen Kopfschütteln alle unsinnigen Gedanken und deutete auf eine Tür am anderen Ende der Schankstube. Die hölzernen Stufen knirschten unglücklich, während Ghreel die enge Treppe hinaufstieg. Erst als er die oberste Stufe erreicht hatte, folgte ihm der Fremde – offenbar wollte der Mann es vermeiden, mit Ghreels beachtlicher Masse über sich in einer hölzernen Schlucht gefangen zu sein. Die Treppe führte auf einen langen Balkon mit einem ungleichmäßigen Geländer, der von mehreren Türen und verschlossenen Fenstern gesäumt wurde. Ghreel trat die nächstgelegene Tür auf.

»Das ist es«, erklärte er brüsk. Er wollte gerade wieder zurückgehen, als Besitzerstolz ihn übermannte und er dem Mann ins Zimmer folgte. »Die Fensterläden klemmen manchmal ein wenig«, sagte er. »Aber Ihr werdet sie sowieso nie allzu lange öffnen wollen – wegen des Staubs und der Fliegen, wißt Ihr?« Das Bett war die nächste Station seiner kleinen Führung. »Die Matratzen sind erst letzte Woche ausgeklopft worden.« Schließlich wandte er sich mit stolzgeschwellter Brust einem Steinbecken zu. »Und Wasser.« Nach mehrmaligem Pumpen an einem großen Hebel erklang ein kurzes, mitleiderregendes Husten, und ein paar Tropfen Wasser spritzten aus einem angerosteten Hahn. »Meine Schenke ist die einzige in der Gegend, die so etwas hat«, verkündete Ghreel. »Bei den anderen könnt Ihr schon von Glück reden, wenn Ihr im Hof eine Pumpe und einen Eimer ohne Löcher findet.«

Der Fremde hob die Augenbrauen und nickte, um damit anzudeuten, daß er es durchaus zu schätzen wisse, einen derart luxuriösen Zufluchtsort gefunden zu haben. »Das gibt es nur hier«, wiederholte Ghreel, »nur hier ›Im Weidland‹. Das kann Euch jeder bestätigen.« Dann ging er hinaus, und der Boden vibrierte unter seinen mächtigen Schritten.

Der Fremde stellte die Satteltaschen auf den Boden und legte sein Bündel aufs Bett. Die Tür ließ er offen, und nach einem kurzen Kampf gelang es ihm, auch die Fensterläden zu öffnen – ein Fenster führte hinaus auf den Balkon, das andere zum Hof. Das strahlend rote Licht der untergehenden Sonne war bereits zu einem staubigen rostroten Schimmer verblaßt, und doch hatte die Hitze nicht im geringsten nachgelassen. Der Mann nahm seinen Hut und den weiten Umhang ab und legte sie sorgfältig auf den einzigen Stuhl im Raum. Dann schnallte er den Gürtel ab und legte sich mit dem Schwert an der Seite aufs Bett.

Seine Blick wanderte langsam und systematisch durch den Raum und nahmen jede Einzelheit der alten Handwerkskunst auf und die Spuren jahrelangen Gebrauchs. Dieses Zimmer besaß – ebenso wie das ›Weidland‹ im allgemeinen – die Aura eines feinen alten Herrn, der zwar schon bessere Zeiten erlebt hatte, der aber immer noch jede einzelne Minute seines Lebens genoß. Nur vereinzelte Geräusche vom Hof oder aus der unter ihm liegenden Schankstube unterbrachen gelegentlich den Gedankengang des Fremden.

»Und wo geht's morgen hin?« fragte sein Gefährte. »Nach Arash-Felloren oder in die Wildhäfen?«

Kapitel 2

Obwohl ihm bereits der Atem ausging, rannte Pinatte, angespornt durch die wütenden Rufe in seinem Rücken, immer schneller durch die überfüllten Straßen.

Er hatte einen Fehler begangen – und zwar einen verdammt ernsten –, aber erst, als er die Börse des Mannes bereits in der Hand hielt, hatte er erkannt, daß er einen Kyrosdyn bestohlen hatte. Schlimmer noch: anhand der Qualität der Kristalle, aus denen das Emblem auf der Börse gefertigt worden war, konnte man erkennen, daß es sich zumindest um einen Vollbruder handeln mußte, wenn nicht sogar um einen Hohen Bruder; auch die Größe des Leibwächters, der auf das Schreien seines Herrn hin plötzlich wie aus dem Nichts aufgetaucht war, sprach für diese Vermutung.

Pinatte bog um eine Ecke.

Und das Schreien des Bestohlenen war ebenfalls etwas Besonderes gewesen: eine seltsame Mischung aus Zorn, Ungläubigkeit und Trotz, die noch immer in Pinattes Kopf widerhallte. Dieses Schreien hatte in genau dem Augenblick unzweifelhaft bestätigt, daß es sich bei dem Mann um einen Kyrosdyn handelte, da Pinatte das Emblem auf der Börse erkannt und begonnen hatte, sich um die Konsequenzen seiner Tat Gedanken zu machen.

Er stieß einen leisen Fluch aus. Der verdammte Kerl! Was hatte der Mann sich nur dabei gedacht, einfach so durch die Straßen zu wandern und sich durch nichts von anderen Passanten zu unterscheiden. Wie hätte ein ehrlicher Dieb ihn denn erkennen sollen? Warum hatte er nicht sein Gewand getragen oder zumindest seinen Stab bei sich gehabt?

Passanten beeilten sich, Pinatte den Weg freizumachen, einige nervös, andere wütend, und manche schlugen sogar nach ihm. Ein oder zwei witterten eine Beloh-

nung und versuchten, ihn zu packen und festzuhalten; doch Pinatte war zu schnell, und so wurde der eine, dem es tatsächlich gelang, ihn zu ergreifen, ein Opfer von Pinattes Schwung. Der Mann wurde herumgewirbelt und stolperte vor einen vorbeikommenden Pferdekarren.

Der dabei entstehende Lärm brachte Pinatte zu Bewußtsein, daß er mit seiner kopflosen Flucht für seine Verfolger eine ebenso deutliche Spur hinterließ, als würde er einsam und allein durch eine verschneite Landschaft rennen. Er mußte langsamer werden! Andernfalls würde er wahrscheinlich *Den Schrei* auslösen, und falls er das überleben sollte, hätte er im nächsten Augenblick seine Diebeskollegen am Hals.

Aber seine Beine wollten ihm nicht recht gehorchen. Die Kyrosdyn waren entsetzlich. Stahl man einen Kristall, dann konnte man sich auf eine wesentlich härtere Verfolgungsjagd gefaßt machen, als hätte man das Opfer um Geld oder andere Wertgegenstände erleichtert. Doch wenn man einen Kyrosdyn bestahl, dann mußte man mit einem Rennen bis zu den Wildhäfen rechnen und anschließend noch eine verdammt weite Strecke schwimmen, wollte man sicher sein zu entkommen. Die Besessenheit der Kyrosdyn bezüglich ihrer Kristalle war legendär. Wer es wagte, einem Kyrosdyn einen Kristall zu stehlen, galt in der Diebesgilde als toter Mann.

Deshalb hatte Pinatte dem Leibwächter die Börse auch sofort ins Gesicht geworfen, als könnte ihn das von seiner Schuld befreien. Aber die Kyrosdyn waren nicht nur von Kristallen besessen; sie empfanden eine *Lust* nach ihnen, die beinahe schon an religiöse Verehrung grenzte, und die Steine ohne Respekt zu berühren – oder schlimmer noch, ohne Erlaubnis – bedeutete für den Übeltäter, sich den sinnlosen, selbstgerechten Zorn der fanatischen Kyrosdyn zuzuziehen.

Und merkwürdige Dinge geschahen mit jenen, die den Kyrosdyn in die Hände fielen …

Er mußte aufhören zu rennen! Er mußte aufhören! Die

Dringlichkeit dieser Forderung gewann allmählich die Überhand über sein Bedürfnis zu fliehen. Zu den vielen Fähigkeiten, die sich Pinatte in all den Jahren als Dieb angeeignet hatte, gehörte auch, daß er sich ständig der Geräusche der Menge bewußt war, auch wenn er sich nicht darauf konzentrierte zuzuhören. Manchmal verrieten ihm diese Geräusche, daß er von Tasche zu Tasche und von Geschäft zu Geschäft gehen und sich alles nehmen konnte, wonach ihm der Sinn stand, ohne auch nur das geringste Aufsehen zu erregen. An anderen Tagen jedoch sagten ihm diese Geräusche: ›Nein. Hau ab. Es ist zu gefährlich‹, obwohl keine Veränderung zu erkennen war. Stets hatte er einen Preis dafür zahlen müssen, wenn er diese innere Stimme ignoriert hatte. Nun spürte er mit jedem Schritt, wie seine überstürzte Flucht in der Menge widerhallte und wie dieses Echo mit jeder Sekunde anschwoll. Falls er nicht bald langsamer werden würde, wäre *Der Schrei* so unvermeidlich wie das Schicksal selbst.

Unvermittelt änderte er die Richtung und rannte in eine schmale Gasse. Das war gefährlich, denn hier saß er mehr oder weniger in der Falle, da er seine Geschicklichkeit in der Enge der Gasse nicht ausspielen konnte; aber er brauchte einen Augenblick der Ruhe, um sich zu zwingen, langsamer zu werden und seine Sinne zu sammeln. Nach zwanzig Schritten hatte er seine Geschwindigkeit endlich so weit reduziert, daß er nur noch im Schrittempo ging, und nach weiteren zwanzig Schritten hatte er seine Gedanken geordnet. Reichlich verspätet schaute er sich nun auch um. Nachdem er sich vergewissert hatte, daß er allein war, streifte er die Jacke ab, drehte sie auf links und zog sie wieder an. Dann holte er ein schmutziges gelbes Tuch aus der Tasche, wischte sich damit über die schweißnasse Stirn und wickelte es sich um den Hals. Schließlich stülpte er noch die Hose über die Stiefel und richtete sein ungekämmtes Haar, so daß es wenigstens auf den ersten Blick wie eine ordentliche

Frisur wirkte. Derart hergerichtet verließ ein vollkommen anderer Pinatte die Gasse und mischte sich mit einstudierter Gelassenheit unter die Menge.

Selbst jetzt konnte Pinatte noch eine gewisse Anspannung bei den Passanten spüren. Irgendwo dort draußen suchten dieser kreischende Kyrosdyn und sein riesiger Leibwächter nach ihm – und dabei verursachten sie wahrscheinlich einen größeren Aufruhr als eine Mutter auf der Suche nach ihrem verlorenen Kind! Am liebsten hätte Pinatte dem elenden Kerl die verdammten Kristalle in den Hals gestopft! Er hatte seinen Besitz doch wieder zurückerhalten, oder etwa nicht?

Und dann fragte er sich zum ersten Mal in seinem Leben, warum die Kyrosdyn so waren, wie sie waren. Kristalle waren wertvoll, egal in welcher Farbe oder Schattierung, und wertvolle Dinge bewirkten bei manchen Menschen die seltsamsten Reaktionen. Aber warum waren die Kyrosdyn – jeder einzelne von ihnen – so fanatisch, was Kristalle betraf?

Gerüchte besagten, die Kyrosdyn würden im Vaskyros Unmengen von Kristallen horten, einschließlich der allerwertvollsten: jener Kristalle, die von innen heraus in einem sanften grünen Licht erstrahlten. Pinatte hatte in seinem Leben nur wenig wirklich wertvolle Kristalle gesehen und noch nie einen grünen – tatsächlich hatten das nur wenige. Gelegentlich wurde in den Spelunken, in denen die Diebe verkehrten, eine Geschichte zum besten gegeben, die von grünen Kristallen handelte und wie sie gewonnen und wieder verloren wurden; aber für gewöhnlich waren diese Geschichten nicht mehr wert als das billige Bier, das den Erzähler zu seiner Prahlerei angeregt hatte. Nur einmal hatte Pinatte das Gefühl gehabt, der Wahrheit über diese Art von Kristallen nahegekommen zu sein. Vor einiger Zeit, als er wieder einmal einer jener phantastischen Geschichten über die grünen Kristalle gelauscht hatte, war urplötzlich ein alter betrunkener Mann aufgesprungen, der bis dahin schwei-

gend über seinem Bier gehockt hatte. Der Mann verfluchte den Erzähler und schimpfte ihn einen Lügner und Dummkopf. Anschließend knallte er seine Hand mit der Innenseite nach oben auf den Tisch, um seinen Äußerungen Nachdruck zu verleihen. Die Hand des Alten war vollkommen verkrüppelt, und der Handteller sah aus, als sei er verbrannt. »*Das* bedeuten grüne Kristalle, Junge«, sagte er. »Das und Alpträume für den Rest deines Lebens.« Dann tippte er sich mit dem Finger an die Stirn und schnaufte verächtlich. »Du hast *nichts* gesehen, Junge, geschweige denn *berührt*.«

Der Ausbruch hatte dem Alten nur ein wenig mehr Platz am Tisch eingebracht; doch Pinatte hatte die Verzweiflung und den Schmerz bis heute nicht vergessen, die kurz in den trüben Augen des Mannes zu erkennen gewesen waren. Wann immer die Rede auf grüne Kristalle kam, erwachte diese Erinnerung. Auch jetzt war sie bei ihm. Auf eine Art, die Pinatte nicht erklären konnte, paßten die Erinnerung und der Schrei des Kyrosdyn absolut perfekt zusammen – in dem Augenblick, da Pinatte die Börse an sich gerissen hatte, lag in der Stimme des Kyrosdyn die gleiche Verzweiflung wie in den Augen des alten Mannes.

Pinatte schüttelte den Kopf, um diese Gedanken wieder zu vertreiben. Jetzt war keine Zeit für Tagträumereien. Er mußte sich auf das konzentrieren, was um ihn herum geschah. Wurde er noch immer verfolgt? Hatte seine wilde Flucht ausgereicht, um *Den Schrei* auszulösen?

Pinatte blieb einen Augenblick lang stehen und gab vor, das Obst auf einem Marktstand zu begutachten, während er in Wirklichkeit seine Umgebung beobachtete und über seine nächsten Schritte nachdachte. In dieser Straße ging es recht laut zu, doch die unterschwellige Spannung war verschwunden, die er noch bei Verlassen der kleinen Gasse gespürt hatte. Seine Verfolger hatten entweder aufgegeben, oder sie folgten einer falschen

Spur. Pinatte atmete tief durch. Er hatte verdammtes Glück gehabt – mehr Glück, als er verdiente. In Zukunft wollte er vorsichtiger sein – das war der dritte derartige Beschluß innerhalb eines Monats –, aber noch während er sich gelobte, ein vernünftigerer Mensch zu werden, sah er, wie seine Hand unauffällig nach einem Apfel tastete. Nur mit Mühe gelang es Pinatte, sich zurückzuhalten, und er legte den Apfel übertrieben auffällig wieder zurück auf den Stapel. Er würde sich später etwas zu essen stehlen müssen.

»Wenn Ihr schon nichts kauft, dann betatscht sie gefälligst auch nicht«, beschwerte sich der Händler. Pinatte verkniff sich eine passende Antwort. Statt dessen schürzte er nur beleidigt die Lippen und verschwand in der Menge.

Noch immer beunruhigt wegen seiner kopflosen Flucht, wanderte er eine Zeitlang ziellos umher. Obwohl er inzwischen wesentlich ruhiger geworden war, spielten sich vor seinem geistigen Auge noch immer dieselben Szenen ab: Er stellte sich vor, wie er sich mit wahrhaft genialen und überzeugenden Entschuldigungen aus den Fängen des Kyrosdyn und seines riesigen Leibwächters herausredete, oder wie es ihm gelang, die beiden einfach über den Haufen zu rennen und mit der Börse zu entkommen – das hätte ihn wahrlich zum berühmtesten Dieb von ganz Arash-Felloren gemacht. Außer diesen eher angenehmen Vorstellungen existierten jedoch auch ein paar weniger erfreuliche Varianten dessen, wie das Ereignis hätte verlaufen können, und obwohl Pinatte sich bemühte, sie als pure Dummheit abzutun, konnte er nicht umhin, sie bis ins letzte Detail durchzuspielen.

Allerdings wurden diese Phantasien nach und nach von den Gedanken an prosaischere Bedürfnisse verdrängt. Seine wilde Flucht durch die Nachmittagshitze hatte ihn durstig werden lassen – *sehr* durstig. Auch würde er noch etwas für seinen Nestherrn, Lassner, finden müssen, wenn er heute abend etwas Vernünftiges

essen wollte. Den letzten Gedanken schob er für den Augenblick beiseite. Im Gegensatz zu seinen Phantasien bezüglich des Kyrosdyn könnte er sich bei Lassner *tatsächlich* herausreden und ihn davon überzeugen, ihm für eine Nacht Kredit zu gewähren. Folglich war Durst gegenwärtig sein dringendstes Problem.

Pinatte erreichte einen Punkt, wo mehrere Straßen aufeinandertrafen – oder besser: miteinander kollidierten – und einen großen, unregelmäßigen Platz formten. Arash-Felloren war reich an Statuten, Gesetzen, Verordnungen und allen möglichen anderen Arten von Vorschriften, die sich mit der Bewegung von Waren und Menschen beschäftigten: Handel, Hochzeiten, Beerdigungen, Bettelei, Diebstahl, Geldverleih und jede noch so kleine Einzelheit des gesellschaftlichen und wirtschaftlichen Lebens waren schon seit Menschengedenken strengen Regeln unterworfen. Unglücklicherweise waren diese Regeln nicht nur ausgesprochen vielseitig und beinahe allumfassend, in den meisten Fällen waren sie auch vollkommen unverständlich oder schlossen gar einander aus. Eines jedoch hatten sie gemeinsam: jedermann ignorierte sie. Natürlich wurden Recht und Ordnung in einigen wenigen Stadtvierteln aufrechterhalten, doch der größte Teil der Stadt gehorchte nur einem einzigen Gesetz, dem ältesten Gesetz der Menschheit: dem Gesetz des Stärkeren.

Der Platz, den Pinatte nun betrat, war ein einziges großes Durcheinander: Karren, Reiter und Fußgänger bahnten sich einen Weg durch ein Gewirr von Marktständen und bunten Zelten, und die von Staub erfüllte Luft war voller Lärm. Passanten fluchten, und Händler schrien sich die Kehle aus dem Leib, um die Aufmerksamkeit potentieller Kunden zu erregen.

Pinatte stürzte sich ins Gewühl. Ein solches Gedränge war geradezu ideal für Taschendiebe und Beutelschneider. Besonders in Zusammenarbeit mit einem Gleichgesinnten ließ sich an solch einem Ort ein beachtlicher Pro-

fit erzielen. Doch auch abgesehen von seinem brennenden Durst war Pinatte nicht in der Stimmung, um zu arbeiten; er hatte heute schon genug Pech gehabt. Lassner würde sich mit einer gut erzählten Geschichte über die Ereignisse des heutigen Tages zufriedengeben müssen, entschied Pinatte. Der alte Mann war Realist: Nur weil Pinatte ihm die Miete für eine einzige Nacht schuldig blieb, würde er ihn schon nicht vor die Tür setzen. Pinatte empfand einen irrwitzigen Stolz auf seine Integrität als Dieb. Er genoß einen guten Ruf unter seinesgleichen, und er pflegte seine Schulden stets sofort zu begleichen: Er war der perfekte Nestler.

In der Mitte des Platzes, dort wo die Zahl der Händler die der Passanten überstieg, befand sich ein Zierbrunnen auf einem Podest – ein Überbleibsel aus der Zeit, als der Handel auf dem Platz noch florierte. Die in Stein gemeißelten Figuren am Rand des Brunnens waren verstümmelt worden: Edle Gesichtszüge waren zu den Fratzen armseliger Schläger verkommen, nachdem man ihnen Nasen und Ohren abgebrochen hatte, und robuste Steinschilde und -schwerter waren zerschlagen worden und anschließend der Unbill des Wetters zum Opfer gefallen und verrottet. Aber das Wasser floß noch immer. Die Quelle lag weit genug entfernt von der Stadt, als daß die willkürliche Zerstörung einiger Leitungen seinen Fluß hätte aufhalten können, und überdies hatte das Wissen der Stadtbevölkerung um den Wert des Wassers das alte Leitungssystem vor der völligen Vernichtung gerettet.

Pinatte war erleichtert, als er schließlich den Brunnen erreichte. Zwei, drei Gruppen, die hauptsächlich aus Männern bestanden, saßen auf den Stufen, die zum Brunnen hinaufführten. Pinatte schritt zwischen ihnen mit jener unaufdringlichen Sicherheit hindurch, die er über Jahre hinweg kultiviert hatte. Nur wenn es sich absolut nicht vermeiden ließ, begegnete er dem Blick eines der Männer, allerdings mit einer bemerkenswerten

Ruhe, um nicht unnötigerweise jemanden zu provozieren.

Oben angekommen beugte er sich über die niedrige Brüstung, um eine Handvoll Wasser zu schöpfen, das aus mehreren Rohren in den Brunnen strömte. Wie immer war das Wasser so kalt wie die Berge, aus denen es stammte; die schwüle Hitze, die nun schon seit Wochen über der Stadt lag, schien es nicht im geringsten zu beeindrucken. Pinatte schlürfte laut. Er genoß jeden einzelnen Schluck der eiskalten Flüssigkeit, die sich langsam ihren Weg in seinen Körper hinabbahnte. Nachdem er seinen Durst gestillt hatte, spritzte er sich mit beiden Händen Wasser ins Gesicht. Von einem Augenblick auf den anderen spürte er nichts mehr von den Anstrengungen des Tages. Er begann, seine Geschichte für Lassner vorzubereiten. Es würde eine verdammt gute Geschichte werden, und wenn er sie auch noch gut erzählen würde, wären vielleicht sogar mehrere kostenlose Nächte drin. Womöglich würde es sogar etwas Besonderes zu essen geben – Lassner schätzte gute Geschichten sehr.

Im selben Augenblick, da ihm dieser Gedanke kam, packte eine mächtige Hand seinen Nacken, und sein Kopf wurde unter Wasser gedrückt.

Kapitel 3

Dieselbe Hand, die Pinattes Kopf ins Wasser gedrückt hatte, zog ihn auch wieder heraus, und dennoch schlug er noch eine Zeitlang wild um sich und rang nach Atem, bis er bemerkte, daß es Luft war, die in seine Lungen eindrang, und kein eiskaltes Wasser. Dann ließ er sich einen Augenblick lang hängen, um seine Kräfte zu sammeln. Schließlich versuchte er, sich aus dem Griff des Unbe-

kannten zu befreien. Allerdings hatte er keinen Erfolg, denn obwohl Pinatte stärker war, als seine drahtige Gestalt vermuten ließ, verstärkte der Mann seinen Griff auch noch, bis Pinatte sich endlich wieder beruhigt hatte.

Dann drang Gelächter durch das Dröhnen in seinen Ohren, und undeutlich nahm er eine Gestalt wahr. Vorsichtig hob er die Hand, um seinen Gegner nicht unnötig zu reizen, und wischte sich das Wasser aus dem Gesicht. Schließlich erkannte er die Gestalt.

Es war der Kyrosdyn.

Ein eisiger Schauder lief Pinatte über den Rücken, kälter noch als das Wasser, in das er getaucht worden war, und erneut versuchte er, sich zu befreien. Doch die Hand in seinem Nacken drückte gnadenlos zu, und er stieß einen schrillen Schrei aus; dann traf ihn eine Faust mitten ins Gesicht.

Ironischerweise brachte ihn der Schlag wieder zur Besinnung, und er verhielt sich nun vollkommen ruhig. Der Griff wurde ein wenig gelockert. Pinatte warf einen raschen Blick in die Runde, um sich über seine Situation klarzuwerden. Er sah, daß das Gelächter von einer Gruppe Schaulustiger stammte, die das Spektakel genossen, und daß der Kyrosdyn die Hand erhoben hatte, um erneut zuzuschlagen.

Der Anblick der Zuschauer ließ Pinatte hoffen. Zwar war es unwahrscheinlich, daß sie eingreifen würden, sollte man ihn zusammenschlagen – er selbst hatte bei solchen Gelegenheiten oft genug teilnahmslos zugesehen, denn es war selten klug, sich in anderer Leute Angelegenheiten einzumischen –, aber andererseits waren die Kyrosdyn auch nicht gerade beliebt, und mit etwas Glück würde es ihm vielleicht gelingen, die Menge auf seine Seite zu bringen.

Natürlich nur, falls er die Gelegenheit bekommen würde zu sprechen.

Doch egal, was auch geschehen mochte, er mußte dafür sorgen, daß sich alles in der Öffentlichkeit ab-

spielte. Er war verloren, sollte der Kyrosdyn ihn in den Vaskyros verschleppen.

»Warum habt Ihr das getan?« stammelte er mit unschuldigem Blick und scheinbar tief verletzt.

Der Kyrosdyn hielt einen Augenblick lang inne, neigte den Kopf zur Seite und beugte sich schließlich vor, so daß sein Gesicht dicht vor dem Pinattes war. »Ich glaube, das weißt du«, sagte er sanft. Pinattes Magen zog sich zusammen. Er hatte das Gefühl, als würde der Blick des Mannes sich mitten durch ihn hindurch brennen. Verzweifelt versuchte er, woanders hinzuschauen; doch der Griff, der ihn gefangenhielt, war derart stark, daß er sich nicht bewegen konnte, und so blieb ihm nichts anderes übrig, als mit den Augen zu rollen.

»Nein, das weiß ich nicht«, protestierte er trotzig.

Der Kyrosdyn hob den Finger vor sein unbewegtes Gesicht. Er vollführte die seltsame Geste so langsam und bedächtig, daß sie Pinatte mehr Angst einflößte, als es ein wütendes Schütteln der Faust getan hätte. Er konnte nicht anders, als die Hand des Mannes anzustarren; alles andere verschwamm im Hintergrund. Sie war beinahe so feingliedrig wie die einer Frau – und sie war sauber. *Sehr* sauber. Offenbar kamen die Kyrosdyn bei der Ausübung ihres Handwerks mit nichts in Kontakt, was aufgesprungene Hände hätte verursachen können.

»Schau mich an«, erscholl der Befehl. Pinatte *mußte* gehorchen, und erneut starrte er in die Augen des Kyrosdyn. Die sanfte, hohe Stimme fuhr fort: »Wir, die wir die Kristalle studieren, besitzen eine Einsicht, wie du sie dir noch nicht einmal ansatzweise vorstellen kannst. Wir vermögen allem und jedem bis auf den Grund zu blicken.« Die Stimme wurde zu einem Flüstern. »Auch die jenseitigen Welten und die Welten dazwischen bleiben uns nicht verborgen. Als du versucht hast, uns zu bestehlen, hat sich uns alles an dir, jede Linie und jeder Schatten, in unseren Verstand eingebrannt. Deine Flucht war nichts weiter als ein Ärgernis – ein Ärgernis, das

deine Strafe noch verschlimmern wird. Es war dir nicht möglich, dich vor uns zu verstecken – das Echo deiner erbärmlichen Seele hallte in der Luft selbst wider –, und ebensowenig wird es dir gelingen, den Konsequenzen deiner Blasphemie zu entgehen.«

Die letzten Worte wurden über Gebühr betont, und jedes einzelne von ihnen wurde von einem Schlag ins Gesicht begleitet. Auch diesmal brachten die Schläge Pinatte wieder zur Besinnung. Die Bruderschaft der Kyrosdyn schien nicht nach Macht in der Stadt zu streben, aber dennoch waren sie einflußreich. Jede politische Fraktion suchte die Unterstützung der Bruderschaft, denn es war allgemein bekannt, daß die Kyrosdyn über dunkle und mysteriöse Kräfte verfügten, und wem es gelang, sie auf seine Seite zu ziehen, würde beträchtlich davon profitieren. Der bösartige Einfluß, den sie auf die endlosen Intrigen in der Stadt hatten, hatte allerdings keinerlei Auswirkungen auf Pinatte und seinesgleichen, und daher empfand er vor allem grenzenlose Verachtung gegenüber den Kyrosdyn – aber auch Furcht. Nun jedoch hatten die fortgesetzten Ohrfeigen den Kyrosdyn in Pinattes Augen zu einem primitiven Straßenschläger degradiert, dem gegenüber er den Mut hatte, sich zu behaupten.

»Ich weiß nicht, wovon Ihr redet«, erklärte er wütend. »Habt Ihr in letzter Zeit vielleicht zu heiß gebadet, oder was? Einen Mann beinahe zu ertränken, nur weil er in Ruhe einen Schluck Wasser trinken will, also wirklich. Und jetzt laßt mich gefälligst los.« Er schlug mit der Faust nach hinten, doch sie prallte wirkungslos von einem massiven, muskulösen Körper ab. Pinatte wandte sich an die Zuschauer. »Helft mir doch! Er soll mich in Ruhe lassen!« schrie er und blickte so vielen Leuten in die Augen, wie er konnte. »Der Mann ist wahnsinnig! Ich habe ihn noch nie zuvor gesehen, und ich habe erst recht nichts von ihm gestohlen!«

Der Kyrosdyn schlug ihn erneut. In diesem Augen-

blick gelang es Pinatte, das Handgelenk des riesigen Leibwächters zu packen, der seinen Hals umklammert hielt. Daran zog er sich hoch und trat mit beiden Füßen nach dem Kyrosdyn. Unter der unerwarteten Last taumelte der Leibwächter ein paar Schritte vorwärts, und Pinatte nutzte die Gelegenheit, um sich vom Boden abzustoßen und ein zweites Mal zuzutreten. Zwar fand keiner der Tritte sein Ziel, doch der Kyrosdyn war gezwungen, zurückzuweichen, und die Zuschauer reagierten mit Beifall auf Pinattes Eskapade. Der zweite Angriff brachte den Leibwächter noch mehr aus dem Gleichgewicht, und Pinatte verstärkte seinen Griff um das Handgelenk des Mannes und begann, sich aus Leibeskräften zu wehren. Plötzlich fand er sich auf den Knien wieder, und der Mann fiel über ihn. Dann war der Druck an seinem Hals verschwunden, und Pinatte sprang auf.

Er drehte sich um, und auch wenn er nicht wußte, wie er das zustande gebracht hatte, so sah er doch, wie der Leibwächter des Kyrosdyn die Stufen des Brunnens herunterstolperte und dabei wild mit den Armen ruderte, um das Gleichgewicht wiederzufinden. Der Mann war tatsächlich genauso riesig, wie Pinatte ihn in Erinnerung gehabt hatte; nur sah er jetzt noch bösartiger aus, denn sein Gesicht glühte vor Zorn. Pinatte kam der Gedanke, daß es keine sonderlich gute Idee gewesen war, diesen Stier von einem Söldner vor den Augen seines Arbeitgebers zu blamieren – ebensowenig wie die Idee, einen Kyrosdyn auszurauben. Mit dem Instinkt eines Tieres auf der Flucht und mit der jahrelangen Erfahrung als Straßendieb schaute er sich um, und dort, wo andere nur eine undurchdringliche Menschenmenge sahen, erblickte Pinatte ein Dutzend Öffnungen, durch die er entkommen konnte. Er wählte eine aus, die dem Kyrosdyn unmittelbar gegenüber lag, und ohne lange zu zögern, hielt er darauf zu.

»Nein!«

Die schrille, durchdringende Stimme des Kyrosdyn schien sich wie die Krallen unzähliger winziger Kreaturen um Pinattes Körper zu legen, und er blieb abrupt stehen. Die abergläubische Furcht vor den Kyrosdyn, die er gerade erst überwunden hatte, kehrte mit unerwarteter Wucht wieder zurück und erfüllte seinen Geist. Als er versuchte, dennoch die Flucht fortzusetzen, verweigerten ihm seine Beine den Gehorsam. Mehrere Hände fingen ihn auf, als er stolperte.

»Er hat etwas mit meinen Beinen gemacht«, hörte Pinatte sich selbst sagen. Er hatte das Gefühl, mit der Stimme eines Fremden zu sprechen. »Ich kann sie nicht mehr bewegen.«

»Bringt ihn her!« Die Stimme des Kyrosdyn drang jedermann durch Mark und Bein.

Zweifel befiel Pinattes Helfer. Einige hielten ihn schützend umklammert, andere stießen ihn von sich weg, als hätte er die Pest.

»Bringt ihn her!«

Pinatte wußte, daß er versuchen mußte, die Menge auf seine Seite zu ziehen; doch gegen die lähmende Furcht, die über ihn gekommen war, als seine Beine versagt hatten, war alle Vernunft machtlos.

Irgend jemand drehte ihn herum, so daß er dem Kyrosdyn in die Augen blickten mußte. Der Mann stand ihm mit ausgestreckter Hand gegenüber; er schien das Zentrum in einem Wirbel zu sein – jedenfalls kam es Pinatte so vor. Einen Augenblick lang glaubte Pinatte, etwas Grünes, Bösartiges in der Hand des Kyrosdyn funkeln zu sehen. Dann blinzelte er, und das merkwürdige Etwas war verschwunden. Er kniff mehrmals die Augen zusammen, doch der seltsame Wirbel um den Kyrosdyn war nicht so einfach zu vertreiben. Es war, als würde die Luft um den Mann herum tanzen. Pinatte hatte den Eindruck, der Kyrosdyn stehe nicht nur neben dem Brunnen, sondern gleichzeitig auch irgendwo anders. Ein kaltes, furchtbares Gefühl breitete sich in Pinatte aus, und

mit jedem Herzschlag wurden seine Glieder unbeweglicher. Er konnte nichts dagegen tun. Er *war* ein Nichts. Er war ein Beutetier, das vom Blick des Jägers hypnotisiert worden war und das im nächsten Moment aufhören würde zu existieren.

Doch im selben Augenblick, da sich dieser Gedanke in Pinattes Kopf formte, verschaffte sich ein schwacher Schrei des Widerstands inmitten all des Entsetzens Gehör. Seine Zeit war noch nicht gekommen. Er würde sich nicht dieser elenden Kreatur ergeben, die wie ein Schwein quiekte, nur weil ihr jemand die Börse gestohlen hatte, und die sich ohne Leibwächter nicht auf die Straße wagte. Irgendwo tief in seinem Inneren fand Pinatte wieder die Kraft, die Stimme zu erheben. »Helft mir«, sagte er leise und zwang sich dazu, den Umstehenden in die Augen zu blicken. »Er macht irgendwas mit mir. Er bringt mich um.«

Der Wirbel um den Kyrosdyn wurde ein wenig schwächer, und Pinatte spürte, wie sich die unsichtbaren Fesseln um seine Glieder lockerten. Auch die Stimmung der Zuschauer schien sich gewandelt zu haben. Sie wirkten nicht mehr nur sensationslüstern, sondern betroffen – und wütend.

Die Tatsache, daß der riesige Leibwächter sich schützend neben seinem Herrn postierte, schien Pinattes Eindruck zu bestätigen. Der Kyrosdyn legte den Kopf zur Seite, während der Söldner ihm etwas zuflüsterte.

Dann war der seltsame Wirbel plötzlich vollends verschwunden, und Pinatte wäre beinahe gestürzt, als er unvermutet wieder die Beine bewegen konnte. »Er macht irgendwas mit mir!« Diesmal schrie er. »Ich kann mich nicht bewegen!« Er täuschte ein unbeholfenes Hinken vor.

»Er ist noch nicht einmal in deiner Nähe.« Das war der Leibwächter.

Das war ein Fehler, mein Junge, dachte Pinatte. *Du warst zu laut und zu voreilig.*

Der Kyrosdyn schien das gleiche zu denken, denn er warf seinem Beschützer einen wütenden Blick zu.

»Es ist *tatsächlich* irgend etwas Seltsames passiert«, sagte eine Stimme hinter Pinatte. »Ich habe es ganz deutlich gespürt.« Ein zustimmendes Raunen folgte dieser Bemerkung.

»Er lügt!« kreischte der Kyrosdyn.

Die Gestalt hinter Pinatte trat einen Schritt vor. »Nennt Ihr mich etwa einen Lügner?«

»Kyrpfuscher!« Von irgendwoher aus der Menge heraus zischte das Wort durch die Luft wie der Pfeil eines Assassinen. Pinatte zuckte unwillkürlich zusammen und verfluchte seine eigene Dummheit. Das hätte er selbst schon ganz zu Anfang rufen sollen. Dieses eine Wort stand für all das, was man gemeinhin für die wahre Berufung der Kyrosdyn hielt: für ihre Studien mysteriöser und gefährlicher Mächte – verbotener Mächte –, für die ihre angebliche Haupttätigkeit, die Bearbeitung von Kristallen, nichts weiter als eine Fassade war. Es war ein Wort beladen mit Furcht und Haß, und die Reaktion darauf war stets unvernünftig und unüberlegt. In der Vergangenheit, während der großen Aufstände gegen die Kyrosdyn, hatte es laut durch die Straßen gehallt. Diese Aufstände hatten vielen Menschen das Leben gekostet, doch merkwürdigerweise hatten die Kyrosdyn am Ende als Unschuldslämmer dagestanden, und in der Folge davon hatten sie sich sogar noch fester im komplexen politischen System der Stadt festgesetzt.

Ohne zu zögern, zog der Leibwächter das Schwert und umkreiste seinen Schutzbefohlenen mit langsamen Schritten, während er die Waffe in weitem Bogen schwang. Mit dieser Aktion wollte er jedem möglichen Angriff auf den Kyrosdyn vorbeugen, und sofort weitete sich der Kreis der Zuschauer. Obwohl inzwischen mehrere Männer die Hände auf Schwerter und Messer gelegt hatten, wurde doch keine Waffe gezückt. Jedermann wußte, daß derjenige, der als erster im Zorn vortrat, aller

Wahrscheinlichkeit nach tot sein würde, und Kyrpfuscher hin oder her: nichts, was hier geschehen war, war ein solches Risiko wert. Ein paar Männer riefen tapfer Beleidigungen aus den hinteren Reihen, aber sie wurden rasch zum Schweigen gebracht.

Die Menge begann, sich aufzulösen. Die angespannte Stimmung war wie weggeblasen. Pinatte zog sich gemeinsam mit den ihm am nächsten Stehenden zurück. Als er den Blick des Kyrosdyn bemerkte, konnte er sich ein triumphierendes Lächeln nicht verkneifen. Plötzlich jedoch war der Kyrosdyn mit drei langen Schritten bei ihm. Eine kräftige Hand packte den Kragen von Pinattes Jacke, und er wurde auf die Zehenspitzen hochgehoben. Erschrocken riß Pinatte Augen und Mund auf. Die Geschwindigkeit, mit der der Mann reagiert hatte, hatte ihn ebensosehr überrascht wie die Kraft, die sich in der feingliedrigen Hand verbarg.

»Ich wollte Euch nicht beleidigen, mein Herr«, sagte der Kyrosdyn. Seine Stimme klang freundlich und entschuldigend. Es dauerte einen Augenblick, bis Pinatte bemerkte, daß der Kyrosdyn nicht mit ihm, sondern mit dem Mann sprach, den er kurz zuvor einen Lügner genannt hatte. »Ich habe nicht Euch gemeint, sondern diese ... diese elende Kreatur hier.« Er schüttelte Pinatte. »Er ist ein gemeiner Dieb und Eures Schutzes nicht würdig.«

Wieder schaute sich Pinatte hilfesuchend um, doch die Menge hatte sich aufgelöst, und das Treiben in der Nähe des Brunnens normalisierte sich. Der Leibwächter steckte das Schwert in die Scheide, die Gefahr war vorbei. Pinatte suchte verzweifelt nach einem Ausweg. Was auch immer nun geschehen mochte, er durfte nicht zulassen, daß man ihn in den Vaskyros brachte.

»Ich habe nichts gestohlen«, sagte er in klagendem Tonfall zu seinem inzwischen einzigen Verbündeten und umklammerte den Arm des Mannes. »Ihr könnt mich ja durchsuchen.«

Der Mann schien es eilig zu haben, doch die freundliche Entschuldigung des Kyrosdyn und Pinattes Flehen hatten ihn in die Rolle eines Schlichters gedrängt. Er blickte von Pinatte zu dem Kyrosdyn. »Würde Euch das zufriedenstellen, mein Herr?« Offenbar fühlte er sich als Schiedsmann äußerst unwohl. »Wenn Ihr es wünscht, kann ich natürlich auch die Weartan rufen.« Er deutete auf ein Gebäude in einer der Straßen, die auf den Platz führten.

Pinatte murmelte ein kurzes Dankgebet. Es war mehr als unwahrscheinlich, daß der Kyrosdyn etwas mit der Garde des Präfekten zu tun haben wollte – mit jenen Männern und Frauen, die offiziell mit der Aufrechterhaltung von Recht und Ordnung in den Straßen der Stadt betraut waren. Eine Begegnung mit ihnen bedeutete vornehmlich eines: Hinterher war man bedeutend ärmer.

Der Kyrosdyn packte Pinatte noch fester am Kragen und kniff vor Wut die Augen zusammen. Dann ließ er unvermittelt los.

»Nein«, erwiderte er ebenso höflich wie zuvor. »Ich denke nicht, daß das notwendig sein wird.«

Pinatte verschwendete keine Zeit damit, seinem unfreiwilligen Retter zu danken. Ohne zu zögern, wandte er sich zur Flucht. Aber schon nach dem ersten Schritt traf ihn irgend etwas am Schienbein, und er stürzte auf das Kopfsteinpflaster. Daß es diesmal der Fuß des Leibwächters gewesen war, der ihn aufgehalten hatte, und nicht die mysteriöse Macht des Kyrosdyn, tröstete ihn nur wenig. Bevor er wieder aufstehen konnte, stellte der Mann ihm den Fuß auf den Knöchel und hielt ihn so am Boden fest. Pinatte schrie schmerzerfüllt auf, aber der Söldner lächelte nur und verstärkte den Druck. Die wenigen noch verbliebenen Zuschauer waren inzwischen vorsichtig geworden und wahrten dementsprechend Abstand, während andere Passanten nervös einen Bogen um das Geschehen machten.

Dann beugte sich der Kyrosdyn über Pinatte. Zwar

ließ der Druck auf dem Knöchel nun etwas nach, doch Pinatte konnte sich noch immer nicht bewegen. »Wir werden uns wiedersehen, mein kleiner Dieb«, sagte der Kyrosdyn. Er hockte sich nieder, löste die Börse von seinem Gürtel, die Pinatte versucht hatte zu stehlen, öffnete sie und hielt sie dem Dieb vor die Nase, so daß dieser in sie hineinschauen konnte.

Allein die Lederarbeit war mehr wert als alles, was Pinatte normalerweise innerhalb mehrerer Wochen verdiente, und obwohl er kein Experte in Sachen Kristallen war, so sah er doch, daß die in der Börse ein größeres Vermögen darstellten, als er sich bisher hatte vorstellen können. Mit steinerner Miene betrachtete er die Börse. Er wußte, daß er die Beute nicht hätte verhehlen können, selbst wenn es ihm gelungen wäre, mit ihr zu entkommen. Tatsächlich hätte ihm in diesem Fall wahrscheinlich ebenso große Gefahr von seinen Kumpanen gedroht wie von dem Kyrosdyn. Vielleicht hätte er es sogar mit Barrans Männern zu tun bekommen ... Er schob den Gedanken beiseite.

Pinatte bemerkte, daß die Augen des Kyrosdyn einheitlich grau waren, als wäre aus irgendeinem Grund sämtliche Farbe aus ihnen gewichen.

»Du hast mich schmerzlich beleidigt, mein kleiner Dieb«, sagte der Mann, »und somit die gesamte Bruderschaft. Und auch wenn die Umstände sich jetzt zu deinem Schutz verschworen haben, so werde ich deine wertlose Seele eines Tages doch noch bekommen.« Er bleckte die Zähne und griff mit einer seltsam eleganten Geste in die Börse. Als er die Hand wieder herauszog, hielt er einen vollkommen klaren Kristall zwischen Daumen und Zeigefinger. Der Kristall funkelte strahlend – heller, als er in der von Staub erfüllten Luft des Platzes hätte funkeln dürfen, dachte Pinatte.

»Hier und jetzt binde ich ihn. Ich binde ihn mit Fesseln, kleiner und mächtiger, als du dir vorstellen kannst.« Der Kyrosdyn hielt sich den Kristall ans Ohr. »Ich lau-

sche seinem vergeblichen Bemühen, dem Gefängnis zu entkommen, das nun auf ewig sein Heim ist. Licht brechen, Licht spiegeln. Hin und her, her und hin. Hallen und schwingen. Jedem unserer Befehle gehorchend. Gefangen. Für immer.«

Der Kristall war verschwunden, eingeschlossen in der Hand des Kyrosdyn. Pinatte blinzelte. Einen Augenblick lang schien es ihm dunkler geworden zu sein. Obwohl die Worte des Kyrosdyn keinen Sinn ergaben, hatten sie Pinatte doch zutiefst erschreckt. »Ich habe nichts gestohlen«, brachte er mit heiserer Stimme hervor. »Und das wißt Ihr auch.«

Der Kyrosdyn erwiderte nichts darauf. Er stand auf und bedeutete seinem Leibwächter, Pinattes Fuß loszulassen. Dann zuckte er plötzlich zusammen, als wäre er durch irgend etwas überrascht worden. Zweifel und Gewißheit, beide gleichermaßen entsetzlich, spiegelten sich auf seinem Gesicht, während er Pinatte anstarrte, und er neigte den Kopf zur Seite, als würde er auf ein weit entferntes Geräusch lauschen. Zögernd und mit zitternder Hand griff der Kyrosdyn in seine Jacke. Pinatte beobachtete ihn mit weit aufgerissenen Augen.

Langsam verschwand der Zweifel aus den Zügen des Kyrosdyn und wich einem ernsten, entschlossenen Gesichtsausdruck. Mit einer geradezu tollkühnen Schnelligkeit packte er Pinattes rechte Hand und drückte leicht mit dem Daumen auf dessen Handrücken. Dabei wurden seine Augen zunächst glasig, dann schloß er sie. Einen endlosen Augenblick lang hatte Pinatte das Gefühl, als sei er irgendwo anders, jemand anders, etwas ... eine Helligkeit, ohne Form und Ort, ohne Anfang und ohne Ende ...

Dann befand er sich plötzlich wieder auf dem Platz inmitten von Arash-Felloren und riß die Hand zurück. Auf allen vieren kroch er über das Kopfsteinpflaster, nur weg von den beiden Männern. Der Kyrosdyn machte keinerlei Anstalten, ihm zu folgen, und auch seinen Leib-

wächter hielt der Mann mit einer Geste von der Verfolgung ab.

»Komm in den Vaskyros, wenn du bereit bist«, sagte der Kyrosdyn. Seine Stimme klang seltsam, beinahe respektvoll; dann drehte er sich um und verschwand in der Menge.

Pinatte blickte ihm hinterher. Einen Augenblick lang konnte er nicht glauben, daß nichts weiter geschehen würde, doch dann kehrte allmählich sein Selbstvertrauen wieder zurück.

So ein Verrückter! dachte er voller Verachtung, während er die Stufen zum Brunnen hinaufhumpelte.

Oben angekommen setzte er sich hin, lehnte sich mit dem Rücken gegen die Einfassung und begann, sich den verletzten Fuß zu massieren.

Dabei bemerkte er einen winzigen Fleck auf dem Rücken seiner rechten Hand.

Kapitel 4

Die Thlosgaral

Es war in der Zeit des Letzten Krieges, als der Herr versuchte, Sein Geburtsrecht dem Usurpator Estrith zu entreißen. So schrecklich war dieser Krieg, daß von den tiefsten Tiefen bis hin zu den höchsten Höhen nirgends eine Zuflucht zu finden war, und es gab nicht ein lebendes Wesen, das nicht von Blut befleckt gewesen wäre.

Und der Herr errichtete eine mächtige Zitadelle im Süden von Estrith' Land, auf daß Seine Armee dort Ruhe und Schutz finden möge, bevor sie sich in den Kampf hinauswagte, und auf daß Seine Berater dort die Kunst des Krieges studieren

mochten, um sie dann Seinen Kriegern zu lehren. Doch Estrith' Spione brachten ihm Nachricht von diesem Ort, und er sandte das Heer der Wolkenlande, denn er hatte das Volk dieses Landes getäuscht, so daß sie die gerechte Sache des Herrn leugneten.

Aus dem Osten kamen sie, zur Schlacht gerüstet und geschmückt, und ihre Zahl war so groß, wie sie die Welt noch nicht gesehen hatte und nie wieder sehen würde. Schwarz und schrecklich waren sie, und sie warfen ihren Schatten auf Land und Zitadelle und brachten Furcht und Entsetzen über Sein Volk.

Und als sie sich sammelten, kehrte eine seltsame Stille ein. Dann hörte die Armee des Herrn, die vor den Toren der Zitadelle aufmarschiert war, das Rauschen von Wind, und als sie den Blick hoben, sahen sie geflügelte Krieger, Schatten in Schatten, die Feuer und Tod brachten. Großes Leid kam über Seine Soldaten, denn die Krieger der Wolkenlande waren ohne Mut, und es war ihre Art, hoch über dem Feind zu kreisen, so daß kein Speer und kein Pfeil sie erreichen konnte.

Viele Tage lang hielt die Armee des Herrn stand; doch als ihr schließlich die Vernichtung drohte, überkam Seine Soldaten großer Zorn, denn sie wollten nicht sterben, ohne einen einzigen Schlag gegen den Feind geführt zu haben.

Dann erschien der Herr in ihrer Mitte. Plötzlich und auf geheimnisvolle Art war Er aus der Ferne herbeigeeilt. Er schritt durch die Reihen Seiner Soldaten, und Er war wie ein strahlender Silberstern inmitten der falschen Dunkelheit, die die Wolkenkrieger erschaffen hatten. Und als Er sah, was geschehen war, da war Sein Zorn so groß, daß Er die höchsten Seiner Diener um sich versammelte und all die Macht, die Ihm gegeben war, gegen die finstersten Kämpfer der Wolkenlande schleuderte. Und Seine Macht war so groß, daß die Heerschar der Wolkenlande entzweigerissen wurde. Der Himmel war erfüllt von den Schreien der Sterbenden, und so kam es, daß die Wolkenkrieger in diesem ihrem letzten Augenblick das ganze Ausmaß von Estrith' Verrat erkannten.

Doch das Volk in der Zitadelle des Herrn freute sich nicht ob

der Vernichtung ihrer Feinde, denn die erschlagenen Wolkenkrieger drohten auf sie hinabzustürzen. Als der Herr dieser Gefahr gewahr wurde, schleuderte Er die Heerschar der Wolkenlande mit der letzten Ihm verbliebenen Macht gen Osten, so daß sie außerhalb der Zitadelle niedergingen.

Doch der Sturz der Feinde war so schrecklich, daß der größte Teil Seiner Armee mit in den Untergang gerissen wurde, und es gab nicht ein Gebäude in der Zitadelle, das nicht bis auf die Grundfesten erschüttert worden wäre, und viele von ihnen wurden zu Ruinen.

Und das Land, auf das die Heerschar der Wolkenlande stürzte, einst blühend und wohlhabend, wurde zermalmt und für immer unfruchtbar. Und der Herr benannte die Öde in der uralten Sprache: die Thlosgaral.

Dann weinte der Herr, während Er inmitten all der Zerstörung nach den Resten Seiner Armee suchte, denn Er war über alle Maßen erschöpft, und die Wunden, die Er davongetragen hatte, vermochte noch nicht einmal Er selbst zu heilen. Manche sagen, in diesem Augenblick habe Er erkannt, daß Estrith' Verrat Ihm schlußendlich den Untergang bringen würde. Doch so groß war die Gerechtigkeit Seiner Sache, daß dort, wo Seine Tränen den Boden berührten, das Land mit Seiner Weisheit gesegnet wurde, auf daß sie von zukünftigen Generationen geerntet werden und Er wieder auferstehen möge ...

So lautete eine der vielen Geschichten über die Entstehung der Thlosgaral – eines öden, felsigen Landstrichs, der das Land im Osten von Arash-Felloren wie eine Narbe durchzog, zwischen dem Weidland und den Wildhäfen. Die Thlosgaral verlief wie ein gerader Strich von Norden nach Süden, und nur dort konnte man die Kristalle finden, die für die Stadt und die Niederorte so bedeutsam waren.

Es existierten noch viele andere Mythen über den Ursprung der Thlosgaral. So hieß es beispielsweise, einer

der Jünger des Herrn habe dort die ihm verliehene Macht entfesselt, um Estrith' mächtige Armee zu vernichten. Eine andere Version sprach davon, einer von Estrith' schrecklichen Feldherren habe versucht, das Land selbst entzweizubrechen, um es mitsamt der Armee des Herrn ins Meer zu stürzen. Andere wiederum erzählten sich, dort, wo sich heute die Thlosgaral befinde, habe man einst den Leichnam des Herrn verbrannt, nachdem er in der neunten Stunde der Letzten Schlacht gefallen war. Aber natürlich bezogen sich nicht alle Geschichten auf den Letzten Krieg. Manche behaupteten, daß in Zeiten, an die sich kein Mensch mehr erinnern könne, ein Stern vom Himmel gefallen sei und das Land auseinandergerissen habe. Wieder andere wußten zu berichten, daß tief im Innern der Welt eine Unruhe herrsche, die das Land vor langer Zeit zerstört habe. Und in einer besonders seltsamen Geschichte wurde die Thlosgaral als ein ›Fehler‹ bei der Entstehung der Welt bezeichnet, entstanden im Ersten Feuer, das alle Dinge geboren hatte. Ferner behaupteten die Anhänger dieser Erklärung, in der Öde der Thlosgaral könne man die Schlüssel zu den Verbotenen Wegen finden, die von einer Welt zur anderen führten.

Die Gelehrten von Arash-Felloren jedoch spekulierten und diskutierten auf einer weniger mystischen Ebene und suchten statt dessen nach logischen Erklärungen. Aber obwohl sie bei ihren Studien viel über die Thlosgaral gelernt hatten, so vermochten sie doch keine Aussage über ihren Ursprung zu machen. Über die Entstehung der Kristalle und deren Fähigkeiten wußten sie sogar noch weniger.

Aber wie auch immer sie entstanden sein mochte, die Thlosgaral existierte, und sie war eine Absonderlichkeit: ein unheimlicher, gefährlicher Ort, in dem eine schier unglaubliche Hitze herrschte und der sich drastisch von den angrenzenden Ländern unterschied. Besonders seltsam war, daß sie ständig ihre Gestalt veränderte, lang-

sam zwar, doch stetig – wie ein majestätischer Ozean, dessen Rhythmus niemand zu messen vermochte.

Ruhelos versucht Sein Geist, sich einen Weg zu bahnen ...

Barran war nur versehentlich in die Thlosgaral gekommen. Damals war er ein Söldner gewesen, der Gerüchte über einen großen Krieg im Norden gehört hatte. Zwischen ihm und dem Kriegsschauplatz befand sich jedoch die Thlosgaral, und anstatt sie zu umgehen, beschloß er, sie zu durchqueren. Aber wie schon Tausende vor ihm, so unterschätzte auch Barran die große Öde und wurde von einem der hier typischen, heftigen Sandstürme überrascht. Schließlich geriet sein Pferd in Panik. Unter normalen Umständen hätte Barran die Situation rasch wieder unter Kontrolle gehabt, doch ein lockeres Hufeisen brachte sein Reittier zu Fall, und er wurde aus dem Sattel geschleudert und verlor die Besinnung. Als er wieder zu sich kam, mußte er feststellen, daß sein Pferd mit den meisten seiner Habseligkeiten in den Satteltaschen auf und davon gelaufen war. Sein ganzer Körper schmerzte, und zu allem Übel blickte er auch noch in die Gesichter dreier unansehnlicher Gestalten, die mißtrauisch auf ihn hinabschauten.

Barran befürchtete zunächst, ausgeraubt worden zu sein; doch als er sowohl Börse als auch Waffen an seinem Gürtel spürte, wußte er, daß dem nicht so war. Einer der drei Männer trat vor und bot ihm eine zerbeulte Feldflasche an. Barran zögerte nur kurz. Obwohl das Wasser einen leicht metallischen Geschmack besaß, trank er gierig und dankte dem Mann. Nun fiel ihm auch auf, daß die Männer sich trotz ihres ungepflegten Aussehens nicht wie Räuber verhielten. *Wahrscheinlich handelt es sich bei ihnen um irgendeine Art Tagelöhner,* vermutete Barran.

Er setzte sich auf, stützte sich mit den Fäusten auf dem Boden ab und versuchte aufzustehen. Plötzlich konzentrierte sich sämtlicher Schmerz in seinem Körper auf eine

einzige Stelle, und Barran erkannte, daß er sich bei dem Sturz den Knöchel verletzt haben mußte. Teilnahmslos beobachteten die drei Männer, wie er sich wieder zu Boden gleiten ließ.

Eine erste vorsichtige Untersuchung verriet Barran, daß er sich zwar nichts gebrochen hatte, aber dennoch würde er den Fuß eine Weile nicht belasten können. Im Geiste verfluchte er sein Pferd, die Wüste und das Schicksal im allgemeinen. Trotzdem gelang es ihm, einen gelassenen Gesichtsausdruck zu bewahren. Verletzt und ohne Pferd blieb ihm nun nichts anderes übrig, als diese Fremden um Hilfe zu bitten – und eine Flut von Flüchen konnte nur allzu leicht mißverstanden werden.

»Ich kann nicht gehen«, erklärte er. »Könnt ihr mir bis zum nächsten Dorf helfen?« Die drei Männer schauten einander an, dann flüsterten sie miteinander.

»Die nächste Stadt ist mehr als einen Tagesmarsch von hier entfernt – selbst für einen guten Läufer«, antwortete schließlich einer von ihnen. »Dorthin zu gehen wäre die reinste Zeitverschwendung für uns – ganz zu schweigen davon, wie lange es dauern würde, wenn wir dich mitschleppen würden. Du hättest besser aufpassen sollen. Wir werden dich in unser Lager bringen und deinen Knöchel versorgen, wenn du zwei Monate für uns arbeitest.«

Barran starrte den Mann verwirrt an. Er hatte in seinem Leben schon so manches Angebot bekommen, aber noch nie ein derart merkwürdiges. Unzählige Fragen schossen ihm durch den Kopf. Eine davon wählte er aus. »Was macht ihr denn?«

Ein Hauch von Überraschung erschien auf den mürrischen Gesichtern der Fremden. »Du kommst von verdammt weit her, stimmt's?« fragte der Mann, der Barran das Angebot gemacht hatte. Barran nickte.

»Wir sind Kristallsucher«, erklärte der Mann. Das war alles. Jeglichen weiteren Kommentar hielt er offenbar für überflüssig.

Barran war keinen Deut klüger geworden, doch in seiner gegenwärtigen Lage schien ihm ein Nachfragen nicht angebracht zu sein. Er hatte sich verirrt; er war verletzt, und er besaß nur wenig Geld und nichts zu essen. Jede weitere Frage könnte die Geduld seiner potentiellen Retter über Gebühr strapazieren. »Wenn ihr eine Arbeit für mich habt, die ich in meinem Zustand übernehmen kann, dann werde ich arbeiten«, sagte er.

»Wir haben Arbeit für dich.«

Obwohl die Umstände dagegensprachen, widerstrebte es einfach Barrans Natur, nicht zu feilschen.

»Aber zwei Monate ...?«

Es folgte eine kurze Verhandlung, und schließlich kam man überein, daß Barran nach seiner Genesung noch weitere vier Wochen für die Männer arbeiten sollte.

Während Barran auf zwei der Männer gestützt durch die Wüste humpelte, beglückwünschte er sich. Natürlich hatte er nicht die Absicht, sich an die Abmachung zu halten, aber auf jeden Fall hatte er sich Kost und Logis gesichert, bis er kräftig genug zur Flucht sein würde. Außerdem hatte er bei den Verhandlungen nicht nur den Namen des Anführers erfahren – Aigren –, sondern er hatte auch noch etwas anderes, etwas viel Wichtigeres über die Männer gelernt: Sie waren ausgesprochen dumm. Erst einige Zeit später sollte er erfahren, daß er von Glück reden konnte, nicht von ›klügeren‹ Kristallsuchern gefunden worden zu sein – von Männern, die in einer solchen Situation ähnlich gehandelt hätten wie er selbst: nämlich ahnungslose Reisende zu Sklaven gemacht.

Als er jenen Ort sah, den die Fremden als ihr ›Lager‹ bezeichneten, fühlte sich Barran in seiner Meinung über die Männer bestätigt. Es handelte sich bei diesem ›Lager‹ um eine große, windschiefe Holzhütte, die – so schien es Barran zumindest – nur nicht umstürzte, weil sie gegen eine steile Felswand gebaut worden war. Vor der Hütte bearbeiteten drei Frauen Felsbrocken von unterschied-

licher Größe mit großen Stößeln, während vier Kinder im Staub der Wüste spielten. Alle sieben blickten auf, als die Männer sich näherten; doch es fand weder eine Begrüßung statt, noch zeigte irgend jemand eine andere Geste der Zuneigung, wie sie allgemein unter Familienmitgliedern üblich war, und auch Barran wurde nur mit einem flüchtigen Blick bedacht, während den Frauen seine Anwesenheit erklärt wurde.

Was auch immer diese ›Kristallsucherei‹ sein mochte, Barran gelangte angesichts der armseligen Szenerie allmählich zu der Überzeugung, daß sie mit viel Arbeit und wenig Profit verbunden war. Das elende Aussehen der Kinder verstärkte diesen Eindruck noch. Aber das war nicht sein Problem. Barran würde sich so verhalten wie immer, wenn er sich unter Fremden befand: Er würde den Dummen spielen, schweigen, zuhören und beobachten. Aigren griff nach einem langstieligen Hammer, der auf dem Boden lag, und deutete auf einen Haufen Felsbrocken.

»Zertrümmere sie«, sagte er und reichte Barran den Hammer.

Barran blickte auf das Werkzeug und dann auf die Felsbrocken. Angesichts des Befehls und der mürrischen Art, in der er erteilt worden war, war Barrans erster Instinkt, den Hammer an seinem neuen Arbeitgeber auszuprobieren – er hatte schon Männer aus nichtigeren Gründen getötet. Aber ein stechender Schmerz in seinem Fuß erinnerte ihn daran, daß er im Augenblick keine andere Wahl hatte, als zu gehorchen, und so stützte er sich auf den Hammer und humpelte zu dem Steinhaufen. »Wie klein hättet ihr sie denn gern?« fragte er, ohne sich die Mühe zu machen, den Sarkasmus in seiner Stimme zu verbergen.

»Die Frauen werden es dir zeigen«, kam die Antwort, und die drei Kristallsucher verschwanden in der Hütte. Barran stand einen Augenblick lang einfach nur da und starrte auf die geschlossene Tür.

»Wenn du essen willst, dann arbeite.« Den Worten folgte ein rhythmisches Hämmern.

Barran zuckte zusammen und drehte sich um. Die Frauen hatten wieder damit begonnen, mit ihren Stößeln die Steine zu bearbeiten. Eine von ihnen war es auch gewesen, die gesprochen hatte. Barran schaute sie an und nickte in Richtung der Felsbrocken. »Soll ich sie wirklich einfach nur zertrümmern?« fragte er.

»Einfach nur zertrümmern.«

Da Barran nicht stehen konnte, erwies sich das Schwingen des Hammers als äußerst schwierige Aufgabe, doch schließlich gelang es ihm, einen Sitz aus Felsbrocken zu improvisieren, so daß er wenigstens halbwegs effizient arbeiten konnte. Ein Teil von ihm rebellierte dagegen, eine derart niedere und offenbar sinnlose Arbeit zu tun; aber während er die Steine zertrümmerte, erinnerte er sich daran, wie er Gräben ausgehoben und Festungsmauern unterminiert hatte – und das unter weitaus schlechteren Bedingungen. Zumindest versuchte hier niemand, ihn umzubringen. Er entspannte sich allmählich, und schon bald arbeitete er in gleichmäßigem Takt; dabei bildeten seine Hammerschläge einen deutlichen Kontrapunkt zu den dumpfen Schlägen der Frauen.

Nur die Hitze machte Barran wirklich zu schaffen, und schon bald stand ihm der Schweiß auf der Stirn. Überdies war es vollkommen windstill, und der feine Sandstaub drang ihm in jede Pore. Barran wollte sich über die Bedingungen beschweren, doch als er sah, wie ruhig und gleichmäßig die Frauen arbeiteten, verzichtete er darauf.

Nach einer Weile erkannte er auch den Zweck seiner Tätigkeit: Die Frauen zermahlten die Gesteinsbrocken, die Barran zuvor aus den Felsen geschlagen hatte, zu einem grobkörnigen Pulver. Von Zeit zu Zeit wurde einer der tiefen Mörser, an denen sie arbeiteten, zur Seite gekippt, und zu den spielenden Kindern gerollt ... nur daß die Kinder in Wirklichkeit überhaupt nicht spielten.

Sie arbeiteten ebenso wie die Erwachsenen: Mit flinken Fingern verteilten sie den Staub, und untersuchten ihn aufmerksam. Nach einiger Zeit schrie eines der Kinder plötzlich auf, und das unerbittliche Hämmern der Stößel verstummte für eine Weile, während die Frauen ihr Werkzeug beiseite legten und zu den Kindern hinübereilten, um den Fund zu untersuchen. Als schließlich zum zweiten Mal einer solcher Ruf erscholl, rappelte sich auch Barran auf und humpelte auf seinen Hammer gestützt zu den Kindern, um zu sehen, was geschehen war. Zunächst sah er überhaupt nichts, doch dann drehte eines der Kinder die Hand, und zwischen Daumen und Zeigefinger funkelte ein winziger Kristall. Die Frauen nickten anerkennend, und eine von ihnen feuchtete die Finger mit etwas Speichel an, nahm den Kristall und trug ihn zu einem kleinen Topf. Als sie bemerkte, daß Barran ihr folgte, bedeutete sie ihm mit einer abwehrenden Geste, er solle sich wieder an seine Arbeit machen. Barran zuckte entschuldigend mit den Schultern und tat, wie ihm geheißen; dabei täuschte er eine Gleichgültigkeit vor, die er nicht empfand. Das plötzliche Funkeln des Kristalls hatte mehr als nur die staubige Luft durchdrungen; es war Barran durch Mark und Bein gegangen. Er war tatsächlich fasziniert.

»Das ist es also, was ihr hier sucht«, sagte er und ließ sich wieder auf seinen steinernen Sitz nieder. »Für Schmucksteine sind sie allerdings ein wenig klein. Sind sie denn der Mühe wert?«

»Schmucksteine?« Die Frau hielt einen Augenblick lang inne und drehte sich kurz zu Barran um. Dann wandte sie sich wieder von ihm ab und ließ auch den zweiten winzigen Fund in den Topf fallen. Als sie sich erhob, wirkte sie verwirrt. »Kristalle sind Kristalle. Sie sind alle wertvoll.«

Barran verlegte sich auf Ehrlichkeit. »Ich habe noch nie von solchen Steinen gehört. Wofür werden sie gebraucht, und wer kauft sie?«

Die Frau füllte einen Eimer mit zerkleinerten Felsbrocken. Die, die ihr nicht klein genug waren, warf sie wieder zurück auf den Haufen. Sie musterte Barran mit unverhohlenem Mißtrauen. »Jeder weiß über die Kristalle Bescheid«, erklärte sie.

Barran betrachtete das Gesicht der Frau. Unter all dem Dreck und den Sorgenfalten erkannte er Entschlossenheit und Stärke, und so entschied er sich, nicht weiter nachzufragen. Mit der Zeit würde er sowieso alles herausfinden, was er wissen wollte; er brauchte nur ein wenig Geduld. »Ich komme von weit her«, rechtfertigte er sich leise, doch in einem Tonfall, der das Gespräch beendete.

Die Arbeit ging weiter wie bisher: Barran zerbrach das seltsam spröde Gestein; die Frauen zermahlten die Trümmer mit ihren Stößeln, und die Kinder durchsuchten den Staub. Barran versuchte, seinen Knöchel kraft seines Willens zur Heilung zu *zwingen*. Er mochte vielleicht ganz gut bei dieser Art von Arbeit sein, aber er hatte nicht die Absicht, sie länger auszuüben als unbedingt nötig.

Während des restlichen Tages wurde nur noch ein einziger Kristall gefunden. Als man den Stein entdeckte, rührte sich Barran nicht vom Fleck; statt dessen täuschte er weiterhin Gleichgültigkeit vor. Doch diesmal folgte der Inspektion der Frauen eine Aufregung, wie es bei den ersten beiden Funden nicht der Fall gewesen war. Barran reckte unauffällig den Hals, um so viel von dem darauffolgenden Gespräch mitzubekommen wie nur irgend möglich; aber das einzige, was er hörte, war: »Ellyn, es ist ein Bunter ... Ich bin absolut sicher.«

Ellyn war die Frau, mit der Barran gesprochen hatte, Aigrens Gattin – jedenfalls nahm er das an. Zwar konnte er ihre Antwort nicht verstehen, doch offensichtlich schien sie Zweifel an der Aussage der anderen Frau zu hegen. Sie hielt den Kristall ins Licht, drehte ihn ein paarmal hin und her und musterte ihn nachdenklich. Dann

schüttelte sie den Kopf. Die erste Frau erhob Einspruch, doch erneut verstand Barran nur Bruchstücke. »... eine Regenbogenader irgendwo hier ... das sage ich doch schon die ganze Zeit.« Schließlich entschied man sich – offenbar als eine Art Kompromiß –, den Kristall in einem anderen Topf zu deponieren als die ersten beiden.

Die wenigen Gesprächsfetzen, die Barran hatte aufschnappen können, erregten seine Neugier. Was in aller Welt war ein ›Bunter‹? Und was war eine Regenbogenader? Offenbar handelte es sich dabei um etwas Bedeutsames. Zumindest besserte sich die Laune aller drei Frauen zusehends. Auch die Arbeit schien ihnen nun leichter von der Hand zu gehen, und von Zeit zu Zeit sprachen sie leise miteinander. Einmal zeigte sich sogar ein leichtes Lächeln auf Ellyns Lippen, als sie verträumt in den Himmel hinaufschaute. Einen Augenblick lang sah Barran sie als die junge, hoffnungsvolle Frau, die sie einst gewesen war – ein beunruhigender Anblick.

Kurz darauf, als die Sonne allmählich unterging, erschienen die Männer wieder. Bisher war Barran davon ausgegangen, daß sie sich einen schönen Tag in der Hütte gemacht hatten, während er und die Frauen die Arbeit allein erledigten, doch nun sah er, daß jeder von ihnen einen schweren Korb mit Felsbrocken auf dem Rücken trug. Diese warfen sie auf Barrans Haufen. Barran schaute ihnen verdutzt zu.

Ihm wurde befohlen, die Arbeit fortzusetzen, während die Frauen und Kinder mitsamt der Mörser und den beiden Töpfen in der Hütte verschwanden. Nach und nach brachten die Männer weitere Körbe mit Felsbrocken heraus, bis endlich Aigren in der Tür erschien und Barran hereinwinkte.

Die Tür wurde sofort wieder geschlossen, nachdem er hindurchgetreten war – und auch gut verriegelt, wie er verwundert feststellte. Was besaßen diese bettelarmen Leute, das derartige Schutzmaßnahmen rechtfertigte?

Es dauerte einen Augenblick, bis sich Barran an das

trübe Licht in der Hütte gewöhnt hatte; er war verwirrt und desorientiert. Was er von außen für eine windschiefe Hütte gehalten hatte, die an einer Felswand lehnte, war in Wahrheit der Eingang zu einer Höhle. Mehr noch: Diese Höhle war von Menschenhand gemacht worden. An den Wänden waren deutlich die Spuren von Werkzeugen zu erkennen. Barran war beeindruckt.

»Habt ihr das selbst gemacht?« Er hatte die Frage gestellt, ohne vorher darüber nachzudenken.

»Das ein oder andere«, antworte Aigren knapp. Offensichtlich beabsichtigte er nicht, mehr dazu zu sagen. Barran schwieg. Wie dumm diese Leute wirklich waren, blieb abzuwarten, und bis er seiner Sache sicher war, hielt er es für das beste, über sich selbst so wenig wie möglich preiszugeben.

Barran schaute sich um. Das Licht stammte von ein paar Öllampen. Sie standen auf kleinen Simsen, die man aus dem Fels gehauen hatte. Die Luft war erstaunlich frisch. Allerdings wehte eine kaum spürbare Brise durch den Raum, die eine unangenehme Wärme mit hereinbrachte. Der hölzerne Eingangsraum wurde offenbar hauptsächlich als Lager für Werkzeuge genutzt. Obwohl Dach und Wände sich zur Seite neigten, als hätte ein Riese versucht, das Gebäude umzustürzen, war es weitaus stabiler, als es von außen den Anschein hatte. Sicherlich hatte man die Hütte nicht so schief gebaut; aber andererseits konnten Felsen sich nicht bewegen ... oder etwa doch? Fragen über Fragen. Barran deutete auf eine Reihe von Hammerstielen, die an der Wand lehnten. »Darf ich einen von denen als Krücke benutzen?« fragte er. »Mein Hammer ist zum Laufen nicht gerade gut geeignet.«

Aigren nickte.

Barran testete mehrere Stiele, bis er endlich einen gefunden hatte, der ihm nicht nur als Krücke dienen konnte, sondern, falls notwendig, auch als Waffe. Als er wieder zu den anderen humpelte, sah er, daß die Frauen

Essen zubereiteten, während die Männer sich mit mürrischen Gesichtern an einem langen Holztisch niedergelassen hatten. Barran gesellte sich zu ihnen. Dabei hielt er sorgfältig nach jedem noch so geringen Anzeichen von Unmut ihrerseits Ausschau. Nun würde er endlich etwas über seine Gastgeber erfahren. Nichts löste die Zunge eines Mannes besser als ein gutes Essen nach einem arbeitsreichen Tag, und sicherlich wollten sie auch etwas über ihn erfahren – wer er war, woher er kam, wie er hierher gekommen war und so weiter. Sie waren zwar nicht sonderlich gesprächig, aber wenn die Unterhaltung erst einmal in Gang gekommen war, würde es ihm sicherlich gelingen, das ein oder andere aus ihnen herauszubekommen und mehr über sie selbst und ihr seltsames Handwerk zu erfahren.

Doch Barran wurde enttäuscht. Das Essen war einfach, aber nahrhaft, wenn auch voller Sand, und während der gesamten Mahlzeit wurde kaum ein Wort gesprochen. Als in der Ferne ein leises, aber deutliches Knarren zu hören war, hörte jeder mit Ausnahme von Barran auf zu essen. Die Männer reckten angespannt die Hälse, als enthielte das Geräusch eine Botschaft, während die Frauen und Kinder sie besorgt beobachteten. Dann war das Geräusch wieder verschwunden, und alle wandten sich wieder schweigend dem Essen zu.

Und dann war Barran plötzlich eingeschlafen. Er hatte heute so manches erlebt: Er war vom Pferd gefallen, hatte das Bewußtsein verloren, hatte sowohl sein Reittier als auch all seinen Besitz verloren, und schließlich hatte er sich von einem Söldner in einen armseligen Tagelöhner verwandelt, der in einer Art Mine schuftete, wie er sie noch nie gesehen hatte und die sich in einem ihm vollkommen unbekannten, bizarren Land befand. Allein die Tatsache, daß er sich aus Gewohnheit ständig kampfbereit hielt, hatte ihn bisher wachgehalten; doch nun, nach dem nahrhaften Essen und hinter der verriegelten Tür, kapitulierte er vor den Bedürfnissen seines Körpers.

Später konnte er sich nur noch vage daran erinnern, wie man ihn vom Tisch weggeschleift und irgendwo hingelegt hatte. Trotz der Schmerzen in seinem Knöchel versank er in einen traumlosen Schlaf, aus dem ihn erst Aigrens Worte wieder herausrissen.

»Es dämmert, Barran.«

Barran öffnete die Augen, und obwohl er vollkommen steif war und ihn sämtliche Knochen im Leib schmerzten, war er augenblicklich hellwach in Erwartung der Gewalt, die an fremden Orten schon so oft sein Erwachen begleitet hatte. Aber alles war ruhig. Er blinzelte, um wieder klar sehen zu können. Im trüben Licht der Öllampen erkannte er, wie Aigren sich wieder von ihm entfernte, und um ihn herum rührten sich die anderen. Barran sah, daß ihre Betten ebenso wie das seine nur aus einer Decke bestanden, die man in einer großen Felsnische auf dem Boden ausgebreitet hatte. Er hatte schon an schlimmeren Orten geschlafen, aber dieser Gedanke tröstete ihn nur wenig, denn neben der Steifheit, die er seinem harten Nachtlager zu verdanken hatte, spürte er nun auch wieder Schmerz in seinem verletzten Knöchel. Barran legte die Hand auf den Hammerstiel, den er als Krücke und Waffe gewählt hatte, und stemmte sich in die Höhe. Dabei erregte eine dunkle Stelle ein Stück tiefer in der Höhle seine Aufmerksamkeit. Er schaute genauer hin und entdeckte noch weitere dieser seltsamen schwarzen Flecken. Das waren wohl die Eingänge zu den Minen, wo die Männer arbeiteten. Ohne Zweifel beabsichtigten sie, ihn mit in die Stollen zu nehmen, sobald er entsprechend genesen sein würde; doch unter der Erde würden seine Chancen auf Flucht noch wesentlich schlechter stehen.

Vorsichtig belastete er den verletzten Fuß. Die Schmerzen hatten schon ein wenig nachgelassen. Barran besaß eine gute, angeborene Konstitution, und überdies war es seinem Knöchel offenbar gut bekommen, daß er den gestrigen Tag im Sitzen gearbeitet hatte. Im Augenblick

hielt er es jedoch für angebracht, die Verbesserung seiner Gesundheit für sich zu behalten.

Aigren schob gerade den schweren Querbalken beiseite, mit dem er am Abend zuvor die Seitentür verriegelt hatte. Barran humpelte zu ihm hinüber.

»Habt ihr Wasser? Ich würde mich gerne waschen.«

Aigren schaute ihn an. Zum ersten Mal spürte Barran einen Hauch von Gewalttätigkeit in seinem Gegenüber – nur schwach und weit entfernt, aber sie *war* da. *Sei vorsichtig,* ermahnte er sich selbst und verstärkte den Griff um seine Krücke. *Du weißt nichts über diese Menschen, und hier drin kannst du dich nicht richtig verteidigen.*

Aigren nickte in Richtung eines Fasses neben der Tür. »Wasser ist zum Trinken da«, erklärte er. »In ein paar Tagen vielleicht auch was zum Waschen. Es sei denn, du willst zum Fluß laufen.«

»Wo ist der Fluß?«

»Einen halben Tag nach Osten.« In Aigrens Stimme lag unverhohlener Spott. »Wenn man den Weg kennt.« Dann Bitterkeit. »Und wenn er nicht gewandert ist.«

Mit der letzten Bemerkung konnte Barran nichts anfangen.

»Hier.« Das war Ellyn. Sie reichte Barran eine Feldflasche und einen Korb mit Brot. »Das wird dich über den Tag bringen.«

»Sieh zu, daß er sich das verdient«, befahl Aigren seiner Frau in grobem Ton und stieß die Tür auf. Wärme, Staub und das rote Licht der aufgehenden Sonne strömten in die Höhle. Ellyn warf Barran einen undeutbaren Blick zu und ging an ihm vorbei hinaus.

Der Tag verlief genau wie der vorherige, bis gegen Mittag drei Männer ins Lager kamen.

Kapitel 5

Das Erscheinen der Fremden erweckte Barrans Interesse. Ihr Besuch kam scheinbar unerwartet; aber den Frauen waren sie offensichtlich bekannt, denn ihr Verhalten wurde mit einemmal devot und schmeichlerisch. Eine von ihnen rannte beinahe mädchenhaft zur Hütte, ›um die Männer zu holen‹.

Barran musterte die Fremden verstohlen, während er mit seiner Arbeit fortfuhr. Einer trug ein kleines Kästchen unter dem Arm. Er war auffallend besser gekleidet als die beiden anderen, und offenbar war er ein wenig verlegen.

Ein Kaufmann und zwei Leibwächter, schlußfolgerte Barran. Der Beruf der beiden letzteren war leicht zu erraten. Der eine von ihnen war eine große, massige Kreatur, die beim Gehen hin und her schwankte und die vor lauter Muskelmasse die Arme nicht mehr an den Körper legen konnte. Mit steinerner Miene stand er dicht neben seinem Schutzbefohlenen. Der andere Mann war von durchschnittlicher Gestalt. Er hatte sich mit dem Rücken an die Felswand gelehnt und schien nur wenig Interesse an den Vorgängen in seiner Umgebung zu haben. *Das ist der gefährlichere von beiden,* entschied Barran, während er beobachtete, wie der Mann scheinbar gleichgültig den Blick über das Lager schweifen ließ. Der Riese war wahrscheinlich nur irgendein schwachsinniger Straßenschläger, dessen bedrohliche Erscheinung potentielle Angreifer abschrecken sollte. Barran hielt es für unwahrscheinlich, daß der Mann mit dem Schwert umgehen konnte, das an seinem Gürtel baumelte. Der zweite jedoch war genau die Art von Mann, die erst nachdachte, dann handelte. Vermutlich würde er alles tun, um Ärger zu vermeiden; aber sollte es dennoch zu einer Auseinandersetzung kommen, würde er mit töd-

licher Präzision zuschlagen. *Er* konnte mit Sicherheit mit seinem Schwert umgehen – und mit den Messern, die er überall an seinem Körper versteckt hatte. Barran war dankbar dafür, daß er über und über mit Staub bedeckt war und eine niedere Arbeit verrichtete Er war sicher, daß sie ihn genau so eingehend begutachteten wie er sie, und wollte um keinen Preis auffallen.

Barran wandte seine Aufmerksamkeit wieder dem Schützling der beiden Leibwächter zu.

Der Mann bot inmitten der kahlen Felslandschaft einen geradezu absurden Anblick. Er war eifrig damit beschäftigt, den Staub von seinem reich bestickten Hemd zu klopfen – wenn auch ohne Erfolg –, und von Zeit zu Zeit wischte er sich mit einem Tuch den Schweiß aus dem Gesicht. Wahrscheinlich war er ein ausgesprochener Dummkopf. Die beiden Leibwächter waren Beweis genug für das Ausmaß seiner Torheit: Männer, die man zum eigenen Schutz bezahlte, konnten genausogut von anderen gekauft werden. Und der Mann trug noch nicht einmal ein Messer!

Aber: *Wer oder was war er*?

Aigren und die anderen beiden Kristallsucher traten aus der Hütte. Sie trugen einen Tisch und zwei Stühle, die sie vor dem Fremden aufstellten. Unbeholfen wischte Aigren den Staub von einem der Stühle und bedeutete seinem Gast, Platz zu nehmen. Nachdem der Mann der Aufforderung nachgekommen war, nickte er, und Aigren setzte sich ihm gegenüber. Die anderen beiden Männer postierten sich in respektvoller Entfernung.

Da die Frauen inzwischen mit ihrer Arbeit aufgehört hatten, stellte auch Barran das Hämmern ein. Er beugte sich vor und legte das Kinn auf den Hammer. Der Fremde blickte kurz zu ihm herüber, dann wandte er sich an Aigren. Es folgte ein kurzes Gespräch, in dessen Verlauf Aigren seinem Gast erklärte, wer der neue Arbeiter war – so vermutete Barran zumindest. Der Mann blickte fragend zu dem kleineren seiner beiden Leibwächter,

und der Söldner antwortete, indem er gelassen die Hand hob. Offenbar war dies eine Art Entwarnung, denn der Mann widmete sich wieder Aigren, ohne Barran noch eines Blickes zu würdigen.

Interessant. Du erwartest also keinerlei ernste Schwierigkeiten, mein Freund, dachte Barran. Dieses Treffen war offenbar nichts Ungewöhnliches, eine reine Routineangelegenheit. Wäre es anders gewesen, hätte ein pflichtbewußter Leibwächter Barran das Messer an die Kehle gehalten, während er sein Urteil gefällt hätte. Hier gab es in der Tat viel zu entdecken – wenn man genug Verstand besaß, die Zeichen zu erkennen.

Aigren gab Ellyn ein Zeichen, die daraufhin wie eine Dienerin herbeieilte und die beiden Töpfe mit den Kristallen auf den Tisch stellte. Dies bestätigte Barrans Vermutung, daß es sich bei dem Fremden um einen potentiellen Käufer handeln mußte. Das versprach, interessant zu werden.

Vorsichtig hob der Mann den Deckel von einem der Töpfe, steckte den Finger hinein und rührte im Inhalt herum. Er schien zufrieden zu sein. Ellyn sagte etwas zu ihm und schob ihm erwartungsvoll den zweiten Topf zu. Dieser wurde weitaus gründlicher untersucht als der erste: Jeder einzelne Kristall wurde herausgenommen und eingehend begutachtet. Der Mann öffnete sogar sein Kästchen und holte ein großes Augenglas hervor, um die Untersuchung noch gründlicher zu gestalten. Schließlich schüttelte er langsam den Kopf, zuckte entschuldigend mit den Schultern und schüttete vorsichtig den Inhalt des zweiten Topfs in den ersten. Obwohl Ellyn sich nach außen hin nichts anmerken ließ, so konnte Barran ihre Enttäuschung doch spüren. Eine der anderen Frauen stieß sogar einen leisen Schrei aus.

Dann begannen die eigentlichen Verhandlungen. Aigren zog einen Beutel aus seiner Tunika und entleerte ihn auf dem Tisch. Barran zuckte unwillkürlich zusammen, als die Kristalle das staubige Sonnenlicht auffingen

und in ein unverhältnismäßig helles Leuchten verwandelten. Vage erinnerte es an das Funkeln, das er am Tag zuvor zwischen den Fingern der Kinder gesehen hatte, doch nun war es noch wesentlich stärker. Es schien nach ihm zu greifen und ihn zu fesseln, und es bewegte ihn tief in seinem Inneren. Als es Barran schließlich gelang, den Blick von den Kristallen loszureißen und seine Aufmerksamkeit wieder den beiden Männern zuzuwenden, bemerkte er, daß er den Atem angehalten und den Hals gereckt hatte, während seine Hände den Hammerstiel so fest umklammert hielten, daß die Knöchel weiß hervortraten. Er warf einen raschen Blick zu dem Leibwächter, der an den Felsen lehnte, um sich zu vergewissern, daß seine Reaktion unbemerkt geblieben war. Erleichtert stellte er fest, daß der Mann ihm keinerlei Beachtung schenkte.

Die Verhandlungen erreichten allmählich ihren Höhepunkt, und Barran konzentrierte sich auf die hohe, jammernde Stimme des Kaufmanns, die sich mit Aigrens tiefem Grollen mischte. Als er die Kristallsucher kennengelernt hatte, hatten sie ihn nicht gerade mit ihrem Verhandlungsgeschick beeindruckt, und er hegte den starken Verdacht, daß sie auch diesmal den kürzeren ziehen würden. Gleichzeitig verspürte Barran Zorn bei dem Gedanken, daß die wertvollen Steine unter Preis verkauft werden könnten, obwohl nicht er es gewesen war, der die Kristalle im Schweiße seines Angesichts der Thlosgaral entrissen hatte.

Doch genau so kam es. Während seines Aufenthalts in den Wildhäfen hatte Barran einiges über die hiesige Währung gelernt – jedenfalls genug, um zu wissen, daß die Münzen, die der Kaufmann soeben auf dem Tisch stapelte, die falsche Farbe besaßen. In der Summe stellten sie bei weitem nicht den Wert da, auf den Barran die Kristalle schätzte.

Was für ein Narr war Aigren eigentlich? Sah er denn nicht, wie der Mann gekleidet war und was für Leute ihn

begleiteten? Gegenstände, die das Geld auf dem Tisch wert waren, bedurften nicht des Schutzes eines Bewaffneten – geschweige denn von zweien!

Aber da war noch irgend etwas anderes. Irgend etwas stimmte nicht. Irgend etwas, das nichts mit Aigrens Inkompetenz zu tun hatte. Ohne darüber nachzudenken, beugte Barran sich wieder vor und reckte abermals den Hals, doch diesmal, um den Gesichtsausdruck des Fremden erkennen zu können.

Und da war tatsächlich etwas. Jedermann, der Augen im Kopf hatte, *mußte* das doch sehen! Der Mann *gierte* nach den Kristallen – jede seiner Gesten und jedes Wort, das er sprach, war Beweis genug dafür. Wäre er auch nur auf den Hauch von Widerstand gestoßen, hätte er mit Sicherheit das Zehnfache von dem bezahlt, was nun auf dem Tisch lag. Barran drehte sich zu den anderen beiden Kristallsuchern um und schaute ihnen, den Frauen und den Kindern in die mürrischen Gesichter, doch keiner von ihnen schien zu bemerken, was hier vor sich ging. *Wie die Schafe zur Schlachtbank,* dachte Barran. Einen Augenblick lang überlegte er tatsächlich, ob er eingreifen solle; aber er verwarf den Gedanken sofort und nahm sich fest vor, soviel wie möglich über diesen Ort und die Kristalle herauszufinden. Vor allem galt es zu entdecken, warum die Steine so wertvoll waren. Und natürlich durfte man dabei nicht die Händler außer acht lassen, an die die Kristalle verkauft wurden. Barran mußte alles über diese Menschen und ihre seltsamen Geschäfte erfahren, und zwar so schnell es ging – selbst auf die Gefahr hin, daß seine Flucht sich dadurch verzögerte. Hier konnte man eine Menge Geld machen.

Noch während sich dieser Entschluß in Barrans Kopf festigte, überkam ihn eine dunkle Vorahnung. Eine namenlose Furcht weckte seinen Kämpferinstinkt, doch dieses Gefühl war ihm vertraut wie ein alter Freund. In der Vergangenheit hatte es ihm mehr als einmal das Leben gerettet. Oft genug hatte er sich aufgrund dieses

Gefühls gerade noch rechtzeitig umgedreht, um hinter sich einen Feind zu entdecken, dessen Nähe er lediglich gespürt hatte, und beinahe ebenso oft hatte es ihn davor bewahrt, blindlings in einen Hinterhalt zu rennen. Diesmal jedoch ignorierte er das Gefühl. Welche Art von Gefahr konnte hier auf ihn lauern? Von den Kristallsuchern ging mit Sicherheit keine Bedrohung aus, denn sie brauchten ihn als Arbeiter. Außerdem wäre er jederzeit imstande, es mit ihnen aufzunehmen, ob mit oder ohne Verletzung. Im Gegensatz dazu stellten die Minen, in denen sie arbeiteten, eine Gefahr an sich dar. Barran mochte zudem keine engen Räume, aber er hatte ja sowieso nicht die Absicht, sich unter Tage zu begeben. Und was die beiden Leibwächter betraf: Sie würden nichts unternehmen, solange niemand ihren Schützling bedrohte. Dann fiel Barran die Antwort auf all seine Fragen ein. Sie erschien so plötzlich vor seinem geistigen Auge wie die Furcht, die ihn noch vor wenigen Augenblicken beinahe übermannt hätte. Die Antwort lag in der seltsamen Langsamkeit der Kristallsucher und ihrer Familien und in dem leidenschaftlichen Verlangen des Händlers. Es war dieser *Ort*, der sie zu dem machte, was sie waren. *Die Thlosgaral hat irgend etwas an sich, was den Menschen das Leben aussaugt.*

So war es – so *mußte* es sein –, und obwohl sich Barran bewußt war, daß er keine konkreten Beweise für seine Vermutung hatte, so wußte er doch, daß er recht hatte. Er durfte hier nicht mehr Zeit verbringen als unbedingt nötig. Anderenfalls bestand die Gefahr, daß er genauso verkümmerte wie diese elenden Kreaturen – eine Vorstellung, die den Entschluß, den er soeben getroffen hatte, noch weiter festigte und ihm zusätzliche Dringlichkeit verlieh.

Aber wie sollte er etwas aus diesen Leuten herausbekommen? Die seltenen Gespräche, die Barran bisher verfolgt hatte, hatten lediglich aus einfachen Instruktionen und Fragen bestanden. Aber vielleicht würde es heute

nacht ja eine kleine Feier anläßlich des erfolgreichen Handels geben – eine ideale Gelegenheit für ihn, das Vertrauen seiner Gastgeber zu gewinnen und ... Barran bereitete den Spekulationen ein Ende. Sie begannen, ihm den Verstand zu vernebeln. Auf jeden Fall würde er heute nacht nicht so schnell einschlafen. Zumindest würde er Aigren und die anderen geradeheraus fragen, wozu man die Kristalle verwendete und wer sie kaufte. Falls er sich dabei dümmer als seine Arbeitgeber stellte, würde sie das vielleicht gesprächiger machen.

Aigren und der Händler standen kurz vor einem Abschluß. Der Kaufmann nahm eine kleine Waage und ein ebenso kleines Meßinstrument aus seinem Kästchen. Aigrens Gesicht war vollkommen unbeweglich, doch seine Haltung drückte Selbstzufriedenheit aus. Barran hätte ihn am liebsten erwürgt.

Nachdem der Kaufmann und seine Leibwächter das Lager verlassen hatten, fand eine kurze Debatte zwischen den Kristallsuchern und ihren Frauen statt. Dann kehrten die Männer wieder in die Mine zurück, und die Frauen wandten sich wieder den Mörsern zu.

Barran fiel es schwer, sich wieder auf seine Arbeit zu konzentrieren. Das Leuchten der Kristalle schien sich in ihm festgesetzt zu haben, und wann immer er die Augen schloß, sah er sie in seinem Geiste. In solchen Augenblicken nahm er seine Umgebung nur noch verschwommen war; alles war unendlich weit entfernt – irgendwie nicht mehr real. Barran verspürte das Verlangen, die Kristalle in den Händen zu halten. Er wollte in ihr Licht eintauchen und in ihre Herzen sehen. Er wollte, wollte, wollte ...

... und vermischt mit diesem Verlangen zerrten zwei weitere, gegensätzliche Gefühle an ihm: das Bedürfnis nach Wissen über die Kristalle und die seltsame Erkenntnis, daß die Thlosgaral ein gefährlicher Ort war, an dem man sich nicht allzu lange aufhalten durfte. Daß er nicht mehr an Flucht dachte, fiel ihm ebensowenig auf wie die

Tatsache, daß er jeglichen Gedanken an seine verlorenen Habseligkeiten und den Krieg im Norden verdrängt hatte. Genau wie die Thlosgaral, so hatte sich auch Barran langsam und unauffällig verändert.

Schon bald arbeitete die Gruppe wieder in ihrem alten, erbarmungslosen Rhythmus, und Barran vermochte nicht zu sagen, wieviel Zeit verstrichen war, bis er erneut den Blick hob und sah, daß sich fünf Männer dem Lager näherten. Er begutachtete die Neuankömmlinge ebenso, wie er den Händler und seine beiden Leibwächter begutachtet hatte – nur daß er diesmal viel rascher zu einem Ergebnis kam. Kleidung und Verhalten der Männer sprachen eine deutliche Sprache: Es handelte sich um irgendeine Art Verbrecher. Doch Barran fielen nicht nur die Schwerter auf, die in ihren Gürteln steckten, sondern auch die Wanderstäbe, die offenbar aus der gleichen Art Hammerstiel gefertigt worden waren wie der, den er selbst als Krücke benutzte. Daraus schloß er, daß die Fremden wahrscheinlich einfache Räuber und keine eiskalten Mörder waren. Er stellte die Arbeit ein und griff unauffällig nach seinem eigenen Stab, den er an die Felsen gelehnt hatte.

In den wenigen Sekunden, die Barran benötigte, um seine Schlußfolgerungen zu ziehen, wurden die Neuankömmlinge zuerst von den Kindern und dann von den Frauen entdeckt. Die Kinder sprangen auf und rannten zu ihren Müttern, die sie sofort Richtung Hütte scheuchten. Barran sah, daß die Frauen beunruhigt waren, aber nicht verängstigt. Das war gut.

Ein weiterer Blick auf die Neuankömmlinge verriet ihm, daß sie nicht mehr als einfache Schläger waren: gemein und brutal, aber ohne Chance gegen einen ausgebildeten Kämpfer. Dennoch verspürte Barran nicht das Bedürfnis, sich in seinem gegenwärtigen Zustand mit fünf Gegnern gleichzeitig auseinanderzusetzen.

»Bleibt, wo ihr seid!« Der Befehl ließ die Kinder zu Stein erstarren, doch der Sprecher beschloß, seine Aus-

sage noch zu bekräftigen, indem er sich mit dem Stab in die Hand schlug.

»Es ist nicht nötig, den Kindern Angst einzujagen, Fiarn«, sagte Ellyn. Ein Hauch von Wut lag in ihrer Stimme.

»Aber wir wollen doch nicht, daß sie eure Männer bei der Arbeit stören, nicht wahr, Ellyn?« erwiderte der Mann. Ohne Eile näherte er sich der Frau. Die anderen folgten ihm. »Du weißt doch wie ... *besorgt* sie immer sind, wenn sie Landgeld zahlen müssen.«

Die Frau bleckte die Zähne, als wolle sie etwas Passendes darauf erwidern; doch sie entschied sich dagegen. Statt dessen senkte sie den Kopf und vermied es, ihrem Gegenüber ins Gesicht zu blicken. »Wir haben nichts für euch. In letzter Zeit ist es ziemlich schlecht gelaufen – Kristalle von schlechter Qualität, und noch dazu verdammt wenige ...«

Fiarn nickte. Mimik und Gestik drückten nichts als spöttische Betroffenheit aus. »Normalerweise mag ich ja nichts lieber, als deinen Geschichten zuzuhören, Ellyn. Du hast so eine erfrischende Phantasie. Du bist nicht so einfältig wie der ganze Rest hier in der Gegend – noch nicht. Aber ich habe wirklich einen anstrengenden Tag hinter mir. In letzter Zeit sind so viele Käufer unterwegs, daß ich doch tatsächlich einen Teil des Landgelds selbst eintreiben muß.« Er packte Ellyns Kinn und drehte ihren Kopf Richtung Barran.

Barran rührte sich nicht. Er blieb auf dem Boden hocken, sorgfältig darauf bedacht, ein gleichgültiges Gesicht zu machen. »Und es kann euch doch gar nicht so schlecht gehen, wenn ihr euch sogar einen neuen Arbeiter leisten könnt. Habe ich nicht recht?«

Ellyn befreite ihr Kinn mit einer ruckartigen Bewegung. »Er ist nur ein Reisender mit einem verletzten Bein, der uns einen Monat lang verpflichtet ist; das ist alles. Wir können von Glück sagen, wenn er genug arbeitet, um für sein Essen aufzukommen.«

Ungeduld zeigte sich auf Fiarns Gesicht. Er stieß Ellyn rüde beiseite. »Es reicht«, sagte er. »Du hast schon genug von meiner Zeit verschwendet. Jetzt hau ab und hol das Geld.« Er ging zu Barran. Die Frau blickte ihm einen Augenblick lang hinterher, dann drehte sie sich um und verschwand in der Hütte. »Und denk dran: Ruf nicht nach den Männern! Du weißt ja, was beim letzten Mal passiert ist!« rief Fiarn und hob warnend den Stab.

Während der Räuber sich langsam näherte, nahm Barran die Hand von der Krücke; er machte keinerlei Anstalten aufzustehen. Sollte es notwendig werden, so konnte er dem Mann aus seiner gegenwärtigen Position heraus wesentlich mehr Schaden zufügen, als wenn er ihm Auge in Auge gegenüberstand. Fiarn war größer und kräftiger gebaut als er. Trotzdem bezweifelte Barran, daß der Fremde es an Kraft mit ihm aufnehmen konnte. Außerdem bemerkte er auch bei Fiarn einen Hauch jener Trägheit, von der die Kristallsucher durchdrungen waren. Doch zunächst einmal mußte er herausfinden, was genau hier eigentlich vor sich ging. Also hielt er den Mund, bewegte sich bewußt langsam und verhielt sich ausgesprochen dumm.

Als er dem Mann in die Augen blickte, gestattete er sich einen verwirrten Gesichtsausdruck.

»Wie heißt du?« fragte Fiarn und baute sich vor Barran auf.

»Barran, Herr.«

»Und was hast du in der Thlosgaral zu suchen, Barran?«

»Ich bin nur zufällig hierhergekommen, Herr. Ich dachte, es wäre eine Abkürzung. Ich bin nicht von hier. Ich bin auf der Suche nach Arbeit – als Landarbeiter, wißt Ihr? –, doch dann habe ich mein Pferd verloren, und diese guten Menschen hier haben mir geholfen.« Barran änderte seinen Gesichtsausdruck von verwirrt zu ernst. »Ihr habt nicht zufällig ein herrenloses Pferd hier in der Gegend gesehen, Herr, oder? Es ist ein ...«

Fiarn hob die Hand, um ihn zum Schweigen zu bringen; dann blickte er dem dümmlich wirkenden Barran einen Augenblick lang amüsiert in die Augen. »Inzwischen ist es entweder verkauft oder gegessen worden ... *Bauer*«, erklärte er. Das Wort ›Bauer‹ sprach er mit unverhohlener Verachtung aus. Ellyn trat aus der Hütte. Sie hielt eine kleine Börse in der Hand. Fiarn blickte von Barran zu der Börse und wieder zurück. Schließlich beschloß er, das Verhör einzustellen, und ging kopfschüttelnd zu Ellyn. »Ob wir ein Pferd gesehen haben! Man trifft nicht oft jemanden, der noch blöder ist als ein Kristallsucher«, verkündete er zur allgemeinen Erheiterung, und seine Kumpane lachten lauthals auf. Dann riß Fiarn der Frau die Börse aus der Hand, nahm eine Handvoll Münzen heraus und ließ den Rest auf den Boden fallen.

»Sieh zu, daß du in Zukunft das Geld bereit hast, wenn ich komme«, knurrte er und schüttelte die Faust vor Ellyns Gesicht. »Ich weiß, wieviel ihr verdient, und allmählich habe ich von euren Spielchen die Nase voll.« Plötzlich wurde er wütend. »Ihr seid so undankbar ... Ihr schuldet uns Geld für Ausrüstung, das Recht, hier zu graben, und für den Schutz, den wir euch vor den Räubern gewähren, die in dieser Gegend ihr Unwesen treiben. Räuber, die nicht eine Sekunde zögern würden, euch im Schlaf die Kehlen durchzuschneiden – auch euch Frauen und sogar den Kindern! Vergiß das nie! Hast du verstanden? Sag das deinem Mann, wenn er wieder zurückkommt – aber möglichst langsam, damit er es auch kapiert. Er scheint noch nicht begriffen zu haben, in welcher Lage er sich befindet, und ich will nicht, daß er noch einmal Ärger macht. Beim letzten Mal ist er zwar mit einem blauen Auge davongekommen, aber das kann sich schnell ändern.«

Dann waren sie verschwunden.

Ellyn hockte sich nieder, klaubte die Münzen zusammen, die zu Boden gefallen waren, und kehrte wieder an ihre Arbeit zurück. Barran beobachtete die drei Frauen

noch eine Weile, bevor auch er sich wieder an die Arbeit machte. So viele Gedanken schwirrten in seinem Kopf herum, und er fühlte sich, als würde er sich auf der Suche nach einem nahe gelegenen Pfad durch dichtes Unterholz kämpfen.

Langsam näherte er sich diesem Pfad.

Diese Menschen besaßen ein geradezu unglaubliches Vermögen, doch sie waren einfach zu dumm. Sie ließen sich ihren wertvollsten Besitz für ein Butterbrot abhandeln, und schweigend nahmen sie hin, daß man sie ausraubte. Hier war wirklich viel Geld zu machen. Barran fehlten nur noch wenige Informationen, um einen Plan formulieren zu können. Danach bedurfte es lediglich einer gehörigen Portion Entschlossenheit – davon besaß er ohnehin mehr als genug – und einiger anderer, weniger löblicher Eigenschaften.

Solange Barran sich zurückerinnern konnte, hatte er sich seinen Lebensunterhalt damit verdient, daß er für andere Leute gekämpft hatte. Wann immer sich der Streit zwischen zwei Fürsten aufgrund von Gier, Sturheit oder einfach nur aus Dummheit in einen bewaffneten Konflikt verwandelt hatte, waren die hohen Herrn gezwungen gewesen, auf Barran und seinesgleichen zurückzugreifen. Stets hatten seine edlen Auftraggeber behauptet, das Recht auf ihrer Seite zu haben und es gegen einen verräterischen Feind verteidigen zu müssen; doch Barran konnte sich nur an wenige Male erinnern, da er versucht gewesen war, einer dieser Erklärungen zu glauben. Mehr als einmal hatte er mitten im Gefecht die Fronten gewechselt, wenn die gegnerische Seite dem Führer seines Haufens ein besseres Angebot unterbreitet hatte. Derartige Praktiken waren gang und gäbe.

Vor allem eines hatte Barran schon sehr früh erkannt: Er war klüger als die meisten seiner Kameraden, doch um seiner Gesundheit willen spielte er dies nur selten aus. Meist behielt er sein Wissen für sich. Bald darauf hatte er zwei weitere wichtige Dinge gelernt: Zum einen

hatte er verstanden, daß *wahre* Macht und *wahrer* Reichtum nicht im Morden und Plündern lagen – auch wenn derartige Tätigkeiten ihn auf eine gewisse Art befriedigten –, sondern in den Händen derer, die solche Taten *anordneten*. Zum anderen hatte er rasch herausgefunden, wie abhängig ein Mann von dem Schutz seines Leibwächters werden kann. Aus der ersten Erkenntnis hatte er schon bald Profit geschlagen, während er stets bemüht gewesen war, die Risiken der zweiten zu meiden.

Barran arbeitete bis heute stetig an der Verfeinerung seiner soldatischen Künste. Allerdings besaß er eine starke Neigung zur dunklen Seite dieser Kunst. Er konnte wild und grausam sein, und häufig bereitete es ihm Freude, andere zu quälen, auch wenn es vollkommen sinnlos war. Solches Verhalten hatte ihm die Bewunderung und die Anerkennung seiner Kameraden eingebracht, und er wußte, daß Härte eine der Grundvoraussetzungen wahrer Führerschaft war.

Schließlich hatte er einen eigenen Söldnerhaufen um sich geschart, und eine Zeitlang schien auch alles hervorragend zu laufen. Doch trotz all seiner klugen Pläne und trotz seines wilden Muts beraubten ihn die Unwägbarkeiten des Krieges alsbald sowohl seiner engsten Freunde als auch seiner treuesten Verbündeten, und als er die Mitte seines Lebens erreicht hatte, mußte er erkennen, daß er genauso arm oder reich war wie damals, als er seine Laufbahn begonnen hatte. All die Jahre hatten ihm nur neue Narben eingebracht – äußerlich *und* innerlich –, und der Zukunft sah er mit Hoffnungslosigkeit entgegen.

Aber außer Kämpfen hatte er nichts gelernt, und so blieb ihm nichts anderes übrig, als dem Ruf der Waffen zu folgen, wann und wo immer er ihn auch hören mochte.

Solch ein Ruf war es auch gewesen, der ihn in die Thlosgaral geführt hatte. Er hatte Gerüchte über den Herrn gehört, der zurückgekehrt sei, um Rache an jenen

zu nehmen, die Ihn einst verraten und verbannt hatten; doch Barran schenkte solchem Unsinn keinen Glauben. Es waren praktischere Erwägungen gewesen, die ihn nach Norden gelockt hatten. Ein vertrauenswürdiger Kontaktmann hatte Barran einen Vorschuß gezahlt und ihm einen guten Vertrag versprochen, dessen größter Vorzug in der Aussicht auf einen gerechten Anteil an der Beute gelegen hatte. Allerdings hatten die Ereignisse der vergangenen zwei Tage auch noch den letzten Rest von Enthusiasmus vertrieben, den Barran bei dem Gedanken empfunden hatte, abermals einer fremden Armee beizutreten. Der Besuch des Kaufmanns im Lager der Kristallsucher hatte ihm gezeigt, daß auch hier, in unmittelbarer Nähe, ein beachtlicher Profit zu machen war, und Fiarns Auftritt hatte ihm verraten, wie man an dieses Geld kommen konnte. Hier war er nun: Er, Barran, ein Wolf unter Schafen. Mit jedem Schlag seines Hammers sah er vor seinem geistigen Auge ein weiteres Stück seines Wegs zu Macht und Reichtum.

Barran stellte das Hämmern ein und begann, sich ein genaueres Bild seiner neuen Zukunft auszumalen. Er mußte noch ein wenig warten – jedenfalls so lange, bis er wieder bei Kräften war. Währenddessen würde er soviel wie möglich über die Kristalle, die Kaufleute, Fiarn und über diesen schrecklichen Ort in Erfahrung bringen. Schließlich würde er Fiarn gegenübertreten. Falls sich keine Mächtigeren hinter dem Mann verbargen, sollte das kein allzu großes Problem sein. Nur ein Trottel würde sich einem Fremden auf die Art und Weise nähern, wie Fiarn es bei Barran getan hatte – und dann hatte er sich auch noch so überheblich und verwundbar vor ihm aufgebaut ... Wahrscheinlich war er so sehr daran gewöhnt, Frauen und Kinder zu erschrecken, daß er im Laufe der Zeit auch noch den letzten Rest seines Kämpferinstinkts verloren hatte. Überdies war da noch dieser Hauch von Langsamkeit, der auch die Kristallsucher – allerdings in viel stärkerem Maße – auszeichnete.

Barran schürzte die Lippen und nickte bedächtig; doch im selben Augenblick, da er diese Schlußfolgerungen gezogen hatte, mahnte ihn seine Gewohnheit zur Vorsicht – jemanden zu unterschätzen konnte sich als tödlich erweisen.

»Wenn du essen willst, Barran, dann arbeite.«

Barran zuckte unwillkürlich zusammen, als Ellyns Stimme ihn aus seinen Gedanken riß. Er grunzte und widmete sich wieder den Felsbrocken. Der Tadel war genau zur rechten Zeit gekommen. *Geh davon aus, daß Fiarn schlau und gefährlich ist,* ermahnte er sich. *Geh davon aus, daß er Verbündete hat. Aber vertrödele keine Zeit. Das hier ist kein Ort, an dem man sich längere Zeit aufhalten sollte.* Erneut überkam ihn Furcht. Das Gefühl regte ihn an.

»Der Mann hat mir Angst eingejagt!« rief er zu den Frauen hinüber.

Kurzzeitig änderte sich der Rhythmus der Frauen, wenn auch kaum merklich. »Er jagt jedem Angst ein«, erwiderte Ellyn. Sie schien nicht weiter auf dieses Thema eingehen zu wollen, doch Barran bemerkte, wie sie die Lippen zusammenpreßte. Diese Frau war noch nicht endgültig gebrochen. *Wahrscheinlich wegen der Kinder,* dachte Barran. Eines Tages würde sich ihr Zorn einen Weg an die Oberfläche bahnen.

»Dort, wo ich herkomme, ist eine Schuld eine Schuld, und das ist auch richtig so. Beide Seiten geben und nehmen ohne Reue. Schließlich profitieren ja auch beide Seiten davon. Warum kam er mit so vielen Männern, und warum hat er euch bedroht?«

Ellyns Stößel stieß mit ungewohnter Wucht in den Mörser hinab und unterbrach so den Rhythmus. »Du mußt wirklich von verdammt weit herkommen, Barran. Schulden, wie man sie bei Fiarn hat, zahlen sich niemals aus. Dieser Ort hier gehört ihm und seinesgleichen.«

»Er gehört ihnen? Wie kann einer wie der einen Ort wie diesen besitzen? Ist er ein Fürst oder so was?«

Alle drei Frauen stellten das Stampfen ein und drehten sich zu ihm um. Irgendwie gelang es Barran, einen naiven Gesichtsausdruck zu bewahren. Nur kurz schaute er die Frauen an und ohne dabei seine Arbeit zu unterbrechen.

»Es gibt in der Thlosgaral weder einen Fürsten noch sonst irgendeinen hohen Herrn, der hier für Recht und Ordnung sorgt, Mann. Es gibt noch nicht einmal einen in Arash-Felloren. Fiarn ist nichts weiter als ein gemeiner Straßenräuber.« Ellyn spie die Worte förmlich aus. »Und von seiner Sorte gibt es noch ein Dutzend weitere, und alle leben sie auf Kosten der Kristallsucher und ihrer Familien. Nur wenn sich die Kerle gegenseitig den Schädel einhauen, weil sie sich darüber streiten, wer uns das Fell über die Ohren ziehen darf, haben wir für kurze Zeit Ruhe.«

Barran schüttelte den Kopf in gespielter Verwirrung. »Man sollte etwas gegen sie unternehmen. Irgendwo hier *muß* es doch Recht und Gesetz geben.«

Ellyn ließ die Schultern hängen. Ihr Zorn war zerbrochen wie der Stein unter ihrem Stößel. Barran verfluchte sich selbst. Irgendwie hatte er ihren Redefluß gestoppt. Er beschloß, ein Risiko einzugehen.

»Warum steht *ihr* nicht gegen sie auf?« verlangte er zu wissen.

Ellyns Temperament flackerte wieder auf. »Weil es vor uns schon andere versucht haben und weil sie nichts als Schmerz und Tod für ihre Mühen geerntet haben, darum. Und jetzt kümmere dich wieder um deine Arbeit und halt den Mund!«

Barran akzeptierte den Tadel. In diesem kurzen Gespräch hatte er viel über das Leben in der Thlosgaral gelernt, und über seine Zukunft sogar noch mehr – und das war gut. Kaufleute, die nach den Kristallen gierten, Räuberbanden, die die Kristallsucher terrorisierten und untereinander kämpften ... Das alles sah sehr vielversprechend aus.

Als wollten sie Barrans Schlußfolgerungen bestätigen, schrien die Kinder plötzlich auf, und die drei Frauen eilten herbei, um den neuesten Fund zu untersuchen.

Später, als die Frauen und Barran nach getaner Arbeit wieder in die Hütte zurückgekehrt waren, erschienen auch die Männer. Sie hatten einen schlechten Tag gehabt. Ein Steinschlag hatte den größten Teil eines Stollens zerstört, den sie erst vor kurzem angelegt hatten, und einer von ihnen hatte dabei eine häßliche Wunde am Arm davongetragen. Als Konsequenz daraus würden sie nun mehrere Tage hart arbeiten müssen, bevor sie wieder damit rechnen konnten, Kristalle zutage zu fördern. Ellyn las all das im Gesicht ihres Mannes, noch bevor er ein Wort gesagt hatte, und Barran wiederum las es in Ellyns Gesicht. Sie war mit der Zeit immer nervöser geworden, und nun sah Barran, wieviel Mühe es sie kostete, nicht zurückzuweichen, während sie ihrem Mann in die Augen schaute und ihm berichtete, was geschehen war. Die Antwort darauf war ein kräftiger Schlag ins Gesicht, der sie zu Boden warf, gefolgt von einem wütenden Wortschwall. Die Kinder huschten eilig vom Feuer weg und verbargen sich in den Schatten. *Offenbar ist es nicht das erste Mal, daß sie so etwas zu sehen bekommen,* dachte Barran, während er teilnahmslos beobachtete, wie sich Ellyn im Schatten ihres finster dreinblickenden Gemahls wieder aufrappelte. Beinahe widerwillig legte sie die Hand an die leicht gerötete Wange.

Plötzlich und sehr zu seiner Überraschung fühlte sich Barran von Ellyn angezogen. *Ich hab' wohl schon zu lange keine Frau mehr gehabt,* dachte er, während er ihre ungepflegte und heruntergekommene Gestalt betrachtete. Aber das war es nicht – jedenfalls nicht nur. Da war etwas unter all dem Dreck und der Verzweiflung: diese Stärke in ihrem Gesicht und das Funkeln in ihren Augen, als sie auf dem Boden aufgeschlagen war – ein Funkeln, das davon kündete, daß ihr Mann eines Morgens vielleicht nicht mehr aufwachen würde ... *falls dieser Ort sie*

nicht vorher zerbricht, fügte Barran im Geiste hinzu. Er schaute zu Aigren. Mit vor Wut bebendem Kinn schien der Mann zu einem zweiten Schlag ansetzen zu wollen, doch seine Frau zeigte keinerlei Angst, obwohl sie zurückwich. Und dann war da wieder dieses Funkeln. *Verdammt gefährlich,* dachte Barran; allerdings bezweifelte er, daß Aigren es ebenfalls bemerkt hatte.

»Mir blieb doch nichts anderes übrig!« schrie Ellyn. »Er wäre sonst auf mich und die Kinder losgegangen, und das weißt du!«

Der Blick des Mannes huschte hin und her wie der eines gefangen Tieres. Barran machte sich bereit. Entgegen seiner sonstigen Gewohnheit wußte er, daß er eingreifen würde, sollte Aigren ein weiteres Mal die Hand gegen seine Frau erheben – selbst auf die Gefahr hin, daß er damit den Zorn der anderen auf sich ziehen würde. Aber es folgte kein zweiter Angriff. Statt dessen stieß der Mann einen beinahe animalischen Schrei aus. Ellyn versuchte, ihm die Hand auf den Arm zu legen, doch er stieß sie beiseite. Die beiden schienen sich eine Ewigkeit schweigend und regungslos gegenüberzustehen; dann sagte Aigren: »Genug.«

Plötzlich klang seine Stimme ruhig und selbstbeherrscht, und dieser Klang beunruhigte Barran nur um so mehr. Der Mann hatte einen gewissen Punkt überschritten. Er würde etwas ungeheuer Gefährliches tun. Während er Aigren aufmerksam beobachtete, spürte Barran, wie seine Hände zu zittern begannen und wie sein Atem allmählich immer schneller ging. Es kümmerte ihn nicht. Schließlich war er als Kämpfer erfahren genug, um sich nicht davor zu fürchten, Angst zu haben. Sein Körper bereitete sich auf eine Auseinandersetzung vor, und Barran wußte, daß er sich auf ihn verlassen konnte. Sollte Aigren sich gegen ihn wenden, dann würde er bereit sein – und sein verletztes Bein würde ihn nicht behindern.

Obwohl sie nicht die Sinne eines Soldaten besaß, schien Ellyn ebenfalls die Veränderung im Verhalten

ihres Mannes zu spüren. »Was hast du vor?« fragte sie und beugte sich vor, um ihrem Gatten in die Augen zu blicken. Aigren antwortete nicht, und so wiederholte sie die Frage, diesmal in einem drängenderen Tonfall. Dabei ergriff sie seinen Arm, um ihren Worten Nachdruck zu verleihen.

»Ich werde unser Geld von Fiarn zurückholen«, antwortete Aigren schließlich. Dann schob er seine Frau rüde beiseite und griff nach einem langstieligen Hammer.

Ellyn reagierte zunächst nicht. Sie starrte ihren Gemahl nur aus großen Augen an, als hätte sie ihn nicht verstanden. Bis sie sich wieder erholt hatte, hatte er bereits die Hütte verlassen und war fast schon außer Sichtweite. Dann jedoch rannte sie ihm plötzlich hinterher und rief: »Nein! Diesmal werden sie dich umbringen!«

Als sie ihn endlich erreichte, schlang sie die Arme um seine Hüften; doch Aigren kam erst zum Stillstand, nachdem er seine Frau mehrere Meter über den felsigen Untergrund geschleift hatte. Ellyns lautes Flehen erstarb sofort, als Aigren sie ein zweites Mal schlug und sie zu Boden warf. Sie machte keinerlei Anstalten aufzustehen, während ihr Mann seinen Weg fortsetzte, ohne sich auch nur ein einziges Mal umzudrehen.

Nur kurze Zeit später, während die Frauen Ellyns Wunden auswuschen und versuchten, sie zu trösten, erschienen Fiarn und seine Kumpane im Lager. Aigren trugen sie zwischen sich. Noch bevor sie ihn zu Boden fallen ließen, wußte Barran, daß der Mann tot war. Ellyn wollte an die Seite ihres Gatten eilen, doch Fiarn packte sie am Arm und riß sie grob zurück.

»Habe ich dir nicht gesagt, du sollst dafür sorgen, daß er uns nicht mehr in die Quere kommt?« zischte er. Ellyns Augen waren voller Furcht. »Er war schon immer ein Störenfried.« Fiarn trat fluchend gegen die Leiche. »Ich habe euch viel zuviel durchgehen lassen. Und was

bekomme ich als Dank dafür? Aigren macht nichts als Ärger, und seine Mine bringt auch noch weniger ein als alle anderen!« Inzwischen brüllte er. »Ich habe endgültig die Nase voll von euch! Ich verdoppele euer Landgeld! Ihr könnt ...«

»Nein! Das darfst du nicht!« Ellyn riß sich los und schlug Fiarn mitten ins Gesicht.

Tu das nicht, dachte Barran, der deutlich sah, wie es in Ellyn zu brodeln begann, während Fiarn sich von dem Schock erholte und mit vor Wut verzerrtem Gesicht zum Gegenschlag ausholte. Kreidebleich und am ganzen Körper zitternd stieß Ellyn einen hohen Schrei aus und stürzte sich auf den Räuber. Sie kratzte, trat und schlug wie eine Furie. Durch die Wucht des Angriffs wurde Fiarn zu Boden geworfen, und Ellyn landete auf ihm. Fiarns Kumpane brauchten eine ganze Weile, um die beiden voneinander zu trennen, und selbst dann bedurfte es noch dreier Männer, um die außer sich geratene Frau unter Kontrolle zu halten. Fiarns Gesicht glühte vor Zorn. Er trat einen Schritt zurück und zog ein Messer.

»Nein! Steck das Messer weg! Wir müssen reden!« Barrans machtvolle Stimme übertönte jedes andere Geräusch.

Plötzlich wurde es totenstill im Lager, und alle Augen richteten sich auf Barran – selbst auf den Gesichtern der anderen Kristallsucher und ihrer Frauen, die bisher nur teilnahmslos zugeschaut hatten, zeichnete sich nun Verwirrung ab. Barran blieb sitzen. Den Stab hatte er quer über die Schenkel gelegt.

Fiarns Gesichtsausdruck wandelte sich von Wut in Unglauben. »Reden?« formte er mit den Lippen.

»Reden«, bestätigte Barran.

Fiarn gab einem seiner Kumpane ein Zeichen. »Bring dieses Rindvieh her. Wir wollen doch mal sehen, ob er immer noch reden will, wenn wir ihm die Zunge rausgeschnitten haben.«

Während die Männer sich ihm näherten, atmete Bar-

ran tief durch und zwang sich, ruhig zu bleiben. Vorsichtig schlossen sich seine Finger um den Stab. Das konnte verdammt gefährlich werden. Er hätte es vorgezogen, erst noch mehr über diesen Ort und seine Bewohner in Erfahrung zu bringen, bevor er sich gegen Fiarn stellte; doch sollte Ellyn getötet werden, dann würde sich diese Gruppe auflösen, und dann ...

Und dann hatte diese Frau auch noch etwas an sich ...

Verdammt! Was machte er hier eigentlich?

Zwei Männer standen nun unmittelbar vor ihm. Jetzt hatte er sowieso keine Wahl mehr.

Barran gestattete den Männern, daß sie sich zu ihm hinabbeugten und seine Arme packten; doch als sie versuchten, ihn auf die Beine zu ziehen, widersetzte er sich. Er sprang unvermittelt auf – sorgfältig darauf bedacht, den verletzten Fuß so wenig wie möglich zu belasten – und riß gleichzeitig seinen Stab nach oben. Angetrieben von Armen, Beinen und jahrzehntelangem harten Training trafen die Enden des Stabes beide Männer gleichzeitig und mit solcher Wucht unterm Kinn, daß sie von den Beinen gerissen wurden. Die beiden hatten noch nicht den Boden berührt, als Barran bereits den Stab gedreht hatte und damit dem dritten Mann den Schädel zerschmetterte. Mehr aus Panik denn aus Überlegung sprang Fiarns vierter Kumpan vor und packte den Stab. Er war ein großer, kräftiger Mann und in dem Glauben, einen Vorteil errungen zu haben, grinste er Barran triumphierend an. Reste dieses Grinsens waren noch immer auf seinem Gesicht zu sehen, als Barran den Stab losließ, ein Messer zog, dieses seinem Gegner zwischen die Rippen rammte und anschließend den Stab beinahe zärtlich aus dem Griff des Sterbenden löste.

Innerhalb weniger Sekunden war Fiarns Macht in der Thlosgaral zerstört worden; doch seine Aufmerksamkeit konzentrierte sich nur auf Barran, der sich mit wilder Entschlossenheit auf ihn zubewegte. Selbst das Hinken wirkte bedrohlich und nicht wie eine Schwäche.

Der Hieb, mit dem Fiarn das Messer aus der zitternden Hand geschlagen wurde, war eigentlich gar nicht notwendig. In der vagen Hoffnung, sich vielleicht doch noch verteidigen zu können, griff Fiarn nach dem Stab, doch die lange Waffe verschwand nach oben. Als seine Augen der Spitze des Stabes folgten, traf ihn ein Schlag in den Kniekehlen, und er fiel auf den felsigen Boden.

Fiarn schlug das Herz bis zum Hals, und sein Atem ging schnell und rasselnd. Er spürte einen Fuß auf seiner Brust, die Spitze des Stabes an seiner Kehle, und er hörte eine Stimme sagen: »Wir müssen reden.«

In den nächsten drei Jahren kontrollierte Barran mit Fiarn als seinem Stellvertreter mehr als ein Drittel der Minen in der Thlosgaral. Doch im Gegensatz zu seinen Rivalen beschränkte er seine Aktivitäten nicht nur auf die Kristallsucher, sondern er dehnte sie auch auf die Händler aus. Seine Macht wuchs von Tag zu Tag.

Kapitel 6

»Komm schon. Beweg dich. Die Sonne geht gleich auf.«

Dvolcis tiefe Stimme hallte durch die schläfrige Dunkelheit, in der Atlon trieb, und tatsächlich rief sie eine Reaktion hervor – jedenfalls so eine Art Reaktion, denn es war nicht mehr als ein unverständliches Grunzen, das den schwach beleuchteten Raum des ›Weidlands‹ erfüllte. Es folgte ein verzweifeltes Seufzen und kurz darauf ein erneutes »Beweg dich!«, diesmal begleitet von einem Stoß gegen die Gestalt unter den Laken.

Atlon wiederholte das Grunzen und wedelte abwehrend mit dem Arm in Richtung seines Peinigers; anson-

sten rührte er sich nicht. Letzterer dachte kurz über einen weiteren Stoß nach, doch schließlich entschied er sich für ein energisches Schütteln. Atlon fluchte in sein Kissen hinein und versteckte den Kopf darunter.

Dvolci kicherte. »Dann bleib liegen, wenn du willst. Aber du hast schon bessere Entscheidungen getroffen. ›Die Matratzen sind erst letzte Woche ausgeklopft worden‹.« Das war eine beunruhigend genaue Imitation von Ghreels Stimme. »Ein ehrenhaftes Haus, fürwahr. Ich frage mich, was wohl eine Wanze mit Kopfschmerzen davon hält, daß einer wie du sich in ihrem Heim herumlümmelt.«

Atlon war sofort hellwach. Er tauchte unter dem Kissen auf, rollte sich zur Seite und begann, sich zu kratzen. »Die Sonne ist noch nicht einmal aufgegangen«, knurrte er. Ein nervenzerreißendes Knirschen erfüllte den Raum, und Atlon preßte die Hände auf die Ohren.

»Muß das sein?«

»Das ist mein Frühstück«, erwiderte Dvolci beleidigt. »Willst du was?«

Atlon zwang sich, in dem trüben Licht auf seinen Gefährten zu schauen, der sich auf seiner Brust niedergelassen hatte. Schmale, spöttische Augen trafen auf seinen verschlafenen Blick. Dvolci saß auf den Hinterbeinen und hatte sich aufmerksam nach vorn gebeugt. Sein sehniger Körper lief in einen spitzen Kopf aus, der leicht zur Seite geneigt war, und eine krallenbewehrte Pfote bot Atlon ein Stück zerkratzten Steins an.

Atlon verzog das Gesicht. »Mach, daß du runterkommst. Ich bin jetzt wach.«

Elegant ließ sich Dvolci zu Boden gleiten. Er fuhr fort, auf seinem Stein herumzukauen, und entblößte dabei eine Reihe strahlendweißer, gefährlich aussehender Zähne. Atlon verzog das Gesicht ob des Geräuschs und schwang sich aus dem Bett.

»Bei all deiner Bildung und besonders bei deinem Wissen um die *Macht* ...«, Dvolci verlieh dem letzten Wort

einen spöttischen Unterton, »... sollte man eigentlich annehmen, daß du fähig bist, auf eine zivilisierte Art aufzuwachen. Du weißt schon: den Morgen freudig begrüßen und so ...« Er hörte auf zu kauen und blickte nachdenklich an die Decke. »Es ist beinahe, als würdest du dich im Schlaf in ein primitiveres Stadium zurückentwickeln. Natürlich bist du damit nicht allein. Das scheint bei allen Menschen gleich zu sein. Wie ich dir ja schon oft gesagt habe, glaube ich ...«

»... daß Menschen nicht gerade die am höchsten entwickelte Spezies sind«, beendete Atlon den Satz, während er mit schlurfenden Schritten in Richtung des steinernen Waschbeckens ging. »Im Gegensatz zu den Felcis besitzen sie keine Zähne, die der Rede wert sind, unzulängliche Hände und ein armseliges Verdauungssystem. Ich erinnere mich.«

Dvolci nickte weise. »Ja, das stimmt. Von Zeit zu Zeit muß man sich doch immer wieder wundern, wie ihr es trotz dieser Nachteile so weit habt bringen können.« Lautstark zermalmte er die Reste des Steins. »Aber sei nicht beleidigt. Du bist eigentlich ein ganz reizendes Exemplar deiner Gattung. Bisweilen sind es sogar gerade diese Unzulänglichkeiten, die deinen Charme ausmachen.«

»Zumindest verwirren wir niemanden, indem wir sofort frisch und munter sind, wenn wir aufwachen.« Atlon tauchte den Kopf ins eiskalte Wasser als Zeichen, daß das Gespräch beendet sei, und natürlich auch, um endlich wach zu werden.

Elegant reinigte sich Dvolci die Zähne mit einer Kralle, während Atlon sich wusch und ankleidete.

»Wohin sollen wir als erstes gehen?« fragte der Felci schließlich. Atlon dachte einen Augenblick nach; dann schüttelte er den Kopf. »Ich bin nicht klüger als zuvor. Wir werden uns einfach weiter durchfragen und dem Handelsweg bis zu seiner Quelle folgen ... wenn er denn nur eine Quelle hat.« Er runzelte die Stirn. »Ich muß

zugeben, ich bin überrascht, daß wir auf unseren Reisen noch nie etwas von dieser Stadt gehört haben ... Wie hieß sie noch gleich? Arash-Felloren? Kannst du mit dem Namen irgendwas anfangen?«

»Irgendwie kommt mir der Name tatsächlich bekannt vor. Er klingt alt – sehr alt –, aber ich kann ihn nicht einordnen.« Der Felci zuckte mit den Schultern. »Wahrscheinlich ist es nur irgendein kleines Nest. Du weißt, ja wie spießig diese Hinterwäldler sein können: Jeder von ihnen glaubt, *sein* Dorf sei der Mittelpunkt der Welt.«

Atlon bezweifelte das. »Dafür, daß nur ein *Dorf* hier in der Nähe sein soll, ist das aber ein recht großer Gasthof.«

»Nun, vielleicht erfahren wir beim Frühstück etwas Neues. Außer uns haben sich ja noch ein paar andere Leute hier einquartiert.«

Atlon zog die Brauen hoch. »Woher weißt du das?«

»Ich habe natürlich nachgesehen«, antwortete Dvolci. »Während du im Koma gelegen hast, habe ich einen kleinen Streifzug unternommen.« Er hob die Stimme. »Und schau mich nicht so an. Einer von uns muß ja die Augen offenhalten. Du weißt doch selbst, wie hinterhältig deine Spezies sein kann. Das hier könnte genauso gut ein Nest von Räubern und Mördern sein.«

Atlon schnallte sein Schwert um. »Ich kann ganz gut auf mich selbst aufpassen, vielen Dank.«

Dvolci schnaufte verächtlich. »Ein halber Tag bei der Garde der Königin macht dich nicht zum Krieger, weißt du?« erklärte er. »Besonders nicht, wenn du dabei nichts weiter getan hast, als eine leere Festung zu erobern.«

»Aber es hätte sehr gefährlich sein können«, protestierte Atlon, »und es war mehr als nur ein halber Tag. Ich habe verdammt viel Zeit mit ihnen verbracht. Das weißt du ganz genau. Und sie waren ziemlich beeindruckt von mir.«

Dvolci stieß einen verächtlichen Pfiff aus. »Du meinst, sie haben sich lebhaft an dich erinnert. Das ist etwas vollkommen anderes.«

Atlon richtete sich zu seiner vollen Größe auf. »Sie waren *beeindruckt*. Das sind ihre Worte, nicht meine. Sie haben gesagt, ich lerne verdammt schnell.«

Dvolci bewegte sich Richtung Tür. »Warum lernst du dann nicht, morgens vernünftig aufzuwachen?«

Das Frühstück im ›Weidland‹ war sowohl beständig als auch veränderlich: beständig in dem Sinne, daß Ghreel und seine Speisen tagaus, tagein die gleichen waren, und veränderlich, weil an zwei aufeinanderfolgenden Tagen niemals dieselben Gäste den Schankraum bevölkerten.

Natürlich hatte letzteres nichts mit ersterem zu tun, denn Ghreel war seltsamerweise wirklich ein fähiger Koch. Der Grund für die ständig wechselnde Kundschaft lag vielmehr in der Lage des Gasthofs, denn er befand sich unweit einer Kreuzung mehrerer großer Handelsstraßen. Jeder, der von den Wildhäfen nach Arash-Felloren wollte, mußte hier vorbei, genauso wie diejenigen, die auf dem Weg vom Norden oder in den Süden waren.

So kam es, daß Atlon, der gestern abend noch geglaubt hatte, der einzige Gast zu sein, sich nun in einem Raum voller Menschen wiederfand, die sich auf vier lange Tische verteilt hatten, um dort ihr Frühstück einzunehmen. Einige saßen in Gruppen zusammen, andere allein, doch allesamt waren sie aufgrund ihrer Kleidung und ihres Verhaltens als Reisende zu erkennen. Das war aber auch schon alles, was Atlon erkennen konnte; was ihre Berufe und ihre Herkunft betraf, vermochte er nichts von ihrer Erscheinung abzuleiten. Allerdings stellte er befriedigt fest, daß sie eine deutliche Verbesserung zu der Gruppe darstellten, die diesen Raum bei seiner Ankunft geziert hatte. Zwei Jungen – und von Zeit zu Zeit auch Ghreel höchstpersönlich – eilten zwischen den Gästen umher und servierten das Frühstück.

Atlon setzte sich ans Ende eines der Tische, und Dvolci sprang neben ihn. Der Mann ihm gegenüber zuckte

lediglich verblüfft zusammen, doch Ghreel, der gerade in der Nähe herumlungerte, stieß einen beinahe weibischen Schrei aus. »Was zur Hölle ist das?«

Der allgemeine Lärm verstummte, und alle Augen richteten sich auf den Wirt.

Ghreel beantwortete seine eigene Frage. »Das ist eine Ratte!«

Beleidigt rang sich Atlon ein Lächeln ab und erwiderte freundlich: »Er ist ein Felci. Er ist mein Gefährte, und er begleitet mich überall hin.«

»Nein, tut er nicht. Er . . . es . . . bleibt auf keinen Fall in meinem Gasthof.«

Atlon schaute sich im Schankraum um. Mindestens drei Hunde lagen unter den Tischen. »Die Hunde dürfen doch auch bleiben«, sagte er.

Aber Ghreel hatte nicht die Absicht, mit diesem besserwisserischen Lehrer von Gott weiß wo zu diskutieren. Einen Augenblick lang vergaß er die Leichtigkeit, mit der Atlon sein Geld auszugeben pflegte, und so beugte er sich drohend vor. »Sorgt dafür, daß es von hier verschwindet, oder ich werfe es selbst hinaus.«

»Ihr wißt nicht viel über Felcis, nehme ich an«, erwiderte Atlon. Er winkte einem vorbeikommenden Jungen, ihm Essen zu bringen, in der Hoffnung, die morgendliche Routine würde den zornigen Wirt ablenken. Dann legte er die Hand auf Dvolcis schlanken Nacken. »Es wäre keine gute Idee, ihn anzufassen. Felcis sind ausgesprochen intelligent, und sie mögen es nicht, wenn man sie falsch behandelt. Sie leben im Felsgestein, und . . .«

»Ich erkenne eine Ratte, wenn ich eine sehe.«

Ein Funkeln in Atlons Augen deutete an, daß seine Geduld bald zu Ende war; dennoch entgegnete er in beschwichtigendem Tonfall: »Ihr solltet vielleicht noch einmal genauer hinschauen. Dann werdet Ihr nämlich feststellen, daß er keinesfalls eine Ratte ist. Seht ihn Euch doch an! Er sieht einer Ratte ja noch nicht einmal ähnlich. Er . . .«

Ghreel hörte ihm schon nicht mehr zu. Er steckte zwei Finger in den Mund und stieß einen schrillen Pfiff aus. Einer der Hunde spitzte daraufhin die Ohren, stand auf und an die Seite des beleibten Wirts. Es war ein großes, muskulöses Tier, dessen zerfetzte Ohren und narbiges Gesicht ein deutliches Zeugnis seiner Geschichte als Kämpfer waren. Atlon warf Dvolci einen fragenden Blick zu. Der Felci nickte kaum merklich, und Atlon rückte ein Stück von ihm ab.

Ghreel packte das Stachelhalsband des Hundes und drehte ihn in Dvolcis Richtung.

»Und jetzt bringt Ihr das Vieh hier raus!«

Im selben Augenblick begann der Hund zu bellen und zu knurren. Voller Zorn stemmte er sich gegen den Griff seines Herrn, denn er wollte sich sofort auf seine Beute stürzen. Der stämmige Mann wankte kurz in dem Bemühen, das Tier im Zaum zu halten. Atlon schaute besorgt drein, doch Dvolci schien sich nicht im geringsten aufzuregen. Er hatte sich auf die Hinterbeine aufgerichtet und schaute sich neugierig um.

»Bringt es weg von hier, oder ich lasse ihn los!« Ghreel mußte brüllen, um das Bellen des Hundes zu übertönen.

Atlon wollte gerade etwas darauf erwidern, als Dvolci einen leisen Pfiff ausstieß und sich dem Hund zuwandte. Aufmerksam musterte der Felci seinen Gegner, als würde er ihn nun zum ersten Mal sehen; dabei legte er den Kopf zunächst auf die eine, dann auf die andere Seite. Das Bellen des Hundes wurde immer lauter. Dvolci starrte ihn noch eine Weile an, bevor er sich bedächtig auf alle viere niederließ und langsam die Bank entlangkroch.

»Bitte kein unnötiges Aufsehen, wenn's irgendwie geht«, zischte Atlon, während der Felci über seine Knie krabbelte.

Dvolci antwortete nicht. Ungefähr zwei Schritte von dem Hund entfernt blieb er kurz stehen, dann sprang er ohne Vorwarnung auf das Tier zu. Die Gäste schnappten

vernehmlich nach Luft, und nicht wenige von ihnen rissen auf unmännliche Art die Füße vom Boden hoch in Erwartung eines wilden Kampfes. Aber statt dessen wurde es mit einem Schlag vollkommen still. Unvermittelt fand sich der Hund Nase an Nase mit dem Felci wieder, und aus irgendeinem Grund hatte er plötzlich jegliches Interesse an Dvolci verloren. Nur das leise, sanfte Pfeifen des Felci durchdrang die Stille. Kurz darauf kniff der Hund den Schwanz ein und ließ sich mit einem Wimmern auf dem Boden nieder. So plötzlich sackte er in sich zusammen, daß Ghreel beinahe das Gleichgewicht verloren hätte.

Es dauerte einen Augenblick, bis der Wirt begriff, was gerade geschehen war; dann verfluchte er den Hund und riß mit aller Gewalt am Halsband – ohne Erfolg: Der Hund rührte sich nicht; ja, er wandte sich sogar von dem Felci ab. Schließlich setzte Ghreel dazu an, das Tier zu treten.

»Nein!« schrie Atlon. »Laßt ihn in Ruhe! Ich habe Euch doch gesagt, Ihr wißt nichts über Felcis. Zum Glück hat Euer Hund mehr Verstand als Ihr. Ansonsten wäre er jetzt von oben bis unten aufgeschlitzt.« Von plötzlicher Wut erfüllt sprang er auf. »Und was zur Hölle sollte das Theater? Hetzt Ihr immer die Hunde auf alles, was Ihr nicht kennt? Werden so alle Gäste im ›Weidland‹ behandelt?« Er machte eine weit ausholende Geste, um jedermann im Raum in diese Bemerkung einzubeziehen.

Dvolci verließ den Ort seines Triumphs, stupste den zornigen Atlon sanft an und trottete wieder zu seinem alten Platz. »Bitte kein unnötiges Aufsehen«, flüsterte er in spöttischem Tonfall.

»Und jetzt bringt mir mein Frühstück!« verlangte Atlon am Ende seiner Tirade und setzte sich wieder. »Und zwar schnell, wenn ich bitten darf! Schließlich habe ich genug dafür bezahlt!«

Ghreel war die Lust auf Streit vergangen. Nach der vernichtenden Niederlage seines Hundes und nachdem

ihm Atlon anschließend in gerechtem Zorn den Marsch geblasen hatte, kam er sich wie ein Idiot vor. Atlon hatte ihn vor den versammelten Gästen bloßgestellt. Er hätte den Lehrer und seinen tierischen Gefährten nicht unterschätzen dürfen. Zwar war er weithin dafür bekannt, daß er nicht gerade zimperlich mit ›schwierigen‹ Gästen umsprang, doch sollte sich das Gerücht verbreiten, er habe einem Unschuldigen gegenüber mit Gewalt gedroht, dann konnte das ihm und seinem Geschäft ernsthaften Schaden zufügen. Ghreel ließ den Hund los, und dieser zog sich sofort in die entfernteste Ecke des Raums zurück. Auf dem Weg dorthin schnappte er beiläufig nach einem der Jungen, die das Frühstück servierten. Offenbar war der Junge eine derartige Behandlung gewöhnt, denn er wich dem Angriff geschickt aus und fuhr in seiner Arbeit fort, als sei nichts geschehen.

Die Gäste wandten sich wieder ihrem Essen zu, doch nun, nachdem die Spannung sich wieder gelöst hatte, war die Luft erfüllt von munterem Geplapper. Auch diejenigen, die bisher allein gegessen hatten, schwatzten nun mit ihren Nachbarn, als würde man sich schon Ewigkeiten kennen, und jeder erzählte dem anderen seine Version dessen, was soeben geschehen war. Es wurde viel gelacht, und immer wieder wanderten die Blicke der Gäste zu Atlon und Dvolci.

»Du willst zu den Kampfplätzen, stimmt's?«

Die Frage mußte noch einmal wiederholt werden, bevor Atlon bemerkte, daß sie ihm galt. Sie stammte von dem Mann, der ihm gegenübersaß. Atlon entschuldigte sich unbeholfen, während er die Worte in sich aufnahm. »Kampfplätze? Was ist das?«

Der Mann warf ihm einen halb amüsierten, halb mißtrauischen Blick zu. »Die Kampfplätze«, wiederholte er in einem Tonfall, als hätte man ihn gefragt, wo der Himmel sei. »Jeder weiß, was das ist.«

Atlon schüttelte den Kopf. »Ich nicht, fürchte ich. Ich komme von sehr weit her.«

Der Mann nickte. »Das habe ich mir schon gedacht, als ich gesehen habe, wie höflich du zu Ghreel warst. Bleibst du lange hier?«

»Ich weiß nicht. Ich reise nach Süden, um ... um ein paar Freunde zu besuchen, aber ich werde wohl eine Weile hier in der Gegend bleiben und mir Arbeit suchen müssen, um mir die Reise leisten zu können.«

Der Mann musterte ihn erneut. Schließlich schien er zu einer Entscheidung gekommen zu sein. Er legte den Arm auf den Tisch und beugte sich geheimnisvoll vor. »Dann ist es ja vielleicht gar nicht mal so schlecht, daß wir uns über den Weg gelaufen sind«, sagte er. »Du kannst hier gar nicht vorsichtig genug sein, weißt du? Hier gibt es genug Leute, die jede Gelegenheit nutzen, um einen Fremden wie dich übers Ohr zu hauen.« Er beugte sich noch ein wenig mehr vor und senkte die Stimme. »Aber ich glaube, ich kann dir helfen.« Er schaute zu Dvolci und tippte sich mit dem Finger an die Nase. »Ich erkenne einen Kämpfer, wenn ich einen sehe, und das da ... das ist ein Kämpfer. Er ist nicht groß, das gebe ich zu, aber er hat Herz. So etwas können nur andere Tiere in einem Tier sehen.«

»Andere Tiere und du.«

Atlon, der noch immer nicht so recht begriff, wovon der Mann eigentlich sprach, zuckte unwillkürlich zusammen. Das war seine Stimme gewesen, aber er hatte nicht gesprochen. Dvolci schaute ihn unschuldig an.

»Genau«, erwiderte der Mann, der nicht bemerkt hatte, daß sein Gegenüber noch nicht einmal die Lippen bewegt hatte; auch hatte er den Sarkasmus überhört, der in den Worten versteckt gewesen war. »Erfahrung, weißt du? Ich habe das sofort gesehen, als dein ... wie heißt es noch? ... Felci den Hund angeschaut hat. Ich habe gesehen, was Ghreel nicht bemerkt hat: die Muskeln unter dem Pelz, die Krallen ...« Seine Stimme war voller Bewunderung. »Und wie er sich bewegt hat. Intelligent scheint er auch noch zu sein. Sieh mal, wie er alles genau

im Auge behält. Das Tier ist ein Vermögen wert, glaub mir.«

Verwirrt und besorgt, Dvolci könne sich erneut einmischen, sagte Atlon: »Es tut mir leid, wenn meine Fragen dir ein wenig dumm erscheinen; aber ich verstehe immer noch nicht, wovon du überhaupt sprichst.«

Der Mann zeigte mit einer Geste, daß er sich nicht daran störe. »Seltsam, daß du noch nie was von den Kampfplätzen gehört hast«, sagte er. »Da gibt es eigentlich nicht viel zu verstehen.« Er tippte sich an den Kopf. »Tiere kämpfen auf den Kampfplätzen, und die Leute wetten auf sie.«

Das Frühstück wurde vor Atlon abgesetzt, doch er nahm kaum davon Notiz. Es fiel ihm schwer zu glauben, was er soeben gehört hatte. »Soll das heißen, die Menschen setzten Geld darauf, welches Tier welches umbringt?« fragte er peinlich berührt.

Der Mann schüttelte den Kopf. »Nein, nein, nein. Es gibt nur selten Tote.« Er lächelte breit und wandte sich wieder seinem Essen zu. »Es kostet eine Menge Geld, einen guten Kämpfer zu trainieren. Dann darf man doch nicht riskieren, sie einfach so zu verlieren. Nein, die Leute wetten nur darauf, wer gewinnt.« Während er sprach, klopfte er fortwährend mit dem Finger auf den Tisch. »Bei einem guten Kampf setzten die Leute ein Vermögen.«

Ein kurzer Schlag von Dvolcis Schwanz und ein leiser Pfiff, bedeuteten Atlon, seine aufkommende Entrüstung zu unterdrücken und statt dessen zuzuhören und zu lernen. Dem Befehl des Felcis entsprechend, verzichtete Atlon auf eine Antwort, doch seine Hände zitterten, als er nach dem Essen griff.

»Ich hätte nicht gedacht, daß die Verantwortlichen in irgendeiner Stadt so etwas zulassen würden«, sagte er nach einer Weile.

Der Mann lachte lauthals auf. »Die Verantwortlichen! Was denn für Verantwortliche? Niemand trägt *Verant-*

wortung in Arash-Felloren. Ein paar glauben es natürlich: der Präfekt, der Rat, die *edlen* Familien und so weiter.« Er betonte das Wort ›edel‹ mit unverhohlener Verachtung. »Und noch viel mehr *hätten* gerne die Verantwortung: die großen Handelshäuser, die Weartan, die Kyrosdyn und die Gilden. Aber in Wirklichkeit kümmert sich jeder nur um seine eigenen Angelegenheiten. Das war schon immer so, und das wird auch immer so bleiben. Arash-Felloren ist zu groß, als daß es von einem Mann kontrolliert werden könnte – auch nicht, wenn dieser Mann eine ganze Armee hinter sich haben sollte.« Sein Tonfall wurde onkelhaft, als er abrupt das Thema wechselte. »Du kannst wirklich von Glück sagen, daß du mich getroffen hast. So wie es sich anhört, kommst du tatsächlich von sehr, sehr weit her. Mach dir keine Sorgen. Niemand kann die Tierkämpfe verbieten, selbst wenn er es wollte.« Er rieb sich die Hände. »Man kann damit viel zuviel Geld verdienen.«

Atlon kaute energisch auf dem Brot herum, um seine wachsende Erregung zu verbergen. Er versuchte, das Gespräch in eine andere Richtung zu lenken. »Wer sind die Kyrosdyn?« fragte er.

Der Mann verzog verächtlich das Gesicht. »Kristallhandwerker«, antwortete er. »Warum?«

»Über Kristalle weiß ich das ein oder andere«, antwortete Atlon mit einem Lächeln auf den Lippen. Er war erfreut, unverhofft eine derartige Information ergattert zu haben, und ein wenig erleichtert, endlich ein Thema gefunden zu haben, das nichts mit irgendwelchen Kampfplätzen zu tun hatte. »Vielleicht haben sie ja Arbeit für mich.«

Der Mann warf einen gierigen Blick auf Dvolci, dann beugte er sich vor und sagte eindringlich: »Jetzt hör mir mal gut zu: Laß dich nie mit ihnen ein. Ich habe gehört, die Arbeit mit Kristallen könne die seltsamsten Dinge in einem Mann bewirken, und wenn ich mir die Kyrosdyn so anschaue, dann glaube ich das auch. Sie sind ein ver-

dammt merkwürdiger Haufen. Humorlose, intrigante Teufel. Sie machen sich an Dingen zu schaffen, die man lieber in Ruhe lassen sollte.«

»Was meinst du damit?«

»Oh, sie mischen in jeder politischen Intrige mit. Ständig spielen sie die eine Seite gegen die andere aus – je nachdem, wie es ihnen gerade paßt –, aber außer uns einfachen Leuten scheint das niemandem aufzufallen.«

»Und warum tun sie das?«

Der Mann wirkte überrascht. »Keine Ahnung – Macht, Einfluß, Geld – wer weiß das schon? Sie nennen sich Künstler und Handwerker, aber sie sind nicht besser als alle anderen auch. Eigentlich sogar noch viel schlimmer. Gerüchten zufolge horten sie Berge von Bunten unter dem Vaskyros – na ja, auf jeden Fall beschäftigen sie genug Söldner, um einen sagenhaften Schatz zu bewachen –, und trotzdem versuchen sie immer noch, mehr Geld zu machen. Sie haben ihre Finger in allem möglichen, was nichts mit dem Kristallhandwerk zu tun hat, aber immer nur heimlich – hinter den Kulissen. Wenn du mich fragst, dann würden sie sich wahrscheinlich noch nicht einmal darüber freuen, falls es ihnen tatsächlich gelänge, die Stadt unter ihre Kontrolle zu bekommen. Natürlich hätten sie gerne die Macht über die Niederorte, vermutlich sogar über die Thlosgaral und die Wildhäfen ...« Er senkte die Stimme zu einem Flüstern. »Und da ist auch noch etwas anderes: Sie gebieten über ... Mächte.«

Seine letzte Bemerkung schien er sofort zu bereuen. Rasch schaute er von einer Seite zur anderen, als hätte allein die Erwähnung der Kyrosdyn Unheil über den Gasthof gebracht.

»Finde mehr heraus«, drängte Dvolci mit leiser Stimme.

»Was meinst du mit ›Mächten‹?«

Der Mann schaute Atlon entsetzt an.

»Es ist nicht weiter wichtig«, fügte Atlon eilig hinzu.

»Ich war nur neugierig. Auf meinen Reisen habe ich schon so manche seltsame Geschichte gehört, und das ein oder andere habe ich sogar selbst gesehen, aber am Ende lief alles doch nur auf irgendwelche Tricks hinaus. Geht es dir gut? Ich wollte dich nicht beunruhigen.«

Der Mann riß sich wieder zusammen. »Du hast mich nicht beunruhigt«, erwiderte er eine Spur zu laut. »Aber darüber wird nicht viel geredet. Auf jeden Fall mögen es die Kyrosdyn nicht, wenn man über sie spricht. Sie leugnen immer alles – spielen die Unschuldigen, die Beleidigten –, aber jeder weiß, daß sie Dinge tun, die man besser nicht tun sollte. Diese Kristalle sind wirklich sonderbare Dinger.«

Der Mann schwieg. Obwohl er gerne mehr über die Kyrosdyn und die Kristalle erfahren hätte, so spürte Atlon doch, daß es keinen Sinn machen würde, den Mann weiter unter Druck zu setzen; also wandte er sich widerwillig wieder dem ursprünglichen Thema zu.

»Ich verstehe«, sagte er. »Sie sind Heuchler. Solche Leute findet man überall. Leute, wie man sie nicht auf euren Kampfplätzen findet. Leute, die jemanden schicken, um für sie zu wetten.« Er zwinkerte bedeutungsvoll.

Der Mann nickte zustimmend, aber das Thema ›Kyrosdyn‹ schien ihn weiterhin zu beunruhigen. Der Lärm der anderen Gäste füllte das peinliche Schweigen, das daraufhin zwischen den beiden Männern entstanden war. Atlon wollte seinen ersten, zaghaften Kontakt zum Kristallhandel nur ungern verlieren, und so ergriff er erneut die Initiative. »Erzähl mir mehr von den Kampfplätzen«, forderte er sein Gegenüber mit vorgetäuschtem Enthusiasmus auf, obwohl es ihm mehr als zuwider war, darüber zu sprechen. »Was für Tiere kämpfen dort? Doch sicherlich keine Felcis, oder?«

»Nein«, antwortete der Mann erleichtert. »Einen wie ihn habe ich noch nie gesehen.« Allmählich kehrte sein Selbstvertrauen wieder zurück. »Hauptsächlich kämpft

gleich gegen gleich – Hähne, Hunde, Katzen, Pferde –, je nachdem, was gerade in Mode ist. Aber es gibt keine Regeln. Alles hängt davon ab, was die Besitzer vereinbaren. Tatsächlich sind es sogar die gemischten Kämpfe, die die meisten Zuschauer anziehen.«

»Und das meiste Geld«, fügte Atlon hinzu.

»Genau«, bestätigte der Mann, der wieder ganz er selbst war. Er deutete auf Dvolci. »Weißt du, ein Tier wie das da, nicht groß, kein wildes Aussehen und – wenn ich mich nach dem Kampf mit dem Hund nicht irre – darauf bedacht, nicht mehr als unbedingt nötig zu kämpfen, könnte sich für seinen Besitzer als echter Glücksfall erweisen. Du könntest mit ihm von Platz zu Platz ziehen und bereits ein kleines Vermögen verdient haben, bevor seine Qualitäten in jedermanns Munde sind.«

Atlon wußte nicht, wie er das Gespräch fortsetzen sollte. Der Mann mißdeutete das Schweigen. Als er wieder sprach, klang seine Stimme beinahe ehrfurchtsvoll. »Wenn du allerdings an *echten* Kämpfen interessiert bist und an *echten* Wetten, dann mußt du zu einem Freien Kampf gehen.«

Atlon starrte ihn verständnislos an.

»Dort gibt es einfach alles«, fuhr der Mann fort, der Atlons fortgesetztes Schweigen als Frage interpretierte. »Alle Tiere, gegen die niemand bei den normalen Kämpfen antreten will.« Wieder senkte er die Stimme. »Und einige Kreaturen, die du dir noch nicht einmal in deinen wildesten Träumen vorstellen kannst. Schreckliche Kreaturen. Kreaturen, die vielleicht einmal ein Bär oder ein Wolf gewesen sein mögen, aber jetzt sind sie etwas anderes.«

Diesmal bedurfte es keiner Aufforderung des Felcis, um Atlon zum Nachfragen zu bewegen. »Was willst du damit sagen?«

Erneut schaute sich der Mann vorsichtig um. Als er antwortete, sprach er so leise, daß Atlon sich anstrengen mußte, um ihn zu verstehen. »Du mußt sie sehen, um

mich zu verstehen. Einige behaupten, die Kyrosdyn hätten diese Dinger *gemacht,* aber ich habe gehört, sie stammen von Wesen ab, die ganz tief unten leben.« Er deutete auf den Boden. »Du weißt schon – in den Höhlen.« Die letzten Worte las Atlon dem Mann mehr von den Lippen ab, als daß er sie gehört hätte. »Tiefer noch als die alten Tunnel.«

Atlon lehnte sich zurück. Plötzlich war ihm eiskalt. Unzählige Fragen schwirrten ihm durch den Kopf, doch er wußte, daß der Mann sie nicht beantworten konnte, selbst wenn er gewollt hätte. »Diese Stadt hört sich sehr interessant an«, brachte Atlon schließlich hervor. »Eine Stadt voller Möglichkeiten für einen unternehmungslustigen Mann.« Er legte die Hand auf Dvolci.

»Wenn man den richtigen Führer hat, ja«, erwiderte der Mann.

»Das stimmt.« Atlon schürzte die Lippen und runzelte nachdenklich die Stirn. »Wie gesagt: Ich bin auf dem Weg zu ein paar Freunden im Süden; aber ich habe es nicht eilig, und ein wenig Geld könnte ich gut gebrauchen.«

Der Mann grinste übers ganze Gesicht. »Arbeit ist die Zuflucht der Verzweifelten.« Wieder deutete er auf Dvolci. »Ich will nicht mehr Irgon Rinter heißen, wenn man aus deinem Freund hier kein Geld machen kann.«

Atlon schüttelte den Kopf und schob den Teller beiseite. »Ich muß erst darüber nachdenken. Wir beide reisen schon sehr lange zusammen. Ich mag ihn sehr. Ich würde niemals zulassen, daß er diesen Kreaturen gegenübertritt, von denen du gesprochen hast.«

Der Mann hob beschwichtigend die Hand. »Natürlich nicht«, sagte er. »Um bei einem normalen Kampf Geld zu verdienen, mußt du möglichst unbekannt bleiben. Wenn du jedoch an einem Freien Kampf teilnehmen willst, dann ist es genau umgekehrt: Du mußt dich nach oben kämpfen, dir einen Ruf schaffen. Schließlich kann man ja auch kein Geld verdienen, wenn man eine Katze den

Wölfen zum Fraß vorwirft. Und obwohl er wirklich ein Kämpfertyp ist, gegen einige der Biester, die in den Freien Kämpfen antreten, hätte er nicht den Hauch einer Chance.«

Er musterte Atlon einen Augenblick lang, dann streckte er die Hand aus. »Wie heißt du, Fremder?«

Atlon ergriff die Hand und stellte sich und Dvolci vor.

Rinter wollte Dvolci übers Fell streicheln, doch als er in die Augen des Felci blickte, entschied er sich anders. »Merkwürdiger Name«, sagte er und lachte nervös. »Aber schließlich ist es ja auch eine merkwürdige Kreatur, nicht wahr?«

»Aber schließlich ist es ja auch eine merkwürdige Kreatur!«

Atlon zuckte zusammen, als Dvolci mit den Zähnen knirschte und den Satz noch einmal wiederholte.

»Du hast doch verlangt, daß ich mehr über ihn herausfinde«, protestierte Atlon, »und er hat uns ja auch auf die Spur des Kristallhandels gebracht. Er könnte sich noch als sehr nützlich erweisen.«

»Ja, ja, ja. Ich weiß«, erwiderte Dvolci gereizt. Wieder knirschte er mit den Zähnen und fuhr in seiner Schmährede fort: »Was für eine Spezies kommt nur auf die Idee, Tiere aus Freude am Kämpfen aufeinanderzuhetzen? *Menschen,* was sonst. Ich hätte ihm den aufgeblasenen Kopf abreißen sollen.«

Atlon wußte aus Erfahrung, daß es wenig Sinn machte zu versuchen, Dvolcis Angriff auf Rinters Charakter und damit auf die Menschheit im allgemeinen aufzuhalten, aber einem spöttischen Seitenhieb konnte er einfach nicht widerstehen. »Hast du nicht gerade gesagt, du hättest was gegens Kämpfen?«

Der Felci funkelte ihn wütend an und hob die Pfote, als wolle er einen Schlag gegen das Kopfstück des Bettes führen. »Mach die Möbel nicht kaputt!« rief Atlon ent-

setzt. »Im Augenblick stehen wir uns nicht gerade gut mit Meister Ghreel, und ich verspüre nicht den Wunsch, hier hinausgeworfen zu werden, bevor wir nicht wieder zu etwas Geld gekommen sind.«

Dvolci prustete verächtlich. Dann rannte er ohne ersichtlichen Grund fünfmal im Kreis durch den Raum, wobei er tollkühn über alles sprang, was ihm im Wege stand.

»Bist du jetzt fertig?« fragte Atlon unnötigerweise, nachdem sein Gefährte bereits wieder stehengeblieben war.

Dvolci schüttelte vehement den Kopf, richtete sich auf die Hinterbeine auf und begann, sich zu kratzen. »Tut mir leid«, sagte er nach einer Weile und schaute Atlon in die Augen. »Aber du hast wirklich keine Ahnung, wie schwer das Zusammenleben mit deiner Spezies ist.« Seine Stimme klang wieder ruhig und sicher.

Atlon widersprach ihm nicht. »Hast du wieder diesen schlechten Geschmack im Mund?« fragte er sanft.

»Das habe ich mir selbst zuzuschreiben. Ich sollte meine Wut besser im Zaum halten – besonders was Menschen betrifft. Schließlich ist es ja nicht so, als wüßte ich nicht, wie ihr sein könnt, stimmt's?«

»Das wissen wir beide nur allzu gut«, bestätigte Atlon.

Dvolci sprang auf das steinerne Waschbecken und pumpte. Als das Wasser zu fließen begann, nahm er mehrere Mundvoll, gurgelte lautstark und spie es wieder aus. Dann schüttelte er erneut den Kopf, so daß feine Tröpfchen in alle Richtungen spritzten.

»Wir gehen also mit ihm?« fragte Atlon.

»O ja«, antwortete Dvolci, ohne zu zögern. »Wenn die Realität seinen Geschichten entspricht, dann werden wir eine ganze Menge lernen, solange wir uns in seinen Kreisen bewegen.«

Atlon äußerte Bedenken. »Wie es sich anhört, ist die Stadt anscheinend doch nicht so klein … und das ist um so besorgniserregender.«

»Hast du Angst?«

Atlon verzog das Gesicht. »Es gibt Zeiten, da wünschte ich, ich wäre wieder in den Höhlen und könnte in Ruhe und Frieden meinen Studien nachgehen.«

»Aber ...?« Dvolci hatte einen zweifelnden Unterton in der Stimme seines Freundes bemerkt.

Atlon atmete tief durch und griff nach seinem Bündel. »Aber der einzige Weg zurück führt nach vorne, stimmt's?«

Dvolci stieß einen spöttischen Pfiff aus. »*Sehr* philosophisch. *Das* solltest du aufschreiben.« Dann wurde er wieder ernst. »Wir müssen soviel wie möglich über diese Kyrosdyn herausfinden. Einiges von dem, was Rinter über sie erzählt hat, war außerordentlich beunruhigend. *Mächte!* Um Himmels willen. Wenn das bedeutet, was ich glaube, daß es bedeutet ... Wenn diese Leute die Kristalle dazu verwenden, um ...«

»Ja, ich weiß«, fiel Atlon seinem Gefährten ins Wort. »Aber wenn sie es tun, dann tun sie es. Und dann tun sie es schon sehr, sehr lange. Ich bin sicher, es wird uns nicht schwerfallen, das herauszufinden. Wir müssen einfach Geduld haben und abwarten.«

»Und die Höhlen unter der Stadt? Und die seltsamen Kreaturen?«

Atlon wischte sich nervös mit der Hand über den Mund. »Ich will noch nicht einmal darüber nachdenken, was das bedeuten könnte.«

»Wir werden es herausfinden.« Der Klang von Dvolcis Stimme verriet, daß er sich nicht gerade darauf freute.

»Ich weiß, ich weiß«, bestätigte Atlon grimmig. Er wedelte mit den Händen, um ein Bild vor seinem geistigen Auge zu vertreiben. »In der Zwischenzeit haben wir aber Dringenderes zu erledigen: So zum Beispiel sollten wir uns ein Einkommen suchen.« Er warf sein Bündel über den Rücken.

Feiner Staub wirbelte um seine Füße, als er die Tür öff-

nete. Er trat hinaus auf den langen Balkon und blickte hinauf in den trüben Himmel, wo sich gerade die ersten Sonnenstrahlen ihren Weg durch den Staub bahnten, der ständig über der Thlosgaral schwebte. Die ganze Atmosphäre hatte etwas Ungesundes, beinahe Fiebriges an sich. Sie versprach Hitze: eine Hitze, die an den Kräften zehrte, anstatt sie zu bewahren.

»Ja«, sagte Atlon und beantwortete damit Dvolcis frühere Frage. »Ja, ich habe Angst.«

KAPITEL 7

Obwohl ihn Schmutz normalerweise nicht störte, so versuchte Pinatte dennoch, den Fleck von seinem Handrücken zu reiben. Instinktiv wollte er die Hand zunächst an den Mund führen, so wie es ein verwundetes Tier getan hätte; aber irgend etwas hielt ihn davon ab. Im Augenblick konnte er den Fleck wenigstens sehen, doch sollte er ihn in seinen Körper saugen, würde er sich vielleicht überall ausbreiten. Vielleicht hatte das der Kyrosdyn sogar beabsichtigt; vielleicht bestand der Fleck aus irgendeiner Art Gift. Pinatte war über diese Schlußfolgerung mehr erfreut denn beunruhigt. Er fühlte sich dadurch in seiner Selbsteinschätzung bestätigt: Er wußte, wie man auf den Straßen überlebte. *Ihn* konnte man nicht so leicht hinters Licht führen.

Allerdings war er weniger erfreut, als selbst ein intensiver, mehrere Minuten andauernder Waschvorgang im Brunnen den Fleck nicht im geringsten zu beeindrucken schien. Langsam breitete sich eine eisige Kälte in Pinattes Magen aus. Was hatte ihm dieses Monster angetan? Das Wissen, daß er lediglich einem unglücklichen Zufall zum Opfer gefallen war, machte ihn krank. Wie alle Mitglie-

der der Diebesgilde war auch Pinatte nicht nur peinlichst darauf bedacht, keine Kristalle von den Kyrosdyn zu stehlen, sondern sie *absolut* in Ruhe zu lassen. Obwohl ein kompliziertes System von Gesetzen und Verordnungen etwas anderes verkündete, so hing die Bestrafung eines Übeltäters in Arash-Felloren für gewöhnlich einzig und allein von den Launen der betroffenen Partei ab. Die Weartan konnte man meist bestechen – es sei denn, sie waren zu mehreren, denn dann mußte man mit einer gehörigen Tracht Prügel rechnen. Die privaten Wachleute der Adelshäuser neigten eher zur Gewalt, doch andererseits waren sie stets bemüht, unnötiges Aufsehen zu vermeiden, um ihre Herren nicht in Verlegenheit zu bringen. Im Gegensatz dazu waren die Leibwächter der Kaufleute weniger zimperlich. Häufig forderten sie ihre Herren sogar dazu auf mitzumachen, und noch dazu mit Vergnügen. Aber niemand wußte, *was genau* die Kyrosdyn taten. Es gab nur einige wenige vage und furchterregende Gerüchte: Gerüchte über Menschen, die plötzlich auf Nimmerwiedersehen verschwanden, und die wenigen, die wieder auftauchten, hatten sich auf schreckliche Art verändert. Sie waren schweigsam, wirkten gehetzt, und sie wurden nie wieder wie früher.

Bisher hatte Pinatte mehr Glück gehabt als die meisten anderen in seinem Beruf. Häufig war er seinen Verfolgern nur um Haaresbreite entkommen, und nur zweimal hatte man ihn tatsächlich gefaßt. Beim ersten Mal hatte er sich mit einer beachtlichen Bestechungssumme von einem Weartan-Offizier losgekauft, und beim zweiten Mal war er dazu gezwungen worden, als Sühne eine Zeitlang im Haus eines niederen Adeligen zu dienen. Aber während er nun so dastand und in das sprudelnde Wasser des Brunnens starrte, hatte er das Gefühl, als wäre er nun mit einem Schlag für all das bestraft worden, für das er schon in der Vergangenheit hätte bestraft werden sollen.

Er drehte sich um und bahnte sich einen Weg zwi-

schen den Menschen hindurch, die sich auf dem Platz drängten. Diesmal folgte er seinem Instinkt, und unbewußt ging er dorthin, wo er sich am sichersten fühlte – zu Lassners Nest.

Es ist nur ein Fleck, sagte er sich immer und immer wieder, aber der Gedanke spendete ihm keinen Trost. Eine Finsternis war in sein Leben getreten, die sich nicht so einfach wegreden ließ, und jenseits dieser Finsternis vermochte er nichts zu erkennen.

In dem Versuch, die Sorgen aus seinem Kopf zu verdrängen, wandte er sich wieder praktischeren Dingen zu und vergaß den Schwur, den er sich selbst nach der Begegnung mit dem Kyrosdyn geleistet hatte. Es gelang ihm, zwei Börsen zu erbeuten, bevor er in die wohlvertraute Gasse mit dem unebenen, von Karren zerfurchten Straßenbelag und den verlassenen Häusern einbog.

Lassner war dort, wo er immer war. Er schien zu schlafen, hatte die Hände auf der Spitze seines Stabes gefaltet und das Kinn darauf gelegt. Pinatte war noch nie aufgefallen, wie einladend der schmuddelige kleine Raum unmittelbar neben dem ebenso schmuddeligen Eingangsflur wirken konnte. Er warf die beiden ungeöffneten Börsen auf den Tisch vor den alten Mann. »Alles sauber«, erklärte er, als Lassner unvermittelt die Augen aufriß und ihn anschaute. Diese einfache Aussage, die nichts anderes bedeutete, als daß die Besitzer den Diebstahl nicht bemerkt hatten, war mehr als nur eine beiläufige Bemerkung. Eine Verfolgungsjagd erregte Aufmerksamkeit. Gesichter, die ansonsten ungesehen in der Menge verschwanden, könnten womöglich erkannt werden, und vielleicht würde man sich in Zukunft an sie erinnern. In einem solchen Fall konnte ein Nestherr beschließen, ein bestimmtes Gebiet sei auf absehbare Zeit zu meiden. Eine Verfolgung nicht zu melden bedeutete Bestrafung, besonders wenn die Jagd in der Nähe des Nestes stattgefunden hatte.

Lassner schloß kurz die Augen als Zeichen der Bestäti-

gung, bevor er die Börsen auf dem Tisch entleerte und ihren Inhalt untersuchte. Danach warf er die Börsen einer alten Frau in der Ecke zu und instruierte sie, wie sie zu verändern seien. Es folgte ein kurzer, lauter Wortwechsel, an dessen Ende die alte Frau Lassner den Rücken zukehrte und sich an die Arbeit machte, während sie irgend etwas vor sich hinmurmelte. Das war ein alltägliches Ritual: Lassner gab Anweisungen; die alte Frau ignorierte sie, und ein paar Tage später waren die Börsen so gut wie neu und nicht wiederzuerkennen und wurden an irgendeinem Marktstand zum Verkauf angeboten. Lassner konnte das Bellen eines toten Hundes verkaufen – jedenfalls behaupteten das seine Freunde.

Knochige Finger huschten zwischen den Münzen und persönlichen Gegenständen auf dem Tisch hin und her und ordneten sie ihrem Wert entsprechend. Persönliche Gegenstände wie die Börsen selber wurden verändert und verkauft, ›um das Nest zu finanzieren‹ – allerdings war noch nie jemand dem Schicksal des Geldes nachgegangen, das derartigen Geschäften entsprang. Die Münzen gingen an den Dieb mit Ausnahme einer Prämie, die der Nestherr für sich behielt. So war es auch diesmal. Nachdem Lassner die Untersuchung abgeschlossen hatte, schob er einen Haufen Münzen und einen Ring beiseite und blickte zu Pinatte.

»Einverstanden?«

»Einverstanden.«

Eigentlich war Pinatte ganz und gar nicht einverstanden. In letzter Zeit hatte sich Lassner immer größere Prämien einverleibt, aber dagegen anzugehen wäre absolut sinnlos gewesen. Also steckte Pinatte die Reste seines Gewinns ein, drehte sich um und schickte sich an hinauszugehen.

»Was ist los, Junge? Es *war* doch wirklich alles sauber, oder?«

Pinatte zuckte bei der Frage unwillkürlich zusammen.

Er wußte aus Erfahrung, daß es unmöglich war, Lassner etwas vorzumachen. Und so kam es, daß Pinatte seine Geschichte zusammenhanglos vor sich her stammelte, anstatt sie wie gehofft mit Bravour und Eleganz zum besten zu geben, um sich solcherart eine freie Nacht zu verdienen.

Lassner war jedoch äußerst konzentriert, und mit ein paar gezielten Fragen ordnete er Pinattes Erzählung mit der gleichen Geschicklichkeit, mit der er zuvor den Inhalt der Börsen sortiert hatte. »Das war ein böser Fehler«, erklärte er, nachdem Pinatte seinen Bericht beendet hatte. »Ein sehr böser.«

»Er hatte nichts an sich, woran man ihn hätte erkennen können«, beteuerte Pinatte noch einmal. »Kein Stab, keine Robe, nichts. Er sah vollkommen gewöhnlich aus – das ideale Opfer.«

Lassner runzelte die Stirn, aber er nickte. Die Entschuldigung war akzeptiert. Für gewöhnlich beging Pinatte keinen Fehler und erst recht keinen so schwerwiegenden. »Zeig mir deine Hand.«

Pinatte tat, wie ihm geheißen.

»Ein typischer Kyrosdyn-Trick«, verkündete Lassner abschätzig, nachdem er den Fleck betrachtet hatte. »Das soll einen nur nervös machen, so daß man vor lauter Sorge an den Fingernägeln kaut. Und es scheint ja auch zu funktionieren, stimmt's? Schau dich doch nur einmal an. Du stehst zwar hier, aber in Gedanken flitzt du durch die Stadt wie eine Katze, der man eine Dose an den Schwanz gebunden hat.«

»Der Kyrpfuscher *hat* was mit mir gemacht«, beharrte Pinatte. »Er hat einfach auf mich gezeigt, und ich konnte meine Beine nicht mehr bewegen. Und da war was um ihn herum ... irgendwas ...« Er rieb sich über den Handrücken. »Was ist, wenn er mich irgendwie ... verhext hat, oder so?«

Ungeduld zeichnete sich auf Lassners Gesicht ab. Er atmete tief durch. »Du hast alle Voraussetzungen, um ein

guter Dieb zu werden, mein junger Pinatte. Deswegen bist du hier, und deswegen nehme ich von dir für all das, was ich dir beibringe, eine weitaus geringere Prämie als allgemein üblich. Du kannst es noch weit bringen. Vielleicht wirst du eines Tages sogar ein eigenes Nest haben, wer weiß? Aber du mußt noch eine Menge lernen. Das Diebeshandwerk besteht nicht nur aus Beutelschneiderei.« Lassner wurde ungewohnt persönlich. »Einige der größten Diebe der Stadt führen Handelshäuser oder sitzen im Rat. Der einzige Unterschied zwischen ihnen und uns ist, daß wir ein Ehrgefühl haben und sie nicht.« Er beendete seinen Exkurs, indem er sich an die Stirn tippte. »Menschen glauben zu machen, sie hätten etwas gesehen, was gar nicht da ist, oder sie hätten nichts gesehen, wenn es tatsächlich etwas zu sehen gibt, mußt du in unserem Beruf ebenso lernen wie die Verwendung eines scharfen Messers und einer sanften Berührung, um an die Börsen anderer Leute zu kommen.«

»Das war aber kein Trick«, protestierte Pinatte. »Ich habe *gespürt*, daß er mir etwas angetan hat. Ich konnte meine Beine nicht mehr bewegen.«

Lassner zuckte mit den Schultern. »Ich bin sicher, daß du das nicht mehr konntest«, lenkte er ein. »Jedenfalls hast du das geglaubt. Mit Kyrosdyn ist nicht zu spaßen – das weiß doch jeder. Aber soviel ich gehört habe, können sie auch nicht mehr oder weniger als jeder gute Dieb.« Er wurde beinahe ernst. »Wenn du Angst hast, dann spielt dir deine Phantasie bisweilen einen Streich, und genau das machen sich die Kyrosdyn zunutze – und sie sind verdammt gut darin. Sie sind hinterhältig und schlau.«

Pinatte schüttelte den Kopf und setzte zu einer Erwiderung an.

»Jetzt hör mir mal gut zu, Junge.« Lassners Tonfall ließ Pinatte erstarren. Von Zeit zu Zeit konnte der alte Mann richtig böse werden, und obwohl er nicht mehr über die Fähigkeiten gebot, die ihn einst zu einem der ganz

Großen in der Diebesgilde gemacht hatten, so zollte man ihm dennoch großen Respekt. »In unserem Beruf mußt du vor allem eines lernen: Du mußt die Dinge so sehen, wie sie sind. Nicht wie du glaubst, daß sie sind, oder wie sie deiner Meinung nach sein sollten, sondern wie sie *wirklich* sind. Benutze deine Augen, deinen Verstand. Geh den Dingen auf den Grund. Laß die anderen ruhig Schatten nachjagen ... *aber nicht du*. Du mußt immer derjenige sein, der weiß, was *wirklich* geschieht.«

Pinatte nickte ernst. Obwohl er dem alten Mann aufmerksam zuhörte, wußte er dennoch nicht, wovon Lassner eigentlich sprach. *Wie kann man etwas* nicht *so sehen, wie es wirklich ist?* dachte er verächtlich. Im Augenblick wünschte er sich nichts sehnlicher, als sich in sein Zimmer zurückzuziehen und seinen Handrücken mit heißem Wasser und einer Bürste zu bearbeiten. Lassner blickte ihn einen Augenblick lang wortlos an. Dann verengten sich seine Augen zu schmalen Schlitzen. »Besorg dir jetzt erst mal heißes Wasser, und schrubb dir die Hände«, sagte er.

Überrascht riß Pinatte den Mund auf und hörte kurzzeitig auf, sich die Hand zu reiben. Der alte Mann kicherte und bedeutete ihm mit einer Geste, er solle gehen. »Wie du siehst, Junge, ist es sehr einfach, wenn du deinen Kopf gebrauchst. Sieh die Dinge, wie sie sind.«

Diese Demonstration beeindruckte Pinatte zwar nachhaltig, doch schon bald kehrte die alles überlagernde Sorge um den seltsamen Fleck wieder zurück. Aus dem hinteren Teil des Gebäudes holte er sich eine Schüssel heißen Wassers und stieg die baufällige Treppe zu seinem Zimmer im ersten Stock hinauf. Dort angekommen begann er, sich kräftig die Hand zu schrubben. Er war fest entschlossen, den Fleck des Kyrosdyn zu beseitigen. Nach einigen Minuten war der Rücken von Pinattes Hand leuchtend rot, doch der Fleck hatte sich keinen Deut verändert. Während Pinatte ihn anstarrte, kehrte

die Erinnerung an die Lähmung seiner Beine und an die unheimliche Ausstrahlung des Kyrosdyn mit furchtbarer Klarheit wieder zurück. Seine Hände begannen zu zittern, und die Bürste fiel klappernd zu Boden. Einen Augenblick lang drohte ihn die Angst endgültig zu übermannen. Undeutliche, doch intensive Bilder huschten vor seinem geistigen Auge hin und her und zeigten ihm eine Zukunft, in der er für alle Zeiten dem Kyrosdyn zum Dienst verpflichtet war. Ein Kristall blitzte vor ihm auf.

»Deine wertlose Seele wird mir gehören. Ich werde sie hier hineinbinden. Hörst du, wie sie sich wehrt? Gefangen. Für immer.« Die Stimme, das Auftreten, *alles* ... es jagte ihm einen Schauder über den Rücken.

»Wenn du Angst hast, dann spielt dir deine Phantasie bisweilen einen Streich. Sieh die Dinge, wie sie sind.«

Lassners Worte drangen in den Strudel der Verwirrung. Verzweifelt griff Pinatte nach diesem Rettungsanker. Ein Trick, hatte er gesagt. Ein Trick, um ihn nervös zu machen ...

»Und es scheint ja auch zu funktionieren, stimmt's?«

Aber er hatte seine Beine *wirklich* nicht mehr bewegen können. Und der Fleck wollte einfach nicht verschwinden ...

Ein fürchterlicher Schrei stieg in ihm auf.

Einen Augenblick lang gab es nur noch Dunkelheit – eine alles verschlingende Finsternis brach über Pinatte herein.

Dann machte sich seine jahrelange Erfahrung im Abschätzen von Konsequenzen bemerkbar. Was würde geschehen, wenn er sich jetzt dem Schrei und der Dunkelheit ergab? Was würde als nächstes folgen? Im Moment mochte er ja vielleicht einer von Lassners Lieblingen sein, aber das würde sich rasch ändern, wenn er nur noch ein armer Narr war, der zitternd in seiner Stube hockte.

Bilder einer anderen Zukunft erschienen in seinem

Kopf, die nichts mit einer Bindung an den Kyrosdyn zu tun hatten: Bilder einer Zukunft, in der er weder Nest noch Nestherrn hatte; einer Zukunft ohne Freunde und ohne Gefährten, in der er außerhalb der komplexen Gesellschaftsordnung von Arash-Felloren stand und in der er gezwungen war, in den Elendsvierteln am Rande der Stadt mit Betteln sein Geld zu verdienen und sich seine Nahrung im Abfall anderer zu suchen. In dieser Zukunft kroch er durch die Kanäle wie eine Ratte – ja, er war sogar dazu fähig, sich an seinesgleichen zu vergreifen, bis ihn eines Tages ein elender Tod ereilte.

Der Schrei fand nun eine andere Stimme, weich und drückend, voller Zorn und Furcht zugleich.

»Es ist nur ein Fleck auf meinem Handrücken«, flüsterte Pinatte vor sich hin. »Ein wenig Farbe, sonst nichts ... wie das Zeug, das die Alte unten dazu benutzt, um das Aussehen der Börsen zu verändern. Du kannst schrubben, bis dir die Haut in Fetzen hängt, aber den Fleck wirst du nicht so leicht los.« Mehr war es nicht – das und ein Haufen finsterer Drohungen. Wie um Himmels willen war er nur auf die Idee gekommen, daß man ihn in einen Kristall einsperren könnte? Das ergab keinen Sinn. Ein erwachsener Mann eingepfercht in so ein kleines Ding. Das war lächerlich! Warum hatte er nicht einfach laut aufgelacht, als sich der Gedanke in seinem Kopf geformt hatte? Lassner hatte recht: Das waren Tricks – nichts weiter –, nur Tricks. Trotzdem wußte Pinatte nun, warum mit den Kyrosdyn nicht zu spaßen war. Ihre Tricks waren verdammt gut. Selbst Lassner war es gelungen, ihn einen Augenblick lang glauben zu machen, er könne Gedanken lesen. Wer konnte schon sagen, zu was ein Mann fähig war, der tagaus, tagein nichts anderes tat, als Menschen zu täuschen?

Pinatte atmete schwer, wie immer, wenn er einem besonders schweren Problem gegenüberstand.

»Es ist ein Fleck auf meiner Hand«, murmelte er erneut vor sich hin. »Nicht mehr und nicht weniger. Mit

der Zeit wird er ebenso verschwinden wie die Farbe, die die alte Frau verwendet.«

Er ging ans Fenster und schaute sich den Fleck im staubgefilterten Sonnenlicht noch einmal genauer an. Pinatte zitterte noch immer von den Nachwirkungen seiner Visionen, aber angesichts dessen, was er zuletzt gesehen hatte, wirkte der Fleck geradezu harmlos. Erleichtert atmete Pinatte tief durch. Zum Glück hatten ihn die Visionen in seinem Zimmer heimgesucht und nicht vor Lassner. Anderenfalls hätte er sich wohl vollends zum Idioten gemacht.

Während er verschiedene Positionen einnahm und den Kopf hierhin und dorthin neigte, glaubte er festzustellen, daß der Fleck eine leicht grünliche Schattierung besaß.

Pinatte ließ sich auf die Matratze fallen, die ihm als Bett diente. Er war vollkommen erschöpft und brauchte Ruhe, Zeit zum Nachdenken.

Geistesabwesend blickte er hinauf zu den verblaßten Linien und Farbflecken, die die Reste eines Gemäldes darstellten, das einst die nun rissige und fleckige Decke geschmückt hatte. Die vertrauten Formen und Muster an der Decke wirkten beruhigend auf Pinatte. Er konnte wirklich von Glück sagen, ein Dach über dem Kopf zu haben und einem Nest anzugehören – ganz besonders Lassners Nest. Doch im selben Augenblick, da ihm dieser Gedanke kam, schlich sich noch etwas anderes in seinen Kopf: etwas, das vielleicht von der Vision hervorgerufen worden war, die ihm seine Zukunft in den düstersten Farben ausgemalt hatte. Er durfte nicht zulassen, daß irgend etwas geschah, was ihn auf diesen Weg führen würde; aber andererseits konnte er ein solches Risiko auch niemals ausschließen – jedenfalls nicht, solange er sich seinen Lebensunterhalt auf der Straße verdiente.

»Einige der größten Diebe der Stadt führen Handelshäuser oder sitzen im Rat.«

Damit hatte Lassner Pinatte nichts Neues erzählt. Tatsächlich verliehen sämtliche Diebe der Stadt mit diesen Worten ihrem Neid auf die oberen Schichten Ausdruck; aber Pinatte sah den Satz nun in einem anderen Licht. Er sah ihn, wie er ihn noch nie zuvor gesehen hatte.

Ein Beutelschneider zu sein war einfach nicht genug.

Sicher, Pinatte war gut darin, und er würde sich damit auch immer seinen Lebensunterhalt verdienen können; aber was für ein Leben war das denn? Plötzlich besaß die rissige Decke keinerlei beruhigende Ausstrahlung mehr. Wo Pinatte noch vor wenigen Augenblicken etwas Vertrautes, etwas beinahe Familiäres gesehen hatte, sah er nun nur noch Verfall, die Auswirkungen jahrelanger Vernachlässigung. Es war abstoßend. Wieder hörte er die Frage in seinem Kopf. Was für eine Art Leben war das denn? Er setzte sich auf.

Das war nicht genug.

Pinatte hätte sich heute fast vor Angst in die Hose gemacht – und für was? Für ein lausiges Zimmer in einem lausigen Haus und für ein paar Münzen, die in seinen Taschen klimperten. Die Erinnerung an die Börse des Kyrosdyn kehrte wieder zurück, doch diesmal brachte sie ihm eine andere Botschaft. Pinatte hätte sich eine solche Börse noch nicht einmal mit den Einnahmen eines ganzen Jahres leisten können. Und wenn er die Börse wirklich gestohlen *hätte,* für wieviel hätte er sie dann verkauft? Für einen Bruchteil ihres Wertes. Selbst die zuverlässigsten seiner Abnehmer hätten auf ein solches Angebot nur mit verwundertem Kopfschütteln reagiert und erklärt: »Es ist verdammt schwer, so ein Zeug zu verkaufen.« Aber irgendwo hätte irgend jemand die Börse bestimmt für ihren wahren Wert verkauft und wäre mit *seinem* Geld davongezogen.

»Sieh die Dinge, wie sie sind.«

Pinatte nickte. Lassners Rat hatte etwas für sich. Das war genau das, was er tun würde, und obwohl dies keine

bewußte Entscheidung war, fing er bei Lassner damit an. Fragen formten sich in seinem Kopf, wie sie ihm noch nie in den Sinn gekommen waren. Sie waren beunruhigend, doch Pinatte konnte nichts dagegen tun. Wer war dieser alte Mann überhaupt, der sein Leben dominierte und der den ganzen Tag in seinem kleinen, schmuddeligen Raum hockte und nicht viel besser lebte als seine Schützlinge? Pinattes Nestherr war nicht nur einer der meistrespektierten Diebe der Stadt; Gerüchten zufolge war er auch einer der reichsten. Aber würde denn irgend jemand freiwillig so leben, wenn er genügend Geldmittel besaß, um sich etwas anderes leisten zu können? Und konnte Lassner sich vielleicht so etwas leisten wie die Börse des Kyrosdyn? Plötzlich kannte Pinatte die Antwort – sie lautete ›nein‹ –, und mit dieser Erkenntnis kamen neue Gedanken. Das war nur die *Börse* des Mannes gewesen! Nur seine *Börse*, ein alltägliches Utensil, nichts Besonderes! Wenn er schon eine solche Börse besaß, was waren dann wohl die Ringe an seinen Fingern und seine Kleider wert? Was für Reichtümer hortete er wohl daheim im Vaskyros? Was kostete ihn wohl ein Leibwächter, der ihn rund um die Uhr begleitete? Würde ein solcher Mann auf einer alten Matratze schlafen und an eine von Rissen überzogene Decke starren?

Pinatte rieb sich über die Stirn. Er schwitzte vor Aufregung. Was auch immer sonst noch heute geschehen sein mochte, wichtig war nur, daß sich ihm ein neuer Weg eröffnet hatte. Er schaute sich den Fleck auf seinem Handrücken noch einmal genauer an. Das Mal sah nun gar nicht mehr schrecklich aus – die belanglose Reaktion eines dummen Mannes, der von einem kleinen Dieb verunsichert worden war. Aber diese kleine, sinnlose Geste hatte den Dieb verändert: Ja, sie hatte ihn sogar in einen vollkommen anderen Menschen verwandelt.

Pinatte legte sich zurück. Noch vor wenigen Minuten war er todmüde gewesen, nun war er hellwach. Er mußte nachdenken. Sich glorreiche Ideen auszudenken

war leicht, sie in die Tat umzusetzen jedoch um so schwerer. Zum einen war er noch ein ganzes Jahr an Lassner gebunden: nicht schriftlich, sondern durch sein Wort, durch den Ehrenkodex, den jeder Dieb in Arash-Felloren respektierte – nun ja, *fast* jeder Dieb. Einige wenige waren reich und mächtig genug, um ihre eigenen Wege zu gehen. Solche Leute waren niemandem gegenüber verpflichtet; doch unglücklicherweise gehörte Pinatte nicht zu diesem erlauchten Kreis. Sollte er sein Wort gegenüber Lassner brechen, würde das unweigerlich Strafmaßnahmen nach sich ziehen, und schon bald hätte er keine Freunde oder Verbündete mehr. In einem solchen Fall wäre er wahrscheinlich eher bemüht, sein Leben zu retten, anstatt es zu verbessern! Also durfte Lassner nichts von seinem Ehrgeiz wissen. Pinatte mußte dafür sorgen, daß der alte Mann noch nicht einmal andeutungsweise etwas davon erfuhr. Lassner war ja vielleicht nicht fähig, Gedanken zu lesen, aber er war ausgesprochen gut darin, Menschen zu durchschauen. Das geringste Anzeichen von Untreue, und Pinattes düstere Zukunftsvision würde Realität werden.

Ein Hauch von Schuld schlich sich in Pinattes Hochgefühl. Hatte er überhaupt das Recht, so etwas zu tun? Lassner war für ihn das, was einem Vater am nächsten kam. Der alte Mann hatte ihn vor fünf Jahren aufgenommen, als er sich gerade von einem Straßenkind zu einem wilden jungen Mann entwickelt hatte, der dazu bestimmt war, sein Leben unter den Knüppeln der Weartan oder irgendeines aufgebrachten Händlers in einer dunklen Gasse zu beenden. Lassner hatte Pinatte ein Heim gegeben – oder jedenfalls so etwas Ähnliches –, und er hatte ihn viel gelehrt, nicht zuletzt ein gewisses Maß an Disziplin. Nun jedoch hatte er ihm etwas vollkommen anderes beigebracht, wenn auch unbeabsichtigt.

Der Zweifel verflog. Pinattes Bindung an Lassner begründete sich auf Notwendigkeit und nicht auf Zuneigung. Auch waren einige von Lassners Lektionen äu-

ßerst brutal gewesen. Der alte Mann verwendete seinen Stab nicht nur als Gehhilfe, und Pinatte hatte in seiner Jugend so manchen Schlag einstecken müssen, bis er gelernt hatte, daß das ›Herr‹ in Nestherr wirklich *Herr* bedeutete. Außerdem waren die Prämien, die sich Lassner einverleibte, mittlerweile unerträglich hoch. Pinatte begann zu rechnen. In diesem Nest lebten ungefähr vierzig Personen. Einige von ihnen verdienten mindestens genauso viel wie Pinatte, aber andere nahmen höchstens die Hälfte davon ein ...

Pinatte runzelte die Stirn. Rechnen war noch nie seine Stärke gewesen, aber seine Kenntnisse reichten aus, um ihm zu zeigen, daß Lassner eine ganze Menge aus seinen Schützlingen herausholte – eine ganze Menge Geld, ohne sonderlich viel dafür zu tun. *Na ja, im Grunde tut er überhaupt nichts,* dachte Pinatte, *außer in seinem verdammten Zimmer zu hocken wie ein Aasgeier.*

Und was machte Lassner mit all dem Geld? Pinatte wurde plötzlich wütend. Im Gegensatz zu den meisten seiner Kameraden, hatte er eine sehr genaue Vorstellung davon, wohin das Geld wanderte: Es verschwand in den Taschen der Buchmacher auf den Kampfplätzen.

Pinatte war nur wenige Male auf einem Kampfplatz gewesen; aber einmal hatte er dort per Zufall Lassner gesehen. Er hatte den alten Mann zunächst nicht erkannt, da dieser eine Kapuze getragen hatte. Doch plötzlich war ihm eben diese Kapuze vom Kopf gerutscht, als er gemeinsam mit den anderen Zuschauern die Kämpfer auf dem Platz enthusiastisch angefeuert hatte. Pinatte wollte gerade zu ihm hinübergehen, als der Kampf ein unvermitteltes – und offenbar unerwartetes – Ende fand. Lassners Gesichtsausdruck in diesem Augenblick war wie ein Schock für Pinatte, denn auf seltsame Art und Weise harmonierte der Blick des Alten mit dem letzten mitleiderregenden Wimmern des Verlierers. Pinatte spürte, wie ihn der beißende Gestank des Kampfplatzes durchdrang, und der Willkommensgruß für sei-

nen Nestherrn erstarb ihm auf den Lippen. Was auch immer geschehen sein mochte, es war schlimm, und Lassner wollte in diesem Moment ebensowenig gesehen werden wie einer seiner Schützlinge nackt auf der Straße. Pinatte zog sich in die Menge zurück und beschloß, den Überraschten zu spielen, sollte er zufällig in seinen Nestherrn hineinrennen, bevor er sich aus dem Staub machen konnte; doch unglücklicherweise versperrten ihm irgendwelche Kerle den Weg. Er hatte Lassner nur selten außerhalb des Nestes gesehen, und so war er ausgesprochen neugierig, was der alte Mann wohl vorhaben mochte – besonders angesichts von Lassners heftiger Reaktion am Ende des Kampfes. Also blieb Pinatte wider besseren Wissens, wo er war – allerdings sorgfältig darauf bedacht, außer Sichtweite zu bleiben –, und beobachtete seinen Nestherrn für den größten Teil des Abends. Dabei bemerkte Pinatte, daß Lassner eine beachtliche Summe Geldes verwettete – ein beunruhigender Anblick. Als er schließlich den Kampfplatz verließ, war Pinatte fest entschlossen, niemandem von seinen Beobachtungen zu erzählen. Diese Entscheidung war damals in einer Mischung aus Treue und Furcht begründet gewesen, und obwohl er sich Sorgen gemacht hatte, so war er doch davon überzeugt gewesen, Lassner würde im besten Sinne des Nestes handeln, und außerdem: Wer war er schon, daß er die Handlungen seines Nestherrn in Frage stellte? Mit der Zeit jedoch hatte sich Pinattes Einschätzung von Lassners Uneigennützigkeit geändert; aber obwohl sich seine Vermutungen über die Wettleidenschaft des alten Mannes nach und nach bestätigt hatten, schwieg er weiterhin. Den anderen von Lassners Laster zu berichten brachte gar nichts, im Gegenteil: Für Pinatte stand viel zuviel auf dem Spiel.

Nun jedoch schien die Angelegenheit im Licht der heutigen Ereignisse zu einem Schluß gekommen zu sein. Pinatte würde nicht mehr länger Lassners Kreatur sein. Von jetzt an würde er beständig daran arbeiten, sich von

dem alten Mann zu lösen und genug Geld zu verdienen, um seinen neuen Ehrgeiz zu befriedigen.

Er rieb über den Fleck auf seinem Handrücken.

Kapitel 8

Sich von Lassner zu lösen war einfacher gesagt als getan. Pinatte war ein erfahrener und fähiger Dieb, und er hatte mehr nützliche Kontakte, als Lassner vermuten würde. Mehr noch: Im Laufe der letzten Jahre hatte er etwas sehr Ungewöhnliches für einen Dieb getan: Er hatte Geld gespart. Es war überall in der Stadt an möglichst unauffälligen Stellen versteckt, und auch wenn es nicht sonderlich viel war, so reichte es doch aus, Pinatte eine Woche lang Essen und Unterkunft zu garantieren. Natürlich war es ihm nur gelungen, soviel Geld zurückzulegen, indem er Lassner immer wieder die wahre Höhe seiner Einnahmen verschwiegen hatte – eine Vorgehensweise, die äußerste Vorsicht verlangte und eiserne Selbstbeherrschung, denn Lassner besaß ein beinahe schon unheimliches Talent dafür festzustellen, wann ihm jemand eine Börse überantwortete, die bereits vorher erleichtert worden war. Und war der Verbrecher erst einmal überführt, bestrafte ihn der alte Mann mit beachtlicher Brutalität. Eine der frühesten Erinnerungen Pinattes an seine Zeit im Nest war das Zischen von Lassners Stab, während der Übeltäter sich schreiend am Boden wand.

»Das ist nicht für deine Gier, du Abschaum, sondern für deine Dummheit, daß du geglaubt hast, *ich* sei dumm!«

Diese Erinnerung gemahnte Pinatte daran, daß sein Vorhaben nicht nur gewagt war, sondern auch sehr

gefährlich; allerdings ließ er sich von dieser Erkenntnis nicht in seiner Entscheidung beirren. Er mußte einfach nur *noch* vorsichtiger sein.

Pinatte vermochte nicht zu sagen, *warum* die Ereignisse dieses Tages den Wunsch nach Freiheit in ihm geweckt hatten, aber er wußte, daß es nun kein Zurück mehr für ihn gab. Nun galt es nur noch zu entscheiden, *wie* er sich von Lassner lösen sollte. Vage Ideen kamen und gingen und hinterließen nichts, was ihm im nächsten Akt seiner stillen Rebellion hätte helfen können. Nach und nach wandelte sich sein Hochgefühl in Frustration, bis er schließlich mit geballten Fäusten in seinem Zimmer auf und ab lief.

Es *mußte* doch einen Weg geben!

Irgendwo *mußte* doch ein Platz außerhalb dieses heruntergekommenen Nestes für ihn existieren!

Pinatte hielt an. Er stand am Fenster und starrte hinaus auf die Straße und auf die ebenfalls verfallenen Gebäude auf der gegenüberliegenden Straßenseite. Einer spontanen Laune folgend drehte er sich um und rannte aus dem Zimmer und die lange Treppe empor, die zum verlassenen Speicher des Nestes führte. Von dort aus kletterte er mit beachtlichem Geschick durch ein Mansardenfenster hinaus aufs Dach und tastete sich vorsichtig bis zum First hinauf. Dort angekommen atmete er tief durch, lehnte sich gegen den Kamin und schaute sich um.

Dank einer verächtlichen Herausforderung eines anderen Nestbewohners war Pinatte vor einigen Jahren zum ersten Mal hier hinaufgeklettert. Diese Tat hatte seinen Status innerhalb der Gruppe dramatisch verbessert, aber für ihn war nur von Bedeutung gewesen, daß er endlich einen Platz gefunden hatte, wohin er sich zurückziehen und allein sein konnte. Der Anblick des blauen Himmels und die kühle Brise waren ihm damals wie ein Segen erschienen, und auch heute noch empfand er ähnlich, wenn er hierherkam. Selbst jetzt, da die Luft

in der unerträglichen Hitze des langen Sommers flimmerte, verspürte er dieses Gefühl, während er seinen Blick über die wohlvertraute Dächerlandschaft schweifen ließ.

In alle Richtungen erstreckten sich die Gebäude bis an den Horizont. Mauern und Dächer erhoben sich aus dem Häusermeer oder tauchten darin unter und schufen so eine bizarre Landschaft, unter der sich die unzähligen, schon lange vergessenen Hügel verbargen, auf denen die Stadt einst erbaut worden war. In der Ferne erkannte Pinatte den Vaskyros, dessen Türme sich wie Stacheln gegen den staubverhangenen Himmel abzeichneten. Allgemein glaubte man, der Vaskyros sei das größte Gebäude der Stadt, doch Arash-Felloren war so hügelig, daß ein einzelnes Gebäude sie unmöglich dominieren konnte. Von Pinattes Aussichtspunkt aus wirkte der Vaskyros sogar ausgesprochen klein und unbedeutend. Das Baugerüst, das ihn umschloß – stabil, in sich verschlungen und aus der Nähe verwirrend –, sah von hier eher wie ein zerrissenes Spinnennetz aus. Pinatte konnte sich nicht daran erinnern, den Vaskyros jemals ohne Gerüst gesehen zu haben. Immer wieder wurden Wände, Türme und Bogengänge angefangen, aufgegeben, verändert oder abgerissen, aber niemals folgten die Arbeiten einem erkennbaren Plan. Nur noch wenige machten sich die Mühe zu fragen, warum die Kyrosdyn ständig ihr Gebäude veränderten.

»Frauen wissen halt nie, was sie wollen«, hieß es allgemein.

Pinatte erinnerte sich an diese sarkastischen Worte und an den verächtlich verzogenen Mund, der sie gesprochen hatte, als sei es erst gestern gewesen. Tatsächlich war es jedoch über ein Jahr her, daß er sie gehört hatte, und der Name des Sprechers war ihm schon seit langem entfallen. Auch konnte er sich nicht mehr an den Namen des alten Mannes erinnern, der den Spötter zurechtgewiesen hatte; nur der seltsame Blick

des Alten war ihm im Gedächtnis geblieben. »Hüte deine Zunge, mein Junge. Einen Mann, den man zum Ailad der Kyrosdyn erhebt, gilt es zu respektieren. Eine Frau, die es so weit bringt, muß man fürchten. Das bedeutet nichts Gutes.«

Die Arbeiten am Vaskyros hatten in der Tat begonnen, kurz nachdem Imorren zur Ailad berufen worden war. Das hatte Pinatte von Lassner erfahren, doch seitdem hatte er nicht mehr viel darüber gehört. Soviel er wußte, war dies lange vor seiner Geburt geschehen, und wenn er überhaupt einmal über den Vaskyros und seine Bewohner nachdachte, dann teilte er die Meinung des Großteils der Bevölkerung, daß die fortgesetzten Arbeiten an dem Gebäude Ausdruck der Torheit von Menschen waren, die zuviel Geld besaßen und nicht wußten, was sie mit ihrer Zeit anfangen sollten. Eigentlich hatte er bis heute sogar so gut wie nie über den Vaskyros nachgedacht, geschweige denn über Imorren. Sie war eine noch unnahbarere Persönlichkeit als der Präfekt. Allerdings mußte Pinatte sich eingestehen, daß sie von Zeit zu Zeit gemeinsam mit einigen anderen bekannten Frauen in seinen Tagträumen auftauchte, wenn seine Phantasie mit ihm durchging. Dabei handelte es sich zumeist um ein Szenario, in dem er sich durch einen zufälligen Akt des Mutes Macht, Reichtum und vor allem die körperliche Dankbarkeit der hiesigen Weiblichkeit verdiente. Trotz ihres Alters galt Imorren als eine ›bemerkenswerte‹ Frau. Pinatte hatte sie noch nie aus der Nähe gesehen, und so war er nicht sicher, was genau ›bemerkenswert‹ in diesem Zusammenhang bedeutete; aber wie so oft, so ging er auch diesmal stillschweigend vom Besten aus.

Er rieb sich die Hand. Auch jetzt war Imorren in seinen Gedanken, aber nicht als Traumbild. Was für eine Frau war sie wohl, daß sie es geschafft hatte, die Kyrosdyn unter ihre Kontrolle zu bringen? Pinatte ließ die Frage unbeantwortet. Sie brachte die Erinnerung an seine Begegnung mit dem Kyrosdyn zurück und an die damit

verbundene Furcht. Zwar war die Angst inzwischen geringer geworden, geschwächt durch Erkenntnis und Reue, aber sie war immer noch vorhanden. Andererseits fühlte Pinatte sich durch den Gedanken an Imorren auch ermutigt. Dieser Frau war der Aufstieg in einer von Männern beherrschten Gesellschaft gelungen, und nun gebot sie nicht nur über ebendiese Männer, sondern sogar über deren Festung. *Alles geschieht, wie und wann sie es will und ohne Rücksicht auf Widerstand.* Pinatte bemerkte, daß er den Atem anhielt. Nichts und niemand würde sich Imorren in den Weg stellen – sie würde es nicht zulassen.

Er mußte genauso werden.

Pinatte zog sich am Kamin hoch und drehte sich langsam um die eigene Achse, um das gesamte Panorama der Stadt in sich aufzunehmen. Gebäude, große und kleine, herausgeputzte und ärmliche, verschwammen allmählich in einem einzigen großen Flickenteppich, je näher sie dem Horizont kamen, bis schließlich alles gleich aussah: Jede Einzelheit, jede Individualität war verschwunden. Aber sie waren noch immer da, und die Stadt ging weiter und weiter ... Pinatte wußte, daß er von jedem Gebäude, auf das er kletterte, den gleichen Ausblick haben würde.

Und so wie ihn die Erkenntnis von Imorrens Ehrgeiz hatte schaudern lassen, so erzitterte er nun, da er zum ersten Mal die ungeheure Größe von Arash-Felloren erkannte.

Er war nur ein Staubkorn! Er war ein Nichts!

Wie groß war die Stadt? Hörte sie überhaupt jemals auf?

»Kein Mann hat sie je durchquert. Sie reicht so weit, und ihrer Straßen sind so viele, daß jeder, der versucht hat, sie alle zu erwandern, nicht mehr zurückgekehrt ist.«

»Ein Menschenleben ist nicht lang genug, auch wenn man jede Stunde eine andere Straße erkundet.«

»In dieser Stadt geht die Sonne niemals unter.«

Gasthauslegenden, ausgestoßen im Brustton der Überzeugung von mehr oder minder poetisch begabten Säufern, drängten sich Pinatte als Antwort auf seine Fragen auf. Natürlich war das alles Unsinn. Eine Stadt konnte nicht immer weitergehen ... oder etwa doch?

Woher sollte er das wissen? Er, der er noch nie weiter als einen halben Tagesmarsch von seinem Nest entfernt gewesen war! Er hatte von der Thlosgaral im Osten gehört – von jenem Ort, wo man die Kristalle fand – und von den Wildhäfen, die irgendwo jenseits davon lagen, aber er wußte nicht genau wo ...

Und es gab auch noch andere Geschichten – Geschichten, die noch verrückter klangen und die selbst die Betrunkenen nur flüsterten. Es gab mehr Tunnel und Höhlen unter der Stadt als Straßen an der Oberfläche. Es gab mehr *Menschen* unter der Stadt als oben. Und in den Höhlen gab es auch noch andere Dinge ... uralte, schreckliche Dinge. Und es gab Gebäude, die einfach verschwanden und durch andere ersetzt wurden oder die einfach irgendwo anders wieder auftauchten, und die Menschen schienen die Veränderungen noch nicht einmal zu bemerken. Gerüchten zufolge gab es sogar Orte, wo man mit einem einzigen Schritt in die Vergangenheit oder in die Zukunft gehen konnte.

Pinatte schüttelte den Kopf. Sicher, er war ein Nichts in solch einer Stadt, aber was bedeutete das für ihn? Es bedeutete, daß es unzählige Orte gab, an denen er noch nicht gewesen war, unzählige Orte, wo er eine neue Heimat finden konnte, unzählige Menschen, die ihn nicht kannten, unzählige Möglichkeiten ... Er brauchte nichts anderes zu tun, als danach zu suchen und sie zu ergreifen.

Langsam breitete sich wieder so etwas wie Ruhe in seinem Geist aus. Jetzt mußte er nachdenken. Er setzte sich auf den First und lehnte sich gegen den Kamin. Die Lösung für sein Problem war erschreckend einfach: Er

brauchte Geld, und zwar eine ganze Menge davon. Doch die Frage, wie er dieses Ziel erreichen sollte, war nicht ganz so einfach zu lösen. Er war gut in seinem Beruf, sehr gut sogar; aber dieses Wissen führte ihn nur zu der Erkenntnis, daß er sich nach etwas anderem als der Beutelschneiderei umsehen mußte, wollte er seine hochfliegenden Pläne finanzieren. Er war einer der besten in Lassners Nest, doch selbst wenn er überhaupt keine Prämien mehr zahlen müßte, könnte er mit dem so gesparten Geld nur wenig besser leben als im Augenblick. Und es war ein risikoreicher Beruf. In vielen Börsen fand man nur wenig oder gar nichts. Und wieviel besser konnte er in seinem Beruf denn noch werden? An einem Tag konnte er nicht mehr Börsen stehlen, als er es bereits tat, und auch die doppelte Menge an Beute würde seinen Verdienst noch nicht einmal annähernd in einen Bereich bringen, da er sich eine Börse wie die des Kyrosdyn leisten könnte.

Und zwischen all diesen Gedanken erschien immer wieder das Bild von Lassner. Pinatte kam zu einer weiteren Erkenntnis, während er in den Sonnenuntergang blickte. Er konnte noch immer eine ganze Menge von dem alten Mann lernen. Er lächelte. War es nicht Lassner gewesen, der ihn gelehrt hatte, stets zu lächeln und sich die Menschen zu Freunden anstatt zu Feinden zu machen?

»Das hält dich ja nicht davon ab, sie am Ende doch noch auszurauben, stimmt's? Aber man muß ja nicht unfreundlich dabei sein.« Pinattes Lächeln wurde zu einem Kichern, und er verspürte eine unerwartete Zuneigung zu seinem Mentor.

Die Gedanken an Lassner riefen ihm wieder ins Gedächtnis zurück, wo der größte Teil seiner Prämien ausgegeben wurde: auf den Kampfplätzen.

Als Pinatte zum ersten Mal dorthin gegangen war, wollte er nur herausfinden, ob dort gute Beute zu machen sei. Dabei hatte er zwei Dinge sehr schnell

gelernt: zum einen gab es hier jede Menge Geld zu holen, und zum anderen war es mehr als unwahrscheinlich, daß *er* sich irgend etwas davon aneignen konnte. Bei seiner Arbeit verließ er sich hauptsächlich auf seine Fähigkeit, schnell in der Menge unterzutauchen, sollte etwas schiefgehen; doch in der Nähe der Kampfplätze war dies unmöglich, denn dort standen die Menschen so dichtgedrängt, daß man sich bisweilen überhaupt nicht mehr bewegen konnte. Ein weiterer Punkt, der zu Pinattes negativer Einschätzung seiner Chancen hinzukam, war die Tatsache, daß der größte Teil des Publikums aus Leuten bestand, mit denen man sich besser nicht anlegte. Nach seinem ersten Besuch auf den Kampfplätzen hatte er sich vorgestellt, wie man ihn beim Diebstahl erwischte und in die Arena warf. Während die Tiere ihn zerfleischten, wetteten die Zuschauer mit der gleichen Gleichgültigkeit auf das Wie und Wann seines Todes, wie sie normalerweise auf die tierischen Kämpfer wetteten.

Der Hauptgrund allerdings, warum Pinatte darauf verzichtete, sein Gewerbe in der Nähe der Kampfplätze auszuüben, bestand darin, daß die Zuschauer sich fast ausschließlich aus den ›dunkleren‹ Kreisen von Arash-Fellorens Unterwelt rekrutierten: aus jenen Menschen, die ihr Geld mit Raubüberfällen, Entführungen und ähnlich brutalen Verbrechen verdienten. Manche von ihnen vergriffen sich sogar an ihresgleichen, und die meisten schreckten auch vor Mord nicht zurück. Wie die meisten seiner Gilde so verabscheute auch Pinatte diese Leute, weil es ihnen an Können und Geschick mangelte; aber diese Verachtung wurde stets sorgfältig verborgen. Solche Gestalten zu provozieren bedeutete ein weitaus schlimmeres Schicksal, als nur in die Arena geworfen zu werden.

Andererseits waren die Kampfplätze der einzige Ort, den Pinatte kannte, wo derart offen mit solch großen Summen umgegangen wurde ... Natürlich, es gab auch noch Banken und Pfandleihen, größere Geschäfte und

Handelshäuser, aber diese auszurauben überstieg Pinattes Möglichkeiten bei weitem. Dort gab es stets Wachen, die jemanden wie Pinatte vom Augenblick seines Eintreffens an nicht mehr aus den Augen lassen würden. Vielleicht sollte er sich ein wenig besser ausstaffieren. Pinatte stellte sich vor, wie er wohl als elegant gekleideter Herr aussehen mochte. »Einige der größten Diebe der Stadt führen Handelshäuser oder sitzen im Rat.« Lassners Worte erinnerten ihn nur daran, wo er in der sozialen und kriminellen Hierarchie der Stadt stand. Er hatte nicht die leiseste Vorstellung davon, *wie* diese Leute ihr Diebeshandwerk ausübten. Ihm fehlte mehr als nur elegante Kleider. Mit leichtem Bedauern ließ er die Vorstellung von sich als feinem Herrn verschwinden.

Doch andererseits ... Egal wie absurd ihm dieser Gedanke auch erscheinen mochte, er sollte darauf hinarbeiten, sich eben dieses Wissen anzueignen; er sollte darüber nachdenken, wie er diese Leute um ihr Geld bringen konnte. Nur weil es schwer war, hieß das noch lange nicht, daß es unmöglich war – auch nicht für jemanden wie ihn. Zunächst einmal schob er diese Idee jedoch beiseite und beschloß, sich zu einem späteren Zeitpunkt genauer damit auseinanderzusetzen. Selbstverständlich konnte Pinatte jederzeit auf Einbruch umsteigen, aber das reizte ihn noch weniger als die Beutelschneiderei. Er war zwar ein guter Kletterer, doch er zog es vor, mehrere Fluchtwege zur Auswahl zu haben, und die Vorstellung, von einem aufgebrachten Hauseigentümer hoch über den Straßen gestellt zu werden, gefiel ihm überhaupt nicht. Seine Gedanken wanderten wieder zu den Kampfplätzen. Auch ohne Beutelschneiderei gab es dort vielleicht mehr für ihn zu holen als anderswo.

Pinatte knurrte der Magen. Sein Körper scherte sich nicht um die aufregenden Ereignisse dieses Tages und verlieh seinen Bedürfnissen lautstark Ausdruck. Er stand auf und warf einen letzten Blick auf die Stadt. Die untergehende Sonne ließ den westlichen Horizont erglühen,

während ein trüber roter Schimmer im Osten die Lage der Thlosgaral anzeigte. Irgendwo dort draußen *war* ein Platz für ihn, beschloß Pinatte.

Dann rutschte er wie ein übermütiges Kind bis zu dem Mansardenfenster hinunter, durch das er hinausgekommen war, beugte sich nach vorne, packte den Fensterrahmen und schwang sich auf die Straße hinaus. Dort blieb er einen Augenblick lang hängen, bis seine Füße den Fenstersims ertasteten. Wie immer verharrte er in dieser Stellung einige Sekunden und schaute an der schiefen Hauswand entlang auf das Kopfsteinpflaster der Straße hinab. Schließlich war er wieder im Speicher, umgeben von den vertrauten Eindrücken des Nestes, behütend und bedrückend zugleich.

Wenig später aß er zu Abend und lauschte dem Geschwätz seiner Mitbewohner und Lassners üblicher Tirade über die Unzulänglichkeit heutiger Gildenmitglieder im Vergleich zu ihren Vorgängern. Pinatte spürte, wie die Macht der Gewohnheit drohte, seinen neu gefundenen Ehrgeiz hinwegzufegen, und von Zeit zu Zeit blickte er auf den Fleck auf seinem Handrücken. Der Anblick jagte ihm nun keine Angst mehr ein. Es war, als hätte der Kyrosdyn ihm ein Zeichen eingebrannt, um ihn für alle Zeit an diesen Tag und an Imorren und ihren skrupellosen Willen zu erinnern.

Nach dem Essen machte sich Pinatte auf den Weg zum nächstgelegenen Kampfplatz. Seine Schritte waren so lang, als könne allein dieser Marsch ihn in die ersehnte Zukunft führen. Bisher waren seine Besuche auf den Kampfplätzen und vielleicht sogar sein ganzes Leben ohne wirklichen Sinn gewesen; aber jetzt nicht mehr. Von nun an würde er beobachten und lernen wie noch nie zuvor in seinem Leben. Von nun an würde er ständig nach irgend etwas Ausschau halten, was ihn zu jenem Ort führen würde, der ihm gehörte. Und während Pinatte durch die schlecht beleuchteten Straßen eilte, folgte ihm lautlos eine Gestalt in den Schatten.

Kapitel 8

Die Straße vom Gasthof in die Stadt war von unzähligen Füßen ausgetreten, und Atlon und Rinter trieben schon bald in einem Strom von Reisenden dahin. Dabei reisten ebenso viele Menschen in die Stadt wie in die entgegengesetzte Richtung.

Atlon schaute sich ständig um und versuchte, soviel wie möglich von dem munteren Treiben in sich aufzunehmen. Er hätte Rinter gerne nach den anderen Reisenden befragt, doch sein Führer machte ein derart besorgtes Gesicht, daß Atlon von einer Unterhaltung absah. Das Schweigen verwirrte Atlon ein wenig. Immerhin hatte Rinter noch heute morgen lebhaftes Interesse an Dvolci gezeigt. Überdies hatte er zugegeben, noch nie einen Felci gesehen zu haben, und so war es um so verwunderlicher, daß er nun keine diesbezüglichen Fragen stellte. Auch Atlons Heimatland oder der Grund für seine Reise schienen Rinter ebenso wenig zu interessieren.

Tatsächlich hatte Rinters Schweigen zwei Gründe: Zum einen interessierte es ihn tatsächlich wenig, woher Atlon kam. So wie die meisten Einwohner von Arash-Felloren, so wußte auch er, daß es eine Welt jenseits der Stadt gab, minderwertige Orte, in denen es nichts gab, was nicht auch seine Heimat im Überfluß zu bieten gehabt hätte.

Außerdem dachte Rinter angestrengt über Dvolci nach, wenn auch nur im Hinblick darauf, wie er Atlon dazu verlocken konnte, den Felci auf einem Kampfplatz antreten zu lassen. Er hatte nicht übertrieben, als er behauptet hatte, ein Auge für gute Kämpfer zu besitzen, und die Art und Weise, wie Dvolci mit Ghreels Hund umgesprungen war, hatte ihn tief beeindruckt. Außerdem war er sicher, daß eine derart exotische Kreatur jede

Menge Zuschauer anziehen würde. Ein Mann bekam in seinem Leben nicht viele solcher Gelegenheit, und man durfte sie nicht einfach ungenutzt verstreichen lassen. Was allerdings seine Kontakte und sein Organisationstalent betraf, so hatte Rinter schlichtweg gelogen.

Atlon machte ihn nervös. Daß der Mann ein solch seltsames Haustier hatte, wirkte nicht gerade beruhigend auf Rinter, aber da war noch mehr als das – so zum Beispiel das Pferd, das Atlon ritt ... Es war phantastisch: muskulös, elegant, und es hatte einen Blick, dem Rinter nicht lange standhalten konnte. Er vermutete, daß es sich wahrscheinlich um irgendeine Art Schlachtroß handelte. Aber wie sollte jemand wie Atlon zu solch einem Tier gelangen? Er sah nicht wie ein Krieger aus, und er benahm sich auch nicht so. Plötzlich war Rinter am Rande einer Panik. War *er* vielleicht derjenige, der hier verlockt wurde? War Atlons vermeintliche Naivität vielleicht nur ein Mittel, um ihn in Sicherheit zu wiegen? Einen Augenblick lang sah er einen toten Söldner vor seinem geistigen Auge, einen einst starken und gewandten Mann, der heimtückisch im Schlaf ermordet worden war.

Rinter räusperte sich und warf einen unauffälligen Seitenblick auf seinen Gefährten. Nichts, was Atlon gesagt oder getan hatte, deutete irgendwie darauf hin, daß er nicht der war, der er zu sein vorgab: ein Lehrer, der nach einer Verdienstmöglichkeit suchte, um seine Reise fortsetzen zu können. Aber das bedeutete gar nichts. Rinter kannte genug gewalttätige Menschen, um zu wissen, daß ein freundliches Lächeln nicht immer auch so gemeint war. In was war er da nur hineingeraten? Warum hatte er sich bloß mit diesem Fremden eingelassen? Sollte er einfach in der Menge verschwinden, solange er noch Gelegenheit dazu hatte?

Aber dann würde er den Felci nicht auf den Kampfplatz bringen können ...

Rinter ließ sich etwas zurückfallen und musterte Atlon eingehend. Mit Sinnen, die durch einen ausgeprägten

Selbsterhaltungstrieb geschärft waren, bemerkte er sofort, daß Atlon auf dem Pferd saß, als sei er ein Teil von ihm, und seine Hilfen waren so subtil, daß Rinter sie kaum wahrnahm. Außerdem schienen sich Pferd und Reiter nicht im geringsten an dem ständig zunehmenden Verkehr auf der Straße zu stören. Nein, stellte Rinter schließlich befriedigt fest, das war kein gestohlenes Tier. Wo auch immer Atlon hergekommen sein mochte, er war sein ganzes Leben lang geritten, und er war schon eine sehr, sehr lange Zeit mit seinem Pferd zusammen. Rinters ursprüngliche Einschätzung des Mannes erwies sich als richtig. Atlon war ja vielleicht kein Lehrer, aber zumindest war er harmlos. Das Bild eines ermordeten Söldners verschwand, und Rinter trieb sein Pferd wieder an. Bisher hatte Dvolci die Reise auf Atlons Schulter verbracht, hatte sich neugierig umgeschaut, und nur von Zeit zu Zeit war er in Atlons Bündel verschwunden, um sich etwas zu essen zu holen. »Abgesehen von den Hügeln, könnte man meinen, wir wären auf dem Weg zum Großen Markt«, flüsterte er Atlon ins Ohr.

Die Erwähnung seiner Heimat bescherte Atlon einen kurzen Anflug von Heimweh. Er schaute sich um. »Eigentlich nicht«, erwiderte er. Seine Stimme klang ein wenig härter, als er beabsichtigt hatte. »Die Pferde sind allesamt in einem beklagenswerten Zustand. Außerdem scheinen die Reiter keinerlei Disziplin zu kennen.« Er warf einem vorbeikommenden Kutscher einen wütenden Blick zu, der sich rücksichtslos an ihm vorbeidrängte. »Auch die Straße ist in einem desolaten Zustand.« Er klopfte sich den Ärmel ab und sandte eine Staubwolke ins Sonnenlicht. »Warum, um alles in der Welt, hat man sie nicht gepflastert? Bei all dem Verkehr hier kann ich mir das wirklich nicht erklären. Ich nehme an, die Leute hier in der Gegend ersticken im Sommer im Staub, und im Winter versinken sie wahrscheinlich im Schlamm.«

»Was?«

Beim Klang von Rinters Stimme zuckte Atlon unwillkürlich zusammen. Dvolci kicherte und sprang vom Pferd. Als er davonrannte, bellte ihm ein Hund von einem Karren wütend hinterher; doch das einzige, was ihm sein Gekläffe einbrachte, war eine ordentliche Tracht Prügel von seinem Besitzer.

»Tut mir leid«, sagte Atlon. »Ich reise schon so lange alleine, daß ich mir vermutlich angewöhnt habe, Selbstgespräche zu führen.«

Doch Rinter war an keiner Erklärung interessiert. Der Anblick von Dvolcis sehnigem Körper, der zwischen den Felsen am Straßenrand verschwand, zerstörte mit einem Schlag seine Hoffnung auf eine lukrative Zukunft.

»Er rennt davon!« schrie er entsetzt, stellte sich in den Steigbügeln auf und deutete in die Richtung, in der Dvolci verschwunden war. Sein Pferd protestierte mit Buckeln gegen die plötzliche Bewegung und zwang ihn so, sich wieder in den Sattel fallen zu lassen.

Atlon lächelte. »Er wird wieder zurückkommen, wenn er sich genug umgesehen hat«, erklärte er in beruhigendem Tonfall. »Er mag keine Menschenmengen.«

Rinter massierte sich sein Hinterteil. »Dann wird ihm die Stadt bestimmt nicht gefallen«, sagte er und täuschte eine Herzlichkeit vor, die er nicht empfand.

Atlon lachte. »Er wird schon zurechtkommen. Auch wenn er keine Menschenmengen mag – er war schon an überfüllteren Orten, und außerdem ist er unglaublich neugierig.«

»Du scheinst dir keine großen Sorgen zu machen, daß er abgehauen sein könnte.«

»Felcis sind intelligent und einfallsreich – das gilt für Dvolci noch mehr als für die meisten anderen. Und er weiß, daß ich ihn mehr brauche, als er mich.«

Du bist wirklich schon viel *zu lange allein unterwegs,* dachte Rinter bei sich, obwohl er nach außen hin keinerlei Reaktion zeigte.

Atlon wandte seine Aufmerksamkeit wieder den Men-

schen auf der Straße zu. Trotz seiner gereizten Antwort mußte er zugeben, daß Dvolci mit seiner Bemerkung recht gehabt hatte: Abgesehen von Kleidung und Akzent unterschieden sich die Leute hier nur wenig von denen, die er bisher auf seinen Reisen getroffen hatte – mit einer Ausnahme allerdings: Es gab ungewöhnlich viele Wagen und Reiter, die von Bewaffneten eskortiert wurden. Man brauchte kein soldatisch geschultes Auge, um zu erkennen, daß diese Männer nicht der Dekoration oder als Statussymbol dienten; es waren Kämpfer, jederzeit bereit, für ihren Herrn in den Kampf zu ziehen – obwohl die meisten von ihnen nicht mehr als einfache Straßenschläger zu sein schienen. Atlon sprach Rinter darauf an.

Rinter wirkte überrascht. »Ich will dich ja nicht beleidigen, aber du mußt wirklich aus einer *sehr* behüteten Gegend kommen«, antwortete er. »Sie dienen dem Schutz; das ist alles. Kein Kaufmann, der es sich leisten kann, würde jemals riskieren, seine Waren ohne eine Eskorte durch die Thlosgaral zu schicken.«

»Dann gibt es dort also viele Räuber?«

Rinter stieß ein seltsames Lachen aus und schüttelte den Kopf. »Ja und nein.« Er schaute sich kurz um, dann nickte er in Richtung eines Reiters, der von vier Bewaffneten begleitet wurde. »Diese Männer dort gehören zum Beispiel zu Barran. Wie gesagt, sind sie hier, um den Kaufmann zu beschützen.« Er senkte verschwörerisch die Stimme und zwinkerte Atlon wissend zu. »Und jetzt rate mal, wer der größte Räuberhauptmann in der Thlosgaral ist? Barran.«

Atlon runzelte die Stirn. »Das verstehe ich nicht.«

Rinters Gesicht nahm den Ausdruck eines Mannes an, der demnächst einen steilen Hügel erklimmen mußte. Nun war auch der letzte Rest seiner Sorge verschwunden, Atlon könne ein getarnter Meuchelmörder sein. »Der Kaufmann kann es sich aussuchen: Entweder versucht er, die Thlosgaral allein zu durchqueren – in diesem Fall würde er wahrscheinlich ausgeraubt –, oder er

heuert ein paar von Barrans Männern an, um so seinen Besitz zu schützen.«

»Gegen Barrans Männer«, fügte Atlon hinzu. Die Falten auf seiner Stirn vertieften sich noch. Rinter nickte und wartete darauf, daß Atlon die Information endlich verarbeitet hatte. Es konnte nicht mehr lange dauern, bis dieser naive Reisende mit einem Schrei der Entrüstung auf das soeben Gehörte reagierte.

Aber es geschah nichts dergleichen. Statt dessen verzog Atlon nur das Gesicht und atmete tief durch. »Ich fürchte, in deiner Stadt liegt so manches im argen«, sagte er so leise, als führe er wieder Selbstgespräche.

Rinter fühlte sich beleidigt. Wer war dieser Mann, dieser Lehrer, daß er es wagte, seine Stadt zu kritisieren – die schönste Stadt der Welt? Er wollte seinem Unmut gerade Luft machen, als er sich daran erinnerte, warum er hier war. Der Gedanke an den Felci als lukrative Einnahmequelle besänftigte ihn ein wenig, allerdings war dennoch ein gewisser Sarkasmus in seiner Antwort nicht zu verkennen. »Ich nehme an, in deinem Land gibt es keine Räuber. Deswegen trägst du ja auch ein Schwert.«

Atlon antwortete nicht sofort. »Meine Bemerkung war unangebracht«, sagte er schließlich. »Ich entschuldige mich. Ja, unglücklicherweise gibt es auch bei uns Räuber – und schlimmere noch als hier. So wie in jedem von uns eine dunkle Seite schlummert, so schlummert sie auch in jeder Gemeinschaft.« Er blickte in eine unbestimmte Ferne. »Egal, von wo aus man es betrachtet, ob von nah oder von fern, überall gibt es Licht und Dunkelheit. Überall.« Er legte die Hand auf den Knauf seines Schwertes. »Und ja, du hast recht, bei uns trägt in der Tat jeder ein Schwert; es ist Pflicht und Tradition zugleich. Schließlich muß jeder von uns ständig bereit sein, sich oder seinen Nachbarn zu verteidigen, nicht wahr?« Er klopfte auf das Schwert und lächelte. »Wenn man vorbereitet ist, dann kann man vielleicht dem Licht zu einem kleinen Vorteil verhelfen, wenn es notwendig sein

sollte.« Atlon deutete einen fiktiven Schwertstreich an. Unfreiwillig erwiderte Rinter das Lächeln, obwohl er kein Wort verstanden hatte. Plötzlich – und entgegen seiner Gewohnheit – verspürte er das Bedürfnis, mehr über diesen Fremden zu erfahren. Was war das für ein Land, aus dem er stammte? Was hatte ihn so weit weg von zu Hause geführt? Wo hatte er das Pferd her, und wo hatte er so gut reiten gelernt? Und vor allem: Was hatte ›noch Schlimmere als hier‹ zu bedeuten?

Rinters Neugier hielt allerdings nicht lange an, und schon bald drängte sich wieder die Sorge in sein Bewußtsein. Die Stadt war nicht mehr weit entfernt, und er wußte noch immer nicht, wie er seinen Gefährten dazu überreden sollte, Dvolci in die Arena zu schicken – falls das verdammte Vieh nicht sowieso schon längst über alle Berge war. Sollten die Umstände es erfordern, dann war er durchaus in der Lage zu improvisieren; doch er zog es vor, nach einem Plan zu handeln. Selbstverständlich konnte auch dann noch das ein oder andere schiefgehen, aber so ganz ohne Strategie ...

Rinter blieb nur der direkte Weg.

»Wieviel Geld hast du bei dir?« fragte er rundheraus. Die Worte hatten seinen Mund noch nicht ganz verlassen, als er sich bereits wünschte, er hätte sie niemals ausgesprochen; doch Atlon schien sich nicht im geringsten daran zu stören.

»Genug für ein paar Tage ›Im Weidland‹«, antwortete er.

Rinter beschloß, es nicht zu übertreiben, indem er fragte, wieviel genau ›ein paar‹ waren; doch da ihm nichts Besseres einfiel, hielt er an seiner direkten Taktik fest. Er nickte bedeutungsvoll. »Du solltest wirklich darüber nachdenken, den Felci in der Arena antreten zu lassen.« Unwillkürlich schaute er sich nach Dvolci um. »Selbst mit ein paar kleinen Kämpfen könntest du rasch genug Geld zusammenbekommen, um dir einen ganzen Monat ›Im Weidland‹ leisten zu können.« Das entsprach

zwar nicht ganz der Wahrheit, aber ein wenig Übertreibung konnte nicht schaden. »Und wahrscheinlich hättest du dann sogar noch genug übrig, um deine Reise fortsetzen zu können.«

Atlon nutzte diesen plötzlichen Wechsel zu Rinters Lieblingsthema, um wieder auf das zu sprechen zu kommen, was *ihm* am meisten am Herzen lag. »Ich werde sie mir einmal ansehen«, gestand er zu, sorgfältig darauf bedacht, seinen Führer nicht mit einer allzu deutlichen Weigerung zu verärgern. »Aber ich glaube, ich werde mich zunächst einmal nach einer eher gewöhnlichen Arbeit umsehen. Es gibt bei euch doch sicher Schulen oder andere Orte des Wissens. Oder vielleicht suchen ein paar wohlhabende Familien nach einem Hauslehrer.«

Rinter kam sich immer hilfloser vor. Er log: »Um solche Arbeit zu bekommen, mußt du in einer Lehrergilde sein, und einer solchen Gilde kannst du nur beitreten, wenn du in der Stadt erzogen worden bist.«

Atlon runzelte die Stirn. »Von so etwas habe ich noch nie gehört«, sagte er.

»Du warst ja auch noch nie in Arash-Felloren.«

Atlon verlagerte das Thema in Richtung seines wahren Interesses. »Früher habe ich auch hin und wieder mit Kristallen gearbeitet – tatsächlich bin ich sogar ziemlich gut darin. Sicherlich muß man doch kein Mitglied einer Gilde sein, um Arbeit bei einem Kristallschleifer zu finden, oder?«

Überrascht von Atlons beiläufigem Ton hatte Rinter bereits den Kopf geschüttelt, bevor er sich dessen bewußt wurde. Um nicht vollends das Gesicht zu verlieren, antwortete er mit düsteren Warnungen. »Damit kannst du kein Geld verdienen. Die Kyrosdyn sind nicht so reich geworden, weil sie üppige Lohne zahlen, und sie sind strenge Herren.« Inzwischen war er wirklich besorgt. »Aber wie auch immer ... Glaub mir: Mit solchen Leuten *willst* du gar nichts zu tun haben. Sie sind sehr ... *seltsam*, ja geradezu gefährlich.«

Atlon wollte sich nicht so leicht geschlagen geben. »Ich bin sicher, du übertreibst«, entgegnete er fröhlich. »Die Kristallschleifer, die ich bisher kennengelernt habe, waren allesamt ausgesprochen freundlich, wenn sie erst einmal davon überzeugt waren, daß man sich wirklich für ihre Kunst interessiert. Sie wirken zwar bisweilen ein wenig gedankenverloren – das muß ich zugeben –, aber es ist ja auch eine sehr schwierige Arbeit, der sie nachgehen, denn sie verlangt äußerste Konzentration.« Rinters finsterer Gesichtsausdruck zeigte Atlon, daß die düsteren Warnungen wohl alsbald erneuert werden würden, und so bot er einen Kompromiß an. »Laß uns zuerst zu deinen Kampfplätzen gehen. Danach kannst du mir ja zeigen, wo die Kristallhändler und -schleifer arbeiten, und dann werde ich mich entscheiden.« Er schaute Rinter ernst an. »Natürlich werde ich dich für deine Mühen bezahlen. Du warst sehr geduldig und hilfsbereit.«

Rinter zuckte halb zustimmend, halb ablehnend mit den Schultern und grunzte. Dieser Mann überraschte ihn doch immer wieder.

Atlon steckte Daumen und Zeigefinger in den Mund und stieß einen schrillen Pfiff aus. Einen Augenblick später erschien eine kleine, braune Gestalt aus dem Nirgendwo und huschte behende zwischen den Rädern und Hufen hindurch, die den Staub der Straße aufwirbelten. Gemächlich ließ sich Atlon seitwärts aus dem Sattel gleiten, streckte die Hand aus und schwang sich schließlich wieder mühelos auf den Rücken des Pferdes, während der Felci seinen Arm hinaufkletterte. Eine Gruppe Männer auf einem entgegenkommenden Karren applaudierte spontan, doch Atlon bemerkte noch nicht einmal, daß der Beifall ihm gegolten hatte. Auch Rinter konnte nicht anders als applaudieren.

»Du reitest sehr gut«, sagte er. »Das machst du wohl schon dein ganzes Leben lang. Bist du sicher, daß du ein Lehrer und kein Reitersoldat bist?«

Verwirrt von dem überraschenden Kompliment stam-

melte Atlon: »In meiner Heimat reitet jeder. Es ist ... eine Tradition.« Dann fügte er leise hinzu: »Wir mögen Pferde.«

Rinter, der von der Tatsache, ein Kompliment *gemacht* zu haben, ebenso verwirrt war wie Atlon, hüstelte verlegen und wandte sich wieder seinem eigentlichen Problem zu. Dvolcis Rückkehr hatte ihn erleichtert. Offenbar war dieses Wesen gut ausgebildet, und das würde sich ohne Zweifel als nützlich erweisen. Und die Art und Weise, wie das Tier zwischen den Karren und Pferden hindurchgehuscht war! Nicht ein einziges Mal war es ins Stocken geraten. Die Straße hätte genausogut leer sein können. Mit jedem Mal, da Rinter den Felci anblickte, war er mehr und mehr davon überzeugt, einen idealen Kämpfer vor sich zu haben. Aber – so stellte er resigniert fest – in Zukunft würde er die Dinge auf sich zukommen lassen müssen. Noch *ein* weiterer Versuch, Atlon von einer Teilnahme an den Kämpfen zu überzeugen, und der Fremde machte sich womöglich davon und suchte sich selbst eine Arbeit.

Schweigend setzten die beiden Männer ihren Weg fort.

Atlon hatte nicht gewußt, was er von Arash-Felloren erwarten sollte; aber nachdem sie auf der Reise so manchen Hügel überquert hatten, hatte er gehofft, irgendwann auf eine Erhebung zu stoßen, von wo aus man die Stadt überblicken konnte. Das hätte ihm Gelegenheit gegeben, Rinters blumenreiche Beschreibungen zu überprüfen und somit auch die Vertrauenswürdigkeit seines Führers. Doch Arash-Felloren war auf und zwischen den Hügeln erbaut worden, und dies, verbunden mit ihrer beachtlichen Größe, bedeutete, daß man sie nur von den Wolken aus als Ganzes betrachten könnte.

So dauerte es eine Weile, bis Atlon bemerkte, daß sie die Stadt bereits erreicht hatten. Auf ihrer Reise hatten sie zwei kleinere Dörfer durchquert, und als sie erneut

durch eine Anhäufung schäbiger Behausungen ritten, nahm Atlon zunächst an, einen dritten Weiler vor sich zu haben. Ein paar Minuten später bemerkte er jedoch, daß der Verkehr auf der Straße immer stärker und verwirrender wurde und daß immer mehr Gassen von der Hauptstraße wegführten. Blickte er eine solche Gasse hinunter, sah Atlon weitere Häuser und andere Gebäude – wesentlich mehr, als es für ein Dorf üblich war.

»Sind wir schon da?« fragte er vorsichtig.

Rinter schürzte die Lippen. »In gewisser Weise«, antwortete er in abschätzigem Tonfall. »Das sind eigentlich erst die Außenbezirke. Außer Häusern gibt es hier nicht viel zu sehen.«

»Nicht viel zu sehen! Der Mann ist blind«, flüsterte Dvolci in Atlons Ohr. »Schau dir mal die Gebäude an. Sie sind faszinierend. Alle möglichen Stilarten. Keine zwei sehen gleich aus.«

Atlon nickte. »Aber die Menschen, Dvolci. Mindestens einer von zehn scheint auf irgendeine Art bedürftig zu sein.«

Rinters wütende Stimme unterbrach das Gespräch der beiden Gefährten. Er verfluchte eine alte Frau, die versuchte, die Straße zu überqueren. Sie wankte unter dem Gewicht eines großen Bündels, das sie in den Armen hielt, und als Rinters Pferd scheute, stolperte sie.

»Paß doch auf!« schrie Atlon, der nun ebenfalls wütend war. Er sprang vom Pferd und rannte zu der alten Frau.

»Seid Ihr unverletzt?« fragte er und ergriff ihren Arm. Sie antwortete nicht; statt dessen starrte sie ihn ängstlich und verwirrt an. »Kann ich Euch damit vielleicht behilflich sein?« Atlon deutete auf das Bündel. Wieder sagte die Alte kein Wort, sondern preßte schützend ihr Bündel an die Brust. Dann sprang sie plötzlich auf und lief davon.

Rinter schüttelte den Kopf, als Atlon wieder in den Sattel stieg. »Du verschwendest deine Zeit, wenn du sol-

chen Gestalten wie der Alten hilfst«, sagte er. »Die Stadt ist voll von ihnen.« Atlons Pferd trat nervös von einem Huf auf den anderen, als spüre es die innere Spannung seines Reiters. Er beugte sich vor und flüsterte dem Tier beruhigende Worte ins Ohr.

Rinter hatte den Vorfall mit einiger Sorge verfolgt. Einen guten Kämpfer als Haustier zu halten konnte er ja gerade noch verstehen, aber mitten auf der Straße anzuhalten, um einer vertrottelten alten Frau zu helfen, überstieg seinen Horizont. Was war das für ein Mann? Seinen Worten und seinem Verhalten nach zu urteilen war er keineswegs schwachsinnig; aber trotzdem stimmte irgend etwas mit ihm nicht. In gewisser Hinsicht benahm er sich wie ein kleines Kind, obwohl er bereits an die Dreißig sein mußte, und in seinem Gesicht zeichneten sich Falten ab wie bei einem wesentlich älteren Mann. Auch hätte er unmöglich so weit reisen können, wenn er nicht fähig wäre, sich selbst zu verteidigen.

Wieder verwandelte sich Atlon vor Rinters geistigem Auge in einen Meuchelmörder. Unwillkürlich verkrampften sich Rinters Hände um die Zügel. Atlon mochte ja vielleicht nicht dumm sein, aber das bedeutete noch lange nicht, daß er nicht verrückt war. Rinter hatte schon von Menschen gehört, deren Verstand nicht ganz ausgebildet war – von Menschen, die in eine finstere, längst vergangene Zeit gehörten, Menschen, die ihren Opfern Normalität vortäuschten, doch nur, um bei der erstbesten Gelegenheit ihr wahres Gesicht zu enthüllen. Rinters Mund trocknete aus. Wie sollte er einen solchen Menschen erkennen? Er musterte Atlon eingehend, der mit seinem Pferd sprach, als könne er in dem Verhalten des Fremden irgendeinen Hinweis auf dessen Wesen erkennen. Dann fiel sein Blick auf Atlons Schwert. *Wahrscheinlich hackt er Feuerholz damit,* zwang er sich zu denken; aber der Gedanke beruhigte ihn nicht. Diesmal war die Vorstellung von Atlon als Meuchelmörder nicht mehr so leicht zu vertreiben. Rinter erreichte einen kritischen

Punkt. Vielleicht sollte er den Mann einfach stehen lassen und ihn, sein seltsames Tier und seine noch seltsameren Ideen einfach vergessen. Aber die Art und Weise, wie Ghreels Hund von dem Felci in die Flucht geschlagen worden war, hatte ihn so sehr beeindruckt, daß er der Versuchung einfach nicht widerstehen konnte, das vielversprechende Tier in die Arena zu bringen – jedenfalls nicht nach all den Jahren, in denen er sich über mittelmäßige Kämpfer geärgert hatte. Er dachte nach. Atlon hatte nichts getan, was eine Verurteilung rechtfertigen würde; außerdem *war* er nun einmal ein Fremder, und Fremde *mußten* sonderbar sein. Aber wie auch immer: Es gab ja auch keinen Grund, daß Rinter irgendwann und irgendwo mit dem Fremden allein sein mußte. Dieser Gedanke baute ihn wieder auf, und die Tatsache, daß sie im Augenblick eine überfüllte Straße entlangritten, tat ihr übriges.

Flüche anderer Reiter, die durch Atlons unvermittelten Halt gezwungen worden waren stehenzubleiben, brachten sowohl Rinter als auch Atlon wieder zurück in die Gegenwart. Atlon hob entschuldigend die Hand, während Rinter gleiches mit gleichem vergalt und ebenso laut zurückkeifte; dann setzten sie ihren Weg fort. Rinter nahm einen väterlichen Tonfall an. »Ich hoffe, du nimmst mir nicht übel, was ich dir jetzt sagen muß, Atlon; aber du mußt lernen, etwas ... *direkter* mit den Leuten hier umzugehen. *Den Starken wird die Welt gehören,* sagt das Sprichwort. Wenn du nicht für dich selbst einstehst, werden dich die Leute hier für einen Trottel halten und dich bis aufs letzte Hemd ausplündern.«

»Ja«, erwiderte Atlon lakonisch, so daß Rinter nicht mehr wußte, was er noch hätte hinzufügen sollen.

Während sie weiterritten, änderte sich der Charakter der Gebäude: Sie wurden ständig größer; allerdings war die Unmenge verschiedener Stilarten nach wie vor verwirrend. Reich geschmückte Bauwerke stießen an solche mit strengen Linien oder verspielten Kurven. Zwischen

ihnen tauchten immer wieder windschiefe Hütten auf, die unendlich alt zu sein schienen, und überall herrschte reges Treiben. Es dauerte nicht lange, bis die ersten Händler auftauchten. Einige hatten feste Stände; andere zogen verzierte Karren hinter sich her, und wieder andere hielten ihre Waren in Händen und boten sie Passanten an. Alle schrien sie, und keiner war zu verstehen. Atlon bemerkte, daß Rinter ähnlich den anderen Reitern, denen sie begegneten, recht großzügig Tritte verteilte, wenn ihnen ein Händler zu nahe kam.

»Ein recht ... vitaler Ort, um mich vorsichtig auszudrücken«, sagte Atlon zu Dvolci.

»Das ist Unkraut auch«, erwiderte der Felci. »Dieser Ort ist nicht ›vital‹, er ist vollkommen außer Kontrolle.«

Rinter drehte sich zu Atlon um. Stolz funkelte in seinen Augen. »Ich wette, so etwas hast du noch nie gesehen«, sagte er.

»Das stimmt«, antwortete Atlon. »Meine Heimat ist viel flacher. Es ist schon ein seltsames Gefühl, dauernd hoch und runter zu reiten. Und unsere Häuser sind auch nicht ganz so ... variantenreich, und auch nicht so überfüllt. Wir bauen meistens eher nach unten als nach oben; also sind unsere Häuser zwar nicht so hoch, aber meistens sehr tief.«

Rinter dachte einen Augenblick darüber nach, bevor er mit dem Plädoyer für seine Stadt fortfuhr.

»Tief!« rief er aus und deutete mit dem Finger nach unten. »Unter der Stadt gibt es unzählige Tunnel. Einige sind angeblich so breit, daß zwei Karren nebeneinander her fahren könnten. Es sind so viele, daß es bisher noch niemand geschafft hat, eine Karte von ihnen zu zeichnen.« Er lachte. »Allerdings hat es auch noch niemand geschafft, eine Karte der Stadt anzufertigen. Ständig wird überall gebaut, abgerissen und verändert.« Wieder deutete der Finger nach unten, diesmal mit noch größerem Stolz. »Und unter den Tunneln sind die Höhlen.«

Atlon neigte den Kopf zur Seite, um anzuzeigen, daß

er gebührend beeindruckt war; dann sagte er: »Erzähl mir von den Höhlen. Ich würde sie gern einmal sehen, und Dvolci ist ein Höhlentier. Wann immer er kann, verbringt er seine Zeit unter der Erde. Wenn er allzu lange den Himmel sehen muß, macht ihn das nervös.«

Rinters Jovialität war mit einemmal wie weggeblasen. »Niemand geht dort hinunter, wenn es sich denn irgendwie vermeiden läßt. Dort unten gibt es Menschen und Dinge, denen du nun wirklich nicht begegnen willst, glaub mir.« Wieder lachte er, doch diesmal klang es gezwungen. »In den Tunneln leben schon die seltsamsten Dinge, geschweige denn in den Höhlen.«

»*Niemand* geht jemals dort hinunter?« wiederholte Atlon. »Hast du nicht gesagt, die Kyrosdyn würden sich dort unten Tiere für die Freien Kämpfe holen?«

»Niemand, der noch *normal* ist«, betonte Rinter. »Ein paar verrückte Kristallsucher vielleicht – Geächtete, Flüchtlinge aus der Diebesgilde und so 'n Zeug. Und was die Kyrosdyn betrifft: Niemand weiß so recht, wie sie an ihre Tiere kommen, aber sie sind zu allem fähig – deswegen würde es dir auch nicht gefallen, für sie zu arbeiten.« Er wischte die unangenehmen Gedanken beiseite. »An deiner Stelle würde ich mir nicht den Kopf darüber zerbrechen, was bei dem Freien Kampf in der Arena deinem Freund gegenübersteht. Der Felci ist vielleicht zäh, aber nicht zäh genug, um es mit den Viechern dort aufzunehmen. Hör auf meinen Rat: Ich kenne das Geschäft; wenn man es geschickt anstellt, dann kann man auch bei den einfachen Kämpfen sein Geld verdienen. Schon bald wirst du in wesentlich besseren Gasthöfen logieren als ›Im Weidland‹.«

»Ich würde trotzdem gerne mal einen Freien Kampf sehen. Sie hören sich interessant an.«

Rinter wandte sich ab, um ein Lächeln zu verbergen, daß er sich nicht verkneifen konnte. *Du findest wohl langsam Geschmack an der Sache, wie?* dachte er. Allmählich entwickelten sich die Dinge in seinem Sinne. »Das

könnte ich vielleicht möglich machen«, sagte er. »Aber Freie Kämpfe finden nicht so häufig statt wie die anderen, und es ist auch sehr teuer, sich dort einzukaufen.« Er war froh, daß es ihm gelungen war, eine Verbindung zu Atlons Bedürfnis nach Geld herzustellen. »Auf jeden Fall werde ich mich einmal umhören.«

Atlon nickte dankbar. »Ist es noch sehr weit?« fragte er.

Rinter schüttelte den Kopf und deutete nach vorne. »Dort entlang.«

Die Straße, in die Rinter sie führte, war kaum weniger überfüllt als die, die sie gerade verlassen hatten, so daß Atlon noch immer gezwungen war, hinter seinem Führer zu reiten. Sie waren noch nicht weit gekommen, als sich ihre Umgebung radikal veränderte. Die Gebäude, die sie bisher passiert hatten, waren Atlon in ihrem Stil zwar unbekannt gewesen, auch hatten sie ihn in ihrer Vielfalt verwirrt, aber sie hatten zumindest von einem gewissen Wohlstand gezeugt. Nun jedoch ritten sie durch eine planlose Ansammlung von Hütten und Verschlägen, die sich mal bergan, mal bergab erstreckten und deren unregelmäßige Anordnung keinen direkten Weg hindurch erkennen ließ. Atlon schaute zurück, um zu sehen, wo diese Veränderung begonnen hatte; doch sie befanden sich bereits zu tief in dem Labyrinth. Es war, als wäre die Stadt plötzlich verschwunden.

Der Schmutz an diesem Ort war beinahe körperlich spürbar, und die Menschen, denen sie begegneten, unterschieden sich nur wenig von ihrer Umgebung. Allesamt sahen sie mürrisch und unfreundlich aus, und sie waren überall: Sie lehnten aus Fenstern, saßen auf Stufen, schliefen auf der Erde, standen in Gruppen zusammen oder wanderten scheinbar ziellos umher. Schlimmer noch: Atlon fühlte, wie er von allen Seiten mit kalten, abschätzigen Blicken gemustert wurde.

Die Geräusche, die diesen Ort erfüllten, waren ebenso schwer voneinander zu unterscheiden wie die unzähligen Gassen. Atlon hatte den Eindruck, alle würden

gleichzeitig reden, als wäre jedermann in ein und dieselbe Diskussion verwickelt. *Jeder redet, und keiner hört zu,* dachte er. Das war nicht gut. Diese Schlußfolgerung wurde von Zeit zu Zeit von wildem Fluchen und Schreien bestätigt, daß aus einer der Hütten drang. Selbst das Lachen, das Atlon gelegentlich hörte, wirkte mißtönend und unangenehm.

Inmitten all des Geplappers war deutlich das Hämmern, Schaben und Klirren von Handwerkern zu hören; doch wenn Atlon sich umschaute, sah er kaum jemanden, der einer sinnvollen Tätigkeit nachging. Und es gab hier auch eine Menge Vieh – allerdings bemerkte er dies vor allem am Gang seines Pferdes, das immer wieder ziellos umhereilenden Hühnern ausweichen mußte. Andere Geräusche und Gerüche verrieten ihm, daß es in der Nähe auch Schweine und sogar Kühe geben mußte, obwohl er diese nicht sehen konnte. Mehrere Male fielen ihm seltsam deplaziert wirkende grüne Flecken auf. Dabei handelte es sich entweder um dürre, mitleiderregende Bäume, die versuchten, sich zwischen den Hütten hindurch einen Weg ans Licht zu bahnen, um verwahrloste Kräutergärten oder bemooste Regenrinnen.

Und es war unerträglich heiß. Atlon wollte den Kragen öffnen, doch er mußte feststellen, daß er das bereits getan hatte. Aber unangenehmer als die Hitze, der Lärm und das Verhalten der Leute war das Gefühl, durch die Behausungen der Menschen zu reiten, denn indem er Rinter folgte, war Atlon gezwungen, sich einen Weg zwischen Wäscheleinen und anderen Haushaltsgegenständen hindurch zu bahnen. Dieses Gefühl war besonders stark, wenn er sich unter einem Erker ducken mußte und durch ein Fenster ins Innere eines Hauses blicken konnte.

»Drinnen sieht's nicht viel anders aus als draußen«, bemerkte Dvolci.

»Erspare mir deine Vorträge über die Unzulänglichkeiten der Menschheit«, erwiderte Atlon. »Ich habe ja selbst

schon genug Schwierigkeiten damit.« Dvolci antwortete nicht.

Im Gegensatz zu den beiden Fremden schien sich Rinter hier wie zu Hause zu fühlen. Eine Geste hier, ein Nicken dort und gelegentlich eine Antwort auf einen gesprochenen Gruß. Dabei verhielt er sich zumeist so, als hätte er es nur mit Menschen zu tun, die in der gesellschaftlichen Hierarchie der Stadt weit unter ihm standen. Atlon fiel es schwer zu schweigen, denn hinter jeder Ecke kamen ihm neue Fragen in den Sinn. So wie es ihm bei ihrer Ankunft in der Stadt unmöglich gewesen war, sie in ihrer Gesamtheit zu erfassen, so fand er nun keine Worte, mit denen er seine Eindrücke hätte beschreiben können. Dennoch ritt er neben seinen Führer, als der Weg etwas breiter wurde, und fragte mit ungläubiger Stimme: »Ist die ganze Stadt so? Außerhalb der Hauptstraße, meine ich.«

Rinter schaute ihn verwirrt an. »Wie was?«

»Wie das hier«, antwortete Atlon und deutete auf seine Umgebung. Er suchte nach Worten, von denen er hoffte, sie würden Rinter nicht beleidigen. »Chaotisch, überfüllt. Das ... das ist kein Ort, an dem Menschen leben können.«

Auf Rinters Gesicht zeichnete sich absolutes Unverständnis ab. Er schaute sich um; dann zuckte er mit den Schultern. »Es ist überall anders, wenn es das ist, was du meinst«, sagte er. »Natürlich gibt es auch andere Orte wie diesen hier – man nennt sie ›den Überlauf‹, allerdings weiß ich nicht warum. An einigen Stellen ist es besser, an anderen schlechter – viel schlechter. Von Zeit zu Zeit macht man hier sauber.« Er beugte sich vor und senkte die Stimme zu einem Flüstern. »Eines mußt du verstehen. Die Leute hier – sie wissen nicht, wie man sonst leben sollte. Sie sind dieses Leben gewohnt. Was Besseres verdienen sie auch gar nicht.«

Atlon runzelte die Stirn ob dieser Bemerkung, und er wollte gerade etwas darauf erwidern, als sie um eine

Ecke bogen und sich plötzlich verbrannten Häuserwänden gegenübersahen. Mehrere hintereinander liegende Gebäude waren dem Erdboden gleichgemacht worden. Der Geruch von Rauch hing in der Luft und reizte die Kehlen, während das fröhliche Lachen von Kindern die Bedrohlichkeit der Szenerie noch verstärkte, anstatt sie zu mildern. Es dauerte einen Augenblick, bis Atlon erkannte, daß er auf die Überreste von Gebäuden starrte, die denen ähnelten, die er soeben hinter sich gelassen hatte.

Rinter zügelte sein Pferd. Er wirkte besorgt.

»Was ist hier geschehen?« fragte Atlon, sorgfältig darauf bedacht, nicht zu zeigen, daß er die Sorge im Gesicht seines Begleiters bemerkt hatte.

»Ich habe keine Ahnung«, erwiderte Rinter leise. »Vor einer Woche sah es hier noch nicht so aus. Wir sind auch keinen anderen Weg geritten – das wüßte ich. Vielleicht haben sich ein paar Familien zerstritten. So etwas passiert manchmal.«

»Und die Menschen, die hier gelebt haben?«

Rinter zuckte mit den Schultern.

Atlons Augen verengten sich vor Wut, doch bevor er etwas erwidern konnte, ritt Rinter schon wieder weiter. »Komm schon!« rief er zurück. »Versuchen wir unser Glück. Es ist nicht mehr weit, und es wäre reichlich übertrieben, wenn wir jetzt wieder den ganzen Weg zurückreiten würden.«

Der Tonfall seines Führers beruhigte Atlon ganz und gar nicht, aber ihm blieb keine andere Wahl, als dem Mann zu folgen. Einige Minuten lang ritten sie in leichtem Trab durch eine kahle, verkohlte Landschaft – Rinter, der sich ob der schnelleren Gangart offenbar unwohl fühlte, und der wachsame Atlon.

Als sie wieder einmal um eine Ecke bogen, trat aus den Schatten vor ihnen eine Gestalt mit einem Schwert in der Hand.

Kapitel 10

Rinter riß an den Zügeln, so daß sein Pferd abrupt anhielt und er beinahe aus dem Sattel flog. Atlon hingegen blieb schweigend hinter Rinter und bewegte sich ein wenig zur Seite, bis er sich links von dem Mann positioniert hatte, der den Weg blockierte. Es war eine harmlose Bewegung, den Mann nicht unnötig provozieren sollte; aber gleichzeitig brachte sie Atlon in eine Position, in der er nur schwer angegriffen werden konnte und in der seinem Pferd die Möglichkeit blieb, sich notfalls entweder zurückzuziehen oder den Angreifer mit den Vorderhufen zu attackieren. Das Tier war für genau solche Situationen ausgebildet worden, und die entsprechenden Bewegungen waren ihm inzwischen in Fleisch und Blut übergegangen. Dvolcis Kopf tauchte unauffällig aus Atlons Bündel auf, doch er sagte kein Wort. Atlon hob die Hand und berührte sanft den schlanken Hals seines Freundes; aber ob er mit dieser Geste den Felci beruhigen wollte oder sich selbst, das vermochte er nicht zu sagen. Dvolci zog sich wieder zurück.

Während Rinter gleichzeitig versuchte, sein Pferd zu beruhigen und wieder Halt im Sattel zu finden, musterte Atlon den Fremden. Sein Auftreten war autoritär und selbstbewußt, und er trug irgendeine Art Uniform: dunkelbraune, beinahe schwarze Hosen und eine Tunika von der gleichen Farbe mit Insignien an Armen und Schultern. Die Uniform war gut gepflegt und sauber, ein krasser Gegensatz zu der Kleidung der Leute, die Atlon bisher im Überlauf gesehen hatte – und zu seiner eigenen und der Rinters. Seine anfängliche Sorge legte sich ein wenig. Trotz Rinters Beteuerungen, daß in Arash-Felloren keinerlei Ordnungsmacht existiere, konnte der vor ihnen stehende Mann nur der Repräsentant einer eben solchen Macht sein.

»Was habt ihr hier zu suchen?« verlangte der Mann von Rinter zu wissen.

Rinter begann zu stottern und versuchte sich an einem gewinnenden Lächeln. »Wir ... wir wollen nur hier durch, Weartan«, antwortete er ein wenig *zu* freundlich.

Der Mann deutete auf die verbrannten Gebäude. »Seid ihr blind oder so was? Seht ihr denn nicht, daß dieses Gebiet erneuert wird?«

Rinters Stottern wurde immer schlimmer. »Ich ... ich habe keine ... äh ... keine Markierung gesehen, Weartan, sonst wäre ich bestimmt umgekehrt. Ich bin einfach weitergeritten. Ich dachte, daß die Leute hier vielleicht ... äh ... eine kleine ... äh ... Familienstreitigkeit gehabt haben.«

Der Weartan hob ungläubig eine Augenbraue. »Name?« fragte er mit ungeduldiger Stimme.

»Irgon Rinter.«

»Und wohin willst du?«

»Wir sind auf dem Weg zu den Kampfplätzen – zum Jyolan-Platz, um genau zu sein.« Er deutete zunächst nach vorne, dann auf Atlon. »Wir kommen aus dem Weidland, und das ist der kürzeste Weg.«

Dank Rinters Geste richtete sich die Aufmerksamkeit des Weartan nun auf Atlon. »Er ist fremd hier, ein Reisender«, erklärte Rinter. »Er ...«

Der Weartan bedeutete ihm mit einer Handbewegung zu schweigen und musterte Atlon von Kopf bis Fuß. Atlon hielt dem Blick des Mannes gelassen stand.

»Du reitest ein verdammt feines Pferd, mein Freund«, sagte der Weartan schließlich. »Wo hast du es gestohlen?«

Die Frage überraschte Atlon derart, daß er es nicht vermeiden konnte, dem Mann mit einer gewissen Schärfe in der Stimme zu antworten. »Das Pferd gehört mir, Herr. Ich habe es schon als Fohlen bekommen. In meiner Heimat ist ein Tier wie dieses nichts Besonderes. Mein Volk ist stolz auf seine Pferde.«

Die Antwort schien den Weartan nicht zu überzeugen. »Es hat einen ziemlich beunruhigenden Blick.«

»Es ist nur ein wenig unruhig«, erwiderte Atlon. »Der Geruch von Rauch macht es nervös.« Dann fügte er entschuldigend hinzu: »Und ich fürchte, Euer Schwert macht ihm angst.«

Atlon hatte sich inzwischen wieder in der Gewalt, und sein ruhiger Tonfall ließ den Weartan zögern und auf sein Schwert schauen. Einen Augenblick lang hatte es den Anschein, als würde er die Klinge wegstecken, doch dann senkte er sie lediglich. Als er wieder das Wort ergriff, klang seine Stimme weniger hart. »Dein Akzent verrät mir, daß du wirklich nicht aus der Stadt stammst. Was hast du hier zu suchen?«

»Ich bin auf der Suche nach Arbeit, damit ich etwas Geld verdienen und meine Reise in den Süden fortsetzen kann.« Atlon zuckte entwaffnend mit den Schultern. »Ich habe nicht damit gerechnet, wie teuer alles hier in der Gegend ist, und daher bin ich mittlerweile so gut wie mittellos. Ich habe diesen Herrn hier ›Im Weidland‹ getroffen, und er hat mir freundlicherweise angeboten, mir bei meinem Problem zu helfen.«

Der Gesichtsausdruck des Weartan zeigte deutlich, daß er starke Zweifel an Rinters Uneigennützigkeit hegte. »Nun, bisher hat er dich auf jeden Fall nur in Schwierigkeiten gebracht.« Wieder musterte er Atlon, dann deutete er mit dem Daumen über seine Schulter. »Mach, daß du weiterkommst. Komm nicht mehr hierher zurück. Wer hier kein Geld hat, ist rasch Pferd und Mantel los.«

Atlon verneigte sich. »Vielen Dank, Herr. Ich werde Euren Rat beherzigen«, sagte er. »Aber ich weiß weder, wo ich bin, noch wie ich wieder zur Stadt zurückfinden soll. Sollte Rinter Euch beleidigt haben, so gestattet mir, für ihn zu sprechen, denn schließlich ist es meine Schuld, daß er hier ist.«

Der Weartan starrte ihn mit dem gleichen Blick an, den

Atlon nun schon so oft bei Rinter gesehen hatte: als sei er irgendein seltsames Tier, das eigentlich gar nicht hätte existieren dürfen. Schließlich steckte der Mann sein Schwert in die Scheide und deutete ungeduldig den Weg hinunter. »Reite dort entlang, aber langsam. Dieser ... *Herr* und ich haben noch etwas zu besprechen. Es wird nicht lange dauern«, er warf Rinter einen eindeutigen Blick zu, »wenn er vernünftig ist.«

Atlon schaute fragend zu seinem Führer. Dieser nickte nervös und bedeutete ihm zu gehen.

»Ich habe nicht gewußt, daß du ein solcher Schleimer sein kannst«, flüsterte Dvolci, nachdem sie sich ein Stück von den beiden Männern entfernt hatten.

»›Diplomat‹ heißt das Wort, das du suchst«, erwiderte Atlon und warf einen besorgten Blick zurück. »Was machen sie?«

»So wie es aussieht, reden sie nur.«

Dann führte sie ihr Weg um eine Ecke und einen kleinen Abhang hinunter, und Rinter und der Weartan verschwanden aus ihrem Blickfeld. Atlon hielt an.

»Sieh dich mal um, ob sonst noch jemand in der Nähe ist«, sagte er. »Wir haben für heute schon genug Überraschungen erlebt.«

Dvolci kletterte aus dem Bündel und verschwand in den Überresten eines nahe gelegenen Hauses. Atlon fühlte sich sichtlich unwohl. Er zog sein Schwert halb aus der Scheide, dachte einen Augenblick nach, dann schob er es wieder zurück und griff nach dem langen Stab, der an seinem Sattel hing. Er vollführte einige Streiche, um sicherzugehen, daß die Waffe richtig in der Hand lag, und dachte: *Den werde ich benutzen, falls es nötig sein sollte.* Der Stab war nicht so tödlich wie ein Schwert, und Atlon verstand sich darauf, ihn zu führen.

Dvolci kehrte zurück. »Er kommt«, sagte er, während er wieder in Atlons Bündel verschwand. »Und außer ihm ist niemand in der Nähe. Dieser Weartan scheint sich ebenfalls auf den Weg zu machen.«

Rinter erschien an der Ecke. Trotz seines offensichtlichen Unbehagens, auch nur geringfügig schneller als normal reiten zu müssen, wirkte er erleichtert. Neben Atlon hielt er an.

»Das Glück ist mit uns, mein Freund«, sagte er und wischte sich den Schweiß von der Stirn. »Sehen wir zu, daß wir von hier verschwinden, bevor sich das ändert.«

»Wer war das?« fragte Atlon, als sie sich wieder auf den Weg machten. »Und was haben wir falsch gemacht?«

»Das war ein Mitglied der Garde unseres geliebten Präfekten. Eine der tugendhaften Seelen, die damit betraut sind, die Ordnung in der Stadt zu wahren.« Die Ironie in Rinters Worten war unüberhörbar. »Zum Glück für uns war er allein, und er war einer der ehrlicheren.« Rinter runzelte die Stirn, als er den Gedanken weiterspann. »Oder vielleicht war er auch nur so, *weil* er allein war.« Er zuckte mit den Schultern. »Aber das ist ja auch egal. Was zählt, ist, daß er nur eine geringe Summe genommen hat.«

»Eine geringe Summe? Wofür?«

Wieder einmal verzog Rinter mißmutig das Gesicht. »Es muß sehr schwer sein, Lehrer zu sein«, sagte er. »Schließlich muß man den Leuten ständig das Offensichtliche erklären.«

Atlons Augen wurden zu schmalen Schlitzen. Das Elend des Überlaufs, der plötzliche Wandel des Ghettos in diesen Trümmerhaufen und schließlich die Begegnung mit dem Weartan – all das hatte ihn trotz seiner äußeren Ruhe tief bewegt, und nun war er es leid, wie ein dummer Verwandter vom Land behandelt zu werden. »Das ist es«, bestätigte er in einem solch scharfen Tonfall, daß Rinter nervös mit den Augen zwinkerte. »Und trotzdem macht man es. Langfristig gesehen ist es das beste. Schließlich weiß man nie, *wen* man unterrichtet.« Er trieb sein Pferd zum Trab an und packte Rinters Zügel. Es war eine schnelle, geschickte Bewegung.

»Wir kommen schneller voran, wenn du mir das Reiten überläßt. Währenddessen kannst du mir ja *das Offensichtliche* erklären.«

Nackte Angst zeichnete sich auf Rinters Gesicht ab, während sein Pferd immer schneller wurde, bis es schließlich in leichten Galopp verfiel. So schnell war Rinter noch nie geritten. Halbherzig versuchte er, Atlon die Kontrolle wieder zu entreißen; doch nachdem dies fehlgeschlagen war, nahm er den Rat seines Gefährten an und konzentrierte sich darauf, nicht aus dem Sattel zu fallen. Gleichzeitig verzichtete Rinter jedoch darauf, Atlon ›das Offensichtliche‹ zu erklären – zum einen, weil ihm sein Sarkasmus in der gegenwärtigen Situation unangebracht erschien, aber hauptsächlich, weil er den Atem anhielt. Ein strenger Befehl von Atlon bewegte Rinter dazu, kurzfristig auszuatmen und mit knappen Worten die Richtung anzusagen, als sie eine Abzweigung erreichten. Rinter schloß die Augen, während die beiden Pferde mit unverminderter Geschwindigkeit in die neue Straße einbogen. Der Pfad wand sich zwischen den verkohlten Ruinen hindurch, und wo immer die beiden Reiter vorbeikamen, wirbelten die Hufe der Pferde Wolken von Asche auf, die in der schweren Luft zu schweben schienen. An einer Stelle trafen sie auf zwei Weartan; doch obwohl Atlon die Pferde genau auf die beiden zuführte, war das Erscheinen der Reiter so plötzlich und ihr Ansturm so unerbittlich, daß die Weartan instinktiv zur Seite sprangen. Als sie sich schließlich wieder von dem Schreck erholt hatten und Staub husteten, waren die beiden Reiter schon längst außer Sichtweite.

Dann hatten Rinter und Atlon plötzlich das zerstörte Areal verlassen und eine Gegend erreicht, die sich nur in Einzelheiten von dem Elendsviertel unterschied, das sie zuvor durchquert hatten. Atlon parierte durch, gab Rinter die Zügel zurück und bedeutete ihm, wieder die Führung zu übernehmen. »Du *wolltest* diesen Ort doch möglichst schnell hinter dich bringen, oder?« fragte er

fröhlich. »Aber kein Grund, mir zu danken. Das war doch das mindeste, was ich für dich tun konnte, nachdem du mir so sehr geholfen hast.«

Rinter klopfte sich mit der einen Hand auf die Brust. Es dauerte eine Weile, bis er wieder fähig war, in zusammenhängenden Sätzen zu sprechen. Seine Meinung über Atlon hatte sich in den letzten Minuten drastisch verändert. Was auch immer der Fremde sonst noch können mochte, auf jeden Fall konnte er reiten wie der Teufel, und wenn er ritt, war er ein vollkommen anderer Mensch als der höfliche Mann, der Rinter gerade die Zügel zurückgegeben hatte.

»Es wird doch keine Schwierigkeiten wegen der zwei Büttel geben, oder?« fragte Atlon. »Natürlich will ich keines eurer Gesetze brechen. Ich bin einfach davon ausgegangen, daß du eine Begegnung mit ihnen vermeiden wolltest.«

Rinter schüttelte den Kopf. Der Anblick der beiden Weartan, die entsetzt in den Dreck gesprungen waren, war der einzige Teil des Ritts, an den er sich mit Freuden erinnerte. »Nein, nein, nein. Du hast nichts falsch gemacht. Mit dem ersten haben wir ja Glück gehabt; bei den beiden anderen wäre das vermutlich anders gewesen.«

»Erzähl mir von diesen Leuten. Sie trugen alle die gleichen Uniformen, und der erste, den wir getroffen haben, war offenbar daran gewöhnt, daß man seine Autorität respektiert. Wer sind sie? Und warum werden all diese ... diese Häuser verbrannt? Und was hat er damit gemeint, das Gebiet werde ›erneuert‹?«

Rinter hob abwehrend die Hand; als er wieder sprach, klang seine Stimme wie die eines Mannes, der einem verrückten Verwandten die Welt erklären mußte, der zu lange im Keller eingesperrt gewesen war. »Das waren Weartan, die Garde des Präfekten. Sie ...«

»Präfekt?«

Rinter runzelte die Stirn, doch diesmal nicht aus Über-

druß, sondern um seine Gedanken zu ordnen. »Der Präfekt ist das Stadtoberhaupt, oder zumindest sollte er das sein.«

»Wie ein König oder ein Ffyrst?«

Rinter suchte noch immer nach geeigneten Worten. »Ich weiß zwar nicht, was ein Ffyrst ist, aber der Präfekt ist eigentlich kein König. Er wird vom Rat ernannt.«

»Und das Volk ernennt den Rat«, ergänzte Atlon.

Rinters Blick blieb ob dieser Bemerkung genauso verständnislos wie bei der Erwähnung des Wortes ›Ffyrst‹. »Nein, natürlich nicht. Der Präfekt ernennt den Rat.«

Diesmal war es an Atlon, die Stirn zu runzeln. »Aber ...«

Rinter wollte so rasch wie möglich das Thema wechseln. Inzwischen hatte er sich von den Nachwirkungen der wilden Jagd erholt, und nun war er begierig darauf, wieder zum Geschäft zu kommen. »Es ist sehr kompliziert«, sagte er. »Jeder hat die Finger in allem – die Adelshäuser, die großen Manufakturen, der Bund der Kunsthandwerker, Söldnergruppen, die Kyrosdyn.« Im letzten Augenblick gelang es ihm, daß Wort ›Kyrosdyn‹ kaum verständlich zu murmeln, denn er wollte unter allen Umständen vermeiden, daß sich Atlon erneut seinem Lieblingsthema zuwandte. »Selbst die Diebesgilde hat bei allem ein Wörtchen mitzureden«, fügte er hinzu. »Dann gibt es da noch die Weartan und wahre Horden von Priestern, Schreibern und überheblichen Beamten, die alle glauben, ihre eigenen Regeln aufstellen zu müssen. All diese Leute und Gruppen sind immer da – egal, wer gerade Präfekt ist oder wer im Rat sitzt.«

Atlon rollte mit den Augen, als könne ihm das Klarheit verschaffen. »Das ist *in der Tat* sehr kompliziert, und mit allem Respekt: Das scheint mir nicht gerade die ideale Methode zu sein, um einen Ort wie diesen zu führen.« Er ließ seinen Blick über die armseligen Hütten und die mürrischen Gesichter der Menschen schweifen, doch Rinter bemerkte dies nicht.

»So war es schon immer«, erklärte er. »Unzählige Gruppierungen, die alle um Macht und Einfluß ringen.« Er schnaufte verächtlich. »Und für was?« Dann schaute er Atlon in die Augen. »Dieser Ort ist so groß und so voller eigensinniger Menschen, daß er *unmöglich* von einem einzigen Menschen oder einer einzigen Institution regiert werden kann. Du könntest genausogut versuchen, einen Fluß zu kontrollieren, indem du dich ans Ufer stellst und mit einem Eimer Wasser schöpfst. Diese Leute verursachen mehr Schaden, als daß sie Gutes tun. Sie mischen sich in Dinge ein, die sich auch so klären würden. Ich weiß nicht, warum sie sich nicht einfach aus allem raushalten.«

Rinter sprach mit einer Leidenschaft, die Atlon überraschte, und er war noch nicht am Ende angelangt. Er wedelte mit der Faust. »Zu groß. Man sagt, daß in den alten Tagen, als der Herr die Stadt erbaut hat, Seine Feinde eine ganze Armee in ihren Straßen verloren hätten – und *verlieren* ist *wörtlich* zu nehmen –, sie haben sie einfach nicht mehr *gefunden*. So groß ist Arash-Felloren. Und diese Idioten glauben tatsächlich, sie könnten die Stadt kontrollieren, als sei sie irgendein Kuhdorf.« Er spie verächtlich aus. »Halt dich von diesen Leuten fern. Halt dich lieber an mich. Einfache Leute wie du und ich sollten sich umeinander kümmern. Es gibt immer genug Geld zu verdienen, wenn man schlau ist.«

Atlon hatte immer noch Schwierigkeiten mit dem offensichtlichen Mangel an Ordnung, den Rinter beschrieb. »Aber es gibt doch sicherlich Gesetze, oder? Und Gerichte, wo die Menschen ihre Streitigkeiten beilegen können und wo man Verbrecher ihrer gerechten Strafe zuführt.«

»Oh, es gibt genug Gesetze, um jede Straße der Stadt damit zu pflastern. Und wir haben auch jede Menge Gerichte, Tribunale, Richtplätze, Schiedshöfe und was weiß ich noch alles an Institutionen, wo die sogenannten ›Staatsdiener‹ bemüht sind, dich von deinem Geld zu

trennen. Aber natürlich nur, wenn du überhaupt so weit kommst und wenn die Weartan dich nicht vorher um dein gesamtes Vermögen erleichtert haben. Ich persönlich ziehe die Diebesgilde vor. Das sind wenigstens ehrliche Räuber.«

Atlon beschloß, das Thema auf sich beruhen zu lassen. Es war mehr als wahrscheinlich, daß Rinter aus irgendeinem Grund voreingenommen gegenüber den staatlichen Autoritäten war; aber es war ebenso wahrscheinlich, daß seine Schilderung zumindest ein Quentchen Wahrheit enthielt. Atlon erneuerte seinen Vorsatz, vorsichtig zu sein und sich dreimal zu überlegen, wem er vertraute. Während des Gesprächs hatten sie den Überlauf verlassen, und nun ritten sie über eine gepflasterte Straße, die von hohen Backsteinhäusern gesäumt war. Atlon war froh, endlich wieder etwas Solides um sich zu haben anstatt die ständig vom Verfall bedrohten Armenhütten des Überlaufs.

Auch freute es ihn, von weniger mürrischen Menschen umgeben zu sein, die überdies eifrig ihren Geschäften nachgingen. Er drehte sich um, doch wieder einmal war dank der gewundenen, labyrinthartigen Straßen der Stadt bereits nichts mehr vom Überlauf zu sehen, obwohl sie das Gebiet erst vor wenigen Augenblicken verlassen hatten. Es war, als hätten das Armenviertel, die verbrannten Gebäude und die Weartan nie existiert.

Wie ein Traum.

Der Gedanke war flüchtig, aber lebhaft und außerordentlich beunruhigend. Rasch konzentrierte sich Atlon wieder auf seine neue Umgebung. Die oberen Stockwerke der Gebäude zeichneten sich durch vergitterte und mit Fensterläden versehene Fenster aus, aber die meisten waren weit geöffnet, als wollten sie das strahlende Sonnenlicht begrüßen. Auf Straßenhöhe waren die meisten Fassaden in hellen Farben geschmückt, und überall gab es Geschäfte, Lager und Werkstätten. Als er sich umschaute, erkannte Atlon sofort ein Dutzend ver-

schiedener Handwerksarten, und er sah noch viel mehr, die ihm unbekannt waren. Überdies boten an jeder Straßenecke fahrende Händler ihre Waren feil.

Dvolci hatte sich wieder auf seine Schulter gehockt und flüsterte ihm ins Ohr: »Ich glaube, unser kleiner Galopp durch den Überlauf hat die Haltung unseres Führers uns gegenüber drastisch verbessert; aber seine Beschreibung der hiesigen Verhältnisse ist – vorsichtig ausgedrückt – *irritierend*. Das grenzt ja an Anarchie. Du solltest wirklich sehr, sehr vorsichtig sein.«

»Das ist mir durchaus bewußt«, erwiderte Atlon gereizt.

»Nein, ist es nicht«, konterte Dvolci. »Dein Volk – oder besser gesagt: *alle* Leute, die du bisher kennengelernt hast – lebt zwar in Freiheit, aber sie sind doch in irgendeine Ordnung eingebunden. Die Leute hier jedoch ... Sie kennen keinerlei Zwang; sie sind regelrecht ... *wild*. Deine Spezies ist einfach zu unreif, um mit einer solchen Situation umgehen zu können – besonders, wenn ihr derart zusammengepfercht seid. Dieser Ort hier ist so gefährlich wie ein Schlachtfeld – und zwar auch ohne Leute, die mit Kristallen und der Macht herumpfuschen.«

Die Unzulänglichkeiten der Menschheit bloßzustellen war eine von Dvolcis Lieblingsbeschäftigungen, und seine Gesprächspartner zur Weißglut zu treiben bereitete ihm ebenso große Freude. Nun jedoch klang seine Stimme ruhig und beherrscht. Er sprach in einem Ton, der die Weisheit seiner Rasse erahnen ließ. Atlon war dankbar für die Ermahnung und nickte zustimmend.

»Ich verstehe«, sagte er.

»Wir sind da.« Rinters Stimme beendete das im Flüsterton geführte Gespräch. Er stieg vom Pferd.

Sie hatten vor einem großen, solide aussehenden Gebäude angehalten, das – soweit Atlon es beurteilen konnte – wesentlich älter war als die Nachbarhäuser. Da zwei enge Gassen links und rechts an ihm vorbeiführten,

hatte es keinen direkten Kontakt zu anderen Häusern. Verwitterte Figurenreliefs stützten das Dach, und Moos wanderte von den Füßen der Gestalten bis auf den Boden. Während die Fenster der meisten anderen Häuser in dieser Gegend mit einfachen Holzrahmen eingefaßt waren, besaß dieses Gebäude metallene Rahmen, auf denen seltsame Tiere eingraviert worden waren und verhärmte, bösartige Gesichter. Im Gegensatz dazu schmückte ein Gesicht von außerordentlicher Schönheit den Schlußstein des Torbogens. Anders als der Rest des Gebäudes schien dieses Gesicht die Zeiten unberührt überdauert zu haben, und die grob bearbeiteten Steine des Torbogens hoben sich ihm entgegen, als wollten sie ihm ihren Respekt erweisen.

Dvolci stupste Atlon mit der Nase an und deutete unauffällig auf das Gesicht. Atlon sog zischend die Luft ein und legte die Hand aufs Herz. Dann errötete er und ließ seine Hand die Tunika hinabgleiten, als könne er auf diese Weise die Geste ungeschehen machen.

»Ist schon gut«, sagte Dvolci. »Die meisten eurer Ältesten hätten unter den gegebenen Umständen das gleiche getan. Es ist schon ein wahrhaft erschreckendes Stück.«

»Ich habe noch nie gesehen ...« Atlon schaute wieder zu dem Gesicht.

»Nein. Laß es. Es ist nur ein Stein – ein meisterhaftes Stück Steinmetzkunst. Wenn ich mich nicht irre, gibt es an diesem Ort noch weitaus mächtigere Manifestationen von Ihm, mit denen wir uns auseinandersetzen müssen. Laß ab davon!«

Dvolci mußte seine Aufforderung noch einmal wiederholen, bevor Atlon sich von dem Gesicht losreißen konnte. Er mußte sich förmlich dazu zwingen, seine Aufmerksamkeit auf das geschlossene Tor zu richten. Das Tor bestand aus schweren Balken – offensichtlich war es wesentlich jünger als der Rest des Gebäudes –, und darauf stand in ungelenken Lettern geschrieben: *Jyolan, die älteste Tierkampfbahn der Welt.* Der Rest des Tores war mit

Notizzetteln übersät, die gelegentlich von knallbunten, schlecht gezeichneten Bildern kämpfender Tiere unterbrochen wurden.

»Welch Meisterwerke«, spottete Dvolci.

Inzwischen hatte sich ein Guckloch geöffnet, und Rinter begann mit dem dahinter stehenden Mann ein Gespräch. Atlon stieg vom Pferd und ging zum Tor. Obwohl er sich bemühte, nicht hinaufzuschauen, hatte er das Gefühl, als lasse ihn das Gesicht auf dem Schlußstein keinen Augenblick aus den Augen. Er las die Notizen, mit denen das Tor übersät war. Sie sagten ihm wenig. Termine, Preise, Gastspiele berühmter Tiere und Absagen mischten sich mit leidenschaftlichen Beteuerungen der ›grenzenlosen Wildheit‹ der ›speziell ausgesuchten Tiere‹ und einigen sentimentalen Eulogien auf kürzlich verschiedene ›Kämpfer‹. Auf einem kleinen, verwitterten Zettel, der zum Teil auch noch von anderen Notizen verdeckt wurde, fand Atlon die Kampfregeln. Sie waren sehr einfach, während die Wettregeln auf einem wesentlich größeren Stück Papier erklärt wurden. Atlon studierte sie eine Weile – sie waren in einer ausgesprochen schönen Schrift geschrieben –, doch schon nach ein paar Zeilen mußte er aufgeben.

»Kurz gesagt steht da einfach nur: ›Gib uns all dein Geld und hau ab‹«, erklärte Dvolci, »›oder sonst . . .‹«

Rinter gesellte sich wieder zu ihnen. Er war aufgeregt. »Ich fürchte, es gibt da ein Problem. Ich hatte gehofft, du könntest sofort hinein und dich umschauen; aber wie es scheint, gibt es heute abend einen besonderen Kampf, und bis dahin haben sie geschlossen.« Nervös schaute er die Straße hinunter. »Und vor heute abend muß ich mich noch um andere Dinge kümmern.«

Atlon verbarg seine Erleichterung. »Wir . . . Ich werde mich bis dahin ein wenig in der Stadt umsehen«, sagte er beschwichtigend. »Ich suche mir was, wo ich mein Pferd tränken kann, mache mich mit der Gegend vertraut . . .«

Rinter zappelte nervös herum, während er über den

Vorschlag nachdachte, und schließlich akzeptierte er widerstrebend. »Geh da lang«, sagte er und deutete in die entsprechende Richtung. »Sonst landest du wieder im Überlauf. Halt dich an die Hauptstraßen, und meide jede Gasse.« Er nickte in Richtung der kleinen Gasse neben dem Kampfplatz. »Und versuch dir den Weg einzuprägen, damit du jederzeit wieder hierher zurückfinden kannst.«

Atlon lächelte. »Du klingst wie meine Mutter.«

Rinter grinste schwach. Er wollte seinen Vortrag fortsetzen, doch schließlich zuckte er nur mit den Schultern. »Ich nehme an, du hast kein Chronometer, oder?« fragte er. Atlon schüttelte den Kopf. »Dann treffen wir uns bei Sonnenuntergang wieder hier«, sagte Rinter.

»Bei Sonnenuntergang«, bestätigte Atlon.

Als er sich wieder in den Sattel schwingen wollte, schnippste Rinter mit den Fingern. »Führ dein Pferd an den Zügeln«, sagte er. »So wirst du weniger auffallen. Und gib es nicht aus der Hand – *niemandem*. Und bleib auf belebten Straßen. Und ...« Rinter hielt mitten im Satz inne und trat nervös von einem Fuß auf den anderen. Beinahe hätte er Atlon geraten, die Kristallmärkte zu meiden; aber im letzten Augenblick entschied er, es sei weiser, den Fremden *nicht* an sie zu erinnern. Nun da er Atlon endlich vor das Tor des Kampfplatzes gelockt hatte, wollte er ihn nicht wieder verlieren.

Doch Rinter war auch nicht glücklich damit, den Mann, mit dem er so große Hoffnungen auf Wohlstand verband, ungeschützt in die Stadt hinauswandern zu sehen, und so blickte er Atlon und seinem Tier noch lange hinterher, auch nachdem diese schon längst außer Sichtweite waren.

Allerdings wäre Rinter noch viel unglücklicher gewesen, hätte er das Gespräch zwischen Atlon und Dvolci belauschen können.

»Welch glücklicher Abschied«, sagte Atlon. »Ich glaube, wenn der Laden geöffnet gehabt hätte, wäre er

ein wenig hartnäckiger gewesen, was deine Karriere als Kämpfer betrifft. Aber jetzt wollen wir doch mal sehen, ob wir nicht jemanden finden, der mit Kristallen handelt.«

Kapitel 11

Imorren konnte ihren Zorn kaum beherrschen. Es war schon Jahre her, seit sie zum letzten Mal mit einem Gefühl zu kämpfen gehabt hatte – egal mit welchem –, und allein das Wissen um solch tief verborgene menschliche Züge beunruhigte sie und steigerte noch ihre Wut.

Der Raum, in dem sie aufrecht und regungslos saß, war ein kalt funkelnder Ort aus poliertem Marmor und kunstvoll angelegten Kristallgebilden. Es war die ›Halle des Endes und des Anfangs‹, die ›Kammer der Wege‹, und sie lag tief im Inneren des Vaskyros. Neun Kuppeln bildeten die Decke, und sie wurde von reich verzierten Wänden und schlanken, mehrseitigen Säulen getragen, die in furchterregendem Lobgesang gen Himmel streben oder wie mondbeschienene Eiszapfen von den Kuppeln herabhingen. Seltene, mehrfarbige Kristalle waren in komplizierten, abstrakten Mustern über die ganze Halle verteilt: Muster in Mustern, unendlich, kleiner und kleiner, und sie zogen das Auge in unergründliche Tiefen. In einer reichen, doch feinen Vielfalt flossen sie von den Kuppeln über die Wände und Säulen hinab und verteilten sich schließlich auf dem Boden: gefrorene Flüsse, die in einem schweigenden Ozean mündeten – in einem Ozean, der regungslos gegen Kristalltürme brandete, deren Oberfläche das Licht einer unbekannten Quelle anzog, dem sie dann eine neue Form verliehen, um so noch mehr Muster zu schaffen. Verwirrende Gebilde

erstreckten sich in jede Richtung. Ein den Kyrosdyn schlecht gesonnener Mann hätte behauptet, dieser Ort diene lediglich der Demonstration von Macht und Reichtum, während ein Handwerker ob der Kunstfertigkeit der Gebilde in ehrfürchtiges Schweigen verfallen wäre; aber für Imorren stellte die Halle der Wege den Sinn ihres Lebens dar: all ihre Gedanken und all ihre Willenskraft waren auf diesen Ort ausgerichtet, was – ihrer Meinung nach – wiederum bewirkte, daß auch Er hier Seinen Willen auf sie ausrichtete – oder zumindest soviel davon, wie Er in diese Welt zu senden vermochte. Schließlich sollte sich in dieser Halle dereinst das Herz des Weges formen, der Ihn zurückbringen würde.

»Lerne alles, was es über diese Dinge zu lernen gibt«, hatte man ihr gesagt, »und erschaffe das Makellose.« Und so hatte sie gebaut und gebaut. Doch die Halle war bei weitem noch nicht perfekt, und sie würde es auch niemals werden – das wußte Imorren. In dieser fehlerhaften Welt existierte nichts Makelloses, und daran würde sich bis zu Seiner Rückkehr auch nichts ändern. Aber dieser Widerspruch störte Imorren nicht im geringsten. »*Deine* Perfektion wird jeden Makel beseitigen«, hatte Er gesagt. »Vertraue mir.«

Und sie hatte Ihm vertraut und war über alle anderen erhoben worden, so wie Er es ihr prophezeit hatte.

Und nun hatte sie der Zorn übermannt. Aber es war nicht jener reine Zorn, mit dem sie geschworen hatte, Seine Feinde zu verfolgen – nein –, es war jenes primitive Gefühl, das nach Galle schmeckte und das sie ein Leben lang bemüht gewesen war, aus ihrem Wesen zu entfernen. Es war ein Teil ihrer Menschlichkeit. Würde sie sich denn niemals davon lossagen können?

Imorren saß eine Weile regungslos und schweigend in der großen Halle, bevor ihr die Erkenntnis kam: Ihr Zorn war kein Rückfall in ihre alten Fehler; er war eine Mahnung zur rechten Zeit. Hatte sie vielleicht Sein Wille von jenseits der Leere berührt? So wie sie ständig bemüht

war, die Mysterien der Macht und der Kristalle zu verstehen, um diese Enklave im Herzen des Vaskyros zu perfektionieren, so mußte sie auch stets bestrebt sein, die Fehler der Menschen zu kennen, auf daß sie sie nutzen konnte, ohne selbst Schaden zu nehmen.

Bedächtig wandte sich Imorren zu dem Spiegel, der auf einem Drehgestell an der Stuhllehne befestigt war. Es gab nur wenige Spiegel im Vaskyros. Spiegel waren gefährlich. Sie vermochten die Realität einzufangen und sie auf sich selbst zu reflektieren. Sie waren Tore zu anderen Welten – willkürliche Tore –, und das, was willkürlich war, konnte man nicht kontrollieren und war daher Anathema. Aber sie wurden gebraucht. Wieder ein Widerspruch. Denn nur mit Hilfe der Spiegel konnten jene endlosen Wege geschaffen werden, die das Licht an jene Orte brachten, die selbst unendlich weit vom Licht entfernt waren.

Imorren setzte sich zurecht, so daß ihr Gesicht schließlich den ganzen Spiegel ausfüllte. Es war ein wunderschönes Gesicht, das nichts von Imorrens wahrer Natur verriet und dem man die Jahre nicht ansehen konnte. Sie mußte so sein, sagte sie sich, doch im gleichen Augenblick wurde sie sich einer weiteren menschlichen Schwäche bewußt: Eitelkeit. Schwarzes Haar umrahmte das schmale Gesicht mit den grauen Augen, dessen Spiegelbild sich deutlich gegen die unerbittliche Symmetrie der Halle abhob.

Als Imorren die Halle betreten hatte, hatten ihre Augen vor Zorn gefunkelt; doch nun, da sie ihr Spiegelbild betrachtete, hatten sich ihre Züge wieder entspannt. Sie drehte den Spiegel in Richtung seines Gegenstücks auf der anderen Lehne, dann sagte sie:

»Komm herein, Rostan.«

Ihre Stimme klang ruhig und beherrscht, als rede sie mit jemandem, der ihr unmittelbar gegenüberstand; aber die Halle veränderte Imorrens Tonfall und trug ihren Zorn hinaus zu der Gestalt, die in dem kreisrunden

Empfangsraum wartete. Rostan war ein großer, schlanker Mann. Er trug das formelle Gewand seines Ordens und seinen Amtsstab. Wäre er derart gewandet durch die Stadt gegangen, wäre Pinatte niemals auf die Idee gekommen, ihm die Börse zu stehlen; wahrscheinlich hätte er sogar die Straßenseite gewechselt.

Rostan hatte mit scheinbar stoischer Ruhe im Vorraum gewartet, ganz so, wie es einem Mann in seiner Position geziemte. Doch nun, da er vor Imorren treten mußte, zuckte er beim Klang ihrer Stimme unwillkürlich zusammen. Er umklammerte seinen Stab derart fest, daß die Knöchel weiß hervortraten – ein deutliches Zeichen seiner inneren Unruhe.

Rostan setzte sich in Bewegung, und die Tür der Halle öffnete sich lautlos. Ein Pfad aus Kristallen führte vom Empfangsraum bis unmittelbar vor Imorren. Als Rostan die Tür durchschritt, senkte er den Kopf wie ein Novize – eine eher instinktive Handlung und kein bewußter Versuch, die Ailad zu besänftigen. Rostan kannte Imorren gut genug, um zu wissen, daß sie sich nicht von schmeichlerischen Gesten beeindrucken ließ. Es war Furcht, die ihn den Kopf senken ließ – eine Furcht, die mit jedem Schritt wuchs –, und am Ende des Pfades kniete er nieder. Im Gegensatz zu der brütenden Hitze, unter der die Stadt litt, war es in der Halle ausgesprochen kühl, und doch war es nicht die Temperatur, die Rostan schaudern ließ; es war der Gedanke an das, was ihm nun bevorstand.

Es folgte ein langes Schweigen.

»Sieh mich an, Rostan.«

Die Sanftheit der Stimme ließ ihn nur noch mehr schaudern.

»Sieh mich an!«

Zwei Aufforderungen! Rostan verfluchte sich selbst und zwang sich, den Kopf zu heben. Sein Mund trocknete aus, als er versuchte, Imorrens gestrengem Blick zu begegnen, und dabei versagte.

»Ailad«, war das einzige, was er herausbrachte.

Wieder folgte ein langes Schweigen.

»Kyrpfuscher, Rostan. Kyrpfuscher. Wie lange ist es her, seit man dieses Wort zum letzten Mal auf der Straße gehört hat?«

Rostan schluckte. »Es ist schon viele Jahre her, Ailad.«

»Ja, schon viele Jahre, bis ...?«

Der Ausdruck des Bedauerns auf Rostans Gesicht war nicht geheuchelt.

»Bis heute, Ailad.«

»Bis heute, Rostan, als du, der Großmeister unseres Ordens, es für angebracht gehalten hast, einem elenden Dieb hinterherzujagen wie ein feister Händler, dem man ein Stück Käse gestohlen hat.« Der Zorn in Imorrens Stimme war unverkennbar. »Und anschließend hast du deine Torheit auch noch auf die Spitze getrieben, indem du die Macht gegen ihn verwendet und ihn dann hast entkommen lassen.«

Rostan schwieg, denn er wußte, daß die Ailad noch nicht geendet hatte. Nicht zum ersten Mal fiel es ihm schwer, sich vorzustellen, daß er und Imorren sich einst geliebt hatten – damals, lange bevor sie Ailad geworden war.

»Reicht es denn nicht aus, daß wir ständig von unserer wahren Aufgabe abgelenkt werden, weil wir uns mit anderen Mächten arrangieren müssen?« Die Frage wurde von einer langsamen, weit ausholenden Geste begleitet, und doch schien es, als würde Imorren die Luft zerteilen. Spiegelbilder der Geste bewegten sich durch die Halle wie anklagend erhobene Zeigefinger. »Reicht es denn nicht aus, daß wir ständig Kraft in sinnlosen Streitereien verschwenden? Ist unsere Position in der Stadt schon so gefestigt, daß wir es uns leisten können, uns den Zorn des Pöbels zuzuziehen?«

»Ich ...«

Imorrens Augen blitzten auf und ließen Rostan verstummen. Ob es nun ihr Blick gewesen war, der ihn zum

Schweigen gebracht hatte, oder ob sie die Macht gegen ihn verwendet hatte, das vermochte er nicht zu sagen.

»Natürlich hat es immer wieder Zeiten gegeben, in denen uns ein wenig Unruhe in der Bevölkerung nützlich gewesen ist, um von anderen, wichtigeren Dingen abzulenken; aber das war sehr selten der Fall. Normalerweise haben uns solche Vorfälle nie viel eingebracht, und meist waren sie mit Opfern verbunden.«

Imorren schaute Rostan tief in die Augen.

»Aber das brauche ich dir ja wohl nicht zu sagen. Dein Verhalten muß einen Grund gehabt haben – besonders jetzt, da wir stärker denn je sind und da es kaum jemanden in der Stadt gibt, der es wagen könnte, uns anzugreifen.«

Sie schwieg und schaute Rostan erwartungsvoll an.

Rostan hatte gehofft, daß ein einfaches Schuldgeständnis ausreichen würde, um Imorrens Zorn zu besänftigen; doch er wußte ebensogut wie sie, daß wahrscheinlich auch andere von seinem Fehltritt gehört hatten, und Imorren stellte die Ordensdisziplin über alles. Schlimmer noch: Er würde nicht umhinkommen, ihr zu gestehen, was er mit Pinatte getan hatte. Offenbar hatte sie diesbezüglich noch nichts gehört.

Oder doch?

Wieviel wußte sie?

Es war unmöglich, ihre Gedanken zu lesen. Imorren war so einfühlsam, daß selbst der Versuch, in ihrem Gesicht nach Hinweisen zu suchen, Rostan einen Tadel eingebracht hätte.

Ebenso wie eine Verzögerung.

Rostan *mußte* ihr alles sagen, und zwar so wahrheitsgetreu wie möglich. Egal wie gefährlich dies auch sein mochte, alles andere war noch viel gefährlicher.

Rostan versuchte erst gar nicht, seine Furcht zu verbergen. Es wäre ihm auch nicht gelungen, und hätte er es versucht, wäre Imorren noch wütender geworden. Er senkte den Blick.

»Ich habe gefehlt, Ailad. Ich habe mich unwürdig verhalten. Dafür gibt es keine Entschuldigung.«

Er versuchte, nicht zusammenzuzucken, während er auf eine Antwort wartete. Ein Teil von ihm riet ihm, die Macht bereitzuhalten, um sich nötigenfalls verteidigen zu können, aber er vertrieb den Gedanken aus seinem Kopf aus Angst, Imorren könne ihm seinen Trotz anmerken. Hätte er jedoch den Blick gehoben, so hätte er einen Hauch von Unsicherheit in Imorrens Gesicht sehen können. Sie hatte weder ein so schnelles noch ein so unterwürfiges Geständnis erwartet. Aber ihre Unsicherheit dauerte nicht lange an, und schon bald wurde sie von Mißtrauen ersetzt. Die Angelegenheit war schlimmer, als sie gedacht hatte.

Rostan konnte das Schweigen kaum noch ertragen.

»Ich habe keine Entschuldigung von dir verlangt, Großmeister. Entschuldigungen sind etwas für Novizen und Acolyten, die zuviel für einen Bunten gezahlt oder einen Stein falsch geschliffen haben. Du hast so etwas nicht nötig.« Sie senkte die Stimme. »Ich habe dich nach dem Grund gefragt.«

Das Wort ›Grund‹ hallte in der ganzen Halle wider; es flog von Säule zu Säule, von Kristallturm zu Kristallturm, wurde immer stärker, verlangender, vorwurfsvoller ... Als das Geräusch schließlich wieder zu Rostan zurückkehrte, hatte er das Gefühl, als erhebe sich plötzlich der kristallene Ozean unter seinen Füßen, um ihn zu verschlingen. Irgendwie gelang es Rostan, nicht einfach wie ein Idiot draufloszuplappern, und dennoch wurde er sich der Worte, die er sprach, erst bewußt, nachdem sie seinen Mund verlassen hatten.

»Mein Verhalten hatte keinen Grund, Ailad. Als meine Börse gestohlen wurde ...« Er hob den Kopf, um Imorrens Blick zu begegnen. »Ich fühlte ... eine schreckliche Verwirrung. Es waren Kristalle von allererster Güte, so groß und klar, wie man sie nur alle fünfzig Jahre findet. In ihrer Nähe zu sein bedeutete, unsere Zukunft zu

fühlen, und als ich spürte, wie sie mir entrissen wurden, fürchtete ich nicht nur *Euren* Zorn, sondern den der gesamten Bruderschaft, weil ich mich ihres Vertrauens als unwürdig erwiesen hatte. All die endlosen Mühen, die Arbeit – unsere Arbeit, unsere *heilige* Arbeit ... Wir wären um Jahre zurückgeworfen worden. Einen Augenblick lang war ich wirklich nicht besser als ein tolpatschiger Novize.«

Trotz seiner Furcht konnte sich Rostan immer noch gut genug beherrschen, um nicht zu erwähnen, daß Imorren es gewesen war, die vorgeschlagen hatte, die Kristalle auf eine derart ›unauffällige Weise‹ zu transportieren, anstatt sie in einer streng bewachten Kutsche in den Vaskyros bringen zu lassen. »Eine Börse in der Menge. Wo kann man ein Buch besser verstecken als in einer Bibliothek?« hatte sie gesagt. Sie hatte sich sogar ein leichtes Lächeln erlaubt, als sie das Motto der Diebe zitiert hatte: »Niemand stiehlt die Börse eines Kyrosdyn; aber eine Kutsche mit schwerer Eskorte ruft die wahrhaft großen Räuber auf den Plan.«

Rostan schüttelte den Kopf.

»Dann kam mir in den Sinn, daß vielleicht mehr dahinterstecken könnte als nur ein einfacher Taschendiebstahl. War der Dieb vielleicht von Barran höchstpersönlich geschickt worden? Ich will den Mann ja nicht beleidigen, aber er hängt sein Fähnchen stets nach dem Wind, und er ist skrupellos. Barran ist mehr als fähig, etwas zu stehlen, was er uns gerade erst verkauft hat.« Rostan fand immer mehr Gefallen an seiner Geschichte. »Und er hat geschickte Taschendiebe in Lohn und Brot. Es mag uns unglaublich erscheinen, aber man könnte die Kristalle ja auch ...« Er zögerte. Solche Steine zu schneiden war in der Tat undenkbar; allein der Gedanke beunruhigte ihn. Er zwang sich fortzufahren. »Man könnte die Kristalle ja auch schneiden und in viele kleine zerteilen, um sie uns dann einzeln und mit wesentlich höherem Gewinn zu verkaufen.«

»Ich bin mir über Barrans Charakter durchaus im klaren«, erwiderte Imorren, »aber er ist Realist. Versuch nicht, deine Schuld herunterzuspielen, indem du einen Mann beschuldigst, der uns gegenüber immer ehrlich war.«

»Es war nur ein sehr flüchtiger Gedanke, Ailad. Schon bald hatte ich Barrans Rivalen in Verdacht.« Jetzt hatte er endlich seine Entschuldigung! Er konnte seine Erleichterung kaum verbergen. Vielleicht würde er diese Begegnung doch noch überleben. Es sei denn ...

Wieviel wußte sie?

»Aus diesem Grund habe ich den Dieb verfolgt, selbst nachdem ich die Börse wieder in Händen hielt. Ich wollte ihn verhören, ihn hierherbringen und die Wahrheit herausfinden. Das Wissen um seine Auftraggeber hätte sich auf jeden Fall für uns als nützlich erwiesen: entweder als Druckmittel gegen Barran oder als Freundschaftsgeschenk, um uns auch in Zukunft seine Loyalität zu sichern.«

Wieder folgte ein längeres Schweigen.

Schließlich sagte Imorren. »Aber du hast nichts dergleichen getan. Der Dieb ist dir nicht nur entkommen, er hat dabei auch noch die gesamte Bruderschaft beleidigt – und du weißt, was uns das kosten kann. Wir wissen *nichts* über seine Motive. War er nur ein einfacher Tölpel, der zur falschen Zeit am falschen Ort war, oder war er in der Tat das Werkzeug eines weitaus mächtigeren Feindes?« Sie beugte sich vor, und Rostan hörte erneut das Donnern der Wellen zu seinen Füßen. »Überdies hast du die Macht benutzt wie ein Jahrmarktszauberer, und das Wort ›Kyrpfuscher‹ war zum ersten Mal seit Jahren wieder auf den Straßen zu hören.«

Rostan machte ein trauriges, verwirrtes Gesicht, als er sich erneut verbeugte. Dann kam ihm eine neue Idee. »Seltsame Umstände schienen den Mann zu beschützen und mich zu ihm zu führen, Ailad. Obwohl er die Kristalle nur kurze Zeit in Händen hielt, schien ihre Macht

an ihm zu haften. Ich spürte ihn mit der gleichen Intensität, mit der ich die Kristalle spürte. Er mochte rennen, soviel er wollte, es würde ihm nichts nutzen – das wußte ich. Er war mit mir verbunden – mit uns.« Imorrens Augen wurden zu schmalen Schlitzen, und sie neigte den Kopf leicht zur Seite. Rostan bemerkte dies nicht, denn er hatte noch immer den Blick gesenkt. »Und in der Tat habe ich ihn so leicht gefunden, als hätte ich mich mit ihm auf dem Platz am Springbrunnen verabredet.« Verunsichert zögerte er einen Augenblick. »Doch er konnte sich mir widersetzen. Er widersetzte sich in Stimme und Geste.« Rostan vollführte die gleiche Handbewegung, die er auch vor Pinatte gemacht hatte. »Auch die Menschen schienen irgendwie von ihm angezogen zu werden.« Er schüttelte den Kopf und zuckte schuldbewußt mit den Schultern. »Als er meinen Leibwächter, Gariak, stürzen ließ – und Ihr wißt, wie stark Gariak ist ...« Imorren reagierte nicht. »Als dieses ... dieses armselige Häuflein Haut und Knochen einen derart kräftigen Kerl lässig beiseite stieß ... Ich schwöre, ich habe die Macht gespürt.« Er blickte auf und hob die Hand, um einem Protest zuvorzukommen. »Das ergibt keinen Sinn, ich weiß, aber ich *habe* etwas gespürt. Als er dann plötzlich losstürmte und versuchte, in der Menge zu verschwinden, habe ich nach ihm gegriffen, ohne vorher darüber nachzudenken.« Rostan verneigte sich erneut. Inzwischen war er beinahe selbst von der Geschichte überzeugt, die er sich gerade ausgedacht hatte. Als leidenschaftlicher Intrigant hatte er instinktiv den sichersten Weg eingeschlagen. Nur hier und da hatte er die Wahrheit ein wenig zurechtgebogen, um seine Geschichte so glaubwürdig wie möglich erscheinen zu lassen.

Dennoch würde er nicht umhinkommen, das wahre Ausmaß dessen einzugestehen, was er angerichtet hatte.

»Aber er ist trotzdem entkommen.«

Imorrens Stimme brachte Rostan wieder zurück in die Gegenwart. Beinahe dankbar hielt er sich daran fest.

»Er muß von irgend jemandem beschützt worden sein. Wie sonst, glaubt Ihr wohl, hätte er seine Stimme wieder unter Kontrolle und die Menge auf seine Seite ziehen können?«

»Du vergißt dich, Rostan. Wage es ja nicht, mich zu belehren.«

Der kalte Tadel ließ Rostan zusammenzucken. Auch wenn er sich eine glaubwürdige Geschichte ausgedacht hatte, war er noch lange nicht gerettet. »Verzeiht mir, Ailad«, sagte er rasch.

Imorren schaute auf ihn herab. Natürlich log er. Rostan hatte schon immer einen Hang zur Eitelkeit besessen. Ohne Zweifel war das auch der Grund gewesen, warum er den Dieb verfolgt hatte. Zu seinem Glück war er jedoch klug genug, Imorrens Rolle bei der Angelegenheit unerwähnt zu lassen und sich reumütig zu zeigen. Was seine Geschichte betraf, so gab es in ihr einige seltsame Aspekte, die eine nähere Untersuchung erforderten. Daß der Dieb versucht hatte, die Börse zu stehlen, war nicht weiter verwunderlich. Offensichtlich handelte es sich dabei um ein rein zufälliges Ereignis. Aus irgendeinem Grund hatte Rostan kein Zeichen seiner Würde getragen, und so hatte er aufgrund der Qualität seiner Kleidung wie ein reicher, aber gewöhnlicher Kaufmann gewirkt. Auch hatte es mit Sicherheit keine Verschwörung gegeben. Schließlich hatte der Dieb die Börse weggeworfen, nachdem er erkannt hatte, wen er da beraubt hatte. Und was Barran betraf, so war dieser zwar nicht gerade der rechtschaffenste Mensch der Welt, aber er hielt stets sein Wort. Außerdem war er viel zu weitsichtig, um die Kristalle zu stehlen und wiederzuverkaufen. Die Steine mochten ein Vermögen wert sein, doch Barrans Beziehungen zur Bruderschaft waren noch viel kostbarer. Und außer ihm hatte niemand etwas über den Transport der Kristalle gewußt. Trotzdem war es mehr als merkwürdig, daß ein einfacher Straßendieb fähig gewesen war, sich Rostans Macht zu widersetzen. Natürlich konnte

man nicht ausschließen, daß Rostan in seinem Zorn die Macht nicht vollständig unter Kontrolle gehabt hatte, aber dennoch ...

Imorren schob diese Gedanken erst einmal beiseite. Sie konnte sich später immer noch darum kümmern. Der Ausruf des Wortes ›Kyrpfuscher‹ hatte keinerlei Konsequenzen gehabt, und Rostans Geschichte hatte die Informationen bestätigt, die man der Ailad zugetragen hatte. Doch während Rostan Bericht erstattet hatte, war sich Imorren allmählich darüber klargeworden, daß noch etwas wesentlich Ernsthafteres geschehen sein mußte – etwas, das zu gestehen Rostan noch nicht den Mut gefunden hatte.

Sie sprach mit leiser, sanfter Stimme. »Verdienst du meine Vergebung, Großmeister?«

Rostan spürte die Worte in seinem ganzen Körper.

Sie wußte es!

Sie wußte es!

Es bedurfte all seiner Selbstbeherrschung, um ein lautes Stöhnen zu unterdrücken; doch den Schweiß konnte er nicht aufhalten, der plötzlich auf seiner Stirn auftauchte.

Wie konnte sie ...?

Aber das war egal. Er mußte antworten – und zwar sofort. Würde er zögern, wäre er verdammt. Allerdings drohte ihm bei einem Geständnis das gleiche Schicksal. Doch was blieb ihm anderes übrig?

»Meine Worte waren von Verwirrung und Unsicherheit bestimmt, Ailad.« Er versuchte noch nicht einmal, das Zittern in seiner Stimme zu verbergen. »Ich weiß nicht, warum ich getan habe, was ich getan habe; ich weiß nur, daß ich einer inneren Stimme gefolgt bin. Ich habe gefehlt, und ich werde Euer Urteil vorbehaltlos akzeptieren, denn ich habe es verdient.«

Imorrens Gesicht verspannte sich. Sie preßte die Lippen fest aufeinander, so wie sie es getan hatte, bevor Rostan eingetreten war, und hätte er ihr nun in die kalten

Augen geschaut, wären ihm die Worte im Mund zu Eis erstarrt.

»Der Mann hatte etwas Seltsames an sich, Ailad – ja, der ganze Vorfall war irgendwie seltsam. Warum habe ich so überstürzt gehandelt, obwohl ich doch in solch einem wichtigen Auftrag unterwegs war? Warum fühlte sich der Dieb zu mir hingezogen und ich mich zu ihm? Warum habe ich die Macht benutzt, wie ich sie benutzt habe? Und wie ist es ihm gelungen, ihr zu widerstehen?« Inzwischen war seine Stimme beinahe zu einem Flüstern geworden. »Ich habe die Torheit meiner Taten im selben Augenblick erkannt, da ich sie begangen habe, und doch konnte ich nicht anders. Und am Ende, als ich in seine Augen schaute – in seine trotzigen, spöttischen Augen –, da hatte ich Gewißheit. Auf einmal schien sich alles zusammenzufügen. Es war, als hätte mich jemand *geführt*. Es hatte einen Sinn gehabt. Ich *wußte* es. Ich war nur ein Werkzeug, eine Schachfigur, die ihren Zweck zu erfüllen hatte.«

Was hatte dieser Dummkopf getan? Trotz ihrer ungewöhnlichen Willensstärke kostete es Imorren unendlich viel Mühe, ihre Gedanken nicht in Worte zu fassen. Als sie schließlich doch wieder das Wort ergriff, schmerzte sie die Zurückhaltung geradezu, denn sie verspürte das nahezu unbändige Bedürfnis, dem Mann als Strafe für seine hinhaltende Erzählweise den Hals umzudrehen. Was immer Rostan auch getan haben mochte, er war ihre größte Stütze, und ihn zu verletzten bedeutete auch, der Bruderschaft Schaden zuzufügen. Irgendwie gelang es ihr, nach außen hin ruhig zu bleiben.

»Und nun ist aus dieser Gewißheit Zweifel geworden?« fragte sie und brachte es sogar fertig, ihre Stimme mit einem Hauch Mütterlichkeit zu versehen.

»Ich habe ihn gesalbt.«

Als Rostan hörte, wie die gefürchteten Worte seinen Mund verließen, hatte er das Gefühl, als wäre mit einem Schlag jede Bewegung in der großen Halle zum Still-

stand gekommen. Das Klopfen seines Herzens, das Rauschen des Blutes in seinen Adern – all das war nicht mehr. Selbst das Licht, das in die Halle strömte, hörte auf, sich zu bewegen, aus Angst vor dem, was nun folgen mußte.

Auch Imorren schien für einen endlosen Augenblick das kalte Herz der Halle in sich aufgenommen zu haben und war zu einer bleichen Eisstatue geworden.

Dann kehrte die Bewegung wieder zurück. Von Panik und Entsetzen erfüllt versuchte alles, sich von Imorren fortzubewegen. Rostan blieb als einziger regungslos, denn er wußte mit dem uralten Instinkt der Beute, daß Flucht den Räuber nur reizen würde.

Imorren ließ sich langsam in ihrem Stuhl zurücksinken. Mit leeren Augen blickte sie auf ihre Hände, die auf den Lehnen ruhten. Sie war wieder ein Teil der Muster der Halle.

Rostan zwang sich, die Augen offenzuhalten, und doch sah er nur Bruchstücke der Myriaden von Bewegungen, die von den glänzenden Oberflächen zurückgeworfen und über den funkelnden Boden zu ihm getragen wurden. Es war, als würden sich die Wolken über ihm zusammenziehen oder als werfe ein riesiger Vogel seinen Schatten auf ihn. Er wartete darauf, daß Imorren die Macht gegen ihn richtete. Sie *mußte* es tun, und nichts und niemand würde ihn vor dem Angriff schützen können. Imorrens Fähigkeiten im Umgang mit der Macht waren so groß, daß niemand hoffen konnte, ihr auch nur das Wasser zu reichen.

Doch Imorren rührte sich nicht. Es schien beinahe, als wäre sie von den Mustern der Halle gefesselt worden.

Seit der Nachricht von Seiner Vertreibung aus dieser Welt war sie nicht mehr so aufgewühlt gewesen. Während sie allmählich das ganze Ausmaß von Rostans Tat zu begreifen begann, bildete sich ein dunkler Haß in ihr, der Rostan, einen großen Teil des Vaskyros und wahrscheinlich auch Imorren selbst zerstört hätte, hätte

sie ihm freien Lauf gelassen. Der Haß war aus einer unbekannten Finsternis gekommen, aus einer Richtung, von der Imorren noch nicht einmal gewußt hatte, daß sie existierte.

Doch im gleichen Maße wie der Haß in ihr wuchs, so wuchs auch ihre Bestürzung über die unkontrollierte, menschliche Wildheit, die sich noch immer in ihr befand. Einen Augenblick lang schien es so, als würde alles, was sie bisher erreicht hatte, vergehen wie Rauch im Wind. Aber Jahre brutaler Selbstdisziplin hatten ihr noch weitere, bisher unbekannte Fähigkeiten verliehen, und so entdeckte sie einen kalten, noch grausameren Zorn in sich, den sie dem blinden Haß entgegensetzte.

Die beiden Kräfte rangen miteinander, bis sie schließlich ein schreckliches Gleichgewicht erreicht hatten: Imorren, die größte aller Ailad der Kyrosdyn und Schülerin des Einen Wahren Lichts, gegen den Wahnsinn ihrer eigenen, verkommenen Menschlichkeit. Eine Zeitlang vermochte sie nicht zu sagen, welche der beiden Kräfte die Oberhand behalten würde; alles war nur ein heilloses Durcheinander, doch schließlich entdeckte Imorren einen bewußten Gedanken, der wie ein einzelner, silberner Stern über dem Schlachtfeld ihrer Emotionen schwebte.

Das ist eine Prüfung!

Er hat mich über die Unbekannten Wege hinweg berührt, um mich zu prüfen!

Es ist so, wie es sein soll ...

... denn es kann keine Perfektion geben, bevor Er nicht zurückkehrt, und selbst der reinste Seiner Diener wird an jenem Tag nicht ohne Sünde sein.

Der blinde, primitive Haß fiel in sich zusammen, und andere Gedanken ergriffen von Imorren Besitz.

Die Salbung hätte der Höhepunkt ihrer Karriere als Ailad sein sollen. Es war die Handlung, die den Weg für Seine Rückkehr öffnen sollte. Aber andererseits war es auch ein Akt, der mit unbekannten Gefahren verbunden war, denn selbst die Kyrosdyn wußten nicht viel darüber.

Nur daß ein Scheitern der Salbung schreckliche Konsequenzen nach sich ziehen würde.

Doch wann sollte sie stattfinden? Wie sollte sie ausgeführt werden? Und vor allem: *Wer* sollte *wen* salben? Die Ansicht war weit verbreitet, daß einer der Kyrosdyn der Auserwählte sein würde, vielleicht sogar Imorren, aber es war eben nur eine Vermutung. All die Studien, die Theorien und Thesen – all das bewegte sich in einem Grenzbereich.

Und Rostan hatte genau diesen Akt der Salbung vollzogen. So ganz nebenbei, auf einem öffentlichen Marktplatz und an einem gemeinen Dieb! An einer Gestalt auf der Flucht; an einem Wesen, das sich irgendwo in dieser gigantischen Stadt verborgen hatte! Rostan hatte ein Agens verwendet, das nur er und Imorren wagten, ständig bei sich zu führen, und er hatte es mit der Macht versehen. Wieder flackerte der Haß in Imorren auf. Mit Gewalt zwang sie ihren Geist zur Vernunft.

Rostan war vielerlei, aber er war *kein* Dummkopf. Er war der Großmeister des Ordens, und das zu Recht. Er besaß größere Fähigkeiten, größeres Wissen und größeren Ehrgeiz als jedes andere Mitglied der Bruderschaft, abgesehen von Imorren. Seine Tat widersprach all seiner Ausbildung.

Aber er hatte es getan!

Und er hatte gelogen, was die Gründe dafür betraf. Auch das konnte Imorren riechen. Sie wäre nicht zu ihrer jetzigen Stellung gekommen, hätte sie nicht frühzeitig einen siebten Sinn für Schmeichler und Lügner entwickelt. Vielleicht hatte er *doch* die Tat aus eine Laune heraus begangen. Dieser Gedanke rief nicht mehr die gleiche Reaktion bei Imorren hervor wie noch wenige Herzschläge zuvor; der fürchterliche Zorn ließ immer mehr nach, während ihr Verstand allmählich die Kontrolle über ihren Geist zurückgewann. Schließlich blieb nur noch eine einzige Frage übrig: Warum hatte Rostan die Selbstbeherrschung verloren?

Eine Prüfung.

Erneut kam Imorren dieses Wort in den Sinn. Sie dachte darüber nach. Es wäre anmaßend zu glauben, Er würde nur sie allein auf die Probe stellen, aber ...

Wie hatte Rostan gesagt?

»Es war, als hätte mich jemand *geführt*!«

Ist es möglich, daß Er uns von Seiner fernen Feste aus die Hand entgegengestreckt hat, um uns über jenen Abgrund zu führen, den zu überqueren uns bisher nie gelungen ist und an dessen Rand wir seit unendlichen Zeiten zitternd warten?

Imorren schloß die Augen. Sie sah sich erneut zu Seinen Füßen knien und Erzählungen lauschen, wie die Welt sein würde, wenn Seine Feinde erst vernichtet wären und Er aus Seinem kalten Gefängnis hoch im Norden befreit sein würde.

Wieder fiel ihr eines von Rostans Worten ein: Gewißheit.

Ja. Sie hatte es auch gespürt. Hier war Seine Hand im Spiel gewesen. So war es.

So war es!

Imorren öffnete die Augen und nahm die Pracht der Halle wahr, die sie geschaffen hatte. Sie war wieder sie selbst; sie war wieder ruhig. Es war in der Tat eine Prüfung gewesen – eine harte Prüfung –, doch sie hatte sie bestanden.

Imorren blickte auf Rostan hinunter. Obwohl er sich nicht zu bewegen schien, spürte sie, daß er am ganzen Leib zitterte.

Wie das Herz eines Kristalls, dachte sie. Der Gedanke amüsierte sie.

Doch Rostan war derjenige gewesen, der für die Salbung auserwählt worden war. Was Imorren zunächst als Schwäche gedeutet hatte, hatte Er in Seiner Weisheit zu seinem Werkzeug gemacht. Imorren war gedemütigt. Kein Instinkt und keine Überlegung hätte sie zu dieser Schlußfolgerung führen können.

Flüchtig kam ihr der Gedanke: *Werde ich nur benutzt?,*

aber sie schob ihn barsch beiseite. Das war Häresie. Ihr Glaube mußte vollkommen sein.

»Geh jetzt, Rostan. Ich muß nachdenken.«

Er sah ungläubig auf. Dann gewann Erleichterung die Oberhand über seine Furcht, und mit aller Würde, derer er fähig war, stand er auf, verbeugte sich und verließ schweigend die Halle. Dabei drohten ständig die Beine unter ihm nachzugeben, denn seine Knie zitterten.

Nachdem sich die Türen geräuschlos hinter Rostan geschlossen hatten, war die Halle wieder intakt. Imorren schaute sich langsam um. Sie drehte den Kopf hierhin und dorthin und nahm die reichhaltige und komplizierte Perfektion ihrer Umgebung in sich auf. Wie als Echo der unzähligen Muster entfalteten sich Einzelheiten innerhalb von Einzelheiten vor ihrem geistigen Auge, und Konsequenz folgte auf Konsequenz. Natürlich durfte Rostan nichts von der Ehre erfahren, die ihm zuteil geworden war; er war schon immer ausgesprochen eitel gewesen, und dieses Wissen würde seinen Ehrgeiz nur unnötig anstacheln. Vielleicht würde er sogar wieder ein Auge auf Imorrens Position werfen. Selbstverständlich würde das seinen Tod bedeuten, und das war nicht im Interesse der Bruderschaft. Er war zu wertvoll, um achtlos beiseite geworfen zu werden. Und außerdem: Wer wußte schon, welche Rolle Er Rostan noch zugedacht hatte? Rostan durfte nur wissen, daß er gefehlt hatte und daß der dadurch entstandene Schaden nur mit entsprechendem Aufwand wieder repariert werden konnte. Ja, das war angemessen.

Natürlich mußte man den Dieb finden, doch das sollte kein größeres Problem darstellen. Im Laufe der Zeit würden die Wirkungen der Salbung sich immer deutlicher bemerkbar machen, so daß selbst der dümmste Novize den Mann aufspüren könnte.

Aber das waren nur Details. Imorren schaute auf ihre Hände, so wie sie es getan hatte, als Rostan ihr das schicksalhafte Geständnis gemacht hatte. Ein kaltes

Lächeln erhellte ihr Gesicht. Sie konnte es fühlen: Die Welt hatte sich verändert – und sie ebenfalls. Es war genau wie damals, als sie die Nachricht von Seiner Niederlage erhalten und schreckliche Rache geschworen hatte. Auch damals war sie erneuert worden, und ihr hatte sich eine neue Zukunft offenbart.

Seine Zeit war nahe.

Kapitel 12

»Dieser Ort ist einfach unglaublich«, sagte Atlon. »Ich habe noch nie so viele Menschen an einem Ort gesehen, die alle einer anderen Beschäftigung nachgehen. Und all die unterschiedlichen Gebäude! Allmählich glaube ich, daß Rinter doch die Wahrheit gesagt hat.«

»In welcher Hinsicht?« fragte Dvolci spöttisch.

»Was die Größe der Stadt betrifft. Ich dachte, er hätte sich einfach nur was zusammengesponnen; aber von jeder Straße, die du hinunterschaust, zweigen weitere ab. Immer mehr Geschäfte, mehr Märkte, mehr Menschen . . .«

». . . mehr Gestank, mehr Lärm, mehr Staub.« Dvolci klapperte gereizt mit den Zähnen. »Dieser verfluchte Ort entwickelt sich immer mehr zu meinem schlimmsten Alptraum.«

»Ah, ich nehme an, du fühlst dich in deiner Meinung bestätigt, daß die Menschheit geradezu unendlich tief sinken kann, wenn sie auf sich allein gestellt ist, habe ich nicht recht?« spottete Atlon.

»Dazu bedarf es keiner Bestätigung mehr. Ich habe eure Spezies im Kampf gesehen.« Dvolci klang unerwartet düster. Atlon hob die Hand und berührte den Kopf des Felci.

»Komm schon«, sagte er sanft. »Es ist ein etwas verwirrender Ort, das gebe ich zu, aber immerhin ist er voller Energie. Die Menschen hier machen etwas aus ihrem Leben, nicht so wie die Leute im Überlauf.«

»O ja, die Menschen hier sprudeln vor Energie geradezu über; aber zu welchem Zweck? Und wie viele Leute hast du bisher lächeln gesehen?«

Die erste Frage konnte Atlon nicht beantworten, und als er sich umschaute, blieb ihm nichts anderes übrig, als einzugestehen, daß sein Gefährte mit der zweiten Bemerkung nicht ganz unrecht hatte. Aber wie immer, wenn Dvolci in solch einer Stimmung war, fühlte sich Atlon verpflichtet, die Menschheit zu verteidigen.

»Wahrscheinlich sind sie nur zu beschäftigt«, sagte er und erkannte sofort, daß er einen Fehler begangen hatte.

»Aber zu welchem Zweck?« wiederholte Dvolci. »Vielleicht haben sie ja alle mit der Beseitigung solch ekelhafter Areale wie dem Überlauf zu tun – 'tschuldigung: nicht Beseitigung, *Erneuerung,* was immer das heißen soll. Oder besteht vielleicht der Sinn ihres Lebens darin, verrückte alte Frauen niederzureiten?« Er schnaufte verächtlich. »Du weißt doch ganz genau, was sie tun, oder? Sie sind damit beschäftigt, diese Minute zu verschwenden, um so schnell wie möglich die nächste vergeuden zu können. Das gilt für jeden einzelnen von ihnen. Man kann es ja geradezu *riechen.*«

Entgegen seiner Gewohnheit erhob Atlon die Stimme. »Auch daheim grinsen sich die Leute nicht ständig an!«

»Nein, aber sie wissen, was wirklich zählt. Sie bleiben öfter mal stehen und unterhalten sich mit Freunden. Ein so unfreundliches Gedränge wie hier siehst du in deiner Heimat noch nicht einmal an Markttagen.«

Atlon gab auf. Das Treiben um sie herum strahlte in der Tat eine Aura aus, die von Reizbarkeit und Ungeduld geprägt war, und dank seiner Ausbildung und seines Temperaments vermochte Atlon die wahre Natur dieser Geschäftigkeit ebensogut zu erkennen wie Dvolci.

»Die Menschen sind nun mal nicht überall gleich«, setzte er schließlich doch seine Verteidigungsrede fort. »Außerdem ist da auch noch die Hitze; sie ist wirklich unerträglich.«

Dvolci verzichtete darauf, seinen Sieg auszukosten. Er schwieg eine Weile, offenbar in Gedanken versunken.

»Erinnerst du dich an diese ... Ratten-Dinger, auf die wir in den Tunneln gestoßen sind?« fragte er schließlich.

Atlon schaute ihn verständnislos an.

»Das kannst du doch nicht vergessen haben. Da war doch ein ganzes Meer von den schwarzen Viechern – und ihre glühendroten Augen ... Wir mußten doch alle in Deckung springen.« Dann schüttelte er den Kopf. »Tut mir leid. Du warst gar nicht dabei, stimmt's? Hab' ich vergessen. Aber ist ja auch egal; ich bin sicher, du hast davon gehört.«

»Nun, da du es erwähnst: Ich habe die Geschichte in der Tat schon oft gehört«, erwiderte Atlon. Es handelte sich um einen Vorfall, der für die daran Beteiligten äußerst unschön gewesen war – einer von vielen dieser Art in einer finsteren Zeit, einer Zeit, deren Nachwirkungen noch immer so stark zu spüren waren, daß Atlon sich auf diese Reise hatte begeben müssen. »Worauf willst du hinaus?«

»Ich sehe die Viecher die ganze Zeit vor mir, wenn ich mir die Leute hier anschaue. Es sind Ratten, die aufeinander herumtrampeln aus Angst, die Kreatur, die ihnen auf den Fersen ist, könne sie einholen.«

Atlon runzelte die Stirn. Das war nicht der Beginn einer Neuauflage ihres üblichen Streits. Dvolci sprach selten von jener Zeit. Nun war es an Atlon, mit dem gleichen Ernst zu antworten. »Du bist zu streng«, sagte er. »Hier gibt es weder eine Panik noch irgendein archaisches Raubtier. Wir sind neu hier, und wir sind diese Menschen und ihre Art nicht gewöhnt.«

Dvolci ließ seinen Blick erneut über die Menge schweifen. »Ich sage nur, was ich fühle«, entgegnete er nach-

denklich. »Das Bild ist da, und ich kann es nicht einfach ignorieren. Irgend etwas an diesem Ort beunruhigt mich – etwas *hinter* den Menschen und all dem Chaos. Ich weiß nicht, was es ist; aber ich werde es bestimmt nicht herausfinden, indem ich schweige und nichts tue.«

Atlon nickte. Auch er hatte etwas Beunruhigendes gefühlt, etwas, das nichts mit dem lauten Treiben um sie herum zu tun hatte. Dieses Gefühl war mit jedem Schritt stärker geworden, der sie näher an die Stadt gebracht hatte, und überdies war Dvolcis Intuition wesentlich stärker ausgeprägt als die seine. Es wäre töricht, die Worte des Felci zu ignorieren.

Sie setzten ihren Weg fort, ein ruhender Pol inmitten einer reißenden Strömung.

»Aber wenn wir schon von sinnloser Aktivität reden: Wir scheinen es auch nicht besser zu machen als die anderen hier«, bemerkte Atlon, als sie einen belebten Platz erreichten. »Wir sind an allen möglichen Geschäften, Ständen und Werkstätten vorbeigekommen – ich habe noch nie einen Ort gesehen, wo soviel ver- und gekauft wird –, aber wir haben nicht einen einzigen Laden gefunden, der etwas mit Kristallen zu tun hat.« Er verzog das Gesicht. »Und der Tag neigt sich allmählich seinem Ende zu. Wenn wir hierbleiben wollen, muß ich mir irgendwo Arbeit suchen. Ich glaube nämlich nicht, daß unser Gastgeber, Meister Ghreel, ein mildtätiger Mensch ist.«

Dvolci sprang von Atlons Schulter auf den Kopf des Pferdes, stellte sich auf die Hinterbeine und schaute sich aufmerksam um.

»Hier gibt es auch nichts, was mit Kristallen zu tun haben könnte«, erklärte er und kletterte wieder auf die Schulter seines Gefährten.

Atlon seufzte enttäuscht und warf einen besorgten Blick auf sein Pferd. Das war ein weiteres Problem. Er mußte zuerst das Tier versorgen, bevor er sich um sich selbst kümmern konnte. Vielleicht könnte er einen der

Weartan um Rat fragen – wenn er denn einen sah. Allerdings bereitete ihm allein die Vorstellung Unbehagen.

Als er seinen Blick über den Platz schweifen ließ, entdeckte er, daß noch andere Straßen hierher führten.

»Wir werden uns wohl jede einzelne von ihnen genauer anschauen müssen, bevor wir uns entscheiden, welchen Weg wir einschlagen«, sagte er müde. Atlon empfand es als immer schwieriger, die Gedanken an seine Zukunft zu verdrängen. In den Bergen und auf dem Land konnte er für sich selbst sorgen; aber hier, inmitten all der Häuser und umgeben von Tausenden seiner eigenen Art, erschienen ihm die natürlichen Ressourcen, auf die er üblicherweise zurückgriff, doch arg begrenzt. Und dann war da auch noch der eigentliche Zweck seiner Reise. Bald würde er sich auch darum kümmern müssen.

»Na, dann komm.« Auf Dvolcis Befehl hin setzte sich das Pferd in Bewegung.

»Laß das!« sagte Atlon gereizt und griff eilig nach den Zügeln. Das Pferd war dazu ausgebildet worden, *nur* auf seine Stimme zu reagieren – und weder er noch irgendein anderer seiner Freunde daheim hatte je herausgefunden, warum ihre Pferde ausgerechnet Dvolci gehorchten. Allerdings besaßen Felci natürlich auch eine Vielzahl ungewöhnlicher Fähigkeiten, die schon größere Geister als Atlon verwirrt hatten.

»Ist ja gut. Aber dann trödele nicht so.«

Sie hatten den Platz ungefähr zur Hälfte umrundet, als ein vertrautes Geräusch den allgemeinen Lärm durchdrang und Atlons Aufmerksamkeit wie ein Signalfeuer auf sich zog, gefolgt von einem ebenso wohlvertrauten Geruch. Es dauerte nicht lange, bis Atlon die Quelle des Geräuschs gefunden hatte. Auf der gegenüberliegenden Seite des Platzes befand sich eine Schmiede. Es war eine große Werkstatt, die unpassenderweise zwischen einer Schneiderei und einem Geschäft lag, in dem offenbar alle möglichen Arten von Medizin verkauft wurden. Über

dem breiten Eingang hing ein großes Holzschild, auf dem in fetten Buchstaben zu lesen stand: *Heirn – Schmied.* Darunter waren Bilder von Geschirr, Hufeisen und anderen Eisenwaren zu sehen. Das waren auch die Waren, die man durch die geöffnete Tür hindurch an den Wänden erkennen konnte, ebenso wie das Glühen einer Esse und den Schatten einer mächtigen Gestalt, die an einem Amboß arbeitete. Atlon machte sich daran, den Platz zu überqueren. Als er näherkam, bemerkte er einen großen Wassertrog und eine lange Holzbank vor der Schmiede.

Er wollte sein Pferd gerade zu dem Trog führen, als er sich daran erinnerte, daß er sich an einem fremden Ort befand. »Darf ich mein Pferd tränken?« fragte er den hämmernden Schmied.

Der Mann schaute ihn einen Augenblick lang aus zusammengekniffenen Augen an, dann schlug er noch ein paarmal zu und steckte schließlich das glühendheiße Hufeisen in einen Eimer kalten Wassers.

»Du bist nicht aus der Stadt, stimmt's?« fragte er.

»Stimmt. Ich bin heute erst angekommen.«

Es folgte eine kurze Pause, während der Schmied das dampfende Hufeisen aus dem Eimer zog, es prüfend betrachtete und es schließlich neben andere seiner Art an die Wand hing. Er war beinahe einen ganzen Kopf größer als Atlon, und sein Haar war kurzgeschoren und pechschwarz. Auch war er ungewöhnlich kräftig gebaut, doch er strahlte keinerlei Bösartigkeit aus, als er aus der Schmiede trat und sich die Hände an einem dreckigen Lappen abwischte. Ein breites Grinsen trat auf sein Gesicht, während er sich vor Atlon aufbaute und ihn von Kopf bis Fuß musterte. »Habe ich mir doch gedacht«, sagte er und steckte den Lappen in den Gürtel. »Das ist ein öffentlicher Trog, junger Mann. Von Zeit zu Zeit macht sogar der Präfekt etwas richtig, wenn er denn mal auf die Leute hört. Tränke dein Pferd, solange du willst. Natürlich kannst du dir auch selbst etwas nehmen – allerdings kann ich dir das Wasser aus dem Trog nicht

gerade empfehlen.« Er zauberte eine Flasche aus dem Durcheinander in seinen Regalen hervor und reichte sie Atlon. Atlon lächelte und deutete auf die Feldflasche, die an seinem Sattelknauf baumelte. »Vielen Dank«, sagte er. »Du bist sehr freundlich, aber ich habe noch genug.«

Der Schmied nickte, trank selbst einen kräftigen Schluck und schüttete sich dann ein wenig Wasser in die Hände, um es sich anschließend auf Gesicht und Nacken zu spritzen; allerdings bewirkte das keine Reinigung, sondern der Dreck wurde nur verschmiert. Zögernd deutete der Mann auf Dvolci, der noch immer auf Atlons Schulter saß. »Will deine ... deine Hausratte vielleicht was zu trinken?«

Atlon spürte, wie Dvolci zusammenzuckte. Beruhigend streichelte er ihn.

»Ist schon gut«, flüsterte Dvolci mit zittriger Stimme. »Wenn er dich für einen jungen Mann hält, dann sind seine Augen wohl nicht mehr so gut. Heb mich runter. Ich will mir ihn mal etwas näher anschauen. Der scheint mir recht interessant zu sein.«

Atlon tat, wie ihm geheißen. »Er ist keine Ratte; er ist ein Felci«, erklärte er dem Schmied. »Und er ist auch kein Haustier; er ist ein Freund, der zufällig in die gleiche Richtung zieht wie ich. Er ist allerdings auch sehr neugierig. Darf er sich in der Schmiede ein wenig die Beine vertreten? Auf meiner Schulter ist es nicht sehr bequem, aber hier in der Stadt ist es zu gefährlich für ihn, auf dem Boden zu laufen.«

Dvolci richtete sich auf, legte die Vorderpfoten aufs Knie des Schmieds und schaute zu ihm hinauf. Der Schmied lächelte und beugte sich vor, um den Felci zu streicheln. Merkwürdigerweise wich Dvolci der riesigen Hand nicht aus.

Bedeutete das, daß man dem Schmied vertrauen konnte?

»Jetzt sehe ich auch, daß er keine Ratte ist. Bitte entschuldige, aber ich habe noch nie ... einen Felci gesehen.

Um ehrlich zu sein, habe ich sogar noch nie etwas von ihnen gehört.«

»Das ist nicht weiter überraschend«, entgegnete Atlon. »Felcis sind Bergbewohner. Sie machen sich nicht viel aus menschlicher Gesellschaft.«

Der Schmied nickte. »Dann ist er offenbar genauso klug wie hübsch.« Und ein wenig besorgt fragte er: »Er wird doch nicht die Pferde aufregen, oder?«

»Nein«, antwortete Atlon und deutete auf sein eigenes Pferd.

Dvolci ließ sich wieder auf alle viere nieder und schlenderte in die Schmiede. Der Schmied schaute ihm kurz hinterher, dann spritzte er sich erneut Wasser ins Gesicht.

»Zu heiß für diese Art Arbeit«, bemerkte Atlon, während er sein Pferd an den Trog führte.

»Das ist wohl wahr«, bestätigte der Schmied. »Ich habe noch nie einen Sommer wie diesen erlebt. Tag für Tag weder Wolken noch Regen. Man hat beinahe das Gefühl, als sei es schon immer so gewesen und als würde es ewig so weitergehen.« Er kicherte. »Aber ich nehme an, beim ersten kalten Windhauch oder beim ersten Schauer ist das schon wieder alles vergessen. Der Kuß des Winters läßt so manches verdorren – auch das menschliche Gedächtnis.« Er drehte sich beiläufig um und betrachtete Atlons Pferd. Sofort war sein Interesse geweckt. »Darf ich?« fragte er mit weit aufgerissenen Augen.

Atlon nickte.

Der Schmied schwieg, während er über die Muskeln des Pferdes strich, aber dennoch konnte er seinen Enthusiasmus nicht ganz verbergen. Die Gelassenheit, mit der das Pferd die Berührung ertrug, bestätigte Dvolcis Einschätzung des Mannes.

»Wieviel willst du dafür?«

Die Art des Schmieds war so direkt und offen, daß Atlon nicht anders konnte, als lauthals aufzulachen. »Ich fürchte, es ist nicht zu verkaufen.« Er schaute dem

Schmied in die Augen. »Würdest *du* ein solches Pferd verkaufen, wenn es dir gehören würde?«

Die unerwartete Frage ließ den Schmied zusammenzucken. »Das könnte ich bestimmt«, antwortete er nach kurzem Zögern.

»Ja, aber du würdest es trotzdem nicht tun, habe ich nicht recht? Du könntest dich einfach nicht von ihm trennen. Und du hättest wohl auch keine Verwendung für ein solches Tier; also würdest du es auch dann nicht kaufen, wenn es zu verkaufen wäre.«

Der Schmied runzelte die Stirn, während er über Atlons Worte nachdachte. »Bist du sicher, daß du nicht aus der Stadt stammst?« fragte er.

Wieder lachte Atlon. Er ignorierte die Frage. »Sag mir: Macht ihr hier in der Stadt eigentlich nichts anderes als kaufen und verkaufen?«

Nun war es an dem Schmied, die Frage zu ignorieren. »Wo kommst du her?«

»Aus dem Norden.«

Ein Schatten huschte über das Gesicht des Schmieds. »Ich habe gehört, da oben herrsche Krieg.« Atlon erwiderte nichts darauf, und der Schmied ging nicht weiter auf dieses Thema ein. »Ich bin noch nicht oft aus der Stadt herausgekommen, aber trotzdem habe ich von einem Land gehört, das voller prächtiger Pferde und Reiter sein soll. Man sagt, dort würden die Kinder erst Reiten lernen und dann Laufen.« Inzwischen untersuchte er Halfter und Sattel mit der gleichen Sorgfalt, mit der er zuvor das Pferd gemustert hatte.

»Wir mögen Pferde«, erklärte Atlon.

»Das sehe ich.« Der Schmied wandte sich den Hufen des Pferdes zu. Als er einen von ihnen anhob, stieß er einen leisen Pfiff aus. Dann stand er auf und musterte nun auch Atlon von Kopf bis Fuß. »Dein Tier trägt die besten Eisen, die ich je gesehen habe. Könnte ich auch nur halb so gute anfertigen, würde ich mich einen Meister nennen.« Er richtete sich zu seiner vollen Größe auf

und deutete auf das Schild über seinem Kopf. »Ich bin Heirn. Wie du siehst, bin ich kein guter Schildermaler, aber ich bin der beste Schmied in ganz Arash-Felloren – jedenfalls so lange, bis der Mann hier auftaucht, der diese Eisen gemacht hat.«

Atlon verneigte sich. »Es war eine Frau«, sagte er, »und sie ist in ihrer Heimat recht zufrieden.«

»Eine Frau!« Heirn lachte laut auf und schüttelte den Kopf. »Dann wäre ich zweifach verdammt, wenn sie hier auftauchen würde. Wahrscheinlich müßte ich sie heiraten, wenn ich im Geschäft bleiben wollte.« Er streckte die Hand aus. Atlon beobachtete nervös, wie seine eigene Hand in der riesigen Pranke verschwand, doch glücklicherweise war der Griff des Mannes sehr sanft.

»Mein Name ist Atlon«, sagte er und deutete in die Schmiede, »und der Name meines Freundes ist Dvolci.«

»Willkommen im Mittelpunkt der Welt, Atlon«, verkündete Heirn und hob spöttisch eine Augenbraue. Er bedeutete Atlon, auf der Bank Platz zu nehmen, und setzte sich neben ihn. Die langen Beine streckte er aus, so daß Passanten um ihn herumgehen mußten. Dann nahm er einen weiteren Schluck aus seiner Flasche und lehnte sich gegen die Wand. Heirn hatte es sich gerade bequem gemacht, als Dvolci wieder erschien, dem riesigen Mann auf den Schoß kletterte und sich dort zusammenrollte. Der Schmied begann, den Felci zu streicheln.

Er blickte von Atlon zu dem Pferd und wieder zu Atlon. Schließlich schien er zu einer Entscheidung gekommen zu sein.

»Du hast doch gesagt, dies sei dein erster Tag in der Stadt, oder?«

Atlon nickte.

Heirn schürzte die Lippen. »Ich hoffe, du verzeihst mir, wenn ich so offen mit dir rede. Normalerweise halte ich mich von Fremden fern – sie gehen mich ja auch nichts an –, aber an deinem Verhalten, deinem Pferd und an deinem ... Freund hier sehe ich, daß du ein ehrlicher

Mann bist, und es gibt einige Dinge, die du über diese Stadt wissen solltest.«

Atlon fiel es immer schwerer, diesem freundlichen Rauhbein gegenüber Vorsicht walten zu lassen. Er begegnete Heirns fragendem Blick. »Vorsichtig ausgedrückt, ist die Stadt sehr ... verwirrend. Ich bin um jeden Rat froh, den du mir geben kannst.«

Nun, da er die Erlaubnis erhalten hatte fortzufahren, schien Heirn nicht zu wissen, wo er anfangen sollte. Nachdem er einen weiteren Schluck getrunken und sich geräuspert hatte, sagte er schließlich: »Um deine Frage zu beantworten: Ja, die meisten Leute hier kaufen und verkaufen ständig irgend etwas – auch ich gehöre dazu. So ist das nun mal. In dieser Stadt gibt es *alles*, wenn man weiß, wo man danach suchen mußt, und *alles* wird verkauft, wenn man den Preis bezahlen kann.« Er beugte sich vertraulich vor. »Aber es gibt nicht wenige Menschen, die nur nehmen und niemals geben. Einige machen das mit einer flinken Zunge und andere mit ...« Er hörte auf, Dvolci zu streicheln, und schlug mit der Faust in die Hand – allerdings sehr sanft und leise; vielleicht hatte er Angst, den offenbar schlafenden Felci zu wecken. »Paß gut auf dein Pferd und deine Sachen auf. Paß *sehr* gut darauf auf. Schau immer hinter dich, und traue ...« Er zögerte einen Augenblick. »Traue niemandem.« Er deutete auf den Stab, der an Atlons Sattel hing. »Hab keine Angst, das Ding zu benutzen. Hier muß sich ein Mann verteidigen können.«

Atlon nickte. »Ich werde deinen Rat beherzigen. Aber beurteilst du deine Mitmenschen nicht zu hart?«

»Ich fürchte nein. In dieser Stadt leben viele gute Menschen, doch es gibt auch genug schlechte, die alles verderben. Etwas anderes zu behaupten würde keinen Sinn machen. Wie schon gesagt: Normalerweise rede ich nicht so offen mit Fremden, aber ich könnte heute nacht wohl nicht ruhig schlafen, würde ich dich im unklaren darüber lassen, was dir in dieser Stadt alles widerfahren kann.«

Die ehrliche Sorge des Mannes rührte Atlon. »Ich bin dir sehr dankbar«, sagte er. »Darf ich dich vielleicht noch um einen weiteren Rat bitten?«

Der Schmied hob die Hand als Zeichen, daß er nichts dagegen einzuwenden habe.

»Ich habe mich in einem Gasthof mit Namen ›Im Weidland‹ einquartiert.« Plötzlich kam Atlon ein Gedanke, und er legte die Hand an die Stirn. »Und wo ich jetzt so darüber nachdenke ... Ich habe keine Ahnung, wie ich wieder dorthin zurückkomme.« Er schob den Gedanken beiseite. »Aber das war es nicht, was ich dich fragen wollte.«

Der Schmied lachte leise vor sich hin. »Das ist nicht schwer, junger Mann. Jede Straße Richtung Osten wird dich früher oder später zum ›Weidland‹ führen.«

»Ich brauche Arbeit«, sagte Atlon geradeheraus. »Ich habe einiges in der Stadt zu erledigen. Wahrscheinlich wird das ein paar Tage in Anspruch nehmen, und mein Geld reicht nur für ein paar Übernachtungen im ›Weidland‹.«

Erneut betrachtete Heirn das Pferd, als denke er darüber nach, sein Angebot zu wiederholen; doch er verwarf den Gedanken wieder. »Was kannst du denn?«

»Von Beruf bin ich Lehrer, aber ich kann auch Kristalle bearbeiten, und um diese Fähigkeit zu verbessern, bin ich hierhergekommen. Wir wandern nun schon den ganzen Tag durch die Stadt und haben nach einem Kristallhändler oder nach einer Schleiferei gesucht, aber ohne Erfolg. Weißt du vielleicht, wo ich so etwas finden könnte?«

Heirn legte mißmutig die Stirn in Falten. »Kristalle sind nicht gerade das beste Geschäft, weißt du?« Er schaute Atlon ernst an. »Ich hätte dich nicht für eine jener armen Seelen gehalten, die die Hoffnung hierherzieht, eine Regenbogenader zu finden, weil sie glauben, hier seien die Straßen mit Kristallen gepflastert. Hast du etwa auch diese albernen Geschichten gehört? Denn

wenn dem so ist, dann schlage ich vor, du kehrst wieder nach Hause zurück.«

Atlon schüttelte den Kopf. »Ich habe keine Ahnung, was eine Regenbogenader ist, und ich besitze all den Reichtum, den ich mir wünschen kann. Nur an Geld mangelt es mir, um Kost und Logis für mich und mein Pferd zu bezahlen. Und da ich sowieso etwas über den Kristallhandel lernen will und überdies noch entsprechende Fertigkeiten besitze, wäre eine Arbeit bei einem Kristallhändler oder in einer Schleiferei wohl die angemessene Beschäftigung für mich.«

Der Schmied wirkte immer noch angespannt, als er die Arme vor der Brust verschränkte und einen lauten Seufzer ausstieß. »Warum um alles in der Welt muß es denn unbedingt etwas mit Kristallen zu tun haben?« fragte er. »In der Thlosgaral wimmelt es von kranken, gebrochenen Kristallsuchern, die tagaus, tagein bis zum Umfallen arbeiten, um die verdammten Dinger aus der Erde zu holen. Und dann ist da auch noch Barran, der mit Mord und Erpressung allmählich den gesamten Kristallhandel unter seine Kontrolle bringt. Und die Kyrosdyn ...« Er schüttelte den Kopf. »Seit Imorren zur Ailad berufen wurde, benehmen sie sich noch merkwürdiger als sonst. Ich wage gar nicht zu vermuten, was sie nun wieder im Schilde führen, aber eines ist sicher: Was immer es ist, es nützt nur ihnen etwas, sonst niemandem.« Sein Gesicht nahm einen harten Ausdruck an. »Arash-Felloren war schon immer ein chaotischer Ort, aber in den letzten zehn, zwanzig Jahren ist es sogar noch schlimmer geworden, und ich behaupte, daß Kristalle die Ursache für die meisten unserer Probleme sind. Natürlich geht es mich nichts an, aber ich würde niemandem, den ich einen Freund nenne, raten, sich mit diesen Dingern einzulassen. Ausgraben, Schleifen, Verkaufen – egal was, laß die Finger davon.«

Atlon dachte nach. Er hatte bereits Bedenken gehabt, das Thema Arbeit gegenüber dem Schmied zu erwäh-

nen, und den wahren Zweck seiner Reise zu enthüllen fiel ihm noch wesentlich schwerer. Andererseits – sowohl das Pferd als auch Dvolci hatten dem Mann ihr Vertrauen ausgesprochen, und keiner von beiden tat dergleichen leichtfertig. Instinktiv tendierte Atlon in die gleiche Richtung; aber trotzdem: Er mußte vorsichtig sein. Er hatte seltsame Dinge zu berichten, und Heirn war ein Mann, der mit beiden Beinen auf der Erde stand. Es war schwer einzuschätzen, wie er reagieren würde. Atlon blickte dem Schmied in die Augen.

»Ich weiß deinen Rat und deine Offenheit zu schätzen. Ich bin mir durchaus bewußt, daß Kristalle Probleme verursachen können; aber mir bleibt keine andere Wahl. Man hat mir den Auftrag gegeben, soviel wie möglich über den Kristallhandel in dieser Stadt herauszufinden, und genau das werde ich auch tun.«

»Warum?« Wie jeder Einwohner dieser Stadt, so mochte Heirn seine Heimat kritisieren, doch wenn ein Außenseiter seine Nase in Angelegenheiten steckte, die ihn nichts angingen, dann war das etwas anderes.

»Es ist nicht an mir, die ganze Geschichte zu erzählen«, antwortete Atlon; »aber ich versichere dir, daß ich keine bösen Absichten hege. Die Kristalle haben nicht nur hier Probleme verursacht, sondern auch anderswo – in Ländern, die weiter entfernt sind, als du es dir vorzustellen vermagst.« Heirn hörte ihm aufmerksam zu, und so fuhr Atlon fort: »Weißt du, aus Kristallen kann man nicht nur Schmuck herstellen.«

Heirns Gesichtsausdruck zeigte deutlich, daß ihm das nicht neu war. Er nickte und deutete mit dem Daumen erleichtert hinter sich in Richtung Schmiede. »Ich verwende sie, um mein Eisen zu härten oder um es leichter bearbeiten zu können – je nachdem, wie es die Situation erfordert.« Dann zeigte er auf die benachbarten Geschäfte. »Manche schwören darauf als Medizin, und Kristallnadeln sollen die besten sein – auf jeden Fall besser als Metall.«

Atlon hob die Hand, um weiteren Erklärungen des Schmieds zuvorzukommen. »Ja, ich weiß: Kristalle können durchaus zu guten Zwecken eingesetzt werden. Aber sie können auch dazu verwendet werden ...« Er zögerte. Ging er vielleicht zu weit? Konnte er diesem Mann wirklich vertrauen?

Mehr als jedem anderen, den ich bisher getroffen habe, beantwortete er schließlich seine eigene Frage. Dann kam ihm ein anderer, kälterer Gedanke: Sollte Heirn sich als ... *schwierig* erweisen, konnte man ihn immer noch alles vergessen lassen. Atlon unterdrückte ein Schaudern und schob den Gedanken beiseite. Dies war eine Maßnahme, die nur im äußersten Notfall in Frage kam, und es war Atlons Pflicht, eine solche Situation um jeden Preis zu vermeiden. Er fuhr fort: »Sie können auch als Waffe eingesetzt werden. Nicht nur um Speerspitzen und Schwertklingen zu härten, nein, man kann damit ... Kräfte steuern – natürliche Kräfte –, um unnatürliche Dinge damit zu tun. *Schreckliche* Dinge.«

Mißtrauen zeichnete sich auf Heirns Gesicht ab. »Laß mich dir etwas zeigen«, sagte Atlon, stand auf und durchsuchte seine Satteltaschen. Schließlich holte er ein flaches, kleines Kästchen hervor, setzte sich wieder neben den Schmied und öffnete es. Das Kästchen enthielt zwei Reihen von Kristallen, die in speziell dafür angefertigten Vertiefungen ruhten. Heirn starrte sie einen Augenblick lang verständnislos an, dann sog er zischend die Luft ein. Rasch und betont unauffällig griff er zu Atlon hinüber und schloß das Kästchen.

»Das waren doch *bunte* Kristalle, habe ich recht?« fragte er ungläubig. Noch immer täuschte er Gelassenheit vor, doch sein Blick huschte ständig die Straße hinauf und hinunter.

»Ja, die meisten von ihnen jedenfalls.«

»Einschließlich eines grünen?«

»Ja.«

»Um Himmels willen, Mann, zeig sie nicht so offen

herum! Weißt du nicht, wieviel allein der grüne Kristall wert ist? Vom Rest mal ganz zu schweigen.«

»Offenbar eine ganze Menge, wie ich aus deiner Reaktion schließe.«

Heirn schloß die Augen, als warte er auf eine göttliche Eingebung. »Eine ganze Menge, da hast du wohl recht. Ich weiß ja nicht, was man in deiner Heimat dafür zahlt, und ich bin kein Experte in solchen Dingen, aber ich schätze mal, was du da mit dir herumträgst, ist mehr wert, als ich in zehn guten Jahren verdiene. Du kannst nicht nur darauf verzichten, dir eine Arbeit zu suchen; du brauchst dir über Jahre hinaus keine Gedanken um Kost und Logis mehr zu machen.« Er legte eine seiner mächtigen Pranken auf Atlons Arm. »Ich bin stolz darauf, ein ehrlicher Mann zu sein; doch in dem Kästchen ist ein Vermögen, das *jeden* in Versuchung führen würde. Du mußt wirklich noch viel über diese Stadt lernen. Es gibt Leute hier, die nicht zögern würden, dir für einen Bruchteil davon die Kehle durchzuschneiden.«

Atlon ließ das Kästchen in seiner Tasche verschwinden. »Auch in meiner Heimat sind sie sehr viel wert«, sagte er, »aber auf eine andere Art. Ich . . .«

Heirn war inzwischen so aufgeregt, daß er Atlon ins Wort fiel. »Laß uns reingehen. Hier draußen sind zu viele Augen und Ohren. Und nimm deine Hand bloß nicht von dem Kästchen! Hier gibt es mindestens so viele Taschendiebe wie Halsabschneider.« Vorsichtig weckte er Dvolci und setzte ihn auf den Boden. Dann stand er auf und ging ins Innere der dunklen Schmiede. »Bring dein Pferd mit!« rief er über die Schulter zurück. »Hinten sind ein paar Boxen.« Atlon zögerte einen Augenblick, doch schließlich ergriff er die Zügel und führte sein Pferd in die Schmiede. Heirn öffnete eine Tür im hinteren Teil der Schmiede und winkte Atlon zu sich heran. Atlon flüsterte seinem Pferd etwas zu, das sich daraufhin so positionierte, daß es sowohl die Tür als auch den Eingang im Auge behalten konnte.

Die Tür führte in einen kleinen Raum. Es gab keine Fenster; aber Heirn hatte bei Atlons Eintreten bereits eine kleine Öllampe entzündet, die den Raum ausreichend beleuchtete. In der Mitte stand ein alter Tisch, der von ebenso alten Stühlen umgeben war, und darauf lagen ein paar schmutzige Fetzen Papier, die größtenteils mit Zahlenkolonnen vollgeschrieben waren. Auch ein Teller mit den Resten eines Laibs Brot befand sich auf dem Tisch.

Heirn deutete auf einen Stuhl und setzte sich selbst auf einen anderen. Er wischte sich mit der Hand über die Stirn.

»Habe ich gerade *wirklich* gesehen, was ich gesehen habe?« fragte er und warf Atlon einen nervösen Blick zu. »Oder habe ich einfach so lange hier drin im Dunkeln gearbeitet, daß mich die Helligkeit draußen verwirrt hat?«

Atlon holte das Kästchen hervor, stellte es auf den Tisch und öffnete es. Heirn beugte sich vor, um die Kristalle zu untersuchen, dann lehnte er sich wieder zurück und legte die Hände an die Schläfen. Mit weit aufgerissenen Augen wandte er sich erneut an Atlon. »Wer bist du? Und warum willst du dir hier unbedingt eine Arbeit suchen? Hast du wirklich keine Vorstellung davon, was die Dinger wert sind?« Langsam streckte er die Hand in Richtung des grünen Kristalls aus, doch im letzten Augenblick zögerte er. »Sie sind gefährlich, nicht wahr?«

Atlon wollte das Kästchen zunächst rasch wieder schließen, aber dann entschied er sich anders. »Sie *können* gefährlich sein, ja«, antwortete er. »Sie können eine sehr ... eine sehr *eigenartige* Wirkung auf Menschen haben. Aber nur, wenn man zu lange mit ihnen arbeitet oder wenn man von einer ungeheuren Menge umgeben ist oder ... oder wenn man bestimmte Dinge mit ihnen macht.« Er holte den grünen Kristall aus dem Kästchen und reichte ihn dem Schmied. »Sieh ihn dir an. Du kannst ihn auch berühren. Dir wird nichts passieren – besonders nicht, wenn ich in der Nähe bin.« Seine Mund-

winkel zuckten, als wolle er die Worte wieder zurücknehmen. Rasch fuhr er fort: »Vielleicht könnte man mit diesem Stein hier in der Stadt ein Vermögen machen, aber ich glaube, du weißt genausogut wie ich, was wahrer Reichtum ist. Du weißt, daß Geld in gewissem Sinne nichts weiter als Tand ist – schlimmer noch: Es kann zu einer Last werden; es kann dich an ein Leben binden, das du nie gewollt hast. Gefangen in einem goldenen Käfig würdest du ständig die Straße rauf und runter schauen aus Angst, jemand könne dir dein ach so kostbares Geld abnehmen.«

Heirn nickte, doch Atlon war noch nicht einmal sicher, ob der Schmied ihm überhaupt zugehört hatte, denn er griff bereits mit zitternder Hand nach dem Kristall. Er hielt ihn zwischen Daumen und Zeigefinger und hob ihn vor die flackernde Flamme der Öllampe. Ein grüner Schimmer war auf der Oberfläche des Steins zu erkennen und ließ ihn finster und gefährlich erscheinen.

»Sieh ihn als das, was er ist«, sagte Atlon. »Ein wunderschönes Ding, das über Äonen hinweg zu uns gekommen ist. Die Entstehung der Welt hallt in seinem Inneren wider, eingefangen und gebunden von seiner unendlich komplizierten Struktur.«

Heirn atmete schwer, und seine Hand zitterte noch immer, als er den Kristall wieder zurück in das Kästchen legte. Einen Augenblick lang schwebten seine Finger unsicher über dem Kästchen, als versuchten sie, sich an den Steinen zu wärmen. Dann wischte Heirn sich erneut mit der Hand über die Stirn. Er sah betrübt aus. »Es hat Zeiten in meinem Leben gegeben – dunkle Zeiten –, da ich dir für selbst den geringsten von diesen hier in einer dunklen Gasse die Kehle durchgeschnitten hätte.«

Atlon schwieg. Heirn schloß das Kästchen und schob es von sich weg. Eine Vielzahl von Gefühlen spiegelte sich auf seinem Gesicht, nicht zuletzt Furcht.

»Sag mir die Wahrheit, Fremder«, forderte der Schmied.

Atlon blickte ihn unsicher an, dann schaute er zu Dvolci.

Der Felci sprang auf Atlons Knie und legte die Vorderpfoten auf den Tisch. Eine Zeitlang musterte er Heirn aufmerksam, und schließlich wandte er sich wieder an Atlon.

»Erzähl's ihm«, sagte Dvolci.

KAPITEL 13

Heirn stieß einen entsetzten Schrei aus und sprang so abrupt auf, daß der Stuhl, auf dem er saß, polternd zu Boden fiel. Der Teller mit den Brotresten rutschte über den Rand des Tisches und zerbarst mit einem lauten Krachen.

»Tricks!« brüllte Heirn wütend. »Sei verdammt! Ich hätte es wissen müssen!« Er schüttelte die Faust. »Raus! Sofort! Hältst du mich etwa für ein Kind? Das hier ist Arash-Felloren. Wenn man hier lebt und arbeitet, lernt man schnell die billigen Tricks der Scharlatane, die ständig versuchen, einem das Geld aus der Tasche zu ziehen.«

Atlon schaute besorgt zu ihm auf. Die bedrohlich wirkende Gestalt des Schmieds schien den gesamten Raum auszufüllen.

»Er hält dich für einen Bauchredner oder so was«, zischte Dvolci.

Heirn schickte sich an, den Tisch zu umrunden, um seiner Aufforderung mit Gewalt Nachdruck zu verleihen. Dvolci kletterte auf den Tisch, stellte sich auf die Hinterpfoten und stieß eine Reihe hoher Pfiffe aus. Heirn zögerte einen Augenblick und starrte auf den Felci hinab.

»Setz dich, Heirn«, sagte Dvolci mit ruhiger Stimme.

»Ich habe bis jetzt kein Wort gesagt, weil bisher alle Leute, denen wir auf unserer Reise begegnet sind, so reagiert haben wie du. Es tut mir leid, wenn ich dich erschreckt haben sollte.« Ein Hauch von Wut machte sich in seiner Stimme bemerkbar. »Allerdings habe ich nie verstanden, warum ihr Menschen immer darauf besteht, als einzige diese Sprache sprechen zu können – und es ist noch nicht einmal eine sonderlich gute Sprache. Pferde regen sich niemals auf, wenn ich mich mit ihnen in *ihrer* Sprache unterhalte.« Er seufzte. »Na ja, wie auch immer: Es ist nun einmal nichts daran zu ändern, und so habe ich gelernt zu schweigen. Und jetzt setz dich *bitte* hin! Mein Nacken wird schon ganz steif.«

Verwirrt blickte Heirn zwischen Atlon und Dvolci hin und her.

»Bitte«, wiederholte Dvolci.

Langsam und ohne Dvolci aus den Augen zu lassen, hob Heirn den Stuhl auf und tat, wie ihm geheißen.

»Vielen Dank«, sagte Dvolci und ließ sich wieder auf alle viere nieder.

Es folgte ein unangenehmes Schweigen. Dvolci schob das Kästchen vor Heirn und öffnete es. Der Schmied blickte sauertöpfisch auf die Kristalle.

»Das ist kein wirklich neuer Trick, weißt du?« erklärte Heirn. Atlon runzelte verwirrt die Stirn. »Das sind Fälschungen, habe ich recht? Imitationen. Einen Augenblick lang habe ich dir sogar geglaubt. Laß mich raten. Du wolltest mir sagen, sie seien Teil der Sammlung deines Vaters, und du seist gezwungen, dich für einen Bruchteil ihres Wertes von ihnen zu trennen, weil du dringend Geld brauchst.«

Atlon senkte den Blick. Er konnte den Vorwurf in Heirns Augen nicht ertragen. »Nein«, sagte er schließlich. »Ich verstehe, wie du dich fühlst, und es tut mir leid, daß mein Verhalten dich dazu gebracht hat, so über mich zu denken. Es ist nur, daß ich ... daß *wir* allein in einer Stadt sind, wie wir sie noch nie gesehen haben, und

allmählich beginne ich zu glauben, daß die Erfüllung meiner Aufgabe vielleicht meine Fähigkeiten übersteigt.« Er beugte sich vor. »Die Kristalle sind echt. Ich habe sie nicht von meinem Vater geerbt, aber in gewisser Hinsicht gehören sie tatsächlich meiner Familie. Sie sind nicht verkäuflich – für keinen Preis der Welt, und jeder, der versuchen sollte, sie zu stehlen, wird sehr schnell herausfinden, daß er einen schweren Fehler begangen hat. Kristalle können mehr Schaden anrichten, als du dir vorzustellen vermagst, und ich *muß* herausfinden, woher sie kommen. Das einzige, was ich von dir verlange, ist deine Hilfe bei meiner Suche nach Arbeit; doch falls ich dich beleidigt haben sollte ...«

Heirn tippte unsicher mit den Fingern auf das Kästchen.

»Tu, was ich dir gesagt habe: Erzähl's ihm«, wiederholte Dvolci. »Ich vertraue ihm, und das Pferd vertraut ihm ebenfalls. Er ist so ziemlich der ehrlichste Mensch, den wir hier finden werden. Alles, was wir bisher in Erfahrung gebracht haben, deutet darauf hin, daß diese Stadt die Quelle ist. Natürlich haben wir nicht einen solchen Ort erwartet, und ohne Hilfe werden wir nicht weit kommen.«

Heirn hatte Dvolci keine Sekunde aus den Augen gelassen, und nun hockte er sich nieder, so daß sein Gesicht auf gleicher Höhe mit dem des Felci war. »Du kannst wirklich sprechen, stimmt's?«

Dvolci erwiderte den Blick. Atlon räusperte sich warnend. »Ja«, bestätigte Dvolci, »ich *kann* sprechen. Und ich kann mich kratzen, mich schütteln und mir zwischen den Zähnen herumstochern.« All das führte er hintereinander vor. »Und essen kann ich auch ...« Er schaute sich um, sprang vom Tisch und schnappte sich eine Scherbe des zerborstenen Tontellers. »Ich bevorzuge zwar Steine, aber das hier geht auch. Darf ich?«

Ohne auf eine Antwort zu warten, schob er sich die Scherbe in den Mund und begann, lautstark und mit

offensichtlichem Genuß darauf herumzukauen. Heirn stieß ein leises Wimmern aus und ließ sich wieder zurück auf den Stuhl sinken. Er wirkte zunehmend hilfloser.

»Bist du in Ordnung?« fragte Atlon. Heirn nickte, doch sehr, sehr langsam. »Ich glaube schon«, antwortete er, »obwohl es mich nicht überraschen würde, wenn ich gleich aufwache.«

Atlon ließ das Kästchen wieder in seiner Tasche verschwinden. »Ich weiß deine Vorsicht zu schätzen, aber laß uns lieber wieder hinaus ins Sonnenlicht gehen. Ich bezweifele, daß sich irgend jemand für zwei Männer interessiert, die friedlich auf einer Bank sitzen und sich miteinander unterhalten; doch andererseits glaube ich, daß du dich dort draußen wesentlich wohler fühlen wirst.«

»Da hast du wahrscheinlich recht«, erwiderte Heirn unglücklich. Dann war er wieder ganz fürsorglicher Gastgeber. »Aber denk dran: Paß auf das Kästchen auf.«

»Es ist absolut sicher«, erwiderte ihm Atlon.

Auf ihrem Weg zurück durch die Schmiede hielt Heirn einen Augenblick inne und kümmerte sich um das Feuer in der Esse. Dann ging er zu einem Waschbecken in der Ecke und wusch sich gründlich das Gesicht. Schließlich setzte er sich neben Atlon auf die Bank und bot ihm erneut die Flasche an. Diesmal nahm Atlon das Angebot dankend an.

»Es tut mir wirklich leid, daß ich dich so überrumpelt habe, aber ich habe dich auch nicht belogen. Ich *bin* Lehrer, ich *muß* soviel wie möglich über den Kristallhandel herausfinden, und ich *brauche* eine Arbeit.« Er ließ seinen Blick über den Platz schweifen. »Natürlich können wir uns auch sofort wieder auf den Weg machen, wenn es das ist, was du willst.«

Heirn folgte Atlons Blick. »Du hast gesagt, die Kristalle würden auch in deinem Land viel Schaden anrichten?«

»Nein«, antwortete Atlon. »Ich habe gesagt, sie bereiten uns *Probleme*. Es hat einige ... einige Vorfälle gegeben, und nun wollen wir etwas dagegen tun, *bevor* sie wirklichen Schaden anrichten.«

»Was für Vorfälle, und wer sind ›wir‹?«

Atlon schaute hinauf in den blauen Himmel. »Ich gehöre einer Gruppe von Gelehrten an, einem sehr alten Orden, dessen Aufgabe es ist, sich gegen den Tag zu rüsten, an dem ein uralter Feind wieder zurückkehrt.«

Heirns Augen wurden zu schmalen Schlitzen. Dvolci, der seinen Kopf auf den Schoß des Schmieds gelegt hatte, sagte: »Hör ihm zu, Heirn. Das ist kein Ammenmärchen.« Obwohl der Felci mit sanfter Stimme sprach, so war doch deutlich, daß er Heirns ungeteilte Aufmerksamkeit verlangte. »Du selbst hast Gerüchte über einen Krieg im Norden erwähnt. Nun, es hat tatsächlich einen solchen Krieg gegeben; allerdings ist er bereits vor vielen Jahren beendet worden – zumindest hoffen wir das. Es ist dazu gekommen, weil Atlons Volk und andere etwas haben zur Legende werden lassen, an das sie sich als reale Bedrohung hätten erinnern sollen. Dann kehrte diese ›Legende‹ plötzlich wieder zurück, und viele Menschen sind deshalb gestorben. Wegen dieser Unachtsamkeit sind nun viele hinaus in die Welt gezogen, um nach jenen zu suchen, die dem alten Feind die Treue geschworen und Seine Armeen geführt haben. Auch versuchen sie, Anzeichen des Verfalls zu entdecken, Früchte einer Saat, die Er im geheimen hinterlassen haben könnte.«

Heirn rutschte nervös auf der Bank herum. »Du mußt Geduld haben«, ermahnte ihn Dvolci. »Ich lebe normalerweise in den Bergen, weit, weit weg von euch Menschen, und Atlon stammt aus einem flachen, fruchtbaren Land mit breiten Straßen und niedrigen Gebäuden, wo die Leute stolz darauf sind, daß sie sich umeinander kümmern. Glaub mir, deine Stadt erscheint uns ebenso unwahrscheinlich wie dir unsere Geschichte.«

»Ich versuche mein Bestes«, erwiderte Heirn, »aber es

ist nicht leicht. Mein Verstand sagt mir: Jag die beiden weg, und mach dich wieder an die Arbeit.«

Atlon schaute nach hinten in die Schmiede. »Habe ich dich richtig verstanden? Du benutzt Kristalle, um die Qualität deines Eisens zu verbessern?«

Heirn war dankbar für den Themenwechsel. Endlich war er wieder auf vertrautem Territorium. »Keine Kristalle wie die in deinem Kästchen oder wie die, die man in einen Ring oder in eine Halskette einarbeitet«, antwortete er. »Ich benutze nur ganz kleine; sie sind beinahe wie Staub. Es gibt verschiedene Mischungen, und man darf sie nur sehr sparsam verwenden.«

»Weil sie so teuer sind?«

»Nein, eigentlich nicht, obwohl sie natürlich auch nicht gerade billig sind; aber wenn man die falsche Menge nimmt – egal ob zuwenig oder zuviel –, dann ist das Eisen verdorben.«

»Warum?«

Er zuckte mit den Schultern. »So ist es halt«, sagte er. »Man muß bestimmte Regeln beachten – genau wie beim Erhitzen und Abkühlen –, sonst funktioniert es nicht. Ansonsten ist das Eisen entweder zu brüchig oder zu weich.«

Atlon hakte nach. »Warum?«

»Ich weiß es nicht!« schrie Heirn frustriert; dann erklärte er: »Ich habe es von meinem Vater gelernt, und der von seinem. Natürlich habe ich mir auch vieles bei anderen Schmieden abgeschaut, und ich habe auch viel ausprobiert ...«

»Dann würdest du also nicht sagen, es sei Magie oder irgendein billiger Trick.«

»Nein, natürlich nicht«, antwortete Heirn entrüstet. »Es ist ... Es ist ...«

»Es ist halt so«, führte Atlon den Satz zu Ende.

Heirn seufzte laut auf. »Ja«, sagte er entschieden. »Was willst du eigentlich von mir hören? Und was ist das überhaupt für eine Frage?«

»Eine, von der ich wußte, daß du sie nicht beantworten kannst. Warum öffnet sich eine Blüte am Morgen und schließt sich am Abend? Warum ändern die Wolken ihre Gestalt? Warum regnet es? Warum schneit es? Warum weht der Wind?«

»Und warum sitze ich hier?« Heirn schickte sich an aufzustehen.

Atlon legte ihm die Hand auf den Arm.

»Bitte, halte es noch eine Weile mit mir aus«, sagte er. »Ich will, daß du mich verstehst. Du weißt, daß vieles einfach so ist, doch obwohl du es nicht erklären kannst, beunruhigt es dich nicht. Du hast das alles schon so oft gesehen, daß du es für selbstverständlich hältst. Aber stell dir einmal vor, du wüßtest nicht, wie man Eisen härtet, und jemand käme vorbei und würde etwas Kristallstaub beimengen und solcherart eine schärfere und härtere Klinge fertigen, als du sie jemals gesehen hättest. Was würdest du denken?«

Heirn überlegte immer noch, wieder in die Schmiede zurückzukehren, doch der Ernst in Atlons Stimme hielt ihn zurück. »Ich weiß es nicht«, antwortete er schließlich. Dann gestand er widerwillig: »Wahrscheinlich würde ich es für einen billigen Trick halten.«

»Genau wie meine Kristalle, einen sprechenden Felci oder das hier«, sagte Atlon. »Sieh auf das Hufeisen.« Er deutete beiläufig in Richtung Schmiede. Als Heirn sich umdrehte, rutschte ein Hufeisen von dem langen Nagel herunter, an dem es aufgehangen worden war, und fiel scheppernd zu Boden.

»Nein!« zischte Dvolci wütend.

»Ich habe keine andere Wahl«, erwiderte Atlon mit der gleichen Schärfe. »Er *muß* es verstehen.«

Heirns Kopf ruckte von einer Seite zur anderen, während er gleichzeitig versuchte, der Unterhaltung zu folgen und das gefallene Hufeisen im Auge zu behalten.

»Das habe ich getan«, erklärte Atlon, bevor der Schmied etwas sagen konnte. »Ich habe etwas genutzt,

das mir ebenso vertraut ist wie dir das Schmieden. Ich kenne das Wie, aber ich weiß nur wenig über das Warum, außer daß es etwas mit der Macht zu tun hat, die tief in allem ruht. Mit Hilfe von Kristallen kann man diese Macht einfangen und verstärken, und wenn man will, kann man damit großes Unheil anrichten.«

Heirn knirschte mit den Zähnen. Wachsende Sorge und Neugier hielten ihn gleichermaßen davon ab, sich einfach umzudrehen und die beiden seltsamen Fremden stehenzulassen. Als er wieder das Wort ergriff, ähnelte seine Stimme dem Knurren eines Hundes.

»Blüten öffnen sich jeden Tag, und wenn ich keinen Fehler gemacht habe, sind meine Klingen immer scharf. Mach's noch einmal.«

Zwei weitere Hufeisen rutschten von ihren Halterungen. Dvolcis Nackenhaare richteten sich auf, und er fletschte die Zähne. »Genug!« brüllte er.

Einige Passanten, die glaubten, einen Streit mitzubekommen, drehten sich nach dem Trio um. Dvolci kletterte über Heirns Knie und an Atlons Wams hinauf, bis er seinem Gefährten Auge in Auge gegenüberstand. Obwohl er seine Stimme diesmal gedämpft hielt, war der Zorn in seinen Worten unüberhörbar.

»Wenn es hier in der Nähe Leute gibt, die die Macht mißbrauchen, dann sind sie wahrscheinlich nicht mehr ganz bei Verstand und mit Sicherheit gefährlich. Du hättest dich genausogut mitten auf den Platz stellen und unsere Namen brüllen können.«

Atlon zuckte ob des plötzlichen Wutausbruchs seines Freundes unwillkürlich zusammen; dann erwiderte er: »Das ist mir durchaus bewußt. Aber Zeit und Geld zerrinnt uns zwischen den Fingern, und wir brauchen Hilfe. Hätten wir den halben Tag auf ihn eingeredet, hätte ihn das nicht annähernd so sehr überzeugt wie ein paar fallende Hufeisen.« Er konnte Dvolci nicht länger in die Augen blicken. »Außerdem hat niemand etwas bemerkt. Zuerst hatte ich überlegt, ihm vorzuführen, wie man die

Macht in einem Kristall konzentriert; aber das wäre noch lauter und weniger effektiv gewesen.«

Dvolcis Wut ließ ein wenig nach. »Trotzdem war es leichtsinnig!«

»Also gut! Aber ...«

»Aber nichts.«

Heirn stand auf und bereitete so der Auseinandersetzung ein Ende. Er hob die Hufeisen auf und untersuchte die Nägel, von denen sie gefallen waren; dann wandte er sich wieder Atlon zu.

»Ich mach's nicht noch einmal«, erklärte Atlon, um der Frage zuvorzukommen. »Dvolci hat recht: Es *war* riskant, und es könnte tatsächlich unnötige Aufmerksamkeit erregen. Aber mir ist nichts anderes eingefallen, um dir verständlich zu machen, daß einige von uns Fähigkeiten besitzen, die du für unmöglich hältst. Vielleicht fällt es dir so leichter zu verstehen, welcher Art der Feind ist, gegen den wir gekämpft haben und wie gefährlich Seine Anhänger sein können.«

Heirn schob die Hufeisen geistesabwesend auf dem Nagel hin und her. Vorsichtig hob er eines von ihnen an, als wolle er ihr Gewicht überprüfen.

»Warum willst du unbedingt, daß ich etwas über diesen ›Feind‹ von dir erfahre? Und wessen ›Aufmerksamkeit‹ fürchtest du?«

Atlon und Dvolci wechselten nervös einen Blick.

»Weil Er nicht nur *unser* Feind ist«, antwortete Atlon und folgte Heirn in die Schmiede. »Er ist der Feind allen Lebens. Hätte Er uns besiegt – und das wäre beinahe geschehen –, dann hättest du inzwischen bestimmt von Ihm gehört. Deine Stadt wäre entweder dem Erdboden gleichgemacht oder versklavt worden, und du würdest entweder in Ketten liegen oder sie anfertigen.«

Heirn schien widersprechen zu wollen, aber er schwieg.

»Und was die Leute betrifft, vor denen wir Angst haben ...« Atlon klopfte auf die Tasche, die das Kästchen

enthielt. »Das ist jeder, der von der Macht weiß und die hier benutzt. Nach allem, was wir so gehört haben, sind das vermutlich eure Kyrosdyn. Sie besitzen doch seltsame Kräfte, oder?«

»So sagt man«, antwortete Heirn lakonisch. »Aber angenommen, ich glaube dir deine Geschichte – und sie ist wirklich recht merkwürdig, das mußt du zugeben –, was ist dann der Unterschied zwischen ihnen und dir?« Er tippte gegen die Hufeisen.

Atlon schwieg lange Zeit. »Wir verwenden die Macht nur äußerst selten«, antwortete er schließlich und mit gedämpfter Stimme. »Sie zu verwenden heißt den leichten Weg wählen, und am Ende wartet stets das Verderben. Und was die Kristalle betrifft: Sie verstärken diesen Prozeß noch um ein Vielfaches. Wir verwenden sie sogar noch seltener als die Macht selbst, und auch dann nur mit äußerster Vorsicht und nach reiflicher Überlegung.« Er hielt einen Augenblick inne. »Aber vielleicht hast du recht, und es besteht wirklich kein großer Unterschied zwischen mir und diesen Kyrosdyn.« Er drehte sich um und blickte auf den Platz hinaus. »Wäre ich in dieser Stadt geboren worden, dann würde ich heute vermutlich zu ihnen gehören.«

Heirn musterte ihn aufmerksam. »Das beantwortet immer noch nicht meine Frage.«

»Ich kann sie nicht beantworten.« Atlon schüttelte den Kopf. »Du kennst die Kyrosdyn besser als ich, und wie du schon gesagt hast: Wir sind nur ein paar merkwürdige Fremde, die wilde Geschichten erzählen und seltsame Tricks vorführen.«

Heirn hörte auf, mit den Hufeisen zu spielen, und steckte die Hände in seine Schürze. »Ich hoffe, ich werde das nicht bereuen, aber ich habe mich die meiste Zeit meines Lebens immer auf meine Menschenkenntnis verlassen, und damit habe ich mehr Glück gehabt als so mancher andere. Trotz deiner Tricks und Geschichten scheinst du mir weder verrückt noch schlecht zu sein,

und da du bisher noch kein Geld von mir verlangt hast, kann es ja nicht schaden, dir erst einmal zuzuhören.« Er ging wieder zur Bank. Als er an Atlon vorüberkam, flüsterte er ihm verschwörerisch zu: »Übrigens würde ich einem Kyrosdyn nicht von zwölf bis Mittag trauen.«

»Schmied!«

Die schrille Stimme ließ sowohl Heirn als auch Atlon zusammenzucken. Im Eingang stand eine in einen weiten Mantel gehüllte Gestalt, deren Gesicht unter einer Kapuze verborgen war. Dvolci sog zischend die Luft ein und zog sich hinter einen Stapel rostiger Ketten zurück, die auf dem Boden lagen.

Heirn warf einen kurzen Blick auf die Gestalt; dann drehte er sich wieder zu Atlon um und deutete auf die Hufeisen, die an den Wänden hingen. »Ich bin sicher, daß ihr eines finden werdet, das Eurem Pferd paßt, mein Herr«, sagte er. »Bitte schaut Euch ein wenig um, während ich mich um den anderen Herrn hier kümmere.«

Als er sich dem Neuankömmling näherte, zog Heirn den Lappen aus seinem Gürtel und wischte sich daran die Hände ab – ganz so, wie er es auch bei Atlons Erscheinen getan hatte. Der hünenhafte Schmied baute sich unmittelbar vor dem Fremden auf und zwang ihn so, einen Schritt zurückzuweichen, während ihm gleichzeitig der Blick in die Schmiede versperrt wurde.

»Was kann ich für Euch tun, mein Herr?« fragte Heirn, verschränkte die Arme vor der Brust und richtete sich zu seiner vollen Größe auf, so daß der Fremde zu ihm aufschauen mußte.

Die Gestalt schien jedoch nicht im geringsten davon beeindruckt zu sein. »Ist hier in der Gegend irgend etwas Ungewöhnliches vorgefallen?« Die Stimme gehörte jemandem, der es gewohnt war, daß man ihm gehorchte.

Heirn beugte sich ein wenig nach vorne und schaute unter die Kapuze. Atlon verfolgte die Szene aufmerksam, obwohl er vortäuschte, die Hufeisen zu mustern,

und so konnte er beobachten, wie Heirns Neugier den Fremden sichtlich verwirrte.

»Etwas Ungewöhnliches, mein Herr? Bitte, was genau meint Ihr denn damit?«

»Etwas Ungewöhnliches halt, Mann!« antwortete der Vermummte ungeduldig. »Einfach etwas Ungewöhnliches! Etwas, das nicht normal ist. Etwas, das du dir nicht erklären kannst.«

Heirn war nun seinerseits gereizt. »Nun, mein Herr, ich muß mich nur hier auf meine Bank setzen und einen halben Tag lang auf den Platz hinausschauen, und mit ziemlicher Sicherheit werde ich dabei etwas Ungewöhnliches entdecken. Wenn ich lange genug dort sitze, sehe ich wahrscheinlich genauso viel von der Welt wie der erfahrenste Reisende – und dabei reite ich mir noch nicht einmal den Hintern wund.« Er lachte lauthals über seinen eigenen Scherz, doch die Gestalt versteifte sich nur. »Da ist zum Beispiel Euer Erscheinen, mein Herr. Das ist etwas Ungewöhnliches. Ich sehe nicht viele Kyrosdyn-Brüder in meiner Schmiede, da Ihr nicht gerade als passionierte Reiter bekannt seid. Und was Dinge betrifft, die ich nicht erklären kann: Davon gibt es jede Menge. Warum öffnen sich Blüten am Morgen? Warum weht der Wind? Warum regnet es? Warum schneit es?«

Der Kyrosdyn ging wütend an Heirn vorbei und näherte sich Atlon. »Und du? Hast *du* in den letzten Minuten etwas Seltsames gesehen?« Sein Verhalten gegenüber Atlon unterschied sich in keinster Weise von dem, das er gegenüber Heirn gezeigt hatte.

In Atlons Wange zuckte nervös ein Muskel, aber er musterte weiterhin die Hufeisen, während er antwortete. »Ihr gehört einem Orden von Gelehrten an, nicht wahr? Also seid Ihr ein Denker, ein Sucher nach Wissen und den großen Wahrheiten des Lebens, habe ich recht?«

»Ja.« Die Antwort klang gezwungen.

Atlon nickte, ohne sich dem Mann zuzuwenden. »Dann ist das einzig Ungewöhnliche, was ich in letzter

Zeit gesehen habe, das Mitglied eines sogenannten Ordens von Gelehrten, das einen respektablen Handwerker und einen ihm vollkommen Fremden mit einem unentschuldbaren Mangel an Höflichkeit angesprochen hat. Ich wünsche Euch einen guten Tag.« Er deutete auf ein Hufeisen und blickte an dem Kyrosdyn vorbei. »Herr Schmied, wenn Ihr mit diesem Herrn hier fertig seid, dann hätte ich gefunden, was ich suche.«

Heirns Augen wurden immer größer, und ihm fiel die Kinnlade herunter. Dies hatte nichts mit Atlons rüdem Umgang mit dem Kyrosdyn zu tun, sondern vielmehr mit der unheimlichen Stimmung, die ihn plötzlich umgab und die alles in ein unnatürliches, aber sorgfältig komponiertes Bild zu verwandeln schien: der freundlich lächelnde Atlon, der ihm das Hufeisen entgegenhielt, der Kyrosdyn, der ungerührt auf die Stelle starrte, wo Atlon noch vor wenigen Augenblicken gestanden hatte, und er selbst, der sich nicht rühren konnte. Die Atmosphäre in der Schmiede glich der während eines Gewitters, und der regungslose Kyrosdyn war das Auge des Sturms.

Dann war plötzlich alles wieder vorbei, und der Lärm vom Platz erfüllte die Werkstatt. Ohne ein Wort zu sagen, wirbelte der Kyrosdyn herum und stürmte aus der Schmiede, wobei er Heirn rüde beiseite drängte.

Dvolci erschien hinter den Ketten und rannte zu Atlon. »Schau nach, ob er tatsächlich verschwunden ist!« rief er Heirn im Vorübereilen zu; dann fragte er an Atlon gewandt: »Bist du in Ordnung?«

Atlon atmete schwer und rieb sich die Hände. Er nickte. »Ich glaube schon, ja«, antwortete er mit zittriger Stimme. »Hast du es auch gespürt? Die Sache mit den Hufeisen tut mir leid. Ich hätte nie gedacht, daß irgend jemand in der Nähe sein könnte, der . . .«

»Ist gut, ist gut«, unterbrach ihn Dvolci besorgt und beruhigend zugleich. »Ich habe eigentlich auch nicht damit gerechnet. Und ob ich es gespürt habe? Wie hätte ich es nicht spüren können?«

Heirn unterbrach das Gespräch. »Er ist weg. Er ist geradezu über den Platz *geflogen,* beinahe als hätte ich ihn geworfen. Die Leute mußten ihm aus dem Weg springen.« Er schaute zu Atlon. »Was zum Teufel ist überhaupt passiert?«

Atlon wankte, und um nicht zu stürzen, stützte er sich an der Wand ab. »Hilf ihm, Mann!« rief Dvolci wütend. »Bring ihn raus an die frische Luft!«

Heirn legte den Arm um Atlons Schulter und führte ihn vorsichtig aus der Schmiede. Er wiederholte seine Frage, während er Atlon auf die Bank setzte und sich vor ihn hockte; diesmal jedoch war seine Stimme voller Sorge. »Was zum Teufel ist überhaupt passiert? Du siehst furchtbar aus.«

Atlon schloß die Augen und atmete tief durch. Nach und nach kehrte die Farbe wieder in seine Wangen zurück. Schließlich öffnete er die Augen und suchte den Platz ab, ohne dabei den Kopf zu bewegen. »Er ist weg«, sagte er zu Dvolci, »und sonst fühle ich niemanden.« Er legte eine zitternde Hand auf die Stirn und blickte zu Heirn.

»Ich fürchte, meine kleine Demonstration mit den Hufeisen war ein Fehler«, sagte er. »Ich habe dich in Gefahr gebracht. Es tut mir leid. Ich hätte nie gedacht ...« Seine Stimme brach, und er schüttelte den Kopf.

»Es gibt nichts, was dir leid tun müßte«, erklärte Dvolci. Er schauderte.

»Bist *du* in Ordnung?« fragte Atlon.

»Natürlich bin ich in Ordnung«, antwortete der Felci abschätzig. »Es war nur der Gedanke daran, was das bedeutet.«

Heirn unterbrach die beiden mit kaum verhohlener Ungeduld. »Wenn mir bitte einmal jemand sagen würde ...«

»Hast du den Mann gekannt?« fragte ihn Atlon.

»Nein. Sie kleiden sich alle mehr oder weniger gleich, und normalerweise verbergen sie ihre Gesichter unter

einer Kapuze. Auch haben sie ihre eigenen Schmiede, die alles machen können, was sie benötigen. Ich selbst habe in meiner Jugend für sie gearbeitet; aber sie sind schlechte Kunden: Sie handeln dich so weit herunter, bis du praktisch gar nichts mehr verdienst, und dann mäkeln sie an deiner Arbeit herum, bis du schließlich sogar draufgezahlt hast.« Wütend verzog er das Gesicht.

»Wenn es dich interessiert: Dieser Mann war genau, wie ich mir die Kyrosdyn vorgestellt habe, schlimmer noch ...« Atlon legte wieder die Hand auf die Stirn. »Ich kann es kaum glauben.«

Heirn wollte etwas darauf erwidern, doch Dvolci beantwortete die Frage, bevor sie gestellt werden konnte. »Beinahe hätte er Atlon mit der Macht angegriffen«, erklärte er. »Hier! Mitten im Freien! Ohne Rücksicht auf die Konsequenzen! Ich habe noch nie eine derart groteske und furchterregende Disziplinlosigkeit gesehen.«

»Ich habe keine Ahnung, wovon du sprichst«, bemerkte Heirn.

»Doch, das hast du«, widersprach Dvolci. »Ich habe gesehen, wie sich dir die Nackenhaare gesträubt haben.«

Heirn biß die Zähne zusammen und ließ seinen Blick über den Platz schweifen, bevor er antwortete. »Mir war nur kalt – das ist alles. Ich habe eine Gänsehaut bekommen.«

»In dieser Hitze?« spottete Dvolci. »Du hättest dir vor Angst beinahe in die Hose gemacht. Wir alle können den Leuten danken, die Atlon gelehrt haben, das Geben manchmal seliger ist als Nehmen. Allein bei dem Gedanken läuft mir ein Schauder über den Rücken, was geschehen wäre, wenn er zurückgeschlagen hätte.«

Atlon versuchte aufzustehen, doch dann änderte er seine Meinung. »Zum Glück gab es nichts, wogegen ich hätte zurückschlagen können«, sagte er. »Sonst hätte ich es wahrscheinlich getan. Aber er hat eigentlich gar nichts gemacht. Er hat nur ... die Fäuste geballt. *So* undiszipliniert war er also gar nicht.«

Dvolci schnaufte verächtlich. »Mach dich nicht lächerlich«, zischte er. »Er hat so beiläufig nach der Macht gegriffen, als hätte er sich den Rücken gekratzt. Offenbar benutzt er sie ständig. Es ist einfach widerlich. Hast du vielleicht doch irgendwie reagiert? Vielleicht ein ganz kleines bißchen? Glaubst du, er hat erkannt, daß du auch die Fähigkeit besitzt?« Er klapperte nervös mit den Zähnen. »Und was ist, wenn alle von ihnen so mächtig sind?«

»Nein, ich habe nicht reagiert, aber das war mehr Glück als sonst was«, antwortete Atlon. »Und nein, ich glaube nicht, daß er etwas bemerkt hat. Andernfalls wäre er nicht einfach so verschwunden. Und falls sie wirklich alle so sind, dann können wir nur noch nach Hause zurückkehren und den anderen davon berichten.« Er schlug sich auf die Knie. »Aber auf jeden Fall müssen wir mehr über diese Leute herausfinden. Wegen einer zufälligen Begegnung können wir ja wohl kaum wieder zurückgehen und Alarm schlagen.«

»Eine weitere Begegnung überleben wir vielleicht nicht mehr«, bemerkte Dvolci düster. »Er hat einen Kristall verwendet.«

»Ich weiß« bestätigte Atlon. »Allerdings kann ich nicht sagen, *wie* er das gemacht hat.«

Dvolci wurde wieder wütend. »Stell dich doch nicht dümmer, als du bist. Du weißt ganz genau *wie*.«

Atlon schüttelte den Kopf. »Das kann nicht sein.«

»Das kann nicht sein? Natürlich kann das sein! Du hast es doch selbst gesagt: Der leichte Weg, an dessen Ende das Verderben wartet, und Kristalle verstärken das noch um ein Vielfaches. Jemand, der die Macht derart zwanglos verwendet, wird vollkommen von ihr beherrscht – vollkommen! Wahrscheinlich ist seine Abhängigkeit bereits so groß, daß er nie wieder davon loskommen wird. Er ist auf geradem Weg Richtung Hölle, und es fällt schwer, sich vorzustellen, daß er allein ist.«

Atlon wandte sich an Heirn. »Wie sehen die Kyrosdyn aus?«

Der Schmied zuckte die Schultern. »Ich habe eigentlich noch nicht sehr viele gesehen. Wie ich dir bereits gesagt habe, verbergen sie meist ihre Gesichter; aber die, die ich gesehen habe, sehen blaß aus ... ungesund.«

»Verhärmt?«

Heirn nickte. »Ich nehme an, das kommt davon, weil sie nur drinnen und nie an der frischen Luft arbeiten.«

»Aber sie sind trotzdem ... recht energisch?«

Wieder nickte Heirn. »Ja«, sagte er. »Obwohl ich eher das Wort ›angespannt‹ statt ›energisch‹ verwendet hätte – steif, nervös, mit abgehackten Bewegungen. Und sie sind ausgesprochen arrogant. Ihre Gegenwart ist stets unangenehm.«

Plötzlich wirkte Atlon einen Augenblick lang wesentlich älter. Langsam schüttelte er den Kopf, als wolle er seine eigene Schlußfolgerung nicht akzeptieren. »Ich fürchte, du hast recht«, sagte er zu Dvolci.

Heirn ließ sich neben Atlon nieder. »Ich könnte eine Erklärung gebrauchen«, sagte er, »und zwar eine, die ich auch verstehen kann. Ich habe nicht den blassesten Schimmer, wovon ihr beiden da redet, und obwohl es eine Freude war, einen von denen so kalt abserviert zu sehen, so muß ich doch zugeben, daß selbst *ich* etwas gespürt habe.«

Atlon nickte. »Er war bereit, die Macht, mit der ich die Hufeisen heruntergeworfen habe, auf mich zu richten – nur daß das, was er gegen mich verwenden wollte, viel stärker war. Es war, als würdest du mir für eine ähnliche Beleidigung mit einem Hammer den Schädel einhauen.«

»Aber er hat doch nicht wirklich etwas getan, oder?« Heirn machte ein besorgtes Gesicht, während er ungeduldig auf eine Bestätigung wartete.

»Nein«, erwiderte Atlon und warf einen unglücklichen Blick auf Dvolci. »Hätte er etwas unternommen, dann hätte ich mich vermutlich instinktiv verteidigt. Ich

glaube nicht, daß ich eine solche Reaktion hätte unterdrücken können. Und wer weiß schon, was dann geschehen wäre ...« Er hielt einen Augenblick inne und musterte den Schmied. »Aber er hatte den Hammer zum Schlag erhoben, Heirn. Hättest du unter den gegebenen Umständen genauso gehandelt? Ehrlich gesagt, wage ich zu bezweifeln, daß du etwas anderes als deine Augenbrauen gehoben hättest. Das war nicht die Handlung eines geistig gesunden Menschen. Wenn seine Brüder ihm nur im entferntesten ähnlich sind, dann sind sie weit mehr als nur irgendeine politische Gruppierung, die nach der Macht in der Stadt strebt. Sie sind gefährlich. Ihnen ist sogar zuzutrauen, daß sie ganz Arash-Felloren in Schutt und Asche legen.«

Heirn verzog das Gesicht. »Das kann ich nicht akzeptieren«, erklärte er und beschrieb mit der Hand einen weiten Bogen. »Ich will dich ja nicht beleidigen, Atlon, aber du redest allmählich Unsinn. Du hast keine Ahnung, was dies hier für ein Ort ist, wie groß die Stadt ist und wieviel miteinander streitende Gruppen es hier gibt. Die Kyrosdyn sind ein recht seltsamer Haufen, das stimmt, und ohne Zweifel darf man sie nicht unterschätzen; aber die Stadt ist voll von solchen entschlossenen und gut organisierten Gruppen. Das war schon immer so. Die Kyrosdyn sind eine der ältesten – man sagt, sie könnten ihre Geschichte bis zu den Anfängen von Arash-Felloren zurückverfolgen. Warum sollten sie der Stadt Schaden zufügen wollen? Und wie *könnten* sie überhaupt? Würden sie beginnen, Söldner anzuheuern, würde sich das innerhalb von Tagen herumsprechen – wahrscheinlich sogar innerhalb von Stunden –, und dann würden sich alle anderen gegen sie verbünden, nicht zuletzt das Volk. Das ist schon anderen Gruppen so ergangen.«

Lange Zeit saßen die drei schweigend nebeneinander, jeder in seine eigenen Gedanken versunken. Schließlich schaute Atlon zur Sonne hinauf, die bereits kurz über

dem westlichen Horizont stand. »Es ist schon spät«, sagte er und stand auf. Er streckte Heirn die Hand entgegen. »Es tut mir leid, daß wir dir solche Schwierigkeiten bereitet haben. Ich kann nicht von dir verlangen, mir zu glauben, aber ich *habe* die Wahrheit gesagt. Ungezügelte Macht ist etwas, was du dir selbst in deinen kühnsten Träumen nicht vorzustellen vermagst. Würde ich versuchen, es dir zu erklären, hieltest du mich wahrscheinlich erst recht für verrückt, und deshalb lasse ich es lieber. Wenn ich dich jetzt nur noch bitten dürfte, uns den Weg zum ›Weidland‹ zu zeigen – ohne daß wir noch einmal den Überlauf durchqueren müssen –, dann machen wir uns sofort fertig und belästigen dich nicht mehr.«

Heirn erhob sich ebenfalls und ergriff die ihm angebotene Hand. Sein Gesicht war ernst. »Die Sache mit den Hufeisen habe ich für einen Trick gehalten; aber ein Kyrosdyn in meiner Schmiede ... und dieser besondere war wie ein Hund auf der Jagd nach einer Ratte. Das ist wirklich ein Rätsel. Dein Benehmen, dein Pferd, die exzellenten Hufeisen und nicht zuletzt die Kristalle ... Dank dir schwirren mir nun so viele Fragen durch den Kopf, daß ich heute nacht wohl nicht schlafen werde.« Er beugte sich vor und warf seinen mächtigen Schatten über Atlon. »Aber diese Stadt ist meine Heimat und die Heimat vieler guter Menschen, was auch immer die Leute sonst sagen mögen, und wenn die Kyrosdyn tatsächlich eine Gefahr darstellen, dann möchte ich gerne mehr darüber erfahren.«

Atlon blickte wieder zur Sonne hinauf. »Das würde ich auch sehr gerne«, sagte er, »aber mich plagen noch immer dieselben Probleme, mit denen ich hierhergekommen bin, und nun bleibt mir ein Tag weniger, um sie zu lösen. Ich brauche eine Arbeit, um für Kost und Logis aufkommen zu können. Solange ich das nicht habe, kann ich nicht das mindeste wegen der Kyrosdyn unternehmen.«

Heirn nickte nachdenklich. »Mir kam gerade in den Sinn, daß du ja aus einem pferdeverrückten Land kommst. Vielleicht besitzt du ja ein paar Fertigkeiten in der Lederbearbeitung oder ein gewisses Können als Hufschmied.« Er deutete auf seine Schmiede. »Normalerweise habe ich immer ein, zwei Pferde in meinen Boxen, die natürlich auch versorgt werden wollen. Wenn du mir hilfst, könnte ich dir vielleicht ein Bett und etwas zu essen anbieten, und während wir miteinander arbeiten, könnten wir uns unterhalten.«

Unschlüssig blickte Atlon zu Dvolci. Heirn, der unverbesserliche Händler, führte noch weitere Argumente für sein Angebot ins Feld, bevor der Felci seinen Gedanken Ausdruck verleihen konnte. »Nach allem, was heute geschehen ist, willst du wohl kaum noch bei einem Kristallhändler arbeiten, oder etwa doch? Auch mit den Kyrosdyn wirst du nichts mehr zu tun haben wollen – jedenfalls im Augenblick.«

Atlon nickte mehrmals.

»Dann ist es also abgemacht?« fragte Heirn.

Erleichterung leuchtete in Atlons Augen. »Ja«, antwortete er und strahlte übers ganze Gesicht. »Du bist sehr freundlich.«

»Ich bin sehr *neugierig*«, korrigierte ihn Heirn. Er warf einen raschen Blick über den Platz. »Und da es äußerst unwahrscheinlich ist, daß heute noch Kunden kommen, werde ich den Laden jetzt dichtmachen, und wir gehen zu mir nach Hause. Es ist nicht sehr weit. Dort können wir dann was essen und anschließend vielleicht ein wenig plaudern, was meinst du?«

Nachdem er das Feuer in der Esse gelöscht hatte, brauchte er noch mehrere Minuten, um eine Reihe schwerer Läden vor die Fenster zu klappen und zu verriegeln. Sie waren außerordentlich robust und so gebaut, daß man keinen Ansatzpunkt für ein Brecheisen finden konnte; dennoch waren überall die Spuren diverser Einbruchsversuche zu erkennen.

»Du fragst dich wohl, was es in einer Schmiede zu stehlen gibt«, sagte Heirn, der bemerkt hatte, daß Atlon eingehend die Läden und Schlösser musterte. »Nichts. Aber sie versuchen es trotzdem. Sie versuchen es immer. Es ist eine Schande, daß sie ihre Kräfte nicht dazu verwenden, einem ehrlichen Beruf nachzugehen.«

Als sie sich von der Schmiede entfernten, kletterte Dvolci auf Atlons Schulter und flüsterte ihm ins Ohr. »Er ist zurückgekommen.«

Atlon nickte. »Ja, ich weiß.« Er wandte sich an Heirn. »Der Kyrosdyn ist wieder da.«

Heirn schaute sich erschrocken um. »Ich kann ihn nirgends sehen.«

»Und doch ist er hier. Wie weit ist es von hier bis zum Haus seines Ordens?«

»Zum Vaskyros? Ziemlich weit. Warum?«

»Wäre es möglich, daß er in der kurzen Zeit dorthin und wieder zurück zur Schmiede gelaufen ist?«

»Nein, noch nicht einmal, wenn er ein Pferd gehabt hätte.«

Atlons Gesicht nahm einen grimmigen Ausdruck an. »Wir werden uns um ihn kümmern müssen.« Er warf einen besorgten Blick über die Schulter zurück. »Kommen wir auf dem Weg zu dir zufällig durch eine dunkle, unbelebte Gasse?«

Kapitel 14

Pinatte konnte sich nicht daran erinnern, wann er sich zum letzten Mal so gut gefühlt hatte. Mit jedem Herzschlag fühlte er sich lebendiger, während er durch die dunklen Gassen in Richtung Jyolan-Platz ging. Unter den vielen Phantasien, mit denen er auf dem Weg hierher

gespielt hatte, befand sich auch eine, in der er sich auf die Suche nach dem Kyrosdyn machte, dem er das Mal auf seiner Hand zu verdanken hatte. Er wollte dem Mann dafür danken, ihm eine neue Zukunft aufgezeigt zu haben. Allein der Gedanke daran machte ihn noch fröhlicher.

Als Pinatte sich dem Kampfplatz näherte, kostete es ihn einiges an Mühe, sich wieder zu beruhigen. So auffällig durch die dunklen Seitenstraßen und Gassen der Stadt zu stolzieren, widersprach nicht nur seinem Charakter; es war auch ausgesprochen dumm. Ein- oder zweimal hatte er sogar geglaubt, verfolgt zu werden; doch jedesmal wenn er herumgewirbelt war, um seinen Verfolger zu stellen, war noch nicht einmal der Schatten eines Menschen zu sehen gewesen. Trotzdem: Auf dem Kampfplatz unnötige Aufmerksamkeit zu erregen war äußerst unklug. Er war weithin als einer von Lassners Männern bekannt, und würde er seine gute Laune in der Öffentlichkeit des Kampfplatzes ausleben, würden ihn die Platzwachen keine Sekunde mehr aus den Augen lassen, und dies wiederum würde ohne Zweifel bedeuten, daß Lassner von seinem ausgelassenen Verhalten erfahren würde. Sollte der alte Halunke dann nach einem Grund für dieses Benehmen suchen, so käme er unweigerlich zu dem Schluß, daß Pinatte ein Teil der Prämie hinterzogen hatte und nun seinen Erfolg feiern wollte. Nein, diese Nacht wollte er beobachten und nicht beobachtet werden.

Aber auch abgesehen von seiner Sicherheit war eine übertriebene Zurschaustellung von Freude sowieso nicht das richtige Verhalten, das ihm bei der Verwirklichung seiner Pläne weiterhelfen würde. Pinatte wußte nicht, was er als nächstes tun oder mit wem er sich verbünden sollte; aber er wußte, daß es diskret geschehen mußte – *sehr* diskret. Er hatte in seinem Leben schon genug gesehen, um zu wissen, daß die *wirklich* erfolgreichen Leute wie zum Beispiel Barran weder prahlerisch noch

wild in ihrem Verhalten waren, im Gegenteil: In der Öffentlichkeit traten sie bescheiden auf, und ihre Geschäfte erledigten sie heimlich und still.

Barran ... Unerwartet war dieser Name in Pinattes Kopf aufgetaucht. Er dachte darüber nach. Ein Teil von Barrans ständig wachsendem Imperium zu werden erschien ihm als geradezu unmöglich, doch andererseits – heute war ja auch ein unmöglicher Tag. Wenn Pinatte sein Dasein wirklich aufwerten wollte, dann machte es wenig Sinn, sich mit irgendeinem anderen Nestherrn einzulassen, der nur wenig besser war als Lassner.

Warum eigentlich nicht Barran? dachte er überschwenglich. Träumen schadete ja nicht; aber trotz seines Hochgefühls wußte Pinatte, daß es fast unmöglich war, daß ein solcher Mann ihn in Dienst nahm – und das nicht nur, weil er keinerlei Ahnung hatte, wie er überhaupt einen Kontakt herstellen sollte.

Pinatte erreichte eine Hügelkuppe und bog in die Straße ein, die zum Jyolan-Platz führte. Zu seiner Überraschung ging es hier wesentlich lebhafter zu als üblich, und beinahe jeder ritt, ging oder fuhr in dieselbe Richtung. Obwohl Pinatte das ein oder andere Gesicht in der Menge erkannte, so gehörten die meisten jedoch nicht zu jener Art Nachtschwärmer, wie sie für diese Gegend typisch war. Er schloß sich dem Strom an.

Die Menge, in der Pinatte dahintrieb, erregte sein Interesse mehr und mehr, während er um die letzte Ecke vor dem Jyolan-Platz bog. Als er in diesem Augenblick den Blick nach vorne richtete, blieb er abrupt stehen und hielt die Luft an. Unmittelbar vor ihm, eisig und schrecklich, befand sich ein bösartiges Gesicht. Es schien die ganze Straße auszufüllen. Pinattes Knie drohten nachzugeben, und sein Mund trocknete aus, während die Menge sich in eine schwarze Masse verwandelte, die unaufhaltsam in den weit aufgerissenen Rachen des Gesichtes trieb. Einen Augenblick lang dachte Pinatte darüber nach, auf dem Absatz kehrtzumachen und wie

der Teufel in die Sicherheit seines Nestes zurückzurennen. Aber noch während dieser Gedanke Gestalt annahm, veränderte sich das Bild. Pinatte stieß ein nervöses Lachen aus. Das war doch nur ein Kampfplatz. Und heute nacht war der ganze Platz hell erleuchtet. Der große Torbogen war mit Lampions geschmückt, und Fackeln auf dem Dach warfen ihr unstetes Licht auf steinerne Figuren, so daß die Statuen um ein Lagerfeuer herum zu tanzen schienen. Die gesamte Vorderfront war mit Lichtern behangen, und hinter den Fenstern in den oberen Stockwerken standen ebenfalls Laternen, die ihr Licht durch die bunten Fenster nach draußen warfen. Pinatte atmete tief durch und schüttelte den Kopf, um auch noch den letzten Rest des Bildes aus seinem Kopf zu vertreiben, das ihn begrüßt hatte.

Jeder in Pinattes Umgebung marschierte in Richtung Jyolan und schloß sich dort der Menschenmenge an, die sich bereits vor dem Eingang versammelt hatte – einer wesentlich größeren Menge als üblich, bemerkte Pinatte, als er näherkam, und einer wesentlich aufgeregteren. Überdies waren die Leute auch noch *wohlhabender*, was Pinatte natürlich sofort erkannte, nachdem auch er sich ihr angeschlossen hatte. Er sah livrierte Diener, Kammerzofen, Pferdeknechte, Ehrenwachen und ein paar Individuen, deren mißtrauisches Verhalten sie als Leibwächter der wirklich Reichen kennzeichnete. Ständig trafen Kutschen mit den Wappen von Adelshäusern oder wohlhabenden Kaufleuten ein und fuhren wieder ab, während andere Fahrzeuge einfach am Straßenrand abgestellt worden waren. Wenn er gewollt hätte, hätte Pinatte hier ein Vermögen verdienen können; aber obwohl es ihn in den Fingern juckte, versuchte er, sich zu beherrschen. Auch abgesehen von seinen neuen, hochfliegenden Plänen war Taschendiebstahl auf einem Kampfplatz selbst unter normalen Umständen ein unsinniges Unterfangen, denn es gab einfach zu wenig Fluchtmöglichkeiten, und überall standen Platzwachen, die eifersüchtig über das

Privileg des Hausherrn wachten, den Leuten das Geld aus der Tasche zu ziehen. Außerdem war Pinatte den meisten von ihnen gut bekannt. Beim Diebstahl erwischt zu werden bedeutete mindestens eine gehörige Tracht Prügel; doch heute, da der Jyolan nur so von Söldnern wimmelte, die alles daransetzten, ihren Lohn gegenüber ihren Arbeitgebern zu rechtfertigen, konnte es auch durchaus passieren, daß ein einfacher Griff in die Taschen fremder Leute eine Hand auf dem Mund und einen Dolch zwischen den Rippen zur Folge haben würde. Die Leute würden noch nicht einmal bemerken, daß der Dieb tot war, bis sich die Menge langsam auflösen und die Leiche schlicht und ergreifend umfallen würde. Und auch die Menge selbst stellte eine Gefahr dar. Pinatte hatte von Dieben gehört, die von dem wütenden Mob auf einem Kampfplatz buchstäblich in Stücke gerissen worden waren.

Er verbannte diese Gedanken aus seinem Kopf und steckte die Hände tief in die Taschen. Dann trieb er mit der Menge Schritt für Schritt näher an den Eingang. Was auch immer hier im Gange war, vielleicht würde es sich für ihn ja als Glück erweisen. Ein Mann, der von der Gestalt her dem jungen Dieb ähnelte, wich einem galoppierenden Pferd aus und flog gegen Pinatte. Dieser fing ihn auf und bewahrte ihn so vor einem Sturz.

»Tut mir leid«, sagte der Mann, nachdem er dem Reiter einige unflätige Flüche hinterhergerufen hatte.

Pinatte antwortete mit einem ungewohnt freundlichen Nicken. Der Mann richtete sich wieder auf und drehte den Kopf von einer Seite zur anderen, als suche er jemanden. Allerdings erwies es sich für ihn wegen seiner geringen Körpergröße als unmöglich, über die ständig wachsende Menschenmenge hinwegzublicken.

»Ist heute nacht irgend etwas Besonderes los?« fragte Pinatte.

Der Mann nickte geistesabwesend und schaute sich weiter um. »Ja, leider«, antwortete er. »Es gibt einen

Freien Kampf.« Er ließ seinen Blick ein letztes Mal über die Menge schweifen, bevor er aufgab. Als er sich endlich Pinatte zuwandte, sprach er in einem Tonfall, als würden sie sich schon jahrelang kennen. »Weißt du, wie oft es einen Freien Kampf im Jyolan gibt? Jedesmal, wenn der Mond grün wird, so oft, also nie. Und ausgerechnet heute nacht müssen sie einen veranstalten.«

Ein Freier Kampf! Das hatte Pinatte nicht erwartet. Aber das erklärte zumindest, warum sich hier so viele und so betuchte Menschen versammelt hatten.

»Du hast nicht zufällig einen Mann gesehen, der ein wenig verloren wirkt, oder?« Das war wieder der Fremde. Er hob die Hand über den Kopf. »Er ist ungefähr so groß, trägt einen langen Reitumhang und einen großen Hut.« Er beugte sich vor. »Er hat auch ein wirklich feines Pferd und ständig eine Ratte auf der Schulter.«

Pinattes schaute verdutzt drein. »Eine Ratte?«

»Na ja, so eine Art Ratte.«

Pinatte schüttelte den Kopf und grinste unsicher. »Nein«, antwortete er.

»Bist du sicher?«

»Ich bin sicher. Ich bin zwar gerade erst angekommen, aber jemand mit einem großen Hut und einer Ratte auf der Schulter wäre mir bestimmt aufgefallen.« Pinattes Grinsen wurde zu einem Lächeln. »Wartest du auf ihn?«

Der Mann nickte und verzog das Gesicht. »Er ist neu in der Stadt, und wahrscheinlich hat er sich verlaufen.« Er fluchte. »Ich hätte ihn nicht alleine losziehen lassen sollen. Ich trainiere nun schon seit Jahren Tiere für die Arena – nicht die ganz großen Kämpfer, weißt du, aber ich verstehe was vom Geschäft –, und dieses Rattending hätte mir ein Vermögen eingebracht ... und dem Besitzer natürlich auch«, fügte er rasch hinzu. »Du hättest mal sehen sollen, wie das Vieh mit Ghreels Hund draußen ›Im Weidland‹ umgesprungen ist.« Wieder fluchte er laut vor sich hin.

Pinatte hatte kein Interesse an einem gescheiterten

Kampftiertrainer, doch in dem Gedränge kamen sie nicht voneinander los, und der Mann schien zumindest freundlich zu sein. *Außerdem,* dachte Pinatte, *weiß er wahrscheinlich wesentlich mehr als ich über die Männer, die den Platz leiten, und das könnte sich für ihn noch als nützlich erweisen.*

»Er könnte irgendwo hier in der Menge sein«, sagte Pinatte. »Vielleicht wirst du ihn drinnen finden.«

Der Mann wirkte ausgesprochen unglücklich. Während die Menge sich langsam weiter voran bewegte, bot Pinatte ihm seinen Trost an. »Eine Ratte hätte außerdem bei einem Freien Kampf sowieso keine Chance gehabt.«

»Richtig. Aber er sah ja bloß aus wie eine Ratte ... Und der Eigentümer zeigte mittlerweile wirkliches Interesse. Ich bin sicher, wenn ich ihn hier rein bekommen und mit ihm geredet hätte – ihm gezeigt hätte, was hier so läuft –, dann wäre er begeistert gewesen. Außerdem brauchte er Geld, und das ist immer gut.«

Die Menschen drängten sich immer enger aneinander. Der Mann streckte die Hand aus. »Irgon Rinter«, verkündete er. »Du besitzt nicht zufällig irgendwelche Tiere, die du gerne für den Kampf trainiert hättest oder?«

Pinatte stellte sich ebenfalls vor, und zwar entgegen seiner Gewohnheit sogar mit seinem richtigen Namen. »Nein«, erwiderte er. »Es sei denn, du bist an den Wanzen in meinem Quartier interessiert. Auf jeden Fall sind sie blutrünstig genug.«

Rinter stieß ein heiseres Lachen aus. »Vielleicht sollte ich einen Miniaturkampfplatz aufziehen: Flöhe, Maden, Spinnen und so weiter.«

»Ich glaube nicht, daß ein paar Fliegen, die sich gegenseitig zu Tode prügeln, eine solche Menschenmenge anziehen würden«, entgegnete Pinatte gelangweilt. Er hatte nicht die Absicht, sich auf Rinters Humor einzulassen. »Was kämpft hier heute eigentlich? Weißt du das?« Er klopfte sich auf die Tasche. »Genauer gesagt: Was kostet es mich hineinzukommen?«

»Eine Menge«, antwortete Rinter. »Ich nehme an, heute haben sie sogar die Balkone geöffnet, und ich wette, daß sie allein dafür so viel nehmen, wie man normalerweise für einen Platz an der Arena bezahlt.« Er beugte sich vor und tippte sich mit dem Finger an die Nase. »Und was die Kämpfer betrifft«, sagte er in verschwörerischem Tonfall, »laut meinen Freunden da drinnen«, er nickte in Richtung des Gebäudes, »sind sie etwas *sehr* Besonderes.« Er schaute sich um, als könnten sie von irgend jemandem belauscht werden; dann senkte er die Stimme so weit, daß Pinatte Mühe hatte, ihn zu verstehen. »Etwas, das die Kyrosdyn gefunden haben.« Er deutete nach unten. »In den Höhlen.«

Pinatte war beeindruckt; allerdings gelang es ihm, dies nach außen hin nicht zu zeigen. Ohne darüber nachzudenken, rieb er über den Fleck auf seiner Hand.

»Warum ausgerechnet hier?« fragte er, da er nicht wußte, was er sonst hätte sagen sollen.

Rinter behielt seinen verschwörerischen Tonfall bei. »Ich weiß es nicht. Es kam ziemlich unerwartet. Ich selbst habe erst heute nachtmittag davon erfahren. Dabei habe ich dann auch gehört, daß Barran wohl in letzter Zeit Interesse an Kampfplätzen gezeigt hat. Wahrscheinlich sucht er nach neuen Geschäften, nun, da er den Kristallhandel unter Kontrolle hat.«

Pinatte hörte nicht mehr zu. Die Worte ›Barran‹ und ›Kyrosdyn‹ waren in seinem Kopf aufeinandergeprallt und hallten dort wider. Sie kreisten wie Raubvögel in seinem Verstand, ein chaotischer Chor in einer schrillen, fremdartigen Sprache.

Und irgend etwas drückte Pinatte nieder.

Er konnte nicht mehr atmen. Es war ein Gefühl, als hätte man ihm ein Band aus Eisen um die Brust gelegt, das langsam immer enger gezogen wurde. Er durfte nicht weitergehen. Er mußte hier weg!

»Bist du in Ordnung?«

Rinters Stimme war nur ein Murmeln vor dem Hinter-

grund des seltsamen Gesangs, und doch griff Pinatte nach diesem Rettungsanker und hielt sich verzweifelt daran fest. Der Gesang schwoll an, und das Eisenband wurde noch fester angezogen. Er mußte hier weg!

»Bist du in Ordnung?«

Irgendwie gelang es Pinatte, den Kopf zu heben. Er *mußte* nach oben schauen, um zu sehen, ob wirklich etwas in der Dunkelheit über ihm lauerte, das nur darauf wartete, auf ihn hinabzustoßen.

Doch anstatt in die Augen irgendeines Monsters zu blicken, schaute Pinatte in die eines steinernen Gesichts, das in den Schlußstein des Eingangstors eingearbeitet worden war. Der Blick des Bildnisses schien förmlich nach ihm zu greifen, und im selben Augenblick spürte Pinatte, wie er allmählich von dem Druck befreit wurde. Und auch das eiserne Band um seine Brust war mit einemmal verschwunden.

»Bist du . . .?«

Rinter setzte nun schon zum dritten Mal zur gleichen Frage an, während er Pinatte am Arm packte und ihn schüttelte.

»Ja, danke«, erwiderte Pinatte und legte seine Hand auf Rinters, um diesen zu beruhigen. »Ich war nur einen Augenblick lang benommen. Wahrscheinlich ist das Gedränge schuld daran.«

Aber in seinem Kopf drehte sich alles, und er konnte nicht aufhören, das Gesicht anzustarren. Wie hatte er nur so oft hierherkommen können, ohne etwas so . . . etwas so *Wundervolles* zu bemerken? Pinatte konnte sich nicht daran erinnern, dieses Wort schon jemals benutzt zu haben. Das Gesicht schien ihm sagen zu wollen: *Hab keine Angst. Alles wird gut. Eine große Zukunft liegt vor dir, denn du hast einen Beschützer.* Pinatte spürte, wie dieses Wissen sein ganzes Wesen erfüllte. Es war anders als alles, was er bislang gekannt hatte.

Dann bewegte sich die Menge ruckartig ein paar Schritte weiter, und Pinatte wurde unter dem Torbogen

hindurchgeschoben. Kurz hatte er das Gefühl, in tiefste Dunkelheit gestürzt worden zu sein, obwohl das Licht im Inneren des Gebäudes wesentlich heller war als außerhalb. Ein Teil von ihm schrie ob der Trennung von dem Gesicht schmerzerfüllt auf; doch das Bild des schönen Antlitzes war nach wie vor bei ihm und gab ihm Kraft. Es verharrte auch in seiner Nähe, als die Normalität wieder seine Wahrnehmung beherrschte, während die Menge sich langsam über den steinernen Boden der Eingangshalle hinwegbewegte.

»Vermutlich hat es auch etwas mit der Hitze zu tun.« Es dauerte eine Weile, bis Pinatte begriff, daß Rinters Diagnose ihm galt.

Pinatte nickte und lächelte. »Nun, jetzt ist es wieder gut, und ich bin in der richtigen Stimmung, um mir einen guten Kampf anzuschauen.«

Vor ihnen erschollen wütende Stimmen. Rinter kletterte auf den Fuß eines großen bronzenen Fackelständers, um die Quelle des Tumults auszumachen. »Sieht so aus, als würden wir schon einen Kampf zu sehen bekommen, noch bevor wir überhaupt drin sind«, berichtete er. »Irgend jemand regt sich über den Preis auf.« Er sprang wieder herunter. Kurz darauf bahnte sich eine Gestalt mit blutiger Nase einen Weg gegen den Strom; dabei kam sie auch an Rinter und Pinatte vorbei. Spott und Gelächter folgten dem Mann bei jedem Schritt.

Auch Pinatte stimmte in das Lachen mit ein. Was für ein Idiot! Wie konnte man nur auf die Idee kommen, sich mit den Platzwachen anzulegen – erst recht vor solch einer großen Menschenmenge? Pinatte tastete nach den Münzen in seiner Tasche. Falls Rinters Schätzung korrekt war, dann würde dies ein verdammt teurer Abend werden, und Pinatte verspürte nicht die geringste Lust, sich ebenfalls einen Weg zurück durch die Menge zu bahnen – egal ob mit eingeschlagener Nase oder nicht. Nachdem er sein Geld ein zweites Mal gezählt hatte, kam er zu dem Schluß, daß es ausreichte, obwohl ihm der Gedanke

immer noch Unbehagen bereitete, eine so große Summe auszugeben. Aber schließlich hatte er sich das heute verdient. Außerdem wäre es dumm von ihm gewesen, sich eine solche Gelegenheit entgehen zu lassen: Nicht nur, weil es der erste Freie Kampf im Jyolan war – und das noch dazu mit einem Kyrosdyn-Tier –, sondern auch weil sich hier ungeahnte Möglichkeiten für ihn eröffnen könnten. Sicherlich befand sich unter dem Publikum noch so manch einer, dessen Bekanntschaft Pinatte nur allzu gerne gemacht hätte. Zugegeben: Bisher hatte er lediglich einen erfolglosen Tiertrainer getroffen, aber das war immerhin ein erster Schritt in die richtige Richtung. Falls Rinters Behauptung der Wahrheit entsprach, daß Barran sich fortan auf den Kampfplätzen engagieren wollte, dann war der Jyolan der ideale Ausgangspunkt für Pinatte.

Der Jyolan-Platz war alt und respektabel, und da er seine besten Tage schon lange hinter sich hatte, war das Gebäude in einem recht desolaten Zustand. Diejenigen, die regelmäßig hierherkamen, beschwerten sich ständig darüber, daß die Besitzer nicht das volle Potential des Platzes ausschöpften.

»Na, hattest du einen guten Tag, Pinatte?«

Pinatte zuckte unwillkürlich zusammen. Er war so tief in Gedanken versunken gewesen, daß er nicht bemerkt hatte, wie sie sich dem inneren Tor genähert hatten. Der Gruß stammte von einer der Platzwachen.

»Hätte besser sein können«, erwiderte Pinatte. Das war seine übliche Antwort. Es war die übliche Antwort der meisten Bürger von Arash-Felloren auf solch eine Frage. Pinatte fiel auf, daß der Mann eine Livree trug und noch dazu eine neue, wenn sie auch nicht richtig paßte. Die meisten anderen Wachen waren Pinatte unbekannt. Er dachte kurz daran, eine ironische Bemerkung bezüglich der Livree zu machen, doch er entschied sich dagegen; er kannte den Mann nicht allzu gut, und er wirkte sowohl ausgesprochen stolz als auch recht scharf-

sinnig. Zudem glaubte Pinatte, anhand der Blicke, die zwischen den Wachen ausgetauscht wurden, zu erkennen, daß der Gruß lediglich dazu gedient hatte, ihn den anderen Männern bekanntzumachen.

»Wie teuer ist es heute abend?« fragte er.

Der Wachmann deutete müde auf ein großes Plakat, das am inneren Tor angeschlagen worden war. Pinatte versuchte, seine Gelassenheit zu wahren, als er den Eintrittspreis las, aber dennoch drehte sich ihm den Magen um. Dann war er endlich durch.

»Ich dachte schon, wir würden niemals hier reinkommen.« Rinter war wieder an Pinattes Seite. Er schaute sich um. »Schau dir das bloß mal an. Sie haben nicht nur die Balkone geöffnet.«

Vor ihnen wurden die Menschenmassen mehr oder weniger höflich von Platzwachen durch eine Reihe kleinerer Torbögen geschleust. Rinter machte Pinatte auf zwei Tore am Ende der Reihe aufmerksam. Diese waren normalerweise dunkel und von allerhand Müll blockiert. Nun jedoch erstrahlten sie in hellem Licht, und auch den Müll hatte man entfernt.

»Dort entlang bitte«, rief eine der Platzwachen, bevor Rinter etwas sagen konnte. Der Mann deutete mit seinem schweren Schlagstock auf eines der neueröffneten Tore, eine Geste, die in krassem Gegensatz zu seinen höflichen Worten stand.

Das Gebäude, das den Jyolan-Platz beherbergte, war sehr alt. Niemand wußte genau, wozu es ursprünglich errichtet worden war. Auch die Konstruktion gab keinerlei Aufschluß über den ursprünglichen Zweck, außer daß es vermutlich eine Art Versammlungshalle gewesen war. Von außen betrachtet, war das Gebäude zwar ungewöhnlich reich verziert, doch trotz seines hohen Alters unterschied es sich kaum von seinen Nachbarn, denn genau wie diese war es ein einfacher, rechteckiger Block. Innen jedoch war es ein kurvenreiches, verschnörkeltes Gebilde. In seiner Mitte befand sich auf einer erhöhten

Plattform eine ovale Arena, die von einem Metallgitter eingezäunt war. Daran schlossen sich terrassenartig angeordnete Tribünen an, auf denen die Zuschauer normalerweise standen, und darüber lagen die Balkone. Diese waren ebenfalls in mehrere Stufen unterteilt, wobei der jeweils nächsthöhere Balkon ein Stück weiter in den Raum hineinragte als der untere. So entstand eine gleichmäßige Linie, die stetig auf das Zentrum der großen Dachkuppel zuführte. Unter normalen Umständen waren die Balkone menschenleer, und ihre Galerien mit den weit auseinanderliegenden Säulen der Balustraden wirkten bisweilen wie blinde Augen, die dem Ort eine finstere Atmosphäre verliehen. Noch unfreundlicher jedoch war der Kreis spitzer, leicht gekrümmter Stacheln, der von der Decke herabhing. Jeder von ihnen neigte sich nach innen, als würden sie sich vor dem einzelnen Dorn verbeugen, der aus dem Zentrum der Kuppel entsprang. War die Basis des Dorns noch recht dick, so wurde er rasch immer spitzer, und an seinem Ende hing etwas, das ein faustgroßer Kristall zu sein schien. Im Licht, das nun gelegentlich von den Balkonen zu ihm hinaufdrang, blitzte er manchmal kurz auf wie ein einsamer silberner Stern.

Seltsamer noch als die Halle, waren die Wege, durch die man in sie hineingelangte. Dabei handelte es sich um ein wahres Labyrinth miteinander verwobener Gänge. Wie die Straßen der Stadt so wanden sich auch diese hierhin und dorthin, und sie stiegen und fielen ohne jede erkennbare Logik. Einige zeichneten sich durch ungewöhnliche Breite aus, während andere eng und niedrig waren, doch kein einziger behielt seine Form für lange Zeit bei. Und von jedem dieser Gänge zweigten unzählige andere ab, die durch den antiken Gebäudekomplex führten. Überdies gab es neben jenen Wegen, die ein Mann begehen konnte, auch solche, in die man gerade mal einen Finger zu stecken vermochte. Wozu auch immer diese Gänge, Wege und Röhren einst gedient

haben mochten, eines war klar: Sie waren nie dazu gedacht gewesen, Menschen durch das Gebäude zu geleiten, zumal der Boden so unregelmäßig war, daß ein Mann ständig den Schritt ändern mußte.

Manche behaupteten, die winzigen Röhren würden sich bewegen. Es hieß, Röhren würden plötzlich verschwinden, während an anderer Stelle neue auftauchten. Manche Leute erzählten sich von Fällen, da ein Mann Stimmen in den Gängen gehört hätte, und als er daraufhin auf die Suche nach der Quelle gegangen war, sei er nie wieder gesehen worden. Sicher, in den Gängen gab es ein seltsames Echo, und selbst wenn alles schwieg, konnte man ein leises Stöhnen hören. Manchmal klang dieses Stöhnen wie das Heulen eines Windes aus einem fernen, kahlen Land, und manchmal ließ es einem schier das Blut in den Adern gefrieren.

Es war einer der engeren Gänge, durch den Rinter und Pinatte als Teil einer Kolonne schritten. Platzwachen oder in groben Lettern beschriftete Schilder geleiteten sie an unzähligen Abzweigungen vorbei. Ebenso wie am Eingang, so herrschte auch hier eine Atmosphäre hektischer Betriebsamkeit. Schließlich erreichten sie am Ende eines steilen Anstiegs eine gewundene Steintreppe, die zu einem der Balkone führte. Oben angekommen fanden sich die beiden Männer auf einer breiten Fläche wieder, die auf der einen Seite von einer schrägen Wand und auf der anderen von einer parallel dazu verlaufenden Brüstung begrenzt wurde, so daß die ganze Konstruktion einen schiefen Eindruck erweckte. Pinatte und Rinter waren zunächst unsicher, wohin sie sich wenden sollten; doch ihnen blieb keine Zeit für lange Überlegungen, denn sie wurden von den ihnen folgenden Menschen unbarmherzig vorangeschoben.

Zwar waren schon viele Leute hier oben, aber noch immer gab es genug freien Raum entlang der Brüstung, und Rinter und Pinatte mußten nicht allzu weit gehen, bevor sie einen geeigneten Platz gefunden hatten. Rinter

lehnte sich sofort über die Brüstung und schaute neugierig auf die unter ihm liegenden Balkone auf der gegenüberliegenden Seite. Pinatte jedoch blickte nach oben, hinauf zu dem Stachelring, der das Zentrum der Kuppel bildete. Einen schwindelerregenden Augenblick lang hatte er das Gefühl, nach unten und nicht nach oben zu schauen, so daß die nach innen gebeugten Stacheln wie Blütenblätter wirkten, die sich langsam öffneten, um den Blick auf ein einsames Staubblatt freizugeben. Obwohl er normalerweise keine Angst vor großen Höhen hatte, verstärkte Pinatte instinktiv seinen Griff um die Brüstung aus Angst, in die Kuppel zu stürzen. Er lächelte nervös, als er erkannte, was er soeben getan hatte, während sein Blick von der Kuppel hinab zu dem Kristall wanderte. Pinatte neigte den Kopf ein wenig zur Seite, um einen besseren Blick zu haben, und im selben Augenblick wurde der Kristall von irgendwoher angestrahlt und blitzte auf. Das Licht des Kristalls drang Pinatte durch Mark und Bein, so daß er glaubte, sein Innerstes würde ausgeleuchtet. Es war ein vollkommen perfektes, ein reines Licht, und Pinatte war wieder draußen vor dem Tor und blickte hinauf zu dem Gesicht auf dem Schlußstein; aber diesmal war das Gesicht lebendig, und nicht nur Pinatte, sondern alle Menschen bewunderten es in ehrfürchtigem Staunen.

»Mir ist nie aufgefallen, wie groß dieser Ort in Wirklichkeit ist.«

Rinters Stimme klang unnatürlich schrill, als sie sich auf brutale Art einen Weg in Pinattes Vision bahnte, und in ihrem Kielwasser flutete der Lärm der Menge heran. Pinatte verzog das Gesicht. Er hatte die Hände beinahe schon auf die Ohren gelegt, als er sich daran erinnerte, wo er war. Rinter jedoch war zu sehr von der Szenerie zu seinen Füßen gefesselt, als daß er die Reaktion bemerkt hätte. Pinatte atmete tief durch, um sich wieder zu beruhigen, und blickte erneut zu dem Kristall hinauf. Er funkelte noch immer, doch seine seltsame, durchdringende

Ausstrahlung war verschwunden. Plötzlich wurde Pinatte von einer wilden Wut erfüllt, weil Rinters Geschwätz ihn dieses Wunders beraubt hatte, und er stellte sich vor, wie der nutzlose Tiertrainer die Balance verlor und in die Arena hinabstürzte – ein angemessenes Opfer. Aber genausoschnell wie dieser Gedanke gekommen war, war er auch wieder verschwunden, und Pinatte fragte sich verwundert, warum eine so gewalttätige Vorstellung ihm so wenig Unbehagen bereitete. Zwar war er schon oft Opfer von Gewalt geworden, und auch er selbst hatte keinerlei Bedenken, sie anzuwenden, doch nur, wenn es absolut notwendig war. Er hatte noch nie jemandem aus Rache oder Zorn etwas angetan. Und dennoch war es nicht sein Verstand gewesen, der ihn dazu veranlaßt hatte, Rinter nicht hinabzustürzen, sondern das Licht des Kristalls. Pinatte hatte das Gefühl, als würde es ihn besänftigen und ihn ermahnen, ruhig zu bleiben. Es war nicht verschwunden; es war einfach nur woanders, und es würde wieder zu ihm zurückkehren. Doch das war nicht alles, was es ihm sagte: Ebenso wie das Gesicht sprach es von Pinattes Zukunft – einer Zukunft, wie er sie sich noch vor wenigen Tagen nicht hatte vorstellen können. Wieder atmete Pinatte tief durch. *Das ist nur die Reaktion auf die vielen seltsamen Dinge, die mir heute widerfahren sind,* sagte er sich. *So viele Veränderungen.*

Er zwang sich dazu, Rinters Bemerkungen zu folgen.

»Es sind mindestens dreimal soviel Leute hier wie sonst, und es ist noch Platz für doppelt so viele ... Schau.« Rinter mußte beinahe schreien, um sich in all dem Lärm verständlich zu machen. Pinatte folgte Rinters Zeigefinger die anderen Balkone hinab zu den Tribünen an der Arena. Die Schätzung des Mannes war wahrscheinlich korrekt, entschied Pinatte. Es waren mehr Menschen hier versammelt, als er je zuvor gesehen hatte, und obwohl die Balkone nur so von Zuschauern wimmelten, waren sie doch bei noch nicht voll besetzt.

»Wo sind die alle hergekommen?« fragte Pinatte. »*Ich* habe nicht gewußt, daß für heute nacht ein Freier Kampf angesetzt worden ist, und ich lebe ganz in der Nähe.«

Rinter drehte sich fragend zu ihm herum. »Du warst wohl noch nie bei einem Freien Kampf, wie?«

Pinatte schüttelte den Kopf.

Rinter wurde onkelhaft. »Die Leute, die zu einem Freien Kampf gehen, unterscheiden sich stark von den üblichen Zuschauern bei anderen Kämpfen, Pinatte. Daß sie reicher sind, hast du ja wohl schon bemerkt; aber sie sind auch wesentlich sachkundiger und kritischer in ihrem Urteil. Man könnte sie als wahre Kenner bezeichnen. Und sie sind untereinander verbunden.« Er nickte vielsagend und rückte näher an Pinatte heran. »Als ich zum Beispiel vorhin mit meinem ... mit meinem Kollegen hier war ...« Die Erinnerung an Atlon und Dvolci ließ ihn die Stirn runzeln, und er schaute sich suchend um. Allerdings hielt er deswegen nicht eine Sekunde inne in seiner Rede. »Als ich vorhin hier war, hatten sie geschlossen, weil für heute nacht irgend etwas Besonderes angesetzt war; aber das hier hatten sie dabei bestimmt nicht im Sinn gehabt. Keinen Freien Kampf. Nicht das geringste hat auf ein solches Ereignis hingedeutet. Außerdem hätten sie es mir bestimmt gesagt, denn schließlich bin ich hier gut bekannt. Aber diese Leute ...« Ohne den Blick von Pinatte zu wenden, deutete er hinab zu den Tribünen. »Sie sind halt untereinander verbunden. In ihren Kreisen spricht sich die Nachricht von einem Freien Kampf so schnell herum, als wenn sie ein berittener Kurier von Haus zu Haus tragen würde. Ich habe das schon früher erlebt. Sie kommen von überall her.«

Pinatte legte den Kopf zur Seite und schürzte die Lippen als Zeichen, daß er die Erklärung akzeptiert hatte. Auch wenn man dem Erzähler eine gewisse dichterische Freiheit zugestand, klang es alles in allem doch recht plausibel. Die Eingänge zu den Balkonen waren erst vor

kurzem vom Dreck befreit worden, und die Beleuchtung und die Schilder deuteten allesamt darauf hin, daß die Vorbereitungen in aller Eile getroffen worden waren.

Dann fragte sich Pinatte, ob Lassner wohl unter den Zuschauern war und ob sein Nestherr wohl zu den wenigen Auserwählten gehörte, die regelmäßig an solchen Veranstaltungen teilnahmen. Der Gedanke hatte einen bitteren Nachgeschmack: Falls Lassner wirklich hier sein sollte, dann war es Pinattes Geld, das der alte Trottel bei seiner unsinnigen Wetterei verlor, und wahrscheinlich waren die Einsätze heute nacht noch weit höher als üblich. Wie ein glühendes Stück Kohle ließ Pinatte den Gedanken wieder fallen – er war eine unnötige Last. Sich von Lassner möglichst ohne Probleme zu lösen war das einzige, was Pinatte noch interessierte, denn er wollte in seiner neuen Zukunft nicht den Ballast der Vergangenheit mit sich herumschleppen. Doch im Augenblick war das alles nur von untergeordneter Bedeutung: *Jetzt* wollte Pinatte den ersten Freien Kampf im Jyolan genießen, *seinen* ersten Freien Kampf.

Genießen.

»Irgendeine Spur von deinem Freund?« fragte er seinen Begleiter.

Rinters Mundwinkel zuckten gereizt. »Nein. Ich bezweifle, daß er hier ist, selbst wenn er wieder zurückgefunden hat. Er hat nicht viel Geld, und ich hatte ihn noch nicht ganz überzeugt. Vielleicht sollte ich morgen zurück zum ›Weidland‹ gehen und sehen, ob ich ihn dort finden kann.« Er zuckte bedauernd mit den Schultern. »Ich hätte ihn niemals alleine losziehen lassen dürfen. Er war sehr ...« Er suchte nach einem geeigneten Wort. »... sehr *unschuldig.*«

Pinatte wirkte so verblüfft, daß Rinter unwillkürlich kichern mußte. Er stieß seinem neuen Bekannten freundschaftlich den Ellbogen in die Rippen. »Es wäre wohl besser für ihn gewesen, wenn *ich* ihm die Stadt gezeigt hätte und nicht eines jener skrupellosen Individuen, die

sich einen feuchten Kehricht um seine Interessen scheren.«

»Aber natürlich«, bestätigte Pinatte mit spöttischem Ernst.

Die beiden Männer lachten laut auf und wandten sich wieder der Arena zu.

Es war das erste Mal seit ihrer Ankunft, daß Pinatte bewußt hinunterschaute, und der Anblick der Kampfstätte beeindruckte ihn sehr. Natürlich hatten sie von hier oben keinen so guten Blick wie von den Tribünen, die unmittelbar an der Arena lagen; aber die Aussicht war wesentlich besser, als Pinatte erwartet hatte. Rinter war weniger beeindruckt. »Ich hoffe, was immer heute nacht kämpft, ist wenigstens groß«, sagte er. »Von hier oben wird es sonst verdammt schwer sein, Einzelheiten zu erkennen.« Er drehte sich um und ließ seinen Blick über den Balkon schweifen. »Hast du irgendwo Blaumänner gesehen?«

»Nein«, antwortete Pinatte. »Aber unten an der Arena gibt es eine ganze Menge.« Er deutete hinab. »Und sie geben irgendwelche Zeichen hier rauf. Wahrscheinlich sind ein Stück weiter welche.«

Die ›Blaumänner‹ waren offiziell damit beauftragt, die Wettgeschäfte auf den Kampfplätzen abzuwickeln. Wetten zwischen einzelnen Personen waren ausdrücklich verboten, und obwohl es allgemein üblich war, so war es doch riskant. Jeder, der dabei erwischt wurde, mußte alles Geld und alle Wertsachen abgeben, die er bei sich führte, und um der Gerechtigkeit Genüge zu tun, folgte zumeist auch noch eine ordentliche Tracht Prügel.

Angeblich waren die Blaumänner voneinander unabhängig, und offiziell wurden sie vom Präfekten ernannt; aber jedermann wußte, daß sie ausschließlich aufgrund ihrer mathematischen Fähigkeiten ausgewählt und – ähnlich den Platzwachen – von den Organisatoren der Kämpfe bezahlt wurden. Man nannte sie Blaumänner aufgrund ihrer leuchtendblauen Halstücher, die mit dem

Wappen des Präfekten bestickt waren. Obwohl sie üblicherweise lautstark ihre Ehrlichkeit betonten, war es allgemein üblich, daß sie sich untereinander absprachen, um so die Quoten zum Wohle ihrer Arbeitgeber zu manipulieren. Dennoch: In der Hitze des Gefechts wurden gute Vorsätze nur allzu schnell vergessen, und die Blaumänner konnten sich nie über mangelnde Kundschaft beklagen. Zur Verständigung benötigten sie keine Worte – die hätten ihnen bei all dem Lärm sowieso nichts genutzt –, sondern sie unterhielten sich mit Hilfe eines ausgefeilten Systems von Handgesten, das eine große Fingerfertigkeit voraussetzte. Einige von ihnen pflegten sich unmittelbar an der Arena zu positionieren, um von dort aus die Arbeit ihrer Kollegen auf den Tribünen und Balkonen zu koordinieren.

Rinter beobachtete sie eine Weile; dann schürzte er die Lippen und schüttelte den Kopf. »Ich glaube, heute nacht halte ich mich raus«, erklärte er. »Das Minimum ist mir zu hoch.«

Pinatte war beeindruckt. »Verstehst du dieses Wedeln etwa?« fragte er und versuchte sich an einer entsprechenden Geste.

»Ein wenig«, antwortete Rinter. »Im Laufe der Jahre habe ich das ein oder andere gelernt.« Bevor Pinatte diese interessante Entdeckung weiter verfolgen konnte, erscholl eine Fanfare. Vier Töne hallten durch die Halle, und Schweigen senkte sich auf die Menge.

Kapitel 15

Eine weitere Fanfare erklang, und dann noch eine. Die einzelnen Töne gingen ineinander über, und schließlich erfüllten sie den gesamten Raum. Es war Tradition, daß

ein Kampftag von Fanfaren eröffnet wurde. Häufig handelte es sich dabei um eine Anhäufung falscher Töne und Dissonanzen, doch gelegentlich klang es fast wie ein militärisches Signal. Pinatte mochte das; Musik hatte ihn schon immer sehr beeindruckt. Mehr als einmal war er vom Kampfplatz zu seinem Nest zurückgekehrt und hatte dabei die Melodie vor sich hingepfiffen, die er soeben gehört hatte.

Aber dies war eine Fanfare, wie er sie noch nie gehört hatte. Sie war nicht nur hervorragend geblasen, sondern besaß auch einen so treibenden und mitreißenden Rhythmus, daß Pinatte erzitterte. Als sie ihren Höhepunkt erreichte, hatte Pinatte das Gefühl, als würde sie ihn an einen anderen Ort transportieren – an einen Ort weit außer- und oberhalb dieser schäbigen Halle mit ihrem Gestank nach Blutlust und Gier. Als die Fanfare schließlich verklang, hatte Pinatte Augen und Mund weit aufgerissen, und er spürte, daß ihm die Nackenhaare zu Berge standen. Wie konnte an einem solchen Ort eine solche Magie existieren?

Dann schoß mit einemmal ein stechender Schmerz durch Pinattes rechte Hand, und ihm stieg das Blut ins Gesicht. Es war, als würde sich sein Körper mit aller Macht gegen das Hochgefühl wehren, das die Musik in ihm erzeugt hatte. Irgendwie gelang es Pinatte, einen Schrei zu unterdrücken; statt dessen stieß er lediglich ein Zischen aus und preßte die schmerzende Hand an die Brust. Der Schmerz ließ etwas nach.

»Was ist los?« fragte Rinter.

»Nichts«, antwortete Pinatte und verzog das Gesicht. »Ich habe mir heute vormittag die Hand verletzt, und manchmal tut sie immer noch weh.« Rinter nickte verständnisvoll und schaute wieder hinab in die Arena. Sein Desinteresse war Pinatte nur recht. Er hatte nicht die Absicht, den Fleck auf seiner Hand irgend jemandem zu zeigen; der Fleck gehörte ihm und ihm ganz allein. Flüchtig kam ihm der Gedanke, daß der Schmerz und

die Musik irgendwie miteinander verbunden waren – als wäre der Schmerz die Strafe dafür gewesen, daß er sich von der Musik an einen Ort hatte entführen lassen, an einen Ort, an dem er nicht sein durfte.

Dann war der Schmerz plötzlich wieder verschwunden. Pinatte rückte ein Stück von Rinter ab, drehte sich ins Licht einer in der Nähe hängenden Laterne und untersuchte nervös seinen Handrücken. Erleichtert stellte er fest, daß sich nichts verändert hatte. Es gab keinerlei Anzeichen für eine Entzündung oder irgend etwas anderes, was eine so heftige Reaktion hätte hervorrufen können. Tatsächlich schien der Fleck sogar ein wenig blasser geworden zu sein. Mit äußerster Vorsicht berührte Pinatte ihn mit der Spitze seines linken Zeigefingers – kein Schmerz –, dann drückte er fester zu und ... wieder kein Schmerz. Was auch immer der Grund für den merkwürdigen Schmerz in der Hand gewesen sein mochte, jetzt war nichts mehr davon zu sehen oder zu spüren.

Als die Menge plötzlich in wilden Jubel ausbrach, vergaß Pinatte jegliche Sorge um seine Hand. So wie die Fanfare, so schwoll auch das Jubeln immer mehr an, und ebenso wie bei der Fanfare hatte Pinatte das Gefühl, von dem Geräusch durchdrungen und an einen anderen Ort geführt zu werden. Diesmal jedoch glaubte er nicht mehr, aus seinem Körper gelöst worden zu sein; vielmehr war er geradezu *besessen* von der gierigen Begeisterung, die um ihn herum herrschte. Dann erreichte ihn zum ersten Mal der typische Gestank der Arena. Es war ein äußerst intensiver Geruch, so daß Pinatte einen Augenblick lang das Gefühl hatte, als besäße er die geschärften Sinne eines Tieres. Dieses Gefühl mischte sich mit dem Geruch und dem Schreien der Zuschauer, und Pinatte wurde immer erregter. Er *fühlte*, wie er in das Schreien einstimmte, noch bevor er sich über die Brüstung gelehnt hatte, um nachzuschauen, was diesen Aufruhr verursacht haben könnte.

Der Grund lag in der Mitte der Arena, wo sich mit provozierender Langsamkeit eine runde Öffnung auftat. Pinatte versteifte sich, während die ovale Arena sich in ein großes Auge verwandelte, dessen ›Pupille‹ sich immer mehr öffnete, als freue es sich, ihn zu sehen. Dann sah er plötzlich einen blutroten Faden, der sich in den finsteren Tiefen der Öffnung wand. Es dauerte eine Weile, bis er erkannte, daß es sich dabei um einen Menschen handelte, der langsam aus der Tiefe heraufstieg.

Der Mann war eine vertraute Gestalt, wie man sie auf jedem Kampfplatz finden konnte; Pinatte war es nur nicht gewohnt, ihn aus diesem Blickwinkel – nämlich von schräg oben – zu sehen. Der Mann trug einen leuchtendroten, breitkrempigen Hut und einen langen, goldbestickten Umhang von der gleichen Farbe. In der rechten Hand hielt er einen dünnen Silberstab, der etwa halb so groß war wie er selbst. Es war der Arenameister, offiziell die höchste Autorität auf einem Kampfplatz. Seine Entscheidungen durften nicht angezweifelt werden, egal wie willkürlich sie auch zu sein schienen und egal wie sehr sich das Publikum auch darüber aufregen mochte. Anfang und Ende eines Kampfes zu bestimmen gehörte ebenso zu seinen Aufgaben, wie den Sieger festzulegen, sollte es zu einem Unentschieden kommen. Auch für die Disziplin in der Arena war er verantwortlich; eine Berührung seines Stabes brachte selbst den schärfsten Hund dazu, den Griff zu lösen und schmerzerfüllt zurückzuspringen. Mehr als einmal hatte Pinatte beobachtet, wie nicht nur das Tier, sondern auch dessen Besitzer den Stab zu spüren bekommen hatte, denn in der Hitze des Gefechts vergaß sich so mancher Eigentümer und glaubte, die Entscheidung des Meisters in Frage stellen zu müssen.

Der großen, würdevollen Gestalt des Arenameisters folgten zwei Männer, die von Kopf bis Fuß in enge schwarze Gewänder gehüllt waren. Auch sie trugen Stäbe, doch wesentlich kürzere. Das waren die Kampf-

richter; warum sie so genannt wurden, vermochte niemand zu sagen, denn den Arenameister interessierte ihre Meinung nicht, und sie boten sie ihm auch nicht an. Ihre Aufgabe bestand im wesentlichen darin, die Zuschauer über Stammbaum und Erfolge der Kämpfer zu informieren, zurückhaltende Kombattanten anzuspornen und schwerverwundete Tiere aus der Arena zu entfernen.

Schließlich betraten weitere Männer, die Platzwarte, die Arena durch Türen am Rand der zentralen Plattform. Keine Zeremonie begleitete das Erscheinen der kräftigen Gestalten mit ihren schweren Stäben und langen Messern. Ihnen fiel die Aufgabe zu, die Entscheidungen des Meisters durchzusetzen, den Kampfrichtern bei der Beseitigung von Toten und Verwundeten zu helfen – was manchmal äußerst gefährlich war –, und schließlich mußten sie auch noch die Arena nach jedem Kampf säubern. Normalerweise handelte es sich bei den Platzwarten um eine buntgemischte Gruppe abgerissener Gestalten, aber heute nacht trugen auch sie Livree; sie waren ganz in Braun gehüllt, in einen Farbton, der in etwa dem des Arenabodens entsprach. Sie wurden mit spöttischem Jubel und Pfiffen empfangen, was die meisten von ihnen allerdings ignorierten.

Der Arenameister streckte die Hand aus, den Handteller nach oben, und drehte sich einmal im Kreis, um das gesamte Publikum in die Geste mit einzubeziehen. Der Jubel, der sich daraufhin erhob, war echt und laut, und er ebbte erst ab, als einer der Kampfrichter vortrat, um das Wort zu ergreifen. Aus Angst, eine einzelne Stimme in der riesigen Halle nicht verstehen zu können, reckten Pinatte und Rinter die Hälse. Sie waren nicht die einzigen, die so handelten, doch ihre Befürchtungen erwiesen sich als unbegründet. Als der Mann sprach, wurde seine Stimme durch die Konstruktion des Gebäudes so verstärkt, daß jedermann das Gefühl hatte, der Sprecher würde unmittelbar neben ihm stehen. Ein überraschtes Raunen ging durch die Menge, aber die Stimme des

Kampfrichters setzte sich mühelos darüber hinweg. Er sprach in einem leicht ironischen Tonfall.

»Euch allen ein herzliches Willkommen, meine Freunde. Willkommen auf dem Jyolan-Kampfplatz ...«

»Der ist neu«, bemerkte Rinter, »genau wie der Meister.« Pinatte nickte.

»Willkommen auf dem *neuen* Jyolan-Kampfplatz.« Wieder jubelte die Menge. »Nach heute nacht wird nichts mehr so sein wie früher. Noch heute morgen war nicht abzusehen, was diese Nacht bringen würde; doch seitdem hat sich viel verändert, und in den heutigen Wettbewerben werdet ihr Dinge sehen, die ihr euer ganzes Leben lang nicht vergessen werdet ...«

»Das kann ja nicht mehr allzu lange dauern, wenn das so weitergeht. Mach voran!« rief irgend jemand.

Hier und da wurde gelacht, als der Kampfrichter sich umdrehte und auf den Zwischenrufer deutete. »Und vielleicht werden wir die Veranstaltung damit beenden, daß wir den glücklichen Gewinnern etwas frisches Fleisch vorwerfen.« Die Männer in unmittelbarer Nähe des so Zurechtgewiesenen brachen in wildes Gelächter aus. Befriedigt fuhr der Kampfrichter mit seiner Rede fort. »Diejenigen von euch, die regelmäßig hierherkommen, waren ohne Zweifel überrascht darüber, was sie hier vorgefunden haben.« Er deutete hinauf zu den neueröffneten Balkonen.

»Und über die Preise!« rief jemand. Mehrere wütende Stimmen unterstützten den Mann.

Der Kampfrichter winkte ab. »Qualität, verehrte Damen und Herren. Qualität. Wenn ihr Kaninchen, Ratten oder schlecht gelaunte Hunde sehen wollt, dann müßt ihr woanders hingehen. Was aber die heutige Nacht betrifft, so habt ihr mit Sicherheit nicht zuviel bezahlt. Ihr werdet die Ausgabe einer solch bescheidenen Summe, wie wir sie von euch verlangt haben, nicht im geringsten bereuen, denn ihr seid die Auserwählten – die Glücklichen, die vom Schicksal dazu bestimmt wur-

den, den Beginn einer neuen Zukunft für den Jyolan zu sehen: einer Zukunft, die selbst die glorreiche Vergangenheit dieses Ortes noch bei weitem übertreffen wird. Noch euren Urenkeln werdet ihr von der heutigen Nacht erzählen.«

Trotz der ungewöhnlichen Eröffnungsrede des Kampfrichters wurde ein Teil des Publikums allmählich unruhig. Der Mann wankte. Langsam und bedächtig hob der Arenameister seinen Stab, dann rammte er das eine Ende so heftig auf die Plattform, daß der Schlag ebenso laut durch die Halle widerhallte wie die Stimme des Kampfrichters. Der beginnende Tumult hörte schlagartig auf.

Der Kampfrichter warf einen raschen Blick zum Meister, und dieser bedeutete ihm mit einem kurzen Nicken fortzufahren. Der Kampfrichter räusperte sich. »Meine Freunde, wir können euch heute nacht nur ein solches Spektakel bieten, weil der Jyolan-Kampfplatz neue Gönner gefunden hat – Gönner, die zu den reichsten und mächtigsten Männern der Stadt gehören.« Er beugte sich vor und legte den Finger auf die Lippen. »Gönner, die es vorziehen, im Hintergrund zu bleiben – so wie es für Männer von Geschmack und Feingefühl üblich ist.«

»Ich wette, er meint Barran.« Rinter nickte Pinatte vielsagend zu. Er sprach sehr leise, als fürchtete er, seine Stimme könne genauso in der Halle widerhallen wie die des Kampfrichters. »Wie ich dir ja bereits gesagt habe, munkelt man schon die ganze Zeit davon, und es braucht auch wirklich einen Mann von seinem Format, um den Jyolan aufzubauen.«

Die Erwähnung Barrans erinnerte Pinatte daran, warum er heute nacht hierhergekommen war. »Bist du ihm je begegnet?« fragte er.

»Wem?«

»Barran. Bist du ihm je begegnet?«

Rinter schwieg einen Augenblick lang, dann richtete er sich stolz auf. »Nun, wegen seiner ganzen Geschäfte zieht er es natürlich vor, für sich zu sein, und nur wenige

sind bisher zu ihm durchgedrungen; aber, ja, ich bin ihm begegnet. Ich habe auch mit ihm gesprochen. Außerdem kenne ich Fiarn ja noch von früher. Du hast doch schon von Fiarn gehört, oder?«

Pinatte musterte Rinter mit neu erwachtem Interesse.

»Ja, ich habe von Fiarn gehört. Hat er sich früher nicht um die Kristallsucher in der Thlosgaral gekümmert, bevor er sich mit Barran zusammengetan hat?«

Der Kampfrichter beschrieb inzwischen die Tiere, die den ersten Kampf austragen würden. Wie üblich war seine Rede voller Übertreibungen, und wie üblich hörte ihm kaum jemand zu.

Rinter lachte leise. »Ja, so kann man es auch ausdrücken. Fiarn hat sich um die Kristallsucher *gekümmert*, ah, ja.« Er drehte sich um und lehnte sich gegen die Brüstung. »Tatsächlich habe ich eine Zeitlang für ihn gearbeitet. Ich habe mich auch um die Kristallsucher *gekümmert*.« Ein Schatten huschte über sein Gesicht, und beinahe war in seinen Augen so etwas wie Bedauern über seine Angeberei zu erkennen. »Aber das war nichts für mich. Das war nicht meine Art Arbeit. Fiarn ist ein harter Mann – sogar brutal, wenn er will. Mir haben die Kristallsucher irgendwie leid getan – oder zumindest ihre Familien. Es ist sehr schwer, etwas für die Kristallsucher selbst zu empfinden. Sie sind so degeneriert ...« Er blickte in eine unbestimmte Ferne, während er sich erinnerte. »Wenn jemand eine Weile in den Minen gearbeitet hat, dann zieht er sich in eine eigene Welt zurück. Wenn du so jemandem in die Augen siehst, wirst du das auch erkennen. Sie sind irgendwie nicht mehr ganz da, obwohl ich wirklich gerne wissen würde, *wo* sie sind. Die Thlosgaral ist ein unheimlicher Ort; manchmal kann sie einem sogar regelrecht Angst einjagen. Du weißt doch, daß sie sich bewegt, oder?« Pinatte nickte. Zwar wurde nur selten über die Thlosgaral gesprochen, aber daß sich die Landschaft veränderte, wußte er. Rinter schaute in die Arena hinab: Der Kampfrichter redete noch immer.

»Aber ja, Fiarn *kümmerte* sich um die Kristallsucher, bis Barran ihm ein besseres Angebot gemacht hat.«

»Was war das für ein Angebot?«

Wieder lachte Rinter, erst leise, dann laut. »Ein typisches Barran-Angebot: Arbeite für mich, oder du bist ein toter Mann. Und das war mehr, als er dem Rest von Fiarns Bande angeboten hat.« Pinatte hob fragend die Augenbrauen. Rinter schaute ihn abschätzend an; dann beugte er sich vor und flüsterte: »Kennst du das Gefühl, daß manchmal jemand da ist, der seine schützende Hand über einen hält?« Mittlerweile hatte er seine Stimme noch mehr gesenkt. »Wenige Tage, nachdem ich Fiarn verlassen hatte, sind er und seine Kumpane auf Barran gestoßen, und dann ...« Er fuhr sich mit dem Finger über die Kehle. Von einem Augenblick auf den anderen wich der Humor in seinem Gesicht einem Ausdruck blanken Entsetzens. Rasch drehte er sich wieder zur Arena um.

Diesmal war Pinatte wirklich beeindruckt. Was auch immer Rinter sonst sein mochte, seine letzte Reaktion war nicht gespielt gewesen. Dieser Mann kannte tatsächlich Fiarn, Barrans engsten Vertrauten, den gefürchtetsten seiner Hauptleute ... Pinatte rückte wieder näher an Rinter heran. »Glaubst du, Barran hätte mit dir das gleiche gemacht?«

Rinter stieß zischend die Luft aus und blickte angestrengt in die Arena hinunter. »Daran besteht nicht der geringste Zweifel«, erklärte er. »Wäre ich dort gewesen, dann wäre ich jetzt nicht hier. Ich kann mich ganz gut um mich selbst kümmern, auch wenn man mir das nicht ansieht; aber nach allem, was ich gehört habe, hätte mir mein bißchen Kampferfahrung damals nur wenig genützt. Fiarns Männer haben sich für Kämpfer gehalten – und auf eine gewisse Art waren sie das auch –, aber Barran ist ein *richtiger* Kämpfer, ein erfahrener Söldner. Er hat vier Männer in ein paar Sekunden erledigt.«

Die Geschichte erregte Pinatte.

Er konnte sich kaum noch zurückhalten. »Hast du noch Kontakt zu Fiarn?«

Rinter zögerte einen Augenblick, offenbar hin und her gerissen zwischen der Wahrheit und einer angeberischen Geschichte. Normalerweise hätte er sich für letzteres entschieden, doch dieser junge Mann hatte ein selten einnehmendes Wesen. Er hatte das Aussehen eines Diebes – wahrscheinlich eines organisierten –, doch er wirkte ausgesprochen klug, und er hatte etwas an sich ...

Entgegen seiner Gewohnheit antwortete Rinter wahrheitsgemäß: »Eigentlich nicht. Wir haben uns in gegenseitigem Einvernehmen getrennt. Er wußte genausogut wie ich, daß ich mich nicht für diese Art Arbeit eigne. Er hat mich nur bei sich aufgenommen, weil wir als Kinder miteinander befreundet waren; aber unsere Wege haben sich schon früh getrennt. Ich habe ihn seitdem noch ein paarmal gesehen. Wir haben getrunken und über die alten Zeiten geplaudert, aber ich würde mich nicht gerade als seinen guten Freund bezeichnen.«

Ein Aufschrei ging durch die Menge und lenkte die Aufmerksamkeit der beiden Männer wieder auf die Arena. Der Kampfrichter hatte seine Einführungsrede beendet und war wieder an die Seite seiner Kollegen zurückgekehrt, die sich am Rand der zentralen Plattform aufgestellt hatten. Inzwischen hatten sich zwei einander gegenüberliegender Türen in der Außenmauer der Arena geöffnet, und im selben Augenblick, da Pinatte und Rinter wieder hinabschauten, traten die ersten Kombattanten und ihre Besitzer durch eben diese Türen. Bei den beiden Kämpfern handelte es sich um große kräftige Hunde mit bulligem Kopf und krummen Beinen, die von ihren Eigentümern nur mit Mühe im Zaum gehalten werden konnten. Der Arenameister musterte die beiden Tiere; dann bedeutete er einem von ihnen, sich dem anderen zu nähern. Solcherart wurde die anfängliche Kampfrichtung bestimmt – eine althergebrachte Tradition, die sicherstellen sollte, daß jeder Zuschauer im

Laufe eines Kampfes wenigstens einmal ungehinderte Sicht auf das Geschehen hatte.

»Kannst du mich mit ihm bekanntmachen?« Pinatte konnte kaum glauben, was er gerade gesagt hatte. Was hatte er sich nur dabei gedacht, von einem flüchtigen Bekannten einen so großen Gefallen zu erbitten? Und was wollte er einem Mann wie Fiarn eigentlich sagen, wenn er ihm erst einmal gegenüberstand? Und er würde etwas sagen *müssen*, denn Männer wie Fiarn ließen nicht mit sich spaßen ...

Pinatte bemühte sich, seine Gedanken wieder zu sammeln, denn sie stoben in alle möglichen Richtungen auseinander und zeigten ihm unzählige verschiedene Zukunftsperspektiven. Rinter wirbelte herum, einen entsetzten Ausdruck im Gesicht.

»Kannst du mich mit ihm bekanntmachen?« wiederholte Pinatte die Frage in der Hoffnung, daß Angriff die beste Verteidigung sei.

Rinter schwieg einen Augenblick, dann sagte er mit heiserer Stimme: »Ich ... Schau dir den Kampf an.«

Pinatte nickte zustimmend, doch sein Gesichtsausdruck verriet, daß die Beantwortung der Frage nur aufgeschoben, nicht aufgehoben war. Enthusiastisch beugte er sich über die Brüstung. Rinter hatte nicht wirklich ›Nein‹ gesagt! Pinatte wußte nicht, was ihn dazu bewegt hatte, eine solche Frage zu stellen; aber er spürte, daß er eine wichtige Saat ausgebracht hatte, die nun Zeit zum Keimen brauchte. Und wo konnte sie besser gedeihen als in einer so fruchtbaren Umgebung? Auch wenn der Kampfrichter bei seiner Ansprache vielleicht ein wenig übertrieben hatte, so versprach dies doch, eine interessante Nacht zu werden, und Rinter würde gegen Ende der Veranstaltung sicherlich wesentlich aufgeschlossener sein als jetzt. Pinatte war ruhig und entspannt.

Die beiden Hunde wurden einander nähergebracht ... Jedesmal wenn eines der Tiere zum Angriff ansetzte, wurde es zurückgerissen, bevor es in Kontakt mit seinem

Gegner kam. Dies war eine absichtlich provokative Prozedur, um die Wildheit der Tiere zu steigern und gleichzeitig die Erwartungshaltung der Zuschauer zu erhöhen. Langsam wurden die knurrenden Hauptdarsteller in der Arena herumgeführt, während der Meister, eingerahmt von den beiden Kampfrichtern, jede einzelne ihrer Bewegungen aufmerksam verfolgte.

Rinter holte ein kleines Fernrohr aus der Tasche und schaute hindurch. »Ich habe doch gewußt, daß ich sie kenne«, erklärte er. »Sie stammen aus demselben Zwinger. Sie sind Brüder. Das scheint in der Tat eine äußerst interessante Nacht zu werden, wenn sie schon mit diesen beiden anfangen. Normalerweise treten sie immer erst am Schluß auf. Die beiden hassen sich wie die Pest.« Er kicherte. »Ich habe ja schon immer gesagt: Wenn du einen wirklich harten Kampf sehen willst, dann sieh zu, daß es in der Familie bleibt.« Er reichte Pinatte das Fernrohr, der es unsicher ans Auge hob. Er sah lediglich ein regenbogenfarbenes Schimmern. Verwirrt setzte er das Fernrohr wieder ab und blinzelte.

»Du mußt das hier vor und zurück bewegen«, erklärte Rinter und deutete auf das entsprechende Bauteil. »Und dann mußt du das hier drehen.«

Pinatte tat, wie ihm geheißen ... und plötzlich sah er die beiden Hunde so deutlich vor sich, als stünde er unmittelbar neben der Arena. Er sog zischend die Luft ein und sprang erschrocken zurück.

Rinter packte ihn am Arm. »Paß auf!« schrie er. »Das ist ein verdammt gutes Fernrohr, und ich glaube nicht, daß ihm ein Sturz aus dieser Höhe guttun würde – ganz zu schweigen von dem armen Kerl, auf dessen Kopf es landen würde.« Rinter schien plötzlich in ausgesprochen guter Laune zu sein, und er bedeutete Pinatte, er könne das Fernrohr ruhig weiter benutzen.

Vorsichtig hob Pinatte das Fernrohr erneut vors Auge und stützte sich mit den Ellbogen auf der Brüstung ab. Der Anblick war unglaublich. Wahrscheinlich hätte er

noch nicht einmal eine solch gute Sicht auf das Geschehen gehabt, wenn er unmittelbar an der Arena gestanden hätte. Für einen Augenblick kam sein altes Selbst wieder zum Vorschein: Wenn es ihm gelingen würde, ein paar Fernrohre zu stehlen, dann könnte er ein Vermögen damit verdienen, sie dem Publikum hier zu verkaufen. Er beschloß, sich später genauer mit dieser Idee auseinanderzusetzen, wandte den Blick von den Hunden ab und richtete ihn auf die Zuschauer. Pinatte brauchte nicht lange, um zu erkennen, welch ein Reichtum hier versammelt war – teure Kleider, prächtiger Schmuck, schwere Börsen. Es fiel ihm ausgesprochen schwer, nicht der Versuchung nachzugeben, die ihn in diesem Augenblick überkam – die Tatsache, daß gerade die ersten Wetten angenommen wurden und wahre Unsummen den Besitzer wechselten, erschwerte das Ganze nur. Vereinzelt wanderten sogar jene seltsamen, bunt bedruckten Papierfetzen von Hand zu Hand, wie sie bei den wahrhaft Reichen inzwischen zur Mode geworden waren.

Pinatte verfolgte das Geschehen eine Weile, bis es ihm zuviel wurde und er das Fernrohr an Rinter zurückgeben mußte, der es in seiner Tasche verstaute. Nun, da er das gesamte Publikum wieder im Blick hatte, bemerkte Pinatte, daß es überall auf den Rängen nur so von Blaumännern wimmelte, die sich mit wilden Gesten untereinander verständigten, und auch auf seinem Balkon wurde gewettet. Pinatte selbst hielt sich jedoch wohlweislich zurück. Seine Abneigung gegen das Wetten lag nicht nur in seinen Erfahrungen mit Lassner begründet; er empfand auch eine gewisse Ehrfurcht gegenüber Leuten, denen es gelang, die sich ständig ändernden Quoten zu überblicken und die sich in einer Sprache unterhielten, die nur wenig leichter zu verstehen war als die komplizierten Gebärden der Blaumänner.

Rinter klopfte nervös auf seine Börse.

»Nein«, sagte Pinatte und schüttelte energisch den Kopf. »Bleib bei deiner Entscheidung. Heute nacht ist es

zu teuer. Warum willst du dir den schönen Abend versauen? Schließlich hast du doch schon genug bezahlt. Ich glaube nicht, daß die Blaumänner deinen Einsatz vermissen werden.«

»Du hast recht«, erwiderte Rinter und versetzte seiner Börse einen letzten Klaps. Er schien erleichtert darüber zu sein, daß ein anderer ihm die Entscheidung abgenommen hatte.

Nachdem die Hunde die Arena in unmittelbarer Nähe zueinander zweimal umrundet hatten, wurden sie wieder voneinander getrennt, und die Aktivitäten der Blaumänner hörten schlagartig auf. Auf ein Zeichen des Meisters hin begaben sich die Hunde auf einen dritten Umlauf. Diesmal jedoch ließ man ihnen mehr Leine, und es dauerte nicht lange, bis das erste Blut geflossen war. Allerdings wurden sie immer noch so weit zurückgehalten, daß keines der Tiere sich festbeißen konnte. Dennoch blieb es nicht aus, daß dann und wann einer der Hunde seinen Kontrahenten zu fassen bekam, woraufhin einer der Platzwarte herbeieilte und etwas zwischen die Kiefer des Angreifers zwängte, um sie zu öffnen. Solche Szenen waren beim Publikum äußerst beliebt, das daraufhin den verantwortlichen Besitzer ob seiner Unachtsamkeit mit Spott geradezu überschüttete. Überdies erreichte die Wettleidenschaft der Zuschauer im Zuge eines solchen Ereignisses stets einen neuen Höhepunkt, während man über die Auswirkungen des Vorfalls auf die beiden Kämpfer diskutierte und darüber spekulierte, ob der Meister den Angriff als Verstoß gegen die heiligen Regeln der Arena erachtete. Das hätte selbstverständlich Einfluß auf seine Entscheidung, sollte er am Ende gezwungen sein, einen Sieger zu bestimmen.

Schließlich gab der Arenameister das Zeichen, die Hunde auf den letzten Teil des Kampfes vorzubereiten. Seltsamerweise – und natürlich rein zufällig – kam dieses Zeichen stets, wenn die meisten Wetten abgeschlossen worden waren und wenn die Erregung der Zuschauer

sich nicht mehr steigern ließ. Die Hunde wurden losgelassen, und mit Schaum vor dem Mund stürzten sie sich aufeinander. Rinter lachte lauthals auf. »Die zwei müssen ihrer Mutter bei der Geburt verdammte Schmerzen verursacht haben. Sieh sie dir an! In ihrem Haß wirken sie beinahe menschlich.«

Pinatte hörte die Worte kaum; er war viel zu sehr vom Anblick der kämpfenden Tiere fasziniert, die sich im Staub der Arena wälzten. Wann immer die beiden Kämpfer voneinander abließen und sich hechelnd gegenüberstanden, trat einer der Platzwarte in die Arena und spornte sie an. Obwohl Pinatte die Hunde nicht mehr voneinander unterscheiden konnte, wünschte er sich plötzlich, daß einer von ihnen gewann – und zwar, daß er *richtig* gewann. Er wünschte sich, daß eines der Tiere dem anderen die Kehle herausriß und daß der Unterlegene mit seinem letzten Knurren sein Blut in den Staub spuckte. Allerdings war ein solches Ende weithin unüblich, und es traf auch nur solche Tiere, die zu alt und damit nutzlos für den Kampf geworden waren. Und dennoch wünschte sich Pinatte einen solchen Ausgang. Er schwitzte. Obwohl er schon mehrmals bei einem Kampf gewesen war, hatte er noch nie so etwas empfunden. Er schien geradezu besessen zu sein. Und doch war ein Teil von ihm ruhig und gelassen, und jener Teil beobachtete ihn von einem unheimlichen, weit entfernten Ort aus. Pinatte spürte, wie er mit der Menge verschmolz, während er gemeinsam mit den anderen die Kämpfer anfeuerte. Er hörte seine eigene Stimme als Teil des heulenden Chors der Zuschauer, und doch sah er gleichzeitig seinen eigenen Körper, der sich in weiter Ferne an die Brüstung des Balkons klammerte und absurde Sprünge vollführte. Eine wildgewordene Ameise unter tausend anderen wildgewordenen Ameisen.

Plötzlich war alles vorbei. Der Arenameister trat zwischen die Kämpfer, zwang sie unter brutalem Einsatz seines Stabes auseinander und erklärte einen von ihnen

zum Sieger. Es war eine zeitlich perfekt abgestimmte Aktion, die zu gleichen Teilen Unmut und Jubel bei den Zuschauern auslöste. Pinatte gehört zu ersteren, und während er langsam wieder in die Normalität zurückkehrte, wünschte er sich, einer der Besitzer möge vortreten, die Entscheidung des Meisters in Frage stellen und für seine Kühnheit den Stab zu spüren bekommen.

Doch alles verlief in normalen Bahnen: Die Besitzer fingen ihre Hunde ein, die inzwischen vollkommen erschöpft waren, und verließen schweigend die Arena. Anschließend säuberten die Platzwarte den Kampfplatz. Der Meister besprach irgend etwas mit den Kampfrichtern, und das Publikum verfiel erneut in ein Stadium lärmender Erwartung. Hier und da wurde lautstark gejubelt, während die Blaumänner durch die Reihen gingen und einigen wenigen ihre Gewinne auszahlten.

Rinter hatte wieder sein Fernrohr hervorgeholt und verfolgte aufmerksam das Geschehen. »Sieh mal, wie sie vor sich hingrinsen«, sagte er. »Zum Glück hast du mich ermahnt, nicht zu wetten, ansonsten wäre mir das Lachen schon längst im Hals steckengeblieben.« Er steckte das Fernrohr wieder weg. »Wie ich sehe, hast du dich amüsiert«, bemerkte er lächelnd. »Ja, mich hat es auch mitgerissen. Dieser Meister versteht was von seiner Arbeit. Ich selbst hätte das nicht besser gekonnt. Wo sie den wohl gefunden haben?«

»Es war aufregend«, gestand Pinatte und beugte sich über die Brüstung aus Angst, Rinter könne ihm seine wahren Gefühle, seine Blutgier, am Gesicht ablesen.

Unten hatte sich nichts verändert. Die Blaumänner hatten sich wieder auf ihre Plätze begeben und warteten schweigend auf den nächsten Ansturm. Die Platzwarte hatten die Arena gesäubert, und die Kampfrichter schienen darauf zu warten, daß ihnen irgend jemand sagte, was sie zu tun hatten. Das war die übliche, viel zu lange Pause zwischen den Kämpfen. Der Arenameister drehte sich langsam um die eigene Achse und musterte das

Publikum. *Der spielt mit uns,* erkannte Pinatte. Das war ihm plötzlich so klar, als hätte er es schon sein ganzes Leben lang gewußt. Das war die Aufgabe eines Arenameisters: Er war nicht nur für den Kampfverlauf verantwortlich; seine Hauptaufgabe bestand darin, die Stimmung der Zuschauer zu erfühlen und sie geschickt zu manipulieren.

Und aus welchem Grund?

Natürlich zum Wohle jener, die ihn bezahlten, zum Wohle der Besitzer des Kampfplatzes.

Das war doch offensichtlich. Warum war ihm das nicht schon früher aufgefallen? Warum waren ihm bisher jene unterschwelligen Spielchen entgangen, die erforderlich waren, wenn man den Leuten das Geld aus der Tasche locken wollte?

Es war vollkommen egal, daß ihm das bisher nicht aufgefallen war. Jetzt hatte er es auf jeden Fall bemerkt, und es faszinierte ihn. Sich eine neue Zukunft zu suchen war die richtige Entscheidung gewesen, ebenso wie hier an diesem Ort damit zu beginnen – beim ersten Freien Kampf im Jyolan! Und dann hatte er auch noch Rinter getroffen! Rinter, der Fiarn kannte! Rinter hatte gesagt, manchmal habe man das Gefühl, als halte jemand seine schützende Hand über einen – als manipuliere dieser Jemand das Schicksal eines Mannes, so wie der Arenameister die Zuschauer manipulierte. Und Pinatte wußte, daß heute nacht noch mehr geschehen würde.

Er konnte es förmlich spüren.

Er rieb über den Fleck des Kyrosdyn.

Unter ihm auf den Tribünen drehte sich eine vermummte Gestalt um und schaute zu ihm hinauf.

Kapitel 16

Barran ließ sich auf einen Stuhl fallen und blickte auf die Reihe eckiger, vielgestaltiger Spiegel, die die Wand vor ihm bedeckten. Vor jedem der Spiegel befand sich ein reich verziertes Gitter. Barran war bereits eine Zeitlang hier in diesem Raum, und doch konnte er noch immer kaum glauben, was er sah. Es war der Höhepunkt eines unglaublichen Tages.

Auch ohne diesen Raum war der Jyolan beeindruckend genug. Warum hatten die Kyrosdyn ihn so lange nicht genutzt? Barran hatte selbst als gelegentlicher Gast bei den Kämpfen das Potential dieses Ortes erkannt: die beeindruckende Arena, der riesige Zuschauerraum ... Später, als sein Interesse gewachsen war, hatte er den wahren Wert des Jyolan abgeschätzt. Aber nach dem heutigen Tag hatten sich all seine Berechnungen als nichtig erwiesen, denn der Wert dieses Gebäudes war wesentlich höher als angenommen – besonders angesichts dieses Raumes.

Daß die Kyrosdyn den Jyolan so vernachlässigt hatten, verwirrte Barran, aber daß sie diesen Raum offenbar vollkommen ungenutzt gelassen hatten, entzog sich vollends seinem Verständnis. Es bedurfte keines Genies, um den Wert einer solchen Einrichtung in der intriganten Welt von Arash-Felloren zu erkennen, und doch war das Schloß so verrostet gewesen, daß sich der Schlüssel kaum hatte drehen lassen, und als sich die Tür schließlich doch geöffnet hatte, hatte sie den Blick auf einen Raum freigegeben, wo zentimeterdick der Staub lag. Seit Jahren war niemand mehr hier drin gewesen.

Barran lehnte sich zurück und grinste über das ganze Gesicht. Das war ein Anblick, wie er nur wenigen jemals vergönnt gewesen war. So viel war so schnell Wirklichkeit geworden. Selbst jetzt noch fiel es Barran schwer zu

verstehen, daß all das innerhalb eines Tages geschehen war. Es war, als hätte man einen Damm durchbrochen, der jahrelang das Wasser eines reißenden Flusses aufgehalten hatte, und nun strömten die tosenden Fluten ungehemmt von den kargen Höhen der Berge in die fruchtbaren Täler hinab.

Monatelang hatte Barran die Eigentümer des Jyolan bedrängt – oder die, die er für die Eigentümer gehalten hatte – ohne Erfolg. Immer wieder war man ihm auf seine Anfragen mit Gleichgültigkeit begegnet und hatte nur ausweichend geantwortet. Die Geschäfte, die hier getätigt wurden, hätte man bestenfalls als schleppend bezeichnen können, und es war abzusehen gewesen, wann den Besitzern das Geld ausgegangen wäre. Barran hatte ihnen die unterschiedlichsten Angebote gemacht: von stiller Teilhaberschaft bis hin zur offenen Übernahme. Er wollte eine größere Summe investieren, einen fähigen Arenameister anstellen, bessere Tiere besorgen – kurz gesagt: Er wollte den Platz auf Vordermann bringen. Er bedrohte die Besitzer, versuchte, sie einzuschüchtern, sie zu überzeugen, zu überreden ... alles erfolglos. Dann, als er sich bereits überlegte, sich den Kampfplatz mit Gewalt anzueignen, machte Rostan während einer ihrer regelmäßigen Geschäftstreffen eine beiläufige Bemerkung bezüglich der einseitigen Verhandlungen in Sachen Jyolan. Das war äußerst ungewöhnlich, denn Rostan pflegte nie, etwas *beiläufig* zu bemerken – besonders nicht wenn er geschäftlich verhandelte. Barran hatte nur seinen engsten Vertrauten von seinen Plänen für den Jyolan erzählt, und das konnte nur bedeuten, daß Rostan ihn mit seiner Bemerkung davon in Kenntnis setzen wollte, daß die Kyrosdyn auf irgendeine Art involviert waren und Interesse an seinem Angebot hatten. Daraufhin beschloß Barran, auf Gewalt zu verzichten und die Verhandlungen fortzusetzen.

Nun ergab auch die seltsame Zurückhaltung der vermeintlichen Eigentümer des Jyolan einen Sinn. Die

Kyrosdyn waren ausgesprochen ... *besitzergreifend,* aber sie traten nie in den Vordergrund. Barran wußte, daß seine Bemühungen um den Jyolan von nun an den gleichen Weg gehen würden wie alle Geschäfte, die er mit den Kyrosdyn tätigte, und das bedeutete schwierige und langwierige Verhandlungen.

Warum sie daran interessiert waren, daß er sich im Jyolan engagierte, war eine Frage, die es nicht wert war, verfolgt zu werden; das wußte er. Vielleicht wollten sie ihn enger an sich binden aufgrund seiner wachsenden Macht über den Kristallhandel. Vielleicht hatten sie aber auch einen vollkommen anderen Grund. Doch all das zählte nicht: Es reichte aus, daß beide Parteien wußten, wo sie standen. Nun bedurfte es nur noch Geduld und Wachsamkeit.

In Anbetracht all dessen hatte das fast überstürzte Handeln der Kyrosdyn Barran überrascht. Welche wichtigen Zeichen mochte er in all der Verwirrung übersehen haben?

Zunächst war da die Aufforderung gewesen, sich bei Imorren einzufinden, und die Nachricht mit dem Vermerk ›dringend‹ versehen. Natürlich enthielt die Botschaft keinen Hinweis darauf, was die Ailad von ihm wollte; Barran machte sich dennoch sofort auf den Weg zum Vaskyros. Er hatte Imorren bereits in der Vergangenheit mehrmals getroffen. In den Anfangstagen hatte sie versucht, ihm Widerstand zu leisten, um zu verhindern, daß er den Kristallhandel vollends an sich riß, doch sie war zu spät gekommen. Zu diesem Zeitpunkt hatte er bereits die Nachfrage nach den seltsamen Steinen aufmerksam studiert und insgeheim die meisten der verschiedenen Gruppen, die über die Kristallsucher herrschten, beseitigt und durch seine eigenen Leute ersetzt. Nur wenigen hatte er gestattet zu überleben, denn er wußte nur allzu gut, sollte er ein Monopol anstreben, würden sich seine Feinde gegen ihn verbünden. So jedoch gingen genug Kristalle durch andere

Hände, um die Uneinigkeit zwischen seinen Widersachern zu festigen. Bei seinem ersten Treffen mit Imorren hatte Barran ihr die Vorteile von Stabilität im Kristallhandel aufgezeigt, und seitdem hatte er keine Probleme mehr mit den Kyrosdyn; beide Seiten hatten ein Interesse am Wohlbefinden des jeweils anderen, und obwohl das niemals ausgesprochen wurde, war es doch allgemein bekannt. Dennoch hatte Imorren in Barrans Augen etwas Beunruhigendes an sich gehabt. Über Jahre hinweg hatte er keinerlei körperliche Veränderung an ihr festgestellt – keine Falten, keine Gewichtszunahme –, und schon bei ihrem ersten Treffen hatte sie jünger gewirkt, als er vermutet hatte.

Lange hatte er sich gefragt, warum er sich nicht zu ihr hingezogen fühlte. Sie war ausgesprochen schön, aber wann immer Barran in ihrer Nähe war, spürte er eine Kälte in sich, die jedes Verlangen unterdrückte. Lag es vielleicht an dem durchdringenden Blick der seltsamen grauen Augen? Oder war vielleicht das edle, viel zu ebenmäßige Gesicht der Grund dafür? Oder die schlangenartigen Bewegungen? Barran hatte nie die Antwort darauf gefunden, und er suchte auch schon lange nicht mehr danach. Vielleicht war es einfach nur sein Überlebensinstinkt, der ihn vorsichtig handeln ließ. Sich auf irgendeine Art gefühlsmäßig an Imorren zu binden hätte bedeutet, alsbald von einem Ebenbürtigen zu einem Vasallen degradiert zu werden. Hätte er sich auf eine Beziehung mit der Frau eingelassen, dann hätte er heute bestimmt nicht den Wohlstand und die Macht, die er sich inzwischen angeeignet hatte. Wahrscheinlich wäre er mittlerweile sogar tot.

Aber er war noch immer neugierig, denn obwohl er sie, die verschlossenste der Kyrosdyn, noch weniger verstehen konnte als die restlichen Mitglieder der Bruderschaft, so spürte er doch, daß sie sich ebensosehr über die Distanz zwischen ihnen wunderte wie er selbst.

Was das heutige Treffen betraf, so war Barran sicher,

beim Abschluß der Verhandlungen im Vorteil zu sein – und es *würde* zu einem Abschluß kommen, ansonsten hätte ihn Imorren nicht auf diese Art zu sich rufen lassen. Als er den Empfangsraum betrat, konnte er ihre Erregung förmlich spüren, obwohl sie nach außen hin so ruhig und gelassen wirkte wie eh und je. Er baute sich vor ihr auf und schaute ihr selbstbewußt in die Augen.

»Ihr habt nach mir verlangt, Ailad.«

»Du willst den Jyolan-Kampfplatz kaufen?«

Auch jetzt noch, während er vor der merkwürdigen Spiegelwand saß, gratulierte sich Barran zu der Art und Weise, wie er auf die brüske Ansprache reagiert hatte. Eine derartige Offenheit hatte er noch nie bei einem Kyrosdyn erlebt, noch nicht einmal bei den Novizen, mit denen er von Zeit zu Zeit zu tun hatte.

»Ja«, sagte er einfach.

Imorren zögerte keine Sekunde.

»Er gehört dir für ...« Sie nannte eine Summe, die in etwa der entsprach, auf die Barran gehofft hatte. Wieder fragte er sich, ob er vielleicht zu vorhersehbar geworden war. »Aber ...«

Dieses eine Wort vertrieb jeden freudigen Gedanken, den Barran ob des Angebots empfunden hatte.

»Die Neueröffnung des Jyolan muß noch heute nacht stattfinden – und zwar mit einem Freien Kampf. Wir werden dir die entsprechenden Kämpfer für den Endkampf zur Verfügung stellen.«

Zurückblickend bedauerte Barran, daß er in diesem Augenblick in seiner Entschlossenheit gewankt hatte. Er hätte sich einfach verneigen und den Raum verlassen sollen. Doch statt dessen hatte er sich mit Einzelheiten aufgehalten. »Ich werde die uneingeschränkte Unterstützung der jetzigen Angestellten brauchen ...«, und es war Imorren gewesen, die sich verneigt hatte und gegangen war.

Barran hatte diesen Teil der Verhandlungen verloren, soviel war sicher, aber insgesamt betrachtet bereute er

nichts. Er war in einen gut vorbereiteten Hinterhalt geraten, und dafür hatte er sich gar nicht mal so schlecht geschlagen. Jahre der Heimlichtuerei und der verschlagenen Aktionen seitens der Kyrosdyn hatten ihn vergessen lassen, daß sie auch direkt sein konnten – sollte es erforderlich sein. Was auch immer Imorren bei dem Handel gewonnen haben mochte, irgendwann würde Barran es schon erfahren. Im Augenblick zählte nur, daß er den Jyolan bekommen hatte, und zwar für den Preis, den er sich vorgestellt hatte.

Die größten Schwierigkeiten bei den hastigen Vorbereitungen auf die heutige Veranstaltung waren durch die Vernachlässigung des Gebäudes und seine überaus komplexe Struktur entstanden. Auch jetzt noch war Barran nicht sicher, ob alle wieder zurückgekehrt waren, die er ausgesandt hatte, um die Unmengen von Müll zu beseitigen, Lampen aufzuhängen und Schilder zu den diversen Balkonen aufzustellen. Überdies waren die gegenwärtigen Mitarbeiter des Jyolan trotz Imorrens stillschweigender Zusage nicht besonders hilfreich gewesen. Langsam und träge aus jahrelanger Gewohnheit hatten sie die Dringlichkeit von Barrans Absichten erst verstanden, nachdem er zwei von ihnen zu Boden gestreckt hatte. Aber auch danach hatten sie das Chaos lediglich verschlimmert, denn außer in den unteren Stockwerken schienen sie sich nirgends auszukennen.

Nur einer von ihnen war von Nutzen: ein alter, gebrechlicher Mann, der sich noch an diesen Ort erinnerte, »wie er früher einmal gewesen war, bevor *sie* gekommen sind«. Er war es auch, der Barrans Männer auf die Balkone geleitete, obwohl sie ihn – sehr zu Barrans Vergnügen – den größten Teil der Strecke tragen mußten.

Als man ihn wieder zurückbrachte, lehnte der alte Mann eine beachtliche Summe Geldes ab, die ihm Barran als Lohn für seine Dienste zahlen wollte. Der Mann hatte ein Funkeln in den Augen, von dem Barran hoffte, daß

auch er es einst haben würde, sollte er jemals ein solch hohes Alter erreichen.

»Steck es weg, steck es weg«, sagte der alte Mann aufgeregt. »Ich müßte eigentlich *dich* bezahlen. Seit Jahren warte ich nun schon darauf. Ich habe gesehen, wie der Jyolan nach und nach verkommen ist – es war tragisch.« Er warf einen vielsagenden Blick in Richtung des Kyrosdyn, der sich gerade mit jemandem unterhielt; dann legte der Alte vertrauensvoll die Hand auf Barrans Arm. »Hier gibt es noch andere Orte, die du kennen solltest«, flüsterte er und zwinkerte. »Einen ganz besonders.«

»Zeig ihn mir«, forderte Barran leise.

Der alte Mann führte ihn durch scheinbar nicht enden wollende, verwinkelte Gänge. Gelegentlich kamen sie an verwaisten Räumen vorbei, die ehemalige Wohnräume zu sein schienen. Auch einige größere Räumlichkeiten waren vorhanden, die an Schlafsäle erinnerten.

»Was sind das für Räume?« fragte Barran.

Der alte Mann zuckte die Schultern. »Ich habe gesehen, wie man sie als Lager verwendet hat, als Müllhalden, Versammlungsräume und als Quartiere für besondere Gäste; aber welchem Zweck sie ursprünglich dienten ... ich weiß es nicht.« Unwissen eingestehen zu müssen schien ihm unangenehm zu sein, denn er rechtfertigte sich: »Natürlich weiß heute niemand mehr, *warum* man dieses Gebäude errichtet hat oder *wann*.« Er senkte die Stimme. »Aber es ist ein unheimlicher Ort, weißt du? Manche sagen, die Gänge und Tunnel hier drin würden sich bewegen.« Er steckte den Finger in eine der kreisförmigen Öffnungen in der Wand. »Besonders diese kleinen hier.« Er zog den Finger wieder heraus und wischte ihn sich an der Hose ab. »Ich kann zwar nicht behaupten, daß ich all diese Geschichten glaube, aber im Laufe der Jahre habe ich hier Dinge gehört und gesehen, die einfach keinen Sinn ergeben, und deshalb ...« Er ließ den Satz unvollendet und blickte hinauf zu der gewölbten Decke. »Und ich hatte immer den Eindruck, daß das

Gebäude innen größer ist, als es von außen den Anschein hat.«

»Es ist einfach nur verwirrend«, erwiderte Barran, der allmählich ungeduldig wurde. »Hier drin gibt es keine einzige gerade Linie; das macht es schwer, sich zu orientieren.«

Der alte Mann war bereits ein Stück vorangegangen und winkte Barran zu, ihm zu folgen. Als sie die Tür am Ende einer größeren Halle erreichten, öffnete sie sich, und der Kyrosdyn trat herein. Unmißverständlich gab er Barran zu verstehen, daß er ihn schon eine ganze Weile suche, und ohne den alten Mann zu beachten, packte er Barrans Arm und dirigierte ihn wieder in die Richtung, aus der sie gekommen waren. »Ich glaube, du solltest mal einen Blick auf die großen Katzen werfen, die soeben angekommen sind. Ich bin nicht sicher ...« Er stolperte, als Barran nicht auf den Druck an seinem Arm reagierte.

»Einen Augenblick noch«, erklärte Barran, dem der flehentliche Gesichtsausdruck des Alten nicht entgangen war.

»Aber ...«

»Einen Augenblick noch!« zischte Barran in einem Tonfall, der jede weitere Diskussion verbot.

Flüchtig erschien ein wütendes Flackern in den Augen des Kyrosdyn, aber er drehte sich rasch um.

Schließlich hatten sie den Raum erreicht, in dem Barran nun saß. Je mehr sie sich ihm genähert hatten, desto aufgeregter war der Kyrosdyn geworden. »Ich werde mich gleich um die Tiere kümmern«, erklärte Barran – allerdings mehr, um den Kyrosdyn zu provozieren, als um ihn zu beruhigen, denn die Erregung des Mannes hatte offensichtlich andere Gründe.

Vor der Tür angekommen trat der Kyrosdyn vor, nahm Barran die Schlüssel ab und steckte einen von ihnen ins Schloß. Hilfsbereit sein zu müssen war dem Mann offenbar zuwider, und Barran hatte das Gefühl, als verberge sich hinter der aufgesetzten Höflichkeit die pure Ver-

zweiflung. Der Kyrosdyn hielt seine Maske auch noch aufrecht, als er einen halbherzigen Versuch unternahm, den Schlüssel umzudrehen, und als das nicht funktionierte, erklärte er: »Da rührt sich nichts. Wahrscheinlich ist es kaputt oder verrostet.« Er schickte sich an, wieder zurückzugehen, und bemerkte beiläufig: »Außerdem ist dieser Raum sowieso nie benutzt worden.«

Die plötzliche Eile des Mannes kam Barran verdächtig vor, und so legte er ihm die Hand auf die Schulter und sagte: »Ich werde das Schloß reparieren lassen. Das wird nicht lange dauern. Einige meiner Männer sind in solchen Dingen sehr geschickt.« Er lächelte. »Sollte das nicht funktionieren, können wir es ja immer noch aufbrechen.« Obwohl der Kyrosdyn von nun an schwieg, konnte Barran seine Nervosität spüren.

»Sie haben diesen Raum nie gemocht«, flüsterte der alte Mann Barran zu, während seine Männer sich mit der Tür beschäftigten. »Er jagt ihnen Angst ein. Ich weiß nicht warum, aber als sie zum ersten Mal hierhergekommen sind, haben sie einen kurzen Blick hineingeworfen und ihn versiegelt. Danach sind sie noch nicht einmal in die Nähe des Raums gekommen.« Barran nickte.

Als die Tür sich schließlich knarrend öffnete, riß der alte Mann einem der Männer die Laterne aus der Hand, und mit dem Befehl: »Ihr wartet hier!«, trat er über die Schwelle und zog Barran hinter sich her. Zunächst schien sich der Raum durch nichts von jenen zu unterscheiden, die Barran bisher gesehen hatte, außer daß eine der Wände mit einem Holzpaneel verziert war. Bevor er etwas sagen konnte, hatte der alte Mann bereits das Paneel gepackt und versuchte, es anzuheben. Barran schaute ihm eine Weile zu, dann half er ihm. Das Paneel bewegte sich nur widerwillig.

Der alte Mann trat zurück und hob die Laterne. Einen Augenblick lang wirkte die Wand wie das Auge eines gigantischen Insekts, als das Licht sich in den Kanten einer ganzen Reihe von Spiegeln brach – oder zumindest

schienen es Spiegel zu sein. Der Kyrosdyn, der ihnen gefolgt war, stieß ein lautes Zischen aus und zog sich eilig auf den Gang zurück. Dort angekommen, lehnte er sich mit dem Rücken gegen den Türrahmen und legte einen Finger an den Hals, als fühle er sich den Puls.

Der alte Mann warf einen Blick zurück Richtung Tür, dann sprach er leise mit Barran. Unter jedem Spiegel befand sich ein Gitter. Der alte Mann schnippste mit den Fingern und verlangte: »Schlüssel! Schlüssel!« Barran holte sie sich von dem Kyrosdyn zurück und beobachtete verwundert, wie der alte Mann ihm die Funktion der Gitter demonstrierte. »Ich bin vielleicht alt, aber ich bin nicht dumm«, sagte der Alte. »Ich weiß, was ein Mann wie du aus einem Ort wie diesem hier herausholen kann.« Er sprach so leise, daß er kaum noch zu verstehen war, während er verächtlich auf die Gestalt an der Tür deutete. »Ich, du und sie. Wir sind die einzigen, die von diesem Raum wissen. Die da sagen bestimmt nichts. Schau ihn dir doch nur einmal an – der Raum jagt ihnen eine Heidenangst ein. Und *ich* werde auch niemandem etwas erzählen. Ich bin viel zu froh darüber, daß der Jyolan endlich in guten Händen ist ...«

»Ich werde ebenfalls schweigen«, erklärte Barran. In seinem Kopf drehte sich alles. Unzählige Möglichkeiten taten sich ihm auf. Es war verwirrend. Nur eines war klar: Dieser Raum mußte ihm, und nur *ihm allein* gehören. »Ich werde nicht vergessen, wer mich hierhergeführt hat.«

Barran dachte bereits darüber nach, den alten Mann und die Männer, die die Tür geöffnet hatten, umbringen zu lassen. Doch er verwarf den Gedanken gleich wieder. Die Männer zu töten würde mehr Probleme verursachen als lösen, und wer vermochte schon zu sagen, was der Alte sonst noch über den Jyolan wußte? Barran legte dem Alten schützend den Arm um die gebrechlichen Schultern und drückte ihn an sich. »Ich stehe in deiner Schuld«, sagte er. »Was wünschst du dir?«

Auch diesmal winkte der Alte ab. »Ich habe dir doch gesagt, mir reicht es zu wissen, daß der Jyolan wieder in guten Händen ist. Und du wirst dich doch um den Jyolan kümmern, oder?«

Barran blickte ihn zweifelnd an. »Du willst wirklich nichts?«

»Nun, ein Stammplatz an der Arena wäre ganz nett«, gestand der Alte.

»Abgemacht.«

Der alte Mann strahlte übers ganze Gesicht.

»Und solltest du dir sonst noch etwas wünschen … Du brauchst nur zu mir zu kommen.«

Seine Verpflichtungen bei der Organisation des Freien Kampfes hatten Barran dazu gezwungen, den Raum nach dieser Erklärung zu verlassen. Erst sehr viel später kehrte er zurück und dachte darüber nach, was er hier gefunden hatte.

Er schaute auf die Reihe der seltsamen Spiegel und spielte mit dem Schlüssel, den ihm der alte Mann gegeben hatte. Dann beugte er sich vor, steckte den Schlüssel in das Schloß eines der Gitter und drehte ihn herum. Zunächst ließ er sich nur schwer bewegen, doch schließlich öffnete es sich, und Stimmen fluteten in den Raum. Zwar klangen sie seltsam, aber sie waren gut zu verstehen. Barran hörte ihnen eine Weile zu, dann schloß er das Gitter wieder, und sein Lächeln war staunend und kalt zugleich.

Auf jedem der Spiegel sah Barran kein Bild seiner selbst, sondern einen jeweils anderen Teil des Jyolan, und aus den darunterliegenden Gittern strömten bei Bedarf die entsprechenden Geräusche. Barran lehnte sich zurück und genoß den Anblick wie ein Kaiser, der sein Reich von einer Bergspitze aus betrachtete. Einige der Spiegel waren vollkommen dunkel, während andere vor Aktivität geradezu überschäumten. Von hier aus konnte

Barran alles beobachten, was im Jyolan vor sich ging, und noch dazu heimlich. Er konnte sicherstellen, daß der Meister und die Kampfrichter sich so verhielten, wie man es ihnen aufgetragen hatte, konnte die Blaumänner überprüfen, sehen, wer mit wem hier war, und er konnte sogar *hören*, was sie miteinander zu bereden hatten. Hier konnte er endlich all die Informationen bekommen, die für sein Geschäft so wichtig waren.

Als erstes würde er den Raum putzen müssen. Die Spiegel waren voller Staub. Er versuchte, einen von ihnen mit dem Ärmel abzuwischen. Zu seinem Entsetzen begann der Spiegel hin und her zu schwingen, und das Bild, das darauf zu sehen war, wankte und verschwand. Barran riß erschrocken die Hand zurück, und einen Augenblick lang sah er seine glorreiche, neue Zukunft aufgrund seiner Unachtsamkeit in sich zusammenfallen. Doch der Spiegel beruhigte sich langsam wieder.

Barran atmete tief durch. Dann packte er mit äußerster Sorgfalt den überraschend dicken Rand des Spiegels zwischen Daumen und Zeigefinger und begann, die Oberfläche mit seinem Taschentuch zu säubern. Wieder wankte das Bild ein wenig, und kurz konnte Barran sein eigenes Gesicht erkennen; aber als er den Spiegel wieder losließ, war alles wie gehabt.

Barran nahm sich vor, eines Tages herauszufinden, wie die Dinger funktionierten. Er war niemals zufrieden, wenn er etwas nicht verstand – besonders nicht, wenn er auf dieses »Etwas« bei seinen Plänen angewiesen war. Einst hatte man ihm den Befehl über eine riesige Belagerungsmaschine gegeben, und voller jugendlichem Übermut und Erfinderstolz hatte er mit ihrem Wert für den kommenden Angriff geprahlt. »Und was machst du, wenn die Sehne reißt?« hatte ihn daraufhin ein alter Mineur verspottet. Barran war in Wut geraten, und in dem anschließenden Zweikampf hatte er den Mann getötet. In der Folge jedoch hatte sich die Maschine nicht nur als nutzlos, sondern sogar als gefährlich für die

Bediener erwiesen, so daß der Spott des Mineurs noch lange nach dessen Tod an Barrans Stolz genagt hatte. Das hatte er bis heute nicht vergessen. Barran verließ sich nur selten auf irgend jemanden. Auch heute noch trug er ständig mehrere Messer bei sich, und obwohl er schon seit Jahren nicht mehr mit einem Bogen geschossen hatte, hatte er noch immer zwei Sehnen in seiner Tasche.

Allerdings wußte er auch nicht, an wen er sich mit seinen Fragen hätte wenden können – außer vielleicht an den alten Mann, obwohl der wahrscheinlich nicht wußte, wie die Spiegel funktionierten.

Barran entspannte ließ den Blick über sein Reich schweifen. Mehrere der Spiegel zeigten die Arena aus verschiedenen Blickwinkeln heraus. Nachdem er eine Weile gesucht und geputzt hatte, fand Barran schließlich den alten Mann, der seltsam deplaziert zwischen dem Reichtum und Wohlstand auf den Tribünen wirkte. Barran lachte leise vor sich hin, während er beobachtete, wie der Alte von einer herausgeputzten Schönheit angesprochen wurde. *Wahrscheinlich hält sie ihn für irgendeinen alten Exzentriker,* dachte er. Er hegte den Verdacht, daß der Alte gar nicht so gebrechlich war, wie er vorgab, und vermutlich würde er für seine Dienste heute nacht noch mehr bekommen als nur einen guten Platz an der Arena. Barran griff nach dem Gitter unter dem Spiegel, doch dann änderte er seine Meinung.

Er wandte sich den anderen Spiegeln zu, die das Geschehen auf den Tribünen nahe der Arena zeigten. Obwohl er wußte, daß er eigentlich viel zu erschöpft zum Denken war, konnte er nicht anders, als über all seine neuen Möglichkeiten zu spekulieren. Eine Zeitlang kamen und gingen die Ideen, doch Barran war darauf bedacht, sich niemals länger mit einer von ihnen zu beschäftigen. Schließlich klappte er widerwillig die Paneele über die Spiegel, verließ den Raum, schloß ab und verstaute den Schlüssel in einer sicheren Tasche.

Während er durch die schwach beleuchteten Gänge

schritt, forderten die Anstrengungen des Tages ihren Tribut, und er wandte sich dringenderen Fragen zu. Eine davon galt den Kyrosdyn und warum sie so plötzlich auf sein Angebot eingegangen waren. Warum hatten sie niemals das volle Potential des Jyolan ausgeschöpft? Sie wußten doch mit Sicherheit, *was* sie ihm da verkauft hatten! Offenbar wollten sie, daß er noch reicher und mächtiger wurde, als er ohnehin schon war; aber warum?

Barran blieb stehen und streckte sich in dem Versuch, diese nicht zu beantwortenden Fragen ein für allemal aus seinem Kopf zu verdrängen. Er wollte diesen Tag einfach nur hinter sich bringen: ein letzter Blick auf die Tiere, die Einnahmen überprüfen ... Plötzlich hallte Jubel von der Arena durch die Gänge. Als er wieder verklang, blieb ein leises Geräusch zurück, das an ein Stöhnen erinnerte. Es war ein Geräusch, wie man es bisweilen in der Thlosgaral hören konnte. Die Erinnerung ließ Barran schaudern. Er blickte auf die unzähligen kleinen Öffnungen in der Wand, der Decke und sogar im Boden. Sie wirkten wie winzige Augen.

War es möglich, daß irgend jemand, irgendwo *ihn* beobachtete?

Kapitel 17

Pinatte deutete auf die Tribünen. »Wer ist das da unten? Und warum tragen sie alle Kapuzen?«

Rinter nahm sein Fernrohr zur Hand. »Keine Ahnung«, erklärte er schließlich. »Auf jeden Fall sind sie verdammt reich. Sieh dir doch nur einmal ihre Kleider an – einfach, aber teuer. Doch warum sie ihre Gesichter verstecken ...« Er zuckte mit den Schultern. »Vielleicht mögen sie es nicht, wenn ihre Freunde wissen, daß sie

auf den Kampfplatz gehen, besonders nicht zu Freien Kämpfen – du weißt schon: sich mit dem Pöbel einlassen und so weiter ... Aber warum interessiert dich das?«

»Die da drüben, die Frau in der Mitte, hat mich gerade angestarrt.«

Rinter lachte lüstern auf und stieß Pinatte mit dem Ellbogen an. »Du hast wohl auch gehört, daß ein paar von den jungen Damen von einem Kampf auf mehr als nur auf eine Weise *erregt* werden, stimmt's? Du rechnest dir doch wohl keine Chancen aus, oder?«

Pinatte war verwirrt. »Warum nicht?« stammelte er beleidigt ob Rinters spöttischem Tonfall.

»Nun, aus zweierlei Gründen«, erklärte Rinter. »Erstens ist es sehr unwahrscheinlich, daß sie auf diese Entfernung ausgerechnet dich angeschaut hat. Sie hätte genausogut auf mich schauen können.« Wieder lachte er lauthals auf. »Und zweitens: Wie willst du sie eigentlich in der Menschenmenge hier wiederfinden? Ganz zu schweigen von der Tatsache, daß sie vermutlich aus gutem Grund die Kapuze übers Gesicht gezogen hat.«

»Was meinst du damit?«

»Vielleicht ist sie häßlich wie die Nacht, oder dreimal so alt wie du.« Rinters Gesicht wurde plötzlich ernst. »Natürlich heißt das nicht, daß ...«

Die Menge jubelte auf, und so wurde Rinter in seinen Ausführungen unterbrochen. Einer der Kampfrichter war vorgetreten, und nun hob er den Stab, um den nächsten Kampf anzukündigen.

»Gib mir dein Fernrohr«, verlangte Pinatte. Rinter reichte es ihm mit einem spöttischen Funkeln in den Augen. Pinatte richtete das Fernrohr auf die Frau, die zu ihm hochgeschaut hatte. Ihre Robe war in der Tat recht einfach, doch selbst er erkannte, daß der Stoff ausgesprochen teuer war. Obwohl er die Trägerin selbst nicht sehen konnte, so fühlte er sich doch zu ihr hingezogen. Das war keine häßliche Frau, dessen war Pinatte sicher. Als wolle sie seine Vermutung bestätigen, legte die Frau den Kopf

leicht zur Seite. Ein Schauder lief Pinatte über den Rücken, und er hatte das Gefühl, sie sei ihm so nahe, daß er sie berühren konnte. Die Stimme des Kampfrichters und das Johlen der Menge wurden zu einem weit entfernten Grollen.

Dann rückte sie ein Stück zur Seite und verschwand aus Pinattes Sichtfeld. Gleichzeitig rüttelte ihn Rinter am Arm. »Hey! Wach auf! Das willst du doch nicht verpassen.«

›Das‹ war das Erscheinen eines riesigen Hundes und einer ebenso großen schwarzen Katze. Beide wurden von je zwei kräftigen Männern gehalten, die an Händen und Beinen Lederschützer trugen, und selbst diese starken Kerle schienen Mühe zu haben, die Tiere zurückzuhalten. Beide Kämpfer wurden jeweils noch von einem dritten Mann begleitet, der einen Stab in der Hand hielt. An einem Ende wiesen diese Stäbe je zwei spitze Zacken auf und am anderen eine Schlinge. Die beiden Männer stolzierten durch die Arena und jonglierten mit ihren Stäben, als wären sie es, die das Publikum unterhalten müßten. Ihre wahre Aufgabe wurde jedoch schon bald offensichtlich, als die Katze plötzlich herumwirbelte und einen der beiden Männer attackierte, die ihre Leine hielten. Plötzlich legte sich eine Schlinge um den Hals des Tieres, und die Katze wurde geschickt beiseite gezogen, bevor sie mit ihrem Angriff Schaden anrichten konnte. Die Menge applaudierte.

Rinter klopfte auf seine Börse. »Der Hund hat nicht die geringste Chance«, erklärte er und wippte auf den Zehenspitzen. »Schau dir die Katze doch nur einmal an. Sie wird den armen Kerl mit einem Hieb von oben bis unten aufschlitzen.«

»Was sagen die Blaumänner?« fragte Pinatte und deutete auf die wild gestikulierenden Gestalten auf den Tribünen. Das Objekt seiner Begierde hatte er vorübergehend vergessen.

»Das gleiche«, antwortete Rinter, nachdem er die

Gesten der Blaumänner eine Weile durch sein Fernrohr studiert hatte. »Ich sollte meinen Einsatz machen, bevor die Quoten noch weiter sinken.« Er verzog unschlüssig das Gesicht. Pinatte fühlte sich daran erinnert, wie er einst Lassner bei der gleichen Entscheidung beobachtet hatte. Dabei hatte er seinen ersten Eindruck vom Wettgeschäft bekommen, und dieser Eindruck hatte sich im Laufe der Zeit bestätigt. Niemand gewann gegen die Blaumänner! Auch verspürte er so etwas wie Ekel. Was hier wirklich zählte, war die Qualität eines Kampfes, nicht diese armselige Gier nach dem schnellen Geld.

»Laß es lieber«, erklärte er ruhig. Verblüfft über die Autorität in Pinattes Stimme, schaute ihn Rinter streng an. »Laß es«, wiederholte Pinatte; dann lächelte er. »Du wolltest den Abend doch genießen. Erinnerst du dich? Spare dein Geld lieber, bis du den Mann mit der Ratte gefunden hast. Die Katze sieht zwar stark aus, aber ...« Er beendete den Satz mit einem Schulterzucken. Widerwillig nahm Rinter den Rat an.

Während der ersten drei der insgesamt vier Umläufe schien Rinter seine Entscheidung zu bereuen, denn der Hund wich immer wieder vor den wütenden Attacken der Katze aus. Doch als die Leinen losgemacht wurden, legte der Hund eine beachtliche Schnelligkeit an den Tag. Es gelang ihm immer wieder, seine Gegnerin anzugreifen, ihr eine tiefe Wunde zuzufügen und sich rasch wieder zurückzuziehen. Allerdings hatte er nicht immer Erfolg mit dieser Taktik, und so waren am Ende beide Kämpfer schwer verwundet, und der Arenameister verkündete ein Unentschieden. Diese Entscheidung erregte sowohl den Unmut des Publikums als auch den des Besitzers der Katze, der die Faust in Richtung der rotgewandeten Gestalt schüttelte. Der Meister warf ihm einen kalten Blick zu und senkte den Stab. Er sagte kein Wort. Der Besitzer der Katze schien sich plötzlich eines Besseren zu besinnen, verneigte sich entschuldigend und zog sich zurück.

»Zumindest die Blaumänner scheinen mit der Entscheidung zufrieden zu sein«, bemerkte Pinatte.

Rinter nickte zustimmend. »Ja«, sagte er. »Ich bin wirklich froh, daß ich dich getroffen habe. Du hast mir nun schon zum zweiten Mal eine Menge Geld gespart.«

Pinatte zuckte mit den Schultern. Er fühlte sich merkwürdig. Er war nie ein großer Liebhaber der Kämpfe gewesen, doch nun war er wie gefesselt davon. In Zukunft – in *seiner neuen* Zukunft – würde er noch öfter hierherkommen, und irgendwie würde er das Geld aufbringen, sich einen Platz auf den Tribünen zu kaufen, um das Geschehen aus allernächster Nähe verfolgen zu können. Selbst von hier oben konnte er die Wildheit der Kämpfer förmlich spüren. Er suchte nach einem geeigneten Wort.

Reinheit.

Ja, das war es.

Der Haß der Tiere strahlte eine ungewöhnliche Reinheit aus – eine Perfektion, zu der es weder Pinatte noch irgendein anderer Mensch jemals bringen würden. Keine Zweifel, keine Unsicherheit, kein Gewissen und keine Angst. Pinatte blickte hinauf zu dem einsamen Kristall, der wie ein weit entfernter Stern scheinbar schwerelos in der stickigen Luft zu schweben schien – ein weiteres Stück Perfektion.

Dieses Gebäude mußte einst ein Tempel gewesen sein, ein heiliger Ort. Daran mußte Pinatte die ganze Nacht lang immer wieder denken. Während unten in der Arena immer neue Tiere gegeneinandergeführt wurden. Einige mußten angespornt und andere zurückgehalten werden, und dennoch gipfelte jeder Kampf unter der geschickten Anleitung der Besitzer und Platzwarte in einem wilden Schlagabtausch, und anschließend mischten sich Blut – und manchmal auch Eingeweide – mit dem Sand der Arena.

Pinatte schrie und jubelte mit dem Publikum, doch mehr und mehr versuchte er damit nur seine wahren

Reaktionen und Gefühle zu verbergen – sein wachsendes Verständnis für die Empfindungen der Kämpfer. Er glaubte, jede ihrer Bewegungen zu spüren, glaubte zu riechen, was sie rochen, zu sehen, was sie sahen. Die Verzückung des Sieges und der Schrecken der Niederlage wurden eins für ihn, als wären beide nur ein jeweils anderer Aspekt ein und desselben Bedürfnisses – eines Bedürfnisses, das er nun endlich verstand. Doch noch während Pinatte in diesen Bildern schwelgte, wußte ein anderer Teil von ihm, daß die Klarheit, die er im Augenblick empfand, nur die Klarheit eines Traums war, und wenn alles vorbei war, dann würde er keine Worte mehr dafür finden, und nur ein unstillbares Verlangen würde zurückbleiben.

Mehrere Male im Laufe der Nacht drehte sich die vermummte Gestalt an der Arena zu ihm um.

Dann stand der letzte Kampf bevor. Die Erkenntnis traf Pinatte wie ein Hammerschlag. Er wollte vor Schmerzen schreien. Es sollte nicht aufhören; so etwas *durfte* einfach nicht aufhören. Das war der wahre Weg. Doch Pinatte bedurfte keines tierischen Instinkts, um zu wissen, daß er sich unter Menschen auch wie ein Mensch benehmen mußte; anderenfalls würde er sich schon bald selbst in einer Arena wiederfinden. Wie ein Raubtier ließ er den Blick über Rinter und die anderen Zuschauer auf dem Balkon schweifen – ein Rudelführer, der Angst vor dem Rudel hatte. Dann brach plötzlich eine Welle aus Bitterkeit und Haß über ihn herein, eine Welle aus unendlicher Ferne – es war ein Gefühl, wie er es noch nie zuvor empfunden hatte. Er war wie eine Staubflocke, die von Mächten vorangetrieben wurde, die ihm ebenso unbekannt waren wie er ihnen. Und doch hatte die Welle etwas Menschliches an sich. Die schäumende Wut, die Gier nach Rache – Gefühle aus einer längst vergangenen Zeit, Gefühle, die bis zum Anbeginn der Welt zurückreichten.

Oder sollte es besser heißen: *Wieder*beginn?

Die Vision wurde langsam schwächer, ein beinahe tragischer Akt, und dann war sie verschwunden – von einer eifersüchtigen Hand aus Pinattes Geist gerissen. Pinatte spürte, wie sich seine Finger um die Brüstung schlossen, um ihn vor einem Sturz zu bewahren.

»Bist du sicher, daß du in Ordnung bist?«

Rinters Stimme klang verzerrt und weit entfernt. Irgendwie gelang es Pinatte, zu lächeln und zu nicken; doch zu sprechen traute er sich nicht.

»Du siehst merkwürdig aus«, bemerkte Rinter in väterlichem Tonfall. »Das ist wahrscheinlich die Aufregung. Manchmal läßt man sich halt mitreißen; das ist mir auch schon passiert. Und schließlich ist heute ja auch eine besondere Nacht.«

Wieder nickte Pinatte und zwang sich zu einem unsicheren »Ja«. Irgend etwas Seltsames war gerade geschehen. Irgend etwas, worüber er nachdenken mußte – aber erst später. Jetzt mußte er sich erst einmal auf den Höhepunkt der Nacht konzentrieren. Er beugte sich vor.

Die beiden Kampfrichter teilten sich diesmal die Ankündigung. Manchmal sprachen sie gleichzeitig, manchmal hintereinander. Es war ein äußerst bizarres Duett. Pinatte starrte auf die beiden Männer und wartete geduldig darauf, daß sie verschwanden. Er hörte die Worte, doch er schenkte ihnen keine Beachtung.

Diesmal sollten drei Hunde gegen ein »besonderes Tier antreten, das von einem unserer ehrenwerten Gönner gestiftet wurde, der selbstverständlich anonym bleiben will«.

»Das sind bestimmt die Kyrosdyn«, zischte Rinter. »Ich habe es dir doch schon gesagt: Sie haben was aus den Höhlen heraufgebracht. Das wird ein Schauspiel werden ...«

Pinatte schwieg. Sein Blick wanderte zu der vermummten Gestalt auf den Tribünen. Sie lehnte in der gleichen Haltung an der Mauer der Arena wie Pinatte an der Brüstung des Balkons. Dann, für einen ewig erschei-

nenden Augenblick, legte sie die Hand an die Kapuze, als wolle sie sie zurückschlagen. *Schlag sie zurück! Laß mich dein Gesicht sehen!* dachte Pinatte verzweifelt.

Es wirkte beinahe wie ein Spiel, als die Frau die Kapuze ein Stück zurückschob, nur um sie anschließend wieder nach vorne zu ziehen. Pinatte ballte die Fäuste, so daß die Knöchel weiß hervortraten. Sein Mund war wie ausgetrocknet, und sein Atem ging flach.

Plötzlich schien seine Enttäuschung die ganze Halle zu erfüllen, und die Atmosphäre ähnelte der vor einem Sturm. Pinatte fühlte sich allmächtig, als könne er mit einer einzigen Geste die Menge hinwegfegen.

Bleib ruhig, ermahnte er sich und richtete den Blick wieder auf die Kampfrichter.

In diesem Augenblick beendeten die beiden Männer ihre Einführungsrede.

Der Arenameister hob den Stab und hämmerte ihn zweimal auf den Boden. Das Geräusch, das dabei entstand, war jedoch nicht jenes laute Krachen, mit dem der Meister zu Beginn die Menge zum Schweigen gebracht hatte; es glich mehr dem bedrohlichen Dröhnen einer mächtigen Trommel, wie sie auf Beerdigungen geschlagen wurde.

Nachdem das Geräusch verklungen war, öffnete sich die Tür auf einer Seite der Arena, und drei Hunde wurden hereingeführt. Sie waren größer als alles, was bisher in der Arena angetreten war, etwa halb so groß wie ein Mann. Daß sie ausgesprochen kräftig waren, konnte man unschwer an den beiden stämmigen Kerlen erkennen, die jeweils einen von ihnen im Zaum hielten. Bei ihrem Erscheinen erhob sich ein Jubelsturm in der Halle, und wie zur Antwort begannen die Hunde zu bellen, an ihren Leinen zu zerren und sich auf die Hinterbeine zu stellen.

Pinatte bleckte die Zähne. *Bellt, soviel ihr wollt – ihr seid verdammt.* Der Cedanke erfüllte ihn, ergriff vollständig von ihm Besitz, so als gehöre er nicht ihm. Einen Augenblick lang hatte Pinatte das Gefühl, jemand anderes

beobachte die Szene durch seine Augen, und zur gleichen Zeit stieg Furcht in ihm auf.

Er war in Gefahr! Irgend etwas geschah mit ihm, irgend etwas, das er bekämpfen mußte, sonst war er für alle Ewigkeit verloren.

Plötzlich waren beide Gefühle spurlos verschwunden, und Pinatte war wieder er selbst.

Oder doch nicht?

Er wischte sich mit der Hand über den Mund. Seine Lippen waren feucht, als hätte er in Erwartung des Kampfes gegeifert.

Aber was erwartete er eigentlich? Pinatte spürte, wie sich etwas in ihm regte: ein grausamer, skrupelloser Wille, der auf das Zentrum des Geschehens gerichtet war. Diesmal jedoch kämpfte etwas gegen sein Verlangen an, hierzubleiben, und gleichzeitig verspürte er den Wunsch, sich umzudrehen und von diesem schrecklichen Ort zu fliehen.

Die vermummte Frau an der Arena schüttelte betrübt den Kopf. Sofort drehten sich ihre Gefährten besorgt zu ihr um, doch sie hob beruhigend die Hand.

Pinatte hatte den Vorfall nicht bemerkt. Sein Blick war auf die zweite Arenatür fixiert, und in seinen Ohren dröhnte das Bellen der Hunde. Wieder hatte er das Gefühl, als hätte sich ein Eisenband um seine Brust gelegt, das allmählich immer enger wurde.

Gemächlich öffnete sich die Tür. Die beiden Flügel bewegten sich langsam, und der Druck auf Pinattes Brust wurde fast unerträglich. Schließlich stand die Tür offen, und dahinter tat sich ein schwarzes Nichts auf.

Dann schien es, als würde sich die Schwärze bewegen: Sie änderte ihre Form, zog sich zusammen und strömte endlich in die Arena. Einen Augenblick lang konnte Pinatte die Bilder in seinem Kopf nicht mehr von dem unterscheiden, was er sah. Erst ein verblüffter Ausruf von Rinter brachte ihn wieder zurück in die Gegenwart, zurück auf den Balkon, wo er mit schweißnassen Hän-

den die Brüstung umklammert hielt. Das dunkle Etwas nahm die Form eines weiteren Hundes an. Er war recht groß, doch kleiner als die drei Tiere, die ihn wütend anbellten. Die drei waren so blutdürstig, daß sie beinahe die Männer mit in den Kampf gezogen hätten, die ihre Leinen hielten. Im Gegensatz dazu ließ sich der Neuling von einem einzigen Mann in die Arena führen. Das Tier war vollkommen ruhig.

Pinatte schaute zu Rinter, um von ihm das Fernrohr zu verlangen, doch dieser benutzte es gerade selbst.

»Pfui, was ist der häßlich«, erklärte Rinter kurz darauf. Er reichte Pinatte das Fernrohr. Der größte Teil des Publikums schien Rinters Meinung zu teilen, und die Kreatur wurde mit einer Mischung aus höhnischem Johlen und höflichem Applaus empfangen. »Es scheint nicht gerade sehr kampflustig zu sein. Nur ein Mann hält die Leine, und das Vieh zieht noch nicht einmal daran. Wahrscheinlich hält es das hier für eine Art Abendspaziergang.«

Pinatte stützte den Ellbogen auf die Brüstung und schaute durch das Fernrohr. Rinter hatte recht: Das Vieh war wirklich ausgesprochen häßlich. Ein spitzer Kopf, ähnlich dem eines Wolfs, ragte zwischen zwei mächtigen Schultern hervor. Der Rücken des Tieres war extrem krumm, da die Hinterbeine wesentlich kürzer waren als die Vorderbeine. Die Kreatur schien die Augen geschlossen zu haben, und ihr Gang ähnelte einem Humpeln. Pinatte befürchtete, daß das Tier nicht den Hauch einer Chance gegen seine drei Widersacher hatte. Sollte diese phantastische Nacht tatsächlich in einer solchen Farce versanden?

Doch dieser Hund hatte etwas Seltsames an sich. Obwohl er noch nicht einmal versuchte, sich loszureißen, drehte er ständig den Kopf von einer Seite zur anderen, als mustere er die Zuschauer. Den drei Kampfhunden schenkte das Tier kaum Beachtung; nur einmal warf es kurz einen Blick auf seine Gegner. Dabei legte es den

Kopf leicht zur Seite und senkte die Schnauze, bis sie fast den Boden berührte.

Das sieht ja fast wie eine Ehrbezeugung aus, dachte Pinatte. Das war eine Bewegung, wie er sie noch nie bei einem Hund gesehen hatte. Bei genauerer Betrachtung war ihm sogar alles an dem Tier unbekannt. Nicht eine einzige seiner Bewegungen glich der eines Hundes.

Das ist kein Hund. Das Tier sah zwar wie einer aus, und vielleicht waren seine Vorfahren tatsächlich einmal Hunde gewesen, aber das mußte sehr, sehr lange her sein. Das war ...

Was?

Eine Abscheulichkeit!

Im selben Augenblick, da ihm dieses Wort in den Sinn kam, wünschte sich Pinatte erneut, einfach davonzulaufen und alles, was in dieser Nacht geschehen war, als eine beschämende Verirrung abzutun. Aber dieser Gedanke vermochte nichts gegen die Macht auszurichten, die ihn an Ort und Stelle festhielt – gegen das Verlangen, Zeuge eines weiteren Kampfes zu werden. Pinatte spürte den Jagdinstinkt der drei Hunde und wie sie mit aller Kraft an ihren Leinen zogen, um sich auf den einsamen, schweigenden Eindringling zu stürzen. Seltsamerweise spürte er nichts von der häßlichen Kreatur. Der grausame Wille, den er unmittelbar vor ihrem Erscheinen gefühlt hatte, war verschwunden. Das Tier war still und augenscheinlich ungewöhnlich sanft.

»Das Vieh glaubt, es sei auf einem Spaziergang«, wiederholte Rinter seine Bemerkung. »Was für eine Niete. Ich werde dagegen wetten. Dieses ... Ding hat nicht die geringste Chance. Sieh dir doch nur mal die Quoten an. Sie werden mit jedem Schritt von dem Vieh niedriger.«

Rinter wollte sich auf den Weg zum nächsten Blaumann machen, doch Pinatte, der durch das Fernrohr schaute, packte ihn am Arm. »Ich kenne Barran zwar nicht; aber es scheint mir ziemlich unwahrscheinlich,

daß er einen solchen Abend mit einer Enttäuschung ausklingen lassen würde.«

Rinter riß sich los. »Jeder macht mal Fehler. Vielleicht stecken die Kyrosdyn ja dahinter. Wer weiß, was sie sich davon versprechen, wenn sie Barran lächerlich machen.«

»Vielleicht«, erwiderte Pinatte zweifelnd und ohne das Fernrohr abzusetzen. »Aber da ist irgendwas Seltsames ...«

Er hielt mitten im Satz inne. Die Kreatur schaute zu ihm hinauf. Langsam hob sie die Augenlider, und Pinatte blickte in zwei gelb leuchtende Höhlen. In zwei gelb leuchtende Höhlen, die ihn erkannten!

Ohne den Blick von ihm abzuwenden, senkte die Kreatur abermals den Kopf gen Boden. Diesmal jedoch beugte sie auch die Knie. Das *war* eine Ehrbezeugung! Pinatte konnte sich nicht von dem Anblick losreißen – er *wollte* sich nicht losreißen. Es war nur angemessen, daß man ihm Respekt erwies. Wie hätte es auch anders sein sollen? Die Kreatur öffnete ihr Maul und stieß ein tiefes, klagendes Heulen aus. Das Geräusch war von seltsamer Intensität, und während es in der Halle widerhallte, brachen erneut jene unendlich alten Erinnerungen über Pinatte herein, von denen er wußte, daß sie nicht ihm gehörten. Dann schritt die Kreatur wieder schweigend neben ihrem Führer her, und die Erinnerungen waren verschwunden. Pinatte atmete tief durch und wiederholte seinen Rat. »Wette nicht gegen das Tier. Das wäre ein Fehler.«

»Ich verstehe nicht warum. Sieh es dir doch an. Ich will zumindest versuchen, mir das Eintrittsgeld zurückzuholen.«

»Das würdest du aber nicht. Du würdest verlieren«, entgegnete Pinatte und gab ihm das Fernrohr zurück. »Schau hin.«

Bevor Rinter etwas darauf erwidern konnte, gab der Meister das Zeichen zum Kampf, und zunächst waren keine Wetten mehr möglich.

Zu Anfang sah es so aus, als hätte Rinter recht gehabt. Während die drei Hunde näher an die Kreatur herangeführt wurden, schaute sich diese gelassen in der Menge um. Als sie begannen, nach dem Tier zu schnappen, sprang es nur überrascht zurück. Bald waren die ersten Pfiffe zu hören, und bei den Blaumännern herrschte wieder reges Treiben.

Nach zwei Umläufen hob der Meister zum zweiten Mal den Stab, und die Leinen wurden länger gemacht, so daß die Tiere einander näherkommen konnten. Abermals schien die Kreatur nicht zu verstehen, was hier vor sich ging, denn sie machte keine Anstalten, sich zu verteidigen, außer daß sie den ständigen Angriffen der Hunde immer wieder auswich, und selbst jetzt zerrte das Tier nicht ein einziges Mal an seiner Leine; die Männer mit den Hunden hatten im Gegensatz dazu deutlich mehr Mühe. Drei- oder viermal wurde die Kreatur sogar von den Hunden zu Fall gebracht.

Der Zorn des Publikums steigerte sich – ebenso wie Pinattes Neugier. Er konnte noch immer nichts von dem seltsamen Wesen spüren, noch nicht einmal Furcht.

Dann gab der Meister das letzte Zeichen. Die Hunde und die Kreatur wurden zwanzig Schritte voneinander getrennt. Der Mann, der die Kreatur geführt hatte, beugte sich nieder und löste die Leine; dann lehnte er sich mit gekreuzten Armen gegen die Außenmauer der Arena. Die Platzwarte zuckten verwundert mit den Schultern. Die Kreatur setzte sich, und die Pfiffe der Zuschauer wurden zu einem grausamen Gelächter.

Zur selben Zeit wurden auch die drei Hunde losgemacht. Als sie auf die wartende Kreatur losstürmten, nahmen ihre Führer und die Platzwarte die Beine in die Hand und rannten aus der Arena.

Überraschend stoppten die Hunde ihren Sturmangriff, kurz bevor sie die Kreatur erreicht hatten. Statt dessen begannen sie, das Wesen mit wildem Knurren und offenbar verunsichert zu umkreisen.

»Es rennt weder weg, noch kämpft es. Sie wissen nicht, was sie tun sollen«, sagte Pinatte sowohl zu sich selbst als auch zu Rinter. Ein merkwürdiges Schweigen senkte sich über die Zuschauer. Auch der Arenameister schien verwirrt zu sein, denn zum ersten Mal in dieser Nacht agierte er in seiner Funktion als Kampfbeobachter. Er ging zum Rand der Plattform und musterte eingehend die kreisenden Hunde und die furchtlose Kreatur. Auch ohne ein Fernrohr konnte Pinatte die Unsicherheit in der Haltung des Meisters erkennen. Schließlich streckte er seinen Stab nach der Kreatur aus, doch der Führer des Tieres bedeutete ihm, es nicht zu tun, und so zog er den Stab wieder zurück. Pinatte wandte sich von der Arena ab und blickte erneut auf die vermummte Frau. Sie lehnte mit den Ellbogen auf der Mauer der Arena. Während Pinatte sie anschaute, hob sie kaum merklich die Hand und senkte sie wieder, als würde sie irgend jemandem ein geheimes Zeichen geben.

Die Kreatur sprang so plötzlich auf, daß die Menge hörbar nach Luft schnappte. Obwohl sie sich danach kaum zu bewegen schien, hatte sie nur Bruchteile von Sekunden später das Vorderbein eines der Hunde gepackt. Pinatte sah, wie die gelben Augen funkelten, und als wäre plötzlich ein Vorhang beiseite gerissen wurden, spürte er nun auch das Wesen. Die schreckliche Gegenwart der Kreatur erfüllte ihn mit Entsetzen und Erregung. Das Gefühl war so überwältigend, daß Pinatte das Brechen des Beines nicht hörte; auch sah er nicht, wie die Kreatur dem Hund das ganze Glied abriß und es in einem hohen, blutigen Bogen in die Menge schleuderte.

»O – mein – Gooott!« Rinters Stimme mischte sich mit dem allgemeinen Schreien und dem Jaulen des verstümmelten Hundes. Als der Hund hilflos wimmernd davonhumpelte, sprang die Kreatur ihm hinterher. Dabei achtete sie jedoch sorgfältig darauf, ihn nur zu Boden zu werfen und ihn nicht ernsthaft zu verletzen.

Pinatte war begeistert. Er konnte die Furcht des einen

und die Verzückung des anderen Kämpfers deutlich spüren. Die Kreatur nährte sich von dem Entsetzen des Hundes, erkannte Pinatte, und sie genoß die wilden Anfeuerungsrufe der Menge. Was für eine Art Tier war das? Die anderen Hunde waren durch den plötzlichen Angriff einen Augenblick lang zum Schweigen gebracht worden, und nun hielten sie Abstand zu ihrem Gegner und beschränkten sich aufs Bellen, als könne das allein die Kreatur vertreiben.

Mehr Mut als Verstand, dachte Pinatte. *Ihr solltet besser machen, daß ihr fortkommt.*

Als hätten seine Gedanken die Hunde erreicht, drehte sich der eine von ihnen unvermittelt um und sprang an der Arenamauer hoch. Die Kreatur reagierte sofort und wandte sich dem Flüchtenden zu. Wieder staunte die Menge über die unerwartete Geschwindigkeit des Wesens. In weniger als zwei Sekunden hatte es die Arena durchquert, und seine Pranke traf den fliehenden Hund mitten im Sprung. Als der Hund auf dem Boden aufschlug, reichte ein einziger Hieb der Kreatur, um ihm die gesamte Seite aufzureißen.

Bei diesem Anblick folgte der dritte Hund dem Beispiel seines unglücklichen Kameraden, entleerte seinen Darm, sprang auf den Rücken der Kreatur und von dort aus über die Wand der Arena.

In der Halle erhob sich ein Tumult: Diejenigen, die weit genug entfernt von dem panischen Hund waren, lachten und jubelten, während die in dieser Beziehung weniger Glücklichen entsetzt kreischten. Aber für Pinatte tönte über allem der Schrei der Kreatur: ein Bellen von abstoßendem Zorn über die Flucht des Opfers. Pinatte war so sehr von diesem Geräusch besessen, daß er für einen Augenblick lang eins war mit der Kreatur – ihre Enttäuschung war die seine.

Dann griff etwas aus ihm heraus und stieß die Kreatur beiseite: Es war eine zornige Abweisung.

Die Kreatur zögerte kurz; dann wandte sie sich dem

verletzten Hund zu, packte ihn mit der Schnauze und schleuderte ihn trotz seiner beachtlichen Größe gegen die Wand. In Pinattes Augen war dies eine belanglose, beinahe trotzige Handlung. Schließlich drehte sich das Wesen zu dem letzten Überlebenden um. Der Hund leckte sich wimmernd den Stumpf, und als er sah, wie sich ihm die Kreatur näherte, legte er sich als Zeichen der Unterwerfung flach auf den Boden. Die Kreatur erledigte ihn mit der gleichen Gelassenheit wie seinen Kameraden. Zu guter Letzt stieß sie noch einmal einen fürchterlichen Schrei aus und ließ sich anschließend zu Füßen ihres Führers nieder. Der Mann hatte den gesamten Kampf über ungerührt an der Wand gestanden. Als sich die Kreatur niederlegte, spürte Pinatte, wie der Kontakt zu ihr unvermittelt abbrach. Der Vorhang war wieder zugezogen worden. Er kreuzte die Arme auf der Brüstung und legte den Kopf darauf. Er brauchte Ruhe.

Doch Rinter stieß ihm in die Rippen. »Schlaf jetzt bloß nicht ein. Da unten gibt's noch jede Menge zu sehen.«

Widerwillig hob Pinatte den Kopf. Der Arenameister und die Kampfrichter waren verschwunden, und die Platzwarte waren damit beschäftigt, die Überreste der Hunde zu entfernen; aber was Rinter meinte, war das Chaos auf den Tribünen, denn der flüchtende Hund rannte noch immer zwischen den Menschen umher. Trotz der Tatsache, daß die Kreatur seinesgleichen mit Leichtigkeit erledigt hatte, zählte der Hund doch nicht zu jenen Tieren, mit denen sich ein Mensch freiwillig einließ. Außerdem war er nicht nur verrückt vor Angst; er war auch ein ausgebildeter Kampfhund. Menschen wurden zu Boden gerissen und niedergetrampelt, während die Zuschauer hierhin und dorthin auswichen, denn der Hund biß nach allem und jedem, der ihm in die Quere kam. Ebensoviel Schaden richteten einige Männer an, die verzweifelt versuchten, sich mit Schwertern und Messern gegen das Tier zu verteidigen. Von den Balkonen aus wurde die Szene mit Jubel bedacht.

»Vielleicht war es ja ganz gut, daß wir uns heute nacht keinen Tribünenplatz leisten konnten.« Rinter kicherte.

Pinatte lief plötzlich ein Schauder über den Rücken. Was war aus der Frau mit der Kapuze geworden? War auch sie in dieses Chaos geraten?

Aber die Frau war verschwunden, ebenso wie ihre Gefährten. Pinatte wußte nicht, ob er enttäuscht sein oder sich freuen sollte. Er schlug mit der flachen Hand auf die Brüstung.

»Komm. Laß uns gehen.«

Rinter warf ihm einen übertrieben besorgten Blick zu. »Willst du etwa diesem Ding begegnen, daß alles in Stücke reißt?« Er schob Pinatte zurück an die Wand. »Nein, danke. Laß uns den Spaß von hier oben genießen. Wenn jemand das Vieh gefangen oder erschlagen hat, ist es immer noch früh genug, um hinunterzugehen.«

Der ›Spaß‹ dauerte jedoch nicht mehr lange an, obwohl der Hund weder gefangen noch getötet wurde; er verschwand einfach.

Rinter und Pinatte schlossen sich der langsam dahinkriechenden Schlange an, die sich von den Balkonen Richtung Ausgang schlängelte. Auf den Tribünen wurde noch immer lauthals geschrien, doch dieses Schreien stammte vornehmlich von den zahlreichen Verletzten, die um Hilfe riefen. So etwas anzuschauen war für die meisten Leute nur wenig interessant.

»Geschieht den reichen Bastarden ganz recht«, erklärte jemand hinter Pinatte. Der Bemerkung folgte ein allgemeines, zustimmendes Raunen.

Die gewundenen Gänge des Jyolan waren voller Menschen, die in dem trüben Licht mit beinahe unerträglicher Langsamkeit über den unebenen Boden schlurften. Obwohl unzählige Stimmen von den Wänden widerhallten, fiel Pinatte auf, daß in seiner unmittelbaren Umgebung niemand redete. Dies vermittelte ihm ein seltsames

Gefühl des Losgelöstseins – ein Gefühl, das noch von den Geräuschen verstärkt wurde, die aus den winzigen Löchern in Wand und Decke drangen und die ihm offenbar etwas zu sagen versuchten. Die Geräusche waren eine Mischung aus zischendem Flüstern, tiefem Brummen und einem weit entfernten hohen Kreischen. Manchmal konnte Pinatte sogar einzelne Stimmen ausmachen, die in einer ihm unbekannten Sprache redeten. Vereinzelt vernahm er auch zwei oder drei Worte, die jedoch keinen Sinn ergaben – einmal hörte er sogar seinen Namen –, doch jedesmal, wenn er sich anstrengte, sie zu verstehen, verschwanden sie wieder.

Pinatte war so sehr mit diesen Geräuschen beschäftigt, daß er unwillkürlich zusammenzuckte, als lautes Geschrei ihm verriet, daß sie die Eingangshalle erreicht hatten. Dort angekommen, wurden er und Rinter mit einer außer sich geratenen Menge konfrontiert, die versuchte, sich durch eine enge Tür in dem mächtigen Eisengitter zu quetschen, das die Eingangshalle in zwei Teile teilte. Überdies wurde der Druck stetig von weiteren Menschenmassen erhöht, die aus sämtlichen Gängen quollen. Einige der heranströmenden Zuschauer waren blutverschmiert und starrten mit weit aufgerissenen Augen Richtung Ausgang. Hier und da versuchten Platzwachen die Ordnung wiederherzustellen; aber da es ihnen selbst zunehmend schwerer fiel, sich zu bewegen, machten sie alles nur noch schlimmer.

Pinatte wurde von Furcht ergriffen, als der Druck um ihn herum zunahm und seine Füße den Kontakt zum Boden verloren. Die Furcht drohte, sich rasch zur Panik zu steigern, als er weiter vorangeschoben wurde. Dann blickte Pinatte in die Augen eines kleinen Jungen, dessen Mutter versuchte, ihr Kind vor den Menschenmassen hinter einer Säule in Schutz zu bringen. Das Hemd des Jungen war zerrissen und voller Blut. Er schaute Pinatte in die Augen – es war ein Blick voller Verwirrung und Angst. Pinatte fühlte sich an seine eigene Kindheit erin-

nert, als die Welt noch in Ordnung gewesen war – wenn auch nur kurz. Die Erinnerung mischte sich mit dem, was er heute nacht gesehen und gefühlt hatte. Eine Welle der Übelkeit und der Scham waren die Folge.

Pinatte hörte sich selbst sagen: »Wir müssen etwas unternehmen.«

Dann befreite er seine Arme und packte die Schultern der beiden Männer vor ihm. Da auch sie in der Menge gefangen waren, konnten sie nichts dagegen unternehmen, als Pinatte an ihnen emporkletterte und sich so aus dem Gedränge befreite. Er lief über die Köpfe der Menschen, sprang von Schulter zu Schulter, wobei er sich vereinzelt am Kopf eines Mannes oder an der Decke abstützte. Rinter beobachtete mit weit aufgerissenem Mund, wie sich sein neuer Freund zwischen der Oberkante des Gitters und der Decke hindurchquetschte und auf der anderen Seite verschwand.

Pinatte, der mehr instinktiv als überlegt gehandelt hatte, starrte hilflos auf die Menschen vor ihm, die gegen das Gitter gepreßt wurden. Hände streckten sich ihm entgegen, und irgend jemand schrie: »Die Stange, Junge! Die Stange!«

Es dauerte einen Augenblick, bis Pinatte die Worte verstanden hatte, dann sah er die schwere Eisenstange, die das Haupttor verriegelte. Er riß daran, aber sie wollte sich nicht bewegen, denn der Druck der Menge hielt sie fest. Pinatte bückte sich und versuchte, sie mit der Schulter aus ihrer Halterung zu stemmen.

Laß sie doch jammern und sich winden, diese wertlosen Geschöpfe. Laß sie sich doch gegenseitig in den Dreck trampeln, denn so war es, so ist es, und so wird es immer sein.

Mit schrecklicher Klarheit erschien der Gedanke in Pinattes Geist und breitete sich aus.

Er machte ihn benommen und raubte ihm die Kraft.

Dann wurde er von einem anderen, ebenso mächtigen Gedanken erfüllt. Er mußte für die Empfindungen der heutigen Nacht Buße tun.

Und wieder stemmte er sich gegen die Stange. Die Muskeln in seinen Beinen begannen zu brennen, und die Stange drückte sich in seine Schulter.

Für einen scheinbar endlosen Augenblick gab es nur noch Schmerz: Schmerz, der schon immer dagewesen war, und Schmerz, der immer dasein würde. In seiner Schulter, in seinen Beinen – überall.

Dann ertönte ein lautes Kreischen, und die Stange flog aus ihrer Halterung.

Das Tor flog auseinander, und Pinatte wurde zur Seite geschleudert. Nur durch Glück wurde er nicht von einem der Torflügel zermalmt. Doch er stürzte unglücklich, schabte sich den Rücken der rechten Hand auf und schlug sich den Kopf an.

Immer wieder wurde ihm kurzzeitig schwarz vor Augen, und auch der Lärm der Menge kam und ging. Nur vage registrierte er, wie er immer wieder versuchte aufzustehen, aber seine Beine wollten ihm nicht gehorchen.

Dann hob ihn jemand hoch.

»Hast du das gesehen?«

Die Stimme kam Pinatte bekannt vor, und schließlich schälte sich Rinters Gesicht aus dem Nebel. Irgend jemand begleitete ihn, irgend jemand, der ungewöhnlich groß war.

»Mit deinem Kunststück hast du uns eine Menge Ärger erspart, Junge«, sagte der Fremde. »Wie heißt du?«

Pinatte verzog das Gesicht und legte die Hand auf den Hinterkopf.

»Sein Name ist Pinatte«, antwortete Rinter für ihn. »Er ist ein Freund von mir. Seltsam: Er hat mich vorhin erst gebeten, dich mit ihm bekanntzumachen, Fiarn.«

Rinters Gesicht verschwamm erneut. Dann wurde alles schwarz.

Kapitel 18

Heirn saß aufrecht und hellwach im Bett, den Mund weit aufgerissen. Seit seiner Kindheit hatte er nicht mehr einen solch intensiven Alptraum gehabt.

Und doch hatte sich die entsetzliche Vision bei Heirns Erwachen in Nichts aufgelöst. Mit jedem Schlag seines Herzens waren die finsteren Schatten weiter in der Ferne verschwunden.

Dennoch war Heirn unfähig, sich zu rühren; eine unterschwellige Furcht warnte ihn, die Schatten könnten wieder zurückkehren, sollte er sich zu früh bewegen.

Nach und nach atmete er wieder leichter, und er schalt sich selbst einen Dummkopf. Allmählich nahm er die vertrauten Geräusche der Nacht um ihn herum wahr: Leise Musik aus einem nahe gelegenen Gasthof drang durch das Fenster; gelegentlich erschütterte ein dumpfer Stoß den Raum, wenn der Mann, der über Heirn wohnte, durch seine Wohnung stapfte, und von Zeit zu Zeit waren die Geräusche des nächtlichen Verkehrs auf der Straße zu hören – Schritte, Stimmen, knarrende Räder. Die Geräusche von draußen waren deutlich lauter als gewöhnlich, denn Heirn hatte das Fenster weit geöffnet, um mit ein wenig frischer Nachtluft die unerträgliche Hitze zu vertreiben. Allerdings nutzte das kaum etwas. Selbst wenn draußen ein laues Lüftchen wehte – was in diesen Tagen nur selten der Fall war –, reichte es keineswegs aus, um die Hitze zu mildern.

Aufgrund des Traums war Heirn schweißüberströmt. Er durchwühlte den Wäschehaufen am Fuß seines Bettes, und schließlich fand er ein dünnes Laken, mit dem er sich zudeckte. Er versuchte gar nicht erst einzuschlafen, war bereits hellwach. Tatsächlich war er sogar überrascht, daß er nach allem, was er heute gesehen und erlebt hatte, überhaupt hatte schlafen können.

Auf Atlons Wunsch hin hatte Heirn einen Umweg durch dunkle und menschenleere Gassen eingeschlagen. Normalerweise wäre er nie auf den Gedanken gekommen, hier entlangzugehen; doch um diese Tageszeit waren die Straßen noch sicher genug, und Atlon und Dvolci schienen fest davon überzeugt zu sein, daß sie von dem Kyrosdyn verfolgt wurden, der sie vorhin in der Schmiede belästigt hatte.

Sie eilten über das Kopfsteinpflaster einer engen Gasse, die zwischen zwei fensterlosen Gebäuden hindurchführte. Atlon führte sein Pferd am Zügel, und Dvolci trottete neben ihm her. »Ich kann niemanden sehen«, sagte Heirn und schaute sich ein weiteres Mal um. Die Sorge seiner neuen Gefährten wegen des Kyrosdyn beunruhigte ihn.

»Aber er ist trotzdem da«, erwiderte Atlon. Er warf Dvolci einen vielsagenden Blick zu, der daraufhin die Gasse hinuntereilte.

»Na und?« fragte Heirn ungeduldig. »Er ist nur *ein* Mann. Seinem Verhalten nach zu urteilen ist er nur ein Novize. Falls es notwendig sein sollte, ziehe ich ihm halt die Ohren lang.« Atlon antwortete nicht. Heirn wurde lauter. »Warum sollte er dich denn verfolgen? Um dich auszurauben? Die Kyrosdyn sind zwar seltsam, aber sie sind bestimmt keine Straßenräuber.«

Eine wütende Stimme hinter ihnen ersparte Atlon die Antwort.

»Bleibt, wo ihr seid!«

Atlon zuckte zusammen. »Geh weiter«, drängte er und packte Heirns Arm, um seiner Aufforderung Nachdruck zu verleihen.

»Ich habe gesagt, bleibt, wo ihr seid!«

Die Stimme war voll der Arroganz, mit der der Mann Heirn bereits in der Schmiede angesprochen hatte; aber was zuviel war, war zuviel. Es war schon schlimm genug, sich in der eigenen Schmiede ein derartiges Benehmen gefallen lassen zu müssen – schließlich ge-

stand man potentiellen Kunden das ein oder andere zu –, doch hier draußen, mitten auf der Straße und noch dazu mit Freunden . . .!

Wütend wirbelte Heirn herum.

»Nein, komm weiter«, hörte er Atlon sagen, doch Heirn riß sich von ihm los, hob beruhigend die Hand und forderte Atlon auf weiterzugehen. Das war eine Angelegenheit unter Einheimischen. Fremde hatten nichts damit zu tun.

Der Kyrosdyn näherte sich ihnen mit energischen Schritten. Heirn streckte ihm die Hand entgegen, um ihm Einhalt zu gebieten.

»Für wen zum Teufel hältst du dich eigentlich, daß du es wagst, so mit uns zu reden?« brüllte er.

Ohne sein Tempo zu verlangsamen, und obwohl er noch relativ weit entfernt war, wedelte der Kyrosdyn mit der Hand, als wolle er das ärgerliche Hindernis einfach beiseite wischen. Heirn wurde von irgend etwas getroffen und von den Beinen gerissen.

Noch während er wild mit den Armen rudernd durch die Luft segelte, sah er, wie Atlon herumwirbelte. Das Gesicht des jungen Fremden war voller Furcht und Zorn, und seine Lippen formten das Wort ›Nein!‹. Das Pferd schien von dem Ereignis ebenso betroffen zu sein wie sein Besitzer. Es scheute und wich ein Stück zurück; dann scharrte es nervös mit den Hufen und blähte die Nüstern. Als Heirn schließlich mit dem Kopf gegen die Wand eines der beiden fensterlosen Gebäude schlug, verlor er einen Augenblick lang die Orientierung.

Kurz darauf hatte er sich wieder erholt und mußte feststellen, daß der Kyrosdyn Atlon fast erreicht hatte. Wütend und weil er nicht wußte, was er sonst hätte tun sollen, versuchte Heirn, sich auf die vermummte Gestalt zu stürzen. Aber er konnte sich nicht bewegen. Irgend etwas hielt ihn an der Wand fest.

»Wer bist du?« hörte er den Kyrosdyn fragen. Die Stimme des Mannes klang gedämpft, wie aus weiter

Ferne. »Und wer hat dich gelehrt, mit Kristallen herumzuspielen?« Er trat einen weiteren Schritt auf Atlon zu.

Atlon legte dem Mann die Hand auf die Brust und hielt ihn so auf Abstand. Er deutete auf Heirn. »Laß ihn gehen«, verlangte er.

Der Kyrosdyn blickte auf die Hand auf seiner Brust. »Du wagst es, mich zu berühren? Mich, einen der Auserwählten?«

»Laß ihn gehen!« Atlons Gesichtsausdruck war plötzlich ungewöhnlich ernst.

Der Kyrosdyn schloß die Augen, und sein Kopf zitterte vor Anspannung.

Atlon wich einen Schritt zurück. Im Gegensatz zu dem Kyrosdyn wirkte er ruhig und entspannt. »Nein«, sagte der Kyrosdyn in einem so drohenden Tonfall, daß Heirn für einen Augenblick vergaß, gegen seine unsichtbaren Fesseln anzukämpfen. »Du weißt nicht, was du tust.«

Dann riß der Kyrosdyn die Augen auf und streckte Atlon beide Hände entgegen. Es wäre eine ausgesprochen lächerliche Geste gewesen, hätte die Haltung des Mannes nicht so viel bösen Willen ausgestrahlt. Heirn spürte, wie die Kraft, die ihn gefangenhielt, ein wenig schwächer wurde, doch nicht schwach genug, als daß er sich hätte bewegen können. Atlon wankte; schließlich wandte er sich mit schmerzverzerrtem Gesicht ab, als hätte ihm ein starker Wind Sand in die Augen geweht. Gleichzeitig stolperte der Kyrosdyn ein paar Schritte zurück und sank schließlich auf die Knie.

Heirn war frei.

Sein erster Instinkt war, sich auf den Kyrosdyn zu stürzen und eine Erklärung aus ihm herauszuprügeln; doch noch bevor der Schmied sich in Bewegung setzen konnte, hatte Atlon seinen Arm gepackt und zerrte ihn die Gasse hinunter.

»Lauf!« Atlon versetzte seinem Pferd einen Schlag auf den Hals, das daraufhin sofort losgaloppierte; dann stieß er einen schrillen Pfiff aus. Heirn wollte sich gegen

Atlons Griff zur Wehr setzen, doch dieser zog ihn unbarmherzig weiter, so daß er keine Gelegenheit bekam, sein Gleichgewicht wiederzuerlangen.

Sie waren gerade einmal zwanzig Schritte weit gekommen, als hinter ihnen ein hoher Schrei ertönte. Auf Atlons Gesicht zeichnete sich Verzweiflung ab. Er blieb stehen und drehte sich um. Der Kyrosdyn versuchte unsicher, wieder auf die Beine zu kommen. Heirn glaubte, ein Schimmern um den Mann herum wahrnehmen zu können – eine Art seltsame Aura, als würde er vor einer starken Lichtquelle stehen.

Atlon senkte den Kopf. »Geh weiter, Heirn«, befahl er mit sanfter Stimme. »Du kannst hier sowieso nichts tun; du kannst hier nur zu Schaden kommen.«

Zögernd zog sich Heirn zurück. Zwar war er in Arash-Felloren geboren, und somit hatte er in seinem Leben schon viel gesehen, aber die schreckliche Entschlossenheit in der Stimme des Fremden ließ ihn dennoch taumeln. Während er noch überlegte, wie er sich verhalten sollte, warf er einen Blick auf den wankenden Kyrosdyn. Der Mann strahlte einen Wahnsinn aus, der in krassem Gegensatz zu Atlons Ruhe stand und der Heirn erkennen ließ, daß Atlon die Wahrheit gesagt hatte. Er konnte es nicht erklären, aber er wußte, daß sich dieser Streit schon bald zu etwas Schrecklichem entwickeln würde. Und er konnte nichts dagegen tun.

Dennoch wollte er sich nicht zurückziehen.

Irgend etwas strich an Heirns Bein vorbei und ließ ihn zusammenzucken. Es war Dvolci.

»Willst du, daß ich mich um ihn kümmere?« fragte der Felci seinen Gefährten und fletschte die Zähne. Atlon schüttelte den Kopf, ohne den Kyrosdyn auch nur eine Sekunde aus den Augen zu lassen. »In seinem Zustand kann man nicht voraussehen, was geschehen würde, wenn er versucht, dich abzuwehren. Ich werde versuchen, ihn zu beruhigen. Rede du mit dem Pferd; es wird ihn sonst angreifen, wenn ich zu Boden gehe. Sag

ihm, es solle auf Heirn aufpassen, und dann bring beide in Sicherheit.«

Dvolci antwortete mit einem widerwilligen Grunzen. »Bleib in meiner Nähe«, befahl er Heirn, als er an diesem vorüberging. »Und wenn ich sage ›Lauf‹, dann lauf! Frag nicht!« Der Felci kletterte aufs Pferd und ließ sich auf dessen Kopf nieder. Obwohl das Tier offensichtlich verängstigt war, machte es keine Anstalten, Dvolci abzuwerfen. Statt dessen beruhigte es sich sogar ein wenig, nachdem der Felci ihm etwas ins Ohr geflüstert hatte; dann stellte es sich neben Heirn.

»Was gesch ...?«

»Schschsch!« erstickte Dvolci Heirns Frage noch im Ansatz. Im selben Augenblick richtete sich Atlon zu seiner vollen Größe auf und hob die Hände, als wolle er einen Freund begrüßen.

»Laß ab davon«, sagte er in sanftem Tonfall. »Bisher ist nichts passiert, und es gibt bessere, weisere Wege, auf denen du durchs Leben wandern kannst.«

»Er verschwendet seine Zeit«, sagte Dvolci sowohl zu sich selbst, als auch zu Heirn. »Es gibt keine Rettung mehr für ihn. Er ist unfähig, die Macht zu beherrschen, die ihm zur Verfügung steht, und er weiß es noch nicht einmal.« Der Felci zischte wütend.

Der Kyrosdyn antwortete nicht, sondern streckte Atlon erneut die Hände entgegen. Diesmal reagierte Atlon nur mit einem Öffnen seiner Arme. Heirn konnte nichts zwischen den beiden sehen, doch wo der Kyrosdyn vorhin nur getaumelt war, wurde er nun in die Luft gehoben und mehrere Meter weit zurückgeschleudert. Mit einem lauten Knall schlug er auf dem Pflaster auf und blieb regungslos liegen. Atlon rannte auf ihn zu.

»Laß ihn liegen!« schrie Dvolci. »Wir sollten von hier verschwinden, solange wir noch können!«

Atlon zögerte einen Augenblick und schaute von der regungslosen Gestalt zu seinen Freunden und wieder zurück.

»Wir können ihn nicht einfach hier liegenlassen«, erklärte er schließlich. »Er könnte verletzt sein.«

Dvolci murmelte etwas Unverständliches in seine Schnurrhaare und rannte Atlon hinterher. Neugier siegte über Furcht, und so folgte auch Heirn.

»Laß ihn liegen«, wiederholte Dvolci, als er gemeinsam mit dem Schmied den Kyrosdyn erreichte. »Wenn er tot ist, ist das kein großer Verlust.«

Atlon achtete nicht auf die Worte seines Gefährten. Er kniete nieder und begann, den Kyrosdyn zu untersuchen, indem er zunächst dessen Kapuze zurückschlug und ihm den Puls am Hals fühlte. Der Kyrosdyn schlug die Augen auf und packte Atlons Handgelenk.

Angesichts der Plötzlichkeit der Bewegung und des verzerrten Gesichtsausdrucks des jungen Mannes wich Heirn erschrocken einen Schritt zurück.

»Dieb«, zischte der Kyrosdyn mit heiserer Stimme.

»Nein«, begann Atlon, »ich habe nur . . .«

»*Dieb*.«

Ohne Atlon loszulassen, legte der Kyrosdyn die freie Hand an sein Halstuch und drückte zu. Atlon runzelte die Stirn ob dieser merkwürdigen Geste; dann schrie er plötzlich entsetzt auf und versuchte, sich aus dem Griff des Kyrosdyn zu befreien. Doch der Mann war zu stark. Atlon bedeckte mit der freien Hand seine Augen, als wolle er sich vor irgend etwas schützen. Heirn sah sich selbst vor der Esse in seiner Schmiede stehen und eine ähnliche Geste machen; aber hier draußen konnte er weder etwas sehen noch hören oder fühlen, was eine derartige Reaktion gerechtfertigt hätte.

»*Nein! Nein! Nein!*« schrie Atlon immer und immer wieder, wie um zu versuchen, sich über einen tosenden Wind hinweg verständlich zu machen. »Nein! Du wirst . . .«

Atlons Stimme wurde immer schwächer, während der Kyrosdyn den Griff um seinen eigenen Hals verstärkte. Dann weiteten sich die Augen des Mannes plötzlich auf

unnatürliche Weise, und eine schreckliche Erkenntnis zeichnete sich in seinen Zügen ab. Heirn wandte sich ab; er konnte den Anblick von soviel Schmerz nicht länger ertragen. Der Kyrosdyn krümmte den Rücken, riß den Mund zu einem stummen Schrei auf und ... erschlaffte.

»... dich umbringen«, beendete Atlon flüsternd den Satz, während die leblose Hand des Mannes von seinem Handgelenk glitt. Mit einer hastigen Geste zog er dem Kyrosdyn die Kapuze wieder vors Gesicht und legte das Ohr an den offenen Mund des Mannes. Als er sich wieder aufrichtete, vollendete er die Arbeit, die er vor dem Angriff begonnen hatte, und fühlte dem Kyrosdyn den Puls.

»Er ist tot«, verkündete er schließlich und senkte den Kopf.

»Was ist passiert?« verlangte Heirn zu wissen. »Was hast du ...?«

»Such sie!« Dvolcis Stimme schnitt Heirn das Wort im Munde ab und riß Atlon aus seiner Lethargie. »Und sieh zu, daß du die verdammten Dinger möglichst schnell findest. Ich hab' doch gewußt, daß sie dafür verantwortlich sind. Ich hab's gerochen. Hab ich dir nicht gesagt, du verschwendest nur deine Zeit? Du hättest getötet werden können, und was wäre dann geschehen? Jeder, der die Macht auf diese Art benutzt ...«

»Ich weiß! Ich weiß!« schnappte Atlon wütend zurück.

Dvolci trat einen Schritt nach hinten und schüttelte energisch den Kopf, als könne er nur so den Streit verhindern, der in der Luft lag. Schließlich begann er, am Halstuch des Kyrosdyn zu zupfen. Heirn befürchtete, der Felci wolle die Leiche fleddern, und so bückte er sich, um ihn aufzuhalten. Doch Atlon hatte bereits eingegriffen. Vorsichtig löste er die Fibel, die das Halstuch zusammenhielt. Als er das Tuch umdrehte, stieß er zischend die Luft aus. Eine Reihe kleiner grüner Scheiben war unauffällig in den Stoff eingearbeitet worden. Dvolci klapperte mit den Zähnen, Heirn schnappte nach Luft. Obwohl er

nur wenig über Kristalle wußte – wie er im Falle von Atlons Steinen bewiesen hatte –, so erkannte er doch die seltsam funkelnden Scheiben als das, was sie waren.

»Die sind ja mindestens zehnmal soviel wert wie die, die *du* bei dir trägst«, erklärte er ungläubig. »Was für ein Mann trägt denn ein solches Vermögen an seinem Hals? Ich habe ihn zunächst für einen Novizen gehalten, aber er war bestimmt ein Hoher Bruder. Was sollen wir jetzt tun?«

Atlon schüttelte den Kopf. »Zumindest können wir ihm nicht mehr helfen«, erwiderte er. Er streichelte Dvolci über den Kopf; allerdings mehr, um sich selbst zu beruhigen als zum Wohle des Felcis. »Er hat teuer für seine Taten bezahlt. Es war unvermeidlich. Ich habe mein Bestes getan, um ihn vor sich selbst zu beschützen, aber ...« Ihm versagte die Stimme.

»Ich verstehe das alles nicht. Was ist mit ihm geschehen?« fragte Heirn.

Atlon schaute auf die grünen Kristalle. »Genau wie ich, so *hatte* auch er gewisse Fähigkeiten, was den Umgang mit Kristallen betrifft. Doch im Gegensatz zu mir hat man ihn nicht richtig unterwiesen, schlimmer noch: Man hat ihn irregeleitet. Man hat ihn nicht gelehrt, die Kristalle zu *ge*brauchen, sondern sie zu *miß*brauchen.« Er faltete das Tuch und steckte es in die Tasche.

»Was machst du da?« rief Heirn entsetzt. Dann beantwortete er seine eigene Frage. »Das kannst du doch nicht tun. Du raubst ihn aus. Reicht es denn nicht, daß du ihn ...« Er hielt inne.

»Daß ich ihn umgebracht habe?« vollendete Atlon die Frage. »Ich habe ihn nicht umgebracht. Zuerst habe ich mich verteidigt, und dann habe ich versucht, ihn davon abzuhalten, sich selbst zu töten.« Er stand auf. »Wenn ihn irgend etwas umgebracht hat, dann die hier.« Er klopfte sich vielsagend auf die Tasche. »Ich wette, noch vor wenigen Augenblicken waren sie vollkommen klar oder zumindest nur leicht verfärbt. Nun sind sie mit dem

befleckt, was auch immer diese arme Kreatur angetrieben haben mag.«

In Heirns Kopf drehte sich alles. »Ich habe keine Ahnung, wovon du sprichst«, sagte er aufgebracht. »Vor wenigen Augenblicken hat der Mann noch gelebt, und jetzt ist er tot, und du hast ihn bestohlen. Du hast ihm Kristalle von großem Wert abgenommen. Wir müssen das irgendwem melden – den Weartan am besten. Und wir müssen herausfinden, wem die Dinger gehören: seiner Familie, seinem Orden – ich weiß es nicht.«

Atlon starrte auf den toten Kyrosdyn. Schließlich sagte er: »Du mußt tun, was du für richtig hältst, Heirn; aber Dvolci und ich ... wir können nicht hierbleiben. Wenn dieser Mann typisch für die Kyrosdyn ist, so wie du behauptest, dann sind sie sehr gefährlich – gefährlich für sich selbst, für jeden in ihrer Umgebung und nicht zuletzt für die Stadt. Ich muß mehr über sie in Erfahrung bringen. Meine Leute müssen informiert werden. Sie sind die einzigen, die etwas dagegen unternehmen können. Falls die Kyrosdyn von meiner Anwesenheit erfahren, werden sie mich suchen, und früher oder später werden sie mich finden und angreifen. Die Folgen könnten fürchterlich sein.« Er zog das Halstuch aus der Tasche. »Was die Kristalle betrifft. Nun, sie hierzulassen würde vermutlich bedeuten, einen unschuldigen Passanten zum Tode zu verurteilen.« Er packte Heirns Arm. »Ich weiß, du hast keinen Grund, mir zu glauben; aber ich habe *wirklich* nichts mit seinem Tod zu tun. Was mit ihm geschehen ist, hat er einzig und allein selbst zu verantworten.«

»Ich weiß nicht recht«, erwiderte Heirn verunsichert. Die Erinnerung an die Kraft, die ihn an der Wand festgehalten hatte, war noch äußerst lebendig. »Diese Stadt ist so verkommen, weil die meisten Leute die Augen schließen und sich so ihrer Verantwortung entziehen – jedenfalls solange sie keinen persönlichen Gewinn daraus ziehen können. Ich ...«

»Wir haben keine Zeit dafür«, sagte Dvolci ungeduldig zu Atlon. »Wenn der hier von der anderen Seite des Platzes aus gespürt hat, wie du ein Hufeisen bewegt hast, dann möchte ich gar nicht daran denken, wer alles gespürt haben könnte, was hier gerade vorgefallen ist.« Er wandte sich an Heirn und deutete auf die Leiche. »Sieh ihn dir an«, befahl er. »Sieh, was deine ach so wertvollen Kristalle ihm angetan haben. Und dann frag dich einmal, wie Atlon so etwas hätte zustande bringen sollen?« Heirn schaute ihn unsicher an. »Sieh ihn dir an! Schlag seine Kapuze zurück. Schau in sein Gesicht und auf seine Hände.«

Widerwillig kniete Heirn sich neben den Toten und tat, wie ihm geheißen. Er blickte in das bleiche, eingefallene Gesicht eines alten Mannes. Erschrocken zuckte der Schmied zurück und blickte zwischen Atlon und Dvolci hin und her. »Das verstehe ich nicht. Ich hätte schwören können, daß er jung war. Wie er sich bewegt und gesprochen hat – einfach alles an ihm hat darauf hingedeutet. Aber der Mann hier ... der muß unglaublich alt sein. Auf Anhieb hätte ich vermutet, daß er kaum noch stehen konnte, geschweige denn so durch die Gegend rennen.«

»Er *war* jung«, erklärte Dvolci. »Ein dummer, irregeleiteter junger Mann, der Kristalle benutzt hat, um seine armseligen Fähigkeiten mit der Macht zu verstärken. In seiner Ignoranz hat er sich in Regionen vorgewagt, die er besser gemieden hätte. Und Ignoranz ist eine der häufigsten Todesursachen unter euch Menschen. Um zu tun, was er getan hat, mußte er die Natur der Kristalle verändern, und sie haben sich zurückgeholt, was sie ihm gegeben haben – und mehr noch. Deshalb sind sie jetzt auch grün. Er war wie ein Kind, das mit der vergifteten Klinge eines Meuchelmörders gespielt hat.«

Heirn schüttelte den Kopf. Atlon legte ihm die Hand auf die Schulter. »Dies ist weder die richtige Zeit noch der richtige Ort, um dir das alles zu erklären. Dvolci hat recht. Wir beide *müssen* sofort verschwinden. Niemand

vermag zu sagen, wer durch diesen Vorfall alles angezogen worden ist. Jetzt brauche ich deine Hilfe mehr denn je, aber ich verstehe auch deine Sorge. Willst du hierbleiben, oder willst du uns helfen?«

Heirn verzog das Gesicht, blickte von einer Seite zur anderen und schließlich hinauf zu dem schmalen Stück Himmel, das zwischen den hohen Gebäuden zu sehen war. »Sag irgend etwas – irgend etwas, das mir hilft. Ich finde mich nicht mehr zurecht. Er – jung und dann alt, klare Kristalle, die sich in grüne verwandeln ... das ist einfach nicht möglich. Und was das Stehlen der Steine betrifft und euer Vorhaben, die Leiche dem Abschaum der Straße zum Fraß zu überlassen, das ist ...« Er schwieg.

»Hier kann ich dir gar nichts erklären«, erwiderte Atlon, ergriff die Zügel seines Pferdes und schickte sich an loszugehen.

»Ich aber«, erklärte Dvolci kalt. »Schau dir das hier mal an.« Er öffnete die Robe des Toten noch ein wenig mehr. Dort, wo einst das Halstuch gewesen war, waren nun mehrere bleigraue Flecken zu sehen.

Heirn zuckte unwillkürlich zusammen. »Verbrennungen«, zischte er. »Und noch dazu verdammt schlimme.« Er beugte sich vor. »Und frisch sind sie auch noch.«

»Wenn ich ein Poet wäre, würde ich sie ›Die Tore der Seele‹ nennen«, erklärte Dvolci, schloß die Robe wieder und zog dem Toten sanft die Kapuze übers Gesicht. »Allerdings wären ›verstopfte, faulige Abflüsse‹ wohl ein treffenderer Ausdruck. Die Kristalle haben ihm das angetan. Egal ob langsam oder schnell, irgendwann machen sie das mit jedem – besonders wenn sie in einem solchen Zustand sind. Deswegen können wir sie auch nicht hierlassen. Bitte, hilf uns. Wir sind in diese Stadt gekommen, um zu lernen, weiter nichts. Nun sieht es so aus, als würden wir uns schon bald wieder in einem Krieg befinden, den wir seit Jahren für beendet gehalten haben.« Er legte eine Pfote auf Heirns Arm. »Arash-Fell-

oren ist für uns beide ein furchterregender Ort. Ich kann deine Verwirrung und deinen Zweifel verstehen: *Uns* kennst du nicht, die *Kyrosdyn* aber kennst du. Wir sind Fremde, und sie sind Einheimische. Die Entscheidung liegt bei dir. Ich kann dir nur sagen, daß wir uns hier verlorener vorkommen, als du dir vorzustellen vermagst. Bitte, hilf uns. Wir werden dir alles erzählen, was wir wissen, aber bitte bring uns an einen sicheren Ort.«

Heirn stand auf. Er warf einen letzten Blick auf den toten Kyrosdyn, dann sagte er: »Ich nehme an, heute nacht wird man noch mehr Leichen finden. Es gibt stets genug davon – immer.« Schmerzerfüllt verzog er das Gesicht. »Ich hätte niemals geglaubt, daß ich ...« Er hielt inne und richtete sich auf. »Ich werde euch, wie versprochen, mit zu mir nach Hause nehmen. Aber ich *muß* wissen, was hier vor sich geht.«

Alle drei schwiegen auf dem letzten Wegstück zu Heirns Haus: Atlon und Dvolci schienen auf etwas zu lauschen, und Heirn wurde immer mürrischer. Er hatte seine Gäste kaum ins Haus gelassen und sie gebeten, sich an den Tisch zu setzen, als Atlon bereits mit seiner Geschichte begann.

»Vor nunmehr sechzehn Jahren – ich war gerade erst zum Vollbruder ernannt worden –, haben wir erfahren, daß ein ... ein alter Feind in das Land nördlich von uns zurückgekehrt war.«

»Ist das die gleiche Geschichte, die du mir schon in der Schmiede erzählt hast?« unterbrach ihn Heirn. »Ich warne dich: Ich bin nicht in der Stimmung für irgendwelche Schauermärchen.«

Atlon wurde unerwartet ernst, und sein Gesicht wirkte alt im Licht des frühen Abends, das durch die Fenster hereinströmte. »Ja, es ist die gleiche Geschichte«, erwiderte er. »Aber das ist kein Märchen, Heirn. Es ist die Geschichte eines *echten* Krieges – eines Krieges, in dem

echte Schlachten geschlagen worden sind.« Nervös trommelte er mit den Fingern auf die Tischplatte und bleckte die Zähne. »Schlachten, die ich noch immer vor mir sehe, wenn ich nachts die Augen schließe. Blut, abgehackte Gliedmaßen ...«

Dvolci stieß einen leisen, beruhigenden Pfiff aus.

Atlon schwieg eine Zeitlang. »Es tut mir leid«, sagte er schließlich. »Das ist ja nicht dein Problem, nicht wahr? Es fällt mir bisweilen schwer zu begreifen, daß meine Landsleute gekämpft haben und gestorben sind, ohne daß der Rest der Welt etwas davon bemerkt hat. Und doch war es so. Und es ist genauso schwer zu verstehen, daß für die meisten Menschen der Feind, den wir bekämpft haben, nur eine Legende ist.«

»Dieser ... Feind ... hat der auch einen Namen?« fragte Heirn voller Ungeduld.

Es war Dvolci, der antwortete. »Ich glaube ihr, nennt Ihn Sammrael.«

Heirn runzelte die Stirn; dann versuchte er sich an einem verächtlichen Lächeln. »Sammrael ist der Name dessen, den wir den Herrn nennen; er ist der legendäre Gründer von Arash-Felloren. Aber er *ist* nur eine Legende – ein Kindermärchen. Und er ist alles andere als ein Oger oder sonst irgendein Monster; er ist ein Held, ein edler Mann, der von seinen Feinden betrogen worden ist.«

Atlons Blick strafte sein ohnehin schon schwaches Lächeln Lügen.

»Hör gut zu. Das wird jetzt sehr schwer für dich sein«, sagte er langsam. Heirn öffnete den Mund, um etwas darauf zu erwidern, doch dann entschied er sich anders. Atlon fuhr fort:

»Niemand weiß, wer oder *was* Er in Wirklichkeit ist. Allgemein glaubt man, daß Er dem Ersten Feuer entstammt, aus dem alle Dinge hervorgegangen sind.« Heirn runzelte erneut die Stirn, doch er schwieg. »Es scheint stets Sein einziges Ziel gewesen zu sein, alles zu

zerstören, was andere erbaut haben. Niemand hat je herausgefunden, aus welchem Grund Er so handelte; aber Seine Taten waren Beweis genug für Seine Absichten, ebenso wie die vielen Namen, unter denen Er bekannt ist: der ›Große Zerstörer‹, der ›Feind allen Lebens‹ und so weiter. Er ist zur Legende geworden, weil Er zum letzten Mal vor sehr, sehr langer Zeit auf dieser Welt gesehen worden ist. Die meisten Menschen können sich die Zeitspanne noch nicht einmal *vorstellen*. Selbst wir haben den Fehler gemacht zu glauben, Er sei auf ewig von hier verschwunden, obwohl wir wußten, daß Er genauso real war wie du oder ich.«

Heirn protestierte: »Du erwartest doch wohl nicht von mir, daß ich glaube ...«

Atlon hob die Hand, um ihn vom Weiterreden abzuhalten. »Ich erwarte lediglich von dir, daß du mich ausreden läßt«, entgegnete er. »Wer oder was Er ist und wie und warum Er hierhergekommen ist, ist sowieso nicht von Bedeutung. Es zählt nur, *daß* Er existiert. Das ist eine simple Tatsache. Es tut mir ja auch leid, daß wir dich damit belasten, aber wir brauchen deine Hilfe. Selbstverständlich kannst du uns jederzeit vor die Tür setzen, doch ich bitte dich, uns erst einmal anzuhören. Und wenn du glaubst, du würdest der Geschichte eines Verrückten lauschen, dann erinnere dich an die Hufeisen und an das Schicksal des Unglücklichen in der Gasse. Und erinnere dich auch an die Kraft, die dich gegen die Wand geschleudert und dich dort festgehalten hat.«

Heirn kniff die Lippen zusammen und wandte sich schweigend von Atlon ab.

»Es könnte durchaus sein, daß Er Arash-Felloren gegründet hat«, fuhr Atlon fort. »Er besaß viele Zitadellen auf der Welt, und ich habe ...« Er hielt inne und atmete tief durch. »... Ich habe Sein Bild bereits einmal hier gesehen.« Nur mit Mühe gelang es ihm, ein Schaudern zu unterdrücken. »Und dieser ganze Ort hat etwas ... *Beunruhigendes* an sich.« Er hielt Heirns Blick fest.

»Der Feind, dem wir gegenübergestanden haben, ist der, den du den Herrn nennst – mach dir darüber keine Illusionen. Ich habe die Berührung Seiner Untergebenen gespürt. Als Er zum letzten Mal auf dieser Welt gewandelt ist, hat Ihn eine Allianz aus allen Völkern der Welt besiegt, und lange Zeit haben wir geglaubt, Er sei für alle Zeiten vernichtet; doch nun scheint es, als hätte Er sich nur ... *aufgelöst*, verteilt auf unzählige Welten und Zeiten.« Atlon zuckte traurig die Schultern. »Aber was auch immer die Wahrheit sein mag, offenbar hat Er sich mit Hilfe irgendeines Fokus in Seiner alten Feste wieder manifestieren können.« Er vermochte den Zorn in seiner Stimme nicht länger zu verbergen. »Und unser Orden, der beinahe so alt ist wie Er und dessen Aufgabe es ist, nach Vorboten Seiner Wiedergeburt zu suchen und die Welt davor zu beschützen, unser Orden hat nichts gesehen, nichts gehört, nichts gefühlt. Wir haben blind unter Felsen gehockt und nach innen geschaut ...«

»Genug!« fiel ihm Dvolci ins Wort. »Diese Diskussion ist ein für allemal beendet.« Dann erklärte er an Heirn gewandt: »Es reicht zu sagen, daß Seine Rückkehr entdeckt worden ist, und diesmal konnte Er besiegt werden, *bevor* Er Gelegenheit hatte, das Böse über die Welt zu bringen.«

»Aber?« fragte Heirn, dem der Unterton in Dvolcis Stimme nicht entgangen war.

Es war Atlon, der antwortete. »Aber wir wissen nicht, wie viele Seiner Diener in die Welt hinausgegangen sind und wie weit. Auch haben wir keine Ahnung, wieviel Schaden sie bereits angerichtet haben. Aber *daß* sie hinausgezogen sind, ist absolut sicher. Das ist Seine Art: Er arbeitet mit List und Tücke. Er versucht, die Welt Seiner Feinde von innen her auszuhöhlen, so wie die Käferlarve den Baum, und wenn dann eines Tages ein starker Wind aufkommt ...« Er klatschte in die Hände.

Heirn räusperte sich nervös. Vielleicht nahm der Fremde ihn doch nur auf den Arm. »Ich kann nicht

bezweifeln, daß dein Volk gegen irgend jemanden Krieg geführt hat«, sagte er; »aber du verlangst eine Menge von mir, wenn ich glauben soll, dieser *Feind*, von dem du redest, sei irgendeine fiktive Gestalt aus den Tiefen der Zeit.« Er schaute auf seine Hände. »Ich habe in meinem Leben schon so manches Seltsame gesehen und gehört, aber ich bin immer noch ein Schmied – ein praktischer Mann, der sich mit praktischen Problemen beschäftigt. Die Menschen leben und sterben irgendwann; das gilt für jeden von uns. Und sie stehen nicht wieder von den Toten auf. Wie sollte ein Mann so etwas bewerkstelligen? Das ist einfach nicht möglich.«

»Das kann ich dir nicht beantworten, Heirn«, erwiderte Atlon. »Er ist kein *Mann* – vielleicht ist Er noch nicht einmal ein Sterblicher, so wie wir es verstehen. Ich habe dir doch gesagt, wir wissen nicht, was Er ist. Wir wissen nur, daß Er bereits zweimal menschliche Gestalt angenommen hat, und beide Male hat Er unsäglichen Schrecken über die Welt gebracht – einen Schrecken, der Seine offensichtliche Vernichtung noch lange überdauert hat. Einen sehr *praktischen* Schrecken; einen Schrecken von dieser Welt!« Er beugte sich über den Tisch, und seine Stimme wurde zu einem Flüstern. »Wir können nur vermuten, daß Er erneut versuchen wird zurückzukehren. Und das wird ihm auch gelingen, wenn wir nicht wachsam sind.«

Es folgte ein langes Schweigen. Heirn saß mit gesenktem Kopf am Tisch und dachte nach. Atlon und Dvolci warteten.

»Ich weiß nicht, was ich von alledem halten soll«, sagte der Schmied schließlich. »Ich bezweifele nicht, daß du es ernst meinst, aber was du mir gerade erzählt hast, ergibt einfach keinen Sinn. Und doch ...« Wieder wurde er von der seltsamen Kraft an der Wand festgehalten, und anschließend schaute er in das faltige Gesicht des jungen Mannes. »Ich kann es einfach nicht als Unsinn abtun.« Daß ihm diese Schlußfolgerung nicht gefiel,

stand deutlich in seinem Gesicht geschrieben. Er suchte nach einem Stück Normalität, an dem er sich festhalten konnte.

»Diese Diener, von denen du gesprochen hast: Glaubst du, sie sind auch nach Arash-Felloren gekommen?« fragte er.

Atlon zuckte mit den Schultern. »Als der Krieg vorüber war, sind viele von meinem Orden in die Welt hinausgeschickt worden. Einige sollten diejenigen finden, die in Seinem Namen Verbrechen begangen haben; während andere nach jenen forschen sollten, die irregeleitet worden sind, und wieder andere sollten einfach nur mehr über die Welt in Erfahrung bringen, die wir so lange vernachlässigt hatten.« Er blickte zu Dvolci. »Wie ich dir bereits in der Schmiede erzählt habe, hat man uns ausgesandt, um die Quelle der Kristalle zu finden, die in letzter Zeit so häufig in unser Land gebracht wurden.«

Heirn nickte, obwohl er das Gefühl hatte, das Gespräch in der Schmiede sei schon eine Ewigkeit her.

»Ich glaube, du hast irgend etwas von ›Vorfällen‹ erwähnt.«

»Sie ähnelten dem, was mit dem Kyrosdyn geschehen ist«, bestätigte Atlon. »Allerdings war es bei uns niemals so schlimm. Aufgrund unserer Abstammung haben die meisten meiner Landsleute ein gewisses Talent für den Umgang mit der Macht, und wenn man die Macht auf eine bestimmte Art und in der Nähe von Kristallen benutzt, dann können die seltsamsten Dinge geschehen.«

Heirn rieb sich den Nacken. »So wie diese Verbrennungen?«

»Die Macht kann Verletzungen dieser Art verursachen, ja, aber das ist nur ein Nebeneffekt.«

»Ein Nebeneffekt von was?«

Atlon antwortete nicht sofort. »Ich weiß nicht, wo ich anfangen soll, um dir das zu erklären, Heirn. Es ist nicht einfach zu verstehen – vor allem, da niemand genau darüber Bescheid weiß. Noch nicht einmal meine Lehrer

würden von sich behaupten, die Macht zu verstehen, und die meisten von ihnen haben sie bereits länger studiert, als ich reiten kann. Die Macht ist einfach etwas, das in uns ist ...« Er schaute sich im Zimmer um. »Was wir als ›die Macht‹ bezeichnen, ist eine Art Eigenschaft; etwas, das in allem ist und alles miteinander verbindet. Diese Stühle, der Kamin, die Bilder, die Blumen, auch wir selbst, all das ist nur ...« Auf der Suche nach geeigneten Worten starrte er an die Decke. »All das ist nur eine jeweils andere Form ein und derselben Sache.«

Heirn blickte ihn verständnislos an, und Atlon zuckte entschuldigend mit den Schultern.

»Besser kann ich es nicht erklären«, gestand er unglücklich. »Ich habe doch gesagt, es ist nicht leicht zu verstehen.« Er wagte einen zweiten Anlauf. »Grob ausgedrückt, kann ein Kristall unter gewissen Umständen die Macht in sich aufnehmen – oder, genauer gesagt: in seinen Adern, den sogenannten Meridianen –, wo sie dann zur späteren Verwendung gespeichert wird. So etwas zu tun ist allerdings sehr gefährlich. Beispielsweise kann man sehr rasch süchtig davon werden. Wir – das heißt mein Orden – verwenden Kristalle nur äußerst selten, und auch dann nur nach reiflicher Überlegung. Eure Kyrosdyn jedoch scheinen sie vollkommen rücksichtslos einzusetzen.« Atlon blickte in eine unbestimmte Ferne. Er schüttelte ungläubig den Kopf.

»Mit dem Angriff auf mich ist der junge Mann weiter gegangen, als man ihn meiner Meinung nach gelehrt hat. Als ich mich ihm widersetzt habe, hat er soviel Macht aus den Kristallen in seinem Halstuch gezogen, daß er ihre Natur verändert hat.« Atlon lächelte, als ihm plötzlich ein passender Vergleich einfiel. »Wie ein Stück Eisen«, sagte er und hob die Hände, als hielte er eine Eisenstange. Er vollführte die entsprechenden Bewegungen, um seine Erklärung zu illustrieren. »Wenn du es nur ein wenig verbiegst, dann springst es wieder in seine alte Form zurück; doch wenn du es zu weit durchbiegst,

dann behält es seine veränderte Gestalt bei.« Unsicher, ob seine Erklärung einleuchtend war, legte er die Hände wieder auf den Tisch. Der Ausdruck auf Heirns Gesicht gab ihm keine Auskunft über Erfolg oder Mißerfolg seiner Demonstration.

Heirn blickte zu Dvolci. »›Die Tore der Seele‹, ›verstopfte, faulige Abflüsse‹?«

»›Stichwunden‹ hätte auch gepaßt«, erwiderte Dvolci säuerlich. »Dort floß *zu* viel, *zu* schnell durch ein *zu* kleines Loch.«

»Die Kristalle waren plötzlich zu einem riesigen Strudel geworden«, sagte Atlon und vergaß seinen Eisen-Vergleich. »Die Lebensenergie des Kyrosdyn und alles andere in ihrer unmittelbaren Umgebung wurde unwiderstehlich von ihnen angezogen und dann verändert.« Wieder wirkte er wesentlich älter, als er war. »Nachdem es begonnen hatte, habe ich noch nicht einmal gewagt, ihm zu helfen. Ich konnte nur noch uns beide retten.«

Heirn schwieg einen Augenblick; dann streckte er die Hand aus. »Du hast recht«, erklärte er nüchtern. »Es ist nicht einfach. Zeig mir die Kristalle des Kyrosdyn.«

Atlon zog das Halstuch aus der Tasche und gab es dem Schmied. Heirn breitete es vorsichtig auf dem Tisch aus. Die Kristalle funkelten selbst im trüben Licht der Abendsonne. Zögernd hob Heirn die Hand, um sie zu berühren; dabei blickte er Atlon fragend an. Atlon ergriff die Hand des Schmieds. »Es ist möglich, daß du ein gewisses Talent für die Macht besitzt«, sagte er. »Bei Handwerkern ist das nichts Ungewöhnliches.« Er schloß die Augen, und kurz darauf nickte er, wie um sich selbst etwas zu bestätigen. »Kristalle wie diese sollte jemand wie *du* so selten wie möglich in die Hand nehmen. Aber sie werden mit dir nicht das gleiche machen wie mit dem Kyrosdyn, denn er war im Umgang mit der Macht geschult, und er hat sie absichtlich mißbraucht; doch langfristig würden sie dir beachtlichen Schaden zufügen.«

Atlon nahm das Halstuch wieder an sich und musterte die Kristalle. Zorn zeichnete sich auf seinem Gesicht ab. »Die hier sind bearbeitetet worden, um ihre Wirkung noch zu steigern. Das ist exzellente Handwerkskunst. Wer auch immer das gemacht hat, weiß, wie man sie benutzt.« Seine Wut verwandelte sich zunächst in Furcht, dann in Hilflosigkeit.

»Das ist schrecklich«, murmelte er und legte das Halstuch wieder auf den Tisch.

Heirn strich mit dem Finger über einen der Kristalle. Es kribbelte ein wenig in seiner Fingerspitze. Das war kein unangenehmes Gefühl, doch als es sich seinen Arm hinauf fortpflanzte, zog er die Hand rasch wieder zurück. Der Schmied betrachtete seinen Finger. Die Spitze war weiß und eiskalt, und Heirn verspürte den unbändigen Wunsch, den Kristall ein weiteres Mal zu berühren.

Heirn drehte sich auf den Rücken. Das Schlagen einer fernen Uhr drang durch das offene Fenster. Es war zu früh, um aufzustehen, und zu spät, um noch genug Schlaf zu bekommen. Er würde einen fürchterlichen Morgen haben! Doch die Anstrengungen des Tages straften seine Gedanken Lügen, und schon bald war er wieder tief und fest eingeschlafen. Das letzte, woran er sich erinnerte, bevor er seiner Müdigkeit erlag, war Atlon, der das Halstuch fein säuberlich zusammenrollte und in seiner Tasche verstaute. Dann hatte er sich über Heirn gebeugt und dessen Hand ergriffen. Während er sie hielt, ließ die Kälte in der Fingerspitze merklich nach, und gleichzeitig verschwand auch das Verlangen, erneut den Kristall zu berühren.

Atlon hatte Heirn eingehend beobachtet. Zwar hatte er nichts gesagt, doch er schien um das Verlangen des Schmieds zu wissen. »Sie sind heimtückischer als alles, was du dir vorstellen kannst, Heirn. Sie fesseln und ver-

führen dich, machen dich zum Sklaven. Sie sind Seine Schöpfungen, und auch die Kyrosdyn gehören Ihm, was auch immer sie früher einmal gewesen sein mögen. Das steht fest.«

KAPITEL 12

Imorrens Gefolge rannte keuchend hinter ihr her, während sie durch die Gänge in den unteren Gewölben des Jyolan eilte. Als höhere Chargen des Kyrosdyn-Ordens – zumeist ältere Hohe Brüder – waren sie ein eher gemächliches Tempo gewöhnt, und so fiel es ihnen schwer, mit Imorrens schnellem, entschlossenem Schritt mitzuhalten. Unter diesen Umständen war es ihnen unmöglich, die Würde zu bewahren, die sie bei der Erfüllung ihrer Pflichten im Vaskyros an den Tag legten. Aber schließlich war der traditionelle Tagesablauf des Ordens heute schon mehrfach durcheinandergebracht worden. Gerüchten zufolge war Rostan in einen seltsamen Vorfall auf der Straße verwickelt gewesen; dabei hatte er angeblich eine schwerwiegende Dummheit begangen, die zu einer unerwarteten Privataudienz bei der Ailad geführt hatte. Das war zwar an sich nichts Besonderes, doch Rostans Mitbrüdern war nicht entgangen, daß er vor dieser Audienz ungewöhnlich nervös, anschließend sehr reizbar gewesen war.

Dann war plötzlich das Chaos ausgebrochen – oder zumindest das, was ein Kyrosdyn unter Chaos verstand, dessen Alltag durch eine Unzahl strenger Regeln bestimmt war. Der Jyolan-Kampfplatz war an Barran verkauft worden. Wie Insekten, die vom Pflug eines Bauern aufgescheucht worden waren, hatten die Schreiber und Advokaten des Ordens in aller Eile die entsprechen-

den Verträge aufgesetzt und waren ständig zwischen dem Vaskyros und dem Jyolan hin und her geeilt, um die Angelegenheit so schnell wie möglich unter Dach und Fach zu bringen. Gleichzeitig hatten sie den Befehl erhalten, Barran möglichst unauffällig bei der Organisation eines Freien Kampfes zu unterstützen, der *noch am selben Tag* stattfinden sollte – das hatte noch größere Unruhe verursacht.

Auch sollte die neu entdeckte Kreatur in der Arena antreten, deren Existenz bis dahin nur wenigen auserwählten Ordensbrüdern bekannt gewesen war. Dies insbesondere hatte die von Natur aus mißtrauischen und intriganten Kyrosdyn über die Absichten ihrer klugen und rätselhaften Ailad nachdenken lassen. Die Vorbereitungen für den Verkauf des Jyolan und den für den Abend des gleichen Tages angesetzten Kampf brachten die Ausführung der normalen Arbeiten der Bruderschaft beinahe zum Erliegen, und der Vaskyros war voll der merkwürdigsten Gerüchte. Aber die Ailad suchte weder den Rat ihrer Mitbrüder, noch wagte es irgend jemand, sie nach den Vorgängen zu befragen. Den Befehlen einer Ailad gehorchte man, man hinterfragte sie nicht. Gehorsam war der Grundpfeiler der Bruderschaft – Gehorsam und Leistung.

Der Wille der Ailad herrschte über allem. Sie befahl, und die Kyrosdyn gehorchten. Und soweit die Brüder ihre Laune zu deuten vermochten, so sahen sie nun, daß Imorren zufrieden war. Natürlich hatte das noch lange nicht die Neugier der Kyrosdyn befriedigt, aber so konnten sie zumindest Trost aus ihrem Vertrauen in den Orden und in seine Führerin schöpfen.

Dadurch erklärte sich auch, daß kein Laut der Klage über die Lippen derjenigen kam, die Imorren nun auf ihrem Weg durch die Katakomben des Jyolan hinterhereilten.

Die weniger ›Standhaften‹ unter den Hohen Brüdern wurden von unlivrierten Leibwächtern aus dem Vasky-

ros gestützt, während Imorren von zwei herausgeputzten Platzwachen des Jyolan eingerahmt wurde. Die Männer hatten den Auftrag, der Ailad den Weg zu weisen, doch wie es den Anschein hatte, wurden ihre Dienste nicht gebraucht. An jeder Abzweigung – und es gab eine Menge davon – wählte Imorren die richtige, ohne auch nur eine Sekunde zu zögern.

Als ehemaliger Schläger, den das Schicksal in einen Geschäftsmann und aufstrebenden Diplomaten verwandelt hatte, versuchte einer der Platzwachen, mit höflicher Konversation das drückende Schweigen zu brechen, das auf der Gruppe lastete.

»Ihr seid offenbar mit dem Jyolan gut vertraut, Ailad.«

Imorren antwortete nicht, und das energische Kopfschütteln eines der Leibwächter unterband jeden weiteren Versuch, ein Gespräch zu beginnen.

Schließlich erreichten sie eine große Holztür. Dieselbe Wache, die vorhin der Ailad ein Gespräch hatte aufzwingen wollen, eilte nun unterwürfig herbei und öffnete Imorren die Tür. Offenbar wollte der Mann seinen Fehler wiedergutmachen. Imorren betrat den dahinterliegenden Raum und bedeutete den anderen zu warten.

»Schließ die Tür«, befahl sie, ohne sich umzudrehen.

Mit einem dumpfen Knall fiel die Tür wieder ins Schloß.

Unregelmäßig verteilte Laternen erhellten das Gewölbe ungleichmäßig. Nachdem das Geräusch der zuschlagenden Tür verklungen war, konnte man hören, wie sich etwas in der Finsternis bewegte. Imorren wandte sich in die entsprechende Richtung, und eine große Gestalt trat aus den Schatten. Die Gestalt blieb vor der Ailad stehen, beugte das Knie und senkte den Kopf. Imorren legte ihr die Hand auf die Schulter.

»Du hast deine Arbeit gut gemacht, Hüter. Laß uns jetzt bitte einen Augenblick allein.«

Der Mann zögerte. »Hab keine Furcht«, sagte Imorren in beinahe mütterlichem Tonfall. »Welche Gefahr könnte

mir schon drohen?« Sie bedeutete ihm aufzustehen und zeigte auf die Tür.

Der Mann verneigte sich und verließ die Kammer.

Nachdem der Hüter den Raum verlassen hatte, stand Imorren eine Weile schweigend da und drehte den Kopf hierhin und dorthin, als versuche sie, einen schwer erkennbaren Gegenstand in der Dunkelheit auszumachen. Sie schlug ihre Kapuze zurück.

»Komm«, sagte sie. »Fürchte dich nicht.«

Stille senkte sich über den Raum. Imorren wartete regungslos; sie zeigte keinerlei Anzeichen von Ungeduld. Tatsächlich lächelte sie sogar.

»Glaubst du wirklich, du könntest dich vor *mir* verstecken?« fragte sie in einem Tonfall, als würde sie mit einem Kind sprechen.

Plötzlich ertönte ein leises Geräusch. Es klang wie Sandkörner, die vom Wind über die Straße geweht wurden, und kurz darauf erschien die Kreatur, die den ersten Freien Kampf im Jyolan beendet hatte.

Mit gesenktem Kopf näherte sie sich Imorren, und ebenso wie der Hüter blieb sie ohne Aufforderung vor der Ailad stehen. Imorren hockte sich nieder und nahm den häßlichen Kopf des Wesens in ihre Hände.

»Du hast gute Arbeit geleistet, o du Gesegneter«, sagte sie. Gelbe Augen schauten in die ihren. Sie streichelte der Kreatur über den Kopf. »Wie lang ist deine Ahnenreihe?« fragte sie sich selbst mit Staunen in der Stimme. »Wie lange wandert deine Art nun schon durch die Tiefen und wartet auf Seine Rückkehr?« Langsam schloß die Kreatur die Augen und öffnete sie wieder als Zeichen, daß sie Imorrens Autorität akzeptierte. Imorren packte die Nackenhaare des Wesens und bleckte die Zähne. »Wünscht du dir nicht, schon vor Jahren zurückgekehrt zu sein, als die Armeen der Feinde über Ihn hergefallen sind? Du hättest sie wie Ameisen in den Boden gestampft. Und hättest du nicht auch um die Schwäche Seiner Hauptleute gewußt? Weder archaische Treueschwüre

noch Familienbindungen hätten dich davon abgehalten, ihre Unzulänglichkeiten zu erkennen.« Imorrens Lippen verzogen sich zu einem grausamen Lächeln. Die Kreatur versuchte, sich aus dem Griff der Ailad zu befreien, doch ohne Erfolg. Imorrens Gesicht entspannte sich wieder. »Aber es steht dir nicht zu, diese Dinge zu hinterfragen. Es war Sein Wille, daß ich ihn verlassen sollte, und wer vermag schon zu sagen, warum du zu spät gekommen bist? Die Vergangenheit ist vergangen. Bisweilen können wir die Weisheit Seiner Entscheidungen nicht begreifen, denn wer kennt schon Seine Pläne? Doch Er ist immer noch mit uns, habe ich nicht recht? Diese Stadt ist Seine Stadt. Unter all dem Lärm und dem Dreck des Gewürms, das im Augenblick durch die Straßen wimmelt, ruht Er sicher in den Grundfesten von Arash-Felloren. Er ist stark hier, und Sein Wille greift nach uns. Warum sonst hättest du wohl den Hüter aufgesucht, um dich uns anzuschließen? Und warum sonst hätte Er Rostan solcherart benutzen sollen?«

Sie drückte den Kopf der Kreatur an ihre Brust. Ein tiefes Grollen drang aus der Kehle des Wesens, und Imorren lachte. Es war kalt, und wo wahres Lachen die Dunkelheit erhellt hätte, ließ Imorrens den Raum noch finsterer erscheinen. Ihre Stimme wurde zu einem Flüstern, und sie sprach schnell, beinahe aufgeregt. »Er wird bald wieder bei uns sein, o Gesegneter. Mehr und mehr zeichnet sich die wahre Form des Vaskyros in meinen Träumen ab. Mit jedem Mal wird das Bild stärker, klarer. Vielleicht wird der Gesalbte das Werk vollenden und die Wege für Seine Rückkehr öffnen. Vielleicht ...« Sie hielt inne. Solche Spekulationen waren sinnlos. Der Weg des Gesalbten war unvorhersehbar.

Aber Imorren konnte nicht schweigen. »Du hast ihn doch auch gesehen, oder? So wie ich. Hoch oben in der Arena hat er wie ein Leuchtfeuer gestrahlt, und *ich* hatte schon befürchtet, er sei für immer verloren.« Erneut lachte sie lauthals auf. »Er fühlte sich zu uns hingezogen.

Er wird sich selbst an uns binden – enger als es jede Fessel vermag, die zu erschaffen ich imstande bin.« Wieder hielt sie einen Augenblick inne. »Und vielleicht ist da noch mehr. Ich hätte so etwas zwar nie für möglich gehalten, aber ...« Aufgeregt wandte sie sich von der Kreatur ab und schaute in die Dunkelheit. Als sie sich umdrehte, war sie wieder sie selbst. Ihre Stimme wurde erneut zu einem Flüstern, als drohten die Worte, sie zu überwältigen. »Könnte er mehr als nur ein Führer sein?« Sie atmete tief ein. »Ich schwöre, einmal habe ich den Blick des Gesalbten auf mir ruhen gefühlt und gleichzeitig Seine Gegenwart gespürt.« Sie schlang die Arme um ihren Oberkörper und stand auf. Dann wanderte sie zwischen den Säulen umher, als sei der Gedanke zu groß, um von einem ruhenden Körper gehalten zu werden. Die Kreatur ging schweigend neben ihr her. »Ich hatte recht, die Gunst des Augenblicks zu ergreifen. Ich hatte recht, den Spuren von Rostans Tat zu folgen und dich in diese Welt zu bringen – in diese Welt, die so viel für dich bereithält.« Imorren blieb stehen und streichelte die Kreatur. »Schon bald wird der Gesalbte bereit sein, und dann ...« Sie verzog das Gesicht und legte die Hände an die Schläfen, als wolle sie ihren Kopf zerquetschen. So wie sie früher am Tag ihrer Menschlichkeit in Form von Wut erlegen war, so gab sie sich jetzt der Freude hin; doch auch dieses Gefühl verabscheute sie.

Imorren glühte innerlich. Sie hatte heute so viel gelernt! Sie hatte gelernt, daß sie noch immer Schwächen hatte, daß ihre Menschlichkeit noch immer unterschwellig auf sie lauerte, jederzeit bereit, sie in den Abgrund zu reißen und sie für Sein Werk zu verderben. Sie hatte gelernt, daß sie nur Seine Dienerin war und daß es ihr nicht zustand, Seine Entscheidungen in Frage zu stellen – ihr Glaube mußte vollkommen sein. Und sie hatte erneut erkennen müssen, daß die Macht, die sie hier in dieser Stadt der Mächtigen angehäuft hatte, nichts war im Vergleich zu dem, was da kommen würde.

Imorrens freudiges Hochgefühl schwand dahin; es ging inmitten all ihrer Gelüste unter.

Die Kreatur winselte. »Wir müssen Geduld haben, o Gesegneter. Unsere Leiden sind nichts, verglichen mit den Seinen.« Imorren kniete sich neben das Tier und legte ihm den Arm um die Schulter. »Aber du *warst* heute nacht schon geduldig, nicht wahr? Du hast gewartet und gewartet, und dann hat man dich auch noch um deine Beute betrogen.« Sie wurde nervös. Die Kreatur stellte keine Gefahr für sie dar, denn sie gebot über ausreichend Macht, um das Wesen zu kontrollieren; doch der Hüter hatte sich besorgt gezeigt, obwohl er es nicht ausgesprochen hatte. Die Kreatur war das einzigartige Instrument Seines Willens, eine Erinnerung an Seine Schöpfungen zur Blütezeit Seiner Macht. Es wäre dumm von ihr zu glauben, sie könne das Wesen vollständig verstehen, und vielleicht wäre es sogar leichtsinnig, die Macht gegen die Kreatur einzusetzen. Niemand vermochte zu sagen, wieviel Schaden dadurch entstehen könnte. Plötzlich sah Imorren Bilder des letzten Gefechts in der Arena vor ihrem geistigen Auge.

Die Kreatur hatte irgendwie Kontakt mit ihr aufgenommen. Und da wußte sie es.

Obwohl das Wesen keine Anzeichen von Erregung zeigte, so hatten die Possen seiner Gegner es doch gereizt, allerdings ohne es zu befriedigen, und nun spürte Imorren sein Verlangen. Für die Kreaturen galten die gleichen Regeln wie für Menschen: Wollte man sie kontrollieren, war es besser, auf ihre Bedürfnisse einzugehen, anstatt sie zu verleugnen. Imorren verstärkte ihren Griff um die Kreatur und drückte sie an sich. Das Wesen leistete ihr keinen Widerstand.

Ähnlich wie im Falle des Gesalbten, so mußte sie auch hier einfach nur Vertrauen haben. Vertrauen darauf, daß man keine Türen und Ketten brauchte, um Seine Diener zu halten.

»Geh unter die Stadt«, flüsterte sie und stellte sich die

labyrinthartigen Tunnel vor. »Geh und suche dir ein Opfer. Stille deinen Hunger. Du mußt mit dir selbst im reinen sein. Dann kehre wieder zurück.«

Die Kreatur beugte die Vorderbeine und senkte den Kopf, so wie sie es vor Pinatte in der Arena getan hatte. Dann stieß sie ein seltsames Winseln aus, warf den Kopf zurück und heulte. Das Heulen war nicht laut, doch Imorren hatte noch nie ein derartiges Geräusch gehört, und es ging ihr durch Mark und Bein. Sie wußte, daß dieses Heulen bei anderen die blanke Furcht hervorrufen würde; aber für sie war es eine Bestätigung – eine Bestätigung dafür, daß diese Kreatur der Vorbote eines neuen Zeitalters war. Dennoch bekam sie eine Gänsehaut, denn sie war noch allzu menschlich. Das Licht der Laternen begann ob des Geräusches zu flackern, und das ganze Gewölbe schien voller Freude aufzuseufzen.

Die Kreatur machte sich schweigend auf den Weg und verschwand in den Schatten.

Imorren rieb sich über die Arme, um ihr rebellisches Fleisch zu beruhigen. Dann war nichts mehr von der Kreatur zu spüren. Ebenso wie in jeden anderen Raum des Jyolan, so mündeten auch in diese Kammer mehrere Tunnel – Tunnel, die weit über die Grenzen des Gebäudes hinausgingen.

Es war ein sehr altes Gebäude.

Er bewegte sich durch die Dunkelheit. Gerüche drangen auf ihn ein, alt und vertraut, reich und schwer – Gerüche, die das Verlangen anheizten, das ihn vorwärtstrieb. Und da waren auch Geräusche, fern und verzerrt, als würden sie von einem böigen Wind herangeweht.

Dann hielt er an, legte sich flach auf den Boden und lauschte. Die Beute war nicht mehr weit entfernt. Überall war Beute. Und keine Gefahr! Ein erwartungsvoller Schauder lief ihm über den Rücken. Dann stieß er ein tiefes, grollendes Knurren aus und kroch voran.

Was ...?

Er war hier und doch nicht hier – zwei Dinge – zwei Geister ...

Er gehörte nicht hierher!

Der Gedanke ergab keinen Sinn – viele Gedanken, die alle nicht hierhergehörten. Er *existierte*. Das war der Lauf der Dinge.

Und die Geräusche störten ihn. Und die Lichter, die ihn beobachteten ...

Aber er kroch weiter, und er spürte jede seiner Bewegungen, jeden Stein und jede Spalte, über die er hinwegkroch – nur hören konnte er sich nicht.

Die Gerüche zogen ihn magisch an ... und stießen ihn ab. Und die Gedanken – nein, die Empfindungen –, die sie begleiteten, waren unbeschreiblich.

Protest. »Nein!«

Geräusche. Und Lichter. Sie schmerzten.

»Hat er was gesagt?«

»Er macht alle möglichen komischen Geräusche.«

Bald würde er die Beute erreicht haben. Ein tiefes Knurren, um sie zu warnen, sie zur Flucht zu veranlassen – und dann die Jagd: Mit jedem Schritt, den sie schreiend davonstürmte, würde ihr Schrecken größer werden ...

Gut.

»Pinatte!«

Das Geräusch hüllte ihn ein, befreite ihn, und die dunklen Bilder fielen von ihm ab wie ein verfaulter Mantel. Gleichzeitig schlossen sich die tanzenden Lichter zu schwebenden Ovalen zusammen.

Gesichter.

»Rinter?«

Der Klang seiner eigenen Stimme schmerzte ihn.

»Du hast uns eine Heidenangst eingejagt. Ich dachte schon, du seist ernsthaft verletzt worden, als das Tor auseinandergeflogen ist. Geht es dir wieder besser?«

Pinatte wollte sich aufrichten, doch eine Hand hielt

ihn davon ab. »Bleib liegen.« Es war die Stimme einer Frau. Pinatte versuchte, sich zu ihr umzudrehen, aber sein Kopf protestierte auf äußerst schmerzhafte Art gegen die Bewegung, und gleichzeitig begann sich alles zu drehen ...

»Ich habe dir doch gesagt, du sollst liegenbleiben«, wiederholte die Stimme in befehlendem Ton, und auch die Hand kehrte wieder zurück. »Ich glaube zwar nicht, daß du mehr als nur eine kleine Beule davongetragen hast; aber eine Zeitlang wirst du dich wohl mit recht heftigen Kopfschmerzen abfinden müssen.«

Mit äußerster Vorsicht gelang es Pinatte, sich zu seiner ›Ärztin‹ umzudrehen. Es handelte sich um eine Frau mittleren Alters. Pinatte hielt sie für recht groß, obwohl das von seinem Bett aus schwer zu beurteilen war. Zumindest verriet ihm die Kraft, mit der sie ihn festhielt, daß sie kein zartes Pflänzchen war. Doch das auffallendste an ihr war ihr Gesicht. Wahrscheinlich war sie früher einmal sehr hübsch gewesen. Nicht schön, aber hübsch. Pinatte wußte zwar, daß es Wichtigeres gab, worüber er nachdenken mußte, doch das Gesicht der Frau faszinierte ihn. Trotz ihrer Falten strahlte sie eine ungeheure Kraft aus – eine Kraft, wie sie nur eine Frau ausstrahlen konnte, die sich allein den Unbillen des Lebens gestellt und sie gemeistert hatte.

»Hallo.« Mehr als ein Murmeln brachte Pinatte nicht zustande.

Die Frau musterte ihn eingehend. Dann nahm sie seine Hand und untersuchte sie. »Auch dir ›Hallo‹, junger Mann.« Sie runzelte die Stirn.

»Das ist nur eine Schürfwunde«, erklang die Stimme eines Mannes hinter ihr. Die Frau antwortete nicht, sondern winkte irgend jemandem, die Lampe näher heranzubringen. Dann hob sie Pinattes Hand unmittelbar vor ihr Gesicht.

»Sieht schlimm aus«, sagte sie. Sie schaute Pinatte kurz fragend an, als könne er ihr etwas zeigen, was sie über-

sehen hatte. »Das sieht mir beinahe wie ein Kristallfleck aus.«

Eine große, breite Gestalt schob die Frau vorsichtig beiseite und beugte sich nieder, um neugierig die Hand zu betrachten. »Hast du in der Thlosgaral gearbeitet, Junge? In den Minen?« fragte der Mann und überließ die Hand wieder der Frau. Er wirkte verwirrt und besorgt.

»Nein«, antwortete Pinatte. »Ich bin noch nie außerhalb der Stadt gewesen.«

Der Mann schüttelte den Kopf. »Das kann ja auch gar nicht sein«, erklärte er mit Nachdruck. »Schau ihn dir doch nur einmal an. Er ist dürr, aber ziemlich gut in Form. Wenn das kein Nestler ist, wie er im Buche steht, dann bin ich ein Esel. Der Junge ist durch und durch Stadtmensch. Einen halben Tagesmarsch von hier würde er sich wahrscheinlich hoffnungslos verlaufen. Er kann unmöglich gelernt haben, so etwas zu tun, und selbst wenn, dann hätte er niemals die Gelegenheit dazu gehabt.« Er blickte erneut auf die Hand. »Außerdem scheint mir der Fleck grün zu sein. Nur ein vollkommen Wahnsinniger wäre zu so etwas fähig.«

Die Frau bezweifelte diese Erklärung. »Ja«, begann sie, »aber ...« Sie zuckte mit den Schultern. »Wie du gesagt hast: Das kann nicht sein.« Nachdenklich betrachtete sie Pinattes Hand. »Ich trage trotzdem etwas Zugpaste auf. Es kann ihm ja nicht schaden, und die Wunde muß sowieso gereinigt werden.« Sie hob einen Leinenbeutel auf ihren Schoß, und holte einen kleinen Topf hervor. »Es ist verdammt lange her, seit ich das zum letzten Mal gebraucht habe«, sagte sie, während sie mit dem Deckel kämpfte. Schließlich drang Pinatte ein beißender Geruch in die Nase, und die Frau verteilte die Paste großzügig auf seinem Handrücken.

Ein unerträgliches Brennen kroch seinen Arm hinauf, und mit ihm kam das Wissen, daß er das nicht zulassen durfte!

Er stieß einen lauten Schrei aus und versuchte, der

Frau die Hand zu entreißen, aber sie war stark, und so zog er sich mit seiner Aktion nur selbst in die Höhe. Der Schmerz in seinem Arm wurde von einem noch viel schlimmeren in seinem Kopf abgelöst. Pinatte hatte das Gefühl, als würde ihm der Schädel platzen. Er ließ sich wieder zurück aufs Bett fallen. Dabei verfehlte er das Kopfkissen und schlug mit dem Kopf auf der Kante auf, was den Schmerz noch verschlimmerte. Er konnte nichts anderes tun, als einfach nur still dazuliegen und darauf zu warten, daß das Pochen in seinem Kopf nachließ. Als es schließlich soweit war, bemerkte er, daß um ihn herum lauthals gelacht wurde. Zögernd öffnete er die Augen. Selbst seine Krankenschwester lächelte ein wenig.

»Was für ein Held«, bemerkte irgend jemand, was noch mehr Gelächter hervorrief.

»Die Paste wird deine Hand eine Zeitlang taub werden lassen und alles herausziehen, was nicht dort hineingehört«, erklärte die Frau. »Es ist ein sehr altes Rezept, aber es ist auch sehr gut.« Inzwischen hatte sie damit begonnen, die Hand zu verbinden. Das Brennen hatte aufgehört. Statt dessen fühlte sich die Hand nun ungewöhnlich kalt an. Dennoch hatte Pinatte das Gefühl, er hätte das nicht zulassen dürfen.

Vorsichtig schaute er sich um – jedenfalls so weit er es vermochte, ohne seinen Kopf übermäßig zu bewegen. Außer Rinter, der Frau und dem großen Mann mit dem zerschlagenen Gesicht befanden sich noch mehrere Platzwachen im Raum. Pinatte lag in einem Zimmer, das – untypisch für den Jyolan – eine flache Decke besaß und vier gerade Wände. Allerdings waren auch in diesem Raum die Spuren jahrelanger Vernachlässigung zu sehen: Flecken an den Wänden und abbröckelnde Farbe.

Die Platzwachen kamen und gingen. Offenbar hatten sie irgendwelche Geschäfte mit einem Mann zu regeln, der in der Nähe der Tür an einem Tisch saß. Beinahe jeder der Männer, die kurzzeitig hereinkamen, warf einen Blick auf die kleine Gruppe, und ein oder zwei von

ihnen traten sogar an Pinattes Bett und bestaunten ihn neugierig. Die Erinnerung an die Ereignisse, die ihn hierhergebracht hatten, kehrte im selben Augenblick wieder zurück, da der Schmerz in seinem Kopf nachzulassen begann und sich in ein dumpfes Pochen verwandelte. Kurze Zeit später war er nicht nur entspannt, sondern auch äußerst zufrieden mit sich selbst. Er hatte keine Ahnung, was ihn dazu veranlaßt hatte, über die Köpfe der Menge zu klettern. Aber die Tat hatte ihn offensichtlich zu einem bewunderten Mann gemacht. Obwohl seine Gedanken hauptsächlich auf die Gegenwart gerichtet waren, war ihm doch nicht entgangen, daß diese Wertschätzung sich in Zukunft vielleicht noch als nützlich erweisen könnte.

»Du tätest gut daran, dich eine Weile auszuruhen«, sagte die Frau.

»Ich glaube auch nicht, daß ich zu etwas anderem fähig wäre«, erwiderte Pinatte. »Wäre es möglich, daß ich eine Zeitlang hierbleibe?«

»Bleib, solange du willst, Junge«, antwortete der große Mann. »Barran wird dir für deine Tat mehr als nur ein Bett geben. Wäre das Tor nur wenige Minuten später geöffnet worden, hätte es mit Sicherheit eine ganze Menge Tote gegeben.« Er schüttelte den Kopf. »Monatelang hätten uns Weartan und Advokaten verfolgt, und jeder hätte versucht, sich ein Stück von dem Kuchen abzuschneiden. Die Geschäfte wären den Bach runtergegangen. Aber so sind nur ungefähr ein halbes Dutzend umgekommen. Die können wir noch ausbezahlen.«

Pinatte hatte keine Ahnung, wovon der Mann sprach, und so schaute er ihn nur verdutzt an.

»Das ist Fiarn, Pinatte«, mischte sich Rinter ein. »Ich habe dir doch vorhin von ihm erzählt. Wir waren bei dir, als du das Bewußtsein verloren hast.«

Trotz seiner Müdigkeit und all der Verwirrung schwirrten Pinattes Gedanken umher wie Motten ums Licht. Fiarn kennenzulernen war sogar noch mehr wert

als der Respekt der Platzwachen. Pinatte streckte Fiarn die verbundene Hand entgegen. Sie fühlte sich noch immer kalt an, und obwohl er sah, wie Fiarn sie ergriff, so spürte er doch nichts. Es war, als würde ihm die Hand nicht mehr gehören. Nachdem Fiarn sie wieder losgelassen hatte, ließ Pinatte sie noch einen Augenblick lang schweben und versuchte, seine Finger zu bewegen – ohne Erfolg.

»Das ist die Paste«, erklärte die Frau, der Pinattes Besorgnis nicht entgangen war. »Ich habe dir doch gesagt, sie wird taub werden. Du könntest dir einen Finger abhacken und würdest es nicht merken. Mach dir keine Sorgen. In ein paar Stunden ist alles wieder normal.«

Fiarn nickte zustimmend. Die Frau stopfte den kleinen Topf und die restlichen Bandagen wieder in ihren Leinenbeutel. Dann erklärte sie an Pinatte gewandt: »Ich habe getan, was ich konnte. Jetzt gehe ich wieder runter zu Barran und sehe nach, was ich dort tun kann.«

Zu Pinattes Überraschung begegnete Fiarn der Frau mit dem Respekt eines Untergebenen. Er verbeugte sich sogar leicht, als sie den Raum verließ. Dieser Eindruck wurde noch verstärkt, als die Frau den Platzwachen ein Zeichen gab und diese ihr daraufhin folgten. »Wer war das?« fragte Pinatte, nachdem sie verschwunden war.

»Ellyn, Barrans Frau«, antwortete Fiarn und schaute ihn überrascht an. »Du kannst von Glück sagen, daß sie hier gewesen ist. Sie kennt sich mit Wunden aus.« Er zog sich einen Stuhl heran und setzte sich. »Und jetzt, junger Mann ...« Er wedelte mit der Hand vor Pinattes Augen. »Weilst du wieder unter den Lebenden?«

Pinatte blinzelte. »Ja, ich glaube schon«, antwortete er. »Ich wünschte nur, sie hätte was von der Paste auf meinen Kopf geschmiert.«

Fiarn lachte lauthals auf und schlug Pinatte auf die Schulter. Sowohl das Geräusch als auch der Schlag ließen ihn unwillkürlich zusammenzucken. Fiarn schien das

nicht bemerkt zu haben. »Barran war von deiner Aktion ziemlich beeindruckt. Ich habe dir ja schon gesagt, daß du uns eine Menge Schwierigkeiten erspart hast, und Barran ist bekannt dafür, daß er seine Schulden bezahlt. Im Augenblick ist er damit beschäftigt, die Sauerei von heute nacht wieder in Ordnung zu bringen, aber er wird später mit dir reden. In der Zwischenzeit hat er mich gebeten, nachzuschauen, ob ich irgend etwas für dich tun kann.« Rinter, der leicht versetzt hinter Fiarn stand, nickte aufmunternd. Allerdings bedurfte es keiner Ermunterung, denn Pinatte war bereits weit genug genesen, um die Gelegenheit zu erkennen, die sich ihm hier bot. Er beschloß, ehrlich zu sein.

»Ich bin ein Straßendieb«, sagte er. »Meistens bin ich als Beutelschneider unterwegs, und ich bin verdammt gut. Ob ich allein arbeite oder in der Gruppe, das ist egal.« Die beiden Männern griffen instinktiv nach ihren Börsen. Pinatte hob beruhigend die Hand. »Allerdings habe ich noch nie auf einem Kampfplatz gearbeitet. Du kannst die Platzwachen fragen, wenn du willst. Einige von den alten kennen mich.« Fiarn musterte ihn aus zusammengekniffenen Augen, doch insgeheim freute er sich darüber, daß seine Einschätzung des Jungen korrekt gewesen war. Pinatte schaute ihm in die Augen. »Aber das reicht mir nicht. Ich will mehr. Kann ich für Barran arbeiten?« Pinatte konnte nicht fassen, was er gerade getan hatte. Er war so offen gewesen, so direkt. Was machte er hier eigentlich? Wie hatte sich seine Welt nur an einem einzigen Tag so entscheidend verändern können? Plötzlich fühlte er sich desorientiert. Er glaubte, jeden Augenblick aufzuwachen und sich in seinem alten Zimmer in Lassners Nest wiederzufinden.

Aber trotz eines zweifelnden Gesichtsausdrucks nickte Fiarn. »Das kann ich dir nicht sagen«, erklärte er. »Barran sucht sich seine Leute sehr sorgfältig aus. Aber vielleicht kann er dir irgendwo was besorgen. Ich werde es ihm auf jeden Fall sagen. Wer ist dein Nestherr?«

»Lassner.«

»Ich habe von ihm gehört. Was kannst du sonst noch, außer Börsen zu stehlen?«

»Was soll ich denn können?« Pinatte legte die Hand auf den Kopf und runzelte die Stirn. Sein Kopf schmerzte zwar nicht sonderlich, aber er hoffte, Fiarn mit diesem Theater von der Beantwortung der Frage ablenken zu können.

Es funktionierte. Fiarn stand auf. »Ruh dich erst mal etwas aus. Jetzt, wo es dir wieder besser geht, muß ich wieder runtergehen. Ich werde Barran deine Bitte unterbreiten, wenn ich Gelegenheit dazu habe. Aber bereite dich darauf vor, nach etwas anderem zu verlangen, wenn er keine Verwendung für dich hat.« Er beugte sich vor. »Und streite nicht mit ihm, wenn er dich ablehnt. Für das, was du für ihn getan hast, wird er sich um dich kümmern – er kümmert sich immer um jene, die sich um ihn kümmern –, aber er toleriert keine Unverschämtheit. Hast du verstanden?«

»Ja«, antwortete Pinatte mit einem vorsichtigen Nicken.

Nachdem Fiarn gegangen war, setzte sich Rinter auf den Stuhl. »Falls Barran dich nicht gebrauchen kann, werde ich dir helfen, was zu finden«, sagte er und wischte sich mit der Hand über den Mund. »Das ist zwar nicht dasselbe, aber ich schulde dir mehr als er. Noch nie in meinem Leben habe ich solche Angst gehabt. Im selben Augenblick, da du auf die Schultern der beiden Kerle vor dir geklettert bist, bin ich förmlich eingequetscht worden.« Er schauderte. »Und als du dich über das Tor geschwungen hast ...« Er zögerte. »Ich dachte zuerst, du wolltest nur dich selbst retten und seist davongelaufen. Es tut mir leid.«

Pinatte döste allmählich ein. »Ist schon gut«, murmelte er. »Ich weiß selbst nicht, was ich mir dabei gedacht habe. Aber das Gesicht des kleinen Jungen ... ich mußte einfach ...«

Er schlief ein.

Und er bewegte sich wieder durch die Dunkelheit. Nur diesmal war es anders. Diesmal war er er selbst, und ... was?

Erneut erfüllte ihn ein animalisches Verlangen und trieb ihn weiter voran. Es war sowohl abstoßend, als auch begehrenswert. Aber wo er zuvor noch ein Teil dieses Verlangens gewesen war, so hielt ihn nun etwas davon entfernt, etwas Kaltes, Schweres, und doch war er an das Gefühl gebunden. Er konnte nicht entkommen. Er mußte mit ihm gehen, wo auch immer es ihn hinführen mochte. Er mußte teilhaben an dem, was nun geschehen würde. Er wurde durch die Dunkelheit getragen auf Pfaden, die er nicht kannte. Dann war alles still. Seine Nüstern wurden von einem uralten Duft erfüllt.

Die Beute war nah, sehr nah.

Ein Bild formte sich vor seinem geistigen Auge, vage und verschwommen in dem trüben Licht, doch scharf gezeichnet von seinen anderen Sinnen. Es war ein Mann, der auf dem Boden saß und mit dem Rücken am Fels lehnte. Er schlief. Etwas Fürchterliches würde geschehen. Pinatte begann, sich zu wehren, doch ohne Erfolg. Er gehörte hierher. Das war sein Schicksal.

Nein! schrie er, aber ohne dabei ein Geräusch zu verursachen. Er versuchte es erneut. Sein Schrei wurde zu einem tiefen Knurren. Das war keine Warnung – das war eine Ankündigung. Die Gestalt bewegte sich, und Pinatte sah verschlafene Augen, die die Dunkelheit absuchten. Er wurde näher herangezogen. Wieder ertönte das Knurren, und irgend etwas tief aus seinem Inneren berührte den Mann.

Die verschlafenen Augen waren plötzlich voller Entsetzen. Uralte Erinnerungen ergriffen von Pinatte Besitz – eine unendliche, sich überlappende Reihe von Bildern –, und er wurde von Verlangen erfüllt.

Dann begann das Schreien.

Kapitel 20

Heirn erwachte erfrischter, als er es nach der unruhigen Nacht erwartet hätte. »Wahrscheinlich werde ich es erst später merken«, knurrte er. Er fühlte sich gut. Das Licht, das durch das offene Fenster hereinfiel, verriet ihm, daß es wieder ein heißer Tag werden würde, und obwohl die ständige Hitze ein Problem darstellte, war sie immer noch besser als die Feuchtigkeit und die rauhen Winde, die ohne Zweifel in wenigen Monaten kommen würden.

Während er sich wusch, rief er sich noch einmal die schicksalhaften Ereignisse des vergangenen Tages ins Gedächtnis zurück. Er machte sich deswegen noch immer Sorgen, große Sorgen sogar – immerhin war ein Mann umgekommen, und alle möglichen seltsamen und furchterregenden Dinge waren ihm enthüllt worden –, aber dennoch fühlte er sich nicht davon belastet. Das war nicht die Reaktion, die er erwartet hatte. Er hielt einen Augenblick inne und schaute in den Spiegel, als könne er dort irgend etwas finden, was seine Ruhe erklären würde.

Ungewohnte Geräusche, die nichts mit dem üblichen Lärm von der Straße zu tun hatten, erregten Heirns Aufmerksamkeit. Das eine war das Trippeln kleiner Füße. Atlon und Dvolci waren bereits aufgestanden. Vielleicht war ja die Gegenwart der beiden für seine ungewöhnliche Ruhe verantwortlich. Sie waren zwar ein recht seltsames Paar, aber sie waren offen und strahlten eine nicht zu verleugnende Ehrlichkeit aus – und Ruhe. Sie verhielten sich wie Menschen, die schon weitaus Schlimmeres gesehen und es überlebt hatten. Atlon begrüßte Heirn mit einem Lächeln und fragte: »Geht es dir gut?«

Heirn konnte nicht anders, als seine Gedanken offenzulegen. »Es geht mir gut«, antwortete er, »aber ich weiß nicht warum. Ich habe den größten Teil der Nacht wach-

gelegen, und nach allem, was gestern geschehen ist, wundert es mich, daß ich überhaupt habe schlafen können.«

Atlon nickte mitfühlend. »Manchmal hat der Körper mehr Verstand als der Geist. Außerdem nützt es nicht viel, vor Dingen wie diesen einfach davonzulaufen. Wir haben die Nacht über geredet und versucht, herauszufinden, was wir als nächstes tun sollen.«

»Und was wäre das?«

»Wir müssen noch sehr viel mehr über die Kyrosdyn und den Kristallhandel herausfinden. Wir müssen in Erfahrung bringen, was sie vorhaben. Handelt es sich bei den Kyrosdyn einfach nur um einen alten Kult, der im Laufe der Zeit degeneriert ist, oder sind sie viel gefährlicher? Spielen sie nur mit Dingen, die sie nicht verstehen, oder haben sie ein konkretes Ziel?«

Heirn fühlte sich sichtlich unwohl. »So etwas wie ... Sammrael zurückzubringen?« fragte er und rechnete insgeheim damit, ausgelacht zu werden.

Atlon kehrte ihm den Rücken zu. Zweimal öffnete er den Mund, um etwas darauf zu erwidern. Doch schließlich brachte er nur ein mühseliges »Nein« hervor. »Das kann es nicht sein. Das wäre unmöglich – jedenfalls im Augenblick. Nein.« Aber seine Worte klangen wenig überzeugend, und viel zu rasch hatte er eine andere Erklärung parat. »Wahrscheinlich benutzen sie die Macht und die Kristalle, um Waffen herzustellen.«

»Waffen? Gehärtete Schwerter und Speere – so etwas? Das ist hier nichts Neues.«

Atlon schaute Heirn in die Augen. »Vergiß *niemals* die Kraft, die dich an der Wand festgehalten hat. Du hast weder etwas gesehen noch gehört, noch gespürt, und doch warst du trotz deiner Stärke vollkommen hilflos – und das war nur der Akt eines relativ unfähigen Novizen. Und hast du nicht auch gesehen, welchen Schaden er sich selbst zugefügt hat? Die Macht kann Schäden verursachen, wie du sie dir noch nicht einmal im Traum vor-

zustellen vermagst, Heirn. Schwerter, Schilde, ganze Armeen und selbst Burgmauern können ihr nicht widerstehen.«

Atlons unerwartete Leidenschaft überraschte Heirn. »Warum sollten sie derartige Waffen herstellen wollen?«

Atlon zuckte mit den Schultern. »Du kennst deine Stadt und ihre Bewohner besser als ich. Sag du es mir.«

Heirn öffnete einen Schrank, und ein kühler Luftzug wehte durch den Raum. Der Schmied nahm einen Laib Brot, einen Krug Milch und noch andere Speisen aus dem Schrank und schloß ihn wieder. »Die *echten* Machtspiele laufen meist im geheimen ab: Bestechung, Erpressung, Meuchelmord – so was eben. Diejenigen von uns, die Verstand genug haben, halten sich da raus. Manchmal provoziert die ein oder andere Gruppe einen Aufstand, doch einen richtigen bewaffneten Konflikt oder gar einen Krieg, und noch dazu aus reiner Machtgier, hat es schon seit Generationen nicht mehr gegeben.«

»Könnte es denn wieder soweit kommen?«

»Nein, nein«, antwortete Heirn entschlossen. Er durchwühlte eine Schublade auf der Suche nach einem Messer, um das Brot zu schneiden. »Die Stadt ist zu groß, und es gibt hier viel zu viele unabhängige Geister, als daß eine einzelne Gruppe über einen längeren Zeitraum die Kontrolle an sich reißen könnte – wenn überhaupt. Unsere Geschichte ist voll von Leuten, die es versucht haben und gescheitert sind.« Er schnitt das Brot in Scheiben.

»Nach allem zu urteilen, was ich bis jetzt von der Stadt gesehen habe, fällt es mir nicht schwer, dir das zu glauben«, erwiderte Atlon. »Aber trotzdem: Mit Hilfe einer Waffe, die mit der Macht erschaffen wurde, könnte jeder die Herrschaft über die Stadt an sich reißen. Eine solche Waffe wäre unendlich gefährlicher als jedes noch so große Arsenal von Schwertern und Speeren. Sie könnte ohne weiteres eine riesige Menschenmenge in Schach halten oder gar vernichten – ganz so, wie dich gestern die Macht des Kyrosdyn gefesselt hat.«

Heirn runzelte die Stirn. »Aber warum? Das ergibt doch keinen Sinn?«

»Ich habe nicht die leiseste Ahnung«, antwortete Atlon und schüttelte den Kopf. »Aber es liegt in der Natur mächtiger Menschen, das sie nach immer mehr Macht streben. Sie brauchen keinen Grund dafür. Und wie ich bereits gesagt habe: Ich fürchte, sie könnten bereits allesamt Sklaven der Kristalle sein. Wer weiß schon, zu was sie fähig sind und warum?«

Heirn bedeutete Atlon, sich etwas zu essen zu nehmen, und machte sich ebenfalls über das Frühstück her. Doch dann hielt er plötzlich inne. »Ich weiß wohl nicht mehr, was ich tue. Während wir über solche Dinge reden, habe ich doch tatsächlich den Nerv zu essen!« erklärte er den Mund voller Brot. Er schüttelte den Kopf. »Und welche Rolle spielt ihr bei alledem?« Brotkrümel flogen über den Tisch.

»Wir müssen mehr über die Kyrosdyn und ihre Absichten herausfinden«, antwortete Atlon.

Heirn schaute ihm tief in die Augen. »Und wenn du erfahren hast, was du wissen willst, was wirst du dann tun?«

»Ich werde wieder nach Hause gehen und den Oberen meines Ordens Bericht erstatten.«

»Und was werden die tun?«

Atlon spürte Heirns Sorge. »Das hängt davon ab, was wir finden. Aber sie werden mit Sicherheit nicht mit einer Armee anrücken, falls es das ist, was du befürchtest. Wir haben weder die Männer noch die Absicht, erneut einen Krieg zu beginnen, und außerdem liegt meine Heimat viel zu weit weg, als daß wir einen Feldzug gegen Arash-Felloren unternehmen könnten.«

»Aber sie werden doch *irgend etwas* tun, oder etwa nicht?«

»Das hängt davon ab, was wir finden«, wiederholte Atlon. Um seinen Worten Nachdruck zu verleihen, beugte er sich über den Tisch. »Hör gut zu, Heirn. Nach

dem zu urteilen, was ich bei diesem einen Mann gesehen habe – und laut deinen Worten ist er typisch für die Kyrosdyn –, stellt sein Orden eine *unmittelbare* Gefahr für deine Stadt dar, eine Gefahr, die wesentlich größer ist als alles, was mein Volk irgendwann vielleicht einmal unternehmen *könnte.*«

Heirn seufzte und blickte auf das Chronometer an der Wand. »Willst du immer noch eine Arbeit?« fragte er.

Das reichte aus, um die sinnlose Diskussion zu beenden, und kurz darauf befanden sie sich auf dem Weg zur Schmiede. Diesmal führte Heirn seine beiden Gäste ohne Umwege zur Werkstatt, und so kamen sie noch nicht einmal in die Nähe jener abgelegenen Gassen, durch die sie gestern gekommen waren.

»Ich habe mich immer noch nicht damit abgefunden, daß wir die Leiche einfach so haben liegenlassen. Aber ich bin sicher, daß man sie mittlerweile gefunden hat«, flüsterte er Atlon zu. »Vielleicht sind ja schon ein paar Gerüchte darüber im Umlauf.«

Und es gab diese Gerüchte, wenn auch nicht viele.

»Heute morgen hat ein Krähenschwarm hier ganz in der Nähe ein ziemliches Aufsehen erregt«, berichtete einer von Heirns Stammkunden.

»Krähen?«

»Ja, Krähen. Du weißt schon – die Brüder.« Er verzog mürrisch das Gesicht. »Sieht so aus, als hätte einer von ihnen in irgendeiner Gasse plötzlich den Löffel abgegeben.«

»Redest du von den Kyrosdyn?« fragte Heirn unschuldig.

Der Mann runzelte die Stirn. »Du wirst im Alter wohl ein wenig sonderbar. ›Krähen‹ trifft es wohl eher. ›Kyrosdyn‹ klingt ja beinahe menschlich.«

»Was ist passiert?« erkundigte sich Heirn, ohne seine Arbeit zu unterbrechen.

»Keine Ahnung«, antwortete der Mann und trat neugierig zu Atlon, der gerade einen Lederbeutel nähte. »Ich

habe nur eine paar von ihnen gesehen, die jemanden aus einer Gasse heraustrugen. Offenbar war es ein alter Mann – ein *sehr* alter Mann, wie ich gehört habe. Ich war schon ziemlich überrascht, daß sie so einen alten Vogel überhaupt allein auf die Straße lassen, aber du weißt ja, wie sie sind.«

Heirn grunzte vielsagend.

»Sie waren ziemlich aufgeregt. Sie sind wie die Hühner umhergelaufen, haben mit den Armen gewedelt und herumgeschrien. Normalerweise benehmen sie sich in der Öffentlichkeit nicht so. Und du hättest erst mal die Blicke sehen sollen, die sie den Leuten zugeworfen haben ...« Er blies die Wangen auf. »Sie schienen zu glauben, einer von uns hätte den alten Knacker erschlagen.«

»Vielleicht war er ein von allen respektierter Hoher Bruder«, entgegnete Heirn. »Nicht jeder betrachtet sie so abfällig, wie du es tust.«

»Nicht jeder hat so wie ich mit ihnen zu tun gehabt«, konterte der Mann. »Und seit wann hast denn du was für sie übrig?« Er wartete nicht auf die Antwort. »Ich wette, er hat Geld unterschlagen und es mit irgendeiner *Dame* verbraten, als der Teufel ihn sich geholt hat.« Er machte eine obszöne Geste.

Heirn lachte und warf dem Mann die Gürtelschnalle zu, an der er gearbeitet hatte. »Hier, bezahl, und dann mach, daß du wegkommst. Der Tag ist viel zu schön für deinen Zynismus.«

Nachdem der Mann verschwunden war, wandte sich Heirn an Atlon. »Nun, zumindest hat sich jemand um den Leichnam gekümmert.«

Atlon schaute ihn mitfühlend an. »Was, glaubst du, wird als nächstes geschehen?« fragte er.

Heirn zuckte mit den Schultern. »Sag du's mir. Normalerweise würden die Weartan einen solchen Todesfall untersuchen. Aber ich bezweifele, daß die Kyrosdyn den Vorfall melden werden. Wenn man sie darauf anspricht,

werden sie vermutlich behaupten, einer ihrer älteren Brüder sei an Herzversagen gestorben. Alles andere würde sie nur unerwünschten Fragen aussetzen.«

Die Stunden vergingen, während Heirn am Amboß stand und Atlon sich mit der Reparatur verschiedener Lederwaren beschäftigte. »Was du da machst, ist nicht gerade meine Lieblingsarbeit«, erklärte Heirn verschämt und deutete auf die vernachlässigten Gegenstände. »Ein Teil davon liegt schon verdammt lange hier herum.«

Sie hörten die Geschichte über den toten Kyrosdyn noch mehrere Male, doch dabei erfuhren sie nichts, was sie nicht bereits wußten. Auch hörten sie von den ungewöhnlichen Ereignissen im Jyolan.

»Man sagt, Barran habe den Kampfplatz übernommen – und noch dazu von den Kyrosdyn. Er wird ihn bestimmt wieder auf Vordermann bringen.«

»Alle Balkone waren geöffnet. Das ist ein ziemlich unheimlicher Ort, das kann ich dir sagen. Überall Tunnel und Gänge.«

»Ein paar Leute sind in dem Gedränge umgekommen. Aber es hätte noch schlimmer kommen können, wenn nicht so ein junger Kerl das Tor geöffnet hätte.«

»So was wie die Kreatur am Ende habe ich noch nie gesehen. Das war wohl so eine Art Hund – verflucht schnell und wild, wenn sie erst einmal zugange war. Dem einen Hund hat das Vieh glatt das Bein abgebissen und es aus der Arena geworfen. Es war sogar schon furchterregend, wenn es einfach nur regungslos dasaß.« Der Kunde senkte die Stimme und beugte sich über Heirns Amboß. »Es heißt, die Kyrosdyn hätten das Vieh ›von unten‹ heraufgebracht.« Die letzten Worte wurden so leise gesprochen, daß sie kaum noch zu verstehen waren. Heirn schien das Thema so rasch wie möglich beenden zu wollen, doch in diesem Augenblick meldete sich Atlon zu Wort.

»Wie hat es ausgesehen?«

Interessiert lauschte er der Beschreibung, und am

Ende schüttelte er den Kopf. Dvolci, der zusammengerollt im hinteren Teil der Schmiede lag, drehte sich nervös um.

Als die beiden Männer wieder allein waren, gesellte sich der Felci zu ihnen.

»Das war ein Serwolf«, erklärte er eindringlich.

Heirn schaute verwirrt drein, und Atlon erwiderte wenig überzeugend: »Das kann nicht sein.«

»Für mich hat sich das aber ganz so angehört. Die Beschreibung, wie er sich bewegt hat und wie furchterregend er gewesen ist, auch wenn er nur teilnahmslos in der Ecke gehockt hat ...«

»Das kann nicht sein«, beharrte Atlon. »Dann müßte er ja noch aus der Zeit Seines Ersten Erscheinens stammen. Sie sind alle vernichtet worden ...« Er geriet ins Stocken.

Dvolci schüttelte den Kopf. »Die meisten Seiner Kreaturen sind zwar vernichtet worden, aber einige sind in die Tiefen geflohen. *Wir* wissen, daß es so ist, habe ich nicht recht?« Er wandte sich an Heirn. »Erzähl uns von dem, was unter der Stadt liegt«, verlangte er und deutete mit der Pfote nach unten.

»Was ist hier eigentlich los?« fragte Heirn an Atlon gewandt und ignorierte Dvolcis Bitte.

»Ist schon in Ordnung«, antwortete Atlon, obwohl sein Gesicht eine andere Sprache sprach. »Erzähl uns einfach von dem Ort, wo die Kreatur angeblich hergekommen ist, von den Höhlen.«

»Da gibt es nicht viel zu erzählen«, erklärte Heirn und warf Atlon einen besorgten Blick zu. »Es gibt Tunnel unter der Stadt – von Menschenhand geschaffene Tunnel, die sehr alt sind. Es heißt, es gebe mehr von ihnen als Straßen über der Erde. Wahrscheinlich sind sie einst als Lagerräume oder Fluchtgänge genutzt worden. Aber wer weiß das schon?«

»Leben Menschen dort unten?«

Heirn verzog das Gesicht. »Die Armen, die Dummen, die Skrupellosen. Wir nennen sie ›Tunnelratten‹, Men-

schen, die nicht hier oben leben können oder wollen. Es ist ein böser, düsterer Ort.«

»Und unter diesen Tunneln liegen die Höhlen?«

Angesichts von Atlons plötzlichem Ernst bemühte sich Heirn um Genauigkeit. »Ja, zumindest glaubt das jeder. Aber um ehrlich zu sein, ich kenne niemanden, der jemals dort unten gewesen ist. Die meisten Leute gehen noch nicht einmal in die Tunnel, wenn sie es irgendwie vermeiden können, ganz zu schweigen von dem, was tiefer liegt.«

»Irgend jemand hat mir mal gesagt, die Kyrosdyn würden in den Höhlen Tiere für Freie Kämpfe fangen.«

»Das erzählt man sich zumindest. Aber das sind Gerüchte, weiter nichts. Ich bin kein Anhänger der Kämpfe. Soweit es mich betrifft, sind sie einfach nur widerlich. Ich würde lieber Menschen dort kämpfen sehen als Tiere, denn immerhin würden Menschen aus freien Stücken in die Arena gehen. Ich habe keine Ahnung, was bei einem solchen Kampf geschieht – erst recht nicht bei einem Freien Kampf.«

»Aber von Zeit zu Zeit passieren dort doch merkwürdige Dinge, oder?« hakte Atlon nach.

»Zumindest habe ich das gehört«, erwiderte Heirn und wedelte mit der Hand, als wolle er jeden Gedanken daran vertreiben. »Ich habe aber auch gehört, daß die Kyrosdyn ihre eigenen Kämpfer züchten. Vielleicht war dieses Tier auch eines davon. Was ist überhaupt ein Serwolf?«

»Bisher habe ich ihn lediglich für eine Erinnerung gehalten«, antwortete Atlon mit grimmigem Gesicht. Er blickte zu Dvolci. »Aber wir wissen, daß es in den Tiefen der Erde Wesen gibt, die schon lange vom Angesicht der Welt verschwunden sind.« Er schaute hinaus auf den sonnenüberfluteten Platz. »Zur Zeit Seines Ersten Erscheinens, als Sein wahres Wesen enthüllt wurde und die Kriege begannen, kämpften die unterschiedlichsten Kreaturen in Seinen Armeen – Kreaturen, die Er geschaf-

fen hatte. Der Serwolf war angeblich eine der schrecklichsten, der Höhepunkt Seines Schaffens. Er war teils Hund, teils Eber, teils Mensch. All das zusammengenommen ergab ein Monster, das ganz Seinem Willen entsprach. Abgesehen von ihrer Schnelligkeit und ihrer Stärke sagt man den Serwölfen nach, sie hätten allein durch ihre Gegenwart unsäglichen Schrecken verbreitet und sich an der Furcht ihrer Opfer geweidet. Sie kämpften in großen Rudeln, und die Legenden behaupten, sie hätten alleine ganze Armeen aufgerieben.« Atlons Tonfall schien einen Schatten in die Schmiede zu werfen.

»Dort unten in der Finsternis kann doch sicherlich nichts so lange überleben und sich auch noch vermehren.«

»Meine Spezies lebt auch dort unten«, erklärte Dvolci, »ebenso wie viele andere auch, und wir alle wachsen und gedeihen. Doch selbst wir wagen uns nur bis zu einer bestimmten Tiefe vor.«

Heirn antwortete nicht, und der Lärm des Platzes drang in die Schmiede.

Als Atlon erneut zu sprechen begann, klang seine Stimme ungewöhnlich tief. Beinahe schien er seine eigenen Worte nicht hören zu wollen. »Falls es sich bei diesem Tier tatsächlich um einen Serwolf handelt, dann bestätigt das nur, was ich bereits vorhin gesagt habe. Die Kyrosdyn stellen eine größere Gefahr für die Stadt dar als jeder fremde Feind.«

»Sind deine Schlüsse nicht ein wenig voreilig? Schließlich handelt es sich nur um irgendein Monster, das in einem Freien Kampf angetreten ist«, wandte Heirn ein.

»Ich hoffe natürlich, daß ich mich irre«, antwortete Atlon. »Wir werden es wohl oder übel herausfinden müssen.« Er stand auf. »Hast du heute noch irgendwas für mich zu tun? Ich muß zum Jyolan und mehr über diese Kreatur herausfinden. Vielleicht erfahre ich bei dieser Gelegenheit auch das ein oder andere über die Kyrosdyn.«

»Nein, nein«, antwortete Heirn, »ich habe nichts Dringendes mehr. Du hast gute Arbeit geleistet. Das wird meinen Ruf retten.« Bewundernd strich er mit der Hand über einen Sattel, den Atlon repariert hatte. »Bist du sicher, daß du zum Jyolan gehen willst? Ob er nun von den Kyrosdyn oder von Barran geführt wird, man wird es nicht mögen, wenn du herumspionierst.«

»Dessen bin ich sicher. Aber mach dir keine Sorgen. Ich werde vorsichtig sein.«

Heirn musterte ihn zweifelnd. »Soll ich dich begleiten?« fragte er und fügte eilig hinzu: »Du könntest dich verlaufen. Außerdem: Wenn die Kyrosdyn wirklich so gefährlich sind, wie du behauptest, dann müssen wir Einheimische uns darum kümmern. Es ist nicht deine Aufgabe.«

Atlon schüttelte den Kopf. »Nein, du bleibst hier. Ich kenne den Weg.« Er rieb sich die Hände. »Und wenn ich in *meine* Art von Schwierigkeiten gerate, dann könntest du mir sowieso nicht helfen.« Die Bemerkung klang härter, als sie gemeint war. »Außerdem ist es besser, wenn man dich im Fall der Fälle nicht mit mir in Verbindung bringt.«

Heirn war nicht überzeugt. »Aber es ist immer noch die Angelegenheit von uns Einheimischen.«

»Das stimmt«, gestand Atlon, »aber«, er zählte die Gegenargumente an seinen Fingern ab: »Die Kristalle sind meine Angelegenheit – sie betreffen schließlich auch mein Volk –, und falls es den Kyrosdyn gelingen sollte, Arash-Felloren zu übernehmen, dann werden sie bestimmt nicht hier haltmachen. Außerdem bin ich der einzige, der weiß, *wonach* er Ausschau halten muß.« Er legte Heirn die Hand auf den Arm. »Nichts würde ich lieber machen, als mich einfach umzudrehen und davonzureiten. Aber ich kann nicht. Und du kannst mir am besten helfen, indem du hierbleibst, damit ich weiß, wo ich dich finde, sollte ich dich brauchen.«

Heirn richtete sich auf und schaute Atlon väterlich an.

»Also schön, junger Mann«, sagte er. »Aber wenn du nicht bis eine Stunde vor Sonnenuntergang wieder zurück bist, dann komme ich dich suchen. Ich habe noch nie in meinem Leben einen Streit angefangen, aber ich habe schon so manchen beendet.«

»Danke«, sagte Dvolci, bevor Atlon protestieren konnte.

Ein paar Minuten später stand Heirn vor seiner Schmiede und beobachtete, wie Atlon über den Platz davonritt. Den langen Reiseumhang hatte Atlon in der Schmiede zurückgelassen, doch nach einem kurzen Blick auf die grelle Sonne hatte er sich entschlossen, seinen breitkrempigen Hut aufzusetzen. Der Hut ragte noch immer wie ein Signalmast aus der Menge hervor, als der Rest von Atlon bereits im Gewühl verschwunden war, und erst nachdem auch der Hut nicht mehr zu sehen war, kehrte Heirn wieder in die Schmiede zurück. Sie wirkte plötzlich leer.

Trotz zwei oder drei erbitterten Wortgefechten an äußerst belebten Kreuzungen – die Dvolci im übrigen allesamt gewonnen hatte – brauchten sie für ihren Weg zurück zum Jyolan bei weitem nicht so lange wie gestern für den umgekehrten Weg. Als sie den Kampfplatz schließlich erreichten, sahen sie, daß vor den Toren des Gebäudes so hektisch gearbeitet wurde, daß der vorbeifließende Verkehr nachhaltig davon behindert wurde. Ständig strömten Menschen aus dem Jyolan und wieder hinein, während andere einfach nur in Gruppen beisammenstanden und sich aufgeregt unterhielten. Wieder andere schleppten diverse Gegenstände aus dem Gebäude und warfen sie ohne Rücksicht auf Passanten auf bereitgestellte Karren. Jeder schien jeden anzuschreien – das galt insbesondere für die Arbeiter auf den Leitern, die an der Außenwand des Jyolan lehnten. Es herrschte eine Atmosphäre von allgemeinem Chaos.

Atlon zügelte sein Pferd und starrte das Gebäude lange Zeit an. »Nervös?« fragte Dvolci schließlich.

Atlon atmete tief durch. »Ziemlich«, antwortete er. »In den letzten beiden Tagen ist so viel geschehen. Es sind Dinge ans Licht gekommen, die ich mir noch nicht einmal im Traum habe vorstellen können. Unsere einfache Suche nach der Quelle von ein paar Kristallen hat sich in einen Alptraum verwandelt. Ich würde alles dafür geben, wieder zurückkehren zu können – zurück zu den Höhlen und studieren, reiten, reden ... egal was.« Zögernd streichelte er den Felci, der auf seiner Schulter saß. »Falls mir irgend etwas zustoßen sollte, dann geh kein unnötiges Risiko ein. Mach dich allein auf den Weg zurück. Sag den anderen ... was auch immer geschehen sein mag. Sie *müssen* es erfahren.«

»Wenn es soweit ist, werde ich schon das Richtige tun«, erwiderte Dvolci leise. »Mach dir darüber keine Sorgen. Aber zuerst müssen wir uns um andere Dinge kümmern. Weißt du schon, wo wir anfangen sollen?«

Atlon stieg ab. »Eigentlich nicht. Aber wenn es dir etwas nützt: Dieser Ort fühlt sich heute noch schlechter an als gestern, und dieses Gesicht über dem Eingang macht mich noch immer nervös.«

Dvolci stieß einen tiefen, nachdenklichen Pfiff aus. »Ja, das stimmt«, bestätigte er. »Es ist ein böser Ort.« Er senkte die Stimme zu einem Flüstern. »Hör zu: Wenn da drin irgendwelche Kyrosdyn sein sollten, dann sei vorsichtig. Der gestern war so angespannt wie eine Bogensehne. Sie könnten dich wittern, auch wenn du die Macht nicht benutzt. Was auch immer geschehen mag und was auch immer du siehst oder hörst, bleib ruhig und selbstbeherrscht. Das verstehst du doch, oder? Du bist wieder auf dem Schlachtfeld. Also sei wachsam. Ich werde ebenfalls die Augen offenhalten, aber wenn es darauf ankommt, kann ich wahrscheinlich nicht allzu viel tun.«

Atlon nickte. Dann schloß er die Augen und atmete

erneut tief durch. »Hab keine Angst, Angst zu haben«, ermahnte er sich. »Du warst schon an schlimmeren Orten.« Allerdings überzeugte ihn das nur wenig. Er wünschte sich immer noch, woanders zu sein. Dvolci versteckte sich in Atlons Bündel, so daß nur noch seine Schnauze hervorschaute. Atlon band sein Pferd an einen Balken vor dem Nachbargebäude des Jyolan und redete beruhigend auf das Tier ein. Dabei war er ständig darauf bedacht, nicht das Gesicht auf dem Schlußstein über dem Tor anzuschauen. Schließlich kämpfte er sich durch die Menschenmenge in Richtung Eingang.

Im Inneren des Jyolan herrschte ein noch viel größeres Chaos als außerhalb. Die Flügel des Tores, das Pinatte in der vergangenen Nacht entriegelt hatte, waren aus ihren Verankerungen gerissen worden, und nun hatte man sie zur Reparatur in der Eingangshalle an die Wand gestellt. Pinatte hatte Glück gehabt, daß er weit genug weggeschleudert worden war. Denn wäre er unter einem der Flügel begraben worden, hätte er seine Heldentat wahrscheinlich nicht überlebt. Die Eingangshalle wurde von einigen Kohlebecken erleuchtet, deren Hitze sich mit der des Tages mischte und deren Rauch das Atmen der ohnehin schon stauberfüllten Luft beinahe unerträglich machte. Mehrere kräftige Männer hämmerten auf die Torflügel ein und versuchten, die Schäden der Nacht zu beheben. Der Lärm war ohrenbetäubend, und die Tatsache, daß alle Welt schreien mußte, um sich verständlich zu machen, verstärkte den Radau noch.

Atlon schaute sich gerade nach jemandem um, den er ansprechen konnte, als sich eine schwere Hand auf seine Schulter legte. Er drehte sich um und stand Fiarn gegenüber. Der große Mann war kein sehr freundlicher Anblick. Sein zerschlagenes Gesicht war vor Anspannung verzerrt, und seine Haltung war furchteinflößend. »Bist du einer der Maler?« brüllte er.

Atlon beugte sich vor, um hören zu können, was der Mann sagte. »Nein!« brüllte er zurück. Fiarn stieß einen

unverständlichen Fluch aus. Dann schaute er sich um, als suche er nach einer Alternative, wohin er diesen Eindringling einordnen konnte. »Und wer, zur Hölle, bist du dann?« verlangte er zu wissen.

Atlon nahm den Hut ab und versuchte, Fiarn in die ruhelosen Augen zu schauen. »Mein Name ist Atlon!« schrie er. »Ich suche nach einem Mann namens Rinter! Irgon Rinter! Ich sollte ihn hier treffen . . .!«

In diesem Augenblick begannen die Männer an den Torflügeln so vehement auf das Metall einzuschlagen, daß jedermann in der Eingangshalle die Hände auf die Ohren legte.

»*Waaas?*« sah Atlon Fiarn fragen.

»Rinter! Ich suche nach einem Mann namens Rinter!« bellte er zurück . . . und mitten in eine unheimliche Stille hinein. Alle Blicke richteten sich auf ihn. Zum Glück für Atlon war Fiarn von der plötzlichen Ruhe ebenso überrascht wie er. Der große Mann ließ seinen Blick durch den Raum schweifen, die Augen weit aufgerissen. »Macht euch wieder an die Arbeit!« brüllte er. »Für was haltet ihr das hier? Ihr werdet nicht bezahlt, um Maulaffen feilzuhalten!« Der Lärm begann von neuem und noch dazu lauter denn zuvor. Fiarn wandte sich wieder an Atlon. »Ich bin nicht Rinters Kindermädchen! Ich habe keine Zeit, ihm dauernd hinterherzulaufen!« Er drehte sich um und ging. Dabei deutete er vage in das Gebäude hinein. »Er hängt irgendwo rum! Zusammen mit dem Neuen – Pinatte! Such ihn doch selbst!«

»Charme ist in dieser Stadt wohl äußerst selten«, brummelte Dvolci in Atlons Ohr. Atlon blickte die Gänge hinunter, die von der Eingangshalle abzweigten. »Die gefallen mir ganz und gar nicht«, bemerkte Dvolci.

»Mir gefällt der ganze Ort nicht«, erwiderte Atlon. Er seufzte. »Aber man hat uns immerhin hereingebeten. Also wollen wir losziehen und sehen, was wir so finden.«

An keinem der Gänge war irgendein Hinweis zu

sehen, wohin er wohl führen mochte, und so wählten sie denjenigen, in dem der meiste Betrieb herrschte. Der Gang erwies sich als recht breit, doch sie waren noch nicht weit gekommen, als Atlon plötzlich stehenblieb.

»Was ist los?« fragte Dvolci.

»Böse Vorahnungen, das ist alles«, antwortete Atlon. »Ich habe das Gefühl, als laste ein unendlich schweres Gewicht auf meinen Schultern. Irgendwie ist dieser Ort eine Art ...« er suchte nach einem geeigneten Wort, »... eine Art *Umkehrung* der Höhlen zu Hause. Statt Licht scheint er Dunkelheit anzuziehen.«

Dvolci stieß ein unverbindliches Grunzen aus. Er schaute sich um. »›Böse Vorahnungen‹ ist wohl das richtige Wort dafür«, erklärte er. »Auf jeden Fall ist das Gebäude nicht aus lauteren Motiven errichtet worden, soviel steht fest. All diese Öffnungen ... Sie sind irgendwie falsch. Sie sehen beinahe wie Gesangswege aus, aber ... Warte mal eine Minute!«

Bevor Atlon reagieren konnte, war Dvolci bereits aus dem Bündel geklettert und in einer der Öffnungen verschwunden. Besorgt hockte sich Atlon neben die Öffnung und lehnte sich mit dem Rücken gegen die Wand. Nur mit Mühe widerstand er der Versuchung, sich auf den Boden zu legen und in die Röhre hineinzurufen.

»Paß bloß auf, daß Fiarn dich nicht erwischt, während du hier so faul herumsitzt«, sagte ein rotgesichtiger Mann, der einen Handkarren den Gang entlangschob. Atlon winkte ihm dankbar zu.

Dann drang ein unheimliches, knirschendes Geräusch aus der Öffnung. Das Geräusch ging Atlon durch Mark und Bein und jagte ihm einen Schauder über den Rücken. Er empfand das beinahe unwiderstehliche Bedürfnis zu fliehen. Die anderen Menschen im Gang schienen ähnlich zu empfinden, denn sie blieben alle stehen und hielten sich die Ohren zu. Kisten polterten zu Boden, und plötzlich losgelassene Schubkarren fielen krachend um.

Dann schoß Dvolci aus der Öffnung und sprang mit einem solchen Schwung in Atlons Bündel, daß dieser beinahe umgekippt wäre. »Beweg dich!« ertönte ein gedämpfter und doch eindringlicher Befehl. Während Atlon sich aufrappelte, erstarb das Geräusch, und unter lauten Flüchen und mit vehementem Kopfschütteln gingen die Menschen wieder ihrer Arbeit nach.

»Was hast du getan?« zischte Atlon und machte sich wieder auf den Weg.

»Ich bin nicht sicher.« Dvolcis Kopf lugte ein Stück aus dem Bündel heraus. »Ich wollte nur ausprobieren, ob es wirklich Gesangswege sind.«

»Und?«

»Es sind welche – und es sind keine. Jedenfalls sind es keine Gesangswege, wie ich sie kenne. Sie sind eher eine Art Verteidigungssystem, so wie das Labyrinth, das den Weg zur Waffenkammer in eurer Burg versperrt.«

»Das Geräusch, das wir gehört haben, war in der Tat fürchterlich«, bestätigte Atlon.

»Du hättest da drin sein müssen«, erklärte Dvolci knapp. Sein Tonfall zeigte an, daß er nicht weiter darüber reden wollte. Atlon war nicht sicher, aber er glaubte zu spüren, daß der Felci zitterte. Am Ende sagte er sich jedoch, daß er sich das wahrscheinlich nur einbildete. Dvolci kratzte sich vermutlich nur. Doch allein der Gedanke, der Felci könne Angst haben, war schon beunruhigend genug.

Nach einer Weile erreichten sie eine Weggabelung. Wieder entschied sich Atlon für den Gang, in dem der meiste Betrieb herrschte. »Merk dir den Weg, falls wir uns plötzlich aus dem Staub machen müssen«, sagte er.

»Das mache ich die ganze Zeit«, kam die beleidigte Antwort. »Paß du nur auch auf. Wenn ich mich recht entsinne, ist dein Orientierungsvermögen unter der Erde für ein Mitglied deines Ordens außerordentlich armselig.«

Atlon lächelte und ignorierte den Spott.

Der Weg teilte sich noch mehrere Male, und jedesmal

entschied sich Atlon für die belebteste Abzweigung. Er war nicht sicher, ob er sich freuen oder beunruhigt sein sollte, als zwei Männer ihn nach dem Weg zur Eingangshalle fragten. Er deutete mit dem Daumen nach hinten.

Schließlich betraten sie eine der Tribünen unmittelbar an der Arena. Nach dem langen Marsch durch die schmutzigen Gänge hätte sich Atlon eigentlich freuen müssen, wieder in einem offenen Raum zu sein. Doch statt dessen blickte er hinauf zu etwas, das ihm wie ein bedrohlicher, von Gewitterwolken verhangener Himmel erschien. Instinktiv hob er die Hand und ließ sie über seinem Herzen kreisen. Als ihm bewußt wurde, was er da tat, hörte er sofort auf und steckte die Hand verschämt in die Tasche. »Mach ruhig weiter, wenn du dich dann besser fühlst.« Dvolci kletterte auf Atlons Schulter und schaute sich in der großen Halle um. Seine Schnauze zuckte. »Ich lache nicht.« Das half. Atlon fühlte sich schon gleich viel besser.

»Was, um alles in der Welt, *ist* das für ein Ort?« flüsterte Atlon und blickte zu den Balkonen hoch. Wegen der gewölbten Öffnungen erweckten sie den Eindruck, als würden unzählige Augen auf die beiden Fremden hinunterstarren – einige waren dunkel und blind, während andere im flackernden Licht der Laternen zu blinzeln schienen. Schließlich wanderte Atlons Blick hinauf zu dem einsamen Kristall, der von der Decke herabhing und wie ein anklagender Finger auf ihn hinabzeigte.

»Das ist Sein Ort, ja, das ist es«, erklärte Dvolci. »Mich schaudert bei dem Gedanken, wozu man ihn früher einmal benutzt haben mag. Da waren schreckliche Geräusche – *ur*alte Geräusche –, die noch immer in dem Tunnel widerhallten, in den ich gekrochen bin, und dahinter lauerte noch viel Schlimmeres, dessen bin ich sicher. Deswegen habe ich auch geschrien. Ich habe es nicht gewagt weiterzugehen ... Aber es ist ohne Zweifel *Sein* Ort.«

Atlon konnte dem nicht widersprechen. Seine Kehle war wie ausgetrocknet, und er hatte das Gefühl, als

würde ihn das Gebäude erdrücken. Er richtete sich zu seiner vollen Größe auf. »Und wohin jetzt?« fragte er mit heiserer Stimme.

»Irgendwohin«, erwiderte Dvolci. Er beugte sich vor und flüsterte Atlon ins Ohr: »Aber sei vorsichtig – *sehr* vorsichtig . . .«

Atlon hob die Hand, um ihn zum Schweigen zu bringen. »Ich weiß«, sagte er und wagte kaum, sich zu rühren. »Wenn ich auch nur daran denke, die Macht hier einzusetzen, könnte das wie ein Leuchtfeuer durch die ganze Stadt strahlen. Das fühle ich. Dieser Ort ist für meinesgleichen erbaut worden.« Er schloß die Augen. »Er ist eine Todesfalle.«

Eine Hand packte seinen Ellbogen.

Kapitel 21

Atlon machte vor Schreck einen Satz zur Seite, ebenso wie der Mann, der seinen Ellbogen gepackt hatte.

Beide wichen mit einer Flut von Entschuldigungen auf den Lippen zurück.

Atlon riß den Hut herunter und musterte seinen Angreifer.

»Rinter?« fragte er, als Gesicht und Name allmählich zueinander fanden.

»Der beinahe verstorbene Rinter, ja«, erwiderte der Angesprochene und klopfte sich auf die Brust. »Du hast mich zu Tode erschreckt.« Atlon hob entschuldigend die Hand, doch Rinter war in einer wohlwollenden Stimmung. »Ich nehme an, es war meine Schuld«, räumte er ein. »Ich habe den Hut gesehen, und da habe ich mir gedacht: Das kann doch nur unser guter Atlon sein – besser spät als nie. Ich hätte bemerken müssen, wie faszi-

niert du warst.« Er schaute sich stolz um. »Und daraus kann ich dir ja wohl kaum einen Vorwurf machen. Ich wette, in deiner Heimat gibt es nichts Vergleichbares. Ist das nicht phantastisch? Ich habe ja schon immer gesagt, der Jyolan hätte was Besseres verdient, und nun, da Barran ihn übernommen hat, ist es endlich soweit. Große Zeiten stehen uns bevor.«

Eine Serie von Beschimpfungen hinter ihnen unterbrach das Gespräch, und sie traten zur Seite, als zwei Männer aus einem Gang kamen, die einen sperrigen und offenbar äußerst schweren Metallrahmen trugen. Streitend durchquerten sie die Arena, und schließlich verschwanden sie immer noch fluchend in einem anderen Gang. Rinter und Atlon schauten ihnen schweigend hinterher. Der Anblick von Rinters vertrautem Gesicht hatte Atlon wieder ein wenig beruhigt. Dennoch wollte er nicht länger hierbleiben, und so beschloß er, ohne Umschweife zur Sache zu kommen. »Ich habe gehört, der Kampf letzte Nacht sei ein großer Erfolg gewesen. Was war das eigentlich für eine Kreatur, die am Ende gekämpft hat?«

»Oooh, jetzt sind wir also interessiert, wie?« Rinter konnte sich den Spott ob Atlons plötzlichem Enthusiasmus nicht verkneifen. Atlon zuckte unverbindlich mit den Schultern, und Rinters Tonfall wurde väterlich. »Es war in der Tat ein großer Erfolg, ein Freier Kampf allererster Güte. Aber für deinen – *Felci,* nicht wahr? – wäre es wohl nichts gewesen. Ich weiß, daß er ein zäher kleiner Kerl ist. Aber selbst das harmloseste Tier, das gestern nacht gekämpft hat, hätte ihn innerhalb von Sekunden in Stücke gerissen.« Er legte Atlon den Arm um die Schultern und führte ihn hinunter zur Arena. »Aber mach dir keine Sorgen. Du wirst noch genug Gelegenheiten haben, mit ihm Geld zu verdienen. Sie werden nicht allzu oft einen Freien Kampf veranstalten. Schließlich bringt so etwas eine Menge Arbeit mit sich, und außerdem macht es die Preise kaputt, wenn man die Tiere zu

oft zur Schau stellt. Alles eine Frage von Angebot und Nachfrage, habe ich nicht recht?« Er senkte vertraulich die Stimme. »Halt dich an mich. Hier läuft was verdammt Großes ab. Als wir gestern morgen hier waren, hat noch niemand gewußt, was in der Nacht geschehen würde. Und als ich dann abends wieder zurückkehrte«, er warf Atlon einen vorwurfsvollen Blick zu, »um mich mit dir zu treffen, wohlgemerkt – war das ganze Gebäude hell erleuchtet, und die Menschen strömten von überall her herbei. Um einen Freien Kampf in so kurzer Zeit auf die Beine zu stellen, müssen sie Himmel und Hölle in Bewegung gesetzt haben.«

»Ich habe gehört, die Kyrosdyn hätten etwas damit zu tun gehabt«, sagte Atlon in dem Versuch, das Gespräch wieder auf die Kreatur zu lenken.

Rinter wirkte überrascht. Dann war er wieder ganz der Experte. »Das sind Gerüchte«, erwiderte er, »und es ist mehr als unwahrscheinlich, daß es je etwas anderes sein wird. Ich habe dir schon gestern gesagt: Die Kyrosdyn sind ein verdammt seltsamer Haufen. Sie tun, was sie wollen, und der Rest von uns hält sich von ihnen fern.«

Rinter war ebenso begierig darauf, das Thema zu beenden, wie Atlon sich wünschte, noch mehr zu erfahren. Gleichzeitig war Rinter zwischen verschiedenen Gefühlen hin und her gerissen: Einerseits wollte er mit seinem wiederhergestellten Kontakt zu Fiarn und seiner Freundschaft mit Pinatte prahlen, und andererseits war er ausgesprochen neugierig auf Atlons Geschichte.

»Wo bist du gestern eigentlich hingegangen?« fragte er schließlich. »Hast du dich verirrt? Ich habe mir schon Sorgen um dich gemacht. Die Straßen der Stadt sind nicht gerade der sicherste Ort für einen Fremden.«

»Ich habe Arbeit gefunden«, antwortete Atlon.

Mit beachtlicher Selbstbeherrschung gelang es Rinter, seine Reaktion auf ein simples »Oh!« zu beschränken.

»Ich arbeite bei einem Schmied, helfe ihm bei der Lederarbeit und so«, erklärte Atlon.

»Gut, das freut mich«, log Rinter. »Wie ich schon gesagt habe: Ich habe mir Sorgen um dich gemacht. Die Arbeit wird dich versorgen, bis du etwas Besseres gefunden hast.«

»Dort habe ich auch die Gerüchte über letzte Nacht gehört«, sagte Atlon und tippte sich ans Ohr. »Und nachdem man mir von der Kreatur im letzten Kampf erzählt hat, habe ich mich entschlossen herzukommen und mir die Sache selbst einmal anzuschauen. Ist es möglich, das Tier zu sehen?«

Die Frage erstaunte Rinter.

»Nein«, antwortete er. »Die Tiere sind schon lange nicht mehr hier. Normalerweise werden sie unmittelbar nach der Veranstaltung wieder weggebracht – natürlich nur, wenn man sie noch transportieren kann.«

Atlon wirkte enttäuscht. »Nun, dann erzähl mir wenigstens davon. Wie hat die Kreatur ausgesehen? Ich habe bestimmt ein halbes Dutzend Beschreibungen gehört, und keine zwei davon waren gleich. Wo ist sie hergekommen? Und wer ist ihr Besitzer?«

Inzwischen hatten sie den Rand der Arena erreicht. Obwohl er sich darauf konzentriert hatte, Informationen aus Rinter herauszubekommen, spürte Atlon immer noch die Präsenz des einsamen Kristalls hoch über seinem Kopf, der sich offenbar bemühte, die Aufmerksamkeit der gesamten Halle auf den unliebsamen Eindringling zu lenken. Instinktiv setzte Atlon wieder den Hut auf. Rinter gab ihm eine grobe Beschreibung der Kreatur, die das bestätigte, was Atlon bereits wußte. Schließlich beendete Rinter seinen Bericht mit einer kurzen Moralpredigt. »Es ist keine gute Idee, nach dem Besitzer eines Tieres zu fragen, wenn der Arenameister ihn nicht ausdrücklich genannt hat. Einige Leute sind sehr empfindlich, was ihre Privatsphäre betrifft.«

»Ich will natürlich niemanden beleidigen«, warf Atlon hastig ein.

»Zwischen dir und mir geht das schon in Ordnung«,

versicherte ihm Rinter. »Kein Problem. Aber eine unvorsichtige Frage am falschen Ort, und du steckst bis zum Hals in Schwierigkeiten.« Sein Tonfall wurde wieder vertraulich, und er fiel in seine übliche Prahlerei zurück. »Selbst *ich* weiß nicht, wem die Kreatur gehört, und ich habe vergangene Nacht mit Fiarn gesprochen, Barrans Stellvertreter. Aber wenn ich einen Tip abgeben sollte, dann würde ich darauf wetten, daß das Vieh den Kyrosdyn gehört.« Er stützte sich mit den Ellbogen auf die Umrandung der Arena und legte unauffällig die Hand an den Mund, bevor er weitersprach. »Und ich behaupte außerdem, daß sie es aus den Höhlen geholt haben.«

»Passiert das häufig?«

»Wer weiß das schon?« erwiderte Rinter. »Wie ich schon gesagt habe: Freie Kämpfe finden nicht gerade oft statt, und ich selbst war bisher nur auf wenigen. Doch ich habe schon viele merkwürdige Viecher gesehen – eklige Viecher, um genau zu sein –, und ich habe noch von viel schlimmeren gehört.«

Atlon bemühte sich, beeindruckt dreinzuschauen, doch in Wahrheit war er über den Verlauf des Gespräches enttäuscht. Es wäre sinnlos, Rinter noch weiter über die Kreatur auszuhorchen, und wahrscheinlich wäre es sogar dumm, ihn nach einem Weg in die Höhlen zu fragen. Aber andererseits war Rinter immer noch Atlons einzige Informationsquelle. »Ich habe auch gehört, gestern seien eine Menge Leute verletzt worden«, sagte Atlon. »Es hatte wohl was mit dem Tor zu tun. Ich habe gesehen, wie es repariert wurde.«

Rinter nickte bedeutungsvoll. Endlich war er wieder in seinem Element. Seine Geschichte würde Atlon faszinieren und so den Felci in seiner Nähe halten. »Ich war mittendrin«, berichtete er. »An einem gewissen Punkt habe ich sogar gedacht, mein letztes Stündlein hätte geschlagen. Ein Hund ist aus der Arena entkommen, weißt du? Er hat auf den Tribünen eine Panik verursacht, und deswegen hat es plötzlich in der Eingangshalle ein geradezu

unglaubliches Gedränge gegeben. Nur eine einzige kleine Tür war offen gewesen.« Er veranschaulichte die Dramatik des Augenblicks mit wilden Gesten. »Dann ist Pinatte – das ist mein Freund – einfach auf die Schultern seiner Vorderleute geklettert, über die Köpfe der Menge gelaufen und hat sich über das Tor geschwungen. Dort hat er dann den Riegel weggeschoben.« Er stieß zischend die Luft aus. »Du hättest den Lärm hören sollen, als das Tor aufflog ist. Mich wundert's nicht, daß es das nicht überlebt hat. Auf jeden Fall bin ich dann einfach nach vorne geschoben worden, ohne daß meine Füße den Boden berührt hätten. Zum Glück war ich am Rand der Menge, denn sonst wäre ich wahrscheinlich noch die ganze Straße hinuntergetragen worden.« Unerwarteterweise machte es ihn ausgesprochen nervös, als er die Ereignisse im Geiste noch einmal durchlebte. Er wischte sich mit der Hand über die Stirn und begann zu zittern.

»Geht es dir nicht gut?« fragte Atlon.

»Doch, doch. Mir geht es gut«, antwortete Rinter mit geheuchelter Herzlichkeit.

»Dein Freund war sehr tapfer. Ist er verletzt worden?«

»Das Tor hat ihn zur Seite geworfen, so daß er der Menge nicht mehr im Weg war. Er hat nur einen Schlag auf den Kopf abbekommen und eine Schürfwunde an der Hand.« Rinter spürte, daß Atlon nun endlich angebissen hatte, und so entschloß er sich, die Leine langsam einzuholen. »Allerdings hatte er eine ziemlich unruhige Nacht – Alpträume und so –, aber ...«, ihm kam die entscheidende Idee, »... aber ich könnte dich ihm vorstellen, wenn du willst.«

Begierig darauf, diesen schrecklichen Ort zu verlassen, nahm Atlon den Köder nur allzu gerne an. »Hast du nicht gesagt, Barran sei ein Verbrecher? So eine Art Räuber?« fragte er, während sie durch die gewundenen Gänge schritten. »Wie kommt es dann, daß er ganz offiziell einen Kampfplatz leitet?«

Rinter warf ihm einen vorwurfsvollen Blick zu. Dann

schaute er sich nervös um, als könne sie jemand belauschen. »Nein«, antwortete er entschlossen. »Ich glaube, du hast mich mißverstanden. Barran ist ein Geschäftsmann, ein ehrbarer und erfolgreicher Geschäftsmann. Seine Geschäftspraktiken sind bisweilen ein wenig ... *robust,* aber ich bin sicher, daß er den Jyolan auf ehrliche Weise erstanden hat. Genaueres weiß ich natürlich nicht. Ich kenne zwar Fiarn, aber das macht mich noch lange nicht zu Barrans Vertrautem.«

Schuldbewußt schwieg Atlon von nun an, bis sie schließlich den Raum erreichten, wo sich Pinatte seit seinem Zusammenbruch erholte. Obwohl dies zunächst nicht beabsichtigt gewesen war, hatte er inzwischen die ganze Nacht hier verbracht. Die Tür war geöffnet, und man konnte Pinatte sehen, wie er auf dem Rand seines Bettes saß. Er schaute auf seine Füße. Zwei große, bösartig aussehende Kerle standen neben der Tür. Rinter nickten sie höflich zu, doch Atlon hielten sie auf.

»Er ist ein Freund«, erklärte Rinter. Die beiden Männer tauschten einen kurzen Blick aus. Dann traten sie beiseite, so daß Atlon zwischen ihnen hindurchgehen konnte. Dabei lächelte er gezwungen, und einer der Männer legte zwei Finger auf die Brust und sagte: »Halte deine Hände dort, wo ich sie sehen kann, *Freund.*« Er betonte das letzte Wort solcherart, daß offensichtlich wurde, wieviel Rinters Eingreifen tatsächlich wert gewesen war. Atlon heuchelte Ängstlichkeit. Die beiden Männer folgten ihm in den Raum und bezogen zu beiden Seiten der Tür Stellung.

»Wie fühlst du dich inzwischen?« fragte Rinter gerade Pinatte. »Wie ich sehe, kümmert sich Barran um dich.« Er nickte in Richtung der beiden Wachen.

Atlon musterte den jungen Mann. Obwohl er selbstverständlich neugierig auf jemanden war, dessen Tapferkeit so viele Menschenleben gerettet hatte, so war er doch hauptsächlich bei Rinter geblieben, weil er hoffte, während eines längeren Aufenthalts im Jyolan mehr

über die Kreatur erfahren zu können. Aber als Pinatte den Kopf hob, um Rinter zu antworten, hatte Atlon das Gefühl, irgend jemand hätte ihm mitten ins Gesicht geschlagen. Er war wieder an der Seite seiner Gefährten auf dem verregneten Schlachtfeld vor sechzehn Jahren. Ihre schmale Front war weit über ihre Grenzen hinaus ausgedehnt worden, und dennoch wiesen sie die fürchterlichen Kräfte in die Schranken, die ansonsten die gesamte Armee vernichtet hätten. Pinatte schien das Zentrum einer ebensolchen Kraft zu sein, wie Atlon sie bisher nur an diesem einen einzigen Tag kennengelernt hatte. Er war hier und doch nicht hier. Er war von dieser Welt und doch auch noch von vielen anderen – er war eine Verbindung, die einfach nicht möglich war ...

Dank seiner jahrelangen Ausbildung rührte sich Atlon nicht, obwohl ihm nur wenig Zeit blieb, um den Schock zu verarbeiten, damit die anderen im Raum seine Gefühle nicht bemerkten. Auch war es eben diese Ausbildung, die ihn davon abhielt, nach der Macht zu greifen, um sich zu verteidigen. Unauffällig konzentrierte er sich auf seine Atmung und versuchte so, sich wieder zu beruhigen. Nach ungefähr vier Herzschlägen sickerte ein Hauch von Stolz in die umherwirbelnden Gedanken, die nach einer Erklärung für Pinattes seltsame Ausstrahlung suchten. Selbst unter diesem Druck hatte Atlon noch nicht einmal einen Funken seiner Macht freigesetzt. Er hatte überlebt!

Allerdings milderte dies nicht sein Entsetzen.

Hier war nicht die Spur von Kontrolle. Im Gegensatz zu dem Kyrosdyn, dem Atlon gestern gegenübergestanden hatte, war Pinatte offenbar nicht absichtlich der Mittelpunkt dieser Störung der Realität. Er war mehr ein Tor – das Wort ›zerrissen‹ kam Atlon in den Sinn –, ein zufällig entstandener Spalt.

Nur mit Mühe gelang es Atlon, all die Fragen zu verdrängen, die durch seinen Kopf schwirrten. Wieder war es seine Ausbildung, die ihm sagte, mit Logik allein

würde er hier nicht weiterkommen. Im Augenblick konnte er nichts anderes tun, als abzuwarten und zu beobachten. Das war nicht leicht. Gegenwärtig schienen er und Pinatte die einzig festen Objekte im Raum zu sein, während der Rest immer verschwommener wurde, wie ein Gemälde, über das man einen Eimer Wasser geschüttet hatte. Dann wiederum war es Pinatte, der als einziger verschwommen war und nicht in diese Welt zu gehören schien. Atlon spürte Dvolcis Kopf an seinem Ohr. Der Felci stieß eine Reihe leiser, sanfter Pfiffe aus. Sowohl als Dank als auch, um sich zu beruhigen, hob Atlon die Hand und streichelte seinem Gefährten über den Kopf.

»Was ist das da in deinem Bündel, *Freund*?« Es dauerte einen Augenblick, bis Atlon erkannte, was die Worte zu bedeuten hatten, denn sie hallten unnatürlich laut in seinem Kopf wider. Es war die erneute Betonung des Wortes ›Freund‹, die ihm verriet, daß ihn eine der Wachen angesprochen hatte.

Als er antwortete, mußte er sich jedes einzelne Wort abringen. Es war, als würde er in einer ihm vollkommen fremden Sprache sprechen. »Nur ein ... Reisegefährte«, brachte er schließlich hervor. Er war sich eines verächtlichen Lachens in seinem Rücken bewußt und einiger spöttischer Bemerkungen. Doch das war so bedeutungslos wie das Rascheln der Blätter im Wind.

Pinatte sprach. »Ich bin nicht sicher, wie ich mich fühle«, sagte er. Atlon hielt sich an den Worten fest, um seinen Geist davon abzuhalten, erneut auf Wanderschaft zu gehen. »In der einen Minute fühle ich mich gut und in der nächsten – ich weiß es nicht –, in der nächsten bin ich irgendwo anders. Und ich denke dauernd über diesen Traum nach. Ich ...« Er hielt inne und blickte in eine unbestimmte Ferne. Atlon hatte das Gefühl, als würde ihm ein Sturm ins Gesicht wehen.

Rinter schaute hilflos auf Pinatte. »Hast du Barran schon gesehen?« fragte er in einem besorgten Tonfall, wie man ihn bei geistig Verwirrten anwendet.

Pinatte schüttelte den Kopf, obwohl er offenbar nicht zugehört hatte.

Atlon hörte sich selbst fragen: »Was war das für ein Traum?«

Mit schmerzvoller Langsamkeit drehte sich Pinatte zu ihm um. Für Atlon schien die Bewegung die Realität selbst entzweizureißen. Er bot Pinatte seinen Blick als Anker an, und dieser griff dankbar zu. Atlon bemerkte, daß die Augen des jungen Mannes vollkommen schwarz waren.

»Was für ein Traum war das?« fragte er erneut.

»Das ist Atlon«, erklärte Rinter, der froh darüber war, endlich jemand anderem die Initiative überlassen zu können. »Der Mann, nach dem ich gesucht habe, als wir uns kennenlernten, erinnerst du dich? Ich habe dir doch von ihm erzählt – der große Kerl mit dem Hut und dem Felci.« Er deutete auf Dvolci, der aus Atlons Bündel hervorlugte. »Das ist der Felci. Ein wirklich bemerkenswertes Tier. Du hättest mal sehen sollen, wie er mit Ghreels Hund umgesprungen ist.«

Atlon nahm den Hut ab und streckte die Hand aus. Die Störung um Pinatte herum löste sich allmählich auf, und er ergriff die ihm angebotene Hand. Dann war die Störung nur noch wie eine Fliege, die wütend durch den Raum summte. Pinatte lächelte.

»Der Traum?« erinnerte ihn Atlon.

Pinatte runzelte die Stirn. »Ich will nicht darüber sprechen«, erklärte er entschlossen.

»Tut mir leid. Ich wollte nicht in dich dringen«, sagte Atlon. Er musterte das Gesicht des jungen Mannes. »Willst du mir vielleicht erzählen, was du damit gemeint hast, als du sagtest, du seist manchmal hier und manchmal woanders?«

Pinatte schaute ihn an, doch er antwortete nicht.

»Ich habe etwas Erfahrung mit Kopfverletzungen«, fuhr Atlon fort und hockte sich neben Pinatte, »und mit solch unangenehmen Vorfällen wie dem, in den du

gestern nacht verwickelt warst. Beides zusammengenommen kann zu einem echten Problem werden.«

Pinatte versuchte, möglichst abweisend zu klingen. »Mir geht's gut«, sagte er. »Ich stehe manchmal nur ein wenig neben mir. Ich habe kein Schwindelgefühl oder so was. Ich bin einfach nur weit weg. Irgendwo anders halt.«

Atlon nickte. »Darf ich mir deine Verletzung einmal ansehen?« fragte er.

»Ich glaube nicht, daß es da viel zu sehen gibt«, erwiderte Pinatte und deutete auf seinen Hinterkopf. »Es tut nur weh, wenn man es anfaßt.«

»Erinnerst du dich daran, was ich dir wegen deiner Hände gesagt habe, *Freund*?« Das war wieder die Wache. Allerdings war der Mann weniger um Pinatte besorgt. Er deutete auf die andere Seite der Tür. Als Atlon sich umdrehte, trat Ellyn herein. Die Wachen folgten ihr. Freundlich nickte sie Rinter zu, dann wandte sie sich an Atlon, der sich sofort erhob. Rinter übernahm die Vorstellung. Da Atlon nicht wußte, wie er sich Barrans Frau gegenüber benehmen sollte, entschied er sich vorsichtshalber für eine leichte Verbeugung. Zum ersten Mal seit er den Jyolan betreten hatte, fühlte er sich beinahe entspannt. Diese stark wirkende Frau mit ihrem forschenden, doch nicht unfreundlichen Blick schien auf irgendeine Weise immun gegen den bösartigen Einfluß des Gebäudes zu sein. Atlon vermutete sogar, daß sie immun gegen *alle* Unwägbarkeiten des Lebens war.

Ellyns Augen verengten sich neugierig, und sie neigte den Kopf zur Seite, um an Atlon vorbeizuschauen. »Was ist das?« fragte sie und deutete auf Dvolci.

Atlon gab seine übliche Antwort. »Das ist nur ein Reisegefährte, gnädige Frau.« Dvolci kletterte aus dem Bündel, sprang auf den Boden und schlich zu Ellyn. Einer der Wachen trat vor und griff nach seinem Messer, doch Ellyn hielt ihn zurück. Dvolci setzte sich auf die Hinterbeine und schaute zu ihr auf.

Ellyns Mundwinkel verzogen sich ein wenig, und ihre Augen funkelten. »Darf ich ihn anfassen?« fragte sie.

»Er wird Euch nicht beißen«, erwiderte Atlon.

Ellyn beugte sich nieder und streichelte Dvolci mit zwei Fingern über den schmalen Kopf. Der Felci schloß genüßlich die Augen, als sie ihn hinter den Ohren kitzelte. Im Zimmer ging die Sonne auf. »Er ist reizend«, verkündete Ellyn. »Was für ein Tier ist das? Ich habe so etwas wie ihn noch nie gesehen.«

»Er ist ein Felci, gnädige Frau«, antwortete Atlon. »Sie leben in den Bergen meines Heimatlandes.« Und Dvolci zuliebe fügte er spöttisch hinzu: »Sie sind von Natur aus zahm und recht intelligent.«

Ellyn streichelte Dvolci noch immer, während sie zu Atlon hinaufblickte. »Dann bist du also nicht aus der Stadt?«

»Nein«, erwiderte Atlon. »Ich bin auf dem Weg nach Süden, zu einem Freund.«

»Ich habe schon bemerkt, daß du irgendwie anders bist.« Ellyn war immer noch mit Dvolci beschäftigt, doch ihre Stimme besaß einen Unterton, den Atlon nicht einordnen konnte. Erleichterung? Überraschung? Nein, das war etwas Tieferes.

Dann ließ sich Dvolci wieder auf alle viere nieder und ging zu Pinatte. Dort angekommen richtete er sich wieder auf und legte dem jungen Mann die Pfoten auf die Knie.

»Normalerweise mag er es nicht, wenn allzu viele Leute anwesend sind«, sagte Atlon, der nicht wußte, was als nächstes geschehen würde. Sicherlich hatte Dvolci diese Schau aus gutem Grund abgezogen.

Vorsichtig imitierte Pinatte Ellyns Bewegungen und streichelte dem Felci mit der bandagierten Hand über den Kopf. Dies schien ihn zu entspannen, und Atlon spürte, wie die Störung, die von Pinatte ausging, sich immer mehr auflöste. Er ermahnte sich selbst, daß Dvolcis Urteil unter diesen Umständen weitaus vernünftiger

sein würde als sein eigenes. Aus irgendeinem Grund schien die Macht den Felci niemals zu beeinflussen. Das war typisch für Felcis. Sie waren ja eine uralte Rasse.

Dvolci ließ sich wieder auf den Boden sinken und kletterte gewollt schwerfällig in Atlons Bündel. Dabei flüsterte er Atlon zu: »Sieh dir seine Hand an, aber sei vorsichtig – *sehr* vorsichtig. Es wird dir nicht gefallen. Erinnere dich daran, wo du bist. Die Frau ist interessant.«

Atlon heuchelte eine Herzlichkeit, die er nicht empfand. »Nun, so ist Dvolci halt: ein recht eigenwilliges Tier.« Er wandte sich wieder an Pinatte. »Ich wollte mir doch deinen Kopf ansehen.«

Pinatte drehte sich um und legte den Finger auf seinen Hinterkopf. »Ungefähr hier tut's weh.«

»Bist du ein Heiler?« fragte Ellyn.

»Ich habe ein bißchen was gelernt«, erklärte Atlon, während er Pinattes Kopf untersuchte, »und auf meinen Reisen habe ich das ein oder andere aufgeschnappt.« Er klopfte Pinatte beruhigend auf die Schulter. »Das scheint soweit alles in Ordnung zu sein. Nur eine Beule, sonst nichts. Wenn du ohne Probleme durch die Nacht gekommen bist, dann solltest du dich schon bald wieder besser fühlen. Allerdings mußt du noch für ein, zwei Tage mit Kopfschmerzen rechnen.« Ellyn schien erfreut, daß ihre eigene Diagnose bestätigt worden war. Atlon wartete darauf, daß Pinatte die Gelegenheit nutzte und wieder auf seinen Traum zu sprechen kam. Aber er schwieg. Atlon widmete sich der verletzten Hand.

»Da ist schon alles in Ordnung«, sagte Pinatte und zog die Hand nervös zurück. Atlon bemerkte, daß Ellyn allmählich unruhig wurde. »Der Verband ist gut«, erklärte er, da er annahm, die Frau befürchtete, er würde ihre Arbeit kritisieren.

»Ich habe eine Zugpaste aufgetragen«, sagte sie. Atlon schaute sie fragend an. »Es war eine ziemlich schlimme Schürfwunde, und da schien auch noch . . .« Sie zögerte. »Da schien auch noch ein Kristallfleck zu sein.«

»Was meint ihr damit?« Atlon war ehrlich verwirrt.

Ellyn schien überrascht, doch Atlons erwartungsvolle Offenheit ließ ihr keine andere Wahl, als zu antworten. »Das ist etwas, was normalerweise nur die Kristallsucher tun.« Sie rieb sich nervös über die Hand. Die Geste fiel um so mehr auf, da sie in krassem Gegensatz zu Ellyns ansonsten eher selbstsicherem Verhalten stand. »Sie ritzen die Haut ein und schließen die Wunde mit Kristallsplittern . . .« Die Worte sprudelten nur so aus ihr heraus. Atlon hob die Hand, um ihr weitere Erklärungen zu ersparen.

»Ich habe schon von so etwas gehört«, sagte er mit ernster Stimme, »und ich bemitleide jene, die derart irregeleitet sind, daß sie zu solchen Mitteln greifen. Das ist ein sicherer Weg zur Selbstzerstörung. Wird so etwas hier überall praktiziert?«

»Nein. Nicht in der Stadt. Noch nicht. Aber bei den Kristallsuchern ist es üblich. Das liegt an ihrer Arbeit.«

»Und Eure Zugpaste hilft dagegen?«

»Ein wenig – jedenfalls wenn der Betroffene noch nicht süchtig geworden ist. Aber gegen das eigentliche Verlangen kann ich nichts ausrichten. Die Paste dient nur zur Wundreinigung – leider.«

»Hast du dir das selbst angetan?« fragte Atlon Pinatte in strengem Ton.

»Nein!« Die Glaubwürdigkeit von Pinattes Leugnen wurde noch durch seine jahrelange Übung im Beteuern seiner Unschuld verstärkt. »Warum sollte ich so etwas tun?« Er verzog das Gesicht. Allein der Gedanke war ihm bereits zuwider. »Und wo hätte ich auch die Kristalle dafür hernehmen sollen?«

Atlon drehte sich wieder zu Ellyn um. »Es sah wie ein Kristallfleck aus«, wiederholte sie. »Ich hielt es zunächst auch für unwahrscheinlich, zumal er mir nur ein einfacher Nestler zu sein schien. Auch war der Fleck nicht in der Nähe einer Ader, wie es allgemein üblich ist.« Sie senkte die Stimme. »Und er sah beinahe grün aus.«

Atlons Augen waren mit jedem Wort größer geworden, und nun griff er ohne jeden weiteren Kommentar nach Pinattes Hand und wickelte den Verband ab. Pinatte unternahm nur einen halbherzigen Versuch, dem Fremden die Hand zu entreißen. Dvolci pfiff seinem Freund leise ins Ohr. Das Pfeifen erinnerte Atlon rechtzeitig daran, sich zu beherrschen, denn als der Verband sich löste, erschrak er beim Anblick des Flecks. Erneut spürte er den Drang, sich zu verteidigen, und erneut mußte er gegen die Versuchung ankämpfen, die Macht zu gebrauchen. Und diesmal fiel es ihm noch wesentlich schwerer.

Oberflächlich betrachtet war die Wunde eine einfache Abschürfung – rohes, rotes Fleisch, das feucht von der Paste war. Sie war sauber und offenbar frei von jeder Infektion, obwohl am Rand ein kleiner schwarzer Fleck zu erkennen war – ein Überbleibsel von Rostans Salbung.

Doch für Atlons geschultes Auge war dieser kleine schwarze Fleck ein Mahlstrom der Verseuchung, in dem Ellyns einfache Paste und Pinattes natürliche Abwehrmechanismen gegen die Vollendung von Rostans Tat ankämpften – gegen die unheiligen Kräfte, die der Kyrosdyn freigesetzt hatte und die nun versuchten, Pinatte auf eine Art und Weise zu verändern, die noch nicht einmal ihr Schöpfer verstand.

Das war ohne Zweifel die Quelle der Unruhe, die Atlon in Pinatte gespürt hatte. Atlon zwang sich dazu, ruhig zu bleiben, als könne auch nur eine einzige Sekunde der Unachtsamkeit etwas unglaublich Schreckliches entfesseln. Schließlich nickte er bedächtig. »Eure Paste hat geholfen«, sagte er. »Die Wunde ist sauber. Bei Gelegenheit müßt Ihr mir einmal zeigen, wie Ihr sie herstellt. Ich bin von Natur aus recht ungeschickt, und deshalb schneide ich mich häufig.« Die Unbekümmertheit in seiner Stimme drohte beinahe, ihn zu ersticken, während er den Drang unterdrückte, Pinatte danach zu fragen,

wie er zu einem solchen Mal gekommen war. Gleichzeitig fühlte Atlon jedoch, daß er ohnehin keine Antwort erhalten hätte. Das war keine einfache Wunde. Selbst ohne intensive Untersuchung konnte er erkennen, daß hierbei grüne Kristalle mit im Spiel gewesen waren, und nach dem zu urteilen, was er von Heirn gehört hatte, war es mehr als unwahrscheinlich, daß ein einfacher junger Mann wie Pinatte solch wertvolle Steine sein eigen nannte. Außerdem war hier mehr im Spiel als nur Sucht – *viel* mehr. Grüne Kristalle, die solcherart angewendet wurden, hätten den Mann innerhalb von Stunden töten müssen, egal, ob sie in der Nähe einer Ader angesetzt worden waren oder nicht.

Ellyn reichte Atlon einen frischen Verband und den kleinen Topf mit der Paste. Geistesabwesend nahm er ihr die Gegenstände aus der Hand. Als er den Topf öffnete, hüllte ihn der Duft der Paste ein und holte seinen Geist wieder zurück auf den Boden der Tatsachen. Es war ein sauberer, klarer und vertrauter Geruch. Atlon fühlte sich wieder wie ein kleiner Junge, dessen Wunden von der Mutter versorgt wurden. Um ihn herum entstand das Bild seiner Kindheit wie eine unzerstörbare Mauer.

»Das sind Überbleibsel aus jenen Zeiten, da die Menschen noch Jäger und Sammler waren.« So hatte ihm einst jemand die außergewöhnliche Eigenschaft von Gerüchen erklärt, die Vergangenheit wieder heraufzubeschwören.

Die Welt verschwamm. Als Atlon die Hand hob, um sich über die Augen zu wischen, hielt ihn Ellyn zurück. »Tut mir leid«, sagte sie. »Ich hätte dich warnen sollen. Sie ist sehr stark, wenn sie frisch ist, und nichts davon darf dir in die Augen kommen.« Sie drückte ihm ein kleines weißes Tuch in die Hand. Damit wischte sich Atlon die Tränen aus den Augen und gab es der Frau dankbar zurück.

Während er die Paste auf Pinattes Wunde auftrug, umgab ihn noch immer die Erinnerung an seine Kind-

heit. Doch nun war sie nur noch ein Schatten dessen, was sie noch vor wenigen Augenblicken gewesen war. Im krassen Gegensatz zu diesen angenehmen Erinnerungen stand der schreckliche Anblick von Pinattes Hand und das wieder erstarkte Gefühl, daß mit dieser Stadt etwas nicht stimmte und daß sich alles Böse hier im Jyolan konzentrierte. Atlon war niemand, der zu Selbstmitleid neigte, und doch hörte er sich fragen: »Wie bist du überhaupt an diesen furchtbaren Ort gekommen?« Und im selben Augenblick, da er die Frage stellte, kannte er auch schon die Antwort. Diese Frage war schon viele Male gestellt und beantwortet worden.

»Schritt für Schritt.« Und wer vermochte schon zu sagen, wann man die Richtung hätte ändern müssen, um zu einem anderen Ergebnis zu kommen?

Das war die einzige Antwort, die Atlon jemals bekommen würde, doch das tröstete ihn nur wenig.

Er wollte gerade damit beginnen, Pinattes Hand zu verbinden, als er sich plötzlich anders entschied. Er mußte den jungen Mann von hier wegbringen. Atlon stand auf und wischte sich erneut über die Augen – diesmal jedoch mit dem Handrücken. Er mußte sich räuspern, bevor er sich an Ellyn wenden konnte. »Ich denke, die Paste wirkt gut. Die Wunde sieht sauber aus. Wahrscheinlich ist es jetzt besser, etwas Luft an die Wunde zu lassen, damit das Fleisch heilen kann.« Er blickte auf Pinatte hinab. »Wenn du die ganze Nacht hier drin warst, dann wird dir frische Luft nicht schaden. Und ein wenig Bewegung.«

Pinatte schaute ihn verunsichert an. Dieser Fremde hatte etwas Beunruhigendes an sich. Irgendwie schien er nicht hierher zu gehören. Auch seine Stimme klang seltsam. Stammte der Mann wirklich aus einem Land jenseits von Arash-Felloren, oder hatte er sich da nur verhört? Pinattes Gedanken schwankten zwischen zwei Extremen hin und her. Dieser Mann würde sich um ihn kümmern. Er würde das Chaos aus seinem Kopf vertrei-

ben und die Tat des Kyrosdyn wieder ungeschehen machen, denn trotz seiner Beteuerungen *bereitete* ihm die Hand Probleme, auch wenn Pinatte keine Worte fand, um seine Gefühle zu beschreiben. Dann erschien ihm Atlon plötzlich wie ein Dämon, wie ein furchterregender Schatten, der gekommen war, um ihm den Weg in seine neue glorreiche Zukunft zu versperren. Ein Dämon, der ihn um Macht und Reichtum bringen wollte, und das ausgerechnet jetzt, da er kurz davorstand, Lassner zu verlassen und sich Barran anzuschließen.

»Barran will mich sehen«, erwiderte Pinatte schließlich. »Ich sollte wohl besser auf ihn warten.«

Ellyn mischte sich ein. »Barran ist im Augenblick ziemlich beschäftigt. Mach dir keine Sorgen. Er hat dich nicht vergessen, und das wird er auch nicht – nicht nach allem, was du für ihn getan hast. Er hat noch heute morgen von dir gesprochen.« Kurz schaute sie Atlon in die Augen. »Und Rinters Freund hat recht. Es ist in der Tat recht finster hier drin. Geh raus in die Sonne. Geh spazieren, und besorg dir was zu essen. Danach wirst du dich besser fühlen.«

Pinattes Entschlossenheit wankte unter diesem sanftem Angriff. Der Raum *war* düster, und die beiden Wachen, die ihn die meiste Zeit über beobachtet hatten, waren auch nicht gerade die anregendsten Gesellschafter. Atlon streckte die Hand aus, und Pinatte ergriff sie. »Du hast recht«, sagte er und zog sich in die Höhe.

»Ich werde Barran sagen, wo du bist, wenn er nach dir fragt«, versprach Ellyn. Sie griff in ihren Beutel und holte einige Münzen hervor, die sie Pinatte reichte. »Das wird reichen, um eine Mahlzeit für dich und deine Freunde zu bezahlen. Komm heute abend wieder zurück und frag nach mir.«

Als jemand, der daran gewöhnt war, alles im Leben stehlen zu müssen, fiel es Pinatte schwer, Ellyns überraschende Großzügigkeit zu begreifen. Ellyn legte ihm das Geld in die zitternde Hand.

»Komm heute abend wieder zurück«, wiederholte sie.

»Ich werde schon dafür sorgen«, erklärte Rinter mit ernster Stimme. Es gefielt ihm ganz und gar nicht, daß er immer mehr an den Rand des Geschehens gedrängt worden war. Während sie sich unter der Führung einer der Wachen auf den Weg aus dem Jyolan machten, wurde Pinatte erneut von Zweifeln betreffs dieses Neuankömmlings übermannt. Das hier war *sein* Ort. Er gehörte hierher. Es war seine Pflicht, die komplexen Gänge zu erwandern, zu suchen, zu lernen ...

Was zu lernen?

Sollte er am Beispiel von Barran und seinen Gefährten erlernen, wie man zu Macht und Reichtum kam? Nein, das war es nicht. Verführerische Gedanken schwirrten ihm durch den Kopf ...

»Bist du sicher, daß dir die Hand keine Probleme bereitet?« Atlons Frage zerstreute Pinattes Gedanken.

»Nein, nein. Sie fühlt sich ganz gut an.« Pinatte wedelte demonstrativ mit der verletzten Hand.

»Ich werde sie mir bei Tageslicht noch einmal genauer anschauen«, erklärte Atlon. »Nur um sicherzugehen.«

Pinatte wollte dagegen protestieren. Aber bevor er etwas sagen konnte, trat eine dunkle Gestalt aus dem Gang vor ihnen. Sie verharrte im selben Augenblick, da sie stehenblieben. Dann drehte sich die Gestalt zu den Menschen um und knurrte.

Kapitel 22

Der Wachmann zögerte einen Augenblick. Dann zog er das Schwert und trat zwischen Pinatte und das Tier.

»Das ist der verdammte Köter, der letzte Nacht die Panik ausgelöst hat! Bis jetzt konnten wir ihn nicht fin-

den!« Er schrie diese Information heraus, um sowohl sich als auch die anderen zu beruhigen. Doch unglücklicherweise war das Zittern in seiner Stimme nicht zu überhören. Der Hund stand mit gesträubtem Fell vor der Gruppe und starrte die Menschen aus wilden Augen an. In der vergangenen Nacht in der Arena mochte er der Unterlegene gewesen sein; aber er war immer noch ein ungewöhnlich großes und kräftiges Tier, und er war unberechenbar. Selbst im schwachen Licht des Tunnels waren die gefährlichen Reißzähne nicht zu übersehen, die unter den hochgezogenen Lefzen zum Vorschein kamen. Auch war das tiefe Grollen, das aus der Kehle des Tieres drang, nicht dazu angetan, das Vertrauen der Menschen zu wecken.

Da er es bis jetzt hauptsächlich mit Gegnern zu tun gehabt hatte, die ihm körperlich weit unterlegen waren, war der Wachmann nicht sicher, wie er sich verhalten sollte. Schließlich entschied er sich für den Rückzug und schob seine Schützlinge mit schlurfenden Schritten wieder zurück. »Wir werden einen anderen Weg nehmen«, sagte er und legte so viel Entschlossenheit in seine Stimme, wie er aufbringen konnte. »Dann stellen wir eine Suchmannschaft zusammen und treiben das Vieh in die Enge.«

Unvermittelt trat Pinatte vor. »Nein!« kreischte er mit seltsamer Stimme. »Das ist meine Beute! Sie gehört mir, mir, mir!«

Atlon packte ihn besorgt am Arm, doch Pinatte erwies sich als unerwartet kräftig und riß sich los. Er bewegte sich auf den Hund zu. Das Tier verstärkte sein Knurren, aber es rührte sich nicht. Atlon versuchte erneut, Pinatte aufzuhalten – diesmal mit Worten. »Laß ihn in Ruhe«, drängte er. »Er wird uns nur angreifen, wenn er sich bedroht fühlt. Hier gibt es genug Fluchtmöglichkeiten für ihn. Wahrscheinlich hat er mehr Angst vor uns, als wir vor ihm.« Die letzte Bemerkung beruhte mehr auf Hoffnung, denn auf Wissen. Immerhin war der Hund für

den Kampf ausgebildet worden, und er erweckte ganz und gar nicht den Eindruck, als würde er jeden Augenblick fliehen.

Inzwischen hatte sich der Wachmann von der Überraschung über Pinattes plötzliches Vorrücken erholt und stellte sich neben ihn. »Er hat recht. Wir sollten ihn in Ruhe lassen. Er ist . . .«

»Er ist Beute!« fiel ihm Pinatte ins Wort. »Er gehört mir!«

Er näherte sich dem Hund ein weiteres Stück, doch diesmal fiel ihm nicht nur Atlon, sondern auch der Wachmann in den Arm. Pinatte stieß ein seltsames Heulen aus und schleuderte den Wachmann beiseite, als sei er ein kleines Kind. Der große Mann taumelte gegen die Wand, und sein Schwert fiel klirrend zu Boden. Pinattes Heulen hatte eine ganze Serie von Echos erzeugt.

Atlon blickte in ein Gesicht, das vor Zorn vollkommen verzerrt war. Es hatte nichts mehr gemein mit dem Gesicht des unsicheren jungen Mannes, dessen Kopf und Hand er erst vor wenigen Minuten untersucht hatte.

»Du gehörst nicht hierher. Du bist . . .« Pinatte wankte, dann zeichnete sich Wiedererkennen in seinem Gesicht ab – Wiedererkennen und unendlicher Haß. Furcht drohte, Atlon zu überwältigen, doch gleichzeitig empfand er auch Zorn und Abscheu. Er war versucht, dieses Monster an Ort und Stelle zu vernichten. Keine Gnade! Eine solche Wesenheit mußte vom Angesicht der Erde entfernt werden, bevor sie ihre Kräfte sammeln konnte . . .

Pinatte wollte ihn angreifen! Atlon spürte, wie sich die Macht in seinem Gegenüber aufbaute, und er war bereit, entsprechend zu reagieren. Aber der Rest von Vernunft, der ihm noch zur Verfügung stand, sagte ihm, daß es ungeahnte Konsequenzen haben könnte, sollte er an diesem Ort die Macht einsetzen, und sei es auch nur zur Verteidigung.

Doch wenn er sich nicht verteidigte, würde er vernichtet werden!

Dann schien es ihm, als wären weder er noch Pinatte, Rinter oder der Wachmann Teil des Jyolan – oder von irgend etwas anderem. Sie waren allesamt nur Puppen in einem grauen Nirgendwo.

Plötzlich vernahm Atlon ein hohes, kreischendes Jammern. Im selben Augenblick da ihn das Geräusch berührte, erlangten er und die anderen ihre Menschlichkeit wieder. Schließlich erfüllte das Geräusch den gesamten Gang. Die Menschen preßten die Hände auf die Ohren, und Pinatte sank auf die Knie. Der Hund war verschwunden.

Atlon war der erste, der sich wieder erholt hatte. Er hatte das Geräusch erkannt.

»Tut mir leid«, flüsterte ihm Dvolci ins Ohr, »aber mir ist nichts anderes eingefallen.«

Atlon nickte, dann kniete er sich neben Pinatte. Der junge Mann war wieder er selbst. Verwirrung und Furcht zeichneten sich auf seinem Gesicht ab. Der Wachmann fluchte lautstark, und Rinter war leichenblaß und zitterte. »Was war das?« fragte er benommen.

»Ich habe keine Ahnung«, log Atlon, der ebenfalls am ganzen Leib zitterte – allerdings nicht wegen des Geräuschs, sondern aufgrund von Pinattes Anfall. »Und es ist mir, ehrlich gesagt, auch ziemlich egal. Hauptsache, es hat den Hund verscheucht.«

Er half Pinatte auf die Beine. »Komm, bring uns so schnell wie möglich hier raus«, befahl er dem Wachmann, der sich gerade bemühte, sein zitterndes Schwert wieder in die Scheide zu stecken. »Sonst entscheidet sich der Hund vielleicht noch, wieder zurückzukommen.«

Während des Rests der eiligen Reise sagte niemand ein Wort, und innerhalb weniger Minuten hatten sie das Chaos in der Eingangshalle erreicht. Einer der Torflügel war bereits wieder eingesetzt worden, der andere wurde noch von den Handwerkern bearbeitet. Atlon hörte noch, wie der Wachmann irgend etwas wie ›Aufstellen einer Suchmannschaft‹ rief, dann war er verschwunden.

Pinatte runzelte ob des Lärms die Stirn. Atlon ergriff den Arm des Jungen und dirigierte ihn Richtung Straße. Dabei hörte er, wie jemand seinen Namen rief. Als er sich umdrehte, sah er Heirn, der ihm aufgeregt zuwinkte. Ohne Mühe bahnte sich der kräftige Schmied einen Weg durch die Schar der Handwerker.

»Ich habe nicht bemerkt, daß wir schon so lange hier drin waren!« schrie Atlon.

Heirn antwortete nicht, sondern räumte seinen Freunden einen Weg frei, der sie sicher durch das Chaos in der Eingangshalle und hinaus auf die Straße brachte.

»Du siehst fürchterlich aus«, sagte er, nachdem sie wieder an der frischen Luft waren. »Bist du in Ordnung?«

»Mir schlottern nur ein wenig die Knie«, antwortete Atlon. »Wir hatten gerade eine etwas unangenehme Begegnung mit dem Hund, der vergangene Nacht entkommen ist. Aber es ist niemandem etwas passiert.«

Er stellte dem Schmied Rinter und Pinatte vor. Heirn musterte beide von oben bis unten und grüßte sie schließlich mit einem kaum merklichen Nicken, das ihm zudem auch noch recht schwerzufallen schien. Gleichzeitig warf er Atlon einen Blick zu wie ein Vater, der seinen Sohn in der Gesellschaft von Taugenichtsen erwischt hat, ihn aber nicht in aller Öffentlichkeit zur Rede stellen wollte. Atlon hatte den Vorwurf im Blick seines Freundes erkannt, und so versuchte er, sich zu rechtfertigen. »Rinter und ich haben uns ›Im Weidland‹ kennengelernt. Er war so freundlich, mich in die Stadt zu führen. Pinatte ist der Mann, der letzte Nacht das Tor im Jyolan geöffnet hat.« Heirns Verhalten änderte sich deutlich – zumindest gegenüber Pinatte.

»Das war verdammt mutig von dir, junger Mann«, sagte er und legte Pinatte die Hand auf die Schulter. »Zwar wäre es gar nicht erst so weit gekommen, wenn niemand zu dem Kampf gegangen wäre. Aber es war trotzdem eine mutige Tat.«

Rinter dachte ob dieses Affronts kurz über eine entrüstete Bemerkung nach, doch war ihm weder Heirns beachtliche Größe noch dessen Sorge um Atlon entgangen, und so entschied er sich anders.

»Gibt es hier irgendwo in der Gegend einen Ort, wo wir uns ein wenig hinsetzen und ausruhen können?« fragte Atlon, der noch immer bestrebt war, Pinatte so weit wie möglich vom Jyolan wegzubekommen.

»Und wo wir etwas essen können«, fügte Rinter hinzu.

Heirn deutete die Straße hinunter. »Da drüben ist ein kleiner Park«, erklärte er. »Er ist nur ein paar Minuten von hier entfernt.« Er schien sich plötzlich an etwas zu erinnern. »Ach ja, Atlon ... Da gibt es noch ein kleines Problem mit deinem Pferd.«

Ein Schatten huschte über Atlons Gesicht, und ohne jeden weiteren Kommentar eilte er an Heirn vorbei in Richtung des Balkens, an den er sein Pferd gebunden hatte. Sein Schritt war so entschlossen, daß die Menschen ihm eilig aus dem Weg gingen. Das Pferd stand geduldig und offenbar vollkommen gelassen vor dem Haus, wo Atlon es zurückgelassen hatte. Allerdings war es nicht mehr angebunden. Die Zügel baumelten lose vom Halfter herab. Atlon streichelte dem Tier über den Hals und flüsterte ihm irgend etwas ins Ohr. Dann bemerkte er die verkommene Gestalt, die an der Wand des Hauses kauerte. Der Mann hielt sich ein blutverschmiertes Tuch vors Gesicht, und vor ihm lag eine weitere Gestalt regungslos mit dem Gesicht auf dem Boden. Als der an der Wand kauernde Mann Atlons Blick bemerkte, murmelte er irgend etwas Unverständliches in sein Tuch und deutete auf seinen offensichtlich bewußtlosen Kameraden. Atlon vergewisserte sich, daß sein Pferd keinen Schaden davongetragen hatte; dann wandte er sich dem Mann auf dem Boden zu. Beinahe zögerlich packte er ihn an Armen und Hüfte und rollte ihn auf die Seite.

»Was ist passiert?« Inzwischen hatte auch Heirn die Szene erreicht. Der Mann an der Wand murmelte erneut

unverständliches Zeug in sein Tuch und wedelte mit der freien Hand aufgeregt in Richtung Atlon und dessen Pferd.

»Sie haben versucht, das Pferd oder etwas aus seinen Satteltaschen zu stehlen«, erklärte Atlon. Seine Stimme klang kalt. Die Proteste des blutverschmierten Mannes wurden noch entrüsteter. Allerdings waren sie immer noch unverständlich. Plötzlich zeichnete sich Zorn auf Atlons Gesicht ab. Er wirbelte herum und riß den Kampfstab aus der Halterung am Sattel. Dies war eine so schnelle Bewegung, die noch dazu von beachtlichem Geschick im Umgang mit dieser Waffe zeugte, daß Heirn erschrocken einen Schritt zurückwich – ebenso wie die meisten Zuschauer, die sich mittlerweile versammelt hatten. Atlon drückte dem blutenden Mann den Stab auf die Brust.

»Nenn mein Pferd nicht einen Lügner«, sagte er mit überraschendem Ernst. Der Mann starrte ihn aus weit aufgerissenen Augen an und schwieg. »Heute ist dein Glückstag. Das Pferd hat dich nicht getötet, und bis jetzt – *bis jetzt* – habe auch ich nicht die Absicht.« Er zog den Stab wieder zurück. »Aber das könnte sich rasch ändern, wenn du mir noch einmal über den Weg läufst. Hast du mich verstanden?« Der Mann nickte. »Und du wirst es doch sicherlich auch deinem Freund erklären, wenn er wieder aufwacht, nicht wahr?« Atlon warf den Stab in die Luft und fing ihn mit der anderen Hand wieder auf. Der Mann nickte erneut, diesmal sichtlich verzweifelt.

Während sie sich vom Ort des Geschehens entfernten, beugte sich Heirn zu Atlon und fragte flüsternd: »Hätte es?«

»Was?« erwiderte Atlon und steckte den Stab wieder in die Halterung.

»Hätte es ihn getötet?«

»Natürlich«, antwortete Atlon knapp. »Wenn ich es nicht gebeten hätte, sich nur zu verteidigen, hätte es ihn getötet.«

Das war nicht die Antwort, die Heirn erwartet hatte. »Und du?« Bevor er sich eines Besseren besinnen konnte, hatten die Worte bereits seinen Mund verlassen.

Atlon blieb stehen und senkte für einen Augenblick den Kopf. Dann schaute er Heirn in die Augen. »Ich weiß so gut wie gar nichts über deine Stadt, Heirn. Ich versuche immer, so vorsichtig wie möglich zu sein, mache Zugeständnisse und bin bemüht, mich mit allem und jedem zu arrangieren. Aber du weißt genausowenig über mein Volk oder seine Beziehung zu Pferden. Wer in meiner Heimat ein Pferd stiehlt, muß damit rechnen, getötet zu werden. So einfach ist das. Das war schon immer so. Allerdings hat noch nie jemand solch einen Frevel begangen, und so kann ich deine Frage nicht beantworten.«

»Ich glaube, das hast du schon«, erwiderte Heirn.

Atlon runzelte die Stirn und hob die Hand als Zeichen, daß die Diskussion beendet sei. Er wollte nicht an seine Heimat erinnert werden, denn sie war das genaue Gegenteil von Arash-Felloren. »Es ist etwas im Jyolan geschehen, worüber ich nachdenken muß. Und außerdem brauche ich was zu essen.« Er lächelte, um die Erinnerung an den Vorfall noch weiter zu verdrängen. »Danke, daß du dir um mich Sorgen gemacht hast.«

»Eine Stunde vor Sonnenuntergang habe ich gesagt, und eine Stunde vor Sonnenuntergang habe ich auch gemeint.«

Der Park, zu dem Heirn sie führte, war in der Tat ausgesprochen klein – kaum zweihundert Schritte im Durchmesser –, aber dennoch besaß er nicht weniger als vier Hügel. Er war von dicht beieinander stehenden Gebäuden umgeben, die jedoch allesamt hinter den Bäumen verborgen waren, und obwohl das Gras an vielen Stellen von der Hitze des Sommers verbrannt war, war der Park für die kleine Gruppe eine willkommene Zuflucht abseits der geschäftigen Straßen.

Heute war er vollkommen menschenleer.

Nachdem die vier Männer die reich verzierten Metalltore passiert hatten, sprang Dvolci aus Atlons Bündel und rannte mit lauten Pfiffen davon. Rinter zuckte nervös, als sein zukünftiger Kämpfer zwischen den Bäumen verschwand, und Atlon ließ sein Pferd los, daß daraufhin Dvolci hinterhereilte. Im Schatten eines großen Baumes in der Mitte des Parks hatte noch etwas Gras überlebt. Dort ließen sich die vier Männer nieder und widmeten sich dem Essen, das sie bei einem Straßenhändler erstanden hatten. Niemand sagte ein Wort. Jeder war mit seinen eigenen Gedanken beschäftigt.

Rinter fand keine Ruhe. Sein Hauptsorge galt dem Verbleib von Dvolci, dicht gefolgt von der Frage, wie er Atlon am besten dazu bewegen könnte, den Felci in die Arena zu schicken. Er kämpfte gegen das Verlangen an, Atlon mit der Frage ›Er kommt doch zurück, oder?‹ zu belästigen, zumal er sich nach dem Vorfall mit den beiden Möchtegern-Pferdedieben vorgenommen hatte, den Fremden trotz seiner offensichtlichen Naivität nicht mehr zu unterschätzen.

Heirns Gedanken drehten sich um denselben Vorfall. Atlons Zorn auf die Männer hatte ihn überrascht. Wie die meisten Bewohner von Arash-Felloren, so hatte auch er keine Probleme damit, wenn ein Mann eigenhändig für die die Gerechtigkeit sorgte. Aber er wußte einfach nicht, was er mit der Drohung anfangen sollte, die Atlon dem Verletzten gegenüber ausgesprochen hatte. Im Falle des Pferdediebs unterschied sich Atlons Verhalten drastisch von dem, das er gegenüber dem Kyrosdyn an den Tag gelegt hatte. Gestern nacht war sein Auftreten zwar auch seltsam und bedrohlich gewesen, aber gleichzeitig hatte er sich eindeutig nur auf die Verteidigung konzentriert. Diesmal jedoch war er ebenso eindeutig aggressiv gewesen. Das war schwer zu verstehen. Atlon erschien Heirn nicht als ein Mann, der leere Worte machte, und gleichzeitig schien er ihm auch nicht übertrieben an-

griffslustig oder gar gewalttätig zu sein – eher das Gegenteil: Atlon strahlte Sanftmut aus.

»Du weißt nichts über mein Volk und seine Beziehung zu Pferden«, hatte er gesagt.

Ich weiß überhaupt nichts *von dir,* dachte Heirn resigniert. *Du läufst mit einem Vermögen in der Tasche herum, gebietest über eine merkwürdige, unsichtbare Macht und erzählst fürchterliche Geschichten. Ganz zu schweigen von dem sprechenden Tier, das dich begleitet.* Dann kam Heirn der Gedanke, daß er träumte, oder vielleicht wurde er sogar verrückt. Doch diese Befürchtung hatte nicht lange Bestand. Alles um ihn herum und alles, was er in den letzten Stunden erlebt hatte, war eindeutig real gewesen, und so blieb ihm dieser Fluchtweg versperrt. Doch er wollte fliehen. Aber warum? Er war nicht an diesen Fremden gebunden. Er konnte sich jederzeit umdrehen und einfach davongehen. Verstohlen blickte er zu Atlon, der flach auf dem Rücken lag, den Kopf auf dem Sattel und die Hände hinter dem Kopf verschränkt. Durch das regungslose Blattwerk des Baumes hindurch starrte er in den Himmel hinauf.

Wie weit bist du eigentlich von deiner Heimat weg? dachte Heirn. *Wie einsam mußt du dir an diesem fremdartigen Ort mit deinem schrecklichen Wissen und all deinen Ängsten vorkommen?*

Ein Bild erschien vor Heirns geistigem Auge: Dieser anscheinend so gewöhnliche Mann war wie eine winzige, weit entfernte Wolke, nicht größer als die Hand eines Mannes – eine Wolke, die jedoch noch zu wachsen vermochte, bis sie schließlich die ganze Stadt einhüllen würde. Heirn bekam Angst – *große* Angst.

Eine weiteres Bild erschien, vertraut und beruhigend inmitten all des Chaos: Es war das Bild von Eisen, das seine Natur in der Hitze der Esse und unter den Schlägen des Hammers veränderte. Die Vorstellung fesselte Heirn. Dann *war* er das Eisen, und die Veränderungen gingen in *ihm* vor, tief in seinem Inneren. Es war ein bei-

nahe körperliches Gefühl. Was auch immer Atlon sein mochte und egal wie zerbrechlich er auch erschien, er war mehr ein Bote der Hoffnung, denn der Verzweiflung. Die Veränderung kam zu ihrem Abschluß. Obwohl Heirn keinen Grund dafür nennen konnte, war er fest entschlossen, dem Fremden zu helfen und ihn nach besten Kräften vor den Gefahren von Arash-Felloren zu beschützen. Irgendwie konnte es nicht anders sein.

Heirn schloß die Augen und lehnte sich gegen den Baum. Er fühlte sich so entspannt wie seit langem nicht mehr.

Pinatte lehnte ebenfalls an dem Baum und wischte sich ein paar Krümel vom Mund. Daß die Pastete, die er soeben verspeist hatte, von dem Geld bezahlt worden war, das Ellyn ihm gegeben hatte, machte das Gebäck zu einem großen Genuß. Er hatte es sehr langsam gegessen. Dieser Fremde, Atlon, hatte recht gehabt: Der kurze Fußmarsch, das Essen und das Herumlungern im Sonnenschein, all das tat Pinatte gut, und er fühlte sich nicht mehr so zerrissen wie noch im Jyolan.

Aber *was* zerrte derart an ihm? Die Erinnerungen des vergangenen Tages und der anschließenden Nacht waren noch frisch und lebendig, und doch schien es Pinatte, als wäre all das schon vor langer Zeit geschehen, an einem anderen Ort – und mit einer anderen Person im Mittelpunkt. Die Flucht vor dem Kyrosdyn, der seltsame Fleck auf seiner Hand, der Entschluß, sein Leben zu verändern und Lassner zu verlassen ... und dann waren da noch seine merkwürdigen Reaktionen im Jyolan. Obwohl er sich schon wesentlich entspannter fühlte, beunruhigte ihn das noch immer. *Das war nur die Aufregung,* versuchte er, sich einzureden, doch ohne Erfolg. Der Blutrausch, der ihn übermannt hatte, und das Gefühl, der Jyolan und seine Rituale seien heilig – das hätte nicht passieren dürfen. So etwas war einfach nur obszön! Er war niemand, der sich am Leiden anderer ergötzte, auch nicht von Tieren. Und doch war es gesche-

hen. Auch jetzt noch genoß ein Teil von ihm die Erinnerung. Die Ereignisse liefen erneut vor seinem geistigen Auge ab, bis hin zum Höhepunkt, als die Kreatur erschienen war. Er wagte nicht, die Augen zu schließen – aus Angst, erneut sehen zu müssen, wie sich das Wesen ehrfürchtig vor ihm verneigte. Denn genau das hatte es getan. Es hatte ihn erkannt.

Und er hatte die Kreatur erkannt.

Wie ein plötzlich aufkommender Wind war der Alptraum wieder um ihn. Pinatte sog zischend die Luft ein und schlang unwillkürlich die Arme um seinen Körper.

Atlon war die Bewegung nicht entgangen. Trotz seiner entspannten Haltung hatte er Pinatte keine Sekunde aus den Augen gelassen. Der junge Mann war von so vielen seltsamen und furchterregenden Kräften umgeben ... Atlon wünschte sich nichts sehnlicher, als Pinatte zu befragen. Doch das war unmöglich, solange Rinter bei ihnen war, und außerdem mußte er mit äußerster Vorsicht vorgehen. Aus halbgeschlossenen Augen erhaschte er einen Blick auf Dvolci, der einen Hang heruntertollte. Ein vergnügtes Pfeifen erfüllte die Luft. Kurz darauf erschien das Pferd und stürmte dem Felci mit flatternder Mähne hinterher. Die Freiheit der beiden Tiere berührte Atlon tief. Dann überkamen ihn Schuldgefühle. Sie hatten etwas Besseres verdient, als in dieser schrecklichen Stadt mit ihren überfüllten Straßen und mißtrauischen Einwohnern festzusitzen. Atlon hätte mit Recht behaupten können, Dvolci und das Pferd seien ebenso wie er freie Kreaturen, die aus eigenem Willen hierhergekommen waren, doch das entsprach nur teilweise der Wahrheit. Keiner von ihnen war wirklich frei. Er selbst wurde durch sein Wissen hier festgehalten und durch die Entdeckungen, die er im Laufe seines Aufenthalts in der Stadt gemacht hatte. Mit dem Pferd war er durch uralte Schwüre verbunden, die keiner von beiden brechen konnte oder wollte. Und Dvolci, der freieste von ihnen allen? Wer vermochte schon zu sagen, warum er hier

war? Hätte man ihn gefragt, dann hätte er wahrscheinlich geantwortet, er komme der uralten Verpflichtung seiner Rasse nach, sich um die weniger hochentwickelten Spezies – also die Menschen – zu kümmern; dann hätte er vermutlich gelacht. Wie als Echo dieses Gedankens hallte Dvolcis fröhliches Gelächter durch den Park. Der Pferd wieherte.

Atlon richtete seine Gedanken wieder auf die Gegenwart. Er mußte sich auf die unmittelbaren Probleme konzentrieren. Zunächst einmal war es seine Aufgabe, Pinatte von Rinter zu trennen und das Vertrauen des jungen Mannes zu gewinnen. Er richtete sich auf.

»Wohin wirst du heute nacht gehen, nachdem du im Jyolan gewesen bist?« fragte er Pinatte.

Die Frage lenkte Pinatte von der Erinnerung an seinen Alptraum ab. Er zuckte mit den Schultern. »Das hängt davon ab«, sagte er. »Wenn Barran etwas für mich hat, dann wird er mir wahrscheinlich auch eine Unterkunft besorgen können. Und falls nicht ... dann werde ich vermutlich wieder zu Lassner zurückkehren.«

Atlon machte ein nachdenkliches Gesicht. »Ich würde dich gerne im Auge behalten. Ich glaube zwar nicht, daß es irgendwelche Probleme mit deiner Beule geben wird, aber mit Kopfverletzungen ist nicht zu spaßen. Du könntest schlecht träumen oder plötzlich Schwindelanfälle bekommen. Du solltest jemanden in der Nähe haben, der sich mit solchen Dingen auskennt. Außerdem würde ich mich ziemlich schlecht fühlen, wenn ich dich jetzt einfach so ziehen ließe.«

Heirn, der hinter Pinatte saß, machte ein mürrisches Gesicht. Aber als er Atlons flehentlichen Blick sah, nickte er zögernd sein Einverständnis. Atlon blickte flüchtig zu Rinter, der sein Glück kaum fassen konnte. Mit Atlon als Besitzer von Dvolci und Pinatte als Kontakt zu Fiarn und vielleicht bald zu Barran höchstpersönlich konnte er sich nichts Besseres vorstellen, als wenn diese beiden zusammen blieben. Er täuschte eine Gelassenheit vor, die er

nicht empfand. »Hört sich gut an«, sagte er. »Zu mir kann ich dich nicht mitnehmen – meine Wohnung ist zu klein –, und es wäre doch reichlich merkwürdig, wenn du jetzt wieder zu Lassner zurückkehren würdest, was meinst du?« Er wartete nicht auf die Antwort. »Und falls Barran dich wirklich brauchen kann, dann wird er wohl kaum sehr beeindruckt sein, wenn er dir als erstes eine Unterkunft besorgen muß.«

Das überzeugte Pinatte. Er verspürte nicht das Bedürfnis, Lassner wiederzusehen, bevor nicht alles geklärt war. Auf jeden Fall wollte er vermeiden, daß Lassner mit einer Übertragungsurkunde zu Barran ging, um eine möglichst große Ablöse herauszuschlagen. Falls Barran ihn wirklich wollte, wäre es wesentlich besser, wenn dessen Leute sich an Lassner wandten und nicht umgekehrt, um die traditionellen Formalitäten der Gilde zu erledigen. Und falls Barran ihn nicht wollte ... Er scheute vor dem Gedanken zurück. Er hatte noch nie eine Gelegenheit wie diese gehabt – irgendwie *mußte* er sicherstellen, daß Barran ihn bei sich aufnahm. Rinter hatte recht: Es wäre sicherlich nicht hilfreich, sollte ihm Barran erst einmal zu einem Zimmer verhelfen müssen.

Die Entscheidung war getroffen, und die vier Männer verließen den Park. Bevor Rinter sich von ihnen trennte, sah er erleichtert, wie Dvolci wieder in Atlons Bündel zurückkehrte, und anschließend ermahnte er Pinatte mehrere Male, daß er zur festgelegten Stunde im Jyolan zu erscheinen habe. Nachdem er verschwunden war, machten sich die anderen drei auf den Weg zu Heirns Wohnung. Gemächlichen Schrittes gingen sie durch die Straßen, die von den Strahlen der untergehenden Sonne in ein seltsames Licht getaucht wurden.

Als sie Heirns Wohnung erreichten, warf Atlon einen flüchtigen Blick auf Pinattes Hand. Er hatte sie bereits im Park eingehend untersucht und einen zufriedenstellenden Befund verkündet, doch das war eine Lüge gewesen. Die Abschürfung heilte zwar normal, aber die Unruhe,

die von dem dunkelgrünen Fleck ausging, war immer noch zu spüren, wenn auch nicht mehr so stark wie unter dem bösen Einfluß des Jyolan. Was genau dieser Fleck war und wie er zustande gekommen war, vermochte Atlon nicht zu sagen. Es kostete ihn einiges an Selbstbeherrschung, Pinatte nicht sofort danach zu fragen.

»Sie ist vollkommen in Ordnung«, sagte Pinatte und löste seine Hand aus Atlons Griff. Sein Tonfall machte unmißverständlich klar, daß es keiner weiteren Untersuchung bedurfte und daß er sich gegen jeden derartigen Versuch widersetzen würde.

»Sie sieht wirklich schon viel besser aus«, erwiderte Atlon beruhigend, »aber laß es mich wissen, wenn sie dir wieder Ärger macht.« Pinatte ließ sich auf einen Stuhl fallen und starrte in den kalten Kamin. Erneut war er nicht sicher, was er von Atlon halten sollte – seine Haltung gegenüber dem Fremden änderte sich ständig und ohne ersichtlichen Grund. Warum hatte der Mann ein solches Interesse an seiner Hand? Das ging ihn doch gar nichts an. Es war nur eine Schürfwunde. *Seine* Schürfwunde. Und warum hatte Atlon ihn hierhergebracht? Er schien ja ganz in Ordnung zu sein, aber ...?

Er preßte die verletzte Hand an die Brust.

Und Heirn mochte ihn nicht, soviel stand fest. Er beobachtete, wie der Schmied eine Lampe entzündete. Heirns Haltung war steif und formell. Aber wenigstens wußte Pinatte, woran er bei Heirn war. Heirn war die Art von Mann, der er normalerweise aus dem Weg ging. Solche Leute trugen nur wenig Geld mit sich herum, und doch waren sie ständig auf der Hut vor Straßendieben. Wahrscheinlich war der Schmied auch wesentlich schneller, als seine Größe vermuten ließ – ein insgesamt scharfsinniger und gefährlicher Mann.

»Wo kommst du her?« Pinatte hatte Atlon die Frage unerwartet gestellt.

»Aus dem Norden«, antwortete er und setzte sich Pinatte gegenüber.

Dvolci kletterte auf Pinattes Schoß. Seine Schnauze zuckte nervös, und Atlon erkannte daran, daß der Felci sich dort nicht wohl fühlte.

»Einige Leute behaupten, es gäbe auf der Welt nur Arash-Felloren«, erklärte Pinatte. »Außer natürlich den Niederorten und den Wildhäfen. Man sagt auch, die Stadt habe kein Ende und keinen Anfang.« Ein Hauch von kindischem Trotz lag in seiner Stimme.

»Sie ist sehr groß, das stimmt«, erwiderte Atlon. »Größer als jede Stadt, die ich bisher auf meinen Reisen gesehen habe.«

Der Trotz in Pinattes Stimme verwandelte sich in Stolz. »Die größte?«

Atlon lächelte. »Die größte, die ich je gesehen habe«, wiederholte er. »Aber ich habe bei weitem noch nicht alle Städte der Welt gesehen.«

»Warum bist du hierhergekommen?«

»Ich bin auf dem Weg nach Süden, um einem Freund eine Botschaft zu überbringen. Als ich ›Im Weidland‹ eine Rast eingelegt habe, bin ich Rinter begegnet, der mich dann hierhergeführt hat, damit ich mir eine Arbeit suchen kann. Heirn war so freundlich, mich einzustellen, und er hat mir auch für ein oder zwei Tage Unterschlupf gewährt.«

Pinatte wollte noch eine weitere Frage stellen, doch Atlon sprach als erster. »Ellyn hat dich einen Nestler genannt. Was ist das? Irgendeine Art Lehrling oder so was?«

Pinatte starrte ihn verwundert an. Dann schaute er hilfesuchend zu Heirn. »Er ist ein Fremder. Er weiß es wirklich nicht«, erklärte der Schmied ungeduldig. »Wenn du ihm Fragen stellst, dann fragt er zurück.« Und an Atlon gewandt fuhr er fort: »Im gewissen Sinne ist er in der Tat so eine Art Lehrling. Ein Nestler ist ein Dieb, der irgendwo für einen Nestherrn arbeitet, ein Mitglied der sogenannten Diebesgilde.«

Pinatte funkelte Heirn wütend an. Er wußte nicht, wie

er auf diese Wendung des Gesprächs reagieren sollte. Über solche Dinge sprach man niemals offen. Pinatte war stolz auf seine Arbeit – ebenso wie der Schmied auf die seine. Der Mann hatte kein Recht, in einem solchen Ton über seinen Beruf zu reden.

Auch Atlon war von der direkten Art überrascht, mit der Heirn seinen Gast beschrieb, auch wenn er ihn nicht ganz freiwillig bei sich aufgenommen hatte. Atlon versuchte zu vermitteln. »Nun, vielleicht ist das ja bald Vergangenheit für dich, Pinatte, wenn es dir gelingt, eine Anstellung bei Barran zu finden.« Heirn schnaufte verächtlich. Atlon ignorierte ihn. »Auf jeden Fall schmälert das nicht deinen Mut, den du vergangene Nacht bewiesen hast.« Heirn nickte zustimmend, wenn auch nur widerwillig.

Pinatte betrachtete Atlon eine Weile nachdenklich und nickte dann lächelnd. »Ich habe mich aber nicht sonderlich mutig *gefühlt*«, sagte er. »Ich weiß gar nicht, warum ich es überhaupt getan habe. Ich hatte solche Angst mit all den Menschen um mich herum, die drängelten, schubsten und mich zu zerquetschen drohten. Ich wollte einfach nur raus. Ich kann mich noch daran erinnern, wie ich auf die Schultern der Leute vor mir geklettert bin. Ich habe mich an allem festgehalten, was ich in die Finger bekam, und dann war ich auf einmal auf der anderen Seite des Tors.« Er knirschte mit den Zähnen und rieb sich die Schulter, während er sich daran erinnerte, wie er den Riegel aus der Halterung gestemmt hatte. »Ich weiß auch noch, wie ich das Tor geöffnet habe, doch danach habe ich wohl das Bewußtsein verloren.« Er schüttelte den Kopf. Dann sagte er etwas, was er eigentlich gar nicht sagen wollte: »Ich weiß noch nicht einmal, warum ich geblieben und nicht einfach davongerannt bin.«

Atlon beugte sich vor und legte Pinatte die Hand auf den Arm. »Wir alle tun bisweilen Dinge, von denen wir nicht wissen, warum wir sie tun«, erklärte er. »Deswegen brauchst du dich nicht zu schämen – besonders nicht,

wenn du in Gefahr gewesen bist. Unsere Instinkte sind älter als unser Verstand, und manchmal siegen sie immer noch über die Vernunft. Du bist ein besserer Mensch, als du selbst wahrscheinlich glaubst. Du hast getan, was du getan hast, und hättest du es nicht getan, dann wären jetzt viele Menschen tot. Sie hatten Glück, daß du dort gewesen bist, ob du ein Dieb bist oder nicht.«

Pinatte wußte nicht, was er darauf erwidern sollte. Doch die Atmosphäre im Raum hatte sich merklich entspannt. Heirn ließ sich auf seinen Lieblingsstuhl nieder. Dann saßen die drei Männer eine Weile schweigend beisammen. Heirn beobachtete Pinatte, während Atlon sich so gut es ging beherrschte und auf eine passende Gelegenheit wartete, um den jungen Mann zu befragen.

Ein Klopfen an der Tür riß sie aus ihren Gedanken. Sowohl Atlon als auch Pinatte zuckten unwillkürlich zusammen, aber Heirn lächelte nur und bedeutete ihnen mit einer Geste, sie sollten sich beruhigen.

Die Besucher waren Freunde von Heirn, die einem regelmäßigen Ritual nachgingen und den Schmied auf einen Becher Bier in eine Taverne locken wollten, ›um den Staub des Tages die Kehle hinunterzuspülen‹.

Heirn lehnte ihr Angebot ab. Dennoch bat er sie herein, denn er war froh, vertraute Gesichter um sich zu haben. Er stellte Atlon als einen Fremden vor, ›den besten Lederwerker, den ich je gesehen habe, und ein Heiler‹, und Pinatte als den Helden der Stunde, der sich hier von seinen Verletzungen erholte. Nachdem Pinatte geradezu eine Flut von Glückwünschen über sich hatte ergehen lassen müssen, wurde Atlon nach seiner Heimat und seinen Reisen befragt. Allerdings entsprangen die Fragen eher der Höflichkeit als wirklichem Interesse. Die meisten Einwohner von Arash-Felloren hielten – ähnlich wie Pinatte – ihre Stadt für den Mittelpunkt der Welt, und nur wenige waren bereit zuzugeben, daß sich auch außerhalb der Stadtgrenzen noch etwas anderes befinden könnte. Dieses mangelnde Interesse und die offene

Art der Gäste ermöglichten es Atlon, sie unter dem Deckmantel der Naivität auszufragen. Dabei wurden viele seiner Erkenntnisse bestätigt, jedoch erfuhr er nichts, was über den Status eines lange in Umlauf befindlichen Gerüchts hinausging. Der Präfekt und seine Armee von Beamten ›meinten es ja gut‹, aber alles in allem betrachtet waren sie ›vollkommen nutzlos‹. Die Weartan ›waren zwar schon besser als früher, aber immer noch zu korrupt, als daß man sich auf sie verlassen konnte‹. Die Kyrosdyn waren nicht vertrauenswürdig und wurden allgemein verabscheut – sie besaßen seltsame Kräfte und beschäftigten sich mit Dingen, ›von denen man besser die Finger lassen sollte‹. Sie taten auch immer äußerst geheimnisvoll, und sie mischten sich ständig ins politische und wirtschaftliche Leben der Stadt ein, obwohl sie das eigentlich gar nichts anging. Diese Meinung war unumstritten. Auch der nun schon Jahre andauernde Umbau des Vaskyros rief Unverständnis und Verwirrung hervor. Die einzigen Leute, die eine Bastion der Ehrlichkeit und der Integrität waren und die das Leben in der Stadt in Gang hielten, waren die Händler und Handwerker – zu dieser Kategorie zählten im übrigen auch die beiden Besucher und Heirn. Zusätzlich zu dieser gesellschaftlichen Analyse hörte Atlon zwei Versionen der Geschichte über den ›alten Mann‹, der in einer nahegelegenen Gasse gefunden worden war, sowie zwei Versionen der Gründungslegende von Arash-Felloren und verschiedene Meinungen über die Größe der Stadt – einschließlich einiger geflüsterter Berichte über Stadtteile, die auf mysteriöse Weise verschwanden und an anderer Stelle wieder auftauchten. Aus Angst, Heirns Freunde eventuell zu beleidigen, verzichtete Atlon darauf, auf den letzten Punkt näher einzugehen. Leider gelang es ihm nicht, das Gespräch auf die Tunnel und Höhlen unter der Stadt zu lenken.

Nachdem die Männer gegangen waren, gähnte Pinatte lautstark. Er war bereits während des Gesprächs mehrere

Male eingenickt. Heirn deutete auf eine Tür. »Da drin ist ein Bett. Geh und leg dich hin. Ich wecke dich in einer Stunde, solltest du eingeschlafen sein. Dann bleibt dir noch genug Zeit, um rechtzeitig wieder im Jyolan zu sein.« Pinatte zögerte auf der Schwelle und schaute in den dahinterliegenden Raum.

»Was ist los?« fragte Atlon.

»Nichts«, antwortete Pinatte, doch seine Stimme klang wenig überzeugend. Er ging ins Schlafzimmer.

Teils weil sie Pinatte nicht stören wollten und teils weil sie fürchteten, er könne sie belauschen, setzten Heirn und Atlon ihr Gespräch mit gedämpften Stimmen fort.

»Wenn du irgend etwas wissen willst, dann frag gefälligst mich und beschwatz nicht meine Freunde«, verlangte Heirn brüsk.

Atlon legte die Hand an die Stirn. »Tut mir leid«, entgegnete er. »Ich wollte nicht unhöflich sein. Im Augenblick stolpere ich mehr durchs Leben, Heirn. Ein Teil von mir will sofort wieder nach Hause, aber das geht nicht – jedenfalls nicht, bevor ich herausgefunden habe, was die Kyrosdyn im Schilde führen. Ich versuche immer noch, ein Gefühl für diese Stadt zu bekommen ... Sie ist so verwirrend. Es scheint hier keinerlei Ordnung zu geben. Allmählich habe ich den Eindruck, als beruhe sämtliche Autorität in Arash-Felloren auf körperlicher Stärke und Korruption und nicht auf dem Willen des Volkes, zu dessen Wohl sie eingesetzt werden sollte.« Er runzelte die Stirn; dann versuchte er, seine Ideen deutlicher zu erklären. »Jeder, der hier nach Macht strebt, scheint es um ihrer selbst willen zu tun, ohne zu begreifen, daß ein solches Verhalten unweigerlich Widerstand provoziert – besonders unter Leuten, die so starrköpfig und unabhängig sind wie die Einwohner von Arash-Felloren. Das ist sehr beunruhigend.«

Heirn war nicht sicher, was er darauf erwidern sollte. »Ich nehme an, dein Volk lebt in perfekter Harmonie«, sagte er schließlich.

Atlon lachte. »Die Antwort mußte ja kommen. Das habe ich mir wohl selbst zuzuschreiben«, entgegnete er. »Aber um deine Frage zu beantworten: Nein, mein Volk streitet sogar viel, ebenso wie meine ehrbaren und gebildeten Brüder. Wenn ich eines auf meinen Reisen gelernt habe, dann dies: Kleidung und Sprache mögen sich voneinander unterscheiden, aber die Menschen sind überall gleich. Ihr seid bei weitem nicht das einzige starrköpfige und unabhängige Volk der Welt. Dennoch empfinden die Herrschenden in meinem Land ihre Autorität eher als Last. Sie wissen, worauf sich ihre Macht begründet, und deshalb streben sie danach, sie zum allgemeinen Nutzen einzusetzen.«

Heirn lehnte sich in seinem Stuhl zurück und blickte Atlon aus zusammengekniffenen Augen an. »Das hört sich an, als hätte ein Zwölfjähriger sich das alles ausgedacht.«

Erneut lachte Atlon, diesmal lauter. Für einen Augenblick hatte er den schlafenden Pinatte vergessen. »Das kommt dir nur so vor, weil ich es so schnell erzählt habe.« Er hob die Hände als Zeichen der Kapitulation. »Ich habe dir doch gesagt, im Augenblick stolpere ich mehr durchs Leben.« Dann wurde er plötzlich ernst. Das Lachen hatte Spannungen in ihm gelöst, derer er sich bis jetzt nicht bewußt gewesen war, doch gleichzeitig hatte es ihm auch den Ernst seiner Lage verdeutlicht. Er hob die Hand, Daumen und Zeigefinger ein Stück auseinander. »Der Unterschied zwischen den Mächtigen in meinem Land und den Mächtigen hier mag nur gering sein, aber er ist entscheidend. Es ist der Unterschied zwischen Ordnung und Chaos.«

»Hältst du Arash-Felloren etwa für chaotisch?«

»Ich habe dir schon gesagt, daß die Stadt mir Angst einjagt.«

Heirn schwieg. Er starrte in den kalten Kamin. »Ich glaube, du hast mit beidem recht«, erklärte er schließlich mit leiser Stimme. »Aber die Stadt war schon immer so,

und ich kann mir nicht vorstellen, daß sie jemals anders sein wird.« Er hielt einen Augenblick inne. »Es gibt wunderbare Dinge in dieser Stadt und jede Menge gute Menschen . . .«

»Ich bin sicher, daß es so ist«, erwiderte Atlon. »Du bist sehr geduldig, was mich und meine Unbeholfenheit betrifft. Ich bin ein Gelehrter, kein Diplomat.«

»Und du stolperst durchs Leben.« Heirns Ton war voller Ironie.

»Richtig.«

Heirn wandte sich ihm wieder zu. »Wie es scheint, geht es mir im Augenblick nicht viel anders«, sagte er. »Ich weiß nicht mehr über dich, als daß du Unordnung und sogar Tod mit dir gebracht hast. Aber aus irgendeinem Grund vertraue ich dir.« Er tippte sich an die Stirn. »Das hat nichts mit meinem Verstand zu tun. Es kommt mehr aus dem Bauch. Also . . . Was tun wir als nächstes?«

Heirns Erklärung war so einfach und offen gewesen, daß Atlon nicht wußte, wie er darauf reagieren sollte. Er kam jedoch nicht mehr dazu, darüber nachzudenken, denn aus dem Schlafzimmer, wo Pinatte lag, ertönte ein lauter, qualvoller Schrei.

Kapitel 23

Imorren schaute sich verwundert um. Das mußte etwas mit der Salbung zu tun haben.

Alle Studien, alle Experimente und alle Theorien über die Konsequenzen der Salbung liefen im Endeffekt auf ein Sammelsurium aus unendlich vielen verschiedenen Möglichkeiten und Ungewißheiten hinaus. Mehr als ein Hoher Bruder hatte sich in den Wahnsinn geflüchtet infolge von Imorrens unaufhörlichem Streben, Ordnung

in dieses geistige Chaos zu bringen, und mehr als ein naiver Stadtstreicher hatte in ihren unzähligen Experimenten das Zeitliche gesegnet. Imorren gestattete noch nicht einmal, daß man hinter vorgehaltener Hand behauptete, die Konsequenzen der Salbung seien allein schon von ihrem Wesen her unvorhersehbar.

»Du hast versagt«, pflegte sie den Betreffenden zu ermahnen. »Dein Glaube ist schwach. Du mußt dich mehr bemühen.«

Das einzige, was man mit Sicherheit wußte, war, daß die Salbung den Zugang zu Welten eröffnete, die sich aller Logik entzogen und die irgendwo hinter und zwischen der Ebene von Arash-Felloren lagen. Welten, auf die Er verstreut worden war, zerbrochen von seinen verräterischen Feinden.

Allein der Gedanke daran rief Imorren wieder alte Fragen ins Gedächtnis zurück: Wie hatte es überhaupt so weit kommen können? Warum war er besiegt worden?

Imorren zuckte vor diesen Fragen zurück wie jedesmal, wenn sie ihr in den Sinn kamen, denn die Antworten darauf entzogen sich ebenso ihrem Verständnis wie die Konsequenzen der Salbung. Sie konnte sich ihnen noch nicht einmal rational annähern, da sie so gut wie gar nichts über Sein Ende wußte. Aber da die Fragen nun einmal gestellt waren, konnte sie nicht anders, als abermals die Antworten aufzuzählen, die sie sich überlegt hatte, kurz nachdem sie von Seiner Niederlage erfahren hatte. Wäre sie dort gewesen, hätte das etwas am Ausgang geändert? Oder wäre sie auch von jener geheimnisvollen Macht vernichtet worden, die Seinen Untergang herbeigeführt hatte? Hatte Er sie auf die Suche nach Informationen über die Kristalle hinausgeschickt, weil Er Sein Schicksal erahnt hatte? Waren Sein Ende und ihr langer Weg nur Teil eines großen Planes – vielleicht der Beginn eines neuen Zeitalters? Der letzte Gedanke war ihr erst später gekommen, und er tröstete sie nur wenig. Insgesamt erschien ihr ohnehin keine der Antworten als

glaubwürdig. Er war so mächtig gewesen, so offensichtlich unbesiegbar.

Und doch …

Wie immer verwandelte sich diese Mischung aus Schuld und Zorn in einen dumpfen Schmerz in Imorrens Bauch, und wie immer konzentrierte sie sich anschließend wieder auf sich selbst. Es gab nur das Hier und Jetzt. Was vergangen war und was hätte geschehen können, verschleierte nur den Blick auf die Realität. Sie mußte glauben. Sie war hier, weil Er es so gewollt hatte, und sie diente Seinen Zielen. Denn nur in dieser Welt konnte Er wieder eins werden, und nur auf dieser Welt konnte Er das wiedererlangen, was Ihm rechtmäßig zustand.

Imorren widmete sich wieder ihrer Nachtwache.

Sie wußte, daß sie träumte. Sie war schon immer fähig gewesen, ihre eigenen Träume zu beobachten. Oftmals gelang es ihr sogar, sie zu kontrollieren. Tief in ihrem Inneren, dort wo der verborgene Schmerz wartete, wußte sie, daß dies auch der Grund dafür gewesen war, warum sie auserwählt worden war. Es war ihr Schicksal, am Ende erneut an Seiner Seite zu stehen, als Seine mächtige rechte Hand. Hatte Er ihr nicht selbst die Wichtigkeit jener vor Augen geführt, die in den Träumen anderer wandeln konnten? Jener wenigen Auserwählten, die die Tore zu anderen Welten zu finden vermochten und die sich frei zwischen ihnen hin und her bewegten, um jene zu führen, die diesen Welten eine neue Gestalt verliehen. Imorren hielt in ihren Gedanken inne, und ihr Traum blieb ebenfalls stehen. Hatte sie sich das alles nur eingebildet, oder hatte irgendein Dämon der Selbsttäuschung ihren Geist unbemerkt unterwandert? Aber sie *hatte* einen Hauch von Neid in der Vision gespürt … Sie wagte gar nicht, an so etwas auch nur zu denken. Es war vollkommen unmöglich, daß Er in all Seiner Perfektion Opfer eines solch niederen menschlichen Gefühls sein sollte.

Und doch … Sie schüttelte energisch den Kopf, und der Traum erzitterte. Solche Gedanken waren Häresie! Nein, sie waren schlimmer noch als Häresie. Es existierte kein Wort, das einen derartigen Verrat hätte beschreiben können. Der Fehler lag bei ihr. Sie hatte Ihn falsch verstanden, hatte irgendeine Feinheit in seiner Weissagung übersehen. Es konnte nicht anders sein.

Und doch …

Unaufhaltsam schlichen sich andere Gedanken in ihren Geist, um das Verbrechen zu vervollständigen. War es möglich, daß sie, die sie über ihre eigenen Träume gebot, eine jener Auserwählten war? Besaß sie die Fähigkeit, zwischen den Welten zu wandern?

Das hätte nicht sein dürfen, denn sie gebot über die Macht. Und wenn es wirklich so wäre, dann hätte Er es mit Sicherheit gewußt. Denn selbst als Er noch heil und mächtig gewesen war, hatte sie bereits zu Seinen Füßen gelegen und gehört, wie Er Seine Diener ausgesandt hatte, um nach Wesen mit der Gabe des Traumwandelns zu suchen.

Und doch …

Der Traum entglitt Imorren. Beinahe als würde er sich vor ihr fürchten, zog er sich auf vertrautes Gebiet zurück.

Denn der Traum war neu – und doch nicht neu. Wie immer war sie inmitten einer Vision des Vaskyros. Türme, Kuppeln, Rampen und Bogengänge bedeckten den Himmel wie unheimliche schwarze Wolken. Räume, Kammern und unzählige reich verzierte Hallen formten das Herz des Gebäudes, während dunkle Keller und Tunnel sich wie Wurzeln tief hinab in die Stadt gruben. Imorren schwebte inmitten von alledem – sie *war* all das –, sie sah alles, wußte alles und staunte über die unendlich filigranen Muster und suchte nach Zeichen ihrer wahren Bestimmung, auf daß sie sie vollenden konnte. Doch heute entzogen sich ihr auch die Zeichen. Die Erleuchtung war weiter entfernt denn je.

Ältere Quellen ihrer Kraft kamen ihr zu Hilfe, wischten alle Spekulationen beiseite und richteten Imorrens Geist wieder auf die sich entfaltende Vision aus, denn der Traum war außergewöhnlich lebendig. Sicherlich war er eine Konsequenz der Salbung! Mit diesem Gedanken verschwand auch der letzte Rest ihres inneren Konflikts. Ihr Geist war wieder frei, so daß sie die Dinge endlich sehen konnte, wie sie wirklich waren, nicht wie sie glaubte, daß sie waren, oder wie sie ihrer Meinung nach hätten sein sollen. Nun würde nichts mehr unbemerkt an ihr vorüberziehen, und das war gut so, denn selbst eine Kleinigkeit zu verpassen könnte bedeuten, das große Ganze nicht zu verstehen. Was auch immer der Traum sein mochte – eine Kreuzung, ein Nexus oder eine Verbindung zwischen den Welten –, selbst der geringste Fehler könnte ungeahnte Auswirkungen haben.

Der Traum gehörte wieder Imorren, und die verwirrende Komplexität des Vaskyros war wieder fest in ihrem Geist verankert, so daß sie sie wieder mit zurück in die Realität nehmen konnte.

Doch immer noch lauerte ein Rest ihres alten Glaubens in ihrem Geist: Immer noch träumte sie davon, daß sie es sein würde, die eines Tages durch einen Traum in die jenseitigen Welten wandern und Ihn in diese Welt zurückbringen würde.

Dann war sie plötzlich nicht mehr allein. Bei solchen Träumen bestand immer die Gefahr, daß irgendwo irgend jemand denselben Traum träumte, daß der Traum nicht ihr allein gehörte. Doch dieses Gefühl war anders. Jetzt schaute ein anderer durch *ihre* Augen! Furcht ergriff von Imorren Besitz.

Das konnte nicht sein! Eine Furcht wie diese hatte sie schon lange aus ihrem Inneren verbannt, und sie wußte, daß sie alles um sich herum selbst erschaffen hatte, daß einzig und allein Sein Wille bei ihr war, um sie zu führen.

Aber die Furcht blieb, ebenso wie der andere Beobachter.

Erkenntnis.

Das war nicht *ihre* Furcht!

»Wer bist du?« verlangte sie zu wissen.

Die Furcht wuchs. »Wer bist du?« fragte sie erneut. »Was bist du? Wie bist du hierhergekommen?«

Dann eine neue Erkenntnis.

Es war der Gesalbte!

Und der Vaskyros war verschwunden. Einen stummen Schrei auf den Lippen stürzte Imorren in die Tiefe. Sie fiel und fiel durch eine Finsternis voller Geräusche und Bilder. Und sie war nichts. Ihr Geist war das einzige, was noch von ihr existierte, hart wie Diamant und substanzlos wie eine Sommerbrise.

Die Furcht wurde zu Schrecken, und da Imorren gefesselt war, drohte dieser Schrecken auch sie zu übermannen. Imorren griff hinaus, um sich selbst zu wecken.

Doch nichts geschah. Sie war sich ihrer selbst bewußt, wie sie regungslos in ihrem Bett lag, um sich vor der anstrengenden Arbeit noch ein wenig auszuruhen, die sie heute nacht erledigen mußte.

Wieder griff sie hinaus, doch sie wurde von Fesseln gehalten, die sie nicht sprengen konnte. Ein uralter Wille riß sie mit sich und mit ihr den Gesalbten. Es war der uralte Wille eines Jägers, und er ergriff von Imorren Besitz. Überall war Beute. Der Geruch stieg ihr zu Kopf. Bald würde sie ihre Fänge wieder in ein Opfer schlagen. Ihr Körper würde unter den Schreien der Beute erzittern, während das Opfer sich an seinem erbärmlichen Leben festkrallte, daß in Wahrheit ihr gehörte. Bis schließlich ...

Es war gut.

Sie wurde von einem Gefühl der Ekstase überwältigt.

Unvermittelt drang ein Schrei der Verweigerung an ihre Ohren. Sie versuchte, sich dagegen zu wehren, aber sie vermochte der Entschlossenheit des Schreis nichts entgegenzusetzen.

Die Finsternis wurde zerrissen. Augen und Mund weit aufgerissen stürzte Imorren hinaus ins Licht.

Augen und Mund weit aufgerissen stürzte Pinatte hinaus ins Licht. Selbst das schwächliche Licht der Straßenlaternen, das durch Heirns Fenster hereinströmte, wirkte strahlendhell im Vergleich zu dem Ort, an dem er soeben gewesen war. Einen Augenblick lang waren seine Augen alles verschlingende schwarze Löcher.

Nach Atem ringend, mit klopfendem Herzen und den Mund voller Speichel saß Imorren kerzengerade in ihrem Bett. Ihre Hände waren wie Klauen, die nach etwas suchten, wonach sie greifen konnten. Allmählich konnte sie klarer sehen, bis sie schließlich die vertrauten Muster ihres Gemachs erkannte. Mit gefletschten Zähnen zwang sie sich, ruhig zu atmen. Speichel tropfte von ihrem Kinn. Sie spie in die Schüssel auf ihrem Nachttisch. Dann griff sie sich ein Glas Wasser, gurgelte und spie erneut aus. Schließlich stand sie unsicher auf, stützte sich auf den Tisch und starrte in die Schüssel mit ihrem schleimigen Inhalt. Imorren war kalt. Als sie die Hand an die Stirn legte, bemerkte sie, daß sie feucht war – *sehr* feucht. Sie hatte eine Gänsehaut, das Kleid klebte ihr am Körper, und innerlich war sie vollkommen leer. Vorsichtig drehte sie sich um, griff nach einem kleinen Spiegel und schaute hinein.

Leuchtende Augen schimmerten in einem roten Gesicht. Imorrens Haar war zerzaust und schweißnaß. Sie erkannte sich selbst nicht wieder. »Wo bist du?« fragte sie ins Nichts hinein. Jede Zelle ihres Körpers verlangte von ihr, sie solle sich auf den Rand des Bettes setzen und ihren Kopf in die Hände legen, doch ihr Spiegelbild bleckte die Zähne allein ob der Vorstellung. Langsam und mit äußerster Konzentration legte sie den Spiegel mit dem Glas nach unten auf den Nachttisch – Spiegel waren furchterregend. Dann richtete Imorren sich mit ebenso großer Konzentration wieder auf, drehte sich um und ging zur Tür am anderen Ende des Raumes.

Das war nicht einfach. Sie mußte baden und sich wieder herrichten, bevor sie jemanden empfangen konnte. Eine bittere Erkenntnis schlug ihr wie ein stürmischer Wind ins Gesicht und stellte ihre Selbstdisziplin auf eine harte Probe. Egal, wie desorientiert sie auch gewesen sein mochte, sie hatte das Wesen erkannt, das sie aus dem Traum gerissen hatte – sie hatte *den Gesalbten* erkannt! Irgend etwas war falsch gelaufen. Obwohl die genauen Folgen einer Salbung weitgehend unbekannt waren, hatten die Kyrosdyn im Laufe der Jahre doch herausgefunden, was *nicht* sein konnte, und was Imorren soeben erlebt hatte, gehörte ohne Zweifel in die letzte Kategorie. Als sie die Gegenwart des Gesalbten während des Freien Kampfes gespürt hatte, war noch alles in Ordnung gewesen.

Nun aber war irgend etwas falsch. Etwas war so schiefgelaufen, daß es alles gefährdete, worauf Imorren Zeit ihres Lebens hingearbeitet hatte.

Der Gesalbte mußte gefunden und untersucht werden.

»Ist ja gut. Ist ja gut.« Atlon schlang die Arme um den wild um sich schlagenden Pinatte, teils um ihn zu beruhigen, teils um ihn zu bändigen. Heirn, der wesentlich besser für eine solche Aufgabe geeignet gewesen wäre, stand hilflos daneben. Pinattes fürchterlicher Schrei hatte ihn viel zu sehr entsetzt, als daß er sich hätte rühren können.

»Was ist passiert?« fragte der Schmied mit unsicherer Stimme, nachdem Pinatte wieder ein wenig ruhiger geworden war.

Atlon blickte in die weit aufgerissenen Augen des jungen Mannes und bereitete sich innerlich auf ein ähnliches Ereignis vor, wie er es bereits im Jyolan erlebt hatte – und auf den Haß. Doch er sah in Pinattes Augen nur blanke Furcht. Pinatte entspannte sich. »Es war nur ein Traum«, sagte er.

»Und was für einer«, erwiderte Heirn ungläubig. Er entzündete eine Lampe. Das sanfte Licht vertrieb die düstere Stimmung, die von der Straße hereinströmte, und ließ den Raum kleiner und zugleich gemütlicher erscheinen. »Der Junge ist ja so weiß wie ein Bettlaken und so feucht, daß man ihn auswringen könnte.« Heirn ging hinaus und kehrte kurz darauf mit einem Handtuch und einer Wasserschüssel zurück. Dann setzte er sich auf die Bettkante, schob Atlon beiseite und begann, Pinatte das Gesicht zu waschen. Der junge Mann reagierte nicht darauf. Er schaute sich im Zimmer um.

Atlon trat ein wenig zur Seite und beobachtete die Szene. Einen Augenblick lang kam er sich wie ein Eindringling vor. Es war offensichtlich, daß Heirn diese Arbeit schon mehr als einmal gemacht hatte – und zwar unter wesentlich schlechteren Umständen, vermutete Atlon. Dann schob Pinatte den Schmied beiseite, und auch das war offensichtlich etwas, das Heirn gewohnt war. Der große Mann erhob sich zögernd, und Atlon wandte sich an Pinatte.

»Erzähl mir, was passiert ist.«

Pinatte drückte die verletzte Hand an die Brust und warf Atlon einen mißtrauischen Blick zu. »Erzähl mir, was passiert ist«, wiederholte Atlon, nur diesmal klang seine Stimme wesentlich energischer.

»Es war nur ein Traum«, beteuerte Pinatte. »Du hast doch gesagt, ich würde vielleicht schlecht träumen. Es war ...«

Atlon schüttelte den Kopf. »Es war der gleiche Traum, wie du ihn schon gestern nacht gehabt hast, nicht wahr? Der Traum, wegen dem du dir schon den ganzen Tag über Sorgen gemacht hast. Der Traum, der dich zögern ließ, als Heirn dir vorgeschlagen hat, du solltest dich eine Stunde hinlegen.« Er beugte sich vor. »Und der Grund dafür, warum du so lange wachgeblieben bist, nachdem du dich schließlich doch hingelegt hast.«

Pinatte schwankte erneut zwischen Vertrauen und

Mißtrauen gegenüber diesem seltsamen Mann. Woher wußte er so viel?

»Es war nur ein ...«

»Nein!« unterbrach ihn Atlon. »Genug der dummen Sprüche! Irgend etwas bereitet dir Kopfzerbrechen, und ich kann dir vielleicht bei der Lösung deiner Probleme helfen. Aber ich *muß* wissen, was mit dir geschehen ist. Ich *muß* mehr über deinen Traum erfahren – und über deine Hand. Woher hast du den Fleck?«

Das war riskant, doch Atlon war froh, daß er es endlich ausgesprochen hatte. Pinatte drückte seine Hand noch fester an die Brust.

Atlon ließ nicht locker. »Ich weiß nicht, was mit dir geschieht, Pinatte, aber da ist etwas, von dem du dich befreien mußt. Dessen mußt du dir bewußt werden.«

Das Wort ›befreien‹ hallte in Pinattes Kopf wider. Aber nein, dieser Fremde sollte sich lieber um seine eigenen Angelegenheiten kümmern. Mit seiner Hand war alles in Ordnung. Die Berührung des Kyrosdyn – warum auch immer der Mann das getan haben mochte – hatte ihn an einen Punkt in seinem Leben geführt, von dem aus sich alles zum Besseren wenden würde, von wo aus er in eine rosige Zukunft schaute – eine Zukunft voller Reichtum, Macht und *wahrer* Freiheit.

Und sie hatte ihm die Alpträume gebracht.

Der Gedanke kam aus dem Nichts, und Pinatte schauderte.

»Ich *bin* frei«, erklärte er aufsässig. Er wedelte mit der verletzten Hand. Die Schürfwunde war bereits überkrustet. »Ich kann hingehen, wohin ich will, tun, was ich will ...« Er begann zu stottern, als ihm auffiel, wie lächerlich die Worte aus dem Mund eines einfachen Nestlers klangen. »Zumindest wird das so sein, wenn ...« Erneut geriet er ins Stottern. Er mußte die Stimme heben und sich förmlich zum Weiterreden zwingen. »Wenn Barran mich bei sich aufnimmt. Dann habe ich genug Geld, um zu tun und zu lassen, was ich will.«

»Außer schlafen«, sagte Atlon in das angespannte Schweigen hinein, das Pinattes Erklärung gefolgt war.

»Ich werde schon gut genug schlafen«, erwiderte Pinatte wütend.

Dvolci kletterte aufs Bett und legte sich auf Pinattes Schoß. Atlon warf einen ernsten Blick auf den jungen Mann und schüttelte den Kopf. Das schien Pinatte noch mehr aufzuregen. »Der Kyrosdyn hat mir den Weg gewiesen!« platzte es aus ihm heraus. Erschrocken riß er die Augen auf und streckte die Hand aus, als wolle er die Worte wieder einfangen.

»Dann hat der Fleck *also doch* etwas mit den Kyrosdyn zu tun«, sagte Atlon mitfühlend. »Das habe ich mir schon gedacht.«

Pinatte stammelte »Nein« und »Ja« und wieder »Nein«, und schließlich endete er mit einem widerwilligen: »Ja.«

Er hatte das Wort kaum ausgesprochen, als eine Flut von Schuldgefühlen über ihn hereinbrach. Dieser Folterknecht hatte ihn hinters Licht geführt! Unvermittelt verwandelte sich das Schuldgefühl in brennenden Zorn. Irgend etwas in Pinatte griff hinaus, um Atlon zu töten.

Aus den Augenwinkeln heraus sah er, wie Dvolci die Zähne fletschte und mit gesträubtem Fell aufsprang. Dann füllte Atlons Hand sein gesamtes Sichtfeld. Es folgte ein Schlag, der jede Zelle von Pinattes Körper zu treffen schien, und um ihn herum entstand eine unendliche Dunkelheit.

»O Gott!« rief Dvolci. Er hatte sich inzwischen auf dem Schrank niedergekauert. »Wo ist das hergekommen? *Was* ist er?«

»Was hast du mit ihm gemacht?« fragte Heirn aufgeregt. Er glaubte, gesehen zu haben, wie Atlon den jungen Mann geschlagen hatte, nachdem Dvolci von dessen Schoß gesprungen war. Doch noch während er sprach, bemerkte er, daß Atlon zu wanken begann. Er packte ihn am Arm.

»Was ist los? Was ist passiert?«

Atlon hob die Hand, um sich so einen Augenblick der Ruhe zu verschaffen. »Ich bin in Ordnung ... glaube ich. Das habe ich nicht erwartet.«

»*Was* hast du nicht erwartet? Warum hast du ihn geschlagen?«

Atlon löste sich vorsichtig aus Heirns Griff. Dann beugte er sich über Pinatte und untersuchte ihn gründlich. Dabei lauschte er zunächst auf dessen Atmung, und anschließend fühlte er ihm den Puls.

Als er sich wieder erhob, wirkte er nur teilweise erleichtert. Heirn bemerkte, daß Atlons Hände zitterten. »Ihm ist ebenfalls nichts passiert«, erklärte Atlon. »Allerdings hat das mehr etwas mit Glück zu tun als mit meinen Fähigkeiten.« Wie ein alter Mann sank er auf einen Stuhl. »Ich habe ihn nicht geschlagen, Heirn«, sagte er nach einer längeren Pause. »Er war es, der *mich* beinahe geschlagen hätte. Ja, er hätte mich beinahe *getötet* – und dich ebenfalls. Ich habe mich nur verteidigt – so wie gestern bei dem Kyrosdyn.«

Heirn wollte gerade erwidern, daß Pinatte sich überhaupt nicht bewegt habe, als der Anblick von Atlons schmerzverzerrtem Gesicht ihm die Wahrheit vor Augen führte. »Willst du damit sagen, er hätte beinahe diese ... diese Macht benutzt, von der du immer redest?« Obwohl er die Antwort bereits kannte, *mußte* er einfach widersprechen. »Aber er ist nur ein Straßendieb, kein Kyrosdyn. Was kann er schon über solche Dinge wissen? Ich wette, das einzige, was er in seinem Leben studiert hat, ist die hohe Kunst der Beutelschneiderei und des Taschendiebstahls. Und ich bezweifele, daß du auch nur ein Kupferstück bei ihm finden wirst, geschweige denn irgendwelche Kristalle.«

Noch während er sprach, spürte Heirn, daß Atlon ebenso verwirrt und besorgt war wie er selbst. Er deutete auf die Tür. »Wenn es ihm einigermaßen gutgeht, schlage ich vor, wir unterhalten uns nebenan.«

Atlon schüttelte den Kopf. »Ich wage es nicht, ihn allein zu lassen. Im Augenblick mag er ruhig sein, aber ...« Er ließ die Schlußfolgerung unausgesprochen. »Ich muß nachdenken.« Vorsichtig ergriff er Pinattes Hand und musterte sie eingehend. Dvolci gesellte sich zu ihm. Der Felci zuckte mit der Schnauze, während er die scheinbar harmlose Wunde betrachtete. Sein Fell war noch immer gesträubt, und er war ungewöhnlich nervös, als würde er sich innerlich bereits auf den nächsten Kampf vorbereiten. Atlon streichelte ihm beruhigend über den Kopf.

»Tut mir leid wegen vorhin«, sagte Dvolci. »Ich wollte dir nicht im Weg stehen. Ich habe es einfach nicht schnell genug kommen gesehen.«

»Mach dir keine Vorwürfe«, erwiderte Atlon. »Wenn du dich nicht so schnell bewegt hättest, hätte ich es wahrscheinlich auch nicht bemerkt. Wir beide müssen in Zukunft vorsichtiger sein. Heirns Gastfreundschaft hat uns unachtsam werden lassen. Es ist schon so, wie du gesagt hast: Wir sind immer noch auf dem Schlachtfeld.«

Er legte Pinattes Hand wieder aufs Bett. »Das war nun schon das zweite Mal. Zuerst im Jyolan und nun hier. Und beide Male gab es nicht die geringste Vorwarnung. Es war, als wäre er von einer Sekunde auf die andere jemand anderer geworden – jemand, der mich erkannt hat.«

»Oder genauer: jemand, der erkannt hat, *was* du bist.«

»Würde mir bitte mal jemand erklären, was hier eigentlich vorgeht?« fragte Heirn in die nun folgende Stille hinein. Seine Stimme klang beinahe flehentlich.

Atlon trommelte nervös mit den Fingern aufs Knie. »Ich weiß es nicht. Das ist das Problem. Irgend etwas sehr, sehr Seltsames ist mit diesem jungen Mann gemacht worden – irgend etwas Fürchterliches –, und es hat irgend etwas mit dem Fleck auf seiner Hand zu tun. Ich empfange etwas von diesem Fleck, daß ich noch nicht einmal ansatzweise verstehe.« Er schaute zu

Dvolci, doch der Felci schüttelte nur den Kopf. »Er hat bereits im Jyolan versucht, mich ohne Grund anzugreifen. Dvolci ist es gelungen, ihn aufzuhalten, was ein verdammtes Glück war. Ich schaudere bei dem Gedanken, was hätte geschehen können, wäre ich gezwungen gewesen, mich *dort* zu verteidigen. Und vorhin ... Er hat die Macht benutzt – hat sie wirklich *benutzt* –, und noch dazu als Waffe.« Er wischte sich mit der Hand über die Stirn, und Heirn war entsetzt, als er echte Verzweiflung in Atlons Augen erkannte. »Im Namen von allem, was heilig ist, Dvolci: Mit *was* haben wir es hier zu tun?«

»Mit einem Monster«, antwortete der Felci hart und knapp.

»Mit einem einfachen jungen Mann«, entgegnete Atlon.

»Vielleicht war er das einmal, aber jetzt ist er es auf jeden Fall nicht mehr«, widersprach Dvolci und sprang wieder vom Bett herunter. Erneut musterte er eingehend den schlafenden Pinatte. »Allerdings scheint er mir im Augenblick harmlos genug zu sein. Das ergibt einfach keinen Sinn.«

»Aber für wie lange wird er so harmlos sein?«

Dvolci antwortete nicht.

Atlon lehnte sich zurück. Er schaute zu Heirn. »Du hast natürlich recht gehabt. Jemand wie er dürfte nicht fähig sein, die Macht zu benutzen. Selbst Menschen, die ein natürliches Talent dafür besitzen, können nichts wirklich Tiefgreifendes damit bewegen – jedenfalls nichts, was dem gleichkäme, was er gerade getan hat. Es bedarf einer langen und intensiven Ausbildung, um Talent in Fähigkeit zu verwandeln, und großer Selbstdisziplin.«

Heirn verlegte sich aufs Spekulieren. »Er sagt, er sei ein Nestler, und er benimmt sich auch wie einer. Aber vielleicht lügt er ja. Vielleicht ist er ein Kyrosdyn-Novize, der aus irgendeinem Grund nur *vorgibt*, ein Dieb zu sein.« Diese Schlußfolgerung klang bereits falsch in sei-

nen Ohren, noch bevor er sie zu Ende formuliert hatte. Sein Arash-Felloren-Instinkt bestätigte ihm mit aller Deutlichkeit, daß Pinatte der war, der er zu sein vorgab.

Atlon schüttelte den Kopf. »Er hat noch nicht einmal den Hauch von Kontrolle über die Macht, Heirn. Er war wie ein durchlöcherter Eimer.« Er schloß die Augen und legte die Hände auf Pinatte. »Auch jetzt noch kann man die Macht in ihm spüren ... irgend etwas ... irgend etwas, das von seiner Hand ausgeht.«

»Das kannst du einfach so feststellen?« fragte Heirn. »Nur indem du ...?« Er beendete den Satz mit einer vagen Geste in Richtung von Atlons Händen.

»O ja. Und das kann auch jeder andere, wenn er weiß, wie. Deswegen wollte ich auch so schnell wie möglich von diesem Kyrosdyn weg, und deswegen hat mir auch der Jyolan eine solche Angst eingejagt.«

Heirn war fest entschlossen zu helfen. »Hat er irgendwelche Kristalle bei sich? Du hast noch nicht einmal nachgeschaut.«

»Er hat keine Kristalle benutzt«, erklärte Atlon. »Es war ein natürlicher Gebrauch der Macht. Zwar hatte er keine Kontrolle, aber er hatte auch keine Hilfe.« Er schaute Heirn in die Augen. »Du nimmst das alles mit bemerkenswerter Ruhe auf.«

»Ich habe keine andere Wahl. Schließlich geschieht das alles genau vor meinen Augen, und obwohl ich das meiste davon nicht verstehe – oder eigentlich *gar nichts* davon –, kann ich es wohl auch nicht leugnen, oder?«

Schuldgefühle zeichneten sich in Atlons Gesicht ab. »Wir haben in der Tat sehr viel Glück gehabt, daß wir dich getroffen haben, Heirn, und es tut mir leid, daß wir dich derart belasten.«

Heirn hob beschwichtigend die Hand. »Es ist nur eine Last, wenn ich sie dazu mache«, erklärte er. »Aber ein wenig mehr zu wissen könnte mir durchaus helfen.«

»Und mir auch«, erwiderte Atlon traurig und drehte sich wieder zu Pinatte um. »Das ist einfach nicht mög-

lich, weißt du? Die Art und Weise, wie er die Macht einsetzt, ist ohne eine gewisse Kontrolle vollkommen unmöglich. Kontrolle verleiht dem Ganzen Gestalt, sie formt es. Aber er besitzt nichts dergleichen. Es ist, als ...« Hilflos zuckte er mit den Schultern. »Es ist, als würde er eine Leiter ohne Sprossen emporklettern oder ... als würde er Eisen ohne Feuer schmelzen. Es ist *unmöglich*. Es *kann* einfach nicht sein.« Seine Stimme war voller Zorn und Verzweiflung. Er schlug mit der Faust in die Hand, als könne Gewalt den Widerspruch auflösen.

»Aber es ist so?«

Atlon atmete tief durch. »Ja, es ist so.«

»Und was bedeutet das?«

Hilflosigkeit lag in Atlons Blick. »Das bedeutet, daß wir uns weiter mit Pinatte beschäftigen müssen«, antwortete er nach längerem Schweigen. Auch Heirn brauchte eine Weile, bevor er wieder sprechen konnte. Er musterte Atlons Gesicht. »Vielleicht solltest du ihn einfach sich selbst überlassen.«

Es bedurfte keiner ausgeprägten Menschenkenntnis, um zu erkennen, daß Atlon den Gedanken ernsthaft in Erwägung zog. Dvolci beobachtete die beiden Männer. Er schwieg.

»Ich würde nichts lieber tun als das«, antwortete Atlon schließlich. »Aber ich kann nicht. Ich werde dein Heim verlassen, wann immer du es von mir verlangst, aber ich kann diesen jungen Mann nicht sich selbst überlassen. Ich wünschte, ich könnte es. Ich weiß nicht, was ich erwartet habe, als ich diese Reise antrat. Aber es war mit Sicherheit nicht ein solcher Alptraum. Mir bleibt keine andere Wahl, als mehr über diesen Mann herauszufinden. Irgend etwas Schreckliches ist hier im Gange.« Er deutete auf Pinatte. »Und er ist im Zentrum von alledem; dessen bin ich sicher. Er hat zugegeben, daß die Kyrosdyn etwas damit zu tun haben ... daß sie irgendwas mit ihm gemacht haben.« Er schwieg. Als er wieder das Wort ergriff und den letzten Satz wiederholte, sprach er außer-

gewöhnlich langsam, als könne zu hastiges Reden das komplizierte Mosaik aus Erklärungen zerstören, das er in seinem Kopf aufgebaut hatte. »Sie haben irgendwas mit ihm gemacht ... und es ist schiefgelaufen. Das muß es sein. Er war ein Unfall.«

Atlon stand auf. »Was könnten sie versucht haben? Und warum?« Er zeigte mit dem Finger auf Pinatte. »Jedenfalls dient es nicht seinem Wohl. Soviel steht fest. Und mit Sicherheit wollten sie nicht, daß er sich ... daß er sich in *das* verwandelt. Es ergibt keinen Sinn, jemanden mit einer derartigen Macht auszustatten, ohne ihm auch die Kontrolle darüber zu verleihen. Das wäre, als würde man eine Büffelherde über einen überfüllten Marktplatz treiben, als würde man eine Waffe schmieden, die ihren Schöpfer als Feind betrachtet.« Zufrieden mit dieser Schlußfolgerung nickte er, doch klüger war er dadurch nicht geworden. »Ja. Sie haben irgendein obszönes Experiment an ihm durchgeführt, und es ist fehlgeschlagen. Es wäre nicht einmal ansatzweise verständlich, wenn sie ein solchen Ergebnis gewünscht hätten.«

Wieder ergriff er Pinattes Hand. »Vermutlich haben die Wunde und Ellyns Paste ihnen einen Strich durch die Rechnung gemacht. Unglaublich.«

Heirn runzelte die Stirn ob Atlons Tonfall. »Du hörst dich an, als würdest du bedauern, daß es fehlgeschlagen ist«, sagte er.

Atlon blickte schuldbewußt zu Boden. »Nein, jedenfalls nicht wirklich«, erwiderte er. Er schien nicht weitersprechen zu wollen aus Angst, seine Stimme könnte ihn der Lüge überführen. »Etwas wie das hier zu planen und durchzuführen erfordert ein beachtliches Wissen und ein ebenso beachtliches Können.« Er schüttelte widerwillig fasziniert den Kopf. »Hier ist ein Wissen im Spiel, das selbst die bedächtigsten meiner älteren Brüder wie aufgeregte Kinder herumhüpfen lassen würde. Ein Wissen, das bis in die tiefsten Tiefen unserer Welt reicht.«

Er ließ Pinattes Hand wieder los. »Aber es ist auch eine

ungeheure Obszönität, abstoßend und gefährlich, und es hat ungeahnte Konsequenzen für uns hier und heute – vielleicht sogar für die ganze Stadt. Die Kyrosdyn haben sich an den Rand einer Region gewagt, wo unendliche Möglichkeiten warten. Sie haben ein empfindliches, dynamisches Gleichgewicht gestört, das niemand zu verstehen vermag. Als sie sich ihm näherten, müssen sie bereits um die Risiken gewußt haben. Und ihr Experiment ist fehlgeschlagen. Das ist unverzeihlich.« Kurz zeigte sich Wut auf Atlons Gesicht, doch sie war sofort wieder verschwunden. »Wenn ich also ehrlich bin: Ja, ein Teil von mir bedauert es, aber es ist nur ein sehr, sehr kleiner Teil. Hauptsächlich habe ich einfach nur Angst. Wenn es nicht so tragisch und gefährlich wäre, würde es mich sogar freuen, daß Ellyns einfache Paste ein derart kompliziertes Unterfangen zum Scheitern gebracht hat.«

Heirn wußte nicht, was er auf dieses Bekenntnis erwidern sollte. »Was sollen wir jetzt mit ihm tun?«

Atlon, der nervös auf und ab lief, blieb unvermittelt stehen. »Idealerweise sollte ich ihn mit zu meinem Orden nehmen, damit man ihn dort untersuchen und ihm helfen kann.«

»Das erscheint mir allerdings als unmöglich«, erwiderte Heirn. »Zum einen ist er als Nestler gebunden, und wie du ja selbst gehört hast, beabsichtigt er, aufgrund seiner kleinen Eskapade von letzter Nacht Karriere zu machen – und noch dazu bei Barran. Damit kommt er sozusagen vom Regen in die Traufe. Er ist ein junger Mann, der ein wenig Führung gebrauchen könnte. Doch in dieser Hinsicht kannst du gar nichts tun. Die Stadt ist voll von solchen Jungen. Und eins kann ich dir sagen: Keine zehn Pferde würden ihn aus der Stadt herausbekommen.«

»Ich habe nur meine Gedanken geordnet«, rechtfertigte sich Atlon. »Natürlich würde ich nicht versuchen, ihn von hier wegzubringen – nicht zuletzt, weil ich nicht weiß, wie gefährlich er noch werden wird und wie bald.«

Nachdenklich betrachtete Heirn die schlanke Gestalt auf seinem Bett. Atlon kam seiner Frage zuvor. »Er sieht nicht gefährlich aus, aber er ist es, glaub mir. Wenn er vorhin die Macht freigesetzt hätte, die er hatte freisetzen wollen, dann wären wir beide jetzt tot und dieses Zimmer ein Trümmerhaufen.«

Erneut regten sich Zweifel in Heirn. »Ich tue mein Bestes, um zu verstehen, was du mir sagst. Aber der da ist doch nur eine halbe Portion, um Himmels willen. Was könnte er denn . . .?«

»Hast du vergessen, mit welcher Leichtigkeit der Kyrosdyn dich an die Wand geschleudert und dort festgehalten hat?« fiel ihm Atlon ins Wort. »Und dieser Kyrosdyn war kaum größer als Pinatte.«

Pinatte bewegte sich. Trotz seiner Vorbehalte bezüglich Pinattes Größe zuckte Heirn unwillkürlich zusammen. Atlon atmete tief durch und trat ans Bett.

»Fühlst du dich jetzt besser?« fragte er, als Pinatte die Augen aufschlug.

Pinatte richtete sich auf. »Ja. Bin ich etwa einfach so eingeschlafen?« Er schaute besorgt zu Heirn. »Die Zeit, die Zeit! Ich darf mein Treffen mit Barran nicht verpassen. Er wird mich vergessen, wenn ich ihn jetzt warten lasse.« Ohne auf eine Antwort zu warten, sprang er aus dem Bett.

»Alles in Ordnung«, beruhigte ihn Heirn und bemühte sich, Atlons Ruhe nachzuahmen. »Du bist nur kurz eingenickt. Es ist noch früh genug. Ich würde dich deine Verabredung schon nicht versäumen lassen.« Trotz seiner Bemühungen gelang es ihm nicht, eine gewisse Schärfe in seiner Stimme zu verbergen.

»Erinnerst du dich daran, was du gerade getan hast?« fragte Atlon.

Pinatte schaute ihn an und setzte instinktiv den verwirrten und unschuldigen Gesichtsausdruck auf, mit dem er normalerweise sein übliches Repertoire an Entschuldigungen zu unterstützen pflegte.

»Weißt du nicht mehr, wie wütend du noch vor wenigen Minuten auf mich warst?« hakte Atlon nach.

Nun war Pinatte ehrlich verwirrt. Dann brach die Erinnerung an den Alptraum mit solcher Wucht über ihn herein, daß er sie beinahe körperlich spüren konnte – die Gerüche, die Schreie, die Gefühle, die Hilflosigkeit. Seine Augen weiteten sich, und er riß die Hände hoch, um sich zu verteidigen. Heirn trat einen Schritt zurück. Dvolci legte die Vorderpfoten auf die Atlon gegenüberliegende Bettkante, und sein Blick ging zwischen Pinatte und Atlon hin und her. Atlon gelang es, nach außen hin ruhig zu bleiben, doch sein Verstand raste. Die Unruhe um Pinatte, die er zum ersten Mal im Jyolan gespürt hatte, kehrte stärker denn je wieder zurück, und auch wenn ihr diesmal die Lebendigkeit fehlte, so war die Erscheinung doch Beweis genug dafür, daß Pinattes Zustand sich nicht verbessert hatte. Wenn er ihn jetzt an jenen furchtbaren Ort zurückkehren lassen würde ... Wer vermochte schon zu sagen, welch schreckliche Folgen das haben würde? Dann kam ihm ein anderer Gedanke: ein so offensichtlicher Gedanke, daß er sich fragte, warum er nicht schon früher darauf gekommen war. Warum lief Pinatte überhaupt frei in der Gegend herum? Es schien mehr als unwahrscheinlich, daß die Kyrosdyn irgendwelche Experimente mit ihm gemacht und ihn dann einfach so hatten ziehen lassen. Beobachteten sie ihn vielleicht auch jetzt, in diesem Augenblick? Vielerlei Antworten kamen Atlon in den Sinn, doch er schob sie beiseite, um sich später mit ihnen zu beschäftigen. Die andere Möglichkeit war, daß die Kyrosdyn nicht wußten, daß sich Pinatte nach und nach veränderte. Auf jeden Fall empfand Atlon beide Möglichkeiten als beunruhigend. Trotz aller Risiken hatte er keine andere Wahl, als zu versuchen, das Vertrauen des jungen Mannes zu gewinnen. Zumindest würde er diesmal auf eine gewalttätige Reaktion vorbereitet sein. Als er sprach, klang seine Stimme sanft und ermutigend.

»Wenn dir wieder dieser Traum Schwierigkeiten macht, dann solltest du ihn dir besser von der Seele reden. Viele Monster der Nacht verschwinden im Licht des Tages.« Erneut warf ihm Pinatte einen Blick voller Zweifel und Mißtrauen zu, und auch diesmal spürte Atlon Feindseligkeit in dem Jungen – wenn auch nur vage und weit entfernt.

»Ich verstehe das nicht«, platzte es aus Pinatte heraus. »Ich träume *nie* so intensiv. Zumindest glaube ich, daß ich nie träume. Ich habe mich noch nie an einen Traum erinnert.«

»Das tun viele Leute nicht«, erwiderte Atlon, der ob der Antwort Mut geschöpft hatte.

Plötzlich zerriß Pinatte all seine Fesseln. »Es ist die Kreatur«, erklärte er. »Ich weiß, daß sie es ist. Bis jetzt ist sie mir nur nicht aufgefallen. Sie hat mich letzte Nacht angeschaut. Sie hat zu mir hochgesehen – zu *mir*. Sie hat mich aus all den Menschen ausgewählt und sich vor mir verneigt. Sie will mich für irgendwas.«

Atlon nickte und bedeutete ihm fortzufahren. Pinattes Stimme wurde zu einem Flüstern. Er wirkte beinahe wie ein Kind. »Sie ist auf irgendeine Art mit mir verbunden. Vergangene Nacht hat sie nach meinem Geist gegriffen. Sie hat mich mit auf die Jagd genommen.« Er schauderte.

»Das verstehe ich nicht. Was meinst du damit?«

Kurz flackerte wieder die Feindseligkeit auf. Doch sie hielt nicht lange gegen die Flut der Angst stand, die Pinatte freigesetzt hatte. »Ich war bei ihr. Nein, *ich war sie!* Ich habe das Schreien der Beute gehört.« Er sprach das Wort ›Beute‹ mit einem kalten Unterton aus. »Ich war es, der sie hat schreien lassen. Ich nährte mich an ihrem Schreien, an ihrem Entsetzen.« Wieder schauderte Pinatte, doch diesmal verwandelte sich der Schauder in ein unkontrollierbares Zittern. Obwohl er sich nicht bewegte, bereitete sich Atlon innerlich auf eine unmittelbar bevorstehende Konfrontation vor, denn er spürte das Chaos der Gefühle, die in der gequälten Gestalt des jun-

gen Mannes um die Vorherrschaft rangen. Vorsichtig streckte er die Hand aus, um Heirn davon abzuhalten, Pinatte zu helfen.

Pinatte zitterte unentwegt, und in der Tat spürte Atlon, wie der innere Kampf an Intensität zunahm. Er konnte nicht länger tatenlos zusehen. Doch inmitten eines solchen Chaos wußte er nicht, was für Konsequenzen es haben würde, sollte er eingreifen.

Instinktiv wollte er den Arm um Pinattes Schulter legen und ihn trösten. Aber er war klug genug, um zu wissen, daß Pinatte wahrscheinlich in seinem ganzen Leben noch keine derartige Zuneigung erfahren hatte, und so würde die Ungewohntheit der Geste ihn wahrscheinlich noch mehr beunruhigen. Statt dessen entschied sich Atlon für eine Taktik, von der er vermutete, daß sie Pinatte vertraut war. Er packte ihn an den Armen und schüttelte ihn kräftig durch.

»Es reicht!« schrie Atlon. »Du hast nur einen Alptraum gehabt, weiter nichts. Jetzt bist du hier, und der Traum ist vorbei. Es gibt nichts, wovor du dich fürchten müßtest. Außerdem: Glaubst du wirklich, Barran wäre an jemandem interessiert, der sich vor einem *Traum* fürchtet?«

Beinahe von einer Sekunde auf die andere wurde Pinatte sichtlich ruhiger, und Atlon spürte, wie sich die Finsternis um den Jungen allmählich auflöste ...

Dann war sie plötzlich und unerwartet wieder da.

Pinattes Faust flog heran, traf Atlon vor die Brust und schleuderte ihn gegen die Wand. Heirn ereilte das gleiche Schicksal, als er versuchte, Pinatte festzuhalten. »NEIN!« bellte Pinatte an Atlon gewandt. »Ich weiß, wer du bist, Hexer. Die Zeit ist nahe. Auch du wirst bald nur noch Beute sein.«

Dann hallte der Raum von seinen sich rasch entfernenden Schritten wider.

KAPITEL 24

Rostan stand die blanke Furcht ins Gesicht geschrieben. Zweimal hatte er bereits in allen Einzelheiten beschrieben, was er mit Pinatte gemacht hatte und welche Umstände ihn zu seinem Handeln veranlaßt hatten. Die wenigen Lügen, mit denen er beim ersten Mal die Geschichte ausgeschmückt hatte, hatte er inzwischen so oft in seinem Geiste wiederholt, daß er selbst daran glaubte. Aber das tröstete ihn nur wenig. Imorrens Blick war kalt wie Eis, während sie immer wieder nachhakte und jede noch so kleine Einzelheit zum Gegenstand ihrer Neugier machte. Rostan hatte sie nur selten so erregt gesehen, und doch war ihm diese Stimmung vertraut. Irgend etwas stimmte nicht. Irgend etwas war so schiefgelaufen, daß wahrscheinlich jemand dafür sterben würde – und noch dazu auf eine äußerst unangenehme Art und Weise. Der Großmeister hatte bereits eine Liste von Sündenböcken zusammengestellt, die man notfalls in den Tod schicken konnte.

Dann war plötzlich Schweigen eingekehrt. Imorren saß vollkommen regungslos auf ihrem Stuhl, und die Stille war so bedrückend, daß Rostan glaubte, ersticken zu müssen. Er wußte, daß er es war, der das Gespräch fortsetzen mußte.

»Ailad, darf ich fragen, was geschehen ist?«

Die Frage riß Imorren aus ihren Gedanken. Rostan hatte nichts falsch gemacht; seine Handlungen hatten dem entsprochen, was für die Salbung vorgesehen gewesen war. Daß Rostan in bezug auf die Umstände log, war ihr durchaus bewußt. Doch das war ohne Bedeutung. Selbst wenn er die falsche Person gesalbt hätte, wären die Konsequenzen nicht das gewesen, was sie aus ihrem Traum gerissen hatte – und er *hatte nicht* den falschen Mann ausgewählt. Rostan mußte bei seinen Taten in der

Tat von Seinem Willen geführt worden sein, denn dem Gesalbten hatte es an nichts gemangelt, als Imorren ihn vergangene Nacht im Jyolan gespürt hatte. Gestern war alles noch in Ordnung gewesen. Ein Gefühl der Ganzheit, des Zusammenkommens vieler verschiedener Schicksalsstränge hatte sie erfüllt und sie fast in Ekstase versetzt.

Aber jetzt?

Ihre Verbindung und die des Gesalbten zu der Kreatur in irgendeiner Region jenseits des Traums war eine seltsame und unerwartete Erfahrung gewesen, und doch hatte das Ganze eine Ordnung besessen, die sich ohne Zweifel später erforschen lassen würde. Aber der Schrecken des Gesalbten und die brutale Gewalt, mit der er die Verbindung unterbrochen hatte, anstatt das Opfer anzunehmen, war mehr als nur beunruhigend. Schlimmer noch: Kurz bevor Imorren wieder erwacht war, hatte sie einen kurzen Blick auf etwas erhascht, das sie geradezu entsetzte: Der Gesalbte besaß die Fähigkeit, die Macht zu benutzen. Während Rostan den Vorfall immer und immer wieder beschrieb, kehrte Imorren in Gedanken ständig zu dieser letzten Erkenntnis zurück. Das war vollkommen unmöglich! Aber hatte sie es nicht deutlich gespürt? Oder hatte sie nur etwas falsch verstanden? Nein, sie *hatte* es gespürt. Es war die Macht gewesen; doch es war eine wilde, unkontrollierte Macht – eine weitere Unmöglichkeit. Aber ...

Irgend etwas ist mit dem Gesalbten seit letzter Nacht geschehen.

»Berichte mir von dem toten Novizen«, befahl sie Rostan.

Rostan zuckte ob des plötzlichen Themenwechsels unwillkürlich zusammen, und auch Imorren war über die Worte überrascht, die ihr über die Lippen gekommen waren.

»Da gibt es nicht viel zu berichten, Ailad«, erwiderte Rostan und entspannte sich ein wenig. »Er wollte eine

Routineaufgabe erledigen – allein –, und heute morgen sind ein paar Leute in der Hoffnung auf eine Belohnung zu uns gekommen und haben seinen Tod gemeldet. Ich habe einige der Niederen Brüder ausgesandt, um den Leichnam hierherzubringen. Er war ...« Rostan zögerte. »Er war vollkommen verbraucht – so sehr, daß die Leute glaubten, er sei einer unserer älteren Brüder gewesen, der einem Herzversagen erlegen war.«

»Was genau meinst du mit ›vollkommen verbraucht‹?«

»Eben ›*vollkommen*‹, Ailad«, antwortete Rostan. »Ich selbst habe ihn erst vor kurzem gründlich untersucht.«

Imorren legte die Hand an den Hals. »Und seine Kristalle waren verschwunden?«

Rostan nickte. »Wahrscheinlich gestohlen. Sie müssen vollständig umgewandelt worden sein, und somit sind sie ein Vermögen wert.«

»Und sie gehören immer noch uns«, erklärte Imorren. »Setz dich mich Barran in Verbindung. Sag ihm, daß ein paar Grüne von allererster Güte gestohlen worden sind, und bitte ihn, jeden festzuhalten, der ihm solche Ware zum Kauf anbietet. Vielleicht können wir doch noch unseren Nutzen aus dem Tod des Novizen ziehen. Kristalle von dieser Qualität sind ausgesprochen selten.«

Rostan schickte sich an aufzustehen, doch Imorren bedeutete ihm sitzenzubleiben. »Das hat Zeit«, sagte sie.

Sie dachte einen Augenblick nach. »Es ist schon lange her, seit zum letzten Mal etwas Derartiges geschehen ist. Was weißt du über diesen Novizen?«

Rostan zuckte entschuldigend mit den Schultern. »Nicht viel. Er war klug und pflichtbewußt. Wahrscheinlich hätte er rasch Fortschritte gemacht und sich schon bald zum Hohen Bruder hochgearbeitet.«

»Und sein Einfühlungsvermögen?«

»Weit über dem Durchschnitt – jedenfalls laut Auskunft seines Lehrmeisters.«

Imorren runzelte die Stirn. »Temperament, Kontrolle?«

»Seine Kontrolle entsprach seinem Einfühlungsvermögen: weit über dem Durchschnitt und auf jeden Fall ausreichend für seine täglichen Pflichten. Und was sein Temperament betrifft ... Wer weiß das schon? Aber offenbar war er jemand, von dem man ein solches Verhalten nicht erwartet hätte.«

Imorren drehte sich zu ihm um, und erneut klang ihre Stimme kalt wie Eis. »Du hast dich noch nicht damit beschäftigt, habe ich recht?« fragte sie.

Rostans Furcht kehrte wieder zurück, und ohne darüber nachzudenken, entschied er sich für Ehrlichkeit. »Nein, Ailad. Ich habe mich noch nicht damit beschäftigt. Ich hatte bisher noch keine Zeit dafür.«

»Dann denk jetzt darüber nach.«

Rostan verneigte sich. »Ich nehme an, er hat an irgendeinem Experiment gearbeitet«, erklärte er. »Zumindest ist das meistens der Grund, warum so etwas geschieht.« Eine kaum merkliche Bewegung Imorrens zwang ihn dazu, sich zu konzentrierten, und so verwarf er seine Theorie, bevor sie es tun konnte. »Aber in einer Gasse weit entfernt von seiner Zelle? Und noch dazu ganz allein?« Er hielt einen Augenblick inne, als ihm plötzlich die Konsequenz dieses Gedankengangs klar wurde. Wie hatte er das nur übersehen können? Rasch erweiterte er seine Liste der Sündenböcke und verkündete der Ailad seine Schlußfolgerung. *»Und vollkommen verbraucht?«* Er legte eine rhetorische Pause ein. »Wenn er nicht zufällig über eine fortgeschrittene Technik gestolpert ist – eine sehr unwahrscheinliche Vermutung –, dann ist es absolut unmöglich, daß er allein die Kristalle auf solche Art hat verwandeln können.« Es war nicht nötig, noch mehr zu sagen. Rostan unterdrückte einen Fluch. Als wäre im Augenblick nicht schon genug los. Irgend jemand – ein anderer Bruder – hatte diesen elenden Kerl umgebracht! Aber warum? Wegen irgendeiner Kleinigkeit? Novizen waren zwar oft leicht reizbar, doch ihr Temperament unter Kontrolle zu halten war eine der Hauptaufgaben

ihrer Lehrmeister. Vielleicht hatte er sich mit jemandem um eine Frau gestritten ... Rostan platzte mit Entschuldigungen heraus, obwohl Imorren nicht danach verlangt hatte.

»Aber es hat nicht den leisesten Hinweis darauf gegeben, daß unter den Novizen ein Streit ausgebrochen ist. So etwas hat es nicht mehr gegeben, seit Ihr, Ailad, ihre Pflichten neu geordnet habt. Außerdem werden sie ständig überwacht.«

Imorren nickte bedächtig. »Auch würde ich von keinem von ihnen erwarten, jemanden ausgerechnet auf diese Art zu töten – besonders nicht, weil so die Spur unweigerlich zu dem Täter führen würde.«

»Es könnte im Affekt geschehen sein.«

Imorren verwarf diese Erklärung. »Ein Novize, der so etwas getan hätte, wäre selbst den Kristallen zum Opfer gefallen. Und wer von den Höheren Brüdern würde sich schon die Mühe machen, einen Novizen auf diese Art zu beseitigen?«

Imorrens Schlußfolgerung war logisch, und da Rostan nicht wußte, was er darauf erwidern sollte, schwieg er lieber. Bisher war ein Gedanke unausgesprochen geblieben.

»Somit bleibt uns nur die Vermutung, daß er von irgend jemandem getötet wurde, der nicht unserem Orden angehört.«

Rostans Augen weiteten sich, und wider besseren Wissens widersprach er der Ailad. »Aber das ist nicht möglich! Außer uns hat es schon seit Generationen niemandem mehr in der Stadt gegeben, der die Macht benutzen konnte. Sicherlich würde so jemand nicht einfach so aus dem Nichts auftauchen – und er würde sich erst recht nicht mit einer solchen Tat einführen.«

»Ich war doch auch eine Fremde, und ich bin auch aus dem Nichts aufgetaucht.«

»Ja ... aber ... Ihr wart ...« Rostan schwieg.

»Ich stamme nicht aus dieser Stadt.« Imorrens Tonfall

verriet nichts über ihre Stimmung, und so wagte Rostan es nicht, sich zu rühren, als sie sich erneut zu ihm umdrehte. »So wie die meisten Einwohner von Arash-Felloren, so begehst auch du ständig den Fehler, deine Stadt für den Mittelpunkt der Welt zu halten. Auch jenseits von hier existieren mächtige Länder, mit denen wir uns eines Tages werden beschäftigen müssen, nachdem wir die Stadt übernommen haben. Und auch in diesen Ländern gibt es Menschen wie uns, die die Macht studieren – und noch dazu in aller Öffentlichkeit –, obwohl sie weder Kristalle noch unser Wissen haben. Dennoch darf man sie nicht unterschätzen, und es ist durchaus möglich, daß einer von ihnen vor kurzem in die Stadt gekommen ist. Vielleicht handelt es sich dabei nur um einen Durchreisenden. Aber vielleicht ist es auch jemand, der irgendeinen finsteren Plan verfolgt. Auf jeden Fall hätte ein solcher Mensch mit Leichtigkeit unseren Novizen herausfordern und ihn auf diese Art töten können.«

»Aber ...?«

»Das sind nur Spekulationen, Großmeister«, unterbrach ihn Imorren. »Dennoch darf man auch diese Möglichkeit nicht außer acht lassen.« Ihr Ton wurde streng. »Natürlich solltest du dich auch einmal diskret unter den Novizen umhören. Versuch herauszufinden, was der arme Junge in der Gasse zu suchen hatte. Hat er irgendwelche Experimente durchgeführt, hat er über dergleichen gesprochen und so weiter ... Ich muß dir nicht sagen, wie man in einem solchen Fall vorzugehen hat.« Dann wurde sie wieder nachdenklich. »Aber sag allen, sie sollen vorsichtig sein, wenn sie in die Stadt gehen. Sag ihnen unter dem Vorwand, die verlorenen Kristalle müßten gefunden werden, sie sollen nach allen ungewöhnlichen Manifestationen der Macht Ausschau halten.«

Rostan verneigte sich erneut. »Wie Ihr wünscht, Ailad«, sagte er und richtete sein Gewand, um sich anschließend formell zu verabschieden.

»Die Salbung ist verdorben worden.« Imorrens Worte warfen Rostan wieder in jenen Zustand zurück, in dem er sich befunden hatte, bevor das Gespräch auf den toten Novizen gekommen war. Sein Mund öffnete sich; doch zunächst kam kein Laut über seine Lippen.

»Das verstehe ich nicht, Ailad«, brachte er schließlich hervor.

»Sie ist verdorben – sie ist nicht mehr so, wie sie sein sollte.« Obwohl Imorren den Großmeister nicht anschaute, so konnte sie sein Entsetzen doch spüren. In gewisser Weise freute sie das, doch andererseits war sie auch auf seine Unterstützung angewiesen, und sie brauchte ihn bei klarem Verstand, nicht vor Angst erstarrt. Widerwillig beruhigte sie ihn.

»Der Fehler liegt nicht bei dir, Großmeister. Du hast alles richtig gemacht. Doch was in der letzten Nacht noch richtig war, ist nun falsch.«

Rostan riskierte eine Frage. »Wie hat sich Euch das offenbart, Ailad?«

»Das ist nicht weiter wichtig.« Sie schaute ihm in die Augen. »Du hast gesagt, Gariak hätte ihn im Jyolan aus den Augen verloren?«

»Wünscht Ihr, daß er dafür bestraft wird, Ailad?«

Imorren schüttelte den Kopf. »Zeig allen Niederen und Höheren Brüdern das Zeichen des Gesalbten, und sag ihnen, er sei sofort zu mir zu bringen. Aber *vorsichtig*. Ihm darf auf gar keinen Fall irgendwelcher Schaden zugefügt werden. Auch darf man ihm keine Angst einjagen. Mach jedermann klar, daß bei Zuwiderhandeln der Betreffende sich mir gegenüber zu verantworten hat. Aber er *muß* gefunden werden, und zwar bald. Sorg dafür.«

Als Atlon und Heirn endlich die Tür erreichten, war Pinatte nirgends mehr zu sehen. Atlon rieb sich über die verletzte Brust und schaute die Straße hinauf und hinun-

ter. »Dort entlang«, sagten er und Dvolci gleichzeitig. Heirn legte Atlon die Hand auf die Schulter, um ihn aufzuhalten.

»Wo willst du hin?«

»Ihm hinterher, natürlich.«

»Er ist ein Straßendieb, Atlon. Er läuft drei Schritte, wo du nur einen machst. Er kann sich in einer Menschenmenge unsichtbar machen, und er kann Wände emporklettern, die du noch nicht einmal mit einer Leiter erklimmen könntest. Ganz zu schweigen von der Tatsache, daß er sich in der Stadt auskennt und du dich wahrscheinlich schon an der nächsten Ecke verlaufen würdest.«

»Mach dir keine Sorgen. Dvolci und ich können ihn aufspüren.«

Heirn ließ ihn los. »Vielleicht ja, vielleicht nein. Aber wenn ihr ihn aufgespürt habt, was wollt ihr dann machen?« Er nickte einem Passanten freundlich zu.

Atlon ließ die Schultern hängen. »Ich weiß es nicht«, gestand er. »Aber ich kann ihn nicht einfach so davonlaufen lassen. Er ist gefährlich.«

Heirn zeigte Mitgefühl. »Die Stadt ist voll von gefährlichen Menschen«, erwiderte er. »Das war schon immer so. Was macht da schon einer mehr oder weniger?«

»In Pinattes Fall ist es einer zuviel«, entgegnete Atlon.

Heirn schwieg einen Augenblick. »Du kannst ihn ja nicht einfach zusammenschnüren und über deinen Sattel werfen, oder etwa doch? Du kannst nichts mit ihm machen, was er nicht will. Und wenn ich so darüber nachdenke, dann wärst du gut beraten, es noch nicht einmal zu versuchen.«

Heirns Stimme besaß einen Unterton, der Atlons Aufmerksamkeit erregte. »Was meinst du damit?«

Heirn war es sichtlich unangenehm, darauf antworten zu müssen. »Diese ... Macht von dir und von Pinatte ... Ich habe gesehen, wie du sie benutzt hast, und ich habe sie sogar am eigenen Leib gespürt. Aber ich glaube, du

hast nicht die geringste Ahnung, wie beunruhigend sie sein kann.« Er senkte die Stimme und beobachtete aufmerksam den Verkehr auf der Straße. »Es gibt hier eine ganze Menge Leute, die nicht so verständnisvoll sind wie ich.« Er zog einen Schlüssel aus der Tasche, schloß die Tür ab und bedeutete Atlon, ihn die Straße hinunter zu begleiten. »Das, was du ›die Macht‹ nennst, wird bei uns als ›Kyrpfuscherei‹ bezeichnet, und man fürchtet sich davor. Allein die Erwähnung dieses Wortes reicht aus, um einen Aufruhr zu provozieren.«

»Das verstehe ich nicht«, erwiderte Atlon.

Heirn bog in eine leicht abfallende Seitenstraße ein. »Du weißt doch, daß die Kyrosdyn von den meisten Leuten verabscheut werden.« Atlon nickte. »Nun, das hat nichts mit ihren politischen Intrigen zu tun, sondern vielmehr mit der tiefverwurzelten, uralten Furcht, daß die Kyrosdyn über verbotenes Wissen verfügen. Es heißt, sie könnten Dinge bewegen, ohne sie zu berühren, könnten Menschen in ihren Bann ziehen, durch Wände sehen und Gedanken lesen ... all solche Sachen halt.«

»Wie kann Wissen denn verboten sein?« unterbrach ihn Atlon entrüstet. »Das wäre ja, als würde man dem Wind verbieten zu wehen.« Seine Stimme nahm einen sowohl leidenschaftlichen, als auch wütenden Tonfall an. »Die Macht ist genauso wenig ein ›verbotenes Wissen‹ wie die Tageszeit. Zwar weiß man nur wenig über ihre wahre Natur – das gebe ich zu –, aber so ist das mit vielen Dingen. Und du willst ja wohl nicht leugnen, daß wir Menschen von Natur aus neugierig sind, oder etwa doch? ›Verbotenes Wissen‹ ... also wirklich!«

Heirn wollte etwas darauf erwidern, doch Atlon fuhr unbeirrt fort: »Die Wirkungen des normalen Gebrauchs der Macht sind allgemein bekannt. Sie sind berechenbar und meist harmlos. Sie gehorchen den Regeln der Logik und des Verstands. Durch Wände sehen und Gedankenlesen ... Das ist doch Blödsinn. Menschen, die an so etwas glauben, sind schlichtweg ignorant.«

Heirn nahm eine schulmeisterliche Haltung ein, die Atlon neugierig aufschauen ließ.

»Logik und Verstand sind in Arash-Felloren nicht sonderlich weit verbreitet, Fremder«, fuhr Heirn fort, als sei er nie unterbrochen worden. »Ignoranz aber schon. Sie ist sogar *sehr* häufig. Und ich bin sicher, du weißt, daß Ignoranz Furcht gebiert. Und egal, ob richtig oder falsch und ob es dir gefällt oder nicht, *Furcht* vor dem, dessen die Kyrosdyn angeblich fähig sind, hat in der Vergangenheit schon mehrmals einen Aufruhr verursacht. Dabei sind auch Menschen getötet worden – *Hunderte*. Glaub mir, Pinattes Macht – wenn er sie denn anwendet – ist eine größere Gefahr für ihn selbst als für sonst irgend jemanden.«

»Wie das denn?« fragte Atlon ungläubig.

Heirn mußte sich erneut dazu zwingen, geduldig zu sein. »Wenn er sie offen einsetzt, um jemanden zu töten, oder auch nur, um ein Hufeisen von der Wand zu werfen, und irgend jemand bemerkt das, dann hat er die ganze Stadt am Hals. Der Mob wird ihn lynchen.«

Atlon blieb stehen und starrte seinen Freund verwundert an.

»Der Mob?«

Heirn warf ihm einen fragenden Blick zu, dann deutete er auf die Passanten. »Sie – und *ich* vermutlich auch. Als ich jung war, bin auch ich *Dem Schrei* gefolgt und habe mitgeholfen, einen Dieb zur Strecke zu bringen.« Er sprach mit einer gewissen Zurückhaltung. Die Erinnerung schien ihn nicht gerade mit Stolz zu erfüllen. »In einer Menschenmenge verhält man sich anders als normal.«

»Ja«, erwiderte Atlon nachdenklich. »Ich weiß, was du meinst. Aber würden sie ihn wirklich einfach so *töten*? Nur weil er die Macht benutzt hat? Egal, wie harmlos es auch gewesen sein mag? Einfach so?«

»Einfach so«, bestätigte Heirn. »Das ist schon unzählige Male geschehen, wenn *Der Schrei* ertönt ist.«

Atlon stand eine Weile einfach nur da und dachte über das soeben Gehörte nach. Dann machte er sich wieder auf den Weg den Hügel hinab.

»Um so mehr ein Grund, ihn möglichst rasch zu finden und ... irgend etwas mit ihm zu machen«, erklärte er, nachdem sie ein Stück gewandert waren.

Heirn bewahrte seinen geduldigen Tonfall. Aber inzwischen war offensichtlich, wieviel Anstrengung ihn das kostete. »Atlon, du hast doch selbst gesagt, er könne die Macht nicht kontrollieren. Glaub mir: Wenn er die Macht benutzt und irgend jemand schreit ›Kyrpfuscherei‹, dann ist er so gut wie tot.«

»Ich könnte ihn beschützen.«

»Nein. Wenn du bei ihm wärst, würde man auch dich erschlagen.«

Heirns Stimme klang nüchtern und seine Schlußfolgerung kalt. Widerspruch war sinnlos.

Für eine Weile gingen sie schweigend nebeneinander her. Als sie sich einem Gebilde näherten, das Atlon zunächst für eine weitere der unzähligen Brücken hielt, erschien an einem Ende des Bauwerks plötzlich eine Reihe hell strahlender Laternen, die sich langsam auf die andere Seite bewegten. Sie schienen förmlich über die Brücke hinwegzugleiten.

Atlon blieb stehen und verfolgte das Schauspiel.

»Das ist nur eine Trinkwasserbarke«, erklärte Heirn.

»Das ist ja eine Aquädukt, und noch dazu ein ziemlich großes«, sagte Atlon und lächelte. »Ich dachte, es wäre nur eine weitere Straße.«

»Die Stadt ist voll von Aquädukten, Kanälen, Bächen und Flüssen«, erwiderte Heirn. »Gibt es in deiner Heimat so etwas nicht?«

»Jedenfalls nicht solche – zumindest nicht mitten in unseren Städten«, antwortete Atlon. »Außerdem ist bei uns auch ziemlich flach.«

»Flach? Hmmm«, sinnierte Heirn. »Es fällt mir schwer, mir eine Stadt ohne Hügel vorzustellen.«

Atlon verzichtete auf einen Kommentar. Er war völlig fasziniert von der langsam dahingleitenden Barke. Geschmückt mit Laternen, die weitaus heller strahlten als die trübe Straßenbeleuchtung, wirkte das Boot wie ein Sternbild, das langsam über den nächtlichen Himmel wanderte. Doch noch während er die Barke beobachtete, drang der Lärm der Straße an seine Ohren. Es war ein rauhes und wildes Geräusch, das in krassem Gegensatz zu der feierlichen Ruhe der vorbeigleitenden Lichter stand. Dieser Gegensatz erschien Atlon als typisches Merkmal dieser verwirrenden und furchterregenden Stadt. Er verfolgte die Barke, bis sie außer Sichtweite war.

Heirn schüttelte den Kopf. »Du läßt mich voller Neugier und Begeisterung auf Dinge schauen, die ich schon mein ganzes Leben lang kenne«, sagte er.

»Jeder von uns hat seine Scheuklappen«, erwiderte Atlon, als sie sich wieder auf den Weg machten. »Ich glaube nicht, daß ich mir noch vor einer Woche eine Stadt mit so vielen Hügeln hätte vorstellen können, und jetzt habe ich mich beinahe schon daran gewöhnt. Auch ist mir nie in den Sinn gekommen, daß der Anblick einer Stadt ohne Hügel für jemanden, der es nicht kennt, etwas Ungewöhnliches sein könnte.«

Atlon ertappte sich dabei, wie er zu jeder Brücke emporschaute, unter der sie hindurchgingen, bis sie schließlich eine breite, gut beleuchtete Straße erreichten. Nun befanden sich in einem Gebiet, das für Arash-Felloren ungewöhnlich eben war, und Atlon mußte lächeln. Allerdings herrschte hier genauso reger Betrieb wie an jedem anderen Ort in der Stadt. Karren und Kutschen aller Art rollten an ihnen vorbei, und vereinzelt trabte ein Reiter die Straße entlang und bahnte sich einen Weg durch das Gewühl der Fußgänger. Trotz des Gedränges schien jedermann voranzukommen, obwohl auch hier der Verkehr keiner festgelegten Ordnung folgte. Atlon schürzte mißbilligend die Lippen, doch er schwieg.

Hell erleuchtete Arkaden und offene Kellereingänge säumten die Straße, während das Pflaster mit Marktständen geradezu übersät war. Selbst mit einem flüchtigen Blick konnte Atlon erkennen, daß an den Ständen auf jede nur erdenkliche Art versucht wurde, den Passanten das Geld aus der Tasche zu ziehen: Man konnte nicht einfach nur etwas kaufen; man konnte spielen, Geschichtenerzählern lauschen, und an einem Stand konnte man gegen Bezahlung sogar beten. Auch gab es in dieser Straße eine Vielzahl von Etablissements, deren Angebot Atlon die Schamesröte ins Gesicht trieb. Vor beinahe jeder Tür standen lauthals schreiende Männer, die versuchten, die Aufmerksamkeit der Passanten auf ihr Geschäft zu lenken. Die meisten Leute gingen jedoch achtlos an den Schreihälsen vorüber. Atlon empfand den Anblick als faszinierend und beunruhigend zugleich. Dvolci sagte kein Wort. Er saß auf Atlons Schulter und murmelte irgend etwas in seine Schnurrhaare.

»Wo willst du eigentlich hin?« fragte Atlon, der froh war, einen Augenblick lang vom Thema Pinatte abgelenkt zu werden. Eine Gruppe Kinder raste an ihnen vorbei. Sie blieben kurz stehen, schauten sich um und lachten. Es war ein seltsam unangenehmes Lachen – ein Geräusch, wie es Atlons Meinung nach nicht aus dem Mund eines Kindes kommen sollte. Unmittelbar hinter den Kindern folgte eine fette, keuchende Gestalt, die drohend mit einem Stock wedelte. Weder Heirn noch sonst irgend jemand kümmerte sich um den Mann, außer, daß man ihm den Weg freimachte.

»An keinen besonderen Ort«, antwortete Heirn. »Es ist ein warmer Abend, und ich wollte einfach nicht in meiner Wohnung hocken und über den Ereignissen der vergangenen zwei Tage brüten.«

»Sie lassen sich aber auch nicht einfach so verdrängen«, erwiderte Atlon. Er bereute seine Worte sofort, nachdem er sie ausgesprochen hatte.

»Vielleicht habe ich das ja bereits schon getan«, ent-

gegnete Heirn, während er sich einen aufdringlichen Straßenhändler vom Hals hielt. »Wir können ja sowieso nichts dagegen tun. Wenn ich mich nicht irre, ist Pinatte inzwischen im Jyolan und wartet auf Barran. Und wenn Barran ihn bei sich aufnimmt – was durchaus möglich ist –, dann hält er sich bei Leuten auf, mit denen du nun wirklich nichts zu tun haben willst. Außerdem, wir wollen doch mal ehrlich sein: Was auch immer mit Pinatte los ist, er reagiert ausgesprochen schlecht auf dich. Wenn du ihn wirklich finden solltest, dann wird er dich aller Wahrscheinlichkeit nach erneut angreifen, und wer weiß schon, wohin das führen könnte?« Dann fügte er versöhnlich hinzu: »Vielleicht wird ja alles von selbst wieder gut, wenn seine Hand erst mal richtig verheilt ist, und vielleicht bewirkt Ellyns Paste, was du nicht erreichen konntest.«

Der gesunde Menschenverstand sprach aus Heirns Worten, und Atlon dachte ernsthaft darüber nach. Er wußte wirklich nicht, was er nun tun sollte. Was mit Pinatte geschehen war, konnte er noch nicht einmal ansatzweise verstehen, und in einem Punkt hatte Heirn auf jeden Fall recht: Falls er Pinatte erneut begegnen sollte, dann würde es wahrscheinlich wieder zu einer Auseinandersetzung kommen. Es stand zu bezweifeln, daß Atlon Gelegenheit bekommen würde, Pinatte auszufragen, ohne damit ernsthafte Konsequenzen heraufzubeschwören. Auch hatte er nicht die geringste Chance, den Jungen aus der Stadt raus und zu den Oberen seines Ordens zu bringen. Nur eines war für Atlon vollkommen klar ...

»Das ist kein vorübergehender Effekt, Heirn«, erklärte er. »Die Kyrosdyn haben ihn tiefgreifend verändert, und was auch immer die Wunde oder Ellyns Paste daran geändert haben mögen, es läßt sich nicht leugnen, daß er auf unnatürliche Art über die Macht gebietet. Also fürchte ich, daß die Wirkung weiter anhalten wird.«

Heirn zuckte bedauernd und zugleich abweisend mit

den Schultern. »Das macht doch eigentlich keinen Unterschied, oder? Ich glaube, du hast hier alles gelernt, was du lernen konntest. Pinatte erneut zu begegnen wäre zu riskant – ebenso wie wieder in den Jyolan zurückzukehren, wie du ja selbst zugegeben hast. Hast du schon mal daran gedacht, daß du vielleicht am Ende deiner Reise angekommen bist, Atlon? Vielleicht solltest du dich wieder auf den Weg zurück in deine Heimat machen.« Er legte Atlon die Hand auf die Schulter. »Komm. Du hast doch sicher Hunger, oder etwa nicht?«

Heirn führte ihn unter einen grellroten Baldachin, durch ein kleines Eisentor und eine schmale Treppe hinunter. An ihrem Fuß öffnete sich eine gläserne Tür in einen niedrigen Raum voller Tische, an denen Männer und Frauen saßen und aßen. Der Lärm der Straße war von einem Augenblick auf den anderen verschwunden, als sich die Tür wieder hinter den Neuankömmlingen schloß. Auf einem Tisch zu ihrer Rechten hockte ein Rabe. Das Tier spreizte die Flügel und krächzte mit einer vollen, tiefen Stimme: »Willkommen.« Sowohl Atlon als auch Dvolci zuckten ob des Geräuschs zusammen; dann starrten sie das Tier neugierig an.

»Schön, nicht wahr?« sagte Heirn. »Elda hat ihn gemacht.«

»Gemacht?« fragten Atlon und Dvolci wie aus einem Munde.

»Ja. Paßt auf.« Heirn öffnete und schloß die Tür, und der Rabe wiederholte seine Vorstellung. »Seht ihr? Er ist ein Spielzeug.« Er stupste ihn mit dem Finger an. Der Vogel wankte ein wenig, doch ansonsten reagierte er nicht.

»Von wegen ›Spielzeug‹, Schmied. Das ist bis ins kleinste Detail eine lebensechte Darstellung. Und stochere nicht mit deinem Finger an ihm herum.«

Die Sprecherin war eine rothaarige Frau, die plötzlich aus einer Tür hinter dem Tisch des Raben hervortrat. Sie war ungefähr genauso groß wie Atlon, besaß eine füllige

Figur und ein rundes Gesicht, das – so vermutete Atlon – trotz des Lächelns auf ihren Lippen auch eine beachtliche Entschlossenheit ausstrahlen konnte. Sie stupste Heirn mit dem Finger in den Bauch, als wolle sie sich für die Schmach rächen, die er ihrem Raben angetan hatte.

»Das hier sind meine Freunde, Elda«, erklärte Heirn ein wenig schwerfällig und stellte der Frau Atlon und Dvolci vor. Atlon wurde mit einem kräftigen Handschlag und einem freundlichen Lächeln begrüßt; doch Dvolcis Anblick zauberte ein Strahlen auf Eldas Gesicht und ließ sie voller Freude zu ihm eilen. »Ja, der ist ja putzig. Darf ich?« Die Frage war absolut überflüssig gewesen, denn Dvolci rutschte bereits Atlons Schulter hinab mitten hinein in Eldas wartende Arme. Atlon schaute zu Heirn und hob spöttisch die Augenbrauen, während Dvolci verzückt die Augen schloß.

»Atlon ist ein Fremder«, erklärte Heirn in bärbeißigem Ton. »Er findet sich noch nicht gut in der Stadt zurecht, und deshalb hilft er mir eine Zeitlang in der Schmiede, bis er sich besser auskennt. Ich dachte, er würde vielleicht deine Kochkunst zu schätzen wissen.« Er beugte sich vor. Elda, die noch immer Dvolci in den Armen hielt, küßte ihn auf die Wange und deutete auf einen leeren Tisch am anderen Ende des Raumes.

»Ich nehme ihn Euch wieder ab, wenn es Euch nichts ausmacht«, sagte Atlon und streckte die Arme aus, um Dvolci wieder in Empfang zu nehmen. »Er kann eine ziemliche Last sein, wißt Ihr?« Der Felci öffnete ein Auge und funkelte Atlon böse an, als Elda ihn ein letztes Mal streichelte und ihn seinem ›Besitzer‹ zurückgab. Dann machte sie sich auf den Weg in die Küche, und Atlon und Heirn gingen zu ihrem Tisch.

»Ich habe nicht viel Geld«, bemerkte Atlon.

Heirn schüttelte den Kopf. »Du bist wirklich ein seltsamer Kerl, Atlon«, sagte er. »Du bist kaum zwei Tage in der Stadt, hast bereits einen Mann getötet – oder ihn dazu gebracht, sich selbst umzubringen«, korrigierte er

sich rasch, »und einem anderen hast du das gleiche Schicksal angedroht, nur weil er es gewagt hat, dein Pferd anzufassen. Dann hast du auch noch einen drittklassigen Kampftiertrainer kennengelernt, ganz zu schweigen von diesem mörderischen Bastard Fiarn und Barrans Frau. Jeder würde glauben, du hättest schon dein ganzes Leben hier verbracht! Und doch hast du die Ausstrahlung eines Lehrers – oder eines Schülers –, und du legst bisweilen eine Naivität an den Tag, die einen wirklich verblüffen kann.« Er beugte sich vor. »Ich *weiß*, daß du nicht viel Geld hast. Das Vermögen, das du in der Tasche mit dir herumträgst, will ich jetzt erst einmal vergessen. Aber du hast nur so wenig Geld, weil du dir noch nicht einmal die Mühe gemacht hast, mit mir über die Bezahlung zu reden, als du eine Arbeit bei mir angenommen hast, und auch seither hast du kein Wort darüber verloren.« Er schlug mit der Hand auf den Tisch. »*Ich* werde die Mahlzeit bezahlen. Schließlich habe ich dich eingeladen. Und wenn wir dann wieder zu Hause sind, werde ich dich für die heutige Arbeit bezahlen, und dann können wir darüber reden, wieviel du ab morgen bekommst.«

Atlon hörte Heirn mit weit aufgerissenen Augen zu, und nachdem der Schmied seine kurze Ansprache beendet hatte, sagte er in mildem Tonfall: »Ich *bin* Lehrer, und Schüler natürlich auch. Und ich wußte von Anfang an, daß du mir bezahlen würdest, was immer du dir leisten kannst, nachdem du Gelegenheit gehabt hättest, meine Arbeit zu begutachten.«

Als Heirn daraufhin die Hand an die Stirn legte, verzog Atlon das Gesicht. »*So* naiv bin ich nun auch wieder nicht, Heirn«, erklärte er. »Ich gehe die Dinge nur anders an als die Leute hier in der Stadt. Du hast außerdem vergessen zu erwähnen, daß ich auch dich kennengelernt habe – einen Mann, ohne dessen Hilfe ich in ernsthaften Schwierigkeiten gewesen wäre.«

Heirn errötete. Er wollte etwas darauf erwidern, aber

er konnte nicht. »Das bedeutet wohl unentschieden«, bemerkte Dvolci.

Elda trat an den Tisch und beendete so die Diskussion. Sie legte Heirn die Hand auf die Schulter und setzte sich neben ihn. »Euer Essen wird gleich kommen.« Sie musterte Atlon neugierig von oben bis unten. »Heirn hat gesagt, du seist fremd in der Stadt. Ich bin noch nie einem Fremden begegnet. Wo kommst du her?«

Doch Atlon beantwortete die Frage nicht. Statt dessen deutete er auf den Raben an der Tür und fragte seinerseits: »Habt Ihr ihn selbst gemacht?«

»Ich habe sie alle gemacht«, erwiderte Elda und beschrieb mit der Hand einen Bogen, so daß ihre Geste den gesamten Raum umfaßte. An jeder Wand befanden sich Nischen und Regale, und überall standen die Modelle von Vögeln und anderen Tieren.

»Sie ist die beste Spielzeugmacherin in ganz Arash-Felloren«, verkündete Heirn.

»Die meisten davon sind lebensechte Darstellungen«, sagte Atlon und verwendete zu Eldas Freude ihre eigenen Worte. »Wie habt Ihr es geschafft, daß der Rabe spricht?« fragte er.

Elda lächelte und tippte sich an die Nase. »Mit viel Arbeit«, antwortete sie. Heirn lachte.

»Ich bin schon wieder naiv, stimmt's?«

»Ein wenig – jedenfalls wenn du glaubst, daß jeder Handwerker hier in der Gegend dir einfach so die Geheimnisse anvertrauen wird, die er sich in jahrelanger harter Arbeit angeeignet hat«, erwiderte Heirn.

Atlon hob entschuldigend die Hand. »Ich bin einfach nur von ihm fasziniert, das ist alles. Er ist ein Meisterwerk. Wäre es genauso dumm, wenn ich Euch fragen würde, wie Ihr auf die Idee gekommen seid?«

»Wer weiß schon, woher Ideen kommen?« antwortete Elda. »Aber wie es der Zufall will, bin ich auf die Idee mit dem Raben durch einen Mann in einem Traum gekommen.«

Atlon neigte leicht den Kopf zur Seite. »Ihr wollt mich auf den Arm nehmen«, sagte er. »Ich habe schon wieder was gefragt, was ich eigentlich nicht hätte fragen sollen, habe ich recht?«

»Nein und nein«, entgegnete Elda. »Ich nehme dich nicht auf den Arm, und ich bin wirklich durch einen Mann in einem Traum auf die Idee gekommen.« Sie machte ein nachdenkliches Gesicht. »Er hat auf einer Flöte gespielt und mir von einem Raben erzählt, der sprechen kann, und von einer phantastischen Burg. Es war der seltsamste Traum, den ich jemals gehabt habe, aber auch der lebendigste. Es war, als sei das alles echt gewesen. Ich habe nie wieder davon geträumt, doch manchmal, wenn ich weder richtig schlafe noch richtig wach bin, dann habe ich das Gefühl, als hörte ich in der Ferne eine Flöte.« Sie verzog das Gesicht, tat den Gedanken als Unsinn ab und drehte sich zu Dvolci um. »Von dir mache ich als nächstes ein Modell. Du bist einfach hinreißend.« Dvolci richtete sich zu seiner vollen Größe auf und reckte eingebildet die Nase in die Luft.

»Ich bin vielleicht naiv, aber ich bin nicht eingebildet«, erklärte Atlon, nachdem Elda sie wieder verlassen hatte.

»Das liegt daran, weil du nichts hast, worauf du dir etwas einbilden könntest, mein lieber Junge«, erwiderte Dvolci und imitierte die volle Stimme des Raben. Als sie den Gasthof betreten hatten, hatte Atlon keinen Hunger gehabt. Doch dank der gemütlichen Atmosphäre im Schankraum hatte er sich allmählich entspannt, und als nun das Essen vor ihm stand, spürte er großen Appetit.

Nach dem Essen lehnte sich Heirn gesättigt zurück und legte die Hände auf den Bauch. »Ich dachte, hierher zu kommen wäre eine gute Idee«, sagte er. »Ich weiß, daß du wahrscheinlich etwas anderes glaubst, aber es gibt mehr anständige Plätze in dieser Stadt als unanständige und auch mehr ehrliche Leute als Schurken. Nur sind die ehrlichen Leute meist ruhiger – sie machen weniger Wind.«

»Ich verstehe«, erwiderte Atlon und lehnte sich ebenfalls zurück. »Das habe ich auch nie bezweifelt. Eine derart große Stadt könnte sonst gar nicht überleben. Trotzdem fällt es mir schwer, sie so zu akzeptieren, wie sie ist.«

Beiläufig ließ er den Blick über die Modelle an der Wand schweifen. Plötzlich wurden seine Augen zu schmalen Schlitzen, und er deutete auf das Modell eines kleinen braunen Vogels. »Darf ich mir das einmal ansehen?«

»Du kannst dir ansehen, was immer du willst«, erwiderte Heirn, ohne hinzuschauen, »solange ich mich nicht bewegen muß.«

Als Atlon jedoch mit dem Modell in der Hand an den Tisch zurückkehrte, wurde Heirn überraschend unruhig. »Oh. Das Ding ist also immer noch hier.«

»Offenbar ist es nicht gerade dein Lieblingsstück.«

Heirn nahm Atlon den Vogel aus der Hand und musterte ihn ausgiebig. Schließlich schüttelte er den Kopf. »Nein, das ist bestimmt nicht mein Lieblingsstück. Aber es ist sehr wirklichkeitsgetreu. Ich habe nicht übertrieben, als ich gesagt habe, Elda sei die beste Spielzeugmacherin in der Stadt. Sie ist wirklich *verdammt* gut.« Er stellte das Modell auf den Tisch und verzog das Gesicht. »Sieh dir mal seine Augen an. Sie sind fürchterlich.«

Atlon murmelte seine Zustimmung. »Hast du jemals einen Vogel wie diesen hier in der Stadt gesehen?« Die Gelassenheit in seiner Stimme klang gekünstelt, doch Heirn war viel zu satt, als daß er dies bemerkt hätte.

»Vor zehn, fünfzehn Jahren – ich kann mich nicht mehr genau erinnern – waren sie recht weit verbreitet, besonders in der Nähe des Vaskyros. Dann sind sie plötzlich verschwunden. Ich bin froh, daß ich nie wieder einen von ihnen gesehen habe. Böse kleine Kerle – ich habe sie nie gemocht. Sie sind wie Pfeile durch die Luft geflogen – immer geradeaus und unglaublich schnell, als hätten sie ein ganz konkretes Ziel. Und diese stechenden gelben

Augen schienen mitten durch dich hindurch zu sehen. Es überrascht mich nicht, daß niemand die Figur kaufen will.« Er schob das Modell von sich weg. Atlon stellte es wieder aufs Regal. Dabei drehte er das Gesicht des Tieres Richtung Wand. Er wirkte erleichtert.

»Ich habe darüber nachgedacht, ob ich meine Reise tatsächlich abbrechen soll. Ich bin hin und her gerissen. In der einen Minute denke ich, ja, ich kann sowieso nichts mehr tun. Pinatte ist ohne Zweifel in eine fürchterliche Sache verwickelt, die sich nicht nur auf Arash-Felloren beschränkt, selbst wenn die Kyrosdyn bisher noch nicht so weit gedacht haben sollten. Aber er ist in jeder Hinsicht außerhalb meiner Reichweite. Dann wiederum denke ich daran, wie meine Brüder mich befragen werden, und ich höre mich antworten: ›Ich weiß das nicht, und ich weiß jenes nicht.‹ Natürlich würden sie mir daraus keinen Vorwurf machen, aber ich weiß, daß ich damit ihnen gegenüber versagt hätte – schlimmer noch: Ich hätte gegenüber meinem Volk versagt, denn früher oder später würde sich auch mein Volk mit dem auseinandersetzen müssen, was die Kyrosdyn in die Welt gesetzt haben.«

Heirn schaute ihn mitfühlend an. »Ich verstehe dein Problem«, sagte er. »Aber, ehrlich gesagt, weiß ich nicht, was du noch tun könntest. Was mich betrifft, so bin ich nur ein Schmied, der versucht, sich auf ehrliche Art seinen Lebensunterhalt zu verdienen. Aber natürlich kannst du bei mir wohnen und arbeiten, solange du willst.«

Atlon schaute ihn schuldbewußt an. »Ich bin dir sehr dankbar für alles, was du für uns getan hast. Ich schaudere bei dem Gedanken, was uns alles hätte widerfahren können, wenn wir dich nicht getroffen hätten. Aber ich kann nicht zulassen, daß du in irgendeiner Weise mit uns in Verbindung gebracht wirst. Das könnte gefährlich sein, und . . .«

Heirn hob die Hand, um ihn vom Weiterreden abzuhalten. »Bist du satt geworden?« fragte er.

Atlon klopfte sich auf den Bauch und blähte die Wangen, anstatt zu antworten. Dann stützte er die Ellbogen auf den Tisch und legte nachdenklich den Kopf in die Hände. »Ich habe keine große Wahl, was das betrifft«, erklärte er. »Dein Rat ist gut. Meine Reise sollte hier enden. Angesichts der Tatsachen ist das die logische Schlußfolgerung. Aber hier geschieht irgend etwas Fürchterliches – irgend etwas, was mich auf meinem Heimweg einholen könnte. Ich *kann nicht* einfach so davor weglaufen.«

»Aber ...«

»Mir bleibt keine Wahl, Heirn. Das war schon so, als ich zum ersten Mal einen Fuß in diese Stadt gesetzt habe. Irgendwie muß ich herausfinden, was mit Pinatte geschieht und was die Kyrosdyn im Schilde führen – egal, was es mich auch kosten mag. Leider ist das inzwischen recht schwierig geworden. Wenn es zum Schlimmsten kommt, kann Dvolci immer noch in meiner Heimat Bescheid sagen.«

Heirn runzelte die Stirn. »Wir haben doch schon darüber gesprochen. Wie willst du denn mit Pinatte umgehen? Nicht nur, daß er dich nicht in seiner Nähe haben will. Im Augenblick ist er wahrscheinlich auch noch von Barrans Leuten umgeben. Ich weiß zwar nicht, wie gefährlich die Kyrosdyn mit ihrer Macht und ihren Kristallen sind, aber Barrans Leute sind auf die gute altmodische Art gefährlich. Sie schneiden dir die Kehle durch, ohne mit der Wimper zu zucken, und lassen dich in einer dunklen Gasse verbluten.« Er schlug mit der Hand auf den Tisch, um seinen Worten Nachdruck zu verleihen.

»Nach allem, was mir über Barran zu Ohren gekommen ist, habe ich mir das schon gedacht. Also werde ich zum Vaskyros gehen.«

Als Heirn entsetzt den Mund öffnete, um etwas darauf zu erwidern, war am anderen Ende des Raums ein lautes Krachen zu hören, und eine Gestalt mit irrem Blick stürmte durch die Tür.

Kapitel 25

»Willkommen«, sagte der Rabe. Der Mann sprang erschrocken beiseite und duckte sich. Mit gehetztem Blick schaute er sich um.

»Nur irgendein Betrunkener«, erklärte Heirn. Dennoch rückte er ein Stück vom Tisch ab, um möglichst schnell eingreifen zu können, sollte Elda Hilfe brauchen. Sie sprach inzwischen mit dem Neuankömmling.

»Ich bin mir da nicht so sicher«, sagte Atlon. »Er sieht mir eher wie ... wie versteinert aus, nicht als sei er betrunken.«

Dann lehnte sich Elda über den Tresen, schrie irgend etwas und deutete auf die Tür.

»Mach schon, Mann«, brummelte Heirn. »Du begehst einen schweren Fehler.« Seine Augen wurden zu schmalen Schlitzen. Plötzlich stürzte der Mann auf Elda zu. Als er den Tresen erreichte, lehnte Elda sich zurück. Dann flog ihr Arm in einem weiten Bogen heran, und ein glockengleicher Klang erfüllte den Raum, als eine Pfanne den Kopf des Mannes traf. Er sackte zu Boden. Atlon zuckte unwillkürlich zusammen, ebenso wie die meisten der anderen Gäste, obwohl sie sich rasch wieder beruhigten und Elda applaudierten. Triumphierend schwenkte Elda die Pfanne.

»Entschuldige mich einen Moment«, sagte Heirn.

»Komm«, forderte Dvolci seinen Gefährten auf, kletterte aufgeregt über Atlons Schoß und eilte dem Schmied hinterher. Schließlich folgte auch Atlon, wenn auch nur zögernd.

»Schau dir das an.« Elda wedelte entrüstet mit der Pfanne in Richtung Heirn. »Du machst sie einfach zu dünn.«

Heirn trat über dem am Boden liegenden Mann hinweg und untersuchte die Pfanne. Er schüttelte den Kopf.

»Wenn ich sie noch dicker machen würde, dann würdest du wahrscheinlich irgendwann jemanden umbringen«, erklärte er.

Elda setzte zu einem Widerspruch an, doch schließlich ließ sie es bei einem verächtlichen Schnaufen bewenden.

»Er ist weitgehend in Ordnung.« Das war Atlon. Während Heirn und Elda sich über die Pfanne ausgelassen hatten, war er zu dem Mann getreten und hatte ihn untersucht. »Heirn hat recht: Eure Pfannen sind dick genug.« Der Mann bestätigte die Diagnose mit einem qualvollen Stöhnen.

Elda nickte Heirn zu, der sich daraufhin bückte, die Nase rümpfte und den Mann am Kragen packte. »Komm schon, Junge«, sagte er und zog ihn in die Höhe. »Raus mit dir. Und laß das nächste Mal die Finger von wehrlosen Frauen.«

Als er die Tür öffnete, um den Mann hinauszubefördern, strömte ein Lärm in die Schankstube, der nichts mehr mit den üblichen Geräuschen der Straße gemein hatte. Es war der reinste Aufruhr. Den Eindringling immer noch im Arm, kletterte Heirn die Stufen empor, um zu sehen, was sich dort oben abspielte. Atlon und einige der anderen Gäste folgten ihm.

Der Verkehr auf der Straße war noch chaotischer als zuvor, denn ungeachtet aller Hindernisse rannten Männer und Frauen durch die Menge, die ebenso zerlumpt und abgerissen aussahen wie der Kerl, den Elda soeben gefällt hatte. Die warme Nachtluft war erfüllt von wütenden Schreien. Von seinem Standpunkt aus konnte Atlon erkennen, daß an einigen Ecken gewalttätige Auseinandersetzungen ausgebrochen waren. Herrenlose Pferde trabten aufgeregt die Straße entlang, und mindestens zwei Karren waren umgeworfen worden. »Was ist hier los?« fragte er Heirn. »Was sind das für Leute?«

Heirn schüttelte den Kopf. »Ich habe nicht die leiseste Ahnung«, erwiderte er und fügte leise hinzu: »Kannst du mit dem Schwert umgehen, das du die ganze Zeit mit dir

herumträgst?« Er zog seine freie Hand aus der Tasche. Ein schwerer eiserner Schlagring zierte die Finger.

Atlon schaute besorgt drein. »Ich weiß schon, wie man damit umgeht, wenn es denn unbedingt nötig sein sollte. Aber was zum Teufel ist hier eigentlich los?«

»Sie sehen aus wie Tunnelratten«, antwortete Heirn und kräuselte erneut die Nase. »Und sie *riechen* wie Tunnelratten.« Er schüttelte Eldas Opfer. »Was habt ihr hier oben zu suchen?« verlangte er zu wissen.

Inzwischen hatte sich der Mann wieder erholt und hielt sich den Kopf. Als er bemerkte, daß Heirn mit ihm sprach, riß er sich los. Seine Augen waren voller Furcht. »Wir tun niemandem weh. Laßt uns in Ruhe! Wir wollen nicht hier oben sein, aber wir können auch nicht unten bleiben.«

»Er hat eine Heidenangst«, sagte Atlon. »Der Mann zittert ja von Kopf bis Fuß. Kommen sie auch sonst öfter mal rauf auf die Straße?«

Heirn schüttelte den Kopf. »Von Zeit zu Zeit kommen mal welche von ihnen nach oben, um zu betteln, und manchmal können sie sogar zur Plage werden. Aber so was wie das hier habe ich noch nie gesehen.« Er wollte den Mann erneut befragen, doch Atlon hielt ihn zurück.

Der Lärm auf der Straße wurde immer lauter, und Atlon mußte schreien, um sich verständlich zu machen. »Was ist passiert? Wovor hast du Angst? Warum haben so viele von euch ihre ... ihre Heimat verlassen und sind hier hochgekommen?«

Der Mann öffnete mehrere Male den Mund, bevor er endlich herausbrachte: »Da unten ist etwas! Etwas Furchtbares! In den Schatten! Es tötet Menschen! Es tötet und tötet und tötet!« Er hielt sich die Ohren zu. »Das Schreien! Ich höre immer noch das Schreien! Immer und immer wieder! Es ist überall! Du weißt nie, woher es kommt! Ist es vor dir oder hinter dir?« Er packte Heirns Arm. »Man kann sich nirgends verstecken! Dann heult es! Was immer es ist, es heult!« Plötzlich schüttelte er

energisch den Kopf. Er schien gar nicht mehr damit aufhören zu wollen. »Es ist ein Geräusch, das niemand hören sollte! Es ist ein Alptraum!« Dann war er mit zwei langen Schritten in der Menge verschwunden.

Heirn und Atlon tauschten einen Blick aus, doch keiner sagte ein Wort.

»Was hat der Kerl gesagt?« Das war Elda, die inzwischen unter Heirn auf den Stufen stand. Immer noch hielt sie ihre Bratpfanne in der Hand.

»Keine Ahnung!« brüllte Heirn. »Es ist wahrscheinlich ... eine Flut oder schlechte Luft!«

»Eine Flut? In so einem Sommer?«

»Ich weiß es nicht«, beharrte Heirn mit einem Hauch von Wut in der Stimme, der nicht beabsichtigt gewesen war. »Wer weiß schon, wie diese Leute denken oder wie sie leben?« Er legte Elda entschuldigend die Hand auf die Schulter. »Mach dir keine Sorgen. Es werden schon nicht so viele von ihnen hier oben sein. Atlon und ich bleiben hier, bis sich die Lage wieder beruhigt hat. Kümmere du dich um deine Gäste.« Für den Augenblick besänftigt stieg Elda wieder die Treppe hinab und trieb ihre Gäste vor sich her. Als sie die Glastür durchschritten, war ein deutliches »Willkommen« zu hören.

Aber Heirn irrte sich. Zwar ließ das Chaos nach, und Wagen wurden wieder aufgerichtet und Pferde eingefangen. Doch immer noch zogen abgerissene Gestalten durch die Straße. Ihre Anwesenheit war wie eine Krankheit, die das geschäftige Treiben beinahe vollkommen zum Erliegen brachte. Nachdem Atlon die Tunnelratten eine Weile beobachtet hatte, fühlte er sich abgestoßen. Obwohl er während seines kurzen Aufenthalts in Arash-Felloren schon so manch unangenehme Dinge gesehen hatte, so hatte ihn doch nichts auf den Anblick dieser elenden Kreaturen vorbereitet. Es bedurfte nicht des Auges eines Heilers, um zu erkennen, daß die meisten von ihnen unter Krankheiten oder Mangelerscheinungen litten. Viele waren kurz vor dem Verhungern.

»Das ist einfach furchtbar, Heirn«, sagte Atlon. »Wie kann man nur zulassen, daß Menschen unter derartigen Bedingungen leben?«

Heirn schwieg zunächst, und als er schließlich doch antwortete, klang seine Stimme verunsichert. »Sie haben es sich so ausgesucht«, erklärte er, aber alles an ihm verriet Atlon, daß diese Erklärung höchstens zur Hälfte der Wahrheit entsprach, und Heirn wußte das.

»Tut mir leid«, sagte Atlon. »Das ist nicht der geeignete Ort, um irgend jemandem Vorwürfe zu machen.«

Heirn knirschte mit den Zähnen. »Doch, das ist es«, erwiderte er. »Das hier ist jedermanns Stadt.«

Eine Weile standen sie schweigend nebeneinander, dann flötete Dvolci etwas in Atlons Ohr. Atlon schüttelte den Kopf, um die düsteren Gedanken aus seinem Kopf zu vertreiben. Er mußte sich auf die Dinge konzentrieren, wo er wirklich etwas ausrichten konnte. Den Tunnelratten konnte er nicht helfen.

Er schaute sich um, um sicherzugehen, daß niemand in unmittelbarer Nähe war, der ihn hätte belauschen können. Dann sagte er: »Diese Kreatur muß dafür verantwortlich sein: der Serwolf. Das verdammte Ding läuft frei in den Tunneln herum.«

»›Es hat mich mit auf die Jagd genommen. Ich konnte die Beute schreien hören‹.« Heirns Stimme klang teilnahmslos, als er Pinattes Worte wiederholte. »Bisher habe ich nicht gewußt, was ich von deiner Kreatur halten sollte, aber jetzt ... Was auch immer die Tunnelratten sein mögen, sie leben ihr eigenes Leben, und sie kommen nur an die Oberfläche, wenn sie nicht mehr ein noch aus wissen. Da unten muß wirklich etwas Furchtbares sein, wenn es eine solche Völkerwanderung ausgelöst hat. Was können wir dagegen tun?«

»Ich weiß es nicht«, antwortete Atlon. »Mit jeder Sekunde scheint alles noch viel schlimmer zu werden.« Er streckte sich. »Aber allmählich wird auch alles klarer. Pinatte kann ich nicht erreichen, und selbst wenn ich den

Serwolf finden und töten könnte – was zumindest bezweifelt werden darf –, welchen Sinn hätte das? Die Kyrosdyn sind die eigentliche Quelle allen Ärgers, und egal, wie sehr es mir auch mißfällt, ich werde mir wohl oder übel meine Antworten bei ihnen holen müssen.«

Heirn drehte sich ruckartig zu ihm herum. »Das hatte ich in all der Aufregung ja beinahe vergessen. Hast du wirklich gesagt, du willst in den Vaskyros?« Er wartete nicht auf die Antwort. »Bist du jetzt vollkommen verrückt geworden? Hast du nicht selbst gesagt, sie würden dich sofort an deinen Fähigkeiten, an deiner ... *Macht* erkennen?«

»Es ist ein Risiko«, erwiderte Atlon und täuschte eine Gelassenheit vor, die er nicht empfand. »Aber es sollte mir auch gelingen, meine Fähigkeiten vor ihnen zu verbergen.«

Heirn schüttelte ungläubig den Kopf. »Aber du kannst doch nicht einfach an ihre Tür klopfen und sie fragen.«

Atlon dachte einen Augenblick nach. »Warum nicht?« widersprach er schließlich. »Was sollte ein Reisender aus einem fernen Land sonst wohl tun? Ein Reisender, der an der Kristallbearbeitung interessiert ist und der schon viel von den berühmten Kyrosdyn gehört hat.«

»Du bist verrückt.«

Als Atlon fortfuhr, klang seine Stimme heiser, und die Worte kamen nur zögerlich über seine Lippen. »Tu das nicht, Heirn, bitte. Ich habe auch so schon genug Angst. Hilf mir einfach bei dem, was ich tun muß.«

»Ich soll dir also helfen, Selbstmord zu begehen?«

»Nein, verdammt noch mal. Ich will am Leben bleiben.« Atlon hielt einen Augenblick inne. »Kümmere dich um Dvolci, falls irgendwas schiefgehen sollte. Bring ihn und mein Pferd zu der Straße nördlich des ›Weidlands‹. Von dort aus kann ihnen nichts mehr passieren. Dann halte die Augen offen, und hilf meinen Freunden, wenn sie hier eintreffen.« Er blickte Heirn tief in die Augen. »Wirst du das für mich tun?«

Heirn erwiderte den Blick. »Natürlich werde ich das, aber ...«

»Kein Aber mehr, Heirn. Nichts wird mich jetzt noch von meinem Entschluß abbringen.« Er starrte auf die vorbeiziehende Menschenmenge. Inzwischen wimmelte es von Tunnelratten, die ziellos umherwanderten wie Gespenster. »Ich denke, ich sollte besser nach Hause gehen und mich etwas ausruhen. Ich muß mich vorbereiten, bevor ...« Er führte den Satz nicht zu Ende.

Heirn nickte. »Ich verabschiede mich nur schnell von Elda. Dann können wir gehen.«

Auf dem Rückweg kamen sie an unzähligen Tunnelratten vorbei. Einige von ihnen bettelten und noch dazu auf unverschämte Art. Doch Heirns Größe und sein entschlossener Schritt hielten die Bettler auf Distanz. Die meisten jedoch waren nur armselige Gestalten, und viele hatten sich in irgendeiner dunklen Ecke zum Schlafen niedergelegt. Allesamt strahlten sie Furcht aus.

»Sie sind weit weg von ihrem Zuhause«, murmelte Atlon vor sich hin.

Heirn ignorierte die Bemerkung. »Wenn sie morgen immer noch auf den Straßen sind, dann gibt es mächtig Ärger«, erklärte er.

»Dann gibt es mächtig Ärger«, wiederholte Atlon und seufzte. »Wenn das wirklich ein Serwolf da unten ist, dann wird er mit jeder Minute stärker. Niemand wird jemals wieder in die Tunnel zurückkehren können.«

»Sie werden aber keine andere Wahl haben«, erwiderte Heirn. »Der Präfekt wird ihnen die Weartan auf den Hals hetzen und sie vertreiben, denn wenn er es nicht tut, dann gibt es genug Kaufleute, die ihre Söldner auf sie ansetzen aus Angst, sie könnten den Handel beeinträchtigen. Und die Erfahrung lehrt uns, daß es ausgesprochen schwer ist, Söldner unter Kontrolle zu halten, wenn sie sich erst einmal zu Banden zusammengeschlossen haben.«

»Nach allem zu urteilen, was ich über Serwölfe weiß,

dann werden sie lieber hier oben sterben, als diesem Ding je wieder gegenüberzutreten.«

Heirn schnaufte verächtlich. »Es ist nur ein Tier«, entgegnete er. »Willst du mal einen Erneuerungstrupp der Weartan in Aktion erleben? Die Tunnelratten werden sich beim ersten Anzeichen eines solchen Trupps wieder in ihren Löchern verkriechen.«

»Ich weiß nicht, ob du recht hast oder nicht«, entgegnete Atlon. »Aber ich fürchte, du hast unrecht. Ich fürchte, ihr werdet schon bald eine Menge Ärger auf euren Straßen haben.«

Heirn zuckte mit den Schultern. »Es gibt immer Ärger auf den Straßen. Warum sollte ich mir deswegen Gedanken machen?« Er wedelte mit seinem Schlagring. »Es lohnt sich nicht, sich darüber den Kopf zu zerbrechen. Allgemein gesagt: Solange man es kommen hört, kann man immer noch weglaufen.«

Die letzte Bemerkung ließ Atlon erneut über den Sinn seines Vorhabens nachdenken, und so schwiegen sie auf dem Rest des Weges.

In der gleichen Nacht stand ein aufgeregter Rinter vor einer verschlossenen und streng bewachten Tür, während auf der anderen Seite ein atemloser Pinatte zum ersten Mal mit Barran zusammentraf. Die Präliminarien zu dieser Begegnung waren verhältnismäßig kurz gewesen, da Barran hauptsächlich mit der Neuordnung des Jyolan beschäftigt war. Inzwischen war beinahe jeder seiner provisorischen Pläne über den Haufen geworfen worden, die er in der Vergangenheit ausgearbeitet hatte, nicht zuletzt aufgrund der Entdeckung des Spiegelzimmers. Obwohl er kein Mann war, der sich üblicherweise in Spekulationen erging, so verwirrte es ihn dennoch, daß die Kyrosdyn eine solche Vorrichtung nicht genutzt hatten. Er hatte mehr Zeit in dem Raum verbracht, als er eigentlich dort hätte verbringen sollen. Dabei hatte er

über die unendlichen Möglichkeiten nachgedacht, die sich ihm nun dank dieser Entdeckung boten.

Barran war nur wenig größer als Pinatte, doch seine massive, muskulöse Gestalt machten ihn in Pinattes Augen zu einem Riesen. »Du bist einer von Lassners Leuten, stimmt's?« eröffnete Barran die Unterhaltung.

Pinatte erinnerte sich daran, was Ellyn ihm vor wenigen Minuten zugeflüstert hatte. »Am besten wäre es, wenn du davonlaufen und dir irgendwo eine ordentliche Arbeit suchen würdest, junger Mann. Aber wie ich sehe, wirst du sowieso nicht auf mich hören. Wenn du dich also lieber an meinen Mann binden willst, anstatt frei zu sein, dann steh aufrecht und gib deutliche Antworten, wenn er dich was fragt. Sei nicht unverschämt, aber *versuch* zumindest, ihm in die Augen zu schauen.«

Letzteres fiel ihm ausgesprochen schwer – Barrans Blick hatte schon weitaus Stärkere in die Knie gezwungen als Pinatte –, doch zumindest gelang es ihm, aufrecht zu stehen und prompt zu antworten.

»Ja, das bin ich, Herr.«

Barran musterte Pinatte von oben bis unten, als sei der junge Mann ein Möbelstück, das er zu kaufen beabsichtigte. Dann setzte er sich hinter seinen Schreibtisch und holte nach kurzer, aber heftiger Suche etwas aus einer Schublade. Er warf das Etwas auf den Tisch. Es war eine kleine Geldbörse. Ohne das Handgelenk von der Tischplatte zu heben, öffnete Barran die Börse und schüttete sie aus. Seine Bewegungen waren unglaublich geschmeidig, und Pinatte konnte nicht anders, als bewundernd auf Barrans Hände zu starren. Münzen glitzerten im Licht der Laterne; eine rollte davon, und eine andere drehte sich auf ihrem Rand. Barran fing die davonrollende Münze ein, doch die andere ließ er sich weiter im Kreis drehen. Pinatte beobachtete, wie die Münze immer langsamer wurde, bis sie schließlich nur noch eine zitternde Scheibe war, die langsam auf die Tischplatte sank. Dann herrschte Stille.

»Was du gestern getan hast, Pinatte, hat mir sehr gefallen«, sagte Barran und brach so das Schweigen. Er beugte sich vor und spielte mit den Münzen, ohne Pinatte auch nur eine Sekunde aus den Augen zu lassen. »Mal ganz abgesehen davon, daß du mir eine Menge Ärger mit den Leuten des Präfekten und den Familien der Opfer erspart hast, waren da auch noch Freunde von mir in dem Gedränge.«

Er drehte eine der Münzen um. Obwohl er sich bemühte, Barran fortwährend anzuschauen, konnte Pinatte nicht umhin, immer wieder auf das Geld zu starren. Die Münzen waren groß, und er wußte genau, wieviel sie wert waren, auch wenn er noch nie ein solches Geldstück in der Hand gehabt hatte. Pinatte hatte rasch ausgerechnet, daß das Geld auf dem Tisch mehr wert war als alles, was er im Laufe von drei oder sogar vier Jahren verdienen konnte – in drei, vier *guten* Jahren.

»Ich werde dich nicht fragen, warum du das getan hast – wahrscheinlich weißt du es selber nicht. Es reicht mir zu wissen, daß du gehandelt hast, während alle anderen in Panik geraten sind. Das ist eine Eigenschaft, die ich bei meinen Männern sehr zu schätzen weiß – eine Eigenschaft, die auf dem Schlachtfeld sehr nützlich ist.«

Pinatte zuckte bei dem Wort ›meine‹ unwillkürlich zusammen und erinnerte sich daran, daß man ihm empfohlen hatte, aufrecht zu stehen. Mit einer raschen Bewegung verteilte Barran die Münzen auf dem Tisch. Insgesamt waren es neun. Pinatte änderte seine Kalkulation auf fünf bis sechs gute Jahre. »Entweder nimmst du jetzt die hier, akzeptierst meinen Dank und gehst«, erklärte Barran und warf eine kleinere Münze auf den Tisch. »Oder aber du kannst für mich arbeiten, und zwar für eine von denen hier pro Woche.«

»Ich werde für Euch arbeiten, Herr«, antwortete Pinatte, ohne zu zögern. »Falls Lassner mich gehen läßt.«

Barrans Gesichtsausdruck verriet nichts von seinen Gedanken.

»Mit Straßendieben kann ich nur wenig anfangen, Pinatte. Was kannst du sonst noch?«

Pinatte war bereits der Panik nahe, als ihn ein Geistesblitz rettete. »Ich kann lernen, Herr.«

Barran schaute auf die Münzen. Dann sammelte er sie wieder ein – abermals mit nur einer Hand –, steckte sie in die Börse und verschnürte den Beutel. Er stand auf. »Hat dir der Freie Kampf gestern nacht gefallen?«

Es dauerte eine Weile, bis Pinatte die Frage verarbeitet hatte. »Ja, er hat mir sogar sehr gefallen, Herr. Es war aufregend. Ich habe noch nie etwas Derartiges gesehen.«

»Und der Jyolan? Was hältst du davon?«

Pinattes Augen leuchteten. »So etwas habe ich auch noch nie gesehen. Einst war er nur ... ein Kampfplatz unter vielen, ein ziemlich heruntergekommener sogar. Aber letzte Nacht war er richtig lebendig.« Das Hochgefühl kehrte wieder zurück, das er gestern empfunden hatte.

Barran schaute ihn eindringlich an. »Würde es dir gefallen, hier zu arbeiten?«

Pinattes Herz machte einen Freudensprung. »Ja«, antwortete er begeistert.

Barran schaute ihn unverwandt an. Schließlich traf er eine Entscheidung. »Komm mit«, sagte er.

Als sie den Raum verließen, versuchte Rinter, Pinattes Aufmerksamkeit zu erregen, doch dieser bemerkte ihn kaum. Er war viel zu sehr auf seinen neuen Herrn fixiert. Während sie durch die Gänge des Jyolan wanderten, hätte Pinatte am liebsten vor Freude getanzt – ja, er verspürte sogar das Bedürfnis, niederzuknien und Barran aus tiefstem Herzen für seine Großzügigkeit zu danken. Gleichzeitig tadelte er sich jedoch ob solch unsinniger Gedanken und ermahnte sich, daß Barran noch nicht mit Bestimmtheit gesagt hatte, er wolle ihn einstellen, und Barran war ein gefährlicher und gefürchteter Mann, dem man stets genau zuhören mußte. Auch ermahnte er sich, daß er noch einmal auf seine Bindung an Lassner zu

sprechen kommen mußte. Seine neue Karriere mit einem Akt des Vertrauensbruchs gegenüber seinem alten Herrn zu beginnen würde ihn wohl kaum bei Barran in ein besseres Licht rücken.

Schließlich standen sie vor der Tür zum Spiegelzimmer, und Barran führte Pinatte hinein. Zum ersten Mal, seit er vollkommen außer Atem den Jyolan erreicht hatte, empfand Pinatte Angst, als Barran ihm folgte und die Tür wieder verschloß. Auch bei ihrem ersten Treffen war er mit dem mächtigen Mann allein gewesen, doch vor der Tür hatten Wachen gestanden, und auf dem Gang hatte ein reger Betrieb geherrscht. Natürlich war er dort auch nicht sicherer gewesen als hier – das wußte er –, aber hier gab es weder Wachen noch sonst irgend jemanden. Tatsächlich hatten sie sogar seit mehreren Minuten niemanden mehr gesehen. Dieser Teil des Jyolan schien vollkommen menschenleer zu sein.

»Schieb das Paneel beiseite.«

Zunächst verstand Pinatte nicht, was sein neuer Herr von ihm wollte; dann deutete Barran auf die Holzvertäfelung an der Wand und demonstrierte ihm mit einer Geste, was er von ihm erwartete. Es kostete Pinatte einiges an Kraft, doch schließlich bewegte sich das Paneel und gab den Blick auf die dahinterliegenden Spiegel frei.

Pinatte trat einen Schritt zurück und starrte verständnislos auf die unregelmäßige Reihe der seltsamen Spiegel. Er beugte sich vor und untersuchte einen von ihnen genauer. »Das ist ein Bild der Arena«, sagte er und hob die Hand, um den Staub von der Oberfläche zu wischen. Ein scharfes »*Nicht anfassen!*« von Barran hielt ihn davon ab, und er drehte sich um, um festzustellen, wodurch er den Unmut seines neuen Herrn erregt hatte. Barran jedoch war keineswegs verärgert. Er bedeutete ihm nur, erneut einen Blick in den Spiegel zu werfen. Pinatte tat, wie ihm geheißen, und plötzlich bewegten sich zwei Gestalten durch das Bild. Pinatte riß erschrocken den Mund auf und taumelte zurück. Barran fing ihn auf.

»Das sind die Augen des Jyolan, Pinatte«, erklärte er, ohne Pinatte loszulassen. »Der Jyolan ist ein uraltes Gebäude, voller Dinge, die man heute wahrscheinlich gar nicht mehr herstellen kann. Wertvolle Dinge, die mit äußerster Sorgfalt behandelt werden wollen. Bis ich dich besser kennengelernt habe, wird es deine Aufgabe sein, dich um sie zu kümmern.«

»Ich werde tun, was immer Ihr von mir verlangt, Herr«, erwiderte Pinatte und versuchte, so selbstbewußt wie möglich zu klingen. Die plötzliche Bewegung in dem vermeintlichen ›Bild‹ hatte ihn zutiefst erschreckt. Nur Barrans eiserner Griff hatte ihn davon abgehalten, seine Hand ums Herz kreisen zu lassen – ein altes Schutzzeichen. Der Griff wurde stärker. Er war nicht schmerzhaft, doch Barrans Hand fühlte sich schwer an, und sie schien sich nicht bewegen zu lassen.

»Putz den Raum und sorg dafür, daß es etwas gemütlicher hier drin wird. Dann poliere jeden einzelnen Spiegel. Ich werde dir zeigen, wie das geht. Du mußt sehr vorsichtig sein. Komm jeden Morgen zu mir, wo immer ich auch sein mag, und hol dir den Schlüssel ab. Vergewissere dich, daß alles hier in Ordnung ist, und bring mir den Schlüssel wieder zurück. Niemand sonst darf diesen Raum betreten – unter gar keinen Umständen –, und du darfst auch niemandem davon erzählen. Wenn jemand wissen will, was du hier tust, dann schick ihn zu mir.«

Die Hand wurde immer schwerer und Barrans Stimme weicher. »Hast du das verstanden, Pinatte? Ich rede hier nicht von irgendeiner Kleinigkeit. Das Vertrauen, das ich in dich setze, ist größer, als du dir vorstellen kannst. Was ich als nächstes mit dir tue, hängt davon ab, wie gut du diese Aufgabe erledigst. Wenn du dich gut machst, dann wartet ein Vermögen auf dich. Aber solltest du mich enttäuschen ...«

Die Schlußfolgerung blieb unausgesprochen, und der Druck auf Pinattes Arm war plötzlich verschwunden. Es folgte ein ermutigender Klaps auf die Schulter. Doch

außer Ermutigung beinhaltete die Geste auch noch eine so massive Drohung, wie sie selbst ein geschwungenes Schwert nicht hätte vermitteln können, und Pinatte wurde an all das erinnert, was er über Barran wußte – wenn auch nur vom Hörensagen. Im Laufe der Jahre hatte Pinatte verschiedene Taktiken entwickelt, um mit Lassner zurechtzukommen, und trotzdem hatte er immer wieder Schwierigkeiten gehabt – und Barran war nicht Lassner. Barran würde ihn fördern und beschützen, aber er würde ihn auch, ohne mit der Wimper zu zucken, töten lassen, sollte er sich beleidigt oder gar verraten fühlen. Pinatte durfte das niemals vergessen. Er mußte zuhören, zuschauen und lernen wie nie zuvor, und das vielsagende Schulterklopfen war seine erste Lektion gewesen. Vor seinem geistigen Auge sah er sich in Barrans Position und stellte sich vor, wie er einem jungen aufstrebenden Mann Anweisungen erteilte. Pinatte drückte die verletzte Hand an die Brust, und zum ersten Mal hielt er Barrans Blick stand. »Ich werde Euch nicht enttäuschen, Herr«, sagte er. »Ich habe Lassner gut gedient, und wenn er mich entläßt, dann werde ich von nun an für Euch das gleiche tun.«

Irgend etwas funkelte in Barrans Augen, doch es war zu schnell wieder verschwunden, als daß Pinatte es hätte deuten können. »Lassner wird dich entlassen, Pinatte«, erwiderte Barran. »Er ist ein vernünftiger Mann.«

Auf dem Rückweg bemerkte Pinatte mehrere Räume, die offensichtlich nicht benutzt wurden. Obwohl er sich freute, daß Barran ihn aufgenommen hatte, bereitete ihm die Frage der Unterkunft immer noch Kopfzerbrechen. In Lassners Nest konnte er nicht länger wohnen, und auch zu Heirn wollte er nicht mehr zurück: Er hatte einfach keine Lust mehr auf Atlons unablässige Fragen und seinen bohrenden Blick. Im Freien zu schlafen kam ebenfalls nicht in Frage, denn trotz des warmen Wetters war die Straße nicht der geeignete Ort zum Übernachten.

»Kann ich mich in einem von den Räumen hier eine

Weile einquartieren?« fragte er. »Wenn ich Lassner verlasse, habe ich keine Unterkunft mehr.«

Barran blieb stehen und musterte die Tür, auf die Pinatte deutete. Dann nahm er eine Laterne von der Wand und schaute in den dahinterliegenden Raum. Er war genauso kahl und leer wie die meisten anderen, die er bis jetzt gesehen hatte. Der Jyolan schien voll von solchen Räumen zu sein. Barran runzelte die Stirn. »Besser als nichts, nehme ich an«, entgegnete er. »Such dir einen aus. Allerdings scheinen sie sich nicht sonderlich voneinander zu unterscheiden.« Nachdenklich schürzte er die Lippen und nickte. »Ja, hier kannst du wohnen. Ich sage Fiarn Bescheid, daß du eine Zeitlang hierbleiben wirst. Zwar bezweifele ich, daß wir noch heute nacht ein Bett für dich auftreiben können, aber irgendwo haben wir mit Sicherheit noch ein paar Decken. Bist du damit zufrieden?«

Pinatte nickte und bedankte sich unbeholfen. Barrans plötzliche Sorge um sein Wohlbefinden hatte ihn überrascht, und Pinatte war nicht der erste, dem es so erging. Barran war ein viel zu guter Führer, als daß er seine Untergebenen nur durch Furcht angespornt hätte. Ständig zeigte er sich am Wohlergehen seiner Gefolgsleute interessiert, und egal, ob seine Sorge nun echt oder geheuchelt war, auf jeden Fall zeigte sie stets die gewünschte Wirkung. Ein solches Verhalten sicherte ihm die unbedingte Loyalität seiner Männer, und wenn es einmal nötig war, jemanden mit aller Härte zu bestrafen, dann machte man im allgemeinen das Opfer dafür verantwortlich und nicht Barran.

Später berichtete Pinatte Rinter, daß er von Barran aufgenommen worden sei. Rinter war darüber kaum weniger erfreut als Pinatte selbst, denn er glaubte, dadurch hätten sich auch seine Zukunftsaussichten verbessert. Zuerst hatte er Atlon kennengelernt, dessen wilder kleiner Felci ihm einen ordentlichen Profit einbringen würde – falls er den Fremden dazu überreden konnte, den klei-

nen Kerl in die Arena zu schicken. Dann hatte er per Zufall diesen jungen Straßendieb getroffen, der ihm während des Freien Kampfes eine Menge Geld erspart hatte, und in der Folge davon hatte er seine Bekanntschaft zu Fiarn erneuert. Nun hatte er sogar einen Zugang zu Barran höchstpersönlich.

»Ja, so ist das Leben in Arash-Felloren, stimmt's, Pinatte?« sinnierte er, während sie eine geschäftige Straße entlangschlenderten. »Im einem Augenblick bist du noch ein gebundener Nestler, und im nächsten bist du ein Held, und bevor du dich versiehst, arbeitest du für einen der reichsten und mächtigsten Männer der Stadt. Was sollst du übrigens für ihn tun?«

Pinatte erinnerte sich an die schwere Hand auf seiner Schulter. »Ich weiß es noch nicht«, antwortete er. »Das werde ich erst morgen erfahren.« Er schaute Rinter mit ernster Miene an. »Aber vielleicht wird man mir nicht gestatten, darüber zu reden.«

Rinter nickte verständnisvoll. »Ich verstehe«, sagte er. »Außerdem ...« Er senkte die Stimme. »Ich glaube nicht, daß es in meinem Interesse läge, mehr als nötig über Barrans Geschäfte zu wissen.« Ruckartig fuhr er sich mit dem Finger über den Hals. Pinatte antwortete nicht.

»Gehst du heute nacht wieder zu Heirn zurück?« fragte Rinter so gelassen wie möglich, denn trotz der Euphorie über Pinattes Aufstieg wollte er den Kontakt zu Atlon ebenfalls aufrechterhalten.

»Nein, ich habe ein Zimmer im Jyolan«, antwortete Pinatte. »Im Augenblick besteht die Einrichtung zwar nur aus drei Decken, aber das wird sich schon bald ändern.«

Rinter bemühte sich, ein fröhliches Gesicht zu machen. Aber das war nicht leicht, und nur mit Mühe brachte er hervor: »Was für ein Glück. Wirst du Heirn und Atlon davon berichten?«

Pinatte zögerte einen Augenblick. Der Schmied war anständig zu ihm gewesen. Er hatte ihm eine Unterkunft

angeboten – wenn auch nur vorübergehend –, und eine solche Freundlichkeit war selten in Arash-Felloren. Nur über Atlon war er sich noch immer nicht im klaren. Auch Atlon war freundlich und hilfsbereit gewesen, doch andererseits auch ausgesprochen aufdringlich. Schließlich hatte er seine Nase in Dinge gesteckt, die ihn nichts angingen. Warum wollte er unbedingt wissen, was der Kyrosdyn mit ihm gemacht hatte? Und warum hatte er ihn ständig nach seinem Traum gefragt?

Pinatte beschloß, dem Thema auszuweichen. »Nicht heute nacht. Ich habe ihnen schon gesagt, daß ich vielleicht nicht zurückkomme, je nachdem, wie sich die Dinge entwickeln.« Die Erwähnung von Atlon und die Erinnerung an den Traum hatten ihn erneut durcheinandergebracht. Was würde heute nacht geschehen, wenn er sich in seinem kargen Zimmer zur Ruhe legte? Würde er erneut schweißgebadet aufwachen oder vielleicht sogar wieder schreien? Das waren äußerst beunruhigende Gedanken. ›Der neue Junge hat böse Träume und schreit nach seiner Mama.‹ Auf diese Art würde es ihm wohl kaum gelingen, Barrans Männer zu beeindrucken. Doch im gleichen Augenblick erkannte er, daß er sich gar keine Sorgen mehr machte. Als er den Jyolan betreten hatte, war er erneut von der Aura des Ortes umfaßt worden. Sie hatte ihn gestützt und ihm verkündet, dies sei seine wahre Heimat. Als Barran ihn anschließend nach seiner Meinung über den Jyolan gefragt hatte, war Pinattes Begeisterung keineswegs geheuchelt gewesen. Er *wollte* dort sein; er *wollte* den Kämpfen zuschauen und immer wieder und wieder jenes ehrfürchtige Staunen empfinden, das ihn in der vergangenen Nacht übermannt hatte ...

Er *wollte* wieder ein Teil der Kreatur sein. Er wollte jagen und den Schrecken in den Augen seiner Opfer sehen und sich an ihrem Schreien erfreuen ...

Pinatte wischte sich mit der Hand über die Stirn. Er schwitzte.

»Es ist wirklich verdammt heiß«, erklärte Rinter, der die Bewegung mißverstanden hatte. »Man könnte fast glauben, Regen und Schnee würden niemals wiederkehren. Aber sie haben uns ja auch erst vor wenigen Monaten verlassen.«

Geistesabwesend nickte Pinatte. Er sollte sich diesen sabbernden Idioten vom Hals schaffen. Er sollte wieder in den Jyolan zurückkehren, sollte mehr über das Gebäude herausfinden und in seine uralten Geheimnisse eintauchen ... Sein Leben als Nestler, als ein Mann der Straße, war nun vorüber. Er gehörte nicht mehr hierher. Sicherlich war es mehr als nur Zufall gewesen, daß er sich ausgerechnet jenem Mann angeschlossen hatte, dem seit gestern der Jyolan gehörte, und auch daß er dort ein Zimmer bekommen hatte, kam nicht von ungefähr. Das Schicksal hatte ihn an jenen Ort geführt – an einen Ort, von wo aus er seine Macht ausdehnen konnte. Er würde ...

Irgend jemand stieß gegen Pinatte und riß ihn aus seinen Träumen.

»Paß doch auf, du verdammter Idiot!« Die Worte des Passanten brannten in Pinattes Geist, und voller Wut schlug er zu. Der Schlag traf den Übeltäter mitten auf die Brust, und zwar mit solcher Wucht, daß der Mann erst noch einen Passanten umriß, bevor er in den Karren eines Straßenhändlers krachte. Rinter starrte mit offenem Mund auf seinen Begleiter. Erst als Pinatte sich daranmachte, dem Mann nachzusetzen, griff Rinter ein.

»Komm jetzt«, drängte er und packte Pinattes Arm. »Einer gewissen Person wird es ganz und gar nicht gefallen, wenn du dich auf eine Straßenschlägerei einläßt.«

Pinatte hatte Rinter bereits zwei Schritte hinter sich her geschleift, bevor er den Sinn der Worte verstand. Er sagte kein Wort, doch deutete er drohend mit dem Finger auf den am Boden liegenden Mann, den Passanten inzwischen aus den Trümmern des umgestürzten Karrens befreiten.

»Mir scheint, du weißt nicht, wie kräftig du bist«, bemerkte Rinter und warf einen Blick über die Schulter zurück, um sicherzugehen, daß ihnen niemand folgte.

»Er hätte respektvoller sein sollen«, entgegnete Pinatte. Rinter runzelte die Stirn. ›Respektvoll‹ war ein seltsames Wort aus dem Mund eines Straßendiebs – selbst für einen, der gerade auf dem Weg nach oben war. Er wollte Pinatte daran erinnern, daß er es gewesen war, der ganz in Gedanken versunken den Mann beinahe über den Haufen gerannt hätte und nicht umgekehrt, doch er entschied sich dagegen. Falls Barran sich dazu entschlossen hatte, diesen jungen Mann bei sich aufzunehmen, dann war wahrscheinlich mehr an ihm dran, als auf den ersten Blick zu erkennen war. Vielleicht hatte Rinter ja soeben eine Andeutung davon gesehen.

Der plötzliche Wutausbruch hatte Pinattes Gefühle abermals durcheinandergebracht. Ein kurzer Stoß oder ein rascher Tritt vors Schienbein, um sich die Flucht zu ermöglichen, waren bisher die einzigen Formen von Gewalt gewesen, die er in seiner Karriere als Dieb angewandt hatte. Bis jetzt hatte er sich noch nicht einmal vorstellen können, daß er körperlich oder geistig zu einem solchen Schlag fähig war. Die Kraft dazu schien aus irgendeiner inneren Quelle zu stammen, die ihm bislang verborgen geblieben war. Seine Wut war offenbar der Auslöser dafür gewesen. Überdies hatte er im selben Augenblick, da seine Faust das Ziel getroffen hatte, gewußt, daß er den Mann verletzt hatte. Der ganze Körper des armen Kerls war unter der Wucht des Aufpralls erbebt. Pinatte war absolut sicher, daß er seinem Opfer zumindest einige Rippen gebrochen hatte.

Ein Teil von ihm genoß diese Vorstellung. So würde es allen ergehen, die es wagten, sich ihm entgegenzustellen. Sie mußten in die Schranken gewiesen werden und Respekt lernen. Und doch fühlte sich ein anderer Teil von ihm von dem Ereignis abgestoßen. Gewalt war vollkommen unnötig gewesen. Taschendiebstahl war eine

Sache; aber Menschen ernsthaft zu verletzten, ja, sie auf diese Art vielleicht sogar ihres Lebensunterhalts zu berauben und sie den unfähigen Händen der örtlichen Heiler auszuliefern war etwas völlig anderes. Er hatte die Regeln gebrochen, denen er sich sein ganzes Leben lang unterworfen hatte. Er hätte das einfach nicht tun dürfen.

Pinatte blieb stehen und begann zu taumeln. In seinem Kopf drehte sich alles, und er zitterte am ganzen Leib.

»Du siehst nicht gut aus«, bemerkte Rinter, der sich mehr und mehr Gedanken über Pinattes seltsames Verhalten machte.

Einen Augenblick lang herrschte in Pinatte ein derartiger Aufruhr, daß er glaubte, sich übergeben zu müssen. Doch dann kam er zu der Erkenntnis, daß er wahrscheinlich nie wieder aufhören würde, sollte er erst einmal damit beginnen. Seine sämtlichen Innereien würden sich auf die Straße ergießen und nur noch eine leere Hülle zurücklassen, in der die Dunkelheit regierte. Verzweifelt streckte er den Arm aus und hielt sich an Rinter fest. Der Tiertrainer riß sich zwar aus der Umklammerung los, doch sofort legte er den Arm um Pinattes Schulter, um ihn zu stützen.

»Soll ich dich zu Heirn bringen? Vielleicht kann Atlon dir helfen. Er scheint zu wissen, was er tut.«

Die Erwähnung des Namens ›Atlon‹ verstärkte das Chaos noch, das in Pinatte herrschte. Er spürte Atlons Gegenwart. Der Fremde war *wirklich* besorgt um ihn, und er war bereit, sich auf Pinattes Schmerz einzulassen und ihn von seinen Qualen zu befreien. Im Hintergrund schwebten Ellyns Worte und ermahnten ihn, davonzulaufen und sich eine ehrliche Arbeit in dieser riesigen Stadt zu suchen. Das war der Weg, den er gehen mußte, der *richtige* Weg. Und doch lockte ihn im selben Augenblick der Jyolan mit seiner blutverschmierten Arena und seinen finsteren Gängen. Er versprach ihm Macht und die Erfüllung all seiner Wünsche. Myriaden winziger

Haken rissen an ihm. Dann waren Atlon und Ellyn verschwunden, davongeweht vom uralten Lockruf des Jyolan. Pinattes inneres Chaos ebbte allmählich ab, bis es schließlich nur noch ein kaum merkliches unangenehmes Gefühl war, das in seinem Kopf herumspukte. Vorsichtig atmete er tief ein, und sein Blick klärte sich wieder.

»Nein«, sagte er heiser. »Ich werde in den Jyolan zurückkehren. Ich bin nur müde; das ist alles.«

Auf dem Rückweg unternahm Rinter zwei halbherzige Versuche, ein Gespräch zu beginnen, aber beide Male scheiterte er am beharrlichen Schweigen seines Gefährten.

In dieser Nacht ließ Pinatte die Lampe in seinem neuen Zimmer brennen. Lange Zeit lag er wach und starrte an die staubige Decke. Er wußte nicht, was ihn im Schlaf erwarten würde. Er wußte nur, daß er es nicht vermeiden konnte.

Dann saß er plötzlich aufrecht auf seinen Decken, hellwach und wachsam. Es dauerte einen Augenblick, bis er sich daran erinnerte, wo er war, und entspannt legte er sich wieder hin. Hier im Jyolan war er sicher – weit weg von Lassner, weit weg von seinem alten Leben und unter dem Schutz von Barran. Aber was immer ihn auch geweckt haben mochte, es war kein Traum gewesen. Er erinnerte sich weder daran, eingeschlafen zu sein, noch an den Schlaf selbst. Alles war so, wie es schon immer gewesen war: Abend und Morgen waren nur einen Wimpernschlag voneinander getrennt – jedenfalls für Pinatte.

Und doch hatte ihn etwas geweckt. Er schaute sich verwirrt um. Die Tür war verriegelt, und auf dem Gang war es mucksmäuschenstill. Dann bemerkte er ein leises, hohes Summen wie das einer umherschwirrenden Fliege. Aber es war keine Fliege. Das Summen besaß eine Hartnäckigkeit, die seine Aufmerksamkeit erregte. Lang-

sam stand er auf, schlich in seinem Zimmer auf und ab und lauschte. Es dauerte eine Weile, bis er die Quelle des Geräuschs ausgemacht hatte. Es kam aus einer der kleinen Öffnungen, die die Wände seines Zimmers perforierten wie ein Sieb – so wie jede Wand im Jyolan. Die Öffnung war kaum zwei Finger breit. Zögernd legte Pinatte sein Ohr daran.

Das Geräusch wurde lauter. Es war sehr weit entfernt. Pinatte vermochte nicht genau zu erkennen, um was es sich dabei handelte, und doch wußte er, was es war.

Es war Schreien.

Viele Menschen.

Schreien.

Es war gut.

Kapitel 26

Am nächsten Morgen herrschte bei Heirn eine angespannte Atmosphäre. Atlon war immer noch fest entschlossen, in den Vaskyros zu gehen, obwohl es ihn große Überwindung kostete. Sein Magen war wie zugeschnürt, und außer einem kleinen Stück Brot bekam er nichts herunter. Heirn hätte ihn am liebsten von seinem Vorhaben abgehalten, doch da er wußte, daß Atlon diese Entscheidung ohnehin schon schwer genug gefallen war, hielt er sich zurück. Selbst Dvolci enthielt sich jeglichen Kommentars.

Der Felci sollte ihn begleiten, und falls die Dinge sich zum Schlechten hin entwickelten, sollte er wieder zu Heirn zurückkehren. Anschließend würde der Schmied ihn und das Pferd zur Straße nördlich des ›Weidlands‹ bringen, und von dort aus würden sich die beiden wie-

der auf den Weg nach Hause machen. Heirn selbst sollte sich möglichst aus allem heraushalten. Atlon lehrte ihn einen einfachen Spruch, mit dessen Hilfe er seine Brüder erkennen konnte, sollten sie es für notwendig erachten, jemanden nach Arash-Felloren zu schicken. Auch sollte Heirn Atlons Kristalle verwahren.

Da Atlon sowieso nicht von seinem Entschluß abzubringen war, akzeptierte Heirn die Bedingungen. Auf die Kristalle aufpassen zu müssen gefiel ihm ganz und gar nicht, und der Gedanke, sie im Notfall zu verkaufen – wie Atlon vorgeschlagen hatte –, paßte ihm noch weitaus weniger. Insgeheim nahm er sich jedoch vor herauszufinden, welches Schicksal seinen Freund ereilt hatte, sollte er nicht mehr zurückkehren. Allerdings behielt er das für sich, denn er wußte, daß Atlon sich nur unnötig darüber aufregen würde.

Nur auf eines beharrte Heirn: »Ich werde dich bis vor die Tore des Vaskyros begleiten. Es ist ein langer Weg bis dorthin, und ohne Hilfe wirst du dich nur verlaufen.«

»Nun, da hast du wahrscheinlich recht«, gestand Atlon erleichtert. »Aber du wirst mich nicht bis vor die Tore begleiten, sondern nur bis in die Nähe. Die Kyrosdyn dürfen dich auf gar keinen Fall mit mir in Verbindung bringen.« Dann schaute er Heirn eindringlich an. »Wenn ich vorsichtig bin, habe ich vielleicht eine Chance gegen sie, aber mit dir hätten sie leichtes Spiel.«

Atlon hatte mit einer beinahe unmenschlich ruhigen Stimme gesprochen, und das wiederum beunruhigte Heirn nur um so mehr. Trotzdem nickte er zustimmend. »Also werde ich es mir wohl aus der Ferne anschauen müssen.«

Der erste Teil der Reise zum Vaskyros führte sie durch Straßen, auf denen sie bereits in der vergangenen Nacht gewandert waren. Als sie sich dem Aquädukt näherten, über das gestern die Barke gefahren war, hob Atlon den Blick. Das Aquädukt war eine solide Steinkonstruktion, wie sie typisch für diese Gegend war: gerade Linien und

ungeschmückt – abgesehen von den ›Verzierungen‹, die vorbeiziehende Vögel hinterlassen hatten. Eine schmutzige, klapprige Barke schwankte heran, die nur wenig mit dem gestrigen Boot gemein hatte. Als die Barke die Mitte der Brücke erreichte, legte der Bootsführer den Kopf zurück und spie in hohem Bogen über die Brüstung des Aquädukts und auf die Straße hinunter.

Heirn war inzwischen so nervös, daß er die Faust hob und den Übeltäter mit einer Serie ausgewählter Flüche zurechtwies. Der Mann antwortete mit einer obszönen Geste und spie noch ein weiteres Mal über die Brüstung, bevor sein Boot am anderen Ende des Aquädukts verschwand.

»Tut mir leid«, sagte Heirn, während sie ihren Weg fortsetzten. »Ich bin nur ein wenig ...« Er schwieg.

»Ist schon gut«, erwiderte Atlon. »Besser man läßt es raus. Außerdem glaube ich nicht, daß du ihm irgendeinen bleibenden Schaden zugefügt hast.«

Trotz seiner Anspannung konnte Heirn sich ob dieser Bemerkung ein leises Lachen nicht verkneifen.

Kurz nachdem sie das Aquädukt unterquert hatten, schlug Heirn eine neue Richtung ein, und Atlon fand sich in einer Straße wieder, die ihm zwar unbekannt war, aber die sich nur wenig von jenen unterschied, die er bisher gesehen hatte. Auch hier wimmelte es von Straßenhändlern, und die Häuser machten einen ebenso zusammengewürfelten Eindruck wie überall in der Stadt. Doch eines *war* anders: Am anderen Ende der Straße befand sich ein weiter offener Platz voller Müll und verfallener Gebäude. Bäume, dicht nebeneinander wachsende Büsche sowie Flechten und Moos an den Ruinen deuteten darauf hin, daß der Ort schon lange in diesem Zustand war.

Atlon war zu sehr mit seinen eigenen Gedanken beschäftigt, als daß er übermäßig neugierig gewesen wäre, und so kam ihm zwar kurz in den Sinn, nach den Ursachen für diesen seltsamen Anblick zu fragen, aber er

schwieg. Heirn jedoch, der inzwischen die Reaktionen seines neuen Freundes recht gut zu deuten vermochte, folgte dessen Blick. Verwundert blieb er stehen und runzelte die Stirn.

»Was ist los?« fragte Atlon.

»Diese Leute da«, antwortete Heirn. Er ging die Straße hinunter. Atlon folgte ihm. Als sie den Rand des verlassenen Areals erreichten, erkannte Atlon, daß ein Großteil davon unter Straßenniveau lag. Die von Moos überwucherten Überreste von Torbögen und Wänden deuteten darauf hin, daß die Ruinen einst Kellergewölbe gewesen waren. Dann bemerkte Atlon, was Heirns Interesse erregt hatte. Zunächst glaubte er, es seien nur ein, zwei Leute, die durch die Ruinen wanderten. Doch bei genauerem Hinsehen stellte er fest, daß es weitaus mehr waren, die sich allerdings kaum von dem düsteren Hintergrund abhoben. An vielen Stellen waren auch improvisierte Verschläge zu sehen, die zum Schutz vor der Witterung aus den Trümmern der Häuser errichtet worden waren.

»Tunnelratten?« fragte Atlon und erinnerte sich der erbärmlichen Gestalten, die er vergangene Nacht gesehen hatte.

»Jedenfalls sehen sie so aus«, bestätigte Heirn. »Aber, was zum Teufel, haben sie sich dabei gedacht, hier oben ihr Lager aufzuschlagen? Sie müssen doch wissen, daß die Weartan sie vertreiben werden.«

»Warum?«

Heirn schaute ihn verwundert an. »Weil sie es einfach tun werden. Manchmal säubern sie sogar Teile des Überlaufs. Du hast doch selbst gesagt, du hättest schon eines dieser ›erneuerten‹ Gebiete gesehen, als dich dieser Idiot von einem Tiertrainer mitten in eins hineingeführt hat. Offiziell heißt es, es diene dem Allgemeinwohl, den Überlauf davon abzuhalten, sich noch weiter auszudehnen. Aber wenn du mich fragst, dann haben sie einfach Spaß daran.«

»Aber die Gegend hier ist doch schon seit Jahren verlassen. Sieh dich doch nur einmal um. Hier können sie doch niemandem schaden.«

Heirns Stimme klang sowohl wütend als auch schicksalsergeben. »Wahrscheinlich nicht, und trotzdem werden sie die Weartan von hier vertreiben, sobald sie davon erfahren. Tunnelratten mögen sie noch weniger als die Leute vom Überlauf.«

Atlon wußte inzwischen, daß jede Antwort, die er in Arash-Felloren erhielt, zwei neue Fragen aufwarf, und er hatte keine Zeit, sich eingehender damit zu beschäftigen. Er mußte sich auf die vor ihm liegende Aufgabe konzentrieren, egal, wie schwer ihm das auch fallen mochte. Es tröstete ihn nur wenig, daß diese Aufgabe auch etwas mit dem Schicksal der Tunnelratten zu tun hatte, denn er war fest davon überzeugt, daß es sich bei dem Wesen, das sie aus den Tunneln vertrieben hatte, um einen Serwolf handelte und daß hinter alledem die Kyrosdyn standen.

Atlon wollte sich gerade wieder abwenden, als ihm eine Gruppe von Tunnelratten auffiel, die aus einer Reihe von Büschen am Rand des Trümmerfeldes kamen.

»Wo kommen die denn her?« fragte er.

»Wahrscheinlich ist da drüben ein Eingang zu den Tunneln.«

»Gibt es viele solcher Eingänge?«

»Überall«, antwortete Heirn. »In beinahe jedem Keller in der Stadt gibt es einen solchen Eingang. Allerdings sind die meisten zugemauert. Bei Elda zum Beispiel gibt es einen und in meinem Haus sogar zwei.«

Ein lauter Ruf lenkte ihre Aufmerksamkeit wieder auf die Tunnelratten. Sie versammelten sich um irgend jemanden.

»Komm jetzt«, sagte Heirn. »Ich weiß zwar nicht, was sie vorhaben, aber wir sollten machen, daß wir hier wegkommen, bevor die Weartan auftauchen.«

Als sie sich jedoch wieder auf den Weg machten, muß-

ten sie feststellen, daß es gar nicht so einfach war, die Tunnelratten loszuwerden, denn sie strömten von überall her herbei, und ständig wurden es mehr. Außerdem wanderten sie in die gleiche Richtung wie Atlon und Heirn.

Heirn beschleunigte seinen Schritt. Atlon musterte die armseligen Gestalten. Schmutzig, zerlumpt und alles andere als wohlriechend, waren sie ein äußerst beunruhigender Anblick. Allerdings lag dies wirklich nur an ihrem Äußeren; sie stellten keine Bedrohung dar. Offenbar fühlten sie sich im Tageslicht ausgesprochen unwohl, und sie schienen sich danach zu sehnen, so rasch wie möglich wieder von hier wegzukommen. Den Menschen auf der Straße schenkten sie keine Beachtung.

Unverhohlen warf man den abgerissenen Gestalten mißtrauische Blicke zu, und auf den Gesichtern einiger zeigte sich sogar Angst. Die meisten taten es Heirn gleich und beschleunigten ihren Schritt, während ein paar sich in Häusereingängen unterstellten und darauf warteten, daß die Flut wieder abebbte. Diese Reaktion verwunderte Atlon zunächst, doch dann überlegte er, daß die Menschen wahrscheinlich nicht so sehr Angst vor den Tunnelratten an sich hatten, sondern eher vor dem, was sie verdeutlichten: Nämlich daß jedem, der sich auf den Straßen nicht bewährte, ein ähnliches Schicksal drohte.

Heirn trat näher an Atlon heran und packte ihn beschützend am Arm. Gleichzeitig ließ er die freie Hand unauffällig in der Hosentasche verschwinden. »Ich glaube nicht, daß du deinen Schlagring brauchen wirst«, sagte Atlon. »Jedenfalls nicht bei diesen Menschen. Sieh sie dir an. Sie haben Angst, und unter ihnen gibt es mindestens so viele Frauen und Kinder wie Männer.«

Heirn murmelte eine widerwillige Zustimmung und zog die Hand wieder aus der Tasche. Atlons Arm ließ er jedoch nicht los, und auch seine Geschwindigkeit behielt er bei. »Falls du Pferde hören solltest, die rasch näherkommen, dann sag Bescheid und lauf«, sagte er.

»Warum?«

»Weil das dann die Weartan sind, darum. Glaub mir: Die reiten ohne Rücksicht auf Verluste einfach in die Menge, und wenn sie erst einmal angefangen haben, mit ihren verdammten Knüppeln um sich zu schlagen, dann kennen sie weder Freund noch Feind.«

Atlon kniff wütend die Augen zusammen, doch er fragte nur: »Wo, glaubst du, gehen die alle hin?«

»Wenn du Glück hast, dann gehen sie zum Vaskyros«, antwortete Heirn ernst. »Aber es sieht mir eher danach aus, als wären sie auf dem Weg zum Palast des Präfekten.« Sorge zeichnete sich auf seinem Gesicht ab. »Sie müssen verrückt sein! So was wie das hier habe ich noch nie gesehen. Was auch immer sie aus den Tunneln vertrieben haben mag, hier oben wird ihnen niemand helfen, erst recht nicht der Präfekt. Der Ärger wird nicht mehr lange auf sich warten lassen. Wir müssen zusehen, daß wir von ihnen verschwinden.«

Dvolci pfiff irgendwas in Atlons Ohr. Atlon verzog das Gesicht. Dann sagte er: »Das bringt mich auf eine Idee.« Vorsichtig löste er sich aus Heirns Griff und packte einen Mann an der Schulter, der gerade an ihnen vorbeigeeilt war.

»Was habt ihr vor? Und warum habt ihr die Tunnel verlassen?« fragte er und ließ den Mann sofort wieder los, als dieser erschrocken herumwirbelte. Atlon wiederholte die Frage, bevor der Mann etwas darauf erwidern konnte. Nur diesmal fügte er hinzu: »Ich komme nicht aus der Stadt, aber mein Freund hier hat mir gesagt, hier oben sei es sehr gefährlich für euch – besonders für die Frauen und Kinder.« Der Mann starrte ihn verwundert an. Seine Augen drückten gleichzeitig Zorn und Furcht aus. »Er hat gesagt, man würde euch Reiter auf den Hals hetzen. Hast du das gewußt? Menschen könnten verletzt werden.«

»Verletzt?« erwiderte der Mann voller Verachtung. Dann stieß er ein kaltes Lachen aus. »Besser verletzt als

tot! Wir können nicht unten bleiben – nicht, solange dieses Ding dort unten ist!« Er hob wütend die Stimme. »Wenn der Präfekt uns nicht hier oben haben will, dann soll er runtergehen und das Ding töten. Meinetwegen kann er auch seine tapferen Reiter schicken. Falls er sie aber statt dessen uns auf den Hals hetzen sollte, dann wird er sein blaues Wunder erleben, das kann ich dir sagen. Ich stelle mich lieber einem Dutzend berittener Weartan entgegen, als daß ich mich auf tausend Schritt diesem Ding nähere. Habe ich nicht recht, Jungs?«

Ein zustimmendes Raunen ging durch die Tunnelratten, und Atlon bemerkte, daß sie inzwischen zum Mittelpunkt einer stetig wachsenden Zahl von Zuhörern geworden waren. Heirn war näher an ihn herangerückt und versuchte, die Aufmerksamkeit seines Freundes zu erregen.

Sicherheitshalber hob Atlon die Hände als Zeichen seiner Friedfertigkeit. »Ihr riskiert eine Konfrontation mit den Weartan nur wegen eines *Tieres*?« Er achtete darauf, daß sein Tonfall eine angemessene Mischung aus Überraschung und Unglauben ausdrückte. »Das muß ja wirklich ein bösartiges Vieh sein. Wie sieht es denn aus? Könnt ihr es denn nicht fangen? Ich habe auf meinen Reisen schon so manche seltsame Kreatur gesehen, aber nichts, was man nicht mit ein wenig Entschlossenheit und Hinterlist hätte zur Strecke bringen können – oder jedenfalls nichts, das es wert gewesen wäre, deswegen eine Reiterattacke zu riskieren, glaubt mir.« Im Laufe der vergangenen zwei Tage hatte Heirn Atlon und dessen Fähigkeiten im Umgang mit Menschen kennen- und schätzen gelernt, doch diese Vorstellung überraschte selbst ihn. Irgendwie war es Atlon gelungen, seine Fragen so zu stellen, daß sich niemand davon beleidigt oder gar provoziert fühlen konnte. Aber wie dem auch sein mochte: Heirn tastete unauffällig nach seinem Schlagring – nur für den Fall ...

»Dann hast du noch nie so etwas wie diese Kreatur

gesehen«, erwiderte der Mann und fixierte Atlon. »Und mit Sicherheit hast du noch nie so etwas *gehört.*« Wieder erhob sich ein zustimmendes Murmeln. »Wenn sie heult, dann ist das, als wäre ...«, er suchte nach einem geeigneten Wort, »... als wäre dein schlimmster Alptraum Wirklichkeit geworden. Es geht dir durch Mark und Bein, dreht dir den Magen um, und deine Knie werden weich wie Butter. Du traust dich nicht mehr, dich zu bewegen – ja, du *kannst* es auch gar nicht mehr.« Der Mann senkte die Stimme, als würde allein die Erwähnung der Kreatur ausreichen, um sie herbeizubeschwören.

Atlon fragte sich, mit was für einer Art Mensch er überhaupt sprach. Mit einem Gescheiterten, soviel stand fest, denn schließlich hatte ihn das Schicksal unter die Stadt verbannt. Doch der Mann erzählte seine Geschichte mit einer Inbrunst, die selbst den größten Geschichtenerzähler beeindruckt hätte. Die Menschen, die sich um sie herum versammelt hatten, schwiegen und lauschten, und trotz des strahlenden Sonnenscheins vermochte Atlon die düstere Atmosphäre der Tunnel zu spüren.

»Die Kreatur ist erst vor knapp einem Tag erschienen, aber es ist, als wäre sie schon ewig dagewesen. Überall hat es Tote gegeben.« Der Mann sackte in sich zusammen, und seine Augen blickten in eine unbestimmte Ferne. »Als ich ...« Er holte tief Luft. »Bevor ich in den Tunneln gelandet bin, hatte ich eine kleine Hühnerzucht. Es war nicht viel, aber es hat zum Leben gereicht. Eines Nachts ist ein Fuchs in den Hühnerstall eingedrungen. Er hat sie alle getötet. Er hat sie nicht gefressen, nein, er hat sie einfach nur alle umgebracht.« Atlon schaute erneut in Augen voller Furcht und Entsetzen. »Und genau das sind wir da unten: Hühner. Wir gackern und flattern hilflos mit den Flügeln. Wir können gegen diese Kreatur ebensowenig ausrichten wie meine Hühner gegen den Fuchs.« Er beugte sich zu Atlon und fuhr flüsternd fort: »Ich habe gesehen, wie die Kreatur einen Mann mit einem einzigen Hieb von oben bis unten auf-

geschlitzt hat. Dann hat sie einen anderen mit ihren Krallen aufgespießt, ihn wie nichts in die Höhe gehoben und ihn geschüttelt wie eine Ratte. Anschließend hat sie ihm den Arm abgerissen und ihn fünfzig Schritt weit weggeschleudert – genau vor meine Füße. Und plötzlich war das Vieh verschwunden. So schnell ... Es war so verdammt schnell ...« Er begann zu zittern. Seine Gefährten klopften ihm beruhigend auf die Schultern und sprachen ihm Mut zu.

»Es tötet nur um des Tötens willen«, erklärte irgend jemand. »Und es scheint niemals müde zu werden.« Der Sprecher hielt sich die Ohren zu. »Egal, wohin du dich auch wendest, überall hörst du dieses entsetzliche Heulen und das Schreien der Menschen! Einmal ist es ganz weit entfernt, und nur eine Minute später ist es ganz in deiner Nähe, und die ganze Zeit über denkst du nur: Was ist das da in den Schatten? Bin ich jetzt dran? Werde ich der nächste sein, der dieses schreckliche Schreien ausstößt?« Er schüttelte energisch den Kopf. »Ich versuche lieber mein Glück gegen einen Weartan-Knüppel, als daß ich dort wieder hinuntergehe.«

»Der Präfekt wird etwas gegen das Vieh unternehmen müssen! Wir können es nicht!« rief jemand von hinten. Wieder ging ein zustimmendes Raunen durch die Menge. »Wir bleiben so lange hier oben, bis er endlich etwas dagegen tut!«

Atlon wiederholte seine erste Frage: »Wie sieht diese Kreatur aus?«

Daraufhin wurden ihm mehrere widersprüchliche Beschreibungen gleichzeitig gegeben. Sie war größer als ein Mann und kleiner als ein Mann; sie war wie ein Hund und wie eine Katze, und ihre Augen waren rot, grün, gelb. Sie lief seltsam – auf zwei Beinen, auf vier –, und sie war schnell. Letzterem stimmte jeder zu. Sie war *sehr* schnell.

Atlon senkte den Blick und schaute einen Moment lang auf das staubige Pflaster der Straße, und in seinen

Gedanken bildete sich die Vision eines Schlachtfeldes. Er hatte ein schlechtes Gewissen ob dessen, was er nun tun wollte. Er hatte kein Recht, diese Menschen solcherart zu benutzen; sie waren zu schwach, zu verwundbar. Andererseits machte er sich klar, daß diesen Menschen ohnehin eine blutige Konfrontation bevorstand und daß er ihnen ja nur die Wahrheit sagen wollte. Atlon ballte die Fäuste, und seine Fingernägel gruben sich in die Handteller, bis er den Schmerz spürte.

»Vergangene Nacht«, begann er, »hat es einen Freien Kampf im Jyolan gegeben. Ich habe ihn zwar selbst nicht gesehen. Aber nach allem, was ich gehört habe, ist das Tier, das eure Leute tötet, dasselbe wie jenes, das dort im letzten Kampf angetreten ist.«

Plötzlich wurde er sich bewußt, daß es um ihn herum vollkommen still geworden war. Alle Augen waren auf ihn gerichtet.

»Niemand weiß, wem dieses Tier gehört. Doch es heißt, die Kyrosdyn seien die Eigentümer.«

Die Stimmung um ihn herum änderte sich merklich, und das Wort ›Kyrosdyn‹ hallte zischend durch die Menge.

Atlon sah ein Funkeln der Erkenntnis in den Augen des Mannes, den er angehalten hatte. »Natürlich«, sagte der Mann leise. »Wer auch sonst hätte dafür verantwortlich sein können? Sie treiben sich ständig da unten herum. Ja, sie gehen sogar in die Höhlen, an Orte, von denen sich Menschen besser fernhalten sollten.«

Dann wurde das Wort ›Kyrosdyn‹, das langsam und leise von Mund zu Mund wanderte, durch ›Vaskyros‹ ersetzt, und kurz darauf wurde aus dem Flüstern ein Schrei, und die Menge setzte sich in Bewegung.

Atlon fiel es schwer, Heirn in die Augen zu schauen. »Ich hoffe, daß irgendwo irgendwer mir eines Tages dafür vergeben wird«, sagte er.

Heirn betrachtete den Strom der Tunnelratten. Sein Gesicht war schmerzverzerrt. Als ehrlicher und offener

Mensch hatte er für Atlons Tat nichts als Abscheu übrig. Er wollte sich einfach umdrehen und fortgehen – zurück in seine Schmiede – und alles vergessen, was in den vergangenen zwei Tagen geschehen war. Und er hatte sich bereits halb umgedreht, als er plötzlich spürte, daß auch Atlon voller Schmerz und Verzweiflung war. Heirn sah nichts an diesem Fremden, was darauf hindeutete, daß er jemand war, der andere Menschen skrupellos manipulierte, um sie für seine eigenen finsteren Zwecke einzuspannen. Er *durfte* ihn jetzt nicht im Stich lassen.

Heirns Stimme klang barsch, als er mühsam hervorbrachte: »Du hast ihnen die Wahrheit gesagt. Außerdem hätten sie einer Konfrontation sowieso nicht mehr lange aus dem Weg gehen können, und wenn es denn schon dazu kommen muß, dann besser vorm Vaskyros, wo der ganze Ärger angefangen hat, als vorm Palast des Präfekten.«

Obwohl Heirns Ansichten mit den seinen weitgehend übereinstimmten, tröstete das Atlon nur wenig. Irgendwie hätte er sich besser gefühlt, wenn der Schmied ihm widersprochen hätte. Er biß die Zähne zusammen.

Als er und Heirn sich wieder auf den Weg machten, versuchte Atlon, sich vor sich selbst zu rechtfertigen. Die Umstände hatten ihm einfach keine andere Wahl gelassen. Zwar vermochte niemand zu sagen, inwiefern es den Lauf der Dinge beeinflussen würde, daß er den Tunnelratten die Wahrheit gesagt hatte; aber *daß* es etwas verändern würde, stand außer Frage, und Veränderungen bedeuteten neue Möglichkeiten.

»Gut gemacht«, flüsterte ihm Dvolci ins Ohr. »Es sind Zeiten wie diese, wo ich besonders glücklich darüber bin, kein Mensch zu sein.« Das war eine Phrase, die Dvolci häufig gebrauchte, doch nun war der sonst übliche Spott in seiner Stimme echtem Mitgefühl gewichen. Atlon entspannte sich wieder ein wenig.

Während sie eilig weitergingen, blickte Heirn ständig nervös über die Schulter zurück.

»Mach dir keine Sorgen wegen der Weartan«, sagte Atlon. »Das Geräusch herangaloppierender Pferde ist mir schon von Kindesbeinen an vertraut. Ich werde dir rechtzeitig sagen, wenn sie kommen.«

Heirn nickte ihm verstehend zu ... und dann drehte er sich instinktiv wieder um.

Wie Heirn gesagt hatte, war der Weg zum Vaskyros lang und kompliziert. Allerdings war das nichts Ungewöhnliches in Arash-Felloren, denn selbst wenn das Ziel nicht allzu weit entfernt war, mußte man sich durch das Labyrinth der schier endlosen, verwinkelten Straßen kämpfen, an unübersichtlichen Kreuzungen die richtige Abzweigung wählen und weite, offene Plätze überqueren, auf die teilweise über ein Dutzend Straßen mündeten. Von Zeit zu Zeit glaubte Atlon, eine gewisse Ordnung in alledem erkennen zu können. Doch stets verschwand dieser Eindruck ebenso schnell wieder, wie er gekommen war, und so dachte Atlon nicht weiter darüber nach. Dennoch schaute er sich ständig aufmerksam um, ähnlich wie Heirn, doch aus anderen Gründen. Es konnte durchaus sein, daß sie schon bald wieder auf demselben Weg zurücklaufen mußten – und noch dazu mit beachtlicher Geschwindigkeit. Jedesmal, wenn er zurückblickte, mußte Atlon an sein Pferd denken, und jedesmal tat es ihm aufs neue leid, daß er es bei Heirn zurückgelassen hatte. Er hätte nicht gedacht, daß ihm die Trennung so schwerfallen würde.

Allmählich hatte sich Atlon an das hektische Treiben gewöhnt, das auf den Straßen der Stadt herrschte, und unter anderen Umständen hätte er jede Gelegenheit begrüßt, die Menschen zu studieren und mehr über diesen bemerkenswerten Ort zu erfahren. Nun jedoch kam ihm die Straße wie eine tiefe Schlucht vor, eingerahmt von riesigen Gebäuden, die das Licht der Sonne aussperrten. Dann erreichten sie eine Brücke, und Atlon blickte über die Brüstung hinab auf das komplizierte Muster aus Straßen und Häusern unter ihm. So ver-

mochte er zum ersten Mal zumindest einen winzigen Teil der Stadt als Ganzes zu überblicken. Es war ein verwirrender Anblick: überfüllte Gassen, hohe Galerien, Arkaden und Häuser ... Überall waren Häuser – alt und neu, verkommen und reich verziert, Mauer an Mauer. Natürlich fehlten auch die vereinzelten Grünflächen nicht: kleine Parks und Gärten, die durch die hohen Häuser vor den unbarmherzigen Strahlen der Sonne geschützt wurden.

Doch all diese Eindrücke registrierte Atlon nur im Vorübergehen. Die kurze Vision des Schlachtfelds, die er in Gegenwart der Tunnelratten gehabt hatte, hatte ihn in seinem Entschluß bestärkt, und nun hielt er sich an ihr fest, um nicht wieder wankend zu werden. Bei jedem Schritt nutzte er die Vision und all sein Training, um sich auf das vorzubereiten, was ihn vermutlich im Vaskyros erwarten würde. Wann immer er spürte, daß seine Konzentration nachließ, intonierte er im Geiste: »Das ist kein warmer, sonniger Tag in einer faszinierenden Stadt. Das ist immer noch ein Schlachtfeld – *Sein* Schlachtfeld.« Zwar war die Erde hier weder von Blut durchtränkt noch von Leichen bedeckt, und auch das Schreien der Verwundeten erfüllte nicht die Luft, doch Atlon ließ sich nicht von seiner Vorstellung abbringen. Wie friedfertig die Stadt im Augenblick auch wirken mochte, *Seine* Gegenwart war deutlich zu spüren, wenn auch nur schwach und weit entfernt, und das bedeutete unweigerlich Tod und Zerstörung.

Auf der Suche nach weiterer Unterstützung in seinem inneren Kampf erinnerte sich Atlon an die kurze Zeit, die er mit der Garde der Königin verbracht hatte. Zwar hatte er von ihnen nur wenig in bezug auf seine Kampfkünste gelernt – er war sowieso nicht zum Kämpfer geeignet –, doch er hatte ihre offene Art zu denken übernommen, und das hatte ihm schon in manch einer Situation geholfen, die nichts mit Kampf zu tun gehabt hatte. Vor allem hatten ihn die Soldaten gelehrt, daß er keine Angst vor

der Angst haben durfte – daß Furcht sogar eine der Grundvoraussetzungen war, um mit den unterschiedlichsten Gefahren fertig zu werden.

»Es verlangt niemand von dir, daß du es genießen sollst.« Atlon lächelte, als er sich dieser Worte erinnerte, mit denen ihn ein Soldat aufgebaut hatte, während er vor Angst zitternd hinter einem Felsen gekauert hatte.

»Wie fühlst du dich?« fragte Dvolci, dem die seltsame Stimmung seines Freundes nicht entgangen war.

»Schlecht. Aber ich glaube, ich bin bereit«, antwortete Atlon.

»Gut«, erwiderte Dvolci. »Du *kannst* es schaffen, Atlon. Laß dich nicht von deiner angeborenen Unsicherheit verwirren, und vertraue auf deine Fähigkeiten.« Er war ungewöhnlich ernst. »Als du dich an jenem verhängnisvollen Tag gemeinsam mit deinen Brüdern dem Feind gestellt hast, warst du mit einer Macht konfrontiert, die um ein vielfaches stärker war als alles, was dir diese Leute entgegensetzen können. Das hat dich stark gemacht. Du bist zwar nicht stolz darauf, aber du *weißt*, daß es so ist! Und seitdem bist du ständig stärker geworden. Der Atlon vor jenem Tag hätte sich bestimmt nicht gegen diesen Novizen zur Wehr setzen können ... geschweige denn Pinattes Macht im Zaume halten, oder was meinst du?«

Atlon antwortete nicht darauf. Statt dessen fragte er seinerseits: »Es gibt *wirklich* keinen anderen Weg, stimmt's?«

»Nein«, erklärte Dvolci, ohne zu zögern. »Egal, was man Pinatte auch angetan haben man, auf jeden Fall verwandelt es ihn in etwas, was nach unserem Wissen nicht sein kann. Vielleicht haben diese Kyrosdyn, diese ... diese *Kristallpfuscher* gehofft, ihn irgendwie kontrollieren zu können. Aber ich stimme mit dir überein: Ich glaube nicht, daß ihnen klar war, was sie damit angerichtet haben. Ich kann mir nicht vorstellen, daß irgend jemand – noch nicht einmal ein Mensch – etwas Derartiges

absichtlich tun würde. Solch eine *Schöpfung* kann genausowenig kontrolliert werden wie der Umlauf der Erde um die Sonne. Er ist bereits jetzt unberechenbar und äußerst gefährlich, und es wird noch schlimmer werden – und zwar schon bald. Wir haben keine Zeit, um nach Hause zurückzukehren und Bericht zu erstatten. Wir müssen ins Herz dieser Angelegenheit vorstoßen, und das bedeutet, die Kyrosdyn aufzusuchen. Im Augenblick wissen sie vielleicht noch nicht, was geschehen ist, doch das wird nicht mehr lange so bleiben. Außerdem sind sie die einzigen, die uns sagen können, was sie mit Pinatte gemacht haben.«

Atlon streichelte über den Kopf des Felci. Dvolcis Gebrauch des Wortes ›wir‹ hatte ihn tief bewegt. »Diese Ichbezogenheit ist wohl eine typisch menschliche Eigenschaft«, sagte er. »Bitte entschuldige. Wie fühlst *du* dich?«

Dvolci stieß ein leises Knurren aus. »Geht so, aber ich bin bereit. Du kennst mich doch.«

»Hast du wieder diesen schlechten Geschmack im Mund?«

»Ich fürchte ja.« Dvolci schüttelte energisch den Kopf.

Sie schwiegen, und umgeben vom Lärm der Stadt setzten sie ihren Weg fort.

Nach ihrem Treffen mit den Tunnelratten schien es Atlon, als hätten sich die elenden Gestalten von einem Augenblick auf den anderen in Nichts aufgelöst. Doch nun wurde er sich einer stetig wachsenden Spannung in der Luft bewußt. Heirn, der die Stimmungen der Stadt noch weitaus besser zu deuten vermochte, hatte es ebenfalls bemerkt – und den Grund dafür entdeckt.

»Hier wimmelt es geradezu von Tunnelratten«, flüsterte er. Offenbar fürchtete er, belauscht zu werden.

Atlon wandte sich um. Die Tunnelratten schienen tatsächlich überall zu sein. Eine Flut abgerissener, grauer Gestalten ergoß sich auf die Straße und beraubte die Stadt all ihrer Farbe – es war, als würde eine unheilvolle Sonne Arash-Felloren in ihr trübes Licht tauchen.

»Ist es wahr, daß unter der Stadt mehr Menschen leben als an der Oberfläche?« fragte Atlon. In der kurzen Zeit, da er den Schmied kannte, hatte er Heirn noch nie so unsicher erlebt.

»Das sagt man zumindest ... aber man sagt ja so vieles, nicht wahr? Wenn du eine ehrliche Antwort haben willst, dann muß ich gestehen: Ich weiß es nicht, und ich bezweifele, daß es überhaupt jemand weiß. Es gibt auch über der Erde genug Stadtteile, über die niemand etwas weiß, von den unterirdischen Bereichen ganz zu schweigen ... Oh!«

Sie waren gerade um eine Ecke gebogen und befanden sich nun auf einem weiten, offenen Platz. Den beiden Männern schräg gegenüber befand sich eine breite, leicht ansteigende Straße, die nach einigen Metern nach links abbog und außer Sichtweite verschwand. Hinter den Häusern, die den Platz säumten, ragten die riesigen Türme des Vaskyros in den Himmel. Obwohl Atlon das Stammhaus der Kyrosdyn noch nie gesehen hatte, erkannte er es sofort, denn der Anblick der seltsam brutalen Muster des Gebäudes *brannte* sich förmlich in seinen Geist. Der Grund für Heirns Ausruf war allerdings nicht der Vaskyros, sondern der Strom der Tunnelratten, die sich die breite Straße emporarbeiteten.

»Haben die paar Worte das etwa ausgelöst?« überlegte Atlon.

»Scheint so«, erwiderte Heirn und schaute sich besorgt um.

»Ich werde die Pferde schon rechtzeitig kommen hören«, wiederholte Atlon beruhigend.

»Ich bin nur überrascht, daß sie nicht schon längst hier sind«, erklärte Heirn. »Sie müssen doch inzwischen wissen, was hier vor sich geht.«

»Vielleicht wimmelt es auch in anderen Stadtteilen von Tunnelratten.« Das war Dvolci. »Es sind offenbar sehr viel mehr, als wir zu Anfang vermutet haben. Sie scheinen überall zu sein.«

»Schon möglich«, stimmte ihm Heirn zu. »Aber natürlich könnte die Abwesenheit der Weartan auch andere Gründe haben. Vielleicht haben sie Streit mit den Kyrosdyn ... doch egal: Was auch immer der Grund dafür sein mag, es bedeutet nichts Gutes.«

»Erklär mir das«, verlangte Atlon. Er starrte wie hypnotisiert auf den Vaskyros.

»Egal, ob zu Recht oder zu Unrecht, die Leute mögen einfach keine Tunnelratten«, erwiderte Heirn und deutete auf die graue Masse, die langsam die Straße entlangkroch. »Das wird nicht mehr lange so weitergehen. Wenn die Weartan nichts unternehmen, dann werden sich die Gilden, die Adelshäuser oder sonst irgend jemand darum kümmern. Um das Problem zu beseitigen, wird man Söldner anheuern, und die sind sogar noch unberechenbarer als die Weartan.«

Atlon nickte bedächtig. »Und wenn wir in einen solchen Streit hineingeraten, dann sind wir wahrscheinlich auch dran.«

»Allerdings«, bestätigte Heirn.

Atlons Gesicht wurde zu einer steinernen Maske. »Falls sie zu Fuß kommen, beschützt du mich, und falls sie mit Pferden anrücken, hole ich einen von ihnen aus dem Sattel und beschütze dich. Gib es noch einen anderen Weg zu ... zu diesem Ort?« Er deutete auf den Vaskyros. Es war ihm zuwider, den Namen auszusprechen.

Heirn schaute ihn scharf an. »Ja, ich glaube schon. Was meinst du damit, du würdest einen aus dem Sattel holen und mich beschützen?« Sein Tonfall verriet Unglauben.

»Genau, was ich gesagt habe«, antwortete Atlon und bedeutete Heirn weiterzugehen. »Seit meiner Ankunft hier habe ich eine Menge Leute im Sattel gesehen, aber nicht einen einzigen richtigen Reiter. Die Mehrheit reitet nicht viel besser als Dvolci. Es wird mir nicht schwerfallen, einen vom Pferd zu werfen. Es grenzt schon an ein Wunder, daß sie sich überhaupt im Sattel halten können.«

Atlon hatte mit einem derartigen Selbstvertrauen gesprochen, daß Heirn nicht so recht wußte, was er darauf erwidern sollte, und so erklärte er nur spöttisch: »Zu Fuß übernehme ich also unseren Schutz und zu Pferd du. Wie ihr befehlt, Herr General.« Der Platz war mit Tunnelratten geradezu überfüllt, und alle folgten sie Atlon, auch wenn sie sich dessen nicht bewußt waren. Während die Elendsgestalten unbeirrt auf den Vaskyros zuhielten, wurden sie von allen Seiten beschimpft, besonders von den vielen kleinen Straßenhändlern, die diesen Platz ebenso bevölkerten wie jeden anderen in der Stadt. Atlon vernahm die gleichen wütenden Stimmen, die er auch vor Eldas Taverne gehört hatte. Überall entstanden laute und bisweilen gewalttätige kleine Konfliktherde.

»Geh einfach weiter«, ermahnte ihn Heirn.

Atlon fühlte sich erleichtert, als der Vaskyros hinter den Häusern verschwand, und kurz darauf kamen sie an eine weitere Abzweigung. Heirn blieb unvermittelt stehen. Fünf Straßen trafen hier aufeinander, und Atlon sah, daß sich jede von ihnen nach wenigen Metern bereits wieder in mehrere andere aufspaltete.

»Hier entlang«, erklärte Heirn nach kurzem Nachdenken. »Hier in der Gegend kenne ich mich nicht gut aus. Ich war noch nicht oft hier. Das Problem ist, daß der Vaskyros in einen Hügel hineingebaut worden ist. Auf einer Seite fällt er steil ab. Hier gibt es unzählige Straßen, die plötzlich im Nichts enden.«

Die Straße, auf der sie nun wanderten, war staubig und bestand aus weitaus gröberen Pflastersteinen als alle anderen, die Atlon bisher gesehen hatte. Zwischen den einzelnen Steinen wuchs Gras und Moos, und nur die unbarmherzige Hitze des Sommers hatte die Pflanzen davon abgehalten, alles zu überwuchern. Offenbar war die Straße sehr alt, und sie wurde nur selten benutzt, obwohl tiefe Rillen im Pflaster darauf hindeuteten, daß hier einst reger Verkehr geherrscht haben mußte. Auf der einen Seite hörten die Häuser plötzlich auf und wurden

von einer steilen Felswand abgelöst, während sie auf der anderen Seite immer kleiner wurden und eher nüchtern wirkten. Atlon sah nicht die kleinste Verzierung. Abgesehen von einigen wenigen baulichen Unterschieden, die ihre Ursache im unebenen Untergrund hatten, waren die Häuser nahezu identisch. Sie bestanden aus derselben Art Stein wie die Straße und schienen auch genauso alt zu sein. In regelmäßigen Abständen zweigten weitere Straßen im rechten Winkel von dieser Straße ab, und überall standen die gleichen, beinahe vollkommen identischen Gebäude. Trotz des strahlenden Sonnenscheins machte das Ganze einen trostlosen Eindruck. Atlon vermutete, daß es sich bei den Häusern um die Quartiere von Dienern, niederen Offizieren oder Stadtbediensteten handelte. Schließlich wandte er sich von der tristen Monotonie der Häuser ab und schaute die zerklüftete Felswand hinauf. Zwar konnte er nichts erkennen, doch er wußte, daß dort oben der Vaskyros auf ihn wartete, und noch während er diesem Gedanken nachhing, wich die Felswand einer hohen Mauer. Atlon ging näher an die Begrenzung heran. Sie bestand aus ungewöhnlich großen Steinquadern, die so präzise miteinander verbunden waren, daß noch nicht einmal ein einzelner Grashalm Halt in den Zwischenräumen finden konnte.

Als Atlon an der Mauer emporschaute, bemerkte er, daß sie nach außen gewölbt war – eine seltsame Perspektive, die ihn schwindeln ließ –, und er trat einen Schritt zurück. »Das ist allerfeinste Handwerkskunst«, erklärte er Heirn.

»Ich habe sie mir noch nie so genau angeschaut«, erwiderte der Schmied.

»Das haben Militäringenieure gebaut«, fuhr Atlon fort, »und noch dazu verdammt gute. Ich wette, weiter oben gibt es alle möglichen Vorrichtungen zum Schutz vor einer Belagerung.«

Heirn konnte Atlons Begeisterung nicht teilen. »Ich dachte, du seist ein Gelehrter, kein Soldat.«

»Während meiner Studien mußte ich mich zwangsläufig auch mit militärischen Dingen beschäftigen. Unglücklicherweise erweist sich der Spruch nur allzu oft als wahr, daß der Krieg der Vater aller Dinge ist. Die Menschen sind immer besonders erfindungsreich, wenn ihr Überleben auf dem Spiel steht. Wenn sie nicht aus ihren Niederlagen lernen, dann sind sie verflucht, das gleiche Schicksal ein zweites Mal zu erleiden.«

Nun blickte auch Heirn an der Mauer empor. »Ich nehme an, du hast recht«, sagte er. Dann runzelte er die Stirn. »Deinetwegen beginne ich allmählich, meine Stadt mit den Augen eines Fremden zu sehen. Einiges, was ich dabei entdecke, ist wirklich sehr interessant. Aber andere Dinge gefallen mir ganz und gar nicht.«

Trotz all der Sorgen, die er sich ob seines Vorhabens machte, konnte Atlon sich ein Lächeln nicht verkneifen. »Nichts verschafft dir mehr Sicherheit, als die Dinge so zu sehen, wie sie sind, ohne dir etwas vorzumachen.«

Heirn grunzte mißmutig. Die Straße wurde immer steiler, und die beiden Männer kamen nur langsam voran. Seit sie diesen Stadtteil betreten hatten, war ihnen noch niemand begegnet. Nur vereinzelt beobachtete sie jemand aus einem Fenster heraus. Als sie sich dem Gipfel des Hügels näherten, wurden sie von den wütenden Rufen einer großen Menschenmenge empfangen.

Kapitel 27

Am Rande der Panik lag er bereits eine ganze Zeit lang wach und starrte hinauf an die Decke, bevor er sich langsam wieder daran erinnerte, wer er war. Die Panik ließ allmählich nach, während ihm ebenso langsam wieder einfiel, *wo* er war.

Die Nacht war für ihn wie ein schwarzer, reißender Strudel gewesen, der ihn zwischen blankem Entsetzen und einer beinahe krankhaften Freude hin und her geworfen hatte. Das seltsame Summen, das ihn zu der winzigen Öffnung in der Wand gezogen hatte, hatte ihn dort festgehalten und sich nach und nach jeder Faser seines Körpers bemächtigt. Was er war und wie er hierhergekommen war ... All dieses Wissen war von einem Augenblick auf den anderen verschwunden. Es gab nur noch die unendliche Finsternis, durch die er stürzte, und den alle Sinne benebelnden Geruch der Beute. Und ihr Lied – lang und unwiderstehlich. Gedanken drangen auf ihn ein, unzusammenhängende, fremde Gedanken, entsetzlich und verführerisch zugleich. Nur die Erinnerung an einen großen Verlust war ihm geblieben und an die Flucht vor einem fürchterlichen Feind. Doch das alles wurde von dem dumpfen Schmerz des endlos leeren Daseins überlagert, das er in dieser Finsternis fristete.

Pinatte riß die Augen auf, als könne nur der trübe Schein der Öllampe die Finsternis aus seinem Geist vertreiben. Er zitterte. Die Erinnerung an die Ereignisse der Nacht begann bereits, sich aufzulösen. Aber sie *waren* real gewesen – dessen war Pinatte sicher –, es hatte sich nicht um einen Traum gehandelt. Was er erlebt hatte, war geradezu körperlich spürbar gewesen. Einige wenige Male war es ihm gelungen, sich von dem mörderischen Willen zu befreien, der in der Finsternis jagte. Dann war er wieder er selbst gewesen und hatte das ganze Ausmaß des Schreckens erkannt, dessen Zeuge er wurde. Er hatte die Menschen *gesehen* – Männer, Frauen und Kinder –, die schreiend und von Entsetzen erfüllt durch die Dunkelheit flüchteten. Die Erinnerung daran ließ ihn schaudern. Freude und Abscheu zugleich drohten, ihn zu überwältigen.

Entsetzt setzte er sich auf, und die Bewegung half ihm, sich ein weiteres Stück von den Geschehnissen zu entfernen. Pinatte schaute sich in dem Raum um und zwang

sich, an etwas anderes zu denken. Das war nun *sein* Zimmer, egal, ob er es sich selbst ausgesucht oder ob Barran es ihm gegeben hatte. Doch während er die verwitterten Wände betrachtete, wußte er, daß in diesen Mauern schreckliche Dinge geschehen waren – schreckliche Dinge, an denen *er* teilgenommen hatte. Und er wußte auch, daß sie noch immer geschahen ...

Aber das alles zählte nicht: Was bedeutete schon ein wenig Blutvergießen, wenn es ihm auf dem Weg in seine neue, glorreiche Zukunft half?

Die Kälte dieses Gedankens brachte wieder die Erinnerung an das Schreien zurück, dieses entsetzliche, fürchterliche Schreien ... Doch im selben Augenblick erkannte er, daß dieses Schreien nur in seinem Geist war. Sein Körper empfand weder Scham noch Abscheu. Tief in seinem Inneren genoß er es sogar. Selbst jetzt noch gierte er nach ...

Nach was?

Pinatte preßte die Hände auf die Schläfen, während in seinem Inneren ein heftiger Kampf tobte. Langsam wich der fremde Wille von ihm und mit ihm das Verlangen. Andere Gedanken machten sich in Pinattes Geist breit. Was geschehen war, war außerhalb seiner Kontrolle passiert. Es war nicht sein Fehler gewesen! Das waren nur schwache Entschuldigungen, doch sie reichten aus, um Pinatte wieder zu sich selbst finden zu lassen und die Unruhe in seinem Inneren zu beenden.

Das war die Kreatur – dessen wurde er sich zunehmend bewußt, während die Wirklichkeit des Raums ihn wieder zurück in die Realität holte und auch die letzten Schatten vertrieb. Ihre Berührung war unverkennbar gewesen. In der Arena hatte sie ehrfürchtig vor ihm das Knie gebeugt, und heute nacht hatte sie ihn abermals auf ihre fürchterliche Jagd mitgenommen. *Wie* so etwas sein konnte, entzog sich Pinattes Verständnis, ebenso wie die Frage nach dem *Warum*. Aber es war so gewesen.

Was würde mit ihm geschehen, wenn er das nächste

Mal einschlief? Zwar war der Gedanke nicht mehr so schrecklich wie zuvor, doch Pinatte ließ trotzdem rasch von ihm ab. Dies war der Beginn eines neuen Tages, und der nächste Schlaf war noch weit entfernt. Später würde er noch genug Zeit haben, sich Sorgen darüber zu machen. Daß er gleichzeitig dem Ereignis voller Vorfreude entgegenschaute, verdrängte er.

Pinatte stand auf und rieb sich über die rechte Hand. Sie juckte ein wenig. Als er sie ins Licht hielt, sah er, daß die Reste des Mals, das ihm der Kyrosdyn beigebracht hatte, unverändert waren. Dort, wo er sich bei seinem Sturz die Schürfwunde zugezogen hatte, endete das Mal abrupt, und seine dunkelgrüne Färbung wich der leuchtendroten Narbe. Pinatte strich mit dem Finger über das Mal. Er empfand weder Schmerz noch sonst irgend etwas. Was war das? Was hatte der Mann mit ihm gemacht? Hatte er wirklich nur versucht, ihn mit einem Trick zu verwirren und ihn so für seine Impertinenz zu bestrafen, wie Lassner behauptet hatte?

Pinatte lächelte. Es war egal. Was auch immer der Mann mit ihm gemacht haben mochte, das Mal hatte ihm nicht geschadet, im Gegenteil: Es hatte ihn hierhergeführt – hierher, wo er frei von Lassner war und wo er für Barran arbeitete. Pinatte ballte die Faust und verspottete den unbekannten Kyrosdyn im Geiste mit seinem Dank.

Der Gedanke an Barran ernüchterte ihn allerdings. »Wenn du dich gut machst, dann wartet hier ein Vermögen auf dich«, hatte Barran gesagt, und alles, was er am Anfang von Pinatte verlangt hatte, war das Säubern von ein paar Spiegeln – oder was auch immer die Dinger sein mochten. Dann fielen ihm Barrans andere Worte ein: »Komm jeden Morgen zu mir.«

Diesmal drohte eine andere Art von Panik, Pinatte zu übermannen. Wie spät war es? Wahrscheinlich erst kurz nach Sonnenaufgang ... hoffte er. Jedenfalls wachte er normalerweise um diese Zeit auf, aber nach einer Nacht wie der letzten ... Auch auf dem Gang war weder etwas

zu hören noch zu sehen, was ihm bei der Orientierung hätte helfen können.

Pinatte stürmte aus dem Zimmer, und er wäre beinahe gestolpert, als er an der ersten Abzweigung abrupt anhielt. Vielleicht war er sowieso schon zu spät, aber wenn er sich jetzt auch noch verlief ...

Er hatte das Gefühl, als würde ihm seine Zukunft wie Sand zwischen den Fingern zerrinnen. »Immer schön langsam«, ermahnte er sich und fiel in die alte Gewohnheit zurück, die ihm schon bei mancher einer Verfolgungsjagd das Leben gerettet hatte.

Dann machte sich noch eine weitere alte Gewohnheit wieder bemerkbar, und Pinatte durchsuchte seine Taschen nach einem Stück Kreide. Die Straßendiebe von Arash-Felloren hatten ein bemerkenswertes Repertoire an Zeichen und Symbolen, die sie unauffällig an Häuserwänden anbrachten, um sich so mit ihren Kollegen zu verständigen. Solcherart sprach sich rasch herum, welcher Kaufmann neue Leibwächter engagiert hatte, wessen Haus ein paar Tage leerstand, welche Gebiete die Weartan verstärkt patrouillierten und so weiter und so fort. Nachdem Pinatte ein Stück Kreide gefunden hatte, kehrte er wieder zu seinem Zimmer zurück. Da seine Tür nicht die einzige in diesem Gang war, mußte er erst zwei weitere öffnen, bevor er endlich den richtigen Raum gefunden hatte und den Türrahmen markierte.

Das war eine Lektion zur rechten Zeit gewesen. Pinatte legte zärtlich die Hand auf die Wand. Sie kam ihm vertraut vor. Der Jyolan war der einzige Ort, an dem er sein wollte, und wenn es hier eine Zukunft für ihn geben sollte, dann mußte er solche Lektionen nicht nur lernen, er mußte sie bereits im voraus *erahnen*. Pinatte blickte den Gang hinunter und traf einen Entschluß: Ohne die Aufgaben zu vernachlässigen, die Barran ihm stellte, würde er diesen Ort so lange studieren, bis er jeden einzelnen Stein kannte. Sein Wissen um die unzähligen Straßen, Gassen und die kleinen unscheinbaren

Fluchtwege in jenem Teil der Stadt, in dem er gearbeitet hatte, hatte er sich im Laufe mehrerer Jahre angeeignet, teils absichtlich, teils durch Zufall und teils unter Lassners kundiger Führung. Nun mußte er wieder ganz von vorne anfangen. Daß Barran ihn aufgenommen hatte, freute ihn zwar, aber er wußte auch, daß sein Weg in eine glorreiche Zukunft voller Hindernisse war. Abgesehen davon, daß Barran sich jederzeit gegen ihn stellen konnte, mußte er sich hier auch gegen andere durchsetzen, wollte er Karriere machen, und Barrans Männer unterschieden sich deutlich von Pinattes alten Diebeskollegen. Sollte er auch nur einen einzigen falschen Schritt machen, dann war alles aus. Einen Augenblick lang verhärteten sich Pinattes Züge, als ein Teil von ihm sich sogar auf diese Herausforderung freute. Noch vor wenigen Tagen hätte ihn eine solche Reaktion überrascht, doch nun erschien sie ihm als vollkommen normal.

Er mußte sich nicht nur bei Barran einschmeicheln; er mußte auch sein neues Arbeitsgebiet so rasch und so gut wie möglich kennenlernen. Hier gab es weder steile Wände, die man geschickt hinaufklettern konnte, noch unauffällige Öffnungen oder Kanaldeckel, die einem im Notfall eine Fluchtmöglichkeit boten. Hier gab es nur unzählige Gänge, die auf verwirrende Weise miteinander verbunden waren, mal nach oben und mal nach unten liefen und die wie die Straßen der Stadt mal unglaublich breit und mal beängstigend eng waren. Sich in diesen Gängen auszukennen würde ihm eines Tages vielleicht das Leben retten.

Nun da er seine weitere Vorgehensweise festgelegt hatte, beschloß Pinatte, zunächst das Spiegelzimmer aufzusuchen, bevor er zu Barran ging. Überraschenderweise erwies sich dies als verhältnismäßig einfach, da er den Weg noch im Kopf hatte, und zudem befand sich der Raum allein am Ende eines langen Ganges. Dennoch markierte er den Weg.

Nachdem er das Spiegelzimmer erreicht hatte, starrte

Pinatte eine Zeitlang regungslos auf die geschlossene Tür, bevor er nach der Klinke griff. Dann zögerte er plötzlich, und schließlich klopfte er zaghaft an. Das leise Klopfen hallte unerwartet laut in dem leeren Gang wider. Pinatte wollte gerade wieder nach der Klinke greifen, als sie sich bewegte. Er sprang einen Schritt zurück und versuchte, gelassen zu wirken, während die Tür aufschwang und den Blick auf Barran freigab. Pinattes neuer Herr hielt ein Bündel Papiere in der Hand, während die andere hinter der Tür verborgen war. Obwohl Barran hauptsächlich müde und mißtrauisch wirkte, vermochte Pinatte auch eine gewisse Aufregung bei seinem Herrn zu spüren – ebenso wie die Gefahr, die von der verborgenen Hand ausging.

»Ihr habt mich gebeten, den Schlüssel bei Euch abzuholen, Herr«, sagte er rasch und verneigte sich übertrieben, um so unauffällig einen weiteren Schritt zurückweichen zu können – nur für den Fall.

Erkenntnis leuchtete in Barrans Augen, und er öffnete die Tür vollends. Die verborgene Hand richtete irgend etwas hinter seinem Rücken. Als sie wieder hervorkam, war sie leer.

»Woher hast du gewußt, daß ich hier bin?« fragte er.

Pinatte beschloß, die Wahrheit zu sagen. »Das habe ich nicht, Herr. Ich habe nur versucht, mich ein wenig zu orientieren, und dabei habe ich gedacht, ich könnte hier vorbeischauen und nachsehen, ob Ihr vielleicht hier seid. Ihr habt doch gesagt, dies sei ein wichtiger Ort.«

Barran nickte, verließ das Zimmer und schloß die Tür hinter sich.

»Ihr seht müde aus, Herr«, bemerkte Pinatte.

»Das liegt daran, daß ich müde *bin*«, erwiderte Barran spöttisch. »Die letzten Tage waren sehr anstrengend für mich.« Er musterte Pinatte aus zusammengekniffenen Augen. »Du siehst aber auch nicht besser aus, junger Mann. Geht es dir gut?«

»Die letzte Nacht war ein wenig unruhig, Herr. Neuer

Herr, neues Heim.« Pinatte strahlte übers ganze Gesicht. »Und jetzt bin ich hungrig. Ich wollte Euch zunächst finden und mir dann etwas zu essen besorgen.«

Barran musterte seinen neuen Mann noch eine Weile, bevor er schließlich zufrieden zu sein schien und Pinatte ins Zimmer bat. Ein Tisch und zwei Stühle waren seit Pinattes letztem Besuch hierhergebracht worden, und das Holzpaneel war bereits hochgeklappt, so daß die Spiegel deutlich zu sehen waren. ›Die Augen des Jyolan‹, so hatte Barran die seltsamen Apparaturen genannt. Pinatte bezeichnete sie als Spiegel, doch in Wirklichkeit, hatte er noch nie etwas Derartiges gesehen. Sein eigenes Spiegelbild vermochte er nur schwach zu erkennen, und das auch nur, wenn er danach suchte. Ansonsten sah er genau dasselbe wie auch in der vorangegangenen Nacht: Verschiedene Teile des Jyolan, und in beinahe jedem Bild bewegten sich irgendwelche Gestalten. Zwar entsetzte ihn der Anblick nicht so wie beim ersten Mal, aber er beunruhigte ihn dennoch. Wie konnte so etwas sein? Er war versucht zu fragen, welchem Zweck die Spiegel dienten. Doch er wußte nicht, wie er die Frage hätte formulieren sollen. Außerdem spürte er, daß Barran nicht in der Stimmung für eine lockere Unterhaltung war.

»Du wirst Lappen und einen Eimer Wasser brauchen.« Der Klang von Barrans Stimme brachte Pinatte wieder zurück in die Gegenwart. »Und ich glaube, Ellyn hat irgendwas, um Glas damit zu putzen.«

Pinatte beugte sich vor und hörte aufmerksam zu, während Barran ihm erklärte, wie man die Spiegel beim Säubern anfassen mußte.

»Du mußt *sehr* vorsichtig sein, bis wir mehr über die Dinger wissen.«

Barran betonte das Wort ›sehr‹ derart, daß Pinatte von nun an noch aufmerksamer zuhörte. Dennoch ertappte er sich zweimal dabei, wie sein Geist auf Wanderschaft ging. Daß einer der skrupellosesten und mächtigsten Männer der Stadt mit ihm über so banale Dinge disku-

tierte wie Putzen war äußerst verwirrend. Schließlich legte Barran ihm die Hand auf die Schulter, und Pinatte konzentrierte sich wieder.

»Du wirst deine Arbeit doch gut machen, oder, Pinatte?«

Das war keine Frage; das war ein Befehl.

Später war Pinatte allein im Spiegelzimmer und hatte die Tür hinter sich abgeschlossen. Zwischenzeitlich hatte ihn Barran noch zu seinen eigenen Räumen geführt, in denen er vorübergehend während der Instandsetzungsarbeiten im Jyolan residierte. Dort hatte Pinatte Ellyn auch um ›das Zeug zum Glasputzen‹ gebeten, woraufhin Barrans Frau ihn lange angestarrt und schließlich von ihm verlangt hatte, die Frage noch einmal zu wiederholen. Weiter hatte sie nichts gesagt; sie hatte nur spöttisch die Augenbraue gehoben und ihm schließlich einen Tonkrug gegeben, den sie aus einer der zahlreichen Holzkisten in ihrem Zimmer hervorgekramt hatte. Während der ganzen Zeit hatte Pinatte sowohl Ellyns als auch den Blick ihres Mannes gemieden. Dann hatte Ellyn die Nase gerümpft, in Pinattes Richtung genickt und ihrem Mann einen vielsagenden Blick zugeworfen. Barran hatte die Andeutung sofort verstanden. »Zeig ihm, wo er sich waschen kann. Besorg ihm was Ordentliches zum Anziehen, und gib ihm was zu essen«, hatte er gesagt.

Und so war es nun ein vollkommen veränderter Pinatte, der in die Augen des Jyolan schaute. Er war sauberer, adretter und so wohlriechend wie schon seit langer Zeit nicht mehr. Da Schmutz und Dreck stets ein wesentlicher Bestandteil seiner Tarnung als Dieb gewesen waren, hätten ihn wahrscheinlich noch nicht einmal seine Kameraden mit einem sauberen Gesicht erkannt. Gelegentlich drehte er seinen Kopf hierhin und dorthin, um sein schwaches Spiegelbild in einem der seltsamen Apparate in der Wand zu bewundern. Und er war nicht nur sauber; er war auch noch satt, denn Ellyn hatte ihn bestens versorgt.

Nach seiner Rückkehr ins Spiegelzimmer hatte er sich sofort der ihm übertragenen Aufgabe gewidmet. Zunächst war er mit äußerster Vorsicht vorgegangen. Er hatte die dicken Rahmen der Spiegel festgehalten und sie nur zögerlich mit dem Lappen berührt. Doch nachdem er mehrmals aus Nervosität die Spiegel so in Schwingungen versetzt hatte, daß das Bild kurzzeitig verschwommen war, hatte er herausgefunden, daß sie wesentlich robuster waren, als Barran vermutete. Jedesmal war das Bild schon nach kurzer Zeit wieder zurückgekehrt.

Dennoch war das Putzen der Spiegel schwieriger, als Pinatte angenommen hatte. Hier war schon seit Jahren nicht mehr saubergemacht worden, und so war der Staub sehr hartnäckig. Auch wurden Pinattes Finger allmählich steif. Aber er machte unverdrossen weiter, und mit jedem Spiegel, den er gesäubert hatte, wuchs seine Faszination für die seltsamen Geräte. Denn waren sie erst einmal sauber, erstrahlten sie mit einer Klarheit, wie Pinatte sie bei einem gewöhnlichen Spiegel niemals gesehen hatte – sie waren einfach perfekt. Die Bilder, die sie zeigten, waren lebendig, daß Pinatte glaubte, er brauche nur den Arm auszustrecken, um die Menschen auf ihnen berühren zu können. Obwohl er sich inzwischen an den merkwürdigen Anblick gewöhnt hatte, fiel es ihm schwer, sich nicht einfach zurückzulehnen und auf die Spiegel zu starren.

Schließlich schob er den Stuhl zurück, reckte sich und knetete die Finger, um die Steifheit aus ihnen zu vertreiben – ohne Erfolg –, und zu allem Überfluß schmerzten ihn nicht nur die Hände, sondern auch noch die Schultern und der Rücken, und dabei hatte er erst eine einzige Reihe Spiegel geputzt. Es würde sehr lange dauern, bis sie alle sauber waren. Außerdem konnte er einige von ihnen nur erreichen, wenn er sich auf den Tisch stellte.

Doch das war egal. Falls Barran sich über seine Langsamkeit beschweren sollte, konnte Pinatte sich immer

noch mit der Hartnäckigkeit der Staubschicht herausreden – sowie mit der Sorgfalt, die er bei seiner Arbeit an den Tag legte. Er beschloß, vorläufig für sich zu behalten, daß die Spiegel in Wirklichkeit sehr stabil waren – vielleicht würde er später diese ›Entdeckung‹ noch einmal nutzbringend einsetzen können. Im Augenblick konnte er sich dank seiner Aufgabe ungehindert im Jyolan bewegen und so den Ort besser kennenlernen. Sollte ihn jemand bei seinen Streifzügen anhalten, wollte er behaupten, er sei auf der Suche nach Wasser, frischen Lappen oder nach einer Leiter. Irgend etwas Finsteres regte sich in ihm ob dieser Vorstellung, und die Spiegel begannen zu schimmern. Er schüttelte den Kopf. Wahrscheinlich war er schon viel zu lange hier in diesem Zimmer. Auch hatte er zu viel und zu hart gearbeitet – wie damals, als er die hohe Kunst des Taschendiebstahls erlernt hatte. Nun war es erst einmal an der Zeit, den Jyolan zu erkunden.

Pinatte holte den Schlüssel hervor, den er sicherheitshalber in einer verborgenen Innentasche dicht an seiner Haut versteckt hatte, um ihn so vor dem geschickten Zugriff von Seinesgleichen zu schützen. Als er aufstand, erregte eine Bewegung auf einem der Spiegel seine Aufmerksamkeit. Dabei handelte es sich um einen Spiegel, der normalerweise überhaupt keine Aktivitäten zeigte. Pinatte schaute genauer hin. Nur mit Mühe konnte er sich zurückhalten, den Staub mit der Hand abzuwischen. Er sah einen nur schlecht beleuchteten und scheinbar leeren Gang – einen von vielen –, aber da war irgend etwas; dessen war er sicher. Irgend etwas versteckte sich dort, ein Schatten innerhalb von Schatten.

Eine Gestalt huschte an einer Lampe vorbei.

Obwohl sich das Wesen viel zu schnell bewegt hatte, als daß Pinatte irgendwelche Einzelheiten hätte erkennen können, wußte er sofort, daß es sich um den Kampfhund handelte, der vergangene Nacht aus der Arena entkommen war. Sofort war er im Geiste wieder mit Atlon

und Rinter zusammen in jener Passage, wo sie dem Hund gestern begegnet waren, und wieder brach eine Flut von Gefühlen über ihn herein, die er nicht zu kontrollieren vermochte. Das war seine Beute! Der Hund war ihm nun schon zweimal entkommen, und das brennende Verlangen, das dadurch entstanden war, konnte nur durch den Tod des Tieres gestillt werden. Es mußte erlegt werden – *jetzt!* Als hätte der Hund Pinattes Gegenwart gespürt, blieb er einen Augenblick lang regungslos stehen. Dann verschwand er hinter einer Ecke. Pinatte fühlte, wie ein Teil von ihm dem Tier hinterhersprang. Er wirbelte herum und stürmte aus dem Raum ... und stieß mit dem Bein gegen den Tisch.

Der Schmerz verdrängte jeden Gedanken an die Jagd, und Pinatte sank fluchend auf die Knie. Im selben Augenblick hörte er ein leises Klappern. Das war der Schlüssel! Die Vorstellung, was ihm blühen würde, sollte er den Schlüssel verlieren, ließ ihn den Schmerz sofort vergessen. Furcht vor Barrans Rache überlagerte jedes andere Gefühl, und Pinatte hechtete dem Schlüssel hinterher.

Einen Augenblick lang blieb Pinatte schwer atmend auf dem Boden liegen, bevor er seine Finger um den Schlüssel schloß. Sein Bein begann erneut zu schmerzen. Langsam setzte er sich wieder auf und rieb sich den wunden Schenkel. Nachdem der Schmerz nachgelassen hatte, zog er sich an einem Stuhl hoch und ließ den Schlüssel in der geheimen Innentasche verschwinden.

Pinatte rieb sich noch immer das Bein, während er sich selbst für seine Torheit verfluchte. Was hatte er sich nur dabei gedacht, so blind durch die Gegend zu rennen? Er war mit solcher Wucht gegen den Tisch geprallt, daß dieser durch den ganzen Raum geworfen worden war. Was wäre geschehen, wenn der Schlüssel durch eines dieser verdammten Gitter gefallen wäre? Pinatte lief ein Schauder über den Rücken. Er wollte gar nicht daran denken.

Nachdem er sich beruhigt hatte, kam ihm erneut die

Frage nach dem Warum seines dummen Verhaltens in den Sinn. Was war nur in ihn gefahren? Er kannte die Antwort. Während seine Gedanken wieder zu dem entflohenen Hund wanderten, spürte er deutlich den fremden Willen in seinem Geist, der ihn nun schon so oft in seinen Träumen geplagt hatte. Es war die Kreatur. Ein letzter Rest ihrer nächtlichen Verbindung war noch immer in seinem Bewußtsein verankert, doch nun erkannte Pinatte, daß sich ihre Beziehung verändert hatte: *Er* war es, der den Lauf der Dinge bestimmte. Er war der *Herr* der Kreatur. Sie würde sich seinem Willen unterwerfen. Nun verstand er endlich, daß sie sich nur ihrem Blutrausch ergeben hatte, weil er nicht auf ihre Begegnung vorbereitet gewesen war. Sie hatte darauf nicht anders reagieren können, als ihrem lange unterdrückten Verlangen nach dem Schrecken in den Augen ihrer Opfer nachzugeben. Nun jedoch war ihre Beziehung im Gleichgewicht. Pinatte fühlte sich erregt.

Geh und jage, hörte er sich im Geiste sagen. *Friß dich satt, denn ich brauche all deine Kraft. Und wenn ich dich rufe, dann komm zu mir.*

Plötzlich war nichts mehr von der Kreatur zu spüren, und Pinatte war wieder ganz er selbst: ein ehemaliger Straßendieb auf dem Weg nach oben, dem im Augenblick das Atmen etwas schwerfiel und dessen Bein schmerzte. Die Verbindung zu der Kreatur beunruhigte ihn nicht länger, auch nicht das, was sie tat. So war es nun mal, und so mußte es auch sein. Das war sein Schicksal. Langsam und bedächtig griff er nach Lappen und Eimer, holte den Schlüssel wieder hervor und verließ den Raum.

Wie üblich waren die Gänge in der Nähe des Spiegelzimmers vollkommen menschenleer. Doch schon bald war Pinatte wieder Teil jenes munteren Treibens, das Barrans Absicht kennzeichnete, das volle Potential des Jyolan auszuschöpfen. Es amüsierte ihn, daß einige Leute, denen er begegnete, sich offenbar verirrt hatten,

während er selbst noch nicht einmal nach seinen Markierungen Ausschau halten mußte. Allem Anschein nach besaß er so etwas wie eine natürliche Affinität zu diesem Ort.

Im Laufe des Morgens begab sich Pinatte noch mehrmals auf derartige Wanderungen, um seinen Entschluß zu verwirklichen, den Jyolan so rasch wie möglich zu erkunden. Mit jedem Ausflug fühlte er sich sicherer. Sich im Jyolan zu verirren würde die meisten Leute in Panik versetzen, doch Pinatte machte es nicht im geringsten etwas aus, im Gegenteil: Für ihn war es eine amüsante Herausforderung. Dieser Ort besaß eine innere Ordnung – das spürte er ganz genau –, doch er konnte sie weder in Worte fassen noch zu Papier bringen. Zweimal fühlte er die Nähe des entflohenen Hundes, und beide Male bereitete es ihm große Freude, sich dem Willen der Kreatur zu widersetzen und ihr die Jagd zu versagen.

Als er schließlich nach mehreren Stunden wieder zum Spiegelzimmer zurückkehrte, stellte er die Eimer auf den Boden und steckte den Schlüssel ins Schloß. Die Tür ließ sich nicht aufschließen! Entsetzt drehte Pinatte den Schlüssel in die entgegengesetzte Richtung. Er hörte deutlich, wie das Schloß zuschnappte. Seine Hände begannen zu zittern. Er mußte vergessen haben abzuschließen! Nein, das konnte nicht sein. Er *hatte* die Tür abgeschlossen ... oder? Pinatte verfluchte sich selbst. Hier mußte er auf jeden seiner Schritte achten. Der Jyolan war kein armseliges Diebesnest. Der Jyolan war ein Ort voller gefährlicher Leute, und dies galt ganz besonders für Barran. Pinatte schloß wieder auf, griff nach den Eimern und öffnete die Tür mit dem Knie. Vor seinem geistigen Auge sah er das Bild eines vor Wut tobenden Barran, und als er den Raum betrat, gelang es ihm ob des Anblicks, der sich ihm bot, nur mit Mühe, einen Schrei zu unterdrücken. Doch der Barran, der ihn erwartete, tobte keineswegs vor Wut, im Gegenteil: Pinattes entsetztes Gesicht amüsierte ihn.

»Als der Schlüssel sich nicht drehen ließ, dachte ich, ich hätte vergessen, die Tür abzuschließen«, rechtfertigte sich Pinatte.

Barran schüttelte den Kopf und streckte die Hand aus. »Dein Schlüssel ist nicht der einzige zu diesem Raum«, erklärte er. »Aber gib ihn mir jetzt, und komm in ein paar Stunden wieder zurück. Ich werde eine Weile hierbleiben.« Er blickte zu den Spiegeln. Pinatte hatte bereits vier Reihen geputzt.

»Du arbeitest nicht gerade schnell.« Barran runzelte die Stirn. »Sieh zu, daß du heute noch fertig wirst.«

Daraufhin gab Pinatte die Erklärung ab, die er sich am Morgen zurechtgelegt hatte, und schließlich akzeptierte sie Barran, wenn auch nur widerwillig. Pinatte beschloß, die Gelegenheit zu nutzen und ein Risiko einzugehen. Er deutete auf den kleinen Eisenring, an dem Barran den Schlüssel befestigt hatte.

»Das ist keine gute Idee«, bemerkte er.

Barran schaute ihn fragend an. Pinatte trat neben ihn, zeigte auf die Spiegel und sagte: »Seht mal dort.«

»Was?« entgegnete Barran verwirrt und schaute kurz zu den Spiegeln.

»Das«, antwortete Pinatte und gab ihm den Schlüsselring wieder zurück. Bevor Barran etwas darauf erwidern konnte, hielt ihm Pinatte einen Vortrag darüber, wie er die Schlüssel und alles andere, was ihm wertvoll war, vor ihm und Seinesgleichen schützen konnte.

Nachdem Pinatte seinen Vortrag beendet hatte, nickte Barran verständnisvoll. Dann schnippte er mit den Fingern und sagte: »Sieh mal da.«

Pinatte fuhr unwillkürlich herum, und bevor er sich versah, war er Opfer seines eigenen Tricks geworden. Nur daß Barrans Trick sich in einem Punkt deutlich von dem seinen unterschied, denn als er sich wieder umdrehte, hatte er ein Messer an der Kehle. »Ein guter Rat für einen guten Rat, Pinatte«, sagte Barran und schaute ihm tief in die Augen. »Ich mag deinen Eifer und

deine Ideen. Hab keine Angst, mir davon zu erzählen. Aber sei das nächste Mal vorsichtiger. Du solltest sowieso aufpassen, *wem* du dich hier näherst.« Er nickte in Richtung Tür. »In zwei Stunden«, sagte er.

Nachdem sich die Tür wieder hinter ihm geschlossen hatte, ließ sich Pinatte gegen die Wand fallen, atmete tief durch und legte die Hand auf die Brust. Nicht zum ersten Mal hatte ihm Barrans Direktheit eine Heidenangst eingejagt. Pinatte wußte, daß er in der Tat einen guten Rat bekommen hatte. Innerhalb weniger Sekunden hatte er viel über seine neue Umgebung gelernt – vor allem, daß er in Zukunft vorsichtiger mit seinem neuen Herrn umgehen mußte. Doch da war noch etwas anderes gewesen: Im selben Augenblick, da Barran wieder von ihm abgelassen hatte, war eine rasende Wut in Pinatte emporgestiegen – eine Wut, die ihn beinahe nach seinem Herrn hätte greifen lassen, um ihn für sein unverschämtes Benehmen zu bestrafen. Pinatte hatte noch nie etwas Derartiges empfunden, und es entsetzte ihn zutiefst, wie kurz er davorgestanden hatte, seine Gedanken in die Tat umzusetzen.

Unsicher entfernte er sich vom Spiegelzimmer. Kalte Gedanken nahmen in seinem Geist Gestalt an und unterdrückten den glühenden Zorn. Aber auch diese Gedanken waren ihm fremd. *Später,* sagten sie ihm. *Geduld ist alles. Du wirst große Macht haben.*

Da er nichts anderes zu tun hatte, machte sich Pinatte wieder daran, den Jyolan zu erkunden. Dabei fand er unter anderem ein Bett und ein paar Stühle, die er in sein Zimmer schleppte. Schließlich entdeckte er auch noch einen weiteren leerstehenden Raum, der sowohl näher an Barrans Quartieren als auch am Spiegelzimmer war. Doch Pinatte nahm ihn nicht in Beschlag. Er hielt es für besser, auf eine passende Gelegenheit zu warten, um danach zu fragen, denn für heute hatte er genug ›gelernt‹.

Nach einer Weile machte er sich auf den Weg zum Ein-

gang, um sich dort etwas zu essen bei einem der Straßenhändler zu besorgen. Als er die Eingangshalle betrat, den Schauplatz seiner Heldentat, wurde er nervös. Das Gefühl verstärkte sich noch, als er durch das Eisentor schritt und sich dem großen Torbogen näherte, der hinaus auf die Straße führte. Er hob die Hand, um seine Augen vor der Sonne schützen.

Als er den Torbogen schließlich erreichte, wurde das Licht beinahe unerträglich, und die Hitze drohte, ihn förmlich zu erschlagen. Er konnte nicht hinaus auf die Straße gehen. Sein Körper schrie geradezu nach den trüben Gängen des Jyolan und ihren angenehm kühlen Steinwänden. Noch ein Schritt, und die Sonne würde sich in sein Herz brennen und ihn von innen her versengen. Sie würde ihm die Luft aus den Lungen reißen und ihm in seinem Todeskampf ins Gesicht lachen.

Während er zitternd unter dem Torbogen stand, hörte er weit entfernt das verzweifelte Heulen einer verlassenen Kreatur, und ...

Irgend jemand stieß gegen ihn. »Beweg dich, Mann. Hier gibt es Leute, die arbeiten müssen.«

Der Stoß warf Pinatte hinaus auf die Straße. Er wollte schreien, doch kein Laut kam über seine Lippen. Wieder stieß jemand gegen ihn und fluchte. Dann veranlaßte ihn irgend etwas dazu, trotz des blendenden Tageslichts die Augen zu öffnen. Er blickte in die Augen des steinernen Antlitzes auf dem Schlußstein. Es waren kalte, ernste Augen, voller schrecklicher Macht und Entschlossenheit. Pinatte hörte auf zu zittern. Der Jyolan war *sein* Ort, ebenso wie die ganze Stadt. Im Jyolan würde er seine Macht aufbauen, bis die Zeit gekommen war, Arash-Felloren nach seinem Bild zu verändern. Bis dahin würde er durch die armseligen Straßen der Stadt wandern und sich mit ihrer Unzulänglichkeit abfinden müssen. Er hatte nichts zu befürchten. *Macht* wuchs in ihm heran.

Langsam beruhigte sich sein Atem wieder, und die Straße – *seine* Straße – nahm um ihn herum Gestalt an.

Eine Hand packte seinen Ellbogen.

Pinatte wirbelte wütend herum, die Hand zum Schlag erhoben.

Ein Kyrosdyn stand vor ihm und dahinter drei Leibwächter. Pinatte schaute dem Mann unverwandt in die Augen, die Hand erhoben. Der Kyrosdyn zuckte unwillkürlich zusammen, ebenso wie seine drei Begleiter, bevor sie sich an ihre Pflichten erinnerten und drohend auf Pinatte zumarschierten. Der Kyrosdyn hielt sie zurück.

Pinatte spürte Angst und Schwäche in seinem Gegenüber. Einerseits überraschte ihn das, andererseits auch wieder nicht.

Dann erkannte er den Kyrosdyn: Es war der Mann, dem er das Mal auf seiner Hand zu verdanken hatte.

Kapitel 28

Rostan fühlte sich, als hätte irgend etwas ihm das Leben ausgesaugt und als sei er nur noch eine Eisstatue, die auf den tödlichen Kuß der Sonne wartete. Was hier vor ihm stand und was einst der junge Mann gewesen war, den er gesalbt hatte, war ein widernatürliches Monster. In ihm brodelte eine Macht, wie sie Rostan noch nie begegnet war, eine Macht ohne Form oder Kontrolle, eine Macht, von der der Großmeister der Kyrosdyn wußte, daß sie nicht hätte existieren dürfen! Und doch war sie real, und sie drohte, gegen ihn eingesetzt zu werden.

All die Erfahrungen, die er in den Jahren an Imorrens Seite gesammelt hatte, ermahnten ihn, standhaft zu bleiben, denn Flucht würde unweigerlich seinen Tod bedeuten. Doch er hätte sich sowieso nicht bewegen können. Dafür hatte er viel zuviel Angst.

Unzählige Fragen schwirrten ihm durch den Kopf:

Wie hatte so etwas Unmögliches entstehen können? Was war schiefgelaufen? Nichts, was er an dem Brunnen getan hatte, hätte etwas Derartiges bewirken können – auch nicht, wenn Pinatte vollkommen ungeeignet für die Salbung gewesen wäre. Vielleicht wäre er verrückt geworden, vielleicht auch gestorben, doch nichts, absolut *gar nichts*, was die Kyrosdyn in ihren langen Studien herausgefunden hatten, vermochte *das hier* zu erklären!

Der erwartete Schlag blieb aus, doch Pinattes Blick war hart und unerbittlich.

Was sah diese Kreatur mit ihren großen, zornigen, schwarzen Augen? Rostan konnte weder Pinattes Blick ausweichen noch fliehen. Er hatte das Gefühl, als würde er in jene große Leere starren, in der diese und alle anderen Welten ständig auftauchten und wieder verschwanden. Ihn schwindelte, und er fürchtete, ganz in diesen schwarzen Augen zu versinken, sollte er sprechen oder sich bewegen. Er fürchtete sich vor der zeitlosen Finsternis, die hinter diesen Augen auf ihn lauerte – einer Finsternis voller Mächte und Wesen jenseits aller Vorstellungskraft.

Pinatte senkte die Hand, drehte sich langsam um und schaute zu dem Gesicht auf dem Schlußstein. Als er sich wieder Rostan zuwandte, hatte dieser sich wieder ein wenig entspannt und zwang sich zu einem entschuldigenden Lächeln.

»Es tut mir leid«, sagte er und dankte Imorren im Geiste dafür, daß ihn die Jahre unter ihrer Herrschaft Selbstbeherrschung gelehrt hatten. »Ich habe Euch erschreckt.«

Rostan spürte, wie sich die seltsame Macht in Pinatte langsam wieder zurückzog. Doch das ermutigte ihn nur wenig. Das Phänomen war so plötzlich aufgetreten, daß er vermutete, es könne sich jederzeit wiederholen. Seine Gedanken überschlugen sich. Seit Imorrens Befehl waren er und die anderen Niederen und Hohen Brüder ständig in der Stadt unterwegs, um nach dem Gesalbten zu suchen. Es hatte nicht lange gedauert, bis Rostan die

Spur des Gesalbten gefunden hatte, doch nichts hatte ihn auf *das hier* vorbereitet. Nun, da er Pinatte endlich gegenüberstand, mußte er erkennen, daß er blind an den Rand eines Abgrunds gelaufen war. Die Macht an einem öffentlichen Ort zu benutzen, wenn auch nur unauffällig, wäre bestenfalls ein großes Risiko gewesen, aber nun kam diese Möglichkeit auf gar keinen Fall mehr in Betracht. Wer wußte schon, wie dieses ... dieses *Ding* darauf reagieren würde? Die Söldner gegen ihn einzusetzen wäre sogar noch dümmer. Imorrens Erklärung der Rolle des Gesalbten war zu vage gewesen, um irgendwelche überstürzten Aktionen zu rechtfertigen – aber trotzdem: Irgendwie *mußte* Pinatte in den Vaskyros gebracht werden.

Noch während er nach einer Lösung für dieses Problem suchte, spürte Rostan, daß Pinattes Macht sich beinahe vollständig zurückgezogen hatte. Das gab ihm Gelegenheit, sein einstiges Opfer zum ersten Mal genauer zu betrachten. Was er sah, verwirrte ihn. Wäre nicht die Aura des Gesalbten gewesen, hätte er den Mann nicht erkannt. Noch vor wenigen Tagen war Pinatte ein heruntergekommener Straßendieb gewesen, und nun war er sauber und verhältnismäßig gut gekleidet. Abgesehen von der Salbung mußte sich sein Schicksal auch noch auf andere Art verändert haben. Rostan atmete tief durch und rief sich all seine diplomatischen Künste wieder ins Gedächtnis zurück.

»Es tut mir leid«, wiederholte er. »Ich wollte Euch nicht erschrecken.«

Pinatte neigte den Kopf zur Seite, als würde Rostan eine fremde Sprache sprechen. Der Kyrosdyn in seinem formellen Gewand war offenbar ein Hoher Bruder, und mit den drei riesigen Leibwächtern in seinem Rücken hätte er eigentlich ein furchteinflößender Anblick sein müssen. Unter normalen Umständen hätte Pinatte einen solchen Mann gemieden. Doch nun fühlte er sich seltsam ruhig, obwohl sich Teile seines früheren Wesens in ihm

rührten. Er hatte die Situation unter Kontrolle. Der Kyrosdyn war nichts. Tatsächlich schien der Mann sogar seinerseits Angst zu haben. Und Pinatte wußte, daß es richtig so war. Sollte es notwendig sein, konnte er dieses Ärgernis mit einem Wink in Nichts auflösen. Dieser Gedanke ergab keinen Sinn für ihn, und doch wußte er, daß es die Wahrheit war, obwohl ihn eine leise Stimme in seinem Inneren ermahnte, daß mit diesen Leuten nicht zu spaßen sei. Und der Kyrosdyn war sogar ausgesprochen höflich. Pinatte war noch nie von jemandem höflich behandelt worden, und daß nun ausgerechnet ein Kyrosdyn damit anfing, zerstreute alle Zweifel und erfüllte ihn mit einer dunklen Freude. Er antwortete nicht, sondern er starrte Rostan nur unverwandt an.

Rostan trat nervös von einem Fuß auf den anderen. Dann streckte er die Hand aus und stellte sich vor. Pinatte blickte auf die Hand, ohne sie zu ergreifen und blickte dem Mann wieder ins Gesicht. Einer der Söldner, Gariak, der Mann vom Brunnen, wollte eingreifen, doch Rostan hielt ihn zurück.

Im Augenblick war nur wichtig, diesen jungen Mann hier ruhig zu halten und in den Vaskyros zu locken. Rostan faltete die Hände und heuchelte Reue. »Ich verstehe«, sagte er und senkte den Blick. »Unser Zusammentreffen vor ein paar Tagen war ...«, er zuckte reumütig die Schultern, »... sagen wir ›unglücklich‹.« Da Pinatte noch immer nicht antwortete, fuhr Rostan mit ernster Miene fort: »Ich fürchte, ich hatte zu diesem Zeitpunkt eine sehr schwere Zeit, und mein Temperament ist leider mit mir durchgegangen. Ich versichere Euch, daß ich mein Verhalten unmittelbar danach bereits bereut habe. Tatsächlich suche ich Euch schon die ganze Zeit, um mich für mein Verhalten zu entschuldigen.« Seine Stimme bekam einen väterlichen Unterton. »Ich weiß selbstverständlich, daß Ihr nicht gewußt habt, wer ich war, als Ihr nach meiner Börse gegriffen habt. Ich weiß, daß die Diebesgilde großen Respekt für unseren Orden

hegt. Es war meine Schuld. Ich hätte nicht in so unauffälliger Kleidung auf die Straße gehen dürfen. Ich versichere Euch, daß es nicht wieder vorkommen wird.«

Pinatte kam sich allmählich merkwürdig vor. Dieser Rostan hatte nichts mehr mit dem wütenden Mann gemein, der ihn vor zwei Tagen am Brunnen gestellt hatte. All der Ärger, den er verursacht hatte, schien ihm *wirklich* leid zu tun. Allerdings war eigentlich gar nichts passiert, im Gegenteil: Die Begegnung hatte Pinatte nur Glück gebracht. Wäre er nicht mit dem Kyrosdyn zusammengestoßen, würde er jetzt weder für Barran arbeiten noch im Jyolan wohnen. Der Gedanke an den Jyolan vermittelte Pinatte ein gutes Gefühl, und gleichzeitig schien der Kyrosdyn zu einem elenden Lakaien zu schrumpfen. Er musterte den Mann von Kopf bis Fuß. Der Kyrosdyn verdiente eine Belohnung für das, was er getan hatte. Pinatte streckte die Hand aus. »Es ist, wie Ihr gesagt habt. Alles war nur ein Mißverständnis«, erklärte er. »Ihr hättet Euch nicht sorgen müssen. Aber trotzdem vielen Dank.«

Zögernd ergriff Rostan die ihm angebotene Hand. Die seltsame Macht war wieder zurückgekehrt, plötzlich und ohne Vorwarnung, und obwohl er sich diesmal nicht von ihr bedroht fühlte, so war sie dennoch furchterregend. Als er Pinatte berührte, hatte er kurz das Gefühl, als würde ihn die Macht durchdringen und vollkommen von ihm Besitz ergreifen. Doch das Gefühl war ebenso rasch wieder verschwunden, wie es gekommen war. Trotzdem zog er die Hand schnell wieder zurück. Erneut verspürte er den Drang zu fliehen, aber auch diesmal konnte er nicht. Solange die Macht ihn nicht unmittelbar bedrohte, mußte er alles daransetzen, dieses Wesen in den Vaskyros zu locken, wo Imorren sich seiner annehmen konnte. *Falls sie denn mit ihm fertig wird,* dachte er ketzerisch.

»Ihr seid äußerst großzügig«, sagte Rostan. »Imorren wird erleichtert sein.«

»Imorren?« hakte Pinatte nach. Seine Neugier war geweckt. »Die Ailad? Das Oberhaupt Eures Ordens?«

»Ja.«

Pinatte runzelte die Stirn. »Warum sollte sie erleichtert sein? Warum sollte sie sich überhaupt um mich kümmern?«

Rostan war Pinattes Stimmungswechsel nicht entgangen. *Das ist es also: Imorren ist der Köder, um diesen hier zu fangen. Beiß an, mein kleiner Fisch, beiß an.*

»Ich habe ihr von dem Vorfall berichtet«, antwortete er. »Sie sah, daß ich wegen irgend etwas beunruhigt war, und sie hat mich danach gefragt. Es war ihre Idee, daß ich Euch suchen und mich bei Euch entschuldigen sollte. Sie sagte, Ihr hättet sicherlich Verständnis für mein Verhalten, wenn ich Euch alles erklärte. Und sie hatte ja auch recht, nicht wahr? Sie hat meistens recht. Sie interessiert sich für alles, was in der Stadt vor sich geht, und sie ist so weise. Es ist eine Ehre, nur in ihrer Nähe zu sein.« Er legte eine rhetorische Pause ein. »Ich bin nicht sicher, ob ich Euch das fragen darf – Ihr wart schon so überaus freundlich zu mir –, aber ich bin sicher, sie würde Euch gerne kennenlernen.« Er beugte sich vertrauensvoll zu Pinatte. »Auf ihre Art war sie sehr wütend auf mich. Sie ist immer äußerst bedacht auf unseren Ruf. Es hat infolge dieses Vorfalls eine Menge Mißverständnisse gegeben, und sicherlich würde sie auch gerne aus Eurem Munde hören, daß alles nur halb so schlimm war.« Er bot Pinatte den Arm an, als wolle er sich sofort auf den Weg machen.

Pinatte schaute ihn unsicher an. Innerhalb von nur zwei Tagen hatte er sich von Lassner gelöst und Barran angeschlossen und damit ein Bedürfnis befriedigt, von dem er bis dato noch nicht einmal gewußt hatte, daß er es hatte. Und nun bot ihm das Schicksal die Gelegenheit, noch eine weitere der wichtigsten Persönlichkeiten der Stadt kennenzulernen. Wer wußte schon, was bei einem solchen Treffen für ihn herausspringen konnte? Alleine

die Tatsache, daß er jemand war, den Imorren ihrer Aufmerksamkeit für würdig erachtete, machte ihn zu jemandem, den man fürchten und respektieren mußte. Es wäre töricht, eine solche Gelegenheit ungenutzt verstreichen zu lassen, und ... Pinattes alte Vorsicht zügelte seine ausschweifende Phantasie. Den Kyrosdyn konnte man nicht vertrauen. Imorren war noch weitaus mächtiger und skrupelloser als Barran. Er sollte sich sowohl von ihr als auch vom Vaskyros fernhalten. Unter Dieben galt der Grundsatz, daß *niemand* den Vaskyros freiwillig betrat. ›Dinge‹ geschahen dort, und bisher war noch nie jemand von dort wieder zurückgekehrt. Aber das war Teil seines alten Lebens. Er war kein einfacher Straßendieb mehr. Verachtung schlich sich in seine Gedanken. Was wußten Nestler schon über die Kyrosdyn? Nichts, alles nur Gerüchte. Er zumindest war bis vorgestern noch nie einem Kyrosdyn begegnet, und nun war dieser Rostan sogar gekommen, um sich bei ihm zu entschuldigen und ihm die Möglichkeit zu bieten, Imorren kennenzulernen. Es war an der Zeit, daß sich Pinatte endgültig von seiner Vergangenheit verabschiedete. In seinem neuen Leben gab es noch viel mehr zu lernen als nur, wie man sich im Jyolan zurechtfand.

Und doch blieb er vorsichtig. Ein Leben voller Mißtrauen, egal ob berechtigt oder nicht, schob man nicht so einfach beiseite. »Ich bin jetzt einer von Barrans Männern«, sagte er und deutete auf den Jyolan. »Er erwartet mich in ein paar Minuten wieder zurück.«

Rostan konnte seine Überraschung nicht vollständig verbergen. Doch es gelang ihm, ein bewunderndes Gesicht zu machen. Barran hatte eigentlich keine Verwendung für Straßendiebe. Warum also sollte er ausgerechnet diesen hier bei sich aufnehmen? Und ›*er* erwartet mich‹ bedeutete, daß Pinatte unmittelbar für Barran arbeiten mußte. Er mußte irgend etwas Besonderes sein. Das war die einzig mögliche Erklärung – ein weiteres Rätsel, das diese schmale Gestalt umgab. Aber es war

nur ein kleines Problem, verglichen mit der offensichtlich fehlgeschlagenen Salbung. Dennoch durfte es nicht ignoriert werden. Rostans Ziel war es immer noch, den Mann irgendwie in den Vaskyros zu bringen.

»Euer Stern steigt, junger Mann«, sagte er herzlich. »Imorren wird sich freuen, das zu hören.« Er riskierte es, Pinatte die Hand auf die Schulter zu legen. »Ich kenne Barran sehr gut. Wenn Ihr wollt, werde ich mit ihm sprechen. Ich bin sicher, daß es keine Schwierigkeiten geben wird. Er weiß Imorrens Wohlwollen zu schätzen.« Rostan überlegte kurz, Pinatte in Richtung Jyolan zu schieben. Doch dann entschied er sich anders und trat einen Schritt zurück, um dem Mann das Gefühl von Freiheit zu geben.

Pinattes Vorsicht schwand unter dem Angriff von Rostans Herzlichkeit und seinem eigenen, wiedererwachten Ehrgeiz. Er lächelte. »Ich glaube, ich weiß, wo er ist«, sagte er und bedeutete Rostan, ihm zu folgen.

Als sie sich dem großen Torbogen näherten, war es Rostan, der sich unsicher fühlte. Der Jyolan war für jeden, der die Macht benutzen konnte, ein äußerst beunruhigender Ort. Er war schon öfters hier gewesen, unauffällig natürlich, um den Kämpfen zuzuschauen, und er war nicht der einzige Kyrosdyn, den es regelmäßig hierherzog. Allerdings gab es in ihrem Orden eine unausgesprochene Übereinkunft, niemals über die Gefühle zu sprechen, die sie im Jyolan empfanden, nämlich, daß das Gebäude selbst sich ihrer bewußt zu sein schien und daß es sie beobachtete, auf sie lauerte.

Die Ursprünge des Jyolan waren schon lange vergessen, doch die Kyrosdyn glaubten, daß es einst auf Befehl von Sammrael persönlich erbaut worden war, während der Gründung von Arash-Felloren. Sein ursprünglicher Zweck war vollkommen unbekannt, aber alte Schriften sprachen davon, der Jyolan sei auf einem der alten Orte der Macht errichtet worden. Was das allerdings bedeutete, wußte niemand. Es war nur bekannt, daß der Jyolan

älter war als selbst die Bruderschaft der Kyrosdyn, und er hatte ihnen schon immer gehört. Doch dieser Besitz hatte sie meist nur beunruhigt, und jede Ailad hatte sich geweigert, ihn zu nutzen, und daher war er meistens verpachtet worden. Obwohl Imorrens Verkauf des Jyolan an Barran die Brüder über alle Maßen erstaunt hatte, waren die meisten zugleich erleichtert darüber – was sie allerdings niemals zugegeben hätten.

Als er durch das Tor des Kampfplatzes geschritten war, spürte Rostan sofort das, was er als den ›Willen‹ des Jyolan bezeichnete. Aber heute war alles anders – sehr viel anders. Wo normalerweise nur der Hauch einer beunruhigenden Präsenz war, war sie heute beinahe greifbar. Rostan spürte den Blick von tausend Augen, die ihn musterten. Doch noch alarmierender war Pinattes Aura, die nun unverhohlen Gefahr verkündete. Einen Augenblick lang glaubte Rostan, die seltsame Macht sei wieder zurückgekehrt, aber diese Bedrohung ging nicht von Pinatte aus. Es schien eher, als würde der Jyolan nach dem Straßendieb greifen, um ihn zu *beschützen*.

Wieder suchte Rostan in Gedanken nach Gründen für die fehlgeschlagene Salbung, doch er ermahnte sich, sich besser darauf zu konzentrieren, wie er mit Pinatte umgehen sollte. Eines stand fest: Der junge Mann mußte hier raus, und zwar so schnell wie möglich.

Pinatte schritt sicheren Schrittes voran. Menschen wichen ihm aus, und Rostan bemerkte, daß er an keiner einzigen Abzweigung auch nur eine Sekunde zögerte. Obwohl Rostan das Gebäude im Laufe der Jahre recht gut kennengelernt hatte, hätte er nicht mit dieser schlafwandlerischen Sicherheit durch die Gänge wandern können. Doch dieser Mann – dieses widernatürliche Wesen, das höchstens zwei Tage hier sein konnte – kannte sich hier aus, als wäre er hier geboren. Rostan fühlte sich in seiner Vermutung bestätigt, daß Pinatte und das Gebäude auf irgendeine Art miteinander verbunden waren.

Dann fiel Rostan plötzlich etwas auf. Der Weg, dem sie

folgten, ähnelte einer Strecke, die er schon sehr, sehr lange nicht mehr gegangen war. Als er sich daran erinnerte, lief ihm ein Schauder über den Rücken. Irgendwo hier mußte das verfluchte Herz dieses Ortes sein: der Raum, dessen Zweck die Kyrosdyn sowohl verwirrte als auch entsetzte: das Spiegelzimmer. Rostans Mund trocknete aus. Er wollte gerade die Kristalle an seinem Hals berühren, um sich zu stärken, als eine innere Stimme ihn davor warnte.

»Der Raum und die Spiegelwege, die ihn nähren, müssen zerstört werden«, forderten die Kyrosdyn schon seit Jahrhunderten immer und immer wieder. Aber was wäre, wenn sein Schöpfer in der Tat Sammrael gewesen war? Wer wußte schon, zu welchem Zweck Er diesen Ort erschaffen hatte? Und hätte ihn überhaupt jemand zerstören können? Und wenn ja, wer? Was würde geschehen, wenn man das komplizierte Röhrensystem und die funkelnden Spiegel zerstörte? Wäre vielleicht sogar eine Spaltung der Realität die Folge?

Rostan wischte sich mit der Hand über die Stirn. Das war nicht der geeignete Zeitpunkt, um nach einem Weg aus diesem Dilemma zu suchen. Auf jeden Fall war der Jyolan am Ende nur zu einem Besitz unter vielen geworden, und die Kyrosdyn hatten ihn zunehmend vernachlässigt. Was das Spiegelzimmer betraf, so hatten sie sich mangels Alternative dazu entschlossen, es einfach zu ignorieren. Damit sollte sich jemand anderer beschäftigen – irgendwann in ferner Zukunft.

Je näher sie dem Spiegelzimmer kamen, desto nervöser wurde Rostan.

Ironischerweise war es Pinatte, der ihm weitere Qualen ersparte. An einer Kreuzung ließ er die kleine Prozession anhalten. Das Spiegelzimmer war für Barran offensichtlich von einiger Bedeutung, und Pinatte war klug genug, um zu wissen, daß es seinem Herrn nicht gefallen würde, sollte irgend jemand von diesem Raum erfahren – besonders nicht die Kyrosdyn.

»Wartet hier«, sagte er. »Wenn er dort ist, wo ich glaube, daß er ist, dann will er vielleicht nicht gestört werden. Aber ich werde ihm sagen, daß Ihr hier seid.«

Barran wirkte überrascht, als er auf Pinattes Klopfen hin die Tür öffnete. »Du bist früh«, sagte er.

Zu verwirrt, um taktvoll zu sei, widersprach ihm Pinatte geradeheraus. Dann erzählte er eilig seine Geschichte. »Nein, ich fürchte sogar, ich bin zu spät. Tut mir leid. Aber ein Kyrosdynbruder hat mich auf der Straße angehalten. Er wartet am Ende des Ganges. Er will mich mit in den Vaskyros nehmen, wo ich mich mit Imorren treffen soll. Ich habe ihm gesagt, ich müßte zuerst mit Euch reden. Er sagt, er kennt Euch. Er ...«

Barran blinzelte und hob die Hand, um Pinattes Redefluß Einhalt zu gebieten. »Ein Kyrosdyn behauptet, er wolle dich zu *Imorren* bringen?« fragte er mit amüsiertem Unglauben. »Hat dieser Kyrosdyn auch einen Namen?«

»Rostan.«

Barrans Verhalten änderte sich schlagartig. Er zischte etwas in seinen Bart und packte Pinattes Arm. »Ich sage dir das jetzt nur einmal, Pinatte. Hör gut zu! Ich habe selbst im besten Falle nur wenig Sinn für Humor, und im Augenblick bin ich ausgesprochen *schlecht* gelaunt. Was auch immer du ...«

Erschrocken deutete Pinatte mit dem freien Arm in Richtung Tür. »Er hat mir gesagt, er heiße Rostan. Er ist dort hinten. Schaut doch nach! Ich habe ihm gesagt, er solle warten. Ich habe gedacht, Ihr wolltet vielleicht nicht, daß er weiß, wo Ihr seid.«

Barran zögerte einen Augenblick, während sich finstere Gedanken hinter seiner Stirn zusammenbrauten. Pinatte schien nicht zu lügen. Aber hatte ihn vielleicht irgend jemand hinters Licht geführt? Hatte irgend jemand die Verwirrung um die Übernahme des Jyolan genutzt, um ihn, Barran, in eine Falle zu locken?

Unauffällig überprüfte Barran seine verschiedenen Messer. Hatte er einen Fehler gemacht? Er war alleine in

diesem Teil des Gebäudes, und selbst falls Pinatte ihm treu ergeben war, würde er ihm gegen einen Meuchelmörder nur wenig helfen können. »Weißt du, wer Rostan ist?« fragte er. Pinatte schüttelte den Kopf. »Er ist der Großmeister der Kyrosdyn. Nur Imorren steht über ihm. Warum sollte solch ein Mann sich wohl um dich kümmern?«

Pinattes Erschrockenheit verwandelte sich in Furcht, und so erzählte er Barran eine leicht abgewandelte Version seiner ersten Begegnung mit Rostan. »Ich habe ihm vor zwei Tagen aus Versehen seine Börse gestohlen, und sein Leibwächter hat mich so lange durch die Mangel gedreht, bis ich sie wieder hergegeben habe. Er hat mich gerade auf der Straße angesprochen, um sich bei mir zu entschuldigen. Er hat gesagt, er hätte mich gesucht, und Imorren wolle sicherstellen, daß es mir gutgeht.«

Barran schüttelte langsam den Kopf, als sei er gerade erst aus seinem seltsamen Traum aufgewacht. Rostan, sich entschuldigen? Imorren, die sich um einen einfachen Straßendieb sorgt? Das war unmöglich! Aber es war auch eine äußerst lächerliche Geschichte, um ihn in einen Hinterhalt zu locken. Und noch immer deutete nichts an Pinatte darauf hin, daß er log. Auf was hatte sich dieser Nestler da nur eingelassen? Hatte er wirklich etwas getan, was die Aufmerksamkeit von Rostan und Imorren erregt hatte? Falls ja, dann konnte es nichts Banales sein ... aber andererseits konnte es auch nichts Ernsthaftes sein, sonst wäre Pinatte schon längst verschwunden. Barran schob die Frage beiseite, atmete tief durch und schüttelte die Schultern, um sich zu lockern. Als er zu Pinatte sprach, war er wieder ganz der Söldner, der versuchte, das Beste aus seinem unfähigen Verbündeten zu machen.

»Ich glaube, hier hat dich jemand getäuscht, Pinatte. Aber komm mit mir. Wenn es Ärger geben sollte, dann halt dich raus. Du würdest mir sowieso nur im Weg stehen. Lauf einfach weg und hol Hilfe. Hast du verstanden?«

Pinatte nickte. »Hilfe holen«, wiederholte er.

»Und jetzt sag mir, wo dieser ... *Rostan* ist.«

Pinatte sagte es ihm und fügte hinzu: »Er hat drei Leibwächter bei sich.«

Barran stieß einen leisen Fluch aus. In all dem Chaos, das die Übernahme des Jyolan mit sich gebracht hatte, hatte er doch glatt vergessen, seine üblichen Sicherheitsvorkehrungen zu treffen. Das würde sich noch heute ändern – falls er diese Begegnung überleben sollte! Pinattes Information war merkwürdig. Vier Männer wären ihm doch sicherlich einfach gefolgt und hätten ihn niedergestreckt, sobald er die Tür geöffnet hätte.

Er klopfte Pinatte ermutigend auf den Arm und bedeutete ihm, ihn zu führen.

Kurz darauf erreichten sie die Wartenden, und Barran rief schon von weitem in beinahe jovialem Tonfall: »Tritt ein wenig mehr ins Licht, *Rostan*!«

Rostan hob entschuldigend die Hände und tat, wie ihm geheißen, während er gleichzeitig seinen Leibwächtern befahl, ein paar Schritte zurückzugehen.

»Warte hier«, sagte Barran zu Pinatte.

Als er endlich vor Rostan stand, begrüßte ihn Barran mit geheuchelter Herzlichkeit, doch er machte sich nicht die Mühe, seine Verwunderung zu verbergen. »Was hat mir Pinatte da gerade gesagt?« begann er. »Die Ailad schickt ihren Großmeister, um unseren Helden zu ihr zu bringen?«

»Helden?« Rostan war verwirrt.

Barran schaute ihn durchdringend an. »Er war derjenige, der vergangene Nacht das Tor geöffnet hat. Er hat uns eine Menge Ärger erspart und noch dazu einer ganzen Menge meiner Freunde das Leben gerettet.«

Die letzte Bemerkung betonte er über Gebühr, um Rostan unmißverständlich klarzumachen, daß Pinatte unter seinem Schutz stand.

Noch immer verwirrt von Pinattes seltsamer Macht und der verstärkten Aura des Jyolan versuchte Rostan

gar nicht erst, diplomatisch zu sein. Er schaute sich nur um, um sicherzugehen, daß Pinatte und die Leibwächter außer Hörweite waren. »Davon weiß ich nichts«, sagte er schließlich. »Imorren verlangt nach diesem Mann in einer Kyrosdyn-Angelegenheit. In einer *sehr ernsten* Angelegenheit. Es liegt in deinem Interesse, ihm zu sagen, daß er uns begleiten darf.«

Barran war über diese Offenheit überrascht. Allerdings war er nicht in der Stimmung, sich so unter Druck setzen zu lassen, und dementsprechend antwortete er: »In was für eine ›Kyrosdyn-Angelegenheit‹ könnte ein einfacher Straßendieb schon verwickelt sein? Er hat mir irgendeine wilde Geschichte erzählt von wegen, er sei verprügelt worden, nachdem er dir die Börse gestohlen hat, und nun seist du hierhergekommen, um dich bei ihm zu entschuldigen. Wenn er immer noch irgend etwas von dir hat, dann werde ich es dir besorgen. Aber ich bin ihm verpflichtet, und er erledigt wichtige Aufgaben für mich. Er geht nirgendwo hin, bis ich nicht erfahren habe, was hier vor sich geht.«

Rostan beschloß, es nun mit Vernunft zu versuchen, und gab sich vertrauensselig. »Es hat tatsächlich etwas mit diesem Vorfall zu tun, Barran«, erklärte er. »Eine Menge Leute haben dabei zugeschaut – einschließlich ein paar Agenten des Präfekten.« Er senkte die Stimme zu einem Flüstern. »Und unglücklicherweise hielt es irgend jemand in der Menge für angebracht, das Wort ... äh ... ›Kyrpfuscher‹ zu rufen.« Er hüstelte nervös. »Die Schwierigkeit ist nur, daß wir im Augenblick sehr, sagen wir, ›empfindliche‹ Verhandlungen mit dem Präfekten führen, und dieser Vorfall hat einige ... Probleme verursacht.« Rostan legte eine Pause ein und schaute Barran in die Augen, um ihn so um sein Verständnis zu bitten – von Geschäftsmann zu Geschäftsmann. »Also brauchen wir diesen jungen Mann, um beweisen zu können, daß nichts Unrechtmäßiges geschehen ist, daß es nur ... eine kleine Streiterei auf der Straße war.«

Barran antwortete nicht sofort. Rostans Geschichte stimmte mit Pinattes überein, und sie hörte sich in der Tat sehr überzeugend an. Die Kyrosdyn führten ständig mit irgend jemandem Verhandlungen – ebenso wie er –, und der Ruf ›Kyrpfuscher‹ konnte ihnen tatsächlich Probleme bereiten, ebenso wie vielen anderen. Dennoch war Barran sicher, daß Rostan log. Die spektakuläre Unbeholfenheit seines ersten Ansatzes hatte ihn verraten. Was Pinatte getan hatte, um Rostans und Imorrens Aufmerksamkeit zu erregen, würde er, Barran, nicht herausfinden. Es sei denn, Rostan sagte es ihm freiwillig. Unglücklicherweise war es ihm angesichts eines solchen Appells unmöglich, Rostans Bitte abzuschlagen. Doch andererseits hatte Barran inzwischen tatsächlich so etwas wie Zuneigung für den jungen Straßendieb entwickelt und fühlte sich ihm gegenüber wegen seiner Heldentat verpflichtet.

Barran winkte Pinatte heran. Dann legte er ihm beschützend den Arm um die Schulter und sagte: »Ich möchte, daß du mit Rostan gehst, Pinatte. Die Kyrosdyn brauchen deine Hilfe bei irgend etwas, und wir helfen einander immer, wenn es irgend möglich ist. Es sollte nicht lange dauern.« Er blickte zu Rostan. »Sorg dafür, daß er vor Sonnenuntergang wieder zurück ist. Abgesehen von der Arbeit, die er hier für mich tun muß, hat der Präfekt auch darauf bestanden, daß wir heute abend eine kleine Feier für unseren Helden veranstalten. Er hofft, auch selbst kommen zu können. Pinatte ist *das* Gesprächsthema in den Häusern der Adeligen und in den großen Manufakturen. Er ist eine Berühmtheit. Die Menschen stehen Schlange, um ihn kennenzulernen.«

Das war zwar rundheraus gelogen, aber Barran fiel nichts anderes ein, wie er Pinatte sonst hätte schützen können. Wahrscheinlich war es so am besten: Die von Natur aus verschlossenen und stets um Geheimhaltung bemühten Kyrosdyn scheuten nichts mehr als das Licht der Öffentlichkeit.

Beruhigt verließ Pinatte den Jyolan an der Seite von Rostan. Die ganze Zeit über hatten ihn widersprüchliche Gefühle erfüllt. Unter der Sorge ob Barrans erster Reaktion und der Verwunderung über Rostans Erscheinen brodelte ein Vulkan von Zorn. Es war nicht richtig, daß er so behandelt wurde. Diese beiden hatten ihn so beleidigt, daß er sie auf der Stelle hätte niederstrecken sollen. Und tatsächlich hatte er es mehr als einmal beinahe getan.

Selbst jetzt noch fühlte er die seltsame Kraft tief in seinem Inneren. Sie begleitete ihn bei allem, was er tat.

Und auch Rostan spürte etwas. Der Pinatte, den er vor dem Tor getroffen hatte, war schon furchterregend genug gewesen, doch der kurze Ausflug in den Jyolan hatte diesen Eindruck noch verschlimmert: Die merkwürdige Macht in ihm trieb hierhin und dorthin, ohne jede Ordnung oder Kontrolle. Rostan kam zu dem Schluß, daß die Kyrosdyn einen schweren Fehler begangen hatten, indem sie den Jyolan über Generationen hinweg vernachlässigt hatten, und er beschloß, mit Imorren darüber zu reden, sobald sich die Gelegenheit dazu bot.

Eine Zeitlang gingen sie schweigend nebeneinander her, Pinatte und Rostan in Gedanken versunken, und die drei Leibwächter bildeten ein schützendes Dreieck um sie herum. Es war Pinatte, der als erster aus seinen Gedanken aufschreckte, als ihm sein Straßeninstinkt sagte, daß irgend etwas nicht stimmte. Er schaute sich rasch um, doch er konnte nichts erkennen. Gariak war diese Bewegung nicht entgangen.

»Was ist los?« fragte er und trat neben Pinatte.

Noch während der Mann sprach, entdeckte Pinatte den Grund für seine Unruhe. »Tunnelratten«, antwortete er. »Überall.« Tief in seinem Inneren erscholl der wütende Schrei ›*Beute!*‹, und Blutgier drohte, ihn zu überwältigen. Es kostete Pinatte einige Mühe, dieses Verlangen zu unterdrücken, und gleichzeitig erkannte er, *wo* er auf seinen nächtlichen Ausflügen mit der Kreatur

gewesen war. Seine beiden Hälften wurden für einen Augenblick eins. Er wandte sich an Rostan. »Das braucht uns nicht zu beunruhigen«, sagte er so leise, daß die Leibwächter ihn nicht verstehen konnten. »Unsere Kreatur hat da unten nur ein kleines Festmahl abgehalten.« Er lächelte finster. »Sie glauben doch tatsächlich, sie könnten entkommen.«

Unsere Kreatur! Wieder lief Rostan ein Schauder über den Rücken, teils weil der Gesalbte nun endlich akzeptiert hatte, was er war, und teils weil die seltsame Macht wieder in voller Stärke von ihm ausstrahlte. Er hatte recht gehabt: Was auch immer Pinatte vor ihrer Rückkehr in den Jyolan gewesen sein mochte, nun war er etwas wesentlich Schlimmeres. Egal, was bei der Salbung auch schiefgelaufen war, es breitete sich rasend schnell aus, und Pinattes Macht wurde immer stärker und unberechenbarer. War dieses Monster vielleicht sogar schon für Imorren zu stark?

Und wenn die Ailad ihn nicht unter Kontrolle bringen konnte, würde es den Brüdern dann mit vereinten Kräften gelingen, ihn zu töten?

Ihm war eiskalt.

Ohne es zu merken, ging er plötzlich schneller. Sie waren nicht mehr weit vom Vaskyros entfernt. Er mußte jetzt nur ruhig bleiben und dieses Monster irgendwie dorthin bringen.

Plötzlich packte Gariak Rostans Arm und zog ihn in eine Seitenstraße. Die anderen beiden Leibwächter schoben Pinatte vor sich her und folgten ihnen. Bevor irgend jemand etwas sagen konnte, hatten die Söldner sie beinahe schon ans Laufen gebracht.

Behindert durch sein Gewand und da er körperliche Anstrengungen nicht gewöhnt war, begann Rostan schon bald, unter dem Tempo zu leiden. Er legte die Hand an den Kragen und erholte sich wieder ein wenig. »Was ist denn los?« keuchte er. Ohne langsamer zu werden, deutete Gariak als Antwort über die Schulter nach

hinten. Rostan drehte sich um und sah eine Gruppe von etwa zwanzig Tunnelratten, die ihnen dicht auf den Fersen war. Die meisten von ihnen trugen Stöcke oder Schwerter, und sie wirkten ungewöhnlich entschlossen. Sofort als Rostan sich umdrehte, erscholl ein Schrei, und die Tunnelratten stürmten auf sie zu.

Etwas Finsteres flackerte in Pinatte auf und verlangte von ihm, die Verfolger zu vernichten, doch sein natürlicher Instinkt zu fliehen verdrängte jedes andere Gefühl.

»Hier entlang!« rief er und bog in eine enge Gasse ein. Gariak zögerte nur eine Sekunde, dann schob er Rostan ebenfalls in die Gasse und rief den beiden anderen Söldnern etwas zu, das Pinatte nicht verstand. In der Mitte der Gasse zweigte eine weitere von ihr ab. Pinatte blieb an der Abzweigung stehen und schaute zurück. Rostan, der inzwischen von Gariak gestützt wurde, war ein gutes Stück hinter ihm, und von den anderen beiden Söldnern war nichts zu sehen. Die Tunnelratten hatten den Eingang der Gasse erreicht, und nun versuchten alle gleichzeitig, sich hineinzudrängen. Das war genau das, worauf Pinatte gehofft hatte. Er wußte, daß die Menge auf dem beengten Raum schon bald ihren Schwung verlieren würde, und er überlegte, ob er lieber fliehen oder besser auf Rostan warten sollte, um sich so Imorrens Dankbarkeit zu sichern. Er dachte noch immer darüber nach, als plötzlich die beiden verschwundenen Söldner in die Gasse sprangen. Sie hatten sich hinter einem Stapel Müll in der Nähe eines Häusereingangs versteckt.

Es folgte ein Augenblick hektischer Aktivität, während Schwerter mit unglaublicher Geschwindigkeit klirrend aufeinanderschlugen. Doch für Pinatte, der das alles mit vor Entsetzen weit aufgerissenen Augen verfolgte, schienen sie sich mit quälender Langsamkeit zu bewegen. Ineinander verschlungene Knäuel von ... *irgend etwas* flogen durch die Luft und hoben sich deutlich von dem hellen Sonnenschein ab, der in die Gasse fiel. Dann erschollen beinahe unmenschliche Schreie, hallten von

den Wänden wider und verfolgten die beiden Söldner, die sich langsam wieder zurückzogen. Pinatte konnte sich nicht mehr bewegen. Unter das Entsetzen über das, was er soeben gesehen hatte, mischte sich eine finstere Freude. Ja, so mußte es sein.

»Wo lang?« verlangte Gariak zu wissen, als die beiden Söldner sich ihnen wieder anschlossen. Pinatte zuckte unwillkürlich zusammen. Dann setzte er sich, ohne nachzudenken, in Bewegung. Das, was er soeben gesehen hatte, hatte ihm den Schleier von den Augen gerissen. Bisher war er stets ein passiver Spieler in dieser Stadt gewesen. Er war immer nur darauf bedacht gewesen, aus allem seinen Gewinn zu ziehen, denn in Arash-Felloren war Geld alles. Aber nun hatte er das Blutbad in der Arena in vollen Zügen genossen, hatte seine Verbindung mit der Kreatur akzeptiert und war mit ihr auf die Jagd gegangen. Jetzt erkannte er, daß sich die ganze Zeit über ein kleiner Teil von ihm immer wieder gegen die Verwandlung gesträubt hatte. Ein verlorener grüner Fleck auf einem blutgetränkten Schlachtfeld. Der Fleck begann zu blühen, doch eine Flut von Rechtfertigungen unterdrückte ihn: Pinatte hatte die Verwandlung nicht unter Kontrolle; er mußte dem Befehl des Schicksals gehorchen. Außerdem geschah sowieso, was geschehen mußte. Warum also sollte er nicht davon profitieren? Und doch vermochten diese Gedanken den grünen Fleck nicht vollends zu vernichten. Zudem war nun die hartnäckigste und zugleich schwächste seiner Rechtfertigungen – nämlich daß alles nur ein Traum sei – den Schwertern der Söldner zum Opfer gefallen. Die schrecklichen Schreie der Sterbenden und Verwundeten hallten noch immer in Pinattes Ohren wider. Dies waren *echte* Menschen, wenn auch von der niedersten Sorte, die aus ihrem armseligen Heim vertrieben worden waren – vertrieben von einer Kreatur, von der *er* am besten wußte, daß sich *niemand* ihr entgegenzustellen vermochte. Warum auch immer sie Rostan verfolgt hatten – ihnen zu

entkommen wäre mehr als einfach gewesen, und somit hatten die beiden Söldner ein vollkommen sinnloses Blutbad angerichtet.

Das machte ihn krank. Er wollte das nicht! Macht und Reichtum, ja, aber nicht um diesen Preis.

Es muß so sein, und es wird so sein.

Der Widerspruch war kurz und knapp, doch er erfüllte ihn ganz und gar, und seine Kraft war so groß, daß Pinatte glaubte, sich übergeben zu müssen, während er die Gasse entlangeilte. Die Tränen traten ihm in die Augen, und seine Sicht verschwamm.

Wie konnte man ein solches Verlangen unterdrücken? Wie konnte man sich nur etwas widersetzen, das tief aus einem selbst heraus kam?

»Wo lang?«

Gariaks Frage drang durch das Chaos in Pinattes Geist. Sie hatten eine Kreuzung erreicht. Pinatte wählte willkürlich eine Richtung. Er hatte keine Ahnung, wo er war, aber er wußte, daß die Tunnelratten sie nicht mehr verfolgten und daß sie schon bald in Sicherheit sein würden.

»Wartet mal. Ich muß mich einen Moment ausruhen.«

Das war Rostan. Er hatte sich auf Gariak gestützt und atmete schwer. Pinatte schaute ihn an. Er rieb sich über das Mal auf seiner Hand. Es schmerzte. Alles, was ihm in den letzten Tagen widerfahren war, konnte man auf irgendeine Weise auf die Begegnung mit dieser elenden, keuchenden Gestalt zurückführen. Das wußte er nun. Er war das Opfer irgendeines jener berüchtigten Kyrosdyn-Experimente geworden, und ob mit oder ohne Barrans Schutz, wenn er erst einmal im Vaskyros war, würde er ihn nicht mehr lebend verlassen. Ein schrecklicher Zorn stieg in ihm auf.

Rostan riß den Kopf hoch. Seine Augen waren vor Entsetzen weit aufgerissen. Pinattes Zorn verwandelte sich ob des Anblicks in etwas anderes, in etwas Uraltes, Raubtierhaftes. Er atmete Rostans Furcht ein wie den

Duft einer frisch erblühten Rose ... und als er wieder ausatmete, kam die Macht, und Rostan wurde zwanzig Schritt durch die Gasse geschleudert und gegen eine Wand geworfen. Zwischen dem Erkennen von Pinattes Absicht und dem Augenblick seines Todes blieb dem Großmeister der Kyrosdyn kaum noch Zeit, das Wort ›Nein‹ mit den Lippen zu formen, geschweige denn, seine eigene Macht zum Schutz einzusetzen.

Gariak und die anderen beiden Leibwächter starrten von Pinatte zu Rostan. Sie waren verwirrt, denn sie verstanden nicht, was soeben geschehen war. Gariaks Hand schwebte einen Augenblick lang über seinem Schwert. Dann hob er als Zeichen der Kapitulation die Hände und wich langsam zurück. Die anderen taten es ihm gleich.

Pinatte erinnerte sich an die Hand, die seinen Kopf unter Wasser gedrückt hatte, und an die Tunnelratten, die so sinnlos abgeschlachtet worden waren.

Es bedurfte nur einer beiläufigen Geste seiner Hand, um einen Teil der Häuserwand zum Einsturz zu bringen und die drei Männer unter einer Steinlawine zu begraben.

Während Pinatte die Auswirkungen seiner Tat studierte, erregte ein leises Geräusch in seinem Rücken seine Aufmerksamkeit. Er drehte sich um.

Aus einer Kellertür trat mit leuchtendgelben Augen der Serwolf.

Kapitel 29

Als der Lärm sie erreichte, blieben Atlon und Heirn stehen und lauschten. Dvolci rannte die Straße hinauf und verschwand in dem schmalen Grünstreifen, der den Gipfel des Hügels markierte und das Ende der monotonen

Siedlung. Atlon bedeutete Heirn zu bleiben, wo er war. Nach einer Weile ertönte ein leiser Pfiff.

»Komm«, sagte Atlon und stieg den Hügel hinauf.

Dvolci stand mitten auf der Straße, als sie ihn erreichten. »Das sieht nicht gut aus«, sagte er.

Kurz hinter der Hügelkuppe verwandelte sich die Straße in einen schmalen Pfad, der um die Mauer des Vaskyros herumlief und scheinbar in einem Haufen Steine endete. Atlon hatte gehofft, wenigstens von hier aus, das Panorama der Stadt bewundern zu können, doch die Aussicht wurde zu allen Seiten von Felswänden versperrt. Auch war nirgends ein Mensch zu sehen, obwohl das Schreien einer großen Menschenmenge zu hören war, das zwischen den Felsen widerhallte.

»Weiter um die Mauer herum«, erklärte Dvolci und beantwortete damit Atlons Frage, bevor sie gestellt worden war. »Ein Stück weiter fängt die Straße wieder an. Der Pfad hier führt in die entsprechende Richtung.« Und schon war er wieder verschwunden.

Der Pfad lief unmittelbar an der Mauer des Vaskyros entlang, und wie Dvolci gesagt hatte, erreichten die beiden Männer schon bald den Anfang einer neuen Straße, die offenbar einst mit derjenigen verbunden gewesen war, die sie soeben verlassen hatten. Diesmal jedoch wurden sie nicht von einer Ansammlung eintöniger Häuser empfangen, sondern auf der einen Seite von einem steilen Abgrund, der so tief war, daß man nicht bis auf den Boden schauen konnte.

Atlon rannte halb, halb ging er die Straße entlang. Er fürchtete sich vor dem, was er sehen würde, wenn er die Quelle des Lärms gefunden hatte. Hinter der ersten Kurve war es soweit. Er stand auf einer kleinen Anhöhe am Rand des Platzes vor den Toren des Vaskyros. Abgesehen von ein paar bunten Flecken – den Ständen von Straßenhändlern – war der Platz eine einheitlich graue Masse: Er war voller Tunnelratten.

Heirn sog zischend die Luft ein. »Nun, gute Idee oder

nicht, auf jeden Fall wirst du nicht in den Vaskyros kommen, solange die da sind«, sagte er.

Atlon antwortete nicht sofort. Er ließ seinen Blick über den Platz schweifen. Obwohl die Menge einen unglaublichen Lärm verursachte, schien sie doch keinem bestimmten Ziel zu folgen. Überall schlossen sich willkürlich kleine Gruppen zusammen und lösten sich wieder auf wie Strudel in einem reißenden Flut, und ständig strömten weitere Tunnelratten heran.

»Stroh, das aufs Feuer wartet«, murmelte er vor sich hin.

Heirn wirkte ob des Anblicks verzweifelt. Atlons Worte waren nicht an ihn gerichtet gewesen, doch sie standen im Einklang zu seinen eigenen Gedanken.

»Das ist kein Ort, wo man sein sollte«, bemerkte er.

Atlon nickte zustimmend, aber er antwortete rätselhaft: »Es gibt keinen anderen.«

Heirn packte ihn am Arm. »Ich weiß zwar nicht, was die vorhaben. Aber hier wird es bald gewaltigen Ärger geben, *sehr* bald sogar. Vertrau mir, wir sollten machen, daß wir hier wegkommen, bevor es soweit ist.«

Atlon trat einen Schritt vor und zog den großen Mann hinter sich her. Zu seiner Rechten befand sich der Eingang des Vaskyros: ein gleichmäßiger, eleganter Torbogen, der in krassem Gegensatz zu den dornengleichen Türmen der Kyrosdyn-Festung stand. Den Schlußstein zierte ein Gesicht, Augen und Mund weit aufgerissen. Von seinem Standpunkt aus vermochte Atlon nicht zu erkennen, ob es sich um ein menschliches oder um ein tierisches Gesicht handelte. Aber es war noch wesentlich furchterregender als das Gesicht über dem Eingang des Jyolan. Das Tor wurde von zwei großen Bastionen eingerahmt, die weit in den Platz hineinragten.

Wieder zog Atlon den Schmied hinter sich her, als er noch ein weniger weiter vortrat, um durch das Tor schauen zu können. »Das Tor ist offen«, sagte er überrascht.

»Ich habe noch nie gesehen, daß es geschlossen gewesen wäre«, erwiderte Heirn. Er betrachtete noch immer besorgt die stetig wachsende Menschenmenge. »Ich bin mir noch nicht einmal sicher, ob es sich überhaupt schließen *läßt*. Zum einen herrscht dort ständig Verkehr, und zum anderen haben sie in den letzten Jahren soviel daran herumgebaut, daß es mich nicht wundern würde, wenn die Scharniere verrostet sind. Außerdem«, er warf Atlon einen vielsagenden Blick zu, »niemand will sich in den Vaskyros schleichen. Tatsächlich geht sogar überhaupt niemand hinein, wenn es sich denn irgendwie vermeiden läßt. Abgesehen vom schlechten Ruf der Kyrosdyn, beschäftigen sie auch noch einige der gemeinsten Söldner der Stadt.«

»So wie die da«, sagte Atlon und deutete Richtung Tor.

Vor dem Tor hatten sich grimmige Gestalten in mehreren Reihen aufgestellt. Sie trugen Kettenhemden. Die ersten beiden Reihen standen Schulter an Schulter und waren mit großen rechteckigen Schilden ausgerüstet, mit denen sie die herandrängende Menge zurückhielten. Einige Meter hinter ihnen folgten weitere Reihen von Kämpfern. Wie viele genau es waren, konnte Atlon nicht erkennen, denn sie verschwanden im Inneren des Vaskyros. Die Männer der hinteren Reihen hielten lange Piken mit gefährlich aussehenden, leicht gekrümmten Klingen.

»Ja«, sagte Heirn, »genau wie die da. Komm, laß uns gehen. Wir können ein andermal wiederkommen.«

Atlon rührte sich nicht vom Fleck. Seine Stimme klang kalt und hart. »Ich habe so etwas schon früher gesehen. Wenn die Tunnelratten vorrücken, werden sich die Schildträger zurückziehen, und die Piken werden in gestaffelten Reihen gesenkt. Wer auch immer in der vordersten Linie der Menge steht, wird gegen eine Wand aus Spitzen und Klingen gedrückt werden. Das ist eine schreckliche Taktik.«

»Äh, ja ... kann schon sein«, stammelte Heirn unglücklich. »Ich habe mich noch nie mit so etwas

beschäftigt.« Dann war er plötzlich von Atlons taktischer Analyse fasziniert. »Man könnte sich doch unter ihnen wegducken.«

»Diese Söldner sehen so aus, als würden sie das nicht zum ersten Mal machen. Wenn sie wirklich wissen, was sie tun, dann haben sie sich gegen ein solches Vorgehen abgesichert«, entgegnete Atlon. »Und es würde mich auch nicht überraschen, wenn überall auf den Mauern Bogenschützen stehen.« Er ballte die Fäuste. »Schau dir an, wie rasch sich der Platz füllt. Wenn sich die Menge nicht bald auflöst, wird es ein Blutbad geben.«

Heirn schaute Atlon ernst an. Erneut fragte er sich, welch schreckliche Dinge dieser Fremde wohl schon gesehen haben mochte, bevor er nach Arash-Felloren gekommen war. »Vielleicht«, sagte er. »Aber jeder hat nun mal das Recht, sein Eigentum zu verteidigen – auch die Kyrosdyn –, besonders gegen den Mob. Du hast dir doch auch den Kerl geschnappt, der sich an deinem Pferd zu schaffen gemacht hat. Diese Leute da sind zwar Tunnelratten, aber sie kennen die Gesetze der Stadt genau wie jeder andere auch. Sie wissen, was sie erwartet, wenn sie den Vaskyros angreifen, und außerdem ...« Seine Stimme versagte, als er sich daran erinnerte, daß Atlon selbst die Tunnelratten hierher getrieben hatte.

Atlon dachte das gleiche. »Sie sind wegen mir hier«, sagte er. »Ich kann nicht so weggehen. Ich *muß* dort hinein und herausfinden, was sie mit Pinatte gemacht haben.« Er atmete tief durch. »Wenn ich es nicht tue, dann werden noch mehr Menschen verletzt werden.«

Heirn sah die Verzweiflung auf Atlons Gesicht, doch angesichts der Menschenmenge zu seinen Füßen fühlte er sich vollkommen hilflos. Vor seinem geistigen Auge sah er Atlon auf einem edlen Roß, wie er über sein eigenes Land ritt – eine weite, sonnenbeschienene Ebene. Sicherlich war Arash-Felloren für ihn ein verabscheuungswürdiger Ort. Mehr denn je fühlte sich Heirn für diesen Fremden verantwortlich.

»Warst du schon jemals in solch einer Menschenmenge?« fragte Heirn. Er wartete nicht auf die Antwort. »Du kannst kaum atmen. Du bist ein Nichts. Du gehst, wohin die Menge dich trägt. Wenn du stolperst, wirst du niedergetrampelt. Und es geht dir auch in den Kopf. In einer solchen Menschenmenge machst du Dinge, die ...« Er hielt einen Augenblick verwirrt inne. Dann wandte er sich wieder seinem Schützling zu. »Es wird dir nicht gelingen, dich durch die Menge zu *reden*. Und selbst wenn es dir gelänge, wie willst du dann an den Wachen vorbeikommen?«

»Ich brauche deine Hilfe, Heirn, nicht deine Ermahnungen«, erwiderte Atlon. »Gibt es noch einen anderen Weg hinein?«

Heirn schüttelte den Kopf. »Nicht, daß ich wüßte.«

Dvolci tauchte wieder auf. »Ich muß dort hinunter«, erklärte ihm Atlon. »Willst du mit mir kommen oder lieber bei Heirn bleiben und dir die ganze Sache von hier oben ansehen?«

Heirn mischte sich ein. »Wenn ich dich schon nicht von dieser Dummheit abhalten kann, dann kann ich dich wenigstens begleiten. Da unten habe ich bessere Chancen als du.«

Atlon schüttelte den Kopf. »Wir haben abgemacht, daß du dich von mir fernhältst, sobald wir den Vaskyros erreicht haben. Daran hat sich nichts geändert. Es ist von äußerster Wichtigkeit, daß du Dvolci hilfst, nach Hause zurückzukehren, sollte mir etwas zustoßen.« Er hob die Hand, um Heirns Protest zuvorzukommen. »Ich will nicht darüber diskutieren«, sagte er. »Vielleicht hast du in der Menge bessere Überlebenschancen als ich. Aber wenn ich den Kyrosdyn gegenübertrete, kannst du *gar nichts* mehr ausrichten, und ich könnte dich auch nicht beschützen. Du wärst nur eine Last für mich. Bitte, bleib hier.« Die Mischung aus Autorität und Flehen in Atlons Stimme ließ Heirn schweigen.

Atlon wandte sich wieder an Dvolci, der sich ener-

gisch kratzte. »So viele Menschen an einem Ort ist nicht gerade eine traumhafte Vorstellung«, erklärte der Felci, »aber ich komme mit dir. Es wird interessant sein herauszufinden, was diese Kyrosdyn im Schilde führen.« Er trottete davon.

Atlon streckte Heirn die Hand entgegen. »Ich danke dir für alles, was du für uns getan hast, Heirn. Es tut mir leid, daß wir dein Leben in Unordnung gebracht haben. Geh kein unnötiges Risiko ein, indem du hierbleibst. Wir werden schon wieder zur Schmiede zurückfinden. Ich habe mir den Weg gemerkt.«

Heirn nickte. »Ich werde auf dich warten«, sagte er. »Wenn ich mich recht erinnere, hast du noch eine Menge Sattelzeug zu flicken.«

Als er den Hügel zur Hälfte hinabgestiegen war, drehte sich Atlon noch einmal um, um dem Schmied ein letztes Mal zuzuwinken. Heirn war verschwunden.

»Ohne ihn wären wir verloren gewesen«, sagte Dvolci und kletterte in Atlons Bündel.

»Glaubst du, er wird etwas Dummes tun?« fragte Atlon besorgt.

»Ich wüßte nicht, warum er es nicht tun sollte«, antwortete Dvolci. »Wir machen doch auch nichts anderes.«

Atlon funkelte ihn an. »Nein«, korrigierte sich Dvolci widerwillig. »Er wird uns wahrscheinlich nur eine Weile im Auge behalten. Mach dir keine Sorgen. Ich glaube, er hat verstanden, wie wichtig es ist, daß er dort bleibt, wo er ist.« Atlon schien dessen nicht ganz so sicher zu sein, doch er schwieg.

Seit sie zum ersten Mal einen Blick auf den Platz geworfen hatten, waren immer mehr Tunnelratten eingetroffen. Die Menge wogte hin und her wie ein Kornfeld im Wind.

Plötzlich erregte ein entferntes Geräusch Atlons Aufmerksamkeit – ein Geräusch, an das er seit seiner Geburt gewöhnt war. »Sammeln«, murmelte er vor sich hin. Es war das Echo eines wesentlich lauteren Rufs, das in sei-

nem Kopf widerhallte und das ihn im Geiste in sein eigenes Land zurückführte. Er kletterte auf einen Felsen, um den Platz besser überschauen zu können, und im selben Augenblick sah er die Reiter. Sie ritten in sechs Reihen über die breite Straße heran, die den Hauptzugang des Platzes bildete.

»Weartan«, sagte Dvolci. »Das ist es, worauf Heirn die ganze Zeit gewartet hat.«

Atlon beobachtete die Reiter eine Weile, dann schüttelte er ungläubig den Kopf. »Was machen die da? Sie treiben ja noch mehr Leute auf den Platz. Sie hätten in Kolonne durch eine der kleineren Gassen heranreiten sollen, um dann die Menschen vom Tor wegzudrängen. So werden sie nur Ärger verursachen, nicht ihn verhindern.« Instinktiv wollte er hinunterrennen und die Tunnelratten warnen, doch die Sinnlosigkeit eines solchen Unterfangens war ihm augenblicklich klar. Das sich sanft wiegende Kornfeld wurde immer heftiger hin und her gepeitscht, und die ersten wütenden Schreie erhoben sich über den allgemeinen Lärm. Atlons geübte Ohren bemerkten eine Änderung in der Gangart der Pferde.

»Das wird fürchterlich werden«, bemerkte Dvolci. Er nahm Atlon die Worte aus dem Mund. Beide zitterten.

Im selben Augenblick sah Atlon, wie sich die Schlagstöcke der Weartan über die Köpfe der Menge erhoben und wieder herniederfuhren. Dann bewegte sich die Menge plötzlich wie ein Mann von den Weartan weg und flutete gegen die Mauern des Vaskyros. Die erste Linie der Schildträger wankte unter dem Ansturm, doch mit Hilfe der zweiten Linie hielt sie stand. Gleichzeitig schlugen die Männer der zweiten Reihe mit Schlagstöcken auf die Tunnelratten ein, wo immer sie eine Lücke fanden, um ausholen zu können. Das Schreien der Menge wurde zu einem wütenden Brüllen – so laut, daß Atlon glaubte, unter dem Lärm zusammenbrechen zu müssen.

Doch die Schildträger vermochten dem Druck der

Tunnelratten nicht viel entgegenzusetzen, und so zogen sie sich rasch in den Schutz der Piken zurück. Es war ein gut einstudiertes, koordiniertes Manöver, und sofort senkten sich Piken zu einer undurchdringlichen Wand, so wie Atlon es Heirn beschrieben hatte. Atlon war von dem Anblick sowohl entsetzt als auch fasziniert. Krieg besaß eine finstere Schönheit, die immer wieder Männer in die Schlacht gelockt hatte.

Ein furchterregender Tanz begann, als die außer Kontrolle geratene Menge zwischen den Knüppeln der Weartan und der Wand der Pikenträger gefangen wurde. Atlon schaute schweigend zu. Ein Schauder lief ihm über den Rücken, als sah, welch schreckliche Konsequenzen seine Worte zu den Tunnelratten hatten.

Er sah, wie Menschen versuchten, durch die engen Seitenstraßen zu entkommen. Aber noch immer strömten weitere Tunnelratten auf den Platz, und anstatt kleiner zu werden, wuchs die Menge immer mehr an, und der Druck wurde zunehmend stärker.

Atlon ballte die Fäuste, als er sah, wie sich vor den Piken die Leichen stapelten, und als er den Blick hob, erkannte er tatsächlich Bogenschützen auf den Wehrgängen. Allerdings hatten sie bis jetzt noch nicht das Feuer eröffnet. Die wenigen Tunnelratten, die versuchten, unter den Piken durchzutauchen, wurden von den dahinterstehenden Söldnern niedergehauen.

Atlon stieg den Hügel hinab. Eisern hielt er an seinem Entschluß fest. Sollte es ihm nicht gelingen, herauszufinden, was mit Pinatte geschehen war, dann würden noch wesentlich mehr Menschen sterben, als es ohnehin schon der Fall war.

Während er über die alte Straße hinunterwanderte, kamen ihm wiederholt Tunnelratten entgegen, die versuchten, dem Gemetzel zu entkommen. Männer, Frauen, Kinder – einige bluteten, andere jammerten verzweifelt oder schrien vor Zorn. Doch ihnen allen war eines gemeinsam: die vor Entsetzen geweiteten Augen.

»Geht über den Pfad da oben und dann auf der anderen Seite wieder hinunter!« rief ihnen Atlon zu. Niemand schien ihn zu hören, und die Hilflosigkeit in seiner eigenen Stimme erschreckte ihn.

Niemand schenkte Atlon auch nur die geringste Beachtung, und er war ständig gezwungen auszuweichen, wollte er nicht über den Haufen gerannt werden.

Dann fühlte sich Atlon plötzlich wie in einem Traum. Die Straße bog um einen Felsen, und der Platz war außer Sichtweite. Der schreckliche Lärm ebbte ab, und aus irgendeinem Grund hörte auch der stetige Strom der flüchtenden Tunnelratten auf. In dieser unnatürlichen Stille blickte Atlon an den Mauern des Vaskyros empor. Er war überwältigt. Er war ein Nichts. Das war Sein Haus. Hatte er etwa wirklich geglaubt, diese gewaltige Festung eigenhändig stürmen zu können?

»Unterschätze niemals den Wert selbst der kleinsten Tat.« Der Gedanke ließ ihn zusammenzucken. Das war ein Satz, der häufig in seinem Orden zitiert wurde. Er war eine Ermahnung, während der Erforschung der Macht und bei ihrer Anwendung niemals den gesunden Menschenverstand zu vergessen. In diesem Zusammenhang fiel Atlon noch ein weiterer Glaubensartikel seines Ordens ein: »Gute Taten haben gute Konsequenzen und böse Taten böse.«

Dann war er wieder inmitten des Chaos von Arash-Felloren. Tunnelratten rannten die Straße hinauf, und der Lärm war lauter denn zuvor. Atlon war gezwungen, in einem Häusereingang Schutz zu suchen. Erst als der Strom der Fliehenden etwas nachgelassen hatte, verließ er seinen Unterstand und arbeitete sich weiter voran, bis der Platz wieder in Sichtweite war. Einen Augenblick lang verstand er nicht, was inzwischen geschehen war. Die Pikenträger waren verschwunden. Der Druck der Tunnelratten, die von den Weartan unbarmherzig vorangetrieben worden waren, war offenbar zu stark gewesen, als daß die Söldner ihm hätten standhalten können. Wo

noch vor wenigen Minuten die Pikenträger gestanden hatten, drängelten sich nun die schreienden Tunnelratten und strömten in den Vaskyros hinein. Es war ein furchterregender Anblick, und Atlon konnte nicht anders, als entsetzt zuzuschauen.

Eine rasche Bewegung am Rande seines Sichtfeldes ließ ihn sich umdrehen. Es war ein Pfeil, der in die Menge flog. Kurz darauf folgte ein weiterer. Die Schützen auf den Mauern feuerten willkürlich auf die Menschen hinab. Atlon konnte die Panik der Kyrosdyn-Truppen förmlich fühlen. Sie schienen jegliche Disziplin verloren zu haben, und ihr sinnloses Töten entfachte die Wut in Atlon. Doch sein Zorn war nichts im Vergleich zu dem der Menge, die durch das Tor flutete. Der Schrei eines Schützen, der in unmittelbarer Nähe die Mauer hinabstürzte und auf einen Felsen aufschlug, bestätigte dies. Das Geräusch der berstenden Knochen riß Atlon aus seinen Gedanken und brachte ihn wieder zurück in die Gegenwart. Als er sich umdrehte, sah er, daß die Weartan inzwischen den Platz erreicht hatten und ausschwärmten. Er konnte sich ein verächtliches Schnaufen nicht verkneifen. »Kleinkinder reiten besser als die Weartan«, murmelte er.

»Wenigstens haben sie aufgehört, die Tunnelratten vor sich herzutreiben«, sagte Dvolci. »Vielleicht war doch noch einer von ihnen vernünftig genug, um zu erkennen, was sie da angerichtet haben.«

Mit dem Ende des Angriffs der Weartan und dem Rückzug der Kyrosdyn-Söldner hatte der Druck auf dem Platz merklich nachgelassen, und immer weniger Tunnelratten rannten an Atlon und Dvolci vorbei. Tatsächlich taten es einige sogar Atlon gleich – sie blieben stehen und schauten zu –, und wieder andere liefen zurück und schlossen sich erneut der Menge an.

Atlon knirschte mit den Zähnen. »Geh zurück zu Heirn«, befahl er Dvolci. »Ich werde jetzt versuchen reinzukommen.«

Von einem schmalen Balkon aus, hoch droben in einem der Türme des Vaskyros, blickte Imorren auf die heranstürmenden Menschenmassen hinab. Mit jeder Bewegung der Menge konnte sie förmlich spüren, wie ihr die Macht entglitt, die sie über Jahre hinweg in der Stadt aufgebaut hatte. Wie hatte es nur dazu kommen können? Und noch dazu so unerwartet? Der letzte Angriff auf den Vaskyros hatte vor mehreren Generationen stattgefunden, und wann immer es in der Vergangenheit zu einem solchen Ereignis gekommen war, hatten stetig wachsende Spannungen mit irgendeiner anderen Macht in der Stadt schon frühzeitig darauf hingedeutet. Aber das hier ...! Und dann auch noch Tunnelratten! Das ergab keinen Sinn.

Andere Überlegungen milderten Imorrens Zorn. Daß es sich bei den Angreifern um Tunnelratten handelte, bewies ihr, daß es sich bei diesem Kampf nicht um die Folge einer Intrige handelte, die ihrer Aufmerksamkeit entgangen war. Auch betrachtete man die Tunnelratten im allgemeinen als bedeutungslos, und so würde es niemanden interessieren, *warum* sie den Vaskyros angriffen, ebenso wenig wie die Mittel, mit denen die Kyrosdyn gegen sie vorgingen. Wenn alles glatt lief, könnte Imorren am Ende vielleicht sogar politischen Gewinn aus dieser Angelegenheit ziehen. Sie brauchte nur die Unschuldige zu spielen und sich als Beschützerin der braven Bürger von Arash-Felloren darzustellen. Auf jeden Fall würde sie dem Präfekten das ein oder andere Zugeständnis abringen können, denn schließlich waren es seine Weartan gewesen, die den Fall des Tores provoziert hatten.

Einen Augenblick lang gestattete sie sich, sich zu entspannen und das Blutbad zu ihren Füßen zu genießen. Die Wahrscheinlichkeit war gering, daß die Tunnelratten noch sehr viel tiefer in den Vaskyros vordringen würden. Der Vaskyros war ein äußerst komplexes Gebäude, und überall gab es Verteidigungsanlagen. Ferner hatte Imor-

ren regelmäßig die bestehenden Verteidigungspläne überprüft und sie gegebenenfalls geändert. Allerdings lag diesen Plänen immer der Gedanke zugrunde, daß ein potentieller Angriff von berufsmäßigen Kämpfern durchgeführt werden würde, nicht von einem außer Kontrolle geratenen Mob. Daß gute Soldaten in diesem Kampf fielen, war ärgerlich. Doch andererseits mangelte es in Arash-Felloren nie an Söldnern, und vielleicht würden die Verluste sogar eine Lehre für die Überlebenden sein.

Ein lautes Krachen riß Imorren aus ihren Gedanken. Sie beugte sich über die Brüstung und sah, daß die Tunnelratten im äußeren Hof ein Baugerüst umgestürzt hatten. Mehrere Menschen waren dabei verletzt worden. Imorrens Verärgerung kehrte wieder zurück. Sie würde eingreifen müssen, bevor noch mehr Schaden entstand.

»Wo ist der Großmeister?« verlangte sie zu wissen, als sie wieder in die Empfangshalle zurückkehrte. Die Acolyten und Novizen an den Fenstern eilten herbei, stellten sich in Reih und Glied vor ihr auf und senkten die Köpfe.

»Er ist in der Stadt, Ailad«, antwortete einer von ihnen. »Zusammen mit Gariak und zwei anderen Leibwächtern.«

Imorren nickte. Das war nicht gut. Was auch immer die Tunnelratten aufgebracht hatte, es war unwahrscheinlich, daß sich ihr Zorn nur auf den Vaskyros beschränkte, und die meisten der Niederen und Hohen Brüder suchten in den Straßen nach dem Gesalbten. Niemand vermochte zu sagen, welche Konsequenzen es haben würde, sollte einer von ihnen sich bei einem Angriff mit der Macht verteidigen.

Diese verdammten Weartan!

Der Aufruhr mußte aufhören! Sofort!

»Sucht den Hauptmann der Wache«, befahl Imorren, »und bringt mir eine der Tunnelratten.«

Imorren setzte sich auf den Stuhl, von dem aus sie die meisten alltäglichen Geschäfte des Ordens erledigte. Sie

schaute den um sie Versammelten der Reihe nach in die Augen und gestattete sich sogar ein leichtes Lächeln, als sei der Tumult vor dem Fenster kaum ihrer Aufmerksamkeit wert. Mit einer mütterlichen Geste wählte sie vier Acolyten aus. Dann sagte sie: »Ihr vier bleibt in meiner Nähe. Ich werde euch brauchen, um Nachrichten für mich zu übermitteln. Alle anderen können sich wieder um ihre Pflichten kümmern.«

Die jungen Männer hatten den Raum kaum verlassen, als ein Novize den Hauptmann der Wache in den Raum führte. Der Hauptmann schleifte eine blutüberströmte Gestalt hinter sich her. Imorren winkte ihn zu sich heran und bedeutete den anderen, sich außer Hörweite zu begeben.

»Ich war sowieso schon auf dem Weg zu Euch, Ailad, um Euch diesen hier zu bringen«, sagte der Hauptmann und verneigte sich. Er trat die Tunnelratte brutal in die Kniekehlen, und der Mann sank zu Boden. Eine kräftige Hand packte seinen Kopf. »Erweise der Ailad deinen Respekt, du Wurm!«

Imorren hatte das Gesicht des verletzten Mannes sofort studiert, als er in den Raum geschleift worden war. Es zeigte eine Mischung aus Dummheit und Entsetzen. Wenn man es übertrieb, dann würde er sich wahrscheinlich noch nicht einmal mehr an seinen eigenen Namen erinnern, geschweige denn erklären können, was da unten vor sich ging.

»Sachte, Hauptmann«, sagte Imorren. Ihr Tonfall war sanft, doch ihr Blick ließ den Hauptmann zurückweichen. »Diese Leute haben offenbar eine Beschwerde gegen uns vorzubringen, sonst würden sie uns ja nicht solcherart attackieren. Wir müssen sie anhören.« Sie beugte sich vor. »Bitte, seht mich an, mein Herr.« Ihre Stimme klang verführerisch. »Niemand wird Euch etwas tun. Ihr seid hier in Sicherheit. Ihr müßt mir nur sagen, was Euch vor unsere Tür geführt hat.«

Langsam hob der Mann den Kopf. Als er der Ailad in

die Augen blickte, lächelte sie freundlich und nickte ihm ermutigend zu. Es war ein Blick, der schon den Willen von weitaus standfesteren Männern gebrochen hatte. »Warum greifen Eure Leute uns an?« fragte sie.

Der Mann starrte sie einfach nur an. Offenbar hatte er nicht gehört, was sie gesagt hatte. Der Hauptmann hob die Hand, um ihn zu schlagen, doch Imorren hielt ihn mit einer Geste davon ab. Sie wiederholte die Frage und fügte hinzu: »Wir haben euch doch sicher kein Unrecht getan, oder etwa doch? Ihr müßt mir alles sagen, was geschehen ist, damit wir uns darüber unterhalten können. Da unten werden Menschen verletzt. Versteht Ihr das?«

Der Mann leckte sich mehrmals über die Lippen, dann schluckte er und nickte. »Es ist dieses Ding – dieses Tier, oder was auch immer es ist«, flüsterte er heiser. »Das Ding, das ihr für den Freien Kampf aus den Höhlen geholt habt.« Seine Stimme wurde zu einem Winseln. »Es tötet alle. Es tötet, tötet, tötet ... Immer weiter. Es ...«

Imorren hatte genug gehört. Ihr Lächeln verschwand, und sie lehnte sich wieder zurück. Der Mann streckte die Hand nach ihr aus. »Ailad ...« Weiter kam er nicht. Er packte sich an die Kehle, als würde sich plötzlich eine Schlinge um seinen Hals zusammenziehen. Die vier Acolyten wichen instinktiv einen Schritt zurück, ebenso wie der Hauptmann der Wache. Obwohl nach außen hin nichts zu erkennen war, wußten sie, daß Imorren die Macht einsetzte.

Imorren war zufrieden. Nun kannte sie die Gründe für das Verhalten der Tunnelratten. Sie gab sogar zu, daß der Angriff wahrscheinlich ihre eigene Schuld war. Erregt durch das Gemetzel im Jyolan und die Gegenwart des Gesalbten hatte sie der Kreatur gestattet, auf die Jagd zu gehen, ohne deren Natur zu bedenken – jene Natur, mit der Er vor so vielen tausend Jahren die Vorfahren des Serwolfs ausgestattet hatte. Es schien, als hätte die Gier der Kreatur nach der Furcht ihrer Opfer die Tunnelratten

in schier grenzenlose Panik versetzt. Das war es natürlich auch, was Er mit seiner Zucht beabsichtigt hatte. Im Gegensatz zu jedem anderen Tier würde der Serwolf töten und töten, bis ihm jemand Einhalt gebot.

Ein Geräusch unterbrach ihren Gedankengang. Es war die Tunnelratte. Der Mann kauerte auf allen vieren und rang nach Atem. Imorren schaute auf ihn herab, und ebenso schnell wie er gebunden worden war, wurde er wieder freigelassen. Er brach zuckend zusammen. »Schaff ihn weg«, befahl Imorren einem der Acolyten. »Bring ihn in den Kerker.«

Während der Mann aus dem Raum geschleift wurde, trat Imorren ans Fenster. Von hier aus konnte sie den Haupthof überblicken und die wogende Masse der Tunnelratten. »Können deine Männer das zweite Tor halten?« fragte sie den Hauptmann, ohne ihn anzuschauen.

»Nein«, antwortete der Hauptmann. »Wir haben während des ersten Ansturms eine Menge Leute verloren, und viele sind noch in der Stadt, um Eure Brüder zu eskortieren. Aber wir werden das dritte Tor halten. Sie werden sich rasch die Köpfe daran blutig schlagen. Dann können wir sie ohne größere Probleme aus dem Hof vertreiben.«

»Sie werden einiges an Schaden anrichten, wenn sie das zweite Tor durchbrechen.«

Der Hauptmann vermochte weder Imorrens Tonfall noch ihre Haltung zu deuten. Aber das war nichts Ungewöhnliches. Er vertraute auf den guten Ruf, den er sich in jahrelanger Arbeit bei ihr erworben hatte. Die Ailad verließ sich auf seine militärischen Kenntnisse. »Wir können das zweite Tor nicht halten«, wiederholte er zögerlich. »Es sind einfach zu viele, und unten im Hof liegen jede Menge Leitern und Balken herum, die sie für einen Sturm benutzen können. Wenn wir versuchen, sie am zweiten Tor aufzuhalten, werden sie uns in die Flanke fallen und auf das dritte Tor zumarschieren, ohne daß wir etwas dagegen unternehmen könnten.«

Imorren nickte. »Ich vertraue auf dein Urteil, Hauptmann. Tu, was immer du für nötig hältst, um sie zu vertreiben. Halte mich auf dem laufenden.« Sie drehte sich zu ihm um. Der Hauptmann hielt dem Blick ihrer grauen Augen stand. Wie die meisten hochrangigen Offiziere der Wache so war auch er auf eine Art und Weise an sie gebunden, die er noch nicht einmal ansatzweise verstehen konnte. »Mach so viele Gefangene wie möglich. Wir werden sie später gut gebrauchen können.« Der Hauptmann verneigte sich und ging.

Imorren schaute wieder auf den Hof hinunter. Wer hätte gedacht, daß die Tunnelratten solch einen Kampfgeist an den Tag legen könnten? Plötzlich fühlte sie sich gut. Der Schaden, den sie anrichteten, war ärgerlich. Aber das war auch schon alles. Im Gegenzug würden die Kyrosdyn jede Menge Gefangene bekommen, deren Lebensenergie sie für ihre Experimente nutzen konnten. Niemand würde ein paar Tunnelratten vermissen. Und die Kreatur – der Serwolf, Sein gesegneter Vorbote –, sie war in der Tat so mächtig, wie es die alten Schriften verkündeten. Vielleicht konnte man ihn dazu verwenden, andere seiner Art aufzuspüren, und es mußte noch andere geben, anderenfalls wäre ja auch die Existenz dieses einen nicht zu erklären. Mit etwas Glück hätten die Kyrosdyn dann schon bald ein ganzes Rudel zu ihrer Verfügung, das sie ausbilden und auf den Tag Seiner Rückkehr vorbereiten konnten. Plötzlich kam Imorren eine amüsante Idee. Falls es in der Tat die Kreatur gewesen war, die diese Menschen aus den Tunneln vertrieben hatte, dann konnte sie sie ja auch wieder zurücktreiben – oder zumindest aus dem Vaskyros hinausjagen. Es würde ihr schon sehr gefallen, dem Serwolf bei der Arbeit zuzuschauen und die Panik in den Gesichtern der Tunnelratten zu sehen. Sicherlich würden auch genug Verletzte zurückbleiben, die man in den Kerker stecken konnte. Imorren mußte den Hüter aufsuchen und ihm befehlen, die Kreatur zurückzurufen.

Schwache Echos des Kampfes folgten Imorren, als sie in die tiefsten Gewölbe des Vaskyros hinabstieg. Doch sie hörte sie kaum. All ihre Gedanken waren auf die Zukunft gerichtet.

Schließlich erreichte sie die Gehege und Käfige, in denen die seltsamen Kreaturen kauerten, die die Kyrosdyn für ihre Experimente und die Arena gezüchtet oder in den Höhlen gefangen hatten. Wie immer entfachte der bestialische Gestank dieses Ortes den unbändigen Zorn, von dem Imorren sich nährte. Sie fletschte die Zähne als Antwort auf die Kakophonie von Bellen und Heulen, die sie empfing, doch sie blieb nicht eine Sekunde stehen.

Dann erreichte sie einen kleinen runden Keller und rief: »Hüter!«

Ihre Stimme hallte mehrere Male in dem Gewölbe wider, und die Fackeln an den Wänden schienen als Reaktion darauf zu flackern. Aber sie bekam keine Antwort. Verwirrt schaute sie in den kleinen Raum, der dem Hüter als Quartier diente. Er war leer.

Langsam wanderte Imorren durch den kleinen, kreisrunden Keller. Wenn nicht gerade irgendwo ein Freier Kampf angesetzt war oder wenn keine Expedition in die Höhlen anstand, pflegte der Hüter sein Quartier nur zu verlassen, um die Tiere zu füttern. Der Hüter war einer der wenigen, die ein Experiment mit der Salbung überlebt hatten. Er war dadurch ein schweigsamer, rätselhafter Mann geworden, doch das Experiment hatte ihm auch die Fähigkeit verliehen, die seltsame Menagerie der Kyrosdyn zu kontrollieren. Er war es auch gewesen, der den Serwolf gefunden hatte. Vor Imorrens Macht hatte die Kreatur stets gekuscht, aber gegenüber dem Hüter verhielt sie sich wie ein anhänglicher Hund. Obwohl Imorren sich das niemals eingestanden hätte, so erinnerte sie der Hüter doch so stark an Ihn, daß sie sich sogar in gewisser Weise zu dem stillen Mann hingezogen fühlte. Er war eine der Säulen ihres Lebens, und daß er nicht hier war, beunruhigte sie sehr.

Dann fand sie ihn. Er lag auf der Schwelle einer der Türen, die zu den Tunneln führten, und er hatte die Augen vor Überraschung weit aufgerissen. Normalerweise war sein Blick stets auf einen fernen Ort gerichtet, den nur er allein zu sehen vermochte, und so war Imorren über diesen Gesichtsausdruck sogar noch mehr erstaunt als über die klaffende Wunde an seinem Hals, die ihn getötet hatte.

Sie kniete sich neben ihn. Der Geruch des Serwolfs stieg von der Leiche des Hüters auf, und mit ihm kam Dunkelheit und Schmerz. Imorren hatte zum letzten Mal diesen Kummer empfunden, als sie von Seiner Niederlage erfahren hatte.

Eine Zeitlang kniete sie regungslos neben der Leiche. Nach außen hin deutete nichts auf ihre Gefühle hin, außer ihrer Hand, die auf der des Hüters ruhte. Glücklicherweise war keiner ihrer Feinde in der Nähe, denn sie hätte sich in diesem Augenblick nicht wehren können.

Doch die Schatten ihres alten Selbst vermochten nicht lange gegen die Frau standzuhalten, zu der sie geworden war, und nach und nach erholte sie sich. Schließlich zermalmte sie die Reste ihrer Gefühle und wandte sich wieder der Gegenwart zu. Der Tod des Hüters war weitaus bedeutsamer als die armseligen Tunnelratten, die den Vaskyros attackierten.

Dann kam ihr plötzlich eine schreckliche Erkenntnis. Falls es der Serwolf gewesen war, der den Hüter getötet hatte, dann mußte er sich einen neuen Herrn gesucht haben, und nur eine einzige Person wurde den Anforderungen der Kreatur gerecht: *Der Serwolf hatte sich mit dem Gesalbten verbunden!*

Sorgfältig ausgearbeitete Pläne fielen im Licht dieser Erkenntnis in sich zusammen wie ein Kartenhaus. Der Gesalbte hätte die Wege öffnen sollen, über die Er wieder zurückkehren sollte. Doch was sie geschaffen hatten, war ein Monster, etwas, das nicht sein konnte, ein skrupelloses Ding, das sowohl die Macht gebrauchen als auch

die Wege öffnen konnte. Und nun hatte sich dieses Monster auch noch mit einem Serwolf zusammengetan, der schon bald den Höhepunkt seiner Kraft erreicht haben würde. Wer vermochte schon zu sagen, welch schreckliche Wege sich durch diese Verbindung öffnen würden und welch schreckliches Chaos daraufhin folgen würde?

Und wer vermochte sie aufzuhalten?

Kapitel 30

Heirn hat mit all seinen Befürchtungen recht gehabt, gestand Atlon freimütig. Er war einer kleinen Gruppe von Tunnelratten hinab auf den Platz gefolgt, und sofort war er von der Flut davongespült worden. Nur seiner lebenslangen Erfahrung als Reiter hatte er es zu verdanken gehabt, daß er nicht das Gleichgewicht verloren hatte, und nur mit Mühe war es ihm gelungen, sich nicht mit Hilfe der Macht gegen den unerträglichen Druck zu wehren, obwohl er panische Angst gehabt hatte. Doch noch viel schlimmer war die Panik und der sinnlose Zorn der Menge gewesen, die um ein Haar Besitz von ihm ergriffen hätten.

Schließlich wurde er durch das Tor getragen und fand sich auf einem weitläufigen Platz wieder. Überall lagen Teile von Baugerüsten und Werkzeuge herum, und die wenigen Tunnelratten, die noch nicht bewaffnet waren, improvisierten aus diesen Teilen alle möglichen Arten von Kriegsgerät. Die Stimmung der Menge wurde ständig gewalttätiger.

Auf dem weiten Platz ließ der Druck der Massen ein wenig nach, und doch konnte Atlon sich nicht aus dem Sog befreien. Unbarmherzig wurde er durch ein zweites Tor getragen. Obwohl sie hier auf keinen Widerstand tra-

fen, stolperte hier und da jemand über eine Leiche, so daß Atlon vermutete, daß auch hier gekämpft worden war. Als Atlon ebenfalls stolperte, war der Grund dafür die Leiche eines Söldners, doch um ihn herum waren wesentlich mehr tote Tunnelratten zu sehen.

Dann brach die Menge plötzlich auseinander. Im Gegensatz zum ersten Tor öffnete sich das zweite auf einen halbrunden Hof, von wo aus die Menge in eine verwirrende Ansammlung überdachter Gänge geleitet wurde. Nun hoben sich auch zum ersten Mal die Schreie einzelner Menschen deutlich von dem allgemeinen Lärm ab. Der einheitliche Wille der Tunnelratten war gebrochen.

Einige der Gänge führten nach kurzer Zeit wieder auf den Hof zurück, was zur Folge hatte, daß verschiedene Gruppen von Tunnelratten aufeinanderstießen, und in dem darauffolgenden Gerangel kamen viele Menschen zu Schaden. Andere Gänge wiederum wanden sich in- und umeinander, was ähnliche Probleme verursachte, während wieder andere irgendwann unendlich eng wurden und die Menschen zur Umkehr zwangen.

Als Atlon schließlich irgendwie die andere Seite dieses Labyrinths erreichte, fand er sich in einem engen Graben wieder, der zu beiden Seiten von meterhohen, steilen Mauern begrenzt war. Der Druck der Menge schob ihn in Richtung der inneren Mauer, wo es ihm schließlich gelang, hinter einem der Stützpfeiler Schutz zu finden, die in regelmäßigen Abständen aus der Mauer hervorragten. Er lehnte sich gegen die Mauer, rang nach Atem und schloß für einen Augenblick die Augen. Sofort stürmten verwirrende Bilder auf ihn ein. Dies war ein furchtbarer Ort. Die Mauer hinter ihm war weitaus älter als die äußere, und sie war von irgend etwas Bösem durchdrungen. Atlon konnte ihre Wurzeln spüren, die sich tief in den uralten Fels gruben, auf dem später Arash-Felloren errichtet worden war. Sie drangen tiefer vor, als es notwendig gewesen wäre, um selbst den er-

fahrensten Mineur in die Verzweiflung zu treiben. Das Bild kehrte sich um. Nun sah Atlon, daß die Mauer nicht *in* den Fels getrieben worden war, sondern aus ihm *heraus*. Ein plötzliches Schwindelgefühl ließ ihn die Augen öffnen. Er schüttelte den Kopf, um die Vision zu vertreiben. Das war weder die Zeit noch der Ort, um über so etwas nachzudenken. Er blickte hinauf zu dem schmalen Streifen Himmel, der zwischen den steilen Mauern zu sehen war. Am oberen Ende der Mauer waren die Köpfe seltsamer Geschöpfe zu erkennen. Obwohl Atlon kein erfahrener Soldat war, so wußte er doch, wozu diese Köpfe dienten. Das hier war eine Todesfalle! Der Graben konnte geflutet werden. Aus den Köpfen konnte man siedendes Öl und Feuer hinabschütten, und von hochgelegenen Balkonen und Fenstern aus konnten Speerwerfer und Bogenschützen sich einen Spaß daraus machen, die wehrlosen Angreifer abzuschlachten. Und jeder, der versuchen würde, in die Gänge zu fliehen, würde sie entweder geschlossen finden oder in die grausamen Augen von Schwertkämpfern blicken. Was auch immer der Vaskyros einst gewesen sein mochte – und das war mit Sicherheit nichts Gutes –, nun war er eine gewaltige Festung, die selbst den entschlossensten Feind abwehren konnte.

Atlon wurde von Angst erfüllt bei der Vorstellung, was womöglich in den nächsten Minuten mit ihm geschehen würde. Sicherlich würde doch selbst in Arash-Felloren ein solches Massaker nicht unbemerkt bleiben ... oder? Andererseits hatte er in dieser Stadt bisher nur wenig gesehen, was ihn hätte hoffen lassen, daß irgend jemand die Kyrosdyn von einem Blutbad abhalten würde. Dann kam ihm plötzlich ein anderer Gedanke: Bis jetzt war es ihm gelungen, dem grausamen Spiel zuzusehen, ohne daß er die Macht eingesetzt hatte. Aber wenn sein Leben unmittelbar bedroht wäre ... Wer vermochte schon zu sagen, was ein Einsatz der Macht an einem Ort wie diesem bewirken würde?

Auf der Suche nach einem Ausweg schaute er sich um. Aus beiden Mauern ragten in regelmäßigen Abständen Stützpfeiler heraus, und neben den Ausgängen des Labyrinths gab es hier noch viele weitere Türen. Einige Tunnelratten hämmerten wild auf sie ein. Doch sie bestanden aus Eisen, und sie waren so tief in das Mauerwerk eingelassen worden, daß man selbst mit einer Brechstange keinen Ansatzpunkt hätte finden können, um sie aufzubrechen.

Atlon befand sich inzwischen am Rand der Menschenmenge. Die meisten Tunnelratten waren weiter den Graben hinuntergegangen. Als er sich hinter seinem Pfeiler hervorwagte, sah er, daß sie sich vor einem großen Tor versammelt hatten. Einigen war es gelungen, einen mächtigen Balken durch die Gänge mitzuschleppen, und nun hatte man daraus einen Rammbock improvisiert. Er machte jedesmal einen Höllenlärm, wenn er gegen das Tor gestoßen wurde. Aber in dem engen Graben konnte man nicht richtig Schwung holen, und so war jeder Versuch, daß Tor zum Nachgeben zu bewegen, von vornherein zum Scheitern verurteilt.

Und die ganze Zeit über strömten weitere Tunnelratten aus den Gängen.

Während er sich zunehmend Sorgen um den Ausgang seines Abenteuers machte, hielt es Atlon für das beste, sich ein wenig von den Tunnelratten zu entfernen, und die Ereignisse von weitem zu verfolgen. Wieder schlüpfte er hinter einen Pfeiler. Dabei sah er, wie sich eine der Türen in der gegenüberliegenden Mauer öffnete. Bevor er begriff, was hier vor sich ging, waren vier Söldner aus der Tür gestürmt, hatten sich die nächsten beiden Tunnelratten geschnappt und waren sofort wieder verschwunden. Alles ging so schnell und still vonstatten, daß niemand außer Atlon etwas bemerkt zu haben schien.

Erschrocken über die Geschwindigkeit, mit der die Söldner zugeschlagen hatten, wich Atlon instinktiv zu

einer der Türen auf seiner Seite zurück. Im selben Augenblick, da er bemerkte, was er getan hatte, legte sich eine Hand auf seinen Mund. Das trübe Licht des Grabens wich plötzlich einer undurchdringlichen Dunkelheit, und er wurde durch die Tür geschleift. Dann spürte er, wie er von groben Händen hin und her gestoßen wurde, so daß er sein Gleichgewicht nicht wiedererlangen konnte, während man ihn irgendwohin führte. Schließlich prallte er gegen eine Wand.

»Halt den Mund, du Ratte, und rühr dich nicht. Sonst bekommst du das hier zu spüren.«

Atlons Blick klärte sich wieder, und er sah eine eiserne Faust vor seinem Gesicht. Er nickte. Die Faust wurde zurückgezogen, doch ihr Eigentümer legte sie sich demonstrativ auf die Brust, um sicherzustellen, daß der Gefangene seinen Anweisungen Folge leistete. Atlon riskierte einen raschen Blick auf seine Umgebung. Er befand sich in einem schwach beleuchteten Gang, durch den ständig Söldner hin und her eilten. Von der Menge draußen war kaum etwas zu hören. Nur von Zeit zu Zeit erscholl ein dumpfes Hämmern, das Atlon als die Wirkung des improvisierten Rammbocks identifizierte.

»Hier haben wir noch einen«, rief sein Wärter. Es folgte ein wütender Wortwechsel, gemischt mit grausamem Lachen. Dann wurde Atlon den Gang entlang geprügelt. Schließlich erreichte er einen Raum, in dessen Mitte eine Gruppe mürrisch dreinblickender Tunnelratten stand. Mehrere Wachen lehnten an den Wänden und starrten ihn teilnahmslos an.

Trotz seiner Verwirrung und Angst fragte er sich, warum die Söldner so viele Gefangene machten. Die Hand, die sich ihm auf den Mund gelegt hatte, hätte ihm genauso gut die Kehle durchschneiden können. Außerdem würde der Angriff schon bald an Schwung verlieren, und kurz darauf würde sich die Menge von selbst auflösen. Ironischerweise beruhigte ihn dieser Gedanke ein wenig. Vielleicht gab es in dieser seltsamen Stadt *doch*

irgendwo jemanden, der Recht und Ordnung aufrechterhielt, und nun versuchte man, die Rädelsführer zu fangen, um sie vor Gericht zu stellen.

Eine kräftige Hand stieß Atlon in die Gruppe der Tunnelratten und setzte so seinen Gedankenspielen ein Ende. Als er wieder zum Stillstand kam, war unter den Wachen ein wütender Tumult ausgebrochen.

»Du Idiot! Der Kerl hat noch immer ein Schwert!«

Zwei Männer rückten mit gezückten Schwertern gegen ihn vor. Atlon hob energisch die Hände, um sie aufzuhalten, und sprudelte die Entschuldigung hervor, die er sich für eben diese Situation zurechtgelegt hatte.

»Ich gehöre nicht zu diesen Leuten. Ich bin nur durch Zufall in die Menge geraten. Ich bin hier, um die Ailad in einer Kristallangelegenheit zu sprechen.«

Die beiden Soldaten blieben stehen. Die Schwerter hielten sie jedoch erhoben. Eine dritte Wache trat zwischen ihnen hindurch und musterte Atlon. Seinem Verhalten und den Abzeichen auf seiner Uniform nach zu urteilen handelte es sich um irgendeine Art Offizier.

»Nun, du siehst wirklich nicht wie eine Tunnelratte aus«, bestätigte der Mann schließlich. »Paßt auf ihn auf«, befahl er den Wachen, und an Atlon gewandt fügte er hinzu: »Und du halt deine Hände oben.« Die Schwerter begleiteten ihn, als er näher herantrat, um Atlon besser betrachten zu können. »Ja, du siehst ganz und gar nicht wie eine Tunnelratte aus. Wo kommst du her?«

»Aus einem Land im Norden. Weit weg von hier.«

»Du bist ein *Ausländer*?« Überraschung und Mißtrauen.

»Wenn es das ist, wie ihr Leute von außerhalb nennt, dann ja.«

»Und was hast du mit diesem armseligen Haufen zu tun?«

Atlon blickte dem Offizier in die Augen und beschloß, eine kleine Lüge zu riskieren. »Das habe ich dir doch gesagt. Ich bin nur zufällig da hineingeraten, und ich

konnte nicht mehr raus. Es war furchtbar. Passiert so was hier öfter? Meine Gefährten sind auf dem Weg zum Palast des Präfekten. Glaubst du, daß sie dort auch so etwas vorfinden werden?«

Der Offizier wußte offenbar nicht so recht, wie er darauf reagieren sollte. Er verbarg seine Unsicherheit, indem er sich an eine der beiden Wachen wandte. »Hol den Hauptmann.«

»Meine Arme werden allmählich steif. Darf ich sie wieder runternehmen?«

Die seltsame Mischung aus Höflichkeit und Befehlston in diesen Worten verunsicherte den Offizier noch mehr. »Ja«, antwortete er nach kurzem Zögern. »Warte da drüben.« Er deutete auf eine Bank am anderen Ende des Raumes. Dann flüsterte er dem verbliebenen Söldner etwas zu, der daraufhin sofort an Atlons Seite eilte.

Während er wartete, bemühte sich Atlon, trotz des Zitterns in Armen und Beinen so ruhig wie möglich zu wirken. Er kannte sich selbst gut genug, um zu wissen, daß er gegen diese Reaktion seines Körpers nichts unternehmen konnte, auch wenn ihm das nicht gefiel. Sein Körper bereitete sich auf einen Kampf vor, und es lag in Atlons Interesse, ihm zu vertrauen. Das Zittern würde ihn mehr entspannen als jede der Meditationsübungen, die er während seiner Ausbildung gelernt hatte. *Hab keine Angst, Angst zu haben,* ermahnte er sich selbst mehrere Male. *Stelle dich dem, was du angerichtet hast. Du hast deinen Weg selbst bestimmt. Von hier aus geht es nur voran.* Atlon verspürte keineswegs das Bedürfnis, einem Kyrosdyn gegenüberzutreten, der im Umgang mit der Macht erfahren war und der noch dazu von Kristallen unterstützt wurde. Doch ihm blieb keine andere Wahl. Er *mußte* herausfinden, was mit Pinatte geschehen war und was der Serwolf damit zu tun hatte.

Nach und nach ließ das Zittern nach. Es verteilte sich über seinen ganzen Körper, bis es sich schließlich aufgelöst hatte.

Als der Hauptmann der Wache erschien, hatte sich Atlon wieder unter Kontrolle. Wieder war es vor allem das Verhalten des Mannes, das ihn als Offizier kennzeichnete. Die Wache neben Atlon nahm Habachtstellung ein, und Atlon nutzte die Gelegenheit, um aufzustehen und dem Hauptmann die Hand anzubieten.

Die Rolle des Hauptmanns als Beschützer der Kyrosdyn machte ihn zu einem ebenso guten Intriganten wie jedes Mitglied des Ordens. Nur war er wesentlich diplomatischer, und aus Gewohnheit hatte er die ihm dargebotene Hand bereits ergriffen, bevor er erkannte, was er da eigentlich tat. Atlon bemerkte die kurze Unsicherheit seines Gegenübers und nutzte sie zu seinem Vorteil. »Eure Männer haben mich aus der Menge gerettet, Herr Hauptmann«, sagte er mit der Stimme eines Mannes, der es gewohnt war mit höheren Offizieren zu sprechen. »Sie waren zwar etwas grob, aber trotzdem war ihre Tat sehr mutig, und ich danke ihnen dafür. Ich werde dafür sorgen, daß die Ailad davon erfährt.«

Der Hauptmann versuchte, diesen seltsamen Mann einzuschätzen, doch es gelang ihm nicht. Der Mann sah zwar ein wenig mitgenommen aus, aber er war mit Sicherheit keine Tunnelratte, und er hatte eine Ausstrahlung, die ihn deutlich von der Masse der Bürger abhob. Besonders beunruhigend war allerdings die Tatsache, daß er mit einem merkwürdigen Akzent sprach – einem Akzent, der stark an den der Ailad erinnerte. Vorsicht war angesagt.

»Die Ailad hat im Augenblick sehr viel zu tun«, erwiderte der Hauptmann, ergriff Atlons Arm und führte ihn Richtung Tür. Dort angekommen, drehte er sich noch einmal zu den gefangenen Tunnelratten um und befahl seinen Männern. »Die Ailad wird noch viel mehr haben wollen. Sorgt dafür!« Er bedeutete einem der Söldner, ihm zu folgen.

»Sucht Ihr nach den Rädelsführern, Herr Hauptmann?« fragte Atlon.

Die Frage überraschte den Hauptmann, und als er antwortete, stotterte er ein wenig. »Ja ... äh, natürlich.« Er wechselte das Thema. »Wie gesagt, ist die Ailad im Augenblick sehr beschäftigt. Ich bin sicher, Ihr werdet verstehen, daß sie nicht jedermann eine Audienz gewähren kann, der an unsere Tür klopft.«

»Ich verstehe. Aber vielleicht solltet Ihr ihr trotzdem sagen, daß ich hier bin, und daß wir zwei ernste Probleme gemein haben: den Serwolf und einen Mann in der Stadt, dessen wilde Macht uns alle zerstören könnte.«

Der Hauptmann blieb unvermittelt stehen und starrte den Fremden an. Er wußte noch immer nicht, wo er diesen Mann einordnen sollte. Dann winkte er dem Söldner, außer Hörweite zu treten, damit dieser die Abfuhr nicht mitbekommen würde, die er zu erteilen beabsichtigte. Doch bevor er etwas sagen konnte, legte ihm Atlon die Hand auf die Schulter.

»Tut es«, sagte er. »Sagt der Ailad, ich hätte Euch keine andere Wahl gelassen.« Einen Augenblick lang konnte sich der Hauptmann nicht mehr bewegen. Er kannte diese Berührung. Dieser Mann gebot über die Macht! Aber nur die Kyrosdyn konnten die Macht benutzen. Wer war ...?

Beinahe sofort war er wieder frei, doch der Schock dieser Erkenntnis ließ ihn taumeln. Atlon stützte ihn.

»Und jetzt bringt mich zur Ailad«, sagte er.

Der Hauptmann nickte und bedeutete Atlon, er solle ihm folgen.

Die langen Gänge des Vaskyros ermutigten ihn und stießen ihn zugleich ab. Überall waren Bilder, Statuen und Reliefs zu sehen, und hell funkelnde Kristallmosaike bedeckten Wände, Decken und Böden. Sämtliche Kunstwerke waren Meisterwerke, und selbst für einen Fremden wie Atlon zeigten sie deutlich, welche Macht die Kyrosdyn in Arash-Felloren darstellten. Doch gleichzeitig beunruhigten ihn die seltsamen Muster auf eine Art

und Weise, die er nicht erklären konnte. Das Ganze schien das Werk eines einzelnen, besessenen Geistes zu sein – eines Geistes, der sowohl menschlich als auch unmenschlich war. Dann vereinten sich plötzlich die Muster im Inneren des Vaskyros mit den Erinnerungen, die Atlon an die äußere Erscheinung des Gebäudes hatte. Das war nicht nur einfach eine Festung oder ein Wohnhaus für die Kyrosdyn. So wie die Kristalle, die die Macht in sich aufnehmen und verstärken konnten, so diente auch dieses Gebäude einem ähnlichen Zweck. Diese Erkenntnis entsetzte Atlon, und obwohl er es nicht genauer erklären konnte, war er fest davon überzeugt, daß der Vaskyros einen Fokus darstellte, um die Wege zu öffnen, die Ihn wieder in diese Welt zurückbringen würden! Wissentlich oder unwissentlich arbeiteten die Kyrosdyn daran, Seine Teile wieder zusammenzufügen, die über Myriaden von Welten verstreut waren.

Ich muß das hier überleben! Egal, was es auch kosten mag, andere müssen erfahren, was hier vor sich geht. Zumindest muß ich wieder zurück zu Dvolci und ihm sagen, was die Kyrosdyn im Schilde führen, damit er die anderen warnen kann.

Einen Augenblick lang war Atlon wieder auf dem Schlachtfeld, Schulter an Schulter mit seinen Brüdern, und stellte sich der Macht Seiner Gefolgsleute entgegen. Er warf jeden Angriff zurück und bewahrte so die eilig aufgestellte Armee vor der Vernichtung, damit der Kampf Schwert gegen Schwert ausgetragen werden konnte, Mann gegen Mann, Mut gegen Mut.

Er erinnerte sich daran, als sei es erst gestern gewesen.

Es durfte niemals wieder geschehen.

Während all diese Gedanken durch seinen Kopf schossen, war er gerade mal zwei Schritte gegangen, doch er wanderte nun durch eine andere Welt – eine Welt der klaren Verhältnisse und der schnellen Entscheidungen.

Atlon wußte aber auch, daß die Kyrosdyn nur den archaischen Zweck dieses Gebäudes weiterverfolgten.

Sie waren nicht die Urheber, und was zur Zeit hinter diesen Mauern und in den Straßen der Stadt vor sich ging, hatte nichts damit zu tun. Pinatte und der Serwolf, beiden waren die Ziele der Kyrosdyn fremd. Sie waren eine unerwartete und unberechenbare Bedrohung.

Was sie betraf, so standen er und die Kyrosdyn auf derselben Seite! »Das hier ist der Audienzsaal, Herr. Würdet Ihr bitte einen Augenblick warten. Ich muß Euch erst ankündigen.«

Die unterwürfige Stimme des Hauptmanns riß Atlon aus seinen Gedanken. Er atmete tief durch und nickte.

Als der Hauptmann sich vorbeugte, um die große Doppeltür des Audienzsaals zu öffnen, flog diese unvermittelt auf, und er starrte mit weit aufgerissenem Mund in Imorrens Gesicht.

»Fangt, soviel ihr könnt, und dann schafft den Rest von diesem Ungeziefer weg von hier«, sagte sie und ging an ihm vorbei. Der Klang ihrer Stimme und eine kaum merkliche Geste reichten aus, um den Hauptmann den Gang hinunterlaufen zu lassen. Atlon hatte er vergessen.

Atlon schaute in Imorrens Gesicht. Sie war wunderschön. Das hatte er nicht erwartet. Er errötete.

Imorren war diese Reaktion nicht entgangen, aber sie hatte auch bemerkt, daß der Fremde über die Macht gebot, und der Schock siegte über die Vernunft. »Wer bist du?« verlangte sie mit kalter Stimme zu wissen. Atlon hielt ihrem Blick stand, und sie verfluchte sich innerlich, als sie sah, wie die Magie des Augenblicks aus seinem Gesicht verschwand. Hätte sie einen anderen Tonfall gewählt oder vielleicht ein anderes Gesicht gemacht, dann würde dieser Mann jetzt ihr gehören – wer auch immer er sein mochte. Nun jedoch mußte sie die Sache anders angehen. »Mein Name ist Atlon.«

»Ich habe gefragt, wer du bist, oder besser: *Was* bist du? Wo kommst du her?«

»Eurem Akzent nach zu urteilen aus demselben Land wie Ihr.«

Imorren antwortete nicht darauf, und ihre Augen wurden zu schmalen Schlitzen. »Hast du wirklich geglaubt, du könntest deine armseligen Fähigkeiten vor *mir* verstecken? Und dann ausgerechnet auch noch hier?«

Atlons Furcht drohte, ihn zu überwältigen – diese Frau war unglaublich gefährlich –, doch sein Entschluß zu überleben stärkte ihn. Vielleicht würde er im Kampf gegen diese Frau sterben, doch falls er zu fliehen versuchte, wäre er in jedem Fall tot.

Er traf zwei Entscheidungen: Zum einen durfte er Imorren nicht belügen – sie würde es sofort bemerken –, und zum anderen mußte er sie in Unruhe halten, ihre Gefühle ansprechen. Käme sie zur Ruhe, könnte sie Kräfte herbeirufen, die die seinen bei weitem überstiegen; dessen war er sicher. Er schnaufte verächtlich. »Glaubst du etwa, du könntest mir Angst einjagen?«

Imorren riß die Augen auf und hob die Hand. Atlon imitierte die Geste. »Vielleicht wird es dir gelingen, mich mit deiner Perversion der Macht zu vernichten, aber du weißt nichts von mir. Paß auf! Die Konsequenzen sind vielleicht nicht das, was du erwartest.«

Über Jahrzehnte hinweg war Imorren nur bedingungslosen Gehorsam gewöhnt gewesen, und nun fühlte sie zum ersten Mal, wie sie die Kontrolle verlor. Ihre Augen funkelten, und sie fletschte die Zähne. Atlon spürte, wie sich seine Nackenhaare aufrichteten. Doch er blickte der Ailad unverwandt in die Augen.

»*Wer bist du?*« zischte sie zum wiederholten Male.

»Jemand, der den Schaden wiedergutmachen will, den du und deinesgleichen angerichtet habt. Erzähl mir alles, was du über Pinatte weißt, bevor diese ganze Stadt von dem vernichtet wird, was ihr aus ihm gemacht habt. Vielleicht können wir ihn gemeinsam aufhalten und zugleich diesen verfluchten Serwolf beseitigen, den du losgelassen hast.« Seine Stimme klang schriller, als er beabsichtigt hatte, doch seine Worte waren deutlich genug gewesen. Imorren faßte sich wieder.

»Pinatte?« fragte sie.

»Der Mann, an dem ihr experimentiert habt. Der Mann, den ihr zu etwas gemacht habt, das nicht sein kann. Was, um Himmels willen, habt ihr euch eigentlich dabei gedacht?«

»Der Gesalbte«, flüsterte Imorren.

»Das Monster.« Inzwischen war Atlons Stimme voller Zorn. Seine Worte trafen Imorren wie ein Schlag.

»Das hätte nicht passieren dürfen«, rechtfertigte sie sich plötzlich. »Nichts hat auf einen solchen Ausgang hingedeutet.«

»Nichts hat darauf hingedeutet!« platzte es aus Atlon heraus. »Ihr habt also die Algorhithmen der Unendlichkeit gemeistert, wie? Ihr könnt also solchen Extremen bis ins Herz schauen, solch chaotischen Dingen – und ihr könnt ihre Reaktionen sogar *vorhersehen*! Ihr müßt doch gewußt haben, was für ein Risiko ihr da eingeht!«

»Ja, aber nicht das«, protestierte Imorren. »Alles war getestet und berechnet worden. Wir haben alle Risiken gekannt. Die Kristalle, die Formeln, die Meridiane, die Energie, die Art der Salbung. Alles war . . .«

Ihr versagte die Stimme. Einen Augenblick lang fühlte Atlon, wie sie von dem typischen Zweifel eines Studenten zerrissen wurde, der glaubte, alles richtig gemacht zu haben, und doch war sein Experiment schiefgegangen. Vielleicht wenn sie ihre Begeisterung gezügelt, sich mehr auf ihre Vernunft verlassen hätte . . . Aber wie? Atlon verspürte das Bedürfnis, sie in den Arm zu nehmen und zu trösten. Er wollte ihr sagen, daß sie nur Opfer eines unglücklichen Zufalls geworden war, daß es Pinattes Verletzung und Ellyns Zugsalbe gewesen waren, die ihre Pläne zunichte gemacht hatten. Er unterdrückte das Verlangen. Die Wahrheit würde nur den Sturm der Gefühle in Imorren zum Stillstand bringen, und je ruhiger sie war, desto gefährlicher war sie auch.

Sie mußte in dem Zustand bleiben, in dem sie sich im Augenblick befand, wenn Atlon auch nur den Hauch

einer Chance haben wollte, sich ihr, Pinatte und dem Serwolf entgegenzustellen und die Begegnung zu überleben.

»Wo ist er?« verlangte Atlon zu wissen. »Du kannst mir erklären, was ihr mit ihm gemacht habt, während wir zu ihm gehen.«

Imorren antwortete nicht.

»*Wo ist er?*« wiederholte Atlon, diesmal wütender.

Imorren schaute ihn an. Ihr Gesichtsausdruck war sowohl entsetzlich als auch mitleiderregend. Atlon wollte sie gleichzeitig trösten und mit dem Schwert niederstrecken.

»Der Serwolf hat ihn zu seinem Herrn gewählt«, erklärte sie. »Die beiden sind nun eins.«

Stille herrschte in dem funkelnden Korridor. Vom Kampf vor den Toren war nicht mehr das geringste zu hören. Zwei verängstigte Menschen starrten einander an.

»Wo ist ... Wo sind sie?« fragte Atlon leise.

Imorren schüttelte den Kopf.

Atlon schloß die Augen. Was machte er nur an diesem furchtbaren Ort? Er sollte sich einfach umdrehen und weggehen und den Vaskyros und Arash-Felloren der Vernichtung überlassen, die Pinatte über sie bringen würde. Immerhin würde das das Ende der Bedrohung durch die Kyrosdyn bedeuten.

Aber das war keine Alternative. Unzählige winzige Fesseln hielten ihn hier fest: Heirn und Tausende anderer, die sich nur auf ehrliche Art und Weise den Lebensunterhalt verdienen wollten. Daß sie sich dabei nur wenig um ihre Mitmenschen kümmerten, war eine Eigenschaft, die auch anderswo weit verbreitet war, und mit Sicherheit rechtfertigte das nicht, sie so einfach dem Tod zu überantworten.

Oder was sonst aus diesem Chaos entstehen mochte.

Ein Gesicht erschien vor Atlons geistigem Auge. Er schauderte. Es war das Gesicht auf dem Schlußstein im Jyolan. *Er* würde sicher seine Freude an dem haben, was

da kommen würde. Mord und Totschlag waren alles, was Er kannte, wenn alles andere verloren war. Solcherart hatte auch Sein Erstes Erscheinen geendet, mit dem Tod des Führers der Großen Allianz. Würde es wieder so sein? Wollte Er sich so für all die Jahre rächen, die Er seit Seinem Zweiten Erscheinen verbannt gewesen war?

Und doch war es unmöglich, daß Er für all das verantwortlich war. Selbst wenn Er die Macht dazu gehabt hätte, Er hätte es nicht getan. Solch eine Schöpfung vermochte Ihn ebenso zu zerstören wie alles andere auch.

Atlon dachte eine Weile darüber nach.

Warum war ihm das schreckliche Gesicht ausgerechnet jetzt erschienen? Wollte es ihm vielleicht irgend etwas sagen?

Er schaute zu Imorren.

»Ich nehme an, man kann von hier aus in den Jyolan gelangen, ohne die Straßen benutzen zu müssen.«

Imorren nickte verunsichert. »Durch die Tunnel.«

»Dorthin müssen wir. Sie sind im Jyolan.«

Kapitel 31

Pinatte lehnte sich zurück und betrachtete sein Werk. Sämtliche Spiegel waren sauber und klar. Sie zu säubern hatte nicht so lange gedauert, wie er vermutet hatte. Seltsamerweise fühlte er sich keineswegs erschöpft, obwohl er unermüdlich gearbeitet hatte. Er hatte das Gefühl, als könnte er ewig durch die Straßen rennen, Häuserwände emporklettern und selbst durch das dichteste Gewühl huschen. Warum er die Spiegel geputzt hatte, das wußte er nicht, und auch nicht, warum er wieder in den Jyolan zurückgekehrt war. Vielleicht fühlte er sich in gewisser Weise noch immer Barran verpflichtet, obwohl er inzwi-

schen nicht mehr auf den guten Willen solcher Leute angewiesen war.

Er suchte nicht weiter nach einer Erklärung. Gedanken, Ideen und Bilder wirbelten mit einer solchen Geschwindigkeit durch seinen Geist, daß er kaum noch Gelegenheit hatte, sich mit einem von ihnen genauer zu befassen. Er sprang von einer Schlußfolgerung zur nächsten, als wären sie Steine, die aus einem reißenden Strom herausragten. Ihm reichte als Erklärung, daß er es sich nun leisten konnte, solchen Gedankenspielen zu folgen. Er konnte sich *alles* leisten. Niemand konnte der Macht widerstehen, die stetig in ihm heranwuchs.

Was hatte sich nicht alles verändert, seit jenem verhängnisvollen Tag, als Rostan ihm das Mal eingebrannt hatte! War nicht Barran selbst entsetzt geflohen, als er plötzlich mit der Kreatur an seiner Seite in der Tür des Spiegelzimmers gestanden hatte?

Pinatte war fasziniert von dem hektischen Treiben, das er in den Spiegeln sah. Es war wie ein Echo des Chaos in seinem Inneren. Auch die Geräusche waren überwältigend, denn Barran hatte in seiner Eile den Schlüssel für die Gitter vergessen, und nun waren sie allesamt geöffnet.

Barran sammelte Bewaffnete um sich. Offenbar beabsichtigte er, einen Angriff gegen das Spiegelzimmer zu führen. Das hatte er schon einmal versucht. Er hatte ein Dutzend Männer ausgeschickt, »um mit dem verrückten Straßendieb und seinem *Hund* aufzuräumen«. Pinatte lächelte. Der Serwolf war den Angreifern entgegengestürmt, hatte zwei von ihnen getötet, und der Rest von ihnen war schreiend geflohen, noch bevor sie näher als ein Dutzend Schritte ans Spiegelzimmer herangekommen waren. Auch die restlichen Söldner hätten nicht überlebt, hätte Pinatte der Kreatur nicht seinen Willen aufgezwungen und sie zurückgerufen.

Der Geist des Serwolfs war wie ein blutrotes Band, das sich durch das Chaos in Pinattes Kopf wand. Seit er sich

nach dem Tod von Rostan und den drei Söldnern Pinatte angeschlossen hatte, hatten sie auf irgendeine Art ständig miteinander kommuniziert. Pinatte wußte, daß ein Teil seiner Gedanken und Gefühle der Kreatur gehörten. Es waren fremde, bestialische Gedanken, und obwohl Pinatte sie größtenteils nicht verstehen konnte, so wußte er doch, daß der Serwolf hauptsächlich von zwei Empfindungen beherrscht wurde: Die eine war das ständige Verlangen zu töten. Den Grund dafür kannte Pinatte nicht; aber allein der Gedanke daran jagte ihm einen Schauder über den Rücken. Und das andere Gefühl war die kriecherische Furcht vor Pinatte – oder vor irgend jemandem oder irgend etwas, dem Pinatte ähnelte. Seine Verbindung zu der Kreatur erregte Pinatte und stieß ihn zugleich auch ab; doch nach und nach gewann ersteres die Oberhand.

Gelangweilt verfolgte Pinatte Barrans Bemühungen. Was auch immer sein ehemaliger Herr unternehmen würde, er würde scheitern. Sollte es Barrans Leuten wider Erwarten gelingen, den Serwolf zu verletzten, dann wußte Pinatte, daß die Folgen fürchterlich sein würden. Und sollten sie die Kreatur irgendwie weglocken, so daß er scheinbar verwundbar war, dann würden sie rasch feststellen, wie sehr sie sich geirrt hatten. Inzwischen hatte Pinatte auch erkannt, daß er seine Feinde alleine dadurch vernichten konnte, indem er durch die Spiegel nach ihnen griff und ihnen seine Macht entgegenschleuderte. Aber er tat es nicht. Er mochte Barran, und dem Mann zuzusehen war ... interessant.

Männer wurden in Kettenhemden gesteckt, und mit knappen Worten erklärte ihnen Barran, wie sie sich in den engen Gängen des Jyolan hinter einer Schildmauer verschanzen und mit kurzen Stoßspeeren und Kurzschwertern kämpfen sollten. Auch Bogenschützen wurden zusammengezogen. Barran mochte schon lange nicht mehr auf dem Schlachtfeld gestanden haben, aber er hatte nichts vergessen, und die Tatsache, daß man ihm

derart unverfroren seinen wertvollsten Besitz, das Spiegelzimmer, abgenommen hatte, machte ihn nur um so entschlossener. Pinatte lauschte und schaute zu. Seltsamerweise empfand er einen Hauch von Enttäuschung, weil er den Ausgang des Ganzen bereits kannte. Wie aus weiter Ferne flüsterte ihm eine innere Stimme zu: »Laß diesen Mann leben«, aber das durfte nicht sein. Wenn Barran sich ihm entgegenstellte, dann würde er sterben.

Pinatte preßte die Hände auf die Schläfen. Das waren nicht seine Gedanken. Barran hatte ihm geholfen und ihn gut behandelt.

Die Kreatur winselte verunsichert. Pinatte knurrte sie an, und sie kauerte sich auf den Boden.

Wütend stieß Pinatte den Stuhl zurück und wischte sich mit dem Ärmel über die Stirn. Plötzlich flossen die Bilder der Spiegel ineinander und wurden eins. Gleiches geschah mit den Geräuschen.

Pinatte rührte sich nicht mehr.

Er war im Herzen des Jyolan.

Er *war* der Jyolan.

Und der Jyolan war ...?

Einen Augenblick lang kam das Chaos in seinem Kopf zum Stillstand. Eine einzelne Stimme durchdrang die Stille: die Stimme von Pinatte, dem Straßendieb. Das war nicht, was er wollte! Irgend etwas Schreckliches würde kommen – etwas tief aus seinem Inneren, durch ihn, mit ihm, etwas, das nur Vernichtung brachte.

»Nein!«

Alle Bewegung in den Spiegeln hörte auf. Trotz des Schmerzes und der Furcht in seinem Kopf fühlte Pinatte die unheimliche Stille. Und er kannte den Grund dafür. Von hier aus herrschte seine Stimme, sein *Wille*, über den Jyolan und über Arash-Felloren! Nichts konnte seiner Aufmerksamkeit entgehen. Nichts konnte geschehen, was er nicht hätte ändern können.

Dann heulte die Kreatur. Ihre schreckliche, lüsterne Stimme hallte durch den Jyolan und weit darüber hin-

aus. Pinatte spürte, wie sich das Heulen in der Stadt verteilte, in den Tunneln und in den Höhlen. Der Serwolf rief nach seinen Brüdern.

Ein Teil von Pinatte griff hinaus, um das zu verhindern. Er wollte nicht für das Morden verantwortlich sein, daß die Kreatur über die Stadt bringen würde.

Der Serwolf drehte sich zu ihm um. Er hatte das Maul weit aufgerissen, und seine gelben Augen funkelten böse. Das Verlangen der Kreatur brach über Pinatte herein und erweckte die Gefühle wieder zum Leben, die er während des Freien Kampfes empfunden hatte. Es *mußte* so sein. Alle Macht mußte ihm gehören und nur ihm allein. Die Menschen mußten sich vor ihm in den Staub werfen.

Doch noch immer setzte sich ein Teil von ihm gegen diese Gedanken zur Wehr. Verwirrende Bilder von Ellyn, Atlon und Heirn trieben ihm durch den Kopf, während gleichzeitig die Bilder der Spiegel immer undeutlicher wurden. Er bemerkte kaum, daß die Kreatur inzwischen nervös auf und ab lief.

Und da war ein Fluchtweg! Er konnte ihn deutlich sehen!

Er war ein Wurm, der Niederste der Niederen. Losgelöst von seinem Körper taumelte er durch eine Dunkelheit voller Geräusche und Bilder, sinnlos und doch bedeutungsvoll. Er bewegte sich, und er bewegte sich nicht. Er war hier, und er war im Spiegelzimmer. Genau wie die Kreatur. Sie jagte; aber nicht so, wie sie wollte. Sie jagte an einem anderen Ort und auf andere Art, denn ihre Verbindung zu Pinatte ließ ihr keine andere Wahl, als ihm zu gehorchen.

Dann war er plötzlich wieder eins mit sich selbst und blickte in einen sonnigen Himmel und auf sich sammelnde Gewitterwolken. In der Ferne war eine große Menschenmenge zu sehen. Fahnen flatterten im Wind, und Reiter galoppierten um sie herum. Es dauerte eine Weile, bis Pinatte begriff, daß er eine Schlacht beobach-

tete. Eine Bewegung am Rande seines Sichtfeldes erregte seine Aufmerksamkeit. Er drehte sich um und sah zwei Männer am Horizont. Sie beobachteten einen rennenden alten Mann, der ständig über seine Schulter zurückschaute. Irgend etwas zischte an Pinatte vorbei und traf mit einem dumpfen Schlag auf den Boden zu seinen Füßen. Als er hinunterschaute, sah er, daß es sich um einen Pfeil handelte. Mit einem Schrei auf den Lippen sprang er zurück.

Er stand auf der Flanke eines grasbewachsenen Hügels, der von der untergehenden Sonne angestrahlt wurde, und überall um ihn herum dröhnten die Kriegstrommeln. Dann war er in den Straßen einer fremden Stadt. Nur seine Erfahrung als Straßendieb bewahrte ihn davor, von der Menge niedergetrampelt zu werden, in der er sich plötzlich befand. In seinem Kopf drehte sich alles. Die Menge bestand hauptsächlich aus Frauen und Kindern, und sie alle waren auf der Flucht. Sie schrien in einer Sprache, die er nicht verstand. Am Horizont waren Reiter zu sehen, und ihre herabsausenden Schwerter funkelten im Sonnenlicht.

Er spürte, wie der Serwolf versuchte, ihn zu erreichen. Und da waren auch noch andere Tiere: Wölfe. Er erkannte ihr Heulen, obwohl er es noch nie gehört hatte, und er wußte, daß sie ihn trösten wollten.

Dann ein Schlag. Er war eine Ewigkeit gefallen – immer schneller und schneller –, und nun war sein Sturz beendet. Alles, was geschehen war, schien nicht länger als einen Herzschlag gedauert zu haben. Jetzt war es vorbei. Er rührte sich nicht. Wo auch immer er sein mochte, er gehörte nicht hierher. *Niemand* gehörte hierher. Er sah Dinge, die niemand hätte sehen sollen: Welten in Welten und Welten zwischen Welten. Mal waren sie da, mal waren sie verschwunden, voller Leben und einem unbekannten Rhythmus folgend. Er spürte, daß unzählige Augen auf ihn gerichtet waren. Und überall war Furcht, schreckliche Furcht.

Denn dieser unheimliche Ort konnte nicht existieren. Er war außerhalb des Grenzenlosen. Mit seiner Berührung vermochte er, *alles* zu verändern. Doch sollte er auch nur einen Finger rühren, würde vielleicht dieses ganze dynamische Gleichgewicht in sich zusammenbrechen.

Und vielleicht würde es das auch, wenn er nichts tat.

Er wagte nicht, sich zu bewegen.

Eine Ewigkeit verweilte er an diesem Ort ohne Zeit.

Dann ein Aufschrei. Barran war es aufgrund von Pinattes Inaktivität gelungen, genug Männer zu sammeln, um den Sturm auf das Spiegelzimmer zu befehlen.

Das war ein Fehler.

Als sie die Tür aufbrachen, blickten die Männer nicht in einen der typischen Räume des Jyolan, sondern in eine formlose, sich bewegende graue Masse, und der reglose Pinatte beobachtete sie aus unendlicher Ferne.

Und dann der Serwolf.

Sofort stürzte sich die Kreatur auf die Angreifer. Barrans Männer waren allesamt erfahrene Kämpfer, doch sie starben, ohne auch nur einen einzigen Streich gegen den Serwolf geführt zu haben. Einen Augenblick lang mischte sich die graue Masse mit dem Blut der Sterbenden.

Eine weitere Gruppe von Söldnern, die ein Stück den Gang hinunter postiert war, lauschte angespannt auf die Schreie ihrer Kameraden und das Brüllen des Serwolfs, und als plötzlich der letzte der Angreifer ohne Kopf aus der Tür taumelte, nahmen sie die Beine in die Hand und flohen. Das Heulen des Serwolfs folgte ihnen. Barran war erfahren genug, um zu wissen, wann er seine Männer wieder sammeln konnte und wann nicht. Er versuchte gar nicht erst, sie aufzuhalten.

Zorn erfüllte ihn, doch seine Furcht war stärker.

»Laß uns durch.«

Die kalte Stimme riß Barran aus seinen Gedanken. Er wirbelte herum und stand Atlon und Imorren gegenüber.

Aufgrund der Hatz durch die Tunnel war Atlon ein wenig außer Atem. Doch Imorren war so unnahbar und gelassen wie eh und je. Atlon hatte mehrmals bemerkt, wie sie auf dem Weg hierher die Hand an den Kragen gelegt hatte. Daß sie nicht erschöpft war, hatte sie nur den Kristallen zu verdanken. Da Atlon ein derartiger Gebrauch von Kristallen zuwider war, hatte er kurz daran gedacht, Imorren zu sagen, sie solle ihre Energie lieber aufsparen. Doch er hatte sich anders entschieden: Je schwächer sie war, desto besser für ihn.

Barrans Kehle war zu ausgetrocknet, als daß er hätte sprechen können, aber er hatte sowieso nichts zu sagen. Die Kreatur gehörte Imorren. Also sollte sie sich auch um sie kümmern.

Pinatte fühlte das Erscheinen von Atlon und Imorren – ein sowohl belangloses als auch bedeutsames Ereignis. Belanglos, weil er sie mit einem einzigen Gedanken vernichten konnte, und bedeutsam, weil die Konsequenzen einer solchen Tat nicht vorhersehbar waren.

Als sie durch die Tür traten, blieben beide unvermittelt stehen. Imorrens Gesicht zuckte kurz, doch sie hatte sich sofort wieder unter Kontrolle. Atlon zeigte offen seine Angst. Wo Barrans Männer nur eine graue Masse gesehen hatten, sahen Atlon und Imorren einen Sturm der Macht, der nur durch Pinattes Person im Zaum gehalten wurde – oder zumindest von einem Teil von ihm. Keiner von beiden verstand, was sie da sahen. Sie wußten nur, daß so etwas nicht sein konnte und daß es über alle Maßen gefährlich war.

Der Serwolf machte sich zum Sprung bereit. Imorren streckte ihm die Hand entgegen, und er zögerte. Dann riß die Kreatur das Maul auf und schrie. Es war ein fürchterliches Geräusch, doch die beiden Gestalten in der Tür blieben standhaft. Das Schreien wurde zu einem tiefen Knurren. Der Angriff blieb aus.

Da er nicht wußte, was er sonst hätte tun sollen, trat Atlon einen Schritt vor, um mit Pinatte zu reden.

Bänder der Macht schlangen sich um seinen Körper, und Verzweiflung und Selbstvorwürfe stiegen in ihm hoch wie Galle. Imorren hatte ihn gefesselt. Atlon hatte wirklich geglaubt, sie sei angesichts der drohenden Gefahr bereit gewesen, mit ihm zusammenzuarbeiten, wenn auch nur widerwillig. Hätte er auch nur geahnt, was sie zu tun beabsichtigte, dann hätte er sich verteidigen können. Doch nun war er vollkommen hilflos.

»Wehr dich nicht, Atlon«, sagte Imorren. »Du weißt, daß ich dich vernichten kann. Aber wer vermag schon zu sagen, was geschehen würde, wenn wir unsere Kräfte hier an diesem Ort messen – und noch dazu, wo alles gerade so schön im Gleichgewicht ist?« Ihre Stimme besaß einen spöttischen Unterton, und Atlon verfluchte seine eigene Dummheit. »Außerdem möchte ich, daß du überlebst. Schließlich will ich mich später noch eingehender mit dir *unterhalten*.«

Dann kniete sie vor dem regungslosen Pinatte nieder. Obwohl sie nicht wußte, was mit ihm geschehen war, hatte sie beschlossen, sich so zu verhalten, wie sie es sich vorgenommen hatte, sollte die Salbung erfolgreich verlaufen.

»Großer Wächter der Wege, ich bringe Euch diesen Mann, der gekommen ist, Euch zu vernichten. Macht mit ihm, was Ihr wollt. Ich flehe Euch an: Bringt den wahren Herrn dieser Welt wieder zurück, auf daß Er Euch danken möge für Seine Befreiung aus dem ungerechten Exil.«

Pinatte wußte, daß Imorren log. Doch da es die Kyrosdyn gewesen waren, die ihn hierhergeführt hatten, war ein Teil von ihm an sie gebunden und gezwungen, ihnen zu gehorchen. Verteilt auf unzählige Welten spürte er den Zusammenschluß. Es war sein Werk – das wußte er –, und er konnte es nicht verhindern.

Myriaden schwacher Funken schwirrten durch den Äther, veränderten sich und schlossen sich zusammen, bis sie schließlich wie ein einzelner silberner Stern am

Firmament leuchteten. Das war kein freudiges Ereignis. Bei der Berührung dieses Lichts würde die ganze Welt wie der Jyolan werden. Alles würde sich dem bleichen, trostlosen Bild des neuen Herrn anpassen.

Angezogen von Pinatte kam das Licht immer näher.

Doch das Licht fürchtete sich, denn hier lauerten unzählige Gefahren.

Pinatte, der Straßendieb, blickte flehentlich zu Atlon, obwohl dieser gefesselt und hilflos war.

Das durfte nicht sein.

Die Verzweiflung in Pinattes Augen vertrieb Atlons Selbstmitleid. Auch wenn er starb – er durfte nicht versagen. Vorsichtig stellte er seine Fesseln auf die Probe. Sie zogen sich noch enger zusammen. Nun, da Imorren so kurz vor ihrem Ziel stand, waren all ihre Sinne geschärft, und verstärkt durch die Kraft der Kristalle besaß sie eine Macht, der Atlon aus seiner gegenwärtigen Position nichts entgegenzusetzen hatte.

Er spürte, wie sich etwas durch den Schleier der Macht um Pinatte herum näherte – etwas Schreckliches.

Imorrens Augen leuchteten.

Dann durchbrach ein lautes Kreischen die unheimliche Stille, und eine schlanke braune Gestalt stürzte sich in die wirbelnde graue Masse. Eine grausame Kralle fuhr über Imorrens Rücken.

Atlon war frei.

Ebenso wie der Serwolf.

»Töte sie!« schrie Dvolci, sprang in die Höhe, um der Attacke des Serwolfs auszuweichen, und landete auf dem Rücken der Bestie. Zitternd zückte Atlon sein Schwert, um Imorren niederzustrecken, solange ihre Hand noch versuchte, die Blutung auf ihrem Rücken zu stillen. Ihre Blicke trafen sich, und Atlon zögerte einen Augenblick, als er in das Herz eines jungen Mädchens blickte, das auf so grausame Art benutzt worden war.

Dann war die mitleiderregende Maske verschwunden, und Atlon wurde durch den Raum geschleudert. Als er

gegen die Wand prallte, fiel ihm das Schwert aus der Hand. Imorrens Macht zog sich gnadenlos um ihn zusammen, und sie hätte ihn auch vernichtet, wäre nicht der Serwolf gegen die Ailad gerannt, während er verzweifelt versuchte, sich des wild um sich schlagenden Felcis auf seinem Rücken zu entledigen.

Atlon glitt zu Boden. Zu schwach, um stehen zu können, rollte er zu Pinatte hinüber. Als er ihn erreichte, zog er sich trotz der vehementen Proteste seines Körpers an dessen Stuhl in die Höhe. Um sich herum hörte er das Schreien der unterschiedlichsten Welten, die durch Pinatte auf unnatürliche Weise zusammengeführt wurden. Und er sah auch das Licht, das unaufhaltsam näherkam.

Und als Atlon den Schmerz und das Flehen in Pinattes Augen sah, da mußte er zu seinem Entsetzen feststellen, daß er nicht wußte, was er tun sollte. Nichts in seinen Studien hatte ihn auf das hier vorbereitet.

Verzweifelt griff er nach Pinattes Hand. Er war kein Heiler, aber Heilung war das einzige, was er der gepeinigten Seele des jungen Mannes anbieten konnte. Dann bemerkte Atlon, daß Imorren die Hand an ihren Hals gelegt hatte und sich darauf vorbereitete, ihn erneut anzugreifen.

Der Lärm des Kampfes zwischen Dvolci und dem Serwolf dröhnte in seinen Ohren. Dvolci würde niemals aufgeben – *niemals*! Die Brüder, neben denen Atlon auf dem Schlachtfeld gekämpft hatte, die Armeen, die er beobachtet hatte, keiner von ihnen hätte jemals aufgegeben. Und *er* würde auch nicht aufgeben. Aber er war so erschöpft, und Imorren war so mächtig. Was sollte er tun?

Atlon beschloß, Pinatte alles zu geben, was er hatte, und dieser würde der schrecklichen Frau seine Verachtung entgegenschleudern.

Er packte sich spöttisch an die eigene Kehle und erwiderte Imorrens zornigen Blick. »Gib dein Bestes, du Hexe. Glaubst du wirklich, ich habe mich unter deines-

gleichen gewagt, ohne vorher für meinen Schutz gesorgt zu haben? Eines sollst du wissen: Ich war einer derjenigen, der deinen einstigen Herrn ins Vergessen gestürzt hat. Ich habe dabei geholfen, Seine schreiende Seele ins Chaos zu werfen.«

Imorren zögerte einen Augenblick. Dann drückte ihre Mimik Furcht und unbändigen Zorn aus. Die Hand an ihrer Kehle drückte so fest zu, daß ihre Knöchel weiß hervortraten, während die Ailad mit der anderen auf Atlon deutete. Atlon richtete sich auf und breitete die Arme aus, um ihren Schlag in Empfang zu nehmen. Aber es kam kein Schlag. Imorren wankte, und eine schreckliche Erkenntnis leuchtete in ihren Augen. Provoziert durch Atlons Spott hatte sie den gleichen Fehler begangen wie der Novize, der Atlon in der Nähe von Heirns Schmiede attackiert hatte. Die Kristalle, die sie unterstützten, waren über Gebühr beansprucht worden. Wo sie noch vor wenigen Augenblicken gegeben hatten, holten sie sich nun ein Vielfaches wieder zurück.

Aber Imorren war kein Novize. Unter diesen außerordentlichen Umständen war sie tödlicher als jeder Mann, denn sie griff auf Ressourcen zurück, die nur einer Frau zur Verfügung standen. Sie öffnete den Kragen und riß sich die Kristalle mit einem schrecklichen Schrei vom Hals.

Es war zu spät. Doch das herannahende Licht strahlte in ihr Gesicht, als wolle es sie segnen, und sie fand die Kraft für einen letzten Schlag.

Atlon verließ angesichts des unendlichen Hasses in ihren Augen der Mut. Aber ihr letzter Einsatz der Macht galt nicht ihm. Es war nur ein Funken, der Atlon lediglich eine Ahnung von ihrer einstigen Kraft vermittelte. Mit der letzten Luft ihrer Lungen gab sie dem Serwolf den Befehl:

»Töte ihn!«

Dann war sie tot.

Der Serwolf schien plötzlich Dvolcis Schläge vergessen

zu haben und stürzte sich auf Atlon. Er war so schnell, daß Atlon noch nicht einmal die Zeit hatte, den Arm zu heben, um sich zu schützen.

Als das weit aufgerissene Maul sein gesamtes Sichtfeld erfüllte, erschien eine Hand zwischen ihm und den Fängen der Bestie.

Es war Pinattes Hand.

Die Kiefer des Serwolfs schnappten zu.

Es folgte ein kurzes, schreckliches Schweigen, dann ließ der Serwolf die Hand los, stellte sich auf die Hinterbeine und stieß einen Schrei aus, der selbst noch im entferntesten Winkel der Stadt zu hören war. Einen Augenblick lang schien das gelbe Leuchten in den Augen des Ungeheuers seinen ganzen Körper zu erfüllen, und schließlich fiel das Monster zuckend zu Boden.

Dvolci tötete den Serwolf mit einem einzigen gezielten Hieb und stieß ein triumphierendes Heulen aus.

Atlon hielt Pinattes Körper in den Armen. Die seltsame Aura des Straßendiebs flackerte einen Augenblick. Dann schien sie sich zu verändern, und das kalte silberne Licht versuchte ein letztes Mal hervorzubrechen. Es nahm menschliche Gestalt an und erfüllte den ganzen Raum. Atlon drückte Pinatte an die Brust. Er hatte Angst, aber er gab nicht nach.

Dann war die Aura verschwunden.

Kurz darauf ertönte ein Geräusch wie das Knarren von Metall, als sich die Tore zu den Wegen zwischen den Welten wieder schlossen.

Das Spiegelzimmer sah so aus wie immer. Nur das Echo des Zusammenbruchs der Wege hallte noch durch den Jyolan. Plötzlich ertönte ein dumpfes Grollen, das rasch lauter wurde.

»Lauf um dein Leben!«

Dvolcis Befehl war eindeutig. Atlon warf einen kurzen Blick auf die verschrumpelten Gestalten Imorrens und des Serwolfs. Dann legte er Pinatte über die Schulter und folgte Dvolci.

An die nun folgende Flucht durch den Jyolan konnte er sich später kaum noch erinnern. Nur der Schmerz war ihm im Gedächtnis geblieben sowie Dvolcis ständiges Drängen und das alles übertönende Grollen. Als er schließlich auf die Straße hinaustrat, fing ihn ein starker Arm auf, befreite ihn von seiner Last und bahnte für ihn, Dvolci und Pinatte einen Weg durch die Menge.

Es war Heirn.

»Wir haben den Lärm gehört«, erklärte Dvolci. »Ich nehme an, er war überall in der Stadt zu hören.«

Heirn verhandelte mit einem Kutscher am Rande der Straße, um die Verwundeten schneller zu sich nach Hause bringen zu können. Schließlich kroch Atlon auf die Ladefläche des Karrens und kam allmählich wieder zu Atem. Sein erster Gedanke galt Pinatte. Zu seiner Überraschung und Freude hatte der junge Dieb lediglich die Besinnung verloren. Doch die Wunde an seiner Hand sah schrecklich aus.

»Er ist wieder normal«, sagte Dvolci aufgeregt. »Es ist verschwunden.«

Atlon nickte erleichtert. Aber als er den blutverschmierten Felci sah, verzog er entsetzt das Gesicht. »Wenn wir wieder bei Heirn sind, werde ich dich genauer untersuchen, nachdem ich Pinattes Hand verbunden habe.«

Dvolci kicherte leise. Dann schüttelte er sich energisch, woraufhin unzählige winzige Bluttröpfchen über die Ladefläche spritzten. »Mach dir keine Sorgen«, erwiderte er. »Nichts davon ist meins.«

Ein lautes Donnern ließ Atlon aufschauen.

Er hatte gerade noch rechtzeitig den Kopf gehoben, um zu sehen, wie der Jyolan in sich zusammenfiel.

Eine mächtige Staubwolke stieg in den roten Abendhimmel empor und senkte sich schließlich auf die Zuschauer.

»Bring uns nach Hause, Heirn«, sagte Atlon.

Kapitel 32

Sofern es überhaupt jemanden interessierte, schrieb man den Einsturz des Jyolan der Instabilität seiner uralten Grundmauern zu. Wirtshausgelehrte nickten weise in ihre Bierkrüge und verliehen ihrer Verwunderung Ausdruck, daß dies nicht schon vor langer Zeit geschehen sei. Niemand versuchte, die seltsamen Geräusche zu erklären, die kurz vor dem Einsturz aus dem Jyolan gedrungen waren. Doch diejenigen, die sie gehört hatten, wurden noch lange Zeit in ihren Alpträumen davon verfolgt. Wunderbarerweise war bei dem Einsturz niemand ums Leben gekommen. Alle außer Barran hatten den Jyolan verlassen, als die seltsamen Geräusche zum ersten Mal aufgetreten waren, und auch dieser war geflohen, als das Grollen den baldigen Einsturz angekündigt hatte.

Barran war enttäuscht. Das Gebäude hatte ihn eine ganze Menge Geld gekostet, und besonders der Verlust des Spiegelzimmers schmerzte ihn. Er dauerte mehrere Stunden, bevor er sich wieder vollständig erholt hatte. Dann begann er sofort zu überlegen, was er in Zukunft mit dem Grundstück machen sollte und wer ihm wohl den beträchtlichen Haufen Schutt abkaufen würde. Er tröstete sich damit, daß er den tragischen Verlust in Zukunft als Druckmittel bei seinen Geschäften mit den Kyrosdyn einsetzen konnte. Die Kyrosdyn wiederum hatten durch den Vorfall einen Großteil ihrer Macht in Arash-Felloren eingebüßt. Der Verlust von Imorren und Rostan sowie die fehlgeschlagene Salbung ließen ihnen keine andere Wahl, als sich für die absehbare Zukunft wieder auf ihre normale Tätigkeit als Kristallschleifer zu verlegen. Die Tunnelratten, die den Vaskyros angegriffen hatten, verschwanden nach und nach von der Oberfläche. Das Leben in Arash-Felloren verlief weiter wie bisher. Nur die Gerüchte änderten sich.

Atlon war erschöpft, und alle Knochen taten ihm weh, doch ansonsten war er unverletzt. Er versuchte, seine eigenen Beschwerden zu ignorieren, während er bemüht war, Pinattes beachtliche Wunden zu versorgen. Besonders die Wunde, die ihm der Serwolf geschlagen hatte, bedurfte intensiver Pflege. Sie hatte rasch zu eitern begonnen, und erst nach mehreren Tagen stellten sich erste Heilerfolge ein. Pinattes innere Wunden waren jedoch weitaus schwerer zu heilen. Tagelang weigerte er sich zu sprechen, und auch zum essen mußte man ihn zwingen. Lange Zeit wachte er jede Nacht schweißgebadet auf und riß den Mund zu einem stummen Schrei auf.

»Er hat Dinge gesehen, die kein Mensch jemals hätte sehen dürfen«, sagte Atlon. »Wenn er wieder einigermaßen gesund ist, werde ich ihn mit mir nehmen. Ich kann hier nichts mehr für ihn tun. Aber ich kenne einen Heiler, der ihm helfen wird.« Heirn widersprach dem nicht. Für jemanden in Pinattes Zustand gab es kein Leben in Arash-Felloren.

Ghreel erkannte Atlon sofort.

»Erwartet nicht, daß ich Euch das Geld für die Übernachtungen zurückerstatte, die Ihr nicht hier gewesen seid. Schließlich mußte ich das Zimmer die ganze Zeit über frei halten.«

Atlon ignorierte die Begrüßung und ging zu einem Tisch. Heirn folgte ihm mit Pinatte im Schlepptau. Dvolci trottete zwischen ihnen. Schweigend nahmen sie ihre Mahlzeit ein.

Nachdem sie zu Ende gegessen hatten, lehnte sich Heirn zurück. »Ghreel ist zwar ein elender, alter Teufel, aber er ist kein schlechter Koch.«

Atlon nickte.

»Wirst du je wieder zurückkehren?« fragte Heirn.

Atlon schaute ihn schwermütig an. »Deine Stadt ist nicht der schönste Ort der Welt.«

»Aber jetzt ist er schon viel besser. Der Jyolan existiert nicht mehr, und die Kyrosdyn sind in die Schranken gewiesen worden.«

»Das stimmt«, gab Atlon zu. Er holte ein kleines Kästchen aus seiner Tasche. »Das hier sind die Kristalle des armen Novizen. Nimm sie.« Er hob die Hand, um Heirns Protest zuvorzukommen. »Benutz sie, um deine Stadt noch besser zu machen.« Dann stellte er das Kästchen auf den Tisch. »Ich werde wieder zurückkommen«, sagte er. »Wir müssen noch sehr viel mehr über diese Dinger in Erfahrung bringen.« Nachdenklich schüttelte er den Kopf. »Ich verstehe immer noch nicht, wie so etwas in der Natur vorkommen kann. Sie sehen aus, als seien sie künstlich erschaffen worden – und noch dazu als Waffen.« Er schob das Kästchen zu Heirn. »Aber diese Frage werden wir ein andermal beantworten, stimmt's? Im Augenblick interessiert mich nur, wie ich Pinatte heil zu mir nach Hause bringen kann, damit meine Brüder ihm helfen können. Außerdem müssen meine Leute erfahren, was hier geschehen ist.« Ein Schatten huschte über sein Gesicht, und seine Stimme wurde zu einem Flüstern. »Ich habe Ihn in diesem schrecklichen Licht gespürt, Heirn. Ich habe Seine Gegenwart so deutlich gespürt wie vor all diesen Jahren auf dem Schlachtfeld. Wir wissen nun ohne jeden Zweifel, daß er versucht, wieder zurückzukehren. Es wäre dumm von uns zu glauben, Arash-Felloren sei der einzige Ort, wo Seine Gefolgsleute an Seiner Rückkehr arbeiten.«

Heirn legte die Hand auf Atlons Arm. »Aber Er ist nicht zurückgekehrt. Und von nun an werden du und deine Brüder die Augen offenhalten.«

»Und jetzt gibt es auch noch jemand anderen, der von Ihm weiß. Stimmt's nicht, Heirn?« erwiderte Atlon und schaute ihn bedeutungsvoll an.

Heirn erwiderte den Blick, dann nahm er das Kästchen. »Unterschätze niemals den Wert selbst der kleinsten Tat!« Atlon nickte.

Dann verließen sie das ›Weidland‹. Heirn ging voran, den Arm um Pinatte gelegt. Als sie an dem mürrischen Ghreel vorüberkamen, der wie üblich am Tresen lehnte, konnte Dvolci der Versuchung einfach nicht widerstehen. Er setzte sich auf die Hinterbeine und schaute dem Wirt in die Augen.

»Das war ein wahrhaft köstliches Mahl, Herr Wirt«, sagte er laut und in einem Tonfall, als würde er mit einem Kind reden. »Wahrhaft köstlich. Ich werde Euch all meinen Freunden weiterempfehlen.« Dann trottete er Atlon hinterher und kicherte leise vor sich hin.

Ghreel starrte noch immer mit weit aufgerissenem Mund dem Felci hinterher, als Atlon, dessen Umrisse sich deutlich gegen den roten Abendhimmel abzeichneten, ihm zum Abschied zuwinkte und leise die Tür hinter sich schloß.

ENDE

Band 20 333
Helmut W. Pesch/
Horst von Allwörden
Die Ringe der Macht
Originalausgabe

Abgeschieden von der übrigen Welt, umschlossen von Meer und Bergen, liegt Elderland, die Heimat des friedfertigen Ffolks. Das Ffolk ist stolz auf seine Geschichte und hortet im großen Museum zu Aldswick viele seltsame und kuriose Dinge aus der Vergangenheit. Doch als die düsteren Schatten dieser Vergangenheit sich auf das Land legen und eine Gefahr heraufzieht, die alle schon längst gebannt geglaubt, treten Geheimnisse zutage, von denen niemand etwas ahnte. Nun muß sich das Ffolk bewähren. Das Schicksal des ganzen Imperiums lastet auf einer kleinen Gruppe treuer Freunde, die zu einer abenteuerlichen Reise aufbrechen, welche sie an die Grenzen der Welt führen wird, zum Anfang und zum Ende der Zeit ...

BASTEI LÜBBE

Sie erhalten diesen Band im Buchhandel, bei Ihrem Zeitschriftenhändler sowie im Bahnhofsbuchhandel.